# I

Samstags traf sie ihn immer zum Mittagessen. Das war eine unumstößliche Regel, von der es keine Ausnahme gab, es sei denn, einer von ihnen beiden war nicht in der Stadt. Es war so gewiß wie die Tatsache, daß morgens die Sonne aufgeht, daß Funken nach oben fliegen und Wasser abwärts fließt. In schlechten Zeiten fand er darin Beruhigung und Trost. Was auch geschehen mochte, einerlei, ob ihn Zweifel oder Angst plagten, er wußte, am Sonnabend würde er mit ihr zu Mittag essen.

Wenn er sich samstags auf den Weg machte, um sich mit ihr zu treffen, war er zumeist voll Zuversicht. Diesmal würde er sie vielleicht bewegen können, nächste Woche mit ihm zum Abendessen auszugehen oder sich von ihm in ein Theater führen zu lassen. Ja, vielleicht erklärte sie sich diesmal bereit, sich mit ihm schon unter der Woche zu treffen. Eines Tages würde sie das tun, es ging gar nicht anders, es war nur eine Frage der Zeit. Sie liebte ihn. Für sie wie für ihn hatte es nie einen anderen Menschen gegeben.

Als er sich nun unterwegs diese Worte stumm wiederholte, durchzitterte ihn ein Angstgefühl. Ihm schwante Böses. Er dachte daran, was er gesehen hatte. Doch dann sagte er sich zum hundertsten Mal, alles sei in Ordnung, er mache sich unnötig Sorgen. Er hob den Kopf und nahm seinen Mut zusammen.

Er war auf dem Weg zu einem Weinlokal, ganz in der Nähe der Gegend, wo er ihr zum ersten Mal begegnet war. Sie hatte das Lokal ausgesucht, da sie wußte, er hätte etwas Teureres ausgewählt. Wenn er in einem Taxi ankäme, würde sie ihm seinen Reichtum vorhalten, und deswegen ging er zu Fuß, nachdem er am oberen Ende der Kensington Church Street aus dem Taxi gestiegen war. Er war wohlhabend nach den Maßstäben aller, die wirklich Reichen ausgenommen, und machte auf die meisten Leute, die sie kannte, den Eindruck eines Millionärs. Bei diesen Leuten handelte es sich um linke Typen, »grüne« Humanitätsapostel, in deren Augen es sich aus moralischen Gründen gehörte, auf ein Tiefkühlgerät oder einen Mikrowellenherd zu verzichten, den Urlaub auf dem Campingplatz zu verbringen und sich mit dem Fahrrad fortzubewegen. Er hätte ihr alles geben können, was sie sich nur wünschte. Mit ihm zusammen hätte sie das schönste Leben haben können.

Sie kam auf ihrem Weg zu der Verabredung sicher durch die Portobello Road. Die malerische Straße, die Verkaufsstände, die sonnabends dort aufgeschlagen waren, der Menschentrubel, das alles sagte ihr zu. Er hingegen verabscheute es; es erinnerte ihn zu sehr an die Schattenseiten seiner Kindheit und Jugend, an das, was er hinter sich gelassen hatte. So nahm er statt dessen die lange, breite, unpersönliche Kensington Park Road Richtung Norden. Es war heiß, die Sonne ließ die Gehsteige weiß schimmern, die Luft über der Fahrbahn wurde von der Hitze zu tanzenden, gläsernen Wellen verzerrt. Sie hatte etwas gegen seine Sonnenbrille, sagte, daß er damit wie ein Mafioso aussähe, und deshalb wollte er sie abnehmen, sobald er in das schummrige Dunkel des Lokals trat. Er hoffte jedoch, ihr schon vorher auf halbem Weg zu begegnen. Dann würde sie sehen, daß er nicht mit dem Taxi gekommen war.

Er blickte kurz die Reihe der zu Wohnungen umgebauten, ehemaligen Kutscherhäuschen zur Linken entlang. Er konnte nicht anders, obwohl es ein bißchen weh tat, und es geschah mit einem bittersüßen Gefühl der Nostalgie. In einem dieser rosafarbenen getünchten Puppenhäuschen mit Blumenkästen vor den Fenstern hatte sie mit ihren Eltern gewohnt; in jenem mit dem Balkon, der aussah wie ein Kamingitter, und der weiß wie Schlagsahne lackierten Haustür. Es war, als hätte sie diese Gegend ganz bewußt für ihr gemeinsames Mittagessen heute ausgesucht – um ihn zu quälen. Nur gehörte sie nicht zu den Leuten, die dergleichen tun. Nein, sie hatte natürlich nicht geahnt, daß es ihn quälen würde, sie verstand seine Gefühle nicht mehr, und er mußte es ihr wieder beibringen. Er mußte sie dazu bringen, daß sie ihm gegenüber wieder so empfand wie früher, wenn sie an dem Haus mit den Sozialwohnungen vorbeikam, wo *er* aufgewachsen war, ein paar Straßen weiter, in Westbourne Park. Einen Augenblick lang überlegte er, wie es wohl wäre, wenn er wüßte, daß sie sich genauso nach ihm verzehrte wie er sich nach ihr, daß der bloße Anblick eines Hauses, in dem er einmal gewohnt hatte, sie mit wehmütigen Erinnerungen und der Sehnsucht nach einer sonnigen Vergangenheit überströmte. Hartnäckig wiederholte er sich: Ich kann sie dazu bringen, daß sie wieder so empfindet.

Als er vierzehn und sie elf gewesen war, hatten sie

diese Straßen unsicher gemacht. Die Typen aus seiner Bande. Durchaus keine unschuldigen Kinder, sondern abgebrühte Jungs, weiße wie schwarze, die meisten zu groß für ihr Alter, ausgepichte Ladendiebe und eingefleischte Marihuanaraucher. Das waren seine Anfänge als Dealer gewesen, und er hatte sehr gute Geschäfte dabei gemacht, ein kleines Vermögen, indem er Schulkinder auf die schiefe Bahn brachte. Manche von ihnen waren aus reichen Familien gekommen, die auf der »richtigen« Seite der Holland Park Avenue wohnten. Wo er sich herumtrieb, hatte seine Mutter nie erfahren, und es war ihr auch gleichgültig gewesen, solange er ihr keinen Ärger machte, und warum hätte er das tun sollen? Er war beinahe einsachtzig gewesen damals und hatte schon einen Bart bekommen, war mit einer Achtzehnjährigen befreundet gewesen und an den meisten Tagen noch in die Schule gegangen, aber er hatte genug Geld gehabt, um auf all das zu pfeifen. Er hatte sich in Taxis umherkutschieren lassen, wenn er nicht den Wagen seiner Freundin gefahren war.

Aber sie ... Er hatte sie von Anfang an geliebt, seit dem Augenblick, als sie die Talbot Road entlanggekommen und dort an der Ecke stehengeblieben war, um ihnen zuzusehen, ihm und den anderen drei, die auf der Mauer gesessen und sich den ersten Joint des Abends reingezogen hatten. Sie war klein und noch sehr, sehr jung gewesen, mit einem ernsten Gesicht und voller Erlebnishunger. Die anderen waren an ihr nicht interessiert gewesen, doch er hatte sie unverwandt angesehen, und sie ihn ebenso: Es war für sie beide Liebe auf den ersten Blick. Und als er mit dem Joint an die Reihe kam, steckte er ihn auf eine Stecknadel, gab ihn ihr und sagte: »Da, nimm mal – sei kein Frosch!«

Das waren die allerersten Worte gewesen, die er zu ihr sagte: »Da, nimm mal – sei kein Frosch!« Er hatte es so sanft gesagt, daß Linus ihn mit seinem Muhammed-Ali-Blick ansah und in den Rinnstein spuckte. Sie nahm den Joint und steckte ihn zwischen die Lippen, wobei sie ihn natürlich naß machte. Das taten sie alle beim ersten Mal. Aber ihr wurde nicht übel davon, sie machte keinen Blödsinn, sah ihn nur mit diesem herzzerreißenden Lächeln an, das mit einem leisen Kichern endete.

Ihre Eltern waren einen Monat später eingeschritten. Sie hatten den »Spielereien auf der Straße«, wie sie es bezeichneten, ein Ende gesetzt. Das sei nur gefährlich und alles Mögliche könne ihr dabei zustoßen. Natürlich hatten sie sich auch weiterhin getroffen, nach der Schule, auf dem Weg zur Schule und zurück nach Hause. Seit damals hatte er sie nie mehr aus den Augen verloren; natürlich hatte es Unterbrechungen gegeben, für drei oder vier Monate jeweils, als sie auf dem College war, aber nie eine richtige Trennung. Es ist unmöglich, daß sie mich verläßt, sagte er stumm zu sich, als er das Weinlokal betrat und die Wendeltreppe hinabging.

Er blieb stehen und nahm die Sonnenbrille ab. Das Lokal war im Stil der dreißiger Jahre gehalten, und die Musik, die gespielt wurde, war eine Auswahl aus Filmen mit Fred Astaire und Ginger Rogers. Überall an den Wänden sah man Fotos alter Filmstars wie Clark Gable und Loretta Young sowie längst vergessener Leute, die ihm nichts sagten. Sie war bereits da, saß mit einem Glas Orangensaft an der Theke und plauderte mit dem jungen

Franzosen, der hier als Barkeeper waltete. Kein Grund zur Eifersucht; außerdem betrachtete er sie gern, wenn sie sich unbeobachtet glaubte.

Sie hatte einen sehr dunklen Teint, den Teint von Menschen keltischer Herkunft, der ganz anders getönt ist als jener von Indern oder Levantinern oder selbst Spaniern. Ihre Haut war, sommers wie winters, immer dunkel, aber jetzt, in diesem heißen Sommer, war sie tief gebräunt. Sie war nicht eigentlich schön, bis auf die dunkelblauen Augen, aber diese gaben ihr einen Zauber, der sie bildschön und unwiderstehlich aussehen ließ. So, sagte er zu sich, soll eine nette, brave, intelligente und interessante Frau von sechsundzwanzig Jahren aussehen. Er sah ihr Gesicht jetzt im Profil, die kleine, gerade Nase, das eine Spur zu ausgeprägte Kinn, die Lippen, die einem Rosenblatt, das sich im Teiche spiegelt, glichen, die Augenbrauen, die sich zum Haaransatz emporschwangen. Das Haar war wie das eines Pagen auf einem Gemälde von Rossetti geschnitten. Das hatte einmal ihre Mutter gesagt, *ihre* Mutter. Es war von jenem Braun, so dunkel, daß es gerade noch nicht schwarz war, und hing wie eine Metallglocke bis knapp unter die Ohren hinab, an der Stirn zu einer Ponyfrisur geschnitten. Sie hatte eine weiße, knielange Hose an, ein weißes Hemd mit weit geschnittenen, hochgekrempelten Ärmeln und um die winzige Taille einen Gürtel in Rot, Weiß und Blau, der locker zwischen Hemd und Hose saß. Ihre gebräunten Beine waren sehr lang und so wohlgeformt, daß sie dicke, weiße Strümpfe und Turnschuhe tragen konnte und trotzdem schön aussah. Und diese absurden Ohrringe! Schwarze Vasen mit doppelten Henkeln, als stammten sie aus einem Pharaonengrab. Sie rührten ihn so, diese Ohrringe, daß ihn eine beinahe unerträgliche Zärtlichkeit überkam.

Der Barkeeper mußte ihr etwas zugeflüstert haben, denn sie drehte sich um. Er hätte alles dafür gegeben, erleben zu dürfen, daß ihr Gesicht aufleuchtete, wie es ihm selbst jedesmal geschah, wenn er sie sah. Wenn er sich nur hätte einreden können, daß der Ausdruck auf ihrem Gesicht nicht *Bestürzung* war. Er verschwand zwar sofort, weggewischt von der Pflicht zur Höflichkeit und jener ihr ganz wesenseigenen Anständigkeit, war aber gleichwohl im ersten Augenblick dagewesen. Bestürzung, Enttäuschung, daß er schon da war, daß er sich nicht verspätet oder im letzten Moment hatte ausrichten lassen, er könne nicht kommen. Es kam ihm vor, als bohrte sich ihm eine lange, dünne Nadel ins Herz. Doch dann redete er sich ein, er habe sich alles nur eingebildet. Sie freute sich, ihn zu sehen. Warum traf sie sich sonst jeden Samstag mit ihm, warum hielt sie sonst ihre Verabredungen immer ein? Man mußte sich doch nur ihr Lächeln ansehen. Sie strahlte über das ganze Gesicht.

»Hallo, Guy«, sagte sie.

Anfangs fiel es ihm immer schwer, etwas zu sagen, selbst wenn sie ihn schon begrüßt hatte. Einen Augenblick lang jedenfalls. Er nahm ihre ausgestreckte Hand und küßte sie zuerst auf die linke, dann auf die rechte Wange. So wie er jede Frau küssen würde, mit der er befreundet war. Und er spürte, wie ihre Lippen sich auf die übliche Weise an seine linke, seine rechte Wange drückten.

»Wie geht's dir?« Er hatte es geschafft. Das Eis, das seine Zunge an der Wurzel umklammert hatte, war gebrochen.

»Gut.«

»Möchtest du jetzt etwas Richtiges trinken?«

Sie schüttelte den Kopf. Wein trank sie manchmal, scharfe Sachen nie, und meistens hielt sie sich an Fruchtsäfte und Sprudel. Die Tage waren längst vergangen, als sie sich noch nach der Schule im Friedhof von Kensal Green auf einen Grabstein gesetzt und den Brandy getrunken hatten, der, wie Linus behauptete, hinten von einem Lastwagen gefallen war. Man verträgt eine Menge Brandy, wenn man achtzehn und fünfzehn ist. Da ist der Kopf noch stark und der Magen aus Eisen.

Er bat den Barkeeper um ein zweites Glas Orangensaft und einen Wodka Tonic. Irgendwo in der Welt mußte es doch vollkommene, sonnengereifte, kernlose Orangen geben, so groß wie Grapefruits und süß wie Heidehonig. Solche Orangen sollten jetzt hier sein, sollten eigens für sie ausgepreßt und in ein hohes Kristallglas gefüllt werden, das frisch und ganz überfroren aus dem Gefrierfach kam und das dann zertrümmert wurde, nachdem sie es leergetrunken hatte. Bei dieser Vorstellung lächelte er. Sie fragte ihn, was er so lustig fände, und als er es ihr erklärte, runzelte sie die Stirn.

»Guy, ich möchte, daß du aufhörst, so über mich zu denken. Hör auf, in dieser Art über mich zu denken.«

»Und was ist das für eine Art?« fragte er.

»Romantische Schwärmerei. Das alles hat doch nichts mit der Welt zu tun, in der wir leben. Es ist wie in einem Märchen.«

»Ich denke nicht nur so über dich.« Er blickte ihr tief in die Augen und sprach langsam, gemessen und vernünftig. »Ich glaube, ich sehe dich so, wie ein Mann die Frau, die er liebt, überhaupt nur sehen kann. Für mich bist du das netteste Mädchen, das ich kenne, und das schönste. Für mich bist du einzigartig, klug und begabt, alles, was ein Mädchen sein sollte. Ich sehe dich als meine Frau und die Mutter meiner Kinder, die mit mir alles teilt, was ich besitze, und die mit mir alt wird. Und ich glaube, daß ich in fünfzig Jahren noch immer so in dich verliebt sein werde, wie ich es jetzt bin. So denke ich über dich, Leonora, und wenn du mir sagen kannst, wie ein Mann den hellsten Stern an seinem Himmel sonst noch sehen kann, dann werde ich dich auch so noch sehen. Bist du jetzt zufrieden?«

»Ich zufrieden? Es geht nicht darum, daß ich zufrieden bin.«

Er wußte, sie hatte diese Erklärung schon öfter von ihm gehört oder jedenfalls etwas sehr Ähnliches. Er hatte sie lange Zeit zuvor verfaßt, hatte sie auswendig gelernt. Trotzdem war sie deswegen nicht weniger wahr, und was konnte er anderes sagen als die Wahrheit? »Dann sagen wir, erfreut. Ich möchte, daß du dich freust. Aber das weißt du ja, auch ohne daß ich es dir noch mal sage.«

»Ich weiß, daß ich nicht deine Frau, nicht die Mutter deiner Kinder werde.« Sie hob den Blick, als der Orangensaft kam, und schenkte dem Barkeeper ein Lächeln, das sie eigentlich ihm hätte schenken sollen. »Ich hab' dir das schon oft genug gesagt, Guy. Ich habe mich bemüht, es dir möglichst nett zu sagen. Ich habe versucht, in diesem Punkt aufrichtig zu sein und das Richtige zu tun. Warum willst du mir nicht glauben?«

Er antwortete ihr nicht. Er blickte sie nur düster an. Vielleicht nahm sie diesen Blick voller Ernst als einen Vorwurf, denn sie sagte ungeduldig: »Was ist denn jetzt wieder?«

Es fiel ihm schwer, aber die Frage mußte heraus. Wenn er sie jetzt nicht stellte, würde er es später tun. Wenn nicht heute, dann morgen am Telefon. Besser jetzt. Besser jetzt Klarheit. Er mußte wissen, gegen was er kämpfen mußte und ob er einen Nebenbuhler hatte. Seine Kehle wurde ein bißchen trocken. Er wollte auf keinen Fall heiser werden.

»Wer ist es?«

Er *war* heiser. Seine Stimme klang, als hätte ihn jemand an der Kehle gepackt. Leonora war überrascht. Er hatte sie überrumpelt.

»Was?«

»Ich hab' dich mit ihm gesehen. Wie ihr die Ken High Street entlanggegangen seid. Letzten Dienstag oder Mittwoch.« Atemlos, wie er war, versuchte er sich ganz locker zu geben. Dabei hatte sich ihm nicht nur der Tag unauslöschlich eingeprägt, sondern auch die Stunde, die auf die Minute genaue Uhrzeit und die präzise Stelle. Er würde sie finden, wenn er jetzt hinginge, als wären ihre Schuhabdrücke in den Gehsteig eingraviert. Ich könnte sie, dachte er, blind oder im Schlaf finden. Und er sah sie vor sich, die beiden in seiner Erinnerung zu Stein gewordenen Bilder, die glücklichen Gesichter – nein, das nicht, das war jetzt Erfindung – vor dem Kensington Market.

»Ein lächerlicher Zwerg«, sagte er und verlor die Fassung. »Mit gelbbraunem Haar. Wer ist der Kerl?«

Sie hatte nicht gewollt, daß er es erfuhr. Das war immerhin ein kleiner Trost. Ihre Wangen röteten sich. »Er heißt William Newton.«

»Und was bedeutet er dir?«

»Du hast kein Recht, mir solche Fragen zu stellen, Guy.«

»Ich habe ein Recht darauf. Ich bin der einzige Mensch in der Welt, der ein Recht darauf hat.«

Er erwartete fast, daß sie das bestreiten werde, aber sie sagte nur schmollend: »Schön, aber mach keine große Geschichte daraus. Vergiß nicht: Du hast gefragt, also mußt du dich auch mit der Antwort abfinden.« Ahnte sie, wie ihm dabei das Herz sank? Er sah ihr ins Gesicht und hielt dabei die Luft an. »Ich kenne ihn seit ungefähr zwei Jahren, wenn du es genau wissen willst. Wir unternehmen seit einem Jahr Sachen zusammen. Ich habe ihn sehr gern.«

»Was soll das heißen?«

»Wie ich sage – ich habe ihn sehr gern.«

»Ist das alles?«

»Guy, es fällt mir schwer, darüber zu sprechen, wenn du mich so ansiehst. William bedeutet mir immer mehr, und ihm geht es umgekehrt genauso. So, jetzt weißt du es.«

»Schläfst du mit ihm?«

»Ist das wichtig? Ja. Ja, natürlich.«

»Ich glaub' dir nicht.«

Sie versuchte es leichthin zu sagen. »Warum denn nicht? Bin ich nicht attraktiv genug, um einen Liebhaber zu haben? Ich bin erst sechsundzwanzig, und ich sehe nicht übel aus.«

»Du bist schön. Das hab' ich nicht gemeint. Ich spreche von ihm. Sieh ihn dir an. Keine einssiebzig, sandfarbenes Haar, ein Gesicht wie ein Zebra ohne Streifen – und was ist ein Zebra ohne Streifen? Was tut er? Hat er Geld? Nein, antworte nicht. Ich hab' ihm angesehen, daß er keins hat. Ein bettelarmer zimtfarbener Zwerg, ich kann es nicht glauben. Was findest du denn an ihm? Sag, um Himmels willen, was du an ihm findest!«

Sie sah die Speisekarte an und sagte gleichmütig, ohne auch nur den Blick zu heben: »Möchtest du es wirklich wissen?«

»Natürlich! Deswegen frage ich ja.«

»Wie er spricht.« Sie hob die Augen. Er glaubte, einen schwachen Seufzer zu hören. »Selbst wenn er sich den ganzen Tag mit mir unterhielte und ich, solange ich lebe, nie jemand anders reden hörte, würde es mir nie langweilig werden. Er ist der interessanteste Mann, den ich kenne. So, Guy, du wolltest es ja wissen.«

»Bin ich langweilig?«

»Das hab' ich nicht gesagt. Ich meine nur, daß du nicht so interessant bist wie William. Und nicht nur du – niemand. Du hast mich gefragt, warum ich etwas mit ihm habe, und ich habe dir geantwortet. Ich habe mich in William wegen der Dinge verliebt, die er sagt und – nun ja, weil er so denkt, wie er denkt. So einfach ist das.«

»Du hast dich verliebt!« Wie grauenvoll, diese Worte auszusprechen! Er hätte eigentlich erwartet, lieber tot umzufallen, als sie auszusprechen, oder daß es ihn umbringen würde, wenn er sie je sagte. Er fühlte sich schwach und konnte das Zittern seiner Hände nicht mehr beherrschen. »Du bist in ihn verliebt?«

»Ja«, sagte sie steif.

»O Leonora, du bringst es fertig, das zu *mir* zu sagen?«

»Du hast mich gefragt. Was soll ich tun? Dir Lügen auftischen?«

O ja, tisch mir Lügen auf, tisch mir lieber jede Lüge auf, nur nicht diese schreckliche Wahrheit! »Und du gehst mit ihm ins Bett, weil er so gut reden kann?«

»Du möchtest es ins Lächerliche ziehen, das ist mir klar, aber *ja*, in gewisser Weise trifft das doch zu, so merkwürdig es sich anhört.«

Sie bestellte *melone con prosciutto*, aber ohne Schinken, und als zweiten Gang ein Nudelgericht, Guy *gamberi* und Tournedos Rossini. Er bemühte sich, zu sprechen, irgend etwas zu sagen, doch was er herausbrachte, hörte sich an wie die Predigt einer Gouvernante. »Bestell dir doch einmal etwas Anständiges zu essen, etwas richtig Teures.«

Er merkte ihr an, daß sie über den Themenwechsel erleichtert war. Vielleicht glaubte sie auch, er habe das Thema ihr zuliebe gewechselt, während er es in Wahrheit nur nicht ertragen konnte, weiter darüber zu sprechen. Die Worte schmerzten. Ihre Worte hallten in seinen Ohren nach, sie hämmerten und trommelten: Ich habe mich in ihn verliebt.

»Übrigens«, sagte sie, »hab' ich es nicht gern, wenn du für mich zahlst. Ich gehöre nicht zu der Welt, in der der Mann ganz selbstverständlich der Frau das Essen bezahlt.«

»Red keinen Unsinn. Es geht nicht um das Geschlecht, es geht darum, daß ich ungefähr fünfzigmal so viel verdiene wie du.« Kaum hatte er das gesagt, wußte er schon, daß er es nicht hätte sagen sollen. Es war ein Fehler von ihm, daß er es nicht lassen konnte, Stolz auf seinen hart erkämpften Erfolg zu zeigen. Wieder erschien ein düsterer Ausdruck auf ihrem Gesicht, und ihn überkam Zorn und zugleich ein elendes Gefühl. Das war das Dumme, wenn sie beisammen waren, viel zu selten und immer am hellen Mittag, immer in der Öffentlichkeit: Er war unfähig, ruhig zu bleiben.

»Ich weiß, du findest es gräßlich, wie ich mein Geld verdiene«, sagte er und starrte auf die beiden Stirnfalten, die ihn unverwandt anblickenden blauen Augen. »Das kommt nur davon, daß du es nicht verstehst. Du kennst die Welt nicht, in der wir leben. Du bist eine Intellektuelle und denkst, alle Leute hätten denselben Geschmack wie du und wüßten, was gut ist und was nicht. Du kannst das eben nicht verstehen, daß gewöhnliche Leute zu Hause einfach gewöhnliche, hübsche Sachen haben wollen, Dinge, die sie ansehen und, schön, wenn du willst, mit denen sie sich identifizieren können, Sachen, die nicht hochgestochen oder fauler Zauber sind.«

»Er hielt es mit der Religion so, wie es der Geflügelhalter mit dem Aas hielt, das er seinen Tieren fütterte: Aas ist ekelhaft, aber das Vieh liebt es, und deshalb ist es gut und richtig, es dem Geflügel zu füttern!«

Guy spürte, wie ihm die Röte bis zu den Augen hochstieg. »Wo hast du das wieder her?«

»Es ist von Tolstoi.«

»Mein Kompliment zu deinem guten Gedächtnis.

Hast du es auswendig gelernt, um es heute anzubringen? Oder sagt *er* solche Sachen, wenn er seine großartigen Reden hält?«

»Es ist eine Passage, die mir gut gefällt«, sagte sie. »Sie paßt auf viele der schrecklichen Dinge, die Menschen heute einander antun. Mir gefällt nichts von dem, womit du dein Brot verdienst, Guy, aber das ist nur ein Teil der Geschichte.«

»Willst du mir nicht den Rest erzählen?«

Ihre Melone und seine Garnelen erschienen. Er bestellte eine Flasche Macon Lugny. Er war keineswegs Alkoholiker, aber er hatte sich angewöhnt, jeden Tag zu trinken, und zwar eine ganze Menge, mittags einen Aperitif und Wein, vor dem Abendessen zwei, drei Glas Gin und zum Abendessen eine Flasche Wein. Wenn die Person, mit der er gerade zusammen war, mit ihm den Abend über noch ein, zwei Flaschen leeren wollte, hatte er nichts dagegen einzuwenden. Nicht einmal Leonora zuliebe war er bereit, so zu tun, als läge ihm nichts an einem Gläschen, oder sich die Zigarette zu versagen, die er nach seinem Steak anzuzünden pflegte.

»Du hast es eigentlich noch nicht richtig klargemacht, weißt du. Du hast gesagt, warum du dich zu dem Zimtzwerg hingezogen fühlst. Aber warum hast du mich nicht gern? Richtiger gesagt, nicht mehr? Früher hast du's doch getan. Mich gern gehabt, meine ich.«

»Damals war ich fünfzehn, Guy. Das war vor elf Jahren.«

»Trotzdem, ich war deine erste Liebe, und die erste Liebe ist bei einer Frau immer die größte.«

»Altmodischer, sexistischer Blödsinn ist das. Und

wenn du William noch einmal einen Zimtzwerg nennst, stehe ich auf und gehe.«

»Ich bleib' nicht hier sitzen und höre mir Beleidigungen an«, höhnte er mit einer Fistelstimme im Cockneytonfall.

»Ganz richtig. Danke, daß du es gesagt hast. Es hat mir die Mühe erspart.«

Er schwieg, vor Zorn unfähig, etwas herauszubringen. Wie so oft, wenn sie sich trafen, war er zu zornig oder zu unglücklich, um sein Essen anzurühren, obwohl er noch ein paar Minuten zuvor hungrig gewesen war. Er würde sich statt dessen ans Trinken halten und am Schluß mit gerötetem Gesicht aus dem Lokal hinauswanken. Aber noch war es nicht soweit. Er sah sich in der schwarzen Glasscheibe an der Wand gegenüber, neben dem Standfoto von Cary Grant aus *Intermezzo:* ein sehr gut aussehender Mann mit kräftig geschnittenen, klassischen Zügen, einer edlen Stirn, schönen dunklen Augen und einer dunklen Strähne, die ihm lässig in die gebräunte Stirn fiel. Er stellte Cary Grant in den Schatten. Doch paradoxerweise machte ihn sein Spiegelbild noch zorniger. Da schien er bereits alles zu haben, gutes Aussehen, Geld, Erfolg, Charme, Jugend – was also mußte er sich noch zulegen, was finden, um sie zurückzugewinnen, wenn doch alles unzureichend war?

»Ich möchte kein Dessert«, sagte sie. »Nur Kaffee.«

»Ich nehme auch nur Kaffee. Hast du was dagegen, wenn ich rauche?«

»Du rauchst doch immer«, sagte sie.

»Ich würde es sein lassen, wenn du was dagegen hättest.«

»Natürlich hab' ich nichts dagegen, Guy. Bei mir brauchst du nicht zu fragen. Denkst du denn, ich kenne dich nicht inzwischen?«

»Ich werd' mir einen Brandy bestellen.«

»Tu, was du möchtest, Guy. Ich fände es schön, wenn wir uns nicht zankten. Wir sind doch Freunde. Ich möchte, daß wir immer Freunde bleiben, wenn das möglich ist.«

Das hatten sie schon mal gehabt. »Ich habe mich in William verliebt.« Die Worte summten in seinen Ohren. Er sagte: »Wie geht's Maeve und Rachel und Robin und Mami und Papi?« Er wußte, er hätte »deinen Eltern« sagen sollen, und es genierte ihn etwas, daß es ihn freute, als sie leicht zusammenzuckte, weil er statt dessen von »Mami« und »Papi« geredet hatte. Trotzdem konnte er es sich nicht versagen, noch eins draufzusetzen: »Und ihr Anhang, Stiefmama und Stiefpapa, wie geht's dem? Noch immer verliebt? Schließen sie noch immer späte Zweitehen, jetzt, da sie alt genug wären zu wissen, was sie wollen, die Schwachköpfe?«

Sie stand auf. Er packte sie am Handgelenk. »Geh nicht. Bitte, geh nicht, Leonora. Es tut mir leid. Es tut mir schrecklich leid, bitte verzeih mir. Ich drehe durch. Wenn man so unglücklich ist wie ich, dreht man durch. Es ist einem egal, was man sagt.«

Sie befreite ihr Handgelenk von seinem Griff, sehr sanft. »Warum bist du nur so ein Idiot, Guy Curran?«

»Setz dich wieder hin. Trink deinen Kaffee. Ich liebe dich.«

»Das weiß ich«, sagte sie. »Glaub mir, ich zweifle nicht daran. Ich weiß, es ist so, und ich wollte, es wäre anders. Wenn du einsehen könntest, wie mir das zusetzt, wie es mir das Leben vergällt, daß du nicht aufhören kannst, mich nie in Frieden läßt, würdest du es dann nicht vielleicht – wie soll ich sagen? –, würdest du es dann nicht aufgeben, Guy?«

»Ich werde nie aufgeben.«

»Eines Tages wirst du müssen.«

»Nein! Ich weiß nämlich, daß diese ganze Geschichte nicht stimmt. Du sagst, du hättest dich in diesen Wie-heißt-er-doch-gleich verliebt, aber es ist nur eine Vernarrtheit, die vorübergehen wird. Ich weiß, daß du in Wirklichkeit mich liebst. Es wäre dir furchtbar, wenn ich die Finger von dir ließe. Du liebst mich.«

»Ich habe gesagt, daß ich dich in einer gewissen Weise liebe. Nur ...«

»Laß uns nächsten Sonnabend wieder zusammen mittagessen.«

»Das tun wir doch immer.«

»Und ich rufe dich morgen an.«

»Ich weiß«, sagte sie. »Du rufst mich jeden Tag an und gehst jeden Samstag Mittag mit mir essen. Es ist wie mit Weihnachten: Man kann sich darauf verlassen, daß es kommt.«

»Aber sicher«, sagte er, hob ihr das Brandyglas entgegen, nippte daran und nahm dann einen Schluck, als tränke er Wein. »Ich bin so zuverlässig wie Weihnachten und auch so – wie sagt man doch gleich? – unerbittlich. Und ich will dir was sagen: Du würdest nicht kommen, wenn du mich nicht wirklich lieben würdest. Der Ing ..., dieser William, in den bist du nicht verliebt, nur vernarrt. *Ich* bin der Mann, den du liebst.«

»Ich hab' dich gern.«

»Warum triffst du dich dann noch mit mir?«

»Guy, sei vernünftig. Ich tu's nur noch, weil ... ach, ich muß es doch nicht weiter erklären.«

»Doch, du mußt. Warum tust du's ›nur noch, weil‹?«

»Also gut, wenn du es unbedingt wissen willst – weil ich weiß, wie es in dir aussieht, beziehungsweise weil ich mich in dich einzufühlen versuche. Ich möchte nett zu dir sein, ich möchte nicht gemein sein. Ja, ich habe dir Versprechungen und weiß Gott was gemacht, als wir Kinder waren. Niemand, der bei Verstand ist, würde diese Versprechungen für bindend halten, aber gemacht habe ich sie. O Gott, Guy, siehst du nicht, daß ich deinetwegen ein schlechtes Gewissen habe? Deshalb gehe ich sonnabends mit dir mittagessen, deshalb höre ich mir dieses ganze Zeug an und lasse zu, daß du meine Eltern und meine Freunde und ... William beleidigst. Und ich habe noch einen anderen Grund. Ich tue es, weil ich hoffe – oder vielmehr *gehofft habe* –, ich könnte dich zur Vernunft bringen. Ich habe gehofft, ich könnte dich überzeugen, daß die Sache hoffnungslos ist – tut mir leid, daß du dir etwas vorgemacht hast –, ich habe gehofft, du würdest schließlich einsehen, daß es für dich und mich keine gemeinsame Zukunft gibt. Ich hatte die Vorstellung, ich würde dich überzeugen, wir könnten Freunde bleiben wie bisher, und du würdest dich bereit finden, mein Freund zu sein – nein, eigentlich *unser* Freund, Williams und mein Freund. Hab' ich mich jetzt klar ausgedrückt?«

»Eine richtige Ansprache«, sagte er.

»Ich habe mich so kurz gefaßt wie möglich.«

»Leonora«, sagte er, »wer hat dich gegen mich aufgehetzt?« Es war ein neuer Gedanke. Er kam ihm, wie einem Gläubigen eine Erleuchtung, eine Offenbarung zuteil werden mochte. Ihr Gesichtsausdruck, schuldbewußt, argwöhnisch, auf der Hut, zeigte ihm, daß er recht hatte. »Jetzt ist mir alles klar. Es war einer von ihnen, hab' ich nicht recht? Einer von ihnen hat dich gegen mich aufgehetzt. Ich bin ihnen nicht gut genug, ich entspreche nicht ihren Vorstellungen, wer der Richtige für dich ist. Das ist es, oder?«

»Guy, ich bin eine erwachsene Frau. Ich treffe meine eigenen Entschlüsse.«

»Du willst doch nicht bestreiten, daß ihr in eurer Familie ganz eng zusammengluckt, oder? Daß die anderen großen Einfluß auf dich haben.« Sie konnte es nicht bestreiten und sagte nichts. »Ich wette, sie sind von diesem William ganz hingerissen, ich wette, er ist der erste, den der ganze Verein für gut befunden hat.«

Sie sagte wohlüberlegt: »Sie mögen ihn, ja.« Dann stand sie auf, berührte seine Hand und sah ihn mit einem Blick an, den er nicht verstand. »Ich sehe dich nächsten Sonnabend.«

»Wir sprechen vorher miteinander. Ich ruf' dich morgen an.«

In einem gelassenen, fröhlichen Ton sagte sie: »Ja, das tust du ganz sicher.«

Er ging in die eine Richtung und sie in die andere. Als sie nicht mehr zu sehen war, winkte er einem Taxi. Er überlegte, ob er sich zu dem Haus in der Portland Road fahren lassen sollte, wo sie wohnte, damit er sich dort mit ihr aussprechen konnte, vielleicht sogar in Gegenwart von Newton. Sicher war Newton dort, hatte auf sie gewartet, hörte ihr jetzt mitfühlend zu, während sie über das Mittagessen und ihn klagte und jammerte, wie ihr das alles auf die Nerven gehe, und sicher ließ er sie dann in den Genuß seiner brillanten Konversationsgabe kommen.

Aber nein, so etwas würde sie nicht sagen. Sie würde nicht über ihn herziehen und ihn einen Langweiler nennen. Er war sich ziemlich sicher, daß sie niemandem gegenüber auch nur von ihrem Treffen erzählen würde. Denn es war ja unbestreitbar, daß sie ihn liebte. Würde sie sich sonst auf diese Weise mit ihm treffen? Wie sollte man diesen ganzen Schrott glauben, daß sie Gewissensbisse habe und ihn überzeugen wolle, sie könnten doch Freunde bleiben? Wenn eine Frau sich täglich von einem Mann anrufen ließ und sich mit demselben Mann einmal die Woche verabredete, dann einzig und allein, weil sie ihn liebte.

Guy bezahlte den Taxifahrer am Eingang zu seiner Straße. Scardale Mews. Er hatte das Haus zehn Jahre zuvor, mit neunzehn, gekauft – damals war das etwas ganz Unerhörtes gewesen. Aber er hatte das Geld dafür gehabt. Das war kurz vor dem Immobilienboom gewesen, als sich der Wert des Hauses in drei Jahren verdreifachte. Die zweitbeste Lage in London, so nannte er die Gegend. Er hatte das Haus gekauft, weil es ein ehemaliges Kutscherhäuschen war, eines wie das, in dem damals ihre Eltern wohnten. Nur war seines größer, und die Lage ungleich vornehmer. Zu seinen Nachbarn gehörten ein Mitglied des Hochadels, ein berühmter Romanautor und ein Talk-Show-Star. Als er sie zum ersten Mal gebeten hatte, seine Frau zu werden, war er zwanzig und sie siebzehn gewesen, und er hatte sie in sein tolles Haus mitgenommen und ihr den ummauerten Garten mit den Orangenbäumen in römischen Vasen, den Salon mit alten Lissaboner Kacheln an den Wänden und einem Gendje-Teppich gezeigt. Das Haus hatte den allerersten Whirlpool, der in London installiert worden war. In seinem Schlafzimmer hatte er ein Himmelbett aus dem achtzehnten Jahrhundert und auf dem Boden einen Joshagan-Läufer. Das Haus übertraf alles, was ihre Eltern ihr eigen nannten. Er führte sie zum Abendessen ins *Ecu de France*, wo die Kellner angetanzt kamen und einem das Essen auf großen Silberplatten zeigten, und dann ging er mit ihr nach Hause, wo im Kühlschrank Piper Heidsieck und wilde Erdbeeren warteten.

»Der große Gatsby«, sagte sie.

Das war der Name eines Buches. Sie sprach immerzu über Bücher. An dem Ring, den er ihr gekauft hatte, war ein großer Saphir, so groß wie die Iris in einem ihrer Augen. Ihretwegen und nur für sie hatte er das in seinen jungen Jahren zusammengeraffte Vermögen ausgegeben.

»Nein, ich kann nicht, ich bin ja erst siebzehn«, hatte sie gesagt, als er sie bat, ihn zu heiraten.

»Okay, dann später«, hatte er geantwortet. »Ich werde warten.«

Den Ring hatte er noch. Er befand sich oben im Tresor, zusammen mit ein paar anderen, weniger achtbaren Dingen. Er würde die Hoffnung nicht aufgeben, ihn ihr eines Tages über den Finger streifen zu können. Sie liebte ihn, das war klar. Wenn es nicht so wäre, würde sie sich einfach weigern, ihn jemals wiederzusehen. So verhielten sich nämlich die Leute, so machte er es mit den Mädchen, die ihm nachstellten. Er schloß die Haustür auf, ging geradewegs in den Raum, den er nach ihrer Meinung nicht als Salon bezeichnen sollte – er tat es natürlich, was denn sonst? – und goß sich ein Glas Brandy ein. Er erinnerte ihn, wie es dieses köstliche Getränk immer tat, an Linus Pinedos Kognak, den sie in Kensal Green getrunken hatten. Betäubt von Liebe und Alkohol, waren sie einander in dem hohen Gras zwischen den Gräbern in den Armen gelegen, während über ihnen in der warmen Sommerluft Schmetterlinge schwebten.

»Ich werde dich mein ganzes Leben lang lieben«, hatte sie gesagt. »Für uns, Guy, kann es niemals einen anderen Menschen geben. Denkst du auch so?«

»Das weißt du doch.«

Sie liebte ihn, sie hatte ihn immer geliebt. Irgend jemand hatte sie gegen ihn aufgehetzt. Einer von ihnen. Einer oder auch mehrere von ihnen hatten sie gegen ihn beeinflußt: William oder Maeve oder Rachel oder Robin oder die Eltern, ihr Vater Anthony und ihre Mutter Tessa. Übrigens hatten sie beide nach ihrer Trennung noch einmal geheiratet, weshalb sie sich keine kleinen Kutscherhäuschen in der zweitbesten (beziehungsweise in ihrem Fall dritt- oder viertbesten) Gegend Londons leisten konnten. Guy lächelte. Jetzt waren es vier: Anthony und Susannah, Tessa und Magnus.

Sie hatten sie planmäßig gegen ihn aufgehetzt. Es gehörte zu einer wohlgeplanten Operation, Leonora so zurechtzubiegen, wie sie es richtig fanden, und sie von »unerwünschten Elementen« zu trennen. Ihr Vater Anthony, der Architekt, und Tessa, ihre Mutter, mit den metallisch-glänzenden Fingernägeln und der hochmütigen, besserwisserischen Stimme. Ihre Stiefmutter, die hübsche, sanfte Susannah, eine dilettierende Psychotherapeutin, und ihr Stiefvater Magnus, der Anwalt mit dem Gesicht eines Totenschädels und dem Gehabe eines Richters, der mit Todesurteilen rasch zur Hand ist.

Und die Randfiguren: William und Robin und Rachel und Maeve. Sie hatten sich gegen ihn zusammengerottet – die acht gegen Guy Curran.

## 2

Beim Schulwechsel kam sie auf die Gesamtschule Holland Park, auf die auch er ging. Ihre Mutter sah es nicht gern, daß sie an den Winternachmittagen, wenn es um vier Uhr dunkel zu werden begann, alleine nach Hause ging. Um zu verhindern, daß sie sie mit dem Wagen abholte, erzählte Leonora, ein paar »größere Freunde« würden sie begleiten. Das waren er selbst, Linus und Danilo, ein Trio, das in der örtlichen Unterwelt gerade als »Dream Traffic«, als Traumhändler, bekannt zu werden begann.

Ihre Eltern wären vermutlich nicht bloß ausgeflippt, wenn sie dahintergekommen wären, sondern gleich möglichst weit weggezogen. Andererseits wurde sie nach einiger Zeit ohnehin nur noch von ihm allein nach Hause begleitet. Linus hatte die mittlere Reife geschafft und war an eine andere Schule übergewechselt, um dort schließlich die Reifeprüfung zu machen, und Danilo war in Schwierigkeiten, weil er bei einem Einbruch ertappt worden war. Der »Traumhandel« war auf ein Einmannunternehmen zusammengeschrumpft, gedieh aber trotzdem immer prächtiger. Eines Tages, an einem Herbstnachmittag, saßen er und sie am Prince's Square auf einer Hauseingangsstufe. Sie rauchten weder, noch taten sie sonst etwas Verbotenes, tranken nur zusammen eine Dose Cola und aßen Kartoffelchips, als ihre Mutter in ihrem Wagen vorüberfuhr. Sie fuhr durch die Hereford Road nach Hause. Er dachte, sie werde anhalten, aber sie winkte nur Leonora zu und fuhr weiter.

»Drück mir den Daumen, wenn ich nach Hause komme«, sagte Leonora.

»Warum? Was wird passieren?«

»Ich bin mir nicht sicher. Vielleicht macht sie eine große Szene. Vielleicht werd' ich ein paar Wochen mit dem Auto zur Schule gebracht und abgeholt. Mein Gott, hoffentlich nicht, das wäre wirklich Mist.«

»Meinst du? Ich wette, sie tut, was in der Frauenzeitschrift meiner Großmutter steht.« Er sprach mit einer Fistelstimme: »Verbieten Sie Ihren Kindern nicht, ihre Freunde zu treffen. Es ist viel besser, Sie ermutigen sie, ihre Freunde zu sich nach Hause einzuladen. Auf diese Weise können Sie sie kennenlernen. Denken Sie daran, daß die meisten Menschen auf die Atmosphäre in einer glücklichen Familie positiv ansprechen.«

Das brachte sie zum Lachen. Er erinnerte sich noch an jedes Wort dieses Gesprächs, ganz genau an Ort und Zeit und natürlich an sie selbst. Sie trug Bluejeans, ein weißes Hemd und ein dunkelblaues Sweatshirt mit einem Teddybären an der Vorderseite, eine nette, kuschelig wirkende, mit Schaffell gefütterte blaue Jeansjacke, braune Lederstiefel und einen langen rosa, blau und gelb gestreiften Schal. Ihr Haar war damals lang, richtig lang, reichte ihr beinahe bis zur Taille. Sie hatte keine Mütze auf, dafür war es noch nicht kalt genug, erst Oktober. Sie war dreizehn und hatte sich gerade Löcher in die Ohren stechen lassen. Er hatte sie begleitet. Es gefiel ihm, was Mädchen mit sich selber machten, im Unterschied zu dem, was Männer taten, der Kontrast gefiel ihm. Schon damals malte er sich aus, daß er ihr später einmal Diamantohrringe kaufen werde. Ihre Mutter war wütend gewesen und hatte erklärt, es sei »ordinär«, sich so etwas in so jungen Jahren machen zu lassen. Damals hatte Leonora diese fantasievollen Ohrringe zu tragen begonnen, die sie noch heute gerne anlegte. Als sie dort auf den Stufen gesessen waren, trug sie an den Ohren zwei winzige Telefonapparate, von denen die Hörer an Strippen herabbaumelten.

Er erinnerte sich an alles ganz genau, weil sie ihm damals zum ersten Mal gesagt hatte, daß sie ihn liebe. Das hatte er noch von keinem Mädchen gehört, nicht einmal von der Achtzehnjährigen (sie war inzwischen zwanzig), deren Bettcouch in einem winzigen Apartment er manchmal teilte und deren Wagen er fuhr. Warum hätten Mädchen so etwas zu ihm sagen sollen? Oder sonst jemand? Schon gar nicht seine Mutter. Nicht einmal seine Großmutter, die seine Mutter überredet hatte, ihm den Namen Guy zu verpassen, weil, wie sie sagte, Guy Fawkes der erste Katholik gewesen war, der das britische Parlament in die Luft hatte sprengen wollen.

Doch als er mit Fistelstimme prophezeite, zu ihr nach Hause und in die glückliche Familienatmosphäre eingeladen zu werden, begann Leonora zu lachen. Sie lachte in einem fort, legte den Kopf auf die Knie, schüttelte das lange, dunkelbraune Haar und die Telefonohrringe, blickte zu ihm hoch und sagte: »Oh, Guy, ich liebe dich, ich liebe dich so!« Damit legte sie ihm die Arme um den Hals und drückte sich an ihn.

Sie hatte es gern, wenn er lustige oder intelligente

Sachen sagte, und so bemühte er sich, sich möglichst oft so etwas einfallen zu lassen. Das war nicht leicht, aber er versuchte es. Er strengte sich noch immer an. Und sie lachte noch immer, wenn in ihrem Lachen auch ein Ton mitschwang, der ihn beunruhigte. Es war Überraschung.

Interessanterweise tat ihre Mutter genau das, was er prophezeit hatte, und trug ihr auf, ihn zu sich nach Hause einzuladen. Das war sein erstes Zusammentreffen mit jemand anderem aus ihrer Familie. Robin, ihr Bruder, war nicht da. Er war auf der Schule, ging auf irgendein hochgestochenes Internat.

Ihre Mutter mußte damals um die achtunddreißig gewesen sein. Sie sah genau wie eine ältere, verhärtete Version von Leonora aus, die gleiche olivfarbene Haut, das gleiche Pagengesicht, das gleiche dunkle Haar, obwohl ihres zu einer Art Knoten auf dem Hinterkopf hochfrisiert war, die gleichen dunkelblauen Augen, allerdings berechnend und wachsam. Guy fielen ihre Fingernägel auf. Sie waren silbern bemalt, sehr lang und wie Klauen nach unten gebogen, aber spitz zugefeilt, und sie wirkten wie aus Metall, wie Messerwaren. Wenn er Leonoras Mutter später wiedersah, waren die Nägel jedesmal mit einer anderen Metallfarbe bemalt, Gold, Bronze, Messing oder wieder dieses Silber. Leonora stellte ihn nicht vor. Wozu auch? Jeder wußte, wer der andere war, es konnte niemand sonst sein. Trotzdem fiel die Bemerkung, auf die es keine Antwort gab: »Das ist also Guy?«

Es regnete. In dem Kutscherhäuschen war es ziemlich dunkel. Ein paar Lampen brannten und warfen kleine, goldene Lichtteiche in düstere Ecken. Die großen, golden lackierten Heizkörper strahlten eine intensive Hitze aus.

Es roch nach Möbelpolitur, nach chemisch erzeugtem Zitronen- und Lavendelduft. Guys eigenes Zuhause war eine Bruchbude, kaum möbliert. Die Einrichtung bestand aus Obstkisten und Matratzen auf dem Boden, einem riesigen Fernsehapparat, einer Stereoanlage und indischen Tagesdecken, die mit Reißnägeln an der Wand über den Fenstern befestigt waren, um diese abzudecken. Aber er wußte, was geschmackvoll war, was er sich eines Tages zulegen würde. Er blickte um sich auf das spätviktorianische Kunterbunt, die rosafarben bezogene Chaiselongue, die Parker-Knoll-Sessel und die Kopie eines georgianischen Eßzimmertisches.

Leonoras Mutter sagte: »Wo wohnst du denn, Guy? Nicht weit von hier, nehme ich an.«

Er sagte es ihr ungeniert, in dem sicheren Bewußtsein, daß sie sofort verstehen werde. Sie würde auf der Stelle wissen, daß »Attlee House« wohl kaum die Bezeichnung für ein nobles Gebäude mit teuren Eigentumswohnungen war. Er konnte sehen, wie es in ihrem Gehirn arbeitete, wie sich die Rädchen drehten, Dinge eingepaßt, Notfallpläne geschmiedet wurden. Leonora war unruhig, von alldem gelangweilt.

»Komm, Guy, gehn wir hinauf in mein Zimmer.«

Eine Hand streckte sich zu Leonoras Arm hin und blieb darauf liegen, eine lange, hellbraune Hand mit, wie ihm schien, unnatürlich langen, schmalen Fingern und Nägeln, die glitzerten wie irgendwelche Gerätschaften, wie Dinge, die dafür entworfen worden waren, zerquetschte oder sonstwie beschädigte Stückchen aus einem Teller voll Essen herauszuholen.

»Nein, Leonora, laß das mal lieber bleiben.«

»Warum denn?«

»Weil gegessen wird, sobald Papi nach Hause kommt.«

Sie saßen dicht nebeneinander auf der rosafarbenen Chaiselongue und sahen sich etwas im Fernsehen an. Sie hätte seine Hand genommen, er spürte ihr Verlangen, aber er schüttelte ganz leicht den Kopf und rückte ein Stückchen weg von ihr. Ihr Vater kam herein. Er hatte mehr Ähnlichkeit mit einem netten Teddybären als irgendein anderer Mann, den Guy je gesehen hatte, blondes Haar und ein derbes Gesicht. Er war untersetzt, aber nicht dick, und er sprach Leonoras Mutter mit »Tessa« an, worin sich Guy ihm anschloß, wenn er sich an sie wenden mußte. Für ihn gab es niemanden, den er mit »Mr.« oder mit »Mrs.« anredete, er hatte es noch nie getan und wollte es auch nicht einführen. In der Schule hatte er deswegen immer wieder Scherereien bekommen. »Tessa«, sagte er also, und sie sah ihn an, als hätte er sie eine Schlampe oder Hure oder sonstwas genannt. Ihre Augenbrauen, die auch Leonora hatte – abgesehen davon, daß bei der Mutter die Haut um sie herum alt, braun und gesprenkelt war –, zogen sich bis ins Haar hoch.

»Du schmeichelst mir, Guy«, sagte sie sarkastisch. »Mir ist gar nicht bewußt geworden, daß wir schon auf so vertrautem Fuß stehen, kaum daß wir uns kennen.«

»Oh, halt doch den Mund, Mami, bitte«, sagte Leonora.

Tessa achtete nicht darauf. Guy hätte schwören können, daß ihm der alte Mann – na ja, er war vielleicht vierzig – andeutungsweise zuzwinkerte. Tessa sagte: »Du hast sicher ein sehr warmherziges Naturell und gehst leicht aus dir heraus. Ich weiß das zu schätzen, aber wenn es dir nicht zuviel ausmacht, wäre es mir lieber, für dich vorläufig noch Mrs. Chisholm zu bleiben.«

Er hätte am liebsten geantwortet, wenn die Dinge so lägen, könne sie ihn ja mit Mr. Curran anreden. Aber natürlich sprach er das nicht aus, weil er nicht wollte, daß man Leonora von ihm fernhielt. Während des Essens sprachen sie, das heißt, die Eltern, über nichts anderes als Drogen. Es hörte sich an, als hätten sie es geprobt. Sie konnten nichts über ihn wissen, hatten sich aber einiges schlau zusammengereimt. Leonoras Vater sagte, Dealen sei abscheulicher als Mord oder der Mißbrauch von Kindern, und ihre Mutter sagte, so sehr ihr der Gedanke auch zuwider sei, einem Menschen das Leben zu nehmen, so solle doch für Rauschgifthändler ihrer Meinung nach die Todesstrafe wieder eingeführt werden.

Er wurde nie mehr zu ihnen eingeladen, aber sie verboten Leonora auch nicht den Umgang mit ihm. Ohne Zweifel war ihnen bewußt, daß sie ein solches Verbot nicht hätten durchsetzen können. Sie hätten schon wegziehen müssen. Hin und wieder sah er Tessa beim Einkaufen und einmal, wie sie aus dem »Gate«-Kino herauskam. Sie war eine Frau, die sich anzuziehen verstand, das mußte man ihr lassen, und hatte eine fantastische Figur. Sie hatte jene schlanken, eleganten Fesseln und langen Beine, gegen die die anderer Frauen wie Beine von Ackergäulen wirkten. Doch die Falten in ihrem Gesicht vermehrten sich in Windeseile. Jedesmal, wenn er sie sah, hatte sie eine neue, noch tiefer eingegrabene. Als er, mehr oder weniger »offiziell«, mit Leonora zu gehen begann, hielt er sich manchmal uneingeladen in ihrem Haus auf. Dann behandelte ihn Tessa mit Eiseskälte, oder sie erwischte ihn mit ihren kleinen, scharfen Stacheln an den verletzlichen Stellen. Es war, als stieße sie ihm die silbernen oder kupfernen oder zinnfarbenen Dolche an ihren Fingerspitzen in die Augenhöhlen. Er mußte die Augen schließen und es über sich ergehen lassen.

Er mache also keine Berufsausbildung. Wie es seinem Vater gehe. *Wo* sein Vater sei. Ob er meine, seine Mutter könne irgendwann die Zeit erübrigen und sie, die Chisholms, besuchen. Er sei sich doch bewußt, daß er Leonora, wenn sie erst auf die Universität ginge, vielleicht drei Jahre lang nicht sehen würde.

Doch bald danach gingen sie auseinander, Tessa und Anthony Chisholm, das Kutscherhäuschen wurde verkauft, und Leonora war einige Zeit völlig aus dem Geleise, am Boden zerstört wegen dieser Scheidung, die sie niemals erwartet hätte. Ihr Vater hatte eine andere Frau, ihre Mutter einen anderen Mann gefunden. Leonora gestand ihm, daß sie alle hasse, daß sie ihre Eltern nicht mehr sehen wolle, und er frohlockte insgeheim. So jung er war, verstand er doch damals schon, welch großen Einfluß sie auf sie hatten. Nun, da sie nicht mehr mit ihnen sprach und sich danach sehnte, sich irgendwo selbst zu etablieren, den Staub ihrer Haustüren von den Füßen zu schütteln, wußte er, daß sie zu ihm kommen würde. Er würde sich ein Haus zulegen, um ihr ein Heim bieten zu können, und sie würden heiraten. In ihm würde sie Mutter und Vater wie auch Ehemann und Liebhaber finden.

Dann beruhigte sie sich wieder. Der Bruch währte nicht länger als ein paar Wochen, und über Nacht versöhnten sie sich, die beiden Paare waren plötzlich ein

Herz und eine Seele, gingen miteinander zum Essen aus. Leonora sprach wieder davon, was Mami sagte und Papi tat und, unglaublicherweise, auch davon, was Susannah dachte und Magnus empfahl. Sie nannte es zivilisiertes Benehmen.

Guy fand sich damit ab, es blieb ihm nichts anderes übrig. Außerdem hatte er andere Dinge im Kopf, und er sagte sich, daß Leonora ihm trotz allem sicher sei. Eines Morgens dann wurde ihm klar, daß er ein reicher Mann war. Mit achtzehn war er viel reicher, als die Chisholms jemals sein würden.

All die Jahre hatte er jeden Tag mit ihr telefoniert. Oder fast jeden Tag. Er hatte es zumindest jeden Tag *versucht*, sie anzurufen. An den meisten Tagen hatte er sie erreicht. Es war für ihn gewissermaßen eine Herausforderung oder eine ritterliche Suche, ein »Minnedienst«.

Als sie dann zu studieren begann, sagte sie, sie wolle nicht, daß er sie täglich anrufe, es sei ihr peinlich. Er nahm das nie sehr ernst. In den Ferien rief er sie bei Tessa oder Anthony an, je nachdem, wo sie sich gerade einquartiert hatte. Sie ging anschließend auf die pädagogische Hochschule, und er versuchte, sie jeden Tag im Studentinnenheim zu erreichen. Ziemlich häufig gelang ihm das nicht, aber er blieb hartnäckig. Er rief an, als sie zu Anthony und Susannah zog, und er rief an, als sie zusammen mit Rachel und Maeve Kirkland die gemeinsame Wohnung bezog.

Zumeist hob jemand anders ab. Warum das so war, wußte er nicht zu sagen. Als sie bei ihrem Vater gewohnt hatte, kam Anthony oder Susannah an den Apparat, und jetzt in der Wohnung meldete sich zumeist Rachel oder Maeve. Es war schon etliche Jahre her, daß sie noch bei ihrer Mutter gelebt hatte, und er hatte Tessas Stimme seit der Einzugsparty in der Portland Road nicht mehr gehört. Aber sie war unverkennbar. Tessa also war es, die den Hörer abnahm, als er am Tag nach ihrem gemeinsamen Mittagessen in dem Weinlokal in Leonoras Wohnung anrief.

Ein mattes »Hallo?«. Tessas Stimme war stets entweder matt oder scharf.

Er sagte knapp: »Leonora bitte.«

»Wer ist am Apparat?« Als wüßte sie es nicht.

»Ich bin's, Guy Curran, Tessa.« Er holte ausgiebig Luft. »Und wie geht's Ihnen nach so langer Zeit?«

Es war, als hätte sie zwei Wasserhähne in ihrem Kopf. Aus dem einen kam ein träge fließendes Rinnsal, aus dem anderen ein Sturzbach. Sie drehte den zweite Hahn auf.

»Ich bin froh, daß ich die Gelegenheit bekomme, mit dir ein Wörtchen zu reden. Leonora ist einfach zu nett und gutartig, um zu sagen, was einmal gesagt werden muß. Ein anderes Mädchen hätte dir längst die Polizei auf den Hals gehetzt. Mindestens. Ist dir nicht klar, daß sie ohne weiteres eine gerichtliche Verfügung erwirken könnte, die es dir verbietet, ihr nachzustellen?«

Er schwieg. Er hielt den Hörer auf Armeslänge von sich weg und kramte in seinen Taschen nach einer Zigarette. Zornig krächzte die Stimme aus dem Hörer. Er klemmte ihn zwischen Kinn und Schulter und zündete den Glimmstengel an.

»Ich weiß, daß du noch dran bist«, hörte er sie sagen.

»Ich höre dich atmen. Du bist wie einer dieser Telefonunholde und genauso bösartig. Ja, du bist bösartig. Du bist eine Art Gangster. Entsetzlich, daß meine Tochter mit jemandem wie dir verkehrt – diese schrecklichen Anrufe, Tag für Tag, diese Geschichte mit dem Mittagessen sonnabends – es kommt mir wie eine Art Durchhaltetest vor. Ich verstehe es nicht, es geht über meine Begriffe, falls du sie nicht irgendwie hypnotisiert hast.«

Das einzig Vernünftige war vielleicht, aufzulegen und es später noch einmal zu versuchen. Doch da hörte er Leonora sagen: »Komm, Mutter, gib mir den Hörer.« Immerhin nannte sie die Frau nicht mehr »Mami«. »Es tut mir leid, Guy«, sagte sie. »Meine Mutter ist zu Maeve in die Küche gegangen. Ich möchte nicht, daß du glaubst, ich hätte mich über dich beklagt. Sie denkt sich das alles wirklich nur selbst aus. Leider ist sie dir gegenüber sehr negativ eingestellt, war es von jeher.«

»Solange du nicht darauf achtest, mein Schatz«, sagte er.

Sie verwies ihm das »Schatz« nicht. »Es ist schwer, nicht auf die eigene Mutter zu achten, besonders wenn man sich so nahesteht wie wir.«

Wieder lief es ihm kalt über den Nacken. Also übte diese Person tatsächlich einen Einfluß aus. Leonora hörte auf sie. Warum suchte sie eine so enge Bindung an jemanden wie Tessa? Weil es sich um ihre Mutter handelte? Er selbst hatte seine Mutter seit sieben Jahren nicht gesehen, und es konnte keine Rede davon sein, daß sie ihm etwas bedeutete. Dieser Zusammenhalt zwischen Familienangehörigen war für ihn unbegreiflich, aber er merkte, wohin die Sache führte.

Er lauschte Leonoras Stimme, deren Klang für ihn ebenso wohltuend war wie das, was sie gerade gesagt hatte. Sie unterhielten sich eine Zeitlang. Sie habe vor, sagte sie, mit ihrer Mutter, ihrem Stiefvater, ihrem Bruder und – warum auch immer – Maeve irgendwo an der Themse essen zu gehen, und später wolle sie sich mit Newton treffen. Tags darauf beginne die letzte Woche an der Grundschule, wo sie unterrichte, und danach kämen die Sommerferien.

»Ich ruf' dich morgen wieder an«, sagte er.

Während des ganzen Gesprächs war ihr Ton sehr lieb und zärtlich gewesen. Wenn erst der üble Einfluß oder die bösartigen Einflüsse, die sie gegen ihn einnehmen wollten, beseitigt waren, würde auch die Liebe wiederkehren, die sie einst für ihn empfunden hatte. Er berichtigte sich: nicht »einst empfunden«, sondern nach wie vor »empfand«. Sie konnte niemals erlöschen, nur unterdrückt werden. Irgend jemand hatte ihr eingeblasen, lag ihr vermutlich ständig damit in den Ohren, daß der Zimtzwerg ein zuverlässigerer Typ als er wäre, ein vertrauenswürdigerer, passenderer Partner fürs Leben. Dieselbe Person hetzte Leonora gegen ihn persönlich auf, indem sie ihn als einen Gauner bezeichnete.

Es war interessant – oder hätte es vielleicht sein können, wenn es für sein Glück nicht so grundwichtig gewesen wäre –, darüber zu spekulieren, wie sich die Situation verändern mochte, wenn Tessa Chisholm – oder wie sie jetzt hieß, Mandeville? – einfach aus dem Weg geräumt würde. Er schenkte sich einen Campari mit Orangensaft und viel Eis ein und ging hinaus in den ummauerten Garten. Der Sommer war in diesem Jahr herrlich, jeder

Tag sonnig und warm. Seine Orangenbäume in den blauweißen chinesischen Vasen trugen Früchte, die zwar noch grün waren, aber heranreiften und deren Wangen bereits zitronengelb erblühten.

Die Gartenmöbel stammten aus Florenz und waren aus bronzefarbenem Schmiedeeisen, und auf einer Insel in dem kleinen Teich war ein Delphin aus Bronze zu sehen. An den Mauern rankte sich Clematis hoch, Nelly Moser und Ville de Lyon, hell- und dunkelrosa vor dem dunkel glänzenden Efeubehang. Schon seit einer Ewigkeit war Leonora nicht mehr in seinem Haus gewesen. Sie hatte im vorigen Sommer kommen wollen, fiel ihm jetzt ein, dann aber telefonisch abgesagt, weil ihre Mutter krank geworden sei. Schon wieder Tessa. Er hatte keinen Augenblick lang geglaubt, daß sie wirklich krank war. Diese Frau hatte eine Pferdenatur. Sie aß auch wie ein Pferd, obwohl sie doch so mager war. Im Geist sah er sie jetzt im Garten irgendeines Hotels in Richmond unter einem gestreiften Sonnenschirm an einem Tisch sitzen und Avocado und gebratene Ente und weiß Gott was noch hineinschlingen, wobei ihre langen Finger mit den goldenen Spitzen eifrig mit Messer und Gabel hantierten.

Es war mehr als nur möglich, daß sie Leonora mit diesem William Newton bekannt gemacht hatte. Sie war die Sorte Frau, die es sich einfallen ließ, einen Heiratskandidaten für ihre Tochter zu suchen und die beiden zusammenzubringen. Aber er wehrte solche Gedanken ab. Er würde sie nicht einmal in gedachte Worte kleiden, die Vorstellung, daß Leonora einen anderen heiraten könnte. Tessa schon. Tessa dachte vermutlich die ganze Zeit daran.

Er hatte schon seit langem den Kontakt zu Linus verloren, mit Danilo hingegen kam er noch zusammen. Danilo würde nicht zögern. Ein paar Riesen, mehr brauchte er nicht, und Tessa Mandeville würde unauffällig aus diesem Leben entfernt werden, ohne daß Danilo selbst davon etwas zu hören oder zu sehen bekam. Er würde saubere Hände behalten und weder den Zeitpunkt noch den Schauplatz ihres Todes erfahren. Nein, sagte sich Guy, natürlich meine ich das nicht ernst. Aber warum eigentlich nicht? Warum aus allem einen Scherz machen, mit leichten Schritten oberflächlich darüber hinwegtanzen? Warum nicht die Dinge, so wie sie lagen, offen und ehrlich ins Auge fassen, warum sich nicht der unbezweifelbaren Tatsache stellen, daß Tessa Mandeville zwischen ihm und seinem Lebensglück stand, das Objekt seiner Liebe von ihm fernhielt?

Guy blickte den Inhalt seines Glases an, das köstlichste Getränk auf der Welt, von der himmlischen Farbe einer Rose, mit Rosa- und Orangetönen, setzte sich in seinen bronzefarbenen Sessel und gab sich Erinnerungen hin. Es war lange her, neun Jahre, daß sie zum ersten Mal hierhergekommen war. Sie waren hier in seinem Garten gewesen, und sie hatte ihm in die Augen geblickt und gesagt: »Ich bin du, Guy, ebenso wie ich Leonora bin. Ich bin Guy.«

Sie hatte damit sagen wollen, sie seien einander so nahe, daß sie ineinander aufgingen. Und dann, sehr bald, nur zu bald, war Tessa Mandeville zwischen sie getreten. Sie einfach nur umzubringen – nein, sie hatte mehr verdient.

Tessa hatte einen Mann namens Magnus Mandeville geheiratet. Ein absurder Name, den man allerdings nicht vergaß. Er war Anwalt, ja, der Anwalt, den sie aufgesucht hatte, als sie und Anthony Chisholm sich hatten scheiden lassen wollen. Kein Wunder, daß sie soviel über das Beantragen von einstweiligen Verfügungen wußte.

Die Mandevilles waren in irgendeinen Vorort am äußersten Rand von Süd-London gezogen; oder vielleicht hatte Magnus Mandeville schon vorher dort gewohnt. Tessa hatte nie gearbeitet, zumindest nicht seit der Geburt Robins, der zwei Jahre älter als Leonora war, und Guy erinnerte sich, von Leonora gehört zu haben, daß Tessa nach Abschluß ihrer Ausbildung mit einundzwanzig geheiratet hatte. Sie hatte die Kunstakademie besucht und galt in Kunstdingen als allwissend. Das war ein wichtiger Faktor in seiner Beziehung zu Leonora gewesen, beziehungsweise es hatte sich als wichtig für die *Veränderung* dieser Beziehung erwiesen.

Wenn er zurückdachte, erkannte er, daß es einen ganz präzisen Zeitpunkt gegeben hatte, an dem Leonora sich ihm gegenüber veränderte. Oder vielmehr, an dem sie aufgehört hatte, ihm gegenüber die liebende, unkritische Anhänglichkeit von vordem an den Tag zu legen. Irgend jemand hatte sie ihm entfremdet, das stand für ihn ganz fest. Es hatte sich abgespielt, als er zweiundzwanzig und sie neunzehn gewesen war. Denn damals, als sie für die Sommerferien nach Hause gekommen war, hatte sie anscheinend das Verlangen verloren, ihn zu berühren. In jenem August, auf den er sich den ganzen Sommer lang so unendlich gefreut hatte, hatte sie immer wieder Vorwände gefunden, um nicht mit ihm allein zu sein, hatte sie begonnen, sich sanft aus seiner Umarmung zu lösen.

Am wahrscheinlichsten war, daß Tessa hinter ihr Verhältnis gekommen war und erklärt hatte, daß sie es aufs schärfste mißbillige. Daran hatte er vorher nie gedacht. Doch Tessas Gezeter am Telefon hatte ihm die Augen geöffnet. Je mehr er darüber nachdachte, um so offenkundiger wurde, daß Tessa die treibende Kraft gewesen war, die gegen ihn arbeitete.

Sobald Leonora seiner Schätzung nach von der Schule nach Hause gekommen war, rief er an. Diesmal kam Rachel an den Apparat. Leonora hatte Rachel an der Universität kennengelernt, und seitdem waren die beiden Freundinnen. Guy hatte nicht viel übrig für die Sorte junger Frauen, die übergewichtig und hyperintellektuell waren, die stahlgeränderte Brillen trugen, nicht auf ihr Äußeres achteten und deren höchstes Lebensziel darin bestand, es zur Vorsitzenden irgendeiner »grünen« Bewegung zu bringen.

»Bist du krank geschrieben?« fragte er. »Auf die Tour schaffst du es nie nach oben.«

»Ich habe hier einen Klienten bei mir«, sagte sie. »Es war zufällig praktischer so.«

Er wußte, was sie mit dem »Klienten« meinte. »Irgend so einen Kindsmißhandler, nehm' ich an, oder?«

»Wie hast du das erraten? Leonora ist noch nicht da. Ich bin weg, wenn sie kommt, und kann ihr nicht ausrichten, daß du angerufen hast, aber das weiß sie ja sowieso. Den Tag, an dem du nicht anrufst, den möcht' ich erleben.«

Leonora kam nach Hause, bevor Rachel den Hörer

auflegte. »Was hat sie eigentlich gegen mich?« fragte er. »Was hab' ich ihr denn getan, dem reizbaren Trampel?«

»Vielleicht behandelst du sie auch nicht sehr nett, Guy.«

»Hast du einen angenehmen Tag gehabt?« fragte er. »Bist du sehr müde? Gehst du mit mir abendessen?«

»Natürlich nicht. Das tu ich doch nie. Ich gehe mit dir Samstag zum Mittagessen.«

»Leo«, sagte er. Manchmal sagte er »Leo« zu ihr, im gleichen Ton, wie er sie »Schatz« nannte. »Leo, deine Mutter geht nicht arbeiten, oder?«

Sie war vermutlich so überrascht, von ihm eine gewöhnliche Frage zu hören und nicht eine inständige Bitte, ihn zu lieben, daß sie ohne nachzudenken *dankbar* antwortete: »Nein, sie geht nicht arbeiten, ist nie arbeiten gegangen. Ich dachte, das wüßtest du. Sie arbeitet unentgeltlich in irgendeinem Krankenhaus dort in der Gegend. Es könnte das Mayday Hospital sein. Dienstags und donnerstags, soviel ich weiß. Ach ja, und Mittwoch vormittags macht sie irgendwas im BBB.«

»Im *was?*«

»Im Bürgerberatungsbüro. Ich glaube, den Job hat sie durch Magnus bekommen. Und sie arbeiten beide für die Grünen.« Immerhin fand sie die Frage aus seinem Mund sonderbar. »Warum um Himmels willen willst du denn das wissen?«

»Eine der Frauen, die für mich arbeiten, hat erzählt, sie hätte Tessa auf der Kunstakademie kennengelernt. Sie hat gefragt, ob Tessa arbeitet, und ich habe ihr gesagt, ich werd' mich erkundigen.«

Das war pure Erfindung, wurde aber akzeptiert. Leonora neigte dazu zu glauben, was man ihr sagte, wie es bei Leuten der Fall ist, die gewohnheitsmäßig die Wahrheit sagen. Das ermutigte ihn weiterzubohren. »Sie wohnen Sanderstead Way Nummer fünfzehn, richtig?«

»Nummer siebzehn, und die Straße heißt Sanderstead Lane.«

»Wohin sollen wir am Samstag zum Essen gehen? Laß dich ins *Clarke's* ausführen.«

»Eine Weinbar wäre mir genauso recht, Guy. Oder meinetwegen sogar *McDonalds.* Mir macht das Essen eigentlich keine Freude, wenn ich weiß, mit dem Betrag, den du dafür ausgibst, könnte in Bangladesch eine ganze Familie einen Monat lang leben.«

»Würde es dir eine Freude machen, wenn ich die Summe, die ein Mittagessen im *Clarke's* kostet, nach Bangladesch schicke?«

»Ja, sehr, aber trotzdem möchte ich da nicht hin.«

»Ich ruf' dich morgen wieder an«, sagte er.

Als sie fünfzehn und er achtzehn gewesen war, hatte er auf dem Friedhof von Kensal Green zum ersten Mal mit ihr geschlafen. Wenn man den Leuten so etwas erzählte – was er natürlich nicht tat–, sagten sie: Wie abscheulich! Oder: Wie makaber! Aber es war nicht abscheulich und auch nicht makaber gewesen. Wer so redete, kannte den Friedhof nicht, der in Wirklichkeit wie ein riesiger verwilderter Garten war, der zufällig verwitterte Grabsteine im hohen Gras und wunderbare Grabmäler wie kleine Häuser hatte. Große dunkle Bäume und wild wachsende Blumen waren zu sehen und im Hochsommer Kränze, die auf neuen Gräbern welkten. Der Friedhof war ein Paradies für Schmetterlinge, kleine blaue und große braune und orangefarbene, denn hier wurden keine Gifte gespritzt, die sie umbrachten.

Wo sie gewesen waren, war es so still und romantisch und schön – mit hohen, schwankenden Halmen, die an der Spitze ihren Samen trugen, und cremig-gelbem Fingerhut, der zwischen den Gräsern wuchs, mit hohen rosafarbenen Blumen, deren Namen er nicht kannte, und Moos, das eine eingesunkene Grabplatte überwucherte und auf dem wiederum winzige gelbe Blümchen wuchsen –, daß es ihm vorkam wie ein verlorenes Paradies. Hier standen Büsche mit silbernen, spitzen Blättern und kleine Fichten wie blaue Weihnachtsbäume, und über ihnen breitete ein großer Baum seine mit grünen Zapfen behängten Äste aus. Die Gerüche Londons drangen nicht hierher. Es duftete, als ob man an den Kräutertöpfen im Bioladen schnupperte.

Sie hatte ein sehr dünnes, weiches Kleid in gleichsam rauchigen blauen und malvenfarbenen Tönen angehabt; es war weit ausgeschnitten, mit Puffärmeln und nicht tailliert. Es war einer der wenigen heißen Tage eines kalten Sommers gewesen. Sie hatte das Kleid, einen Schlüpfer, blaue Stoffsandalen und sonst nichts angehabt. Als sie sich auf den Rücken legte, breiteten sich ihre Brüste wie kleine, weiche, seidenbezogene Kissen aus. Er legte sie in ein Nest aus Gräsern und darüber gewehten Holunderblütenblättern. Er hob das Kleid und schob es ihr bis zum Hals hoch, um den es sich wie ein Schal drapierte. Sie hatte keine Angst, sondern war sehr erregt, und als er in sie eindrang, tat es ihr nicht weh. Hinterher sagte er zu ihr, das sei so gewesen, weil sie ihn liebte und begehrte.

Er erfuhr nie, was Tessa gesagt hatte, als sie das zerknitterte und über und über mit grünen Flecken bedeckte Kleid sah. Vielleicht hatte Leonora es so einrichten können, daß ihre Mutter es nicht zu sehen bekam. Aber zu jener Zeit kam Tessa schließlich dahinter, daß die Dinge sich verkehrt entwickelten. Wenn man mit fünfzehn jemanden so liebte, so sehr liebte, daß es einem nicht weh tat und kein Blut floß, dann konnte sich diese Liebe nicht verändern. Sie konnte nicht einfach vergehen, sie gehörte zu einem wie die Liebe zu den Eltern oder zum eigenen Bruder, wie die Liebe zu sich selbst.

»Ich bin *du*, Guy. Ich bin Guy, und du bist ich.«

Wenn Tessa nicht im Wege wäre, würde diese Liebe zurückkehren, wieder zu dem werden, was sie einmal gewesen war. Wenn niemand mehr da wäre, der schlecht über ihn sprach, ihn einen Kerl aus der Gosse und Kriminellen nannte, seine Intelligenz bezweifelte, würden Leonora und er wieder ein Herz und eine Seele werden. Trotzdem, der Gedanke, Tessa etwas anzutun, erschien grotesk. Als Danilo aus der Jugendstrafanstalt zurückgekommen war, hatten sie in Kensal mit erpreßten Schutzgeldern einen ordentlichen Reibach gemacht, und einmal hatten sie sich einen Wirt ein bißchen vornehmen müssen, um ihm zu zeigen, daß es ihnen ernst war, aber der Mann hatte dabei nur ein paar Prellungen und ein blaues Auge abbekommen. Natürlich, der abschließende Showdown mit dem »Dream Traffic« und Con Mulvanneys Tod... Aber daran war niemand schuld gewesen, und schon gar nicht er. Es hatte – ja, so könnte man es nennen – zum Berufsrisiko gehört.

Er wollte jetzt nicht über Con Mulvanney nachdenken. Was diesen betraf, ließ er allein den Gedanken zu, daß der Vorfall das Ende seiner Zeit als Dealer markiert hatte. Er konnte mit seinem bisherigen Leben zufrieden sein, hatte ein Vermögen zusammengebracht und *Attlee House* und alles, was damit zusammenhing, hinter sich gelassen. Seine Hände waren sauber, sein Leumund fleckenlos.

Es konnte nichts schaden, Danilo vorzuschlagen, mit ihm abendessen zu gehen und ihn dabei auszuhorchen, wie es mit Profikillern stand, wie man die Sache anpakken könnte und was sie kosten würde. Ach was, die Kosten waren ihm einerlei.

# 3

Wenn in einem Pub auf dem Lande oder sonst in einer geeigneten Lokalität eine Verkaufsausstellung seiner Bilder stattfand, fuhr Guy manchmal hin, um nachzusehen, wie die Geschäfte gingen. Es war nicht seine Gewohnheit, sich bei diesen Gelegenheiten zu erkennen zu geben. Er beobachtete gern die Reaktionen der Kunden und war selten bereit, seinen Beauftragten Glauben zu schenken und die Verkaufsergebnisse einfach hinzunehmen. Es war am besten, selbst zu kontrollieren, ob der derzeitige Renner unter den Gemälden beispielsweise »Des Menschen bester Freund« oder »Nur so weiter, Miezekätzchen« oder »Die Lady aus Thailand« war.

In dieser Woche fand eine der Verkaufsausstellungen in einem Pub in Coulsden statt, das mehr in der Nähe eines Sportklubs für begüterte Städter lag. Das Wetter war gut, und der Verkehr im August ja nie besonders schlimm. Alles war im Urlaub. Guy fuhr in seinem Jaguar hinaus. Der Wagen war champagnerfarben lackiert, obwohl der Farbton offiziell »mattbeige« hieß, hatte eine cremefarbene Lederpolsterung und eine so vorzügliche Klimaanlage, daß Guy an stickig-heißen Tagen in London manchmal in die Versuchung geriet, in die Garage zu gehen, sich in den Wagen zu setzen und den Motor anzulassen, um sich die Wohltat der kühlenden Brise zu verschaffen. »Du wirst todkrank, wenn du das tust«, hatte

Celeste gesagt, als er es ihr erzählte, und ihre Worte waren gar nicht so unvernünftig gewesen.

Das Pub hieß *Die Kutsche ohne Pferd*, ein mühsam erdachter Name, wie er nur selten einen gehört hatte. In den Blumenkästen an den Fenstern nach vorne hinaus waren mehr Blumen, als man sie auf der großen Frühjahrsausstellung in Chelsea zu sehen bekam. Auf zwei großen gelben Plakaten vor dem Lokal stand zu lesen: »Verkauf von Originalgemälden, zwischen sieben und siebzig Pfund, sämtlich echt handgemalte Unikate«. Er zuckte nicht heimlich zusammen, weil er sich genierte, sondern erst beim Gedanken an Tessa Mandevilles Reaktion. Immerfort dachte er an sie. Das Miststück wollte ihm nicht aus dem Kopf gehen.

Die Verkaufsausstellung fand im rückwärtigen Teil des Hauses statt, in einem großen Raum mit einer Doppeltür, die auf die Terrasse und einen ziemlich verlotterten Garten ging, wo der Rasen zu einer Staubmulde verkommen war und niemand die abgestorbenen Rosenknospen abgeschnitten hatte. Für jeden Besucher gab es ein Glas Rot- oder Weißwein. Das nächste Glas mußte man selbst bezahlen. Zwei junge Frauen nahmen die Kaufwünsche entgegen. Er kannte sie nicht, hatte sie nie zuvor gesehen, registrierte aber anhand der immer länger werdenden Listen auf ihren Schreibbrettern, daß die Aufträge nur so hereinströmten.

Und warum auch nicht? Es handelte sich ja um Originalgemälde, und jedes einzelne von ihnen war von einem Künstler verfertigt, der ganz individuell arbeitete. Die Ergebnisse waren viel erfreulicher als neunundneunzig Prozent von dem, was man an einem Sonntagvormittag längs der Bayswater Road präsentiert bekam. Die Bilder waren harmlos und hübsch, die Sujets unschuldig: Kinder und junge Tiere, Mädchen, Häuschen auf dem Land oder Seestücke. Wenn er dagegen an einige der Kunstwerke dachte, die er gesehen hatte und die allgemein als besonders gut galten, Bilder vom Krieg und niedergemetzelten Männern, oder an Gemälde, die er auf einem Ausflug mit Leonora nach Blenheim Palace betrachtet hatte, schiefe Vasen und deformierte Äpfel, oder an nackte Frauen in Vogelgefieder und Pelzen, die Bilder in diesem Guggenheim-Palazzo in Venedig! Er war ja weiß Gott ein aufgeschlossener Mensch, aber die Sachen hatten ihn angewidert. Es war unglaublich, daß Tessa Mandeville seine Bilder als Schund bezeichnete. Und was hatte sie noch darüber gesagt? »Obszön.« Diese anderen Machwerke, *sie* waren wahrhaft obszön.

Er ging umher und betrachtete jede einzelne Schöpfung. Sogar noch in diesem späten Stadium vergewisserte er sich gern, daß zwischen allen Kopien desselben Sujets winzige Unterschiede bestanden, zum Beispiel kleine Veränderungen am Lockenkopf des »Weinenden Knaben«. Auf den runden, rosigen Wangen glitzerten Tränen, aber bei manchen Versionen waren auf der linken Wange drei Tränen, auf anderen hingegen vier zu sehen. Die »Lady aus Thailand« führte wieder einmal die Verkaufsliste an. Seine Angestellten hatten es sich zur Gewohnheit gemacht, an Bildern, die bereits verkauft waren, rote Ankleber zu befestigen – »wie bei einer echten Vernissage«, habe Tessa Mandeville dazu bemerkt, war ihm berichtet worden. Was an seinen Verkaufsausstellungen unecht sein sollte, hatte niemand genauer erklärt.

Alle vier Exemplare der »Lady aus Thailand« waren verkauft, und dabei lagen sie in der Preisklasse von siebzig Pfund. Er fragte eine der jungen Frauen, ob sie Vorbestellungen für dieses bestimmte Bild entgegennehme, und erhielt zur Antwort, ja, sie habe bereits zwölf notiert, es sei das beliebteste Gemälde. Guy verstand gut, warum das so war. Das abgebildete Mädchen war noch sehr jung, fünfzehn oder sechzehn, und wirkte überaus unschuldig. Aber mit den üppigen Lippen und den leuchtenden Rehaugen war sie auch sexy, und ihr goldbesticktes Oberteil war tief ausgeschnitten, so daß sich zwischen der Umklöppelung und den goldenen, edelsteinbesetzten Halsketten, die sie trug, die glatten Ansätze der jungen, knospenden Brüste zeigten. Sie schien den Blick des Betrachters zu erwidern, und dieser Blick war liebreizend, doch auch scheu bittend und zugleich provokant.

Irgendwo mußte das Original dieses Konterfeis existieren, denn alle Bilder waren nach fotografischen Vorlagen gefertigt. Sie basierten tatsächlich auf Fotos, die, in einer blassen, überbelichteten Version auf Fasergipsplatten übertragen, von Guy in großen Mengen aus Thailand importiert wurden. Dann wurden sie in der Fabrik in Isleworth von seinen Angestellten nach einer vorgeschriebenen Methode übermalt. Als Guy einmal Leonoras Familie den Zweck seines Unternehmens erklärt und dabei erwähnt hatte, daß viele seiner Leute die Kunstakademie absolviert hätten, hatte sich Tessa Mandeville doch tatsächlich geschüttelt und gesagt, das mache die Sache nur noch schlimmer.

»Sie sind dankbar für diese Arbeit, glauben Sie mir«, hatte er geantwortet.

»Da wär's noch besser, sie würden auf den Strich gehen«, hatte Tessa gesagt. »Sie würden sich einen Standplatz bei der King's Cross Station suchen.«

Was verstand sie denn davon? Sie hatte immer jemanden gehabt, der sie ernährte, der ihr ein Dach über dem Kopf bot und ihr Geld gab, um die bedrohten Wale zu retten und den sauren Regen zu stoppen, und ein Atelier, wo sie mit ihren Malfarben herumpfuschen konnte. Sie hatte doch keinen Schimmer, was es bedeutet, wenn man sein Geld verdienen muß. Das hätte er gern laut gesagt, aber er konnte es nicht, weil er sich diesen Leuten noch immer verkaufen, sich ihnen als ein Mann darstellen mußte, der sich erlauben durfte, Leonora den Hof zu machen. Das Komische dabei war – falls man solche Dinge überhaupt komisch nennen konnte –, daß er dorthin, in dieses Hotel, wo sie Leonoras Geburtstag und den Abschluß ihrer pädagogischen Ausbildung feierten, mitgekommen war, um sich bei der ganzen Sippe lieb Kind zu machen. Er hatte ihnen zeigen wollen, daß er sein Leben am Rand der Kriminalität aufgegeben und eine neue Karriere als achtbarer Geschäftsmann eingeschlagen hatte.

Während er die Bilder betrachtete, das Thai-Mädchen und den weinenden Knaben, das mit der Bezeichnung »Der alte Mühlbach« und die zwei Persianerkätzchen, ging ihm der Gedanke durch den Kopf, daß jener Abend eine weitere Zäsur im Niedergang seiner Beziehung zu Leonora markiert hatte. Zwar hatte sie inzwischen völlig damit aufgehört, mit ihm zu schlafen, aber das war, obwohl es ihn begreiflicherweise störte, nicht seine größte Sorge gewesen. Sie hatte ihm einmal erklärt, sie finde es schlecht, wenn ein Mädchen länger als vier Jahre nacheinander die Pille nehme. Und sie habe Angst davor, schwanger zu werden, während sie sich auf ihr Diplom vorbereite. Dann war sie lange fort gewesen, und er hatte sie zwar jeden Tag angerufen, aber sie waren monatelang nicht zusammengekommen. Unter diesen Umständen waren natürlich Schwierigkeiten und Anwandlungen von Verlegenheit oder Kälte zu erwarten gewesen.

Aber sie hatte ihn damals noch geliebt. Sie hatte ihre Liebe zu ihm in aller Öffentlichkeit und unverstellt gezeigt. Hatte sie nicht an jenem Juliabend vor vier Jahren dafür gesorgt, daß er den Platz neben ihr bekam, er auf ihrer einen und ihr Vater auf ihrer anderen Seite? Robin war am anderen Ende des Tisches gesessen und hatte die gräßliche Rachel am Hals gehabt. Später hatte Leonora mit ihm getanzt. Sie hatte gesagt, er solle nicht darauf achten, was Tessa von sich gab. Aber sie selbst hatte am nächsten oder am übernächsten Tag sehr wohl darauf geachtet. »Philister«, war eines von Tessas Lieblingswörtern, aber »Philister« war sicher noch die geringste von den Bezeichnungen, die sie ihm verpaßt hatte. Lump, Ganove, verkommenes Subjekt – er konnte es sich vorstellen. Leonora hörte auf Tessa, stand Tessa »nahe«.

Guy nahm sich das Gratisglas Wein vom Tablett. Es war ein Rioja, rot und herb. Er spürte plötzlich das Verlangen, Tessa zu sehen, so wie man manchmal tatsächlich einen Feind sehen möchte, vielleicht ohne von ihm gesehen zu werden. Der Wunsch geht dahin, den Feind im Unglück, geschlagen zu sehen. Hatte sie sich verändert? War sie ergraut? Sie war inzwischen fünfzig, die Frau eines Anwalts, wohnte in einem Vorort und war anscheinend mit guten Werken beschäftigt. Sie wohnte, wurde ihm plötzlich bewußt, in einer Gegend, gar nicht weit von der, in der er sich jetzt befand.

Er ging durch das Lokal zur Saloon Bar. Eine junge Frau, ungefähr fünfundzwanzig, die auf einem Barhocker saß, peilte ihn an. Guy war es gewohnt, daß Frauen ihn ansahen, und es bereitete ihm auch ein gewisses Vergnügen, obwohl er nur selten reagierte. Er bat um einen trockenen Martini und überlegte, was man ihm wohl vorsetzen würde, sehr wahrscheinlich einen warmen französischen Wermut. Doch was ihm dann serviert wurde, war passabel. Er malte sich einen Augenblick lang aus, die junge Frau wäre Leonora, die jetzt bei ihm war. Gleich würden sie ihr Mittagessen einnehmen und anschließend noch lange mit ihren Getränken am Tisch sitzen, über die Vergangenheit und die Zukunft und ihre Liebe sprechen. Dann würden sie vielleicht hinunter an die Küste fahren und in der Abendkühle am Strand entlangspazieren. Sie würden im besten Hotel übernachten, in der Suite für Hochzeitsreisende. Merkwürdigerweise nahm nicht der Gedanke, mit ihr zu schlafen, die erste Stelle ein. Natürlich wollte er das auch, er brannte vor Verlangen nach ihr, aber es war nicht das Wichtigste, nur ein Teil des Ganzen. Und was war das Wichtigste? Daß er mit ihr zusammen war, daß er *sie* und sie *er* war. »Ich *bin* Guy...« – das wollte er noch einmal aus ihrem Munde hören.

Er trank noch ein Glas und aß ein angetrocknetes Sandwich mit Räucherlachs. Dann ging er hinaus, stieg in den Jaguar und fuhr zur Sanderstead Lane. Die Nummer siebzehn war keineswegs so, wie er sie sich vorgestellt hatte, sondern bestand aus der einen Hälfte eines weitläufigen Doppelhauses, drei Etagen hoch, mit imposanten, in Stein gefaßten Fenstern, mit einem Vorbau, dessen Dach von Säulen getragen wurde. Offensichtlich stand es schon seit hundert Jahren oder noch länger hier, viel länger als die übrigen Häuser. Der Vorgarten war ebenso lang wie die Gärten, die andere Häuser nach hinten hinaus hatten. Und unter einer ausladenden Zeder waren weiß lackierte Gartenmöbel gruppiert.

Guy hoffte schon lange nicht mehr, Tessa mit seinem Wohlstand und seinem Erfolg imponieren zu können – sie war nie davon beeindruckt oder gab sich wenigstens so –, und so lag ihm sehr daran, nicht als der Fahrer des Jaguars erkannt zu werden. Aber es war niemand da, der ihn hätte erkennen können. Tessa tat ihm nicht den Gefallen, sich aus einem Fenster zu lehnen und ihm das Grau in ihrem Haar und ihre neuesten Falten zu zeigen, Magnus Mandeville hatte sich nicht für einen Tag aus seiner Kanzlei verabschiedet, um im Garten herumzuwerkeln, dieses hohläugige Skelett in Menschenhaut.

Wie ein Anwalt in irgendeiner Dickens-Serie auf dem Bildschirm. Diesen Eindruck hatte er auf Guy gemacht, als sie sich auf jener Feier kennenlernten. Er hatte sich gefragt, was eine Frau an diesem klapperdürren, gebeugten Mann mit dem kleinen Büschel grauer Haare auf dem mit Pergament überzogenen Schädel reizvoll finden konnte. Sein Geld vielleicht. Wie er Tessa kannte, war es das wohl. Magnus Mandeville hatte einen Hals wie ein Hühnermagen, wie er in dem Plastikbeutelchen in einem gefrorenen Hähnchen steckt. Seine Stimme war hoch und kalt, und er sprach in dem gekünstelten, affektierten und einschüchternden Tonfall des alten Eton-

Zöglings. Man konnte ihn sich gut in der Rolle des Richters mit einer Perücke auf dem Kopf vorstellen, der irgendeinen armen Teufel dazu verurteilte, am Galgen zu baumeln, bis er tot war.

Guy fuhr die Sanderstead Lane zur Hälfte hinunter und wieder zurück. Er bog in eine Seitenstraße ein und sah, daß hinter der Rückseite der Häuser eine Gasse war, die von hohen Hecken eingesäumt wurde. Von ihr aus führten Zugänge zu den Gärten. Er kehrte auf die Hauptstraße zurück. Das Haus Nummer fünfzehn, an das der Mandevilles angebaut, wirkte leer. Hinter den Fenstern waren keine Vorhänge zu sehen, und in dem verwilderten Vorgarten war die Tafel eines Immobilienhändlers aufgestellt, auf der das Haus zum Verkauf angeboten wurde.

Wenn die Gegend hier in den alten Zeiten sein Revier in Kensal gewesen und Tessa Mandeville als Geschäftsinhaberin mit den Schutzgeldern, für die er ihren Laden davor bewahrte, auseinandergenommen zu werden, in Verzug geblieben wäre, hätte er es ihr gezeigt. Er (oder jemand, der für ihn arbeitete) wäre hier hereinmarschiert und hätte sie ein bißchen vermöbelt oder dafür gesorgt, daß die Einrichtung nicht mehr ganz so aussah, als ob sie gerade aus der Ausstellung »Das ideale Haus« gekommen wäre. Die beste Zeit wäre mittags gewesen, wenn nicht viele ihrer Nachbarn zu Hause waren, aber nicht an einem Dienstag, Mittwoch oder Donnerstag. Wenn man durch diese Gasse hinter den Häusern kam, hatte man gute Chancen, daß die Gartentür nicht abgeschlossen war, selbst wenn sie sich abschließen ließ, und dann versuchte man es mit der hinteren Tür des Hauses. Ließ sie sich nicht öffnen, klopfte man, und wenn sie erschien, nicht lange gefackelt, kein Schmonzes, man sei ein Vertreter, Marktforscher oder weiß Gott sonstwas, sondern rasch mit der Hand ihren Mund zugedrückt, ihr die Hände auf den Rücken, mit hartem Griff festgehalten, und ab mit ihr ins Haus hinein, und kein Ton, während geschah, was geschehen mußte.

Phantasien – oder doch nicht? Er trat die Fahrt nach Hause an. Für den Abend hatte er Danilo zum Essen eingeladen. Ganz unvermittelt erschien in jenem Teil seines Hirns, der Bilder produzierte und Videofilme ablaufen ließ, der Anblick Magnus Mandevilles, wie er ihn, Guy, während der Geburtstagsfeier beäugt hatte. Mandeville hatte ihn über die geraden Ränder seiner Halbbrille betrachtet, wie ein Richter vielleicht den Kretin auf der Anklagebank mustert, verwirrt, forschend, scharf, erstaunt und unerbittlich. Magnus Mandeville hatte möglicherweise Einfluß auf Leonora. Er war ja ausgerechnet Anwalt. Angenommen, er hatte eine gewisse Ahnung von seinen, Guys, Geschäften, die damals noch am Rand der Legalität oder auch jenseits davon abliefen, hätte er dann Leonora gewarnt? Guy fuhr an den Straßenrand und stellte den Motor ab. Diese kurzen Szenenausschnitte erweiterten sich zu einem Bild, einem Panorama oder Gruppenfoto der Tischgesellschaft am Abend des 25. Juli. Er konnte sich jetzt nicht auf die Straße konzentrieren; er mußte eine Pause einlegen. Wo war das wieder gewesen, dieses Dinner? Nicht in einem sehr vornehmen Lokal, nicht in einem angesehenen Restaurant oder berühmten Hotel, wie es *ihm* für die Feier eines wichtigen Ereignisses im Leben seiner Tochter vorschweben würde. Aber er konnte den Gedanken, daß er vielleicht einmal eine Tochter oder einen Sohn haben könnte, kaum ertragen; er war zu schmerzlich. Solche Ideen waren ihm schon früher gekommen, und sie schienen irgendwo in seinem Inneren eine Wunde aufzureißen und zum Bluten zu bringen. Wenn er sagen könnte, wenn er tatsächlich *wüßte*, daß er und Leonora irgendwann Kinder haben würden, würde er vor Seligkeit sterben.

Das Panorama entfaltete sich in seinem Kopf. Elf Personen waren an dem Tisch gesessen: am Kopfende Leonora selbst, mit Anthony Chisholm links und ihm, Guy, rechts von ihr. Leonora hatte ein dunkelblaues Kleid getragen, schmucklos, aus irgendeinem seidenen Stoff, streng und eigentlich zu einer älteren Frau passend. Natürlich sah sie schön aus, das verstand sich von selbst. Sie trug die Halskette, die ihr Vater ihr geschenkt hatte, aus Azursteinen, in Silber gefaßt, hübsch, aber nach Guys Maßstäben nicht teuer. Anthony Chisholm war ein gutaussehender Mann mit einem jungenhaften Gesicht, das immer einen jugendlichen Zug behalten würde. Neben Anthony saß dessen Mutter, eine alte Schachtel, die inzwischen verstorben war, Leonoras Großmutter. Den Platz rechts neben ihm nahm Janice, eine Kusine von Leonora, ein, die später heiratete und nach Australien ging, und neben ihr saß Robin Chisholm mit Rachel Lingard zu seiner Rechten. Maeve war nicht zu sehen, war in keinem Wortsinn im Bild, da Leonora sie damals noch nicht gekannt hatte. Die alte Mrs. Chisholm saß neben Magnus Mandeville, und neben diesem war Susannah, Anthonys Ehefrau. Susannah sah nett aus, sehr schlank, mit glänzendem dunklen Haar; sie war damals nicht älter als drei- oder vierunddreißig, eine Frau, von der Leonora gesagt hatte, sie trage kaum je Kleider oder Röcke, und die an diesem Abend tatsächlich in einem schwarzseidenen Hosenanzug steckte. Janices Verlobter, an dessen Namen Guy sich nicht erinnern konnte, saß zwischen Susannah und Tessa.

Er ließ sein geistiges Auge von Gast zu Gast um den Tisch schweifen. Die Anzüge der Männer hatten sich ihm nicht eingeprägt, aber er glaubte sich zu erinnern, daß Robin eine rosafarbene Krawatte getragen hatte. Robin, der seinen Vater vorzog, hatte viel helleres Haar als Leonora. Er hatte Anthonys jungenhaftes Aussehen geerbt und wirkte absurd jung für seine vierundzwanzig Jahre. Er war Devisenmakler – beziehungsweise er wurde später einer. Er machte Devisengeschäfte mit potentiellen Geldnehmern und verschaffte so beispielsweise Kunden in Deutschland rasch Dollar und Kunden in Brasilien rasch Deutsche Mark, und Guy hatte den Verdacht, daß Robin auf eine seriöse Weise ebenso unehrlich und aufstiegsbesessen war wie früher er selbst.

»Ich müßte ihm eigentlich sympathisch sein«, hatte Guy einmal zu Leonora gesagt. »Ich versteh' nicht, warum er mich nicht mag. Wir sind doch von der gleichen Sorte, oder nicht?«

»Er ist ein Snob.«

»Was soll das heißen – mein Akzent gefällt ihm nicht?«

»Wollen wir hoffen, er legt das einmal ab. Er ist noch immer in einem Stadium, wo er abfällige Witzchen über Leute macht, die nicht auf einer Privatschule waren. Es tut mir leid, Guy. Ich liebe Rob, und ich werde ihn immer lieben, aber er ist der einzige Reaktionär in meiner Familie. Ein richtiger altmodischer Tory.«

»Das leuchtet mir ein«, sagte er, obwohl ihn die Politik nicht interessierte. Wenn er überhaupt etwas war, dann ebenfalls ein altmodischer Tory, ein Konservativer.

Tessa haßte ihn, weil er ein sogenannter Philister war, ihr Mann, weil er ihn als einen Gauner beziehungsweise gewesenen Gauner betrachtete. Und Robin, hatte er seine Schwester gegen ihn eingenommen, weil er nicht aus den richtigen Verhältnissen kam oder nicht im richtigen Tonfall sprach? Guy schloß die Augen und sah wieder diese zehn Leute vor sich, neun ohne Leonora. Tessa in einem grünlich-goldenen Kleid aus irgendeinem plissierten, seidigen Stoff, um den Hals eine dünne Goldkette, an der Hand der neue, glänzende Ehering und die Nägel dazu passend bemalt. Susannah in ihrer schwarzen Hose und der gut sitzenden Jacke, der oben geöffneten weißen Seidenbluse und der klotzigen Bernsteinkette. Die alte Mrs. Chisholm in brauner Spitze und Perlen, und Rachel, diese häßliche Brillenschlange, in einem geblümten Baumwollrock mit zipfelndem Saum und einer hellroten Bluse, vermutlich aus dem Kaufhaus. Die Männer. Janice, pummelig wie Rachel, breithüftig, auf der Nase eine rosa Kunststoffbrille mit modischer Fassung. Er selbst und Leonora.

Sie aßen mit Garnelen gefüllte Avocados. Nein, wirklich allerhand, um nicht zu sagen: toll! Der nächste Gang bestand aus uninteressant zubereiteten Hühnchen. Guy hatte irgendwo gelesen, daß Hühnerfleisch, wenn auch nicht das am meisten geschätzte, so doch weltweit das am meisten konsumierte proteinhaltige Nahrungsmittel war. Als die Profiterolen serviert wurden, sagte Anthony Chisholm zu ihm: »Und wie geht's derzeit beruflich so, Guy?«

Sie wußten, daß er reich war. Niemand sonst hatte einen Armani-Anzug an und Manschettenknöpfe aus Imperialjade mit Fassungen aus 22karätigem Gold. Und dabei war er noch nicht einmal halb so alt wie Anthony Chisholm. Er beantwortete die Frage, erzählte ihnen von den Gemälden und ließ seine Nebenbeschäftigungen natürlich unerwähnt. Sie würden ohnehin schon bald ein Ende nehmen. Mit Con Mulvanneys nahem Tod, der gleichsam in der unbekannten, ungeahnten Zukunft auf sein Eintreten wartete, sollte dann aufgelöst werden, was vom »Dream Traffic« noch geblieben war. Der gewisse Handel, über den sich, auf ihn gemünzt, Tessa und Anthony Chisholm bei seiner ersten Begegnung mit ihnen mit solcher Empörung, solcher Heftigkeit geäußert hatten, war beinahe an sein Ende gelangt.

Wie ein Geier war Tessa auf dieser Abendgesellschaft gewesen, hatte zugesehen, wie die anderen ihn umbrachten, und war dann herabgestoßen, um ihn auszuweiden. Zuerst ihre Bemerkung, daß es besser wäre, vor King's Cross auf den Strich zu gehen, dann, um ihm den Rest zu geben, vor den versammelten Gästen ein Vortrag über den Untergang von Kunst und Kultur im Westen (was immer das auch bedeuten sollte), und Leonora hatte zugehört, hatte ohne Zweifel später noch mehr zu hören bekommen, noch mehr...

Er ließ den Motor an und fuhr nach Hause.

Später war Leonora in den Ferien nicht mehr zu ihrer Mutter, sondern zu ihrem Vater und ihrer Stiefmutter gezogen. Der Grund dafür war, daß sie im Zentrum von London sein wollte. Und in der Nähe von Rachel Lingard. Wenn er ehrlich zu sich selbst war, mußte er das zugeben. Rachels Mutter hatte eine Wohnung in der Cromer Street, und Rachel wohnte dort, weil ihre Mutter krebskrank war und dem Tod entgegenging. Er hatte Rachel gleich am Anfang als Bedrohung erkannt und war dagegen gewesen, daß seine Freundin mit ihr Umgang hatte. Mädchen sollten unbeschwert und leichtsinnig, manchmal auch ein bißchen albern sein, verrückt aufs Einkaufen, auf Kleider und Parfums versessen, sich in jedem Spiegel begucken, sollten es gern haben, wenn Männer sie anstarrten und ihnen nachpfiffen. Sie sollten eitel und launisch und eine Spur gehässig gegenüber anderen Frauen sein. Rachel dagegen war Feministin. Sie trug nie Make-up. Sie aß, was ihr schmeckte, und wurde fett. Sie pflegte zu sagen, daß ihr die Gesellschaft von Frauen lieber als die von Männern sei. Sie redete hochgestochen und für ihn oft unverständlich daher. Die Hälfte der Zeit wußte er buchstäblich nicht, worüber sie sich ausließ.

Jetzt beschäftigte ihn der Gedanke, ob Leonora durch Rachel diesen William Newton kennengelernt hatte. Daß sie einen solchen Typen in ihrem Bekanntenkreis hatte, sah ihr ähnlich. Er hatte gleichfalls jene Eigenschaft, die Leonora anscheinend so sehr schätzte: Er konnte quasseln. Guy hatte nie eingesehen, was das sollte, all diese Diskussionen und Haarspaltereien, diese geistreichen, supergescheiten Reden. Wozu sich die Mühe machen? All das war vielleicht notwendig gewesen, als es nichts anderes zu tun gab, als noch keine Zeitungen, Zeitschriften, Videofilme, keine Musik, kein Fernsehen zur Hand gewesen waren, als es weder richtige Lokale noch Strom gegeben hatte. Aber heutzutage war die Kunst der Konversation ebenso obsolet wie die Kunst des Briefeschreibens. So sah er die Sache.

Eigentlich hatte der Riß in ihrer Beziehung erst in dem Augenblick wirklich begonnen, als Leonora ihren Entschluß umstieß, mit ihm in Urlaub zu fahren. Er hatte den Grund nie erfahren. Und er wußte auch nicht, warum sie beinahe *schockiert* gewirkt hatte, als er ihr später vorschlug, bei ihm einzuziehen. Sie reagierte fast, wie ihre Mutter es vielleicht getan hätte, nicht wie ein zweiundzwanzigjähriges Mädchen. Schließlich gingen sie ja seit Jahren fest miteinander. Er liebte sie, und sie liebte ihn, und es war ihnen beiden klar, daß sie eines Tages Mann und Frau werden würden.

»Das ist doch nicht dein Ernst, Guy?«

»Ist das bei Leuten wie uns nicht üblich? Ich habe ein Haus, das bereitsteht und auf dich wartet. Es ist in einer Gegend, die du magst. Ich nehme an, du magst *mich* – beziehungsweise du liebst mich, und ich liebe dich.«

»Wer sind diese Leute wie wir?«

Das war eine jener spitzen Bemerkungen, die sie immer öfter von sich gab. Sie packte ihn bei alten Redewendungen, die er benutzte, Ausdrücken, die allgemein gebräuchlich waren, die sie aber als Klischees bezeichnete. Früher hatte sie das nie getan. Sie hatte es Rachel abgeschaut. Und jetzt wollte sie mit Rachel in eine winzige »Wohnung« ziehen.

»Wir haben an Fulham gedacht, weil ich ja dort unterrichte. Ein großes Zimmer mit einer Küche, während wir uns nach einer richtigen Wohnung umsehen.«

Rachels Mutter war mittlerweile im Krankenhaus, aus dem sie sicher nicht mehr zurückkehren würde. Leonora zeigte Guy das Apartment, das so schrecklich wie das Heim seiner Jugend im *Attlee House* und dazu noch viel kleiner war. Die dicke Rachel, deren Brille ihre Kugelaugen noch vergrößerte, sah seine Miene, flüsterte Leonora etwas zu und sagte wie eine Schauspielerin auf der Bühne: »Sagt an, warum so fahl und bleich? Soll, wenn Gesundheit sie nicht rührt, ein krankes Antlitz sie gewinnen euch?«

Die beiden Mädchen brachen in Kaskaden von Gelächter aus und kicherten, wie er es bei Mädchen gern hatte, allerdings nicht, wenn er selbst die Zielscheibe war. Er verstand den Sinn der Bemerkung, sie stammte aus einem Gedicht, ein Zitat, irgend sowas, obwohl Rachel vielleicht dachte, es wäre ihm nicht klar. Der Ausspruch bedeutete, daß ein Jammerlappen Leonora nicht imponieren würde, weshalb er sich bemühte, nicht gekränkt zu wirken, sondern die Sache mit einem Lachen zu überspielen. Kurz danach starb Rachels Mutter, was für einige Zeit das Lächeln von ihrem Gesicht wischte. Allerdings war es ihr bestimmt angenehm, daß sie nun ihr Erbe verkaufen konnte, denn trotz ihres Gehabes war sie ebenso geldgierig wie das nächstbeste Mädchen. Zusammen mit Leonora machte sie sich auf die Suche nach einer Wohnung.

Sobald er erfuhr, daß sie sich um eine Hypothek bewarben – eine enorme Summe –, erbot er sich, Leonora das Geld zu leihen. Natürlich würde es sich eigentlich nicht um ein Darlehen handeln, sondern, unumwunden gesagt, um ein Geschenk. Von Anfang an war dies seine geheime Absicht, aber natürlich wollte er sie in dem Glauben lassen, der Betrag sei ein zinsfreies Darlehen.

Warum nur mußte sie in alles ihre Angehörigen und Freunde hineinziehen? Sie war doch beinahe dreiundzwanzig, Herrgott noch mal! Warum konnte sie sich nicht von ihrer Familie lösen? Weil die es nicht zuließ. Sie hingen wie Kletten an ihr und aneinander. Ihre Eltern, die nicht einmal mehr miteinander verheiratet waren, steckten immerfort beisammen, sahen sich, so schien es ihm, so oft wie früher, als sie noch ein Heim geteilt hatten.

An jenem Abend, als er sein Angebot machte, hatte sie sich bei Anthony und Susannah in der Lamb's Conduit Street aufgehalten, um dort zu übernachten. Um bei ihnen zu *übernachten*, man stelle sich das vor, obwohl sie nur fünf Meilen davon entfernt ein eigenes Zuhause hatte. Rachel war nach Norden zu einem Treffen von Leuten gefahren, die sie »alumnae« nannte, was sich für seine Ohren anhörte wie Bakterien, die Sorte, die man sich holt, wenn man Leberpastete aus dem Supermarkt ißt. Natürlich hatte er sein Angebot nicht vor anderen Leuten gemacht. Er und Leonora waren allein gewesen, nach dem Kino bei einem gemütlichen Gläschen gesessen.

»Das ist sehr großzügig von dir, Guy«, hatte sie gesagt, und er hatte ihr angemerkt, daß sie gerührt war. Er dachte schon, ihr kämen die Tränen.

»Das ist für mich doch eine Kleinigkeit«, sagte er. Und wußte sofort, daß er es nicht hätte sagen sollen.

»Wenn es nur möglich wäre«, sagte sie und nahm seine Hand.

Sie gingen zu ihrem Vater nach Hause. Anthony und Susannah Chisholm waren beide da und außerdem auch Leonoras Onkel, Anthonys Bruder Michael, ein hohes Tier beim Fernsehen, Präsident einer TV-Firma, und ihr Bruder Robin, das Bürschchen mit dem Babygesicht und den blonden Locken. Und dem schwarzen Herzen, dachte Guy.

Er war verlegen, als sie die Sache zur Sprache brachte. Er war auch stolz. Schließlich hatte er mit nichts, mit weniger als nichts begonnen, während sie alle studiert hatten, in glücklichen Familien aufgewachsen waren, einflußreiche Leute kannten.

»Du hast Guy hoffentlich gesagt, daß etwas Derartiges auf gar keinen Fall in Frage kommt«, sagte Anthony Chisholm.

Herablassender konnte man nicht werden. Herablassend und – welches Wort führte Rachel immer im Mund? – patriarchalisch.

Anthony sah an sich wie ein netter Teddybär aus, mit einem jungenhaften Gesicht und zwinkernden Augen. Guy hatte ihn noch nie so erlebt wie damals. Voll verletzten Stolzes. Richtig entrüstet. Er wirkte, als hätte Guy ihn beleidigt und nicht seiner Tochter angeboten, ihr vierzigtausend Pfund zu leihen.

Der Onkel, eine korpulentere, ältere und irgendwie *pelzigere* Ausgabe von Anthony, spitzte die Lippen und gab einen leisen, dünnen Pfiff von sich. Robin sagte: »Wie man eine Frau mühelos in die Tasche steckt.«

Der Scheißkerl! Guy hatte ihn schon immer gehaßt.

»Ich wollte nur, daß ihr es alle erfahrt«, sagte Leonora, »weil es so überaus nett von Guy war.« *War?* Was wollte sie mit diesem *war* sagen? Er war sich bis dahin halbwegs sicher gewesen, daß sie den anderen zum Trotz das Geld annehmen würde. Aber der Einfluß der Familie war zu stark für sie. »Es war ein großartiges Angebot«, sagte sie, »aber ich könnte es nicht einmal im Traum annehmen.« Und dabei sah sie so traurig aus, daß er am liebsten die Arme um sie gelegt und sie geküßt hätte, um den Kummer zu verscheuchen.

Aber er hatte nicht die Waffen gestreckt. In den folgenden Wochen hatte er sie immer wieder gedrängt, das Geld doch zu akzeptieren. Zur gleichen Zeit begann sie, unter Ausflüchten, immer weniger mit ihm wegzugehen. Jahrelang hatte er jeden Tag mit ihr gesprochen, obwohl es nicht einfach war, sie in Fulham zu erreichen, wo das Telefon im Erdgeschoß war und von ungefähr acht Leuten benutzt wurde.

Eine Art Panik ergriff ihn, als er merkte, daß sie sich von ihm lösen wollte, noch stärker als damals während ihrer Abwesenheit, als sie auf dem College war. Ohne sie wäre das Leben undenkbar. In manchen Augenblicken tat sich vor ihm das Bild einer kalten Leere aus, einer grauen Wüste, aus der sie fortgegangen war und wo sie ihn allein zurückgelassen hatte.

Eines Tages nahm er seinen ganzen Mut zusammen und sagte: »Was ist zwischen uns passiert?« Er fürchtete ihre Antwort. Was, wenn sie sagte: »Ich liebe dich nicht mehr?«

Sie sagte es nicht. »Nichts ist passiert. Wir sind Freunde wie immer.«

»Leonora, wir sind mehr als nur Freunde. Ich liebe dich, du liebst mich. Du bist *alles* für mich.«

»Ich finde, wir sollten uns weniger oft sehen. Wir sollten mehr mit anderen Leuten zusammen machen. Diese schon beinahe monogame Situation zwischen uns ist nicht sehr zuträglich, wenn man jung ist.«

So hatte Rachel es ausgedrückt. Er konnte sie es sagen hören.

»Ich muß dich sehen.«

Es war an einem Sonnabend gewesen. Sie aßen zusammen zu Mittag in einem französischen Restaurant in der Charlotte Street. Damals war sie noch nicht auf diesen vegetarischen Mumpitz abgefahren. Er wußte noch, was sie angehabt hatte: ein dunkelblau und dunkelgrün gestreiftes Baumwollkleid mit einem gelbbraunen Gürtel und gelbbraunen Turnschuhen. In jenen Tagen, vor drei Jahren jetzt, hatte sie sich noch immer recht nett angezogen.

»Ich will dir was sagen«, hatte sie gesagt. »Ich werde jeden Samstag mit dir mittagessen.«

# 4

Er hatte es zuerst als einen Witz genommen. Das konnte sie doch nicht ernst gemeint haben. Er konnte sich kaum an eine Zeit erinnern, in der sie beide nicht etwas zusammen unternommen hatten. Das Mädchen mit dem möblierten Zimmer und dem Wagen, mit dem er etwas gehabt hatte, ehe er Leonora kennenlernte, lebte nur noch schwach in seiner Erinnerung, war zu einem Phantom verblaßt. Leonora konnte doch nicht gemeint haben, daß sie sich in Zukunft nur noch wie Leute sehen sollten, die sich regelmäßig zu einem Geschäftsessen treffen.

Sie am Telefon zu erreichen war sehr schwierig; manchmal meldete sich niemand, häufig kam ein anderer Hausbewohner an den Apparat, versprach, ihr etwas auszurichten, und vergaß es dann. Zwei Tage vergingen, ohne daß er mit ihr sprach, und diese Erklärung aus ihrem Mund, diese Absichtserklärung, wurde langsam weniger real. Er begriff, daß sie ihn hatte necken wollen. Wie, so tadelte er sich, habe ich nur so dumm sein können, mich davon verunsichern zu lassen?

Als er sie schließlich an den Apparat bekam, bat er sie, am nächsten Tag mit ihm ins Kino zu gehen.

»Erinnerst du dich nicht mehr an unsere Abmachung?« sagte sie.

Ihm wurde kalt. »Welche Abmachung denn?«

»Ich habe doch gesagt, daß ich dich jeden Samstag zum Mittagessen treffen werde.«

»Das kann doch nicht dein Ernst sein, Leonora.«

Es war ihr ernst damit. Sie werde ihn am Sonnabend sehen. Und wo würde er gern zu Mittag essen?

Erst lange danach hatte er sich zu fragen begonnen, was der Grund dafür sein mochte. Er hatte nicht einmal in Betracht gezogen, es könne etwas mit dem Darlehen, das er ihr angeboten hatte, zu tun haben oder damit, wie er sein Geld verdiente, oder gar mit Con Mulvanney. Zu diesem Zeitpunkt lag die Con-Mulvanney-Affäre sechs, sieben Monate zurück. Er sagte sich, der Umzug mache ihr zu schaffen, desgleichen die Probleme für sie und Rachel, bis die Verträge unterschrieben waren und bis über einen Fertigstellungstermin entschieden war. In ein, zwei Monaten, wenn sie die Wohnung in der Portland Road bezogen hätten, würde es wieder anders aussehen. Sie würde zu ihm zurückkommen.

Manche hätten vielleicht auch gesagt, sie habe sich nie von ihm abgewandt. Das begann er sich selbst einzureden. Er sah sie regelmäßig, es gab keinen anderen für sie und auch für ihn nichts, was ernst zu nehmen war, was zählte. Er rief sie täglich an, was jetzt, da sie ein eigenes Heim und ihr eigenes Telefon hatte, viel leichter war. Sonnabends trafen sie sich zum Mittagessen. Jeden Tag hörte er ihre Stimme, und einmal in der Woche sah er sie. Er wußte, es gab Paare, die sich nicht so oft sahen. Wenn man irgend jemandem erzählte, daß man seine Freundin einmal in der Woche sah und jeden Tag mit ihr telefonierte, würde es heißen: Ihr habt ein festes Verhältnis. So sprach er sich beruhigend und tröstend zu.

Aber man kann von einem Mann nicht erwarten, daß er wie ein Mönch lebt, und so gab es andere Mädchen. Das war nur natürlich. Es wäre nicht so gewesen, hätte sie sich ihm nicht verweigert. Bekäme er die Chance, wäre er der zuverlässigste Liebhaber, der treueste aller Ehemänner. Er erzählte ihr nie von den Mädchen, sie fragte ja nicht, und er fragte auch sie nicht, ob es andere Männer in ihrem Leben gab. Aber es war für ihn eine Selbstverständlichkeit gewesen, daß er – er war ja schließlich ein Mann – eine Geliebte hatte, sie dagegen keinen Liebhaber. Sie konnte ohne Sex leben.

»Ein schönes Beispiel für Doppelmoral«, hatte Rachel im Zusammenhang mit einem anderen Paar gesagt, das sie kannten.

Ganz so war es nicht. Er schloß diesen Kompromiß, weil er sich einer grausameren Realität nicht stellen konnte, weil es diese für ihn nicht geben durfte. Die Realität sah so aus: Sie hatte kein starkes sexuelles Verlangen, als Umgang zog sie Frauen vor. Aber sie liebte ihn – warum sonst sprach sie jeden Tag mit ihm am Telefon, traf sie sich jeden Sonnabend mit ihm zum Mittagessen?

Eines Tages, so hatte er sich gesagt, werden sich die Dinge wieder ändern. Sie genießt jetzt ihre Freiheit, sie hat ihren Spaß daran, sich selbst zu ernähren, ihren Job auszufüllen, zu versuchen, mit ein paar Pennys einen Haushalt zu führen, ihre absurden Prinzipien in die Tat umzusetzen. Doch eines Tages wird der Reiz des Neuen verblassen. Sie wird heiraten wollen, schließlich wollen das *alle* Frauen, und keinen andern als mich wird sie heiraten. In gewisser Weise war es so, als wären sie Verlobte, einander seit ihren Kindertagen versprochen, wie es bei manchen asiatischen Völkern der Brauch ist. Heute wollten sich die jungen Frauen selbst bewähren, zeigen, daß sie ihren Mann stehen können, bevor sie taten, was alle Frauen tun: mit einem Mann einen Hausstand gründen. Er sprach sogar ungefähr in diesem Sinn, als er eines Sonnabends nach dem Mittagessen Leonora zu der neuen Wohnung zurück begleitete.

Unglaublich, die Zahl der Stufen, die sie erklimmen mußten. Er hätte es nicht für möglich gehalten, wie viele Häuser in London ohne Lift waren. Rachel war da und hatte ihre typischen Edelklamotten an, einen uralten Rock aus einem *Monsoon*-Schlußverkauf (wahrscheinlich dem allerersten) und dazu einen grauen Pullover aus einem *Oxfam*-Laden. Er sah ihre Zimmerpflanzen und die Poster an den Wänden an, ihr Geschirr aus einem Billiggeschäft und das Sofa, das sie auf dem Trödelmarkt in der Shepherds Bush Road vom Gehsteig weg gekauft hatten, und nach einiger Zeit machte er diese Bemerkung über Frauen, die selbst ihren Mann stehen wollen.

»Ich will dir was sagen, Guy, du bist ein Viktorianer«, sagte Rachel. »Der letzte von der Sorte. Du gehörst eigentlich in ein Museum. Ins *Natural History Museum*, was meinst du, Leonora? Oder ins *Victoria and Albert*?«

»Nein, du hast mich nicht richtig verstanden«, sagte er, bemüht, ruhig zu bleiben. In einem mit Fliegendreck verunzierten Spiegel erblickte er sein junges, gut geschnittenes Gesicht, seine magere, sportliche Figur – er ein Viktorianer! »Du hast mich falsch verstanden. Ich bin für die Gleichberechtigung von Mann und Frau. Ich weiß, Frauen brauchen einen Beruf und ihr eigenes Geld und einen Arbeitsplatz, an den sie zurückkehren können, wenn die Kinder groß sind. Ich weiß, was die Frauen brauchen.«

Sie brachen in ein schallendes Lachen aus und suchten aneinander Halt. Rachel sagte irgend etwas über Freud. Er wußte noch immer nicht, was verkehrt oder komisch an dem war, was er gesagt hatte. Aber es störte ihn nicht lange, denn die Bemerkung hatte Rachel, nicht Leonora gemacht.

Er durchlebte eine lange Phase, in der für ihn einfach *feststand*, sie würde sich eines Tages dazu entschließen, ihn zu heiraten. Die Möglichkeit, daß sie einen anderen Mann kennenlernen könnte, kam ihm eigentlich nie in den Sinn. Oder vielmehr: Sie kam ihm schon in den Sinn, streifte ihn kalt wie der erste Frosthauch in der herbstlichen Luft, und dann rief er Leonora an, um sich zu beruhigen. Nicht um ihr seine Gefühle zu beschreiben, denn es waren ja nur Gefühle, die sich nie zum Argwohn steigerten, sondern um ihre Stimme zu hören, ob sich daran vielleicht eine Veränderung entdecken ließ. Aber sie blieb sich immer gleich, nicht?

Sie plauderte, wie sie es immer tat, über die alten Zeiten, über ihre gemeinsame Jugend und dann über ihre Familie und ihre Freundinnen, was sie getan und gesagt hätten. Nichts daran interessierte ihn, aber er hörte sie gern sprechen. Es war wirklich komisch, was sie über die Redekünste dieses William Newton gesagt hatte, während es bei ihr selbst damit eigentlich nicht weit her war. Nie verlor sie ein Wort übers Fernsehen oder Popmusik oder das neueste Erfolgsstück im West End, über Mode oder Sport. Er versuchte, sich den Inhalt dieser tollen

Gespräche, die sie mit Newton führte, vorzustellen, doch seine Phantasie ließ ihn im Stich.

Es war mittlerweile eine Woche her, daß er sie mit Newton gesehen hatte. Er war auf der einen Seite der Kensington High Street mit ihrem reißenden Verkehr in Richtung Church Street gegangen und hatte die beiden auf der anderen Seite gesehen, Hand in Hand. Seine Leonora und ein zaundürrer Typ mit zimtfarbenem Haar, nicht viel größer als sie selbst.

Hand in Hand. Er hatte gespürt, wie ihm das Blut in den Kopf schoß und sein Gesicht rot anlief, als wäre er peinlich berührt, als *schämte* er sich. Er hatte auf keinen Fall, auf gar keinen Fall von ihnen gesehen werden wollen, und sie hatten ihn auch nicht gesehen. Danach, bei einem Brandy zu Hause, hatte er den Vorfall als einen der schlimmsten Schocks seines Lebens empfunden, vergleichbar jenem, der ihn an dem Tag getroffen hatte, als diese Frau in sein Haus kam und ihm die Sache mit Con Mulvanney berichtete.

»Du siehst nicht gerade gesund aus«, sagte Danilo.

»Mir geht es bestens.«

Einen Augenblick lang war Guy verletzt. In seinem neuen Ungaro-Sakko und dem dünnen Perry-Ellis-Pullover war er mit seiner Erscheinung zufrieden gewesen. Es war nicht seine Gewohnheit, viel Zeit vor dem Spiegel zu verbringen. Ein rascher Blick genügte, um ihm den erwünschten Eindruck zu verschaffen: die Haut tief gebräunt, ein Hauch Sepia auf den kantigen Kiefern, weiße Zähne, eine schwarze Haarsträhne in der Stirn. Und der feste, muskulöse, doch magere Körper. Aber der Blick in den Spiegel vor zehn Minuten beim Verlassen des Hauses hatte ihm noch etwas anderes gezeigt – einen Ausdruck von Müdigkeit und Abgespanntheit vielleicht, etwas *Vergrämtes*.

»Ich hab' in letzter Zeit ein bißchen Probleme«, sagte er. »Die Migräne meldet sich wieder.«

»Du mußt *Feverfew* essen.«

»Was ist denn *Feverfew*, zum Teufel?«

»Weiß der Himmel. Ich hab' in einer von Tanyas Zeitungen was drüber gelesen. Sie ist auf dieses ganze alternative Zeug abgefahren. Aber im Ernst, du siehst nicht gerade gesund aus.«

Sie saßen in einem Restaurant in der teuren Gegend, die sich an den Sloane Square anschließt. Danilo war ein kleiner, magerer Mann mit einem Löwenhaupt und gelblichbraunen Augen wie bei einem Tier – einem kleinen, grimmigen Raubtier. Obwohl er nur gut einssechzig groß war, noch ein paar Zentimeter kleiner als William Newton, und obwohl er ziemlich langes, gekräuseltes sandfarbenes Haar hatte, hätte Guy ihn niemals einen Zimtzwerg genannt. Danilo trug einen sehr saloppen, aber ungemein teuren Anzug aus beinahe schwarzem Seersuckerleinen, mit hochgerollten Ärmeln, damit das blaue Seidenfutter zum Vorschein kam. Dazu hatte er ein blaues Hemd mit feinen, dunkelgrünen Streifen an, aber keine Krawatte. Seine beiden Ringe waren aus Weißgold, einer mit einem runden Buckel aus Lapislazuli, der andere mit einem viereckigen Jadestein besetzt. Ein paar Jahre vorher, als so etwas noch möglich war, hatte Danilo Imperialjade aus China importiert und damit viel Geld gemacht. Guys Manschettenknöpfe stammten daher.

Danilo war keineswegs spanischer oder südamerikanischer Abstammung; sein Taufname war eigentlich Daniel, aber da in seiner Klasse in der Grundschule nicht weniger als fünf Mitschüler Daniel hießen, hatte er sich umgetauft. Danilo importierte nicht nur diverse illegale Substanzen, sondern war auch jemand, der Morde in Auftrag gab. Jedenfalls glaubte Guy das.

Nur in einer einzigen Hinsicht war Danilo kein Macho: was das Trinken betraf. Er hatte sich eine Weißweinschorle in einem hohen Glas bestellt. Guy trank mehr, als er aß. Das kam bei ihm oft vor, obwohl er auch jetzt etwas zu sich nahm, ein schönes, dickes schottisches Filetsteak, das als Ganzes, außen fast verkohlt, innen bläulichrot, an ihren Tisch gebracht und mit einem einzigen geschickten Messerhieb für sie beide geteilt wurde.

Danilo sprach über die Villa in Grenada, die er verkauft, und das Gebäude, das er im Wye-Tal erstanden hatte, eine walisische Burg mit viel Grund, die er mit Barockmobiliar aus einem schwedischen Herrenhaus des 18. Jahrhunderts einzurichten plante. Nach schwedischem Recht war es zwar untersagt, diese Tische und Stühle und Bilder außer Landes zu bringen, aber Danilo war dabei, diese Hürde mit Hilfe von Schmiergeldern zu überwinden. Er war kein besonders egozentrischer Mensch und wenn auch abgebrüht, so doch nicht hartherzig gegenüber seinen Freunden. Und er war zu diesem Essen nicht eingeladen worden, damit er über sich selbst sprach.

»Na, wie geht's Celeste? Läuft das noch?«

Guy zog die Schultern hoch. Es war ihm immer peinlich, wenn Celeste erwähnt wurde.

»Und die Gemälde – bringen sie dir noch genug für deinen Lebensstil?«

»Ich habe keine Geldsorgen, Dan«, sagte Guy. »Darum geht es nicht. Für uns beide wird das nie ein Problem sein, hab' ich recht?« Sie hatten, zwei Jahre vorher, einmal darüber gesprochen und waren sich einig gewesen, daß man kein ganzer Mann war, wenn man es nicht schaffte, reich zu werden.

»Dann muß es um die kleine Miss Leo gehen.«

Guy hätte niemandem erlaubt, von Leonora als der »kleinen Miss Leo« zu sprechen, aber Danilo nahm er es weniger übel, als es bei anderen der Fall gewesen wäre. Danilo liebte sie ebenfalls, natürlich auf eine mehr brüderliche Art. Er hatte sie zwar seit Jahren nicht gesehen, empfand ihr gegenüber aber noch immer jene zärtlichen Gefühle, wie sie der nostalgischen Sehnsucht nach alten Zeiten entspringen, in denen man es toll getrieben hat. Geschickter als jedes männliche Mitglied ihrer Clique hatte sie im Drogeriemarkt *Boots* Sachen von den Ladentischen geklaut. Einmal hatte sie auf einen Schlag eine elektrische Zahnbürste, einen Haartrockner und einen Lockenwickler abgeräumt und verschwinden lassen. Als Guy daran zurückdachte, fiel ihm ein anderer Freund ein, was ihm zu einem kleinen Aufschub verhalf.

»Hörst du manchmal etwas von Linus?«

Danilo lachte. »Der, mit dem hat es ein böses Ende genommen. Nun ja, *genau* weiß ich es nicht. Irgend jemand hat mir erzählt, er ist nach Malaysia gegangen und dort am Galgen gelandet, weil er ein bißchen Gras bei sich hatte.«

»Und das glaubst du?«

»Nein, das meiste von dem, was ich erzählt bekomme, glaube ich nicht. Also, wie steht's mit Leonora? Los, spuck's schon aus, du erzählst es mir ja doch. Sie heiratet, ja?«

Er war der Wahrheit unangenehm nahe gekommen. Guy sagte beherzt: »Nein, das wird sie nicht tun. Das heißt, keinen andern als mich. Ich möchte dich fragen, Dan, weißt du, wenn ich ...« Er blickte um sich. Es war zwar niemand in Hörweite, aber er senkte trotzdem die Stimme: »... jemanden aus dem Weg haben wollte, könntest du ... na ja, die Sache regeln?«

Die Iris in den gelben Augen veränderte sich nicht, wohl aber die Pupillen. Sie schienen in die Breite zu gehen, wurden aus runden Flecken zu schwarzen Stengeln. Danilo berührte mit der Zunge seine schmale Unterlippe.

»Ihr Freund?« fragte er.

Guy war bestürzt. »Woher weißt du, daß sie einen hat?«

»Ein Freund ist immer im Spiel. Soll er umgelegt werden?«

Wieder machte Guy die Schulterbewegung, die Ungeduld ausdrückte. »Ich glaube nicht, nein. Ich weiß es nicht.« Wieder sah er diesen Tisch in dem Hotel vor sich, setzte Maeve auf den Platz der alten Mrs. Chisholm und William Newton an die Stelle, wo Janice und ihr Verlobter gesessen waren. »Irgend jemand hetzt sie gegen mich auf, Dan, aber ich weiß nicht, wer. Ich weiß nicht, wer von ihnen. Ich dachte, ich wüßte es ... Wenn ich es wüßte, würde ich ... aber *ich weiß es einfach nicht.*«

»Es ließe sich machen«, sagte Danilo gelassen. »Einem

Freund zuliebe könnte ich für drei Riesen jemanden finden, der gute, saubere Arbeit leistet.«

»Und der für dreißig Riesen zehnmal gute, saubere Arbeit leistet? Ich kann doch kein Massaker veranstalten lassen. Dan, ich weiß, nur einer von ihnen hetzt sie gegen mich auf, einer oder höchstenfalls zwei, einer oder zwei, bei denen sie lieb Kind sein will. Die haben ihr jede erdenkliche Lüge erzählt, die sie sich nur ausdenken konnten.«

»Der Verlobte wird es sein.«

»Ich glaube nicht. *Ich weiß es nicht.* Herrje, wenn ich's nur wüßte! Ich bin ein Vollidiot, Dan. Ich habe dich für nichts und wieder nichts hierherkommen lassen. Ich weiß nicht, wen ich dir nennen soll. Ich hab' dich völlig sinnlos hierherbestellt.«

»Das Steak war ein Traum«, sagte Danilo. »Ich werd' mir mal ausnahmsweise einen kleinen Chivas Regal genehmigen.«

Guy sagte: »Dan, warum hast du das gesagt? Warum hast du das über diesen Newton gesagt?«

»Was hab' ich gesagt?«

»Du hast ihn den ›Verlobten‹ genannt.«

»Das mußt du gesagt haben.«

»Hab' ich nicht. Ich hab' nur gesagt, sie ist nicht ... sie würde nicht ... Ich will damit sagen, diesen Newton gibt es, natürlich gibt es ihn, aber er ist nur so ein Typ, der mit ihr weggeht, er bedeutet ihr nicht mehr, als mir Celeste bedeutet.«

Danilo sah ihn mit einem durchdringenden, doch nicht unfreundlichen Blick an. »Okay, jetzt fällt's mir wieder ein. Tanya hat es mir erzählt. Sie hat es in irgendeiner Zeitung gesehen. Gestern oder vorgestern. Sie hat gesagt, schau dir das mal an, und ob das nicht die Leonora Chisholm wäre, die ich kennen würde. Ich hab' gesagt, das übliche Zeug, eine Verlobungsanzeige und die Ankündigung der bevorstehenden Hochzeit. Leonora Chisholm und William Newton. Ja, daher kenne ich den Namen des Burschen, es muß so sein, du hast ihn nie genannt. Deswegen dachte ich, daß er es ist, den du aus dem Weg geschafft haben möchtest.

# 5

Guy schlief in einem lackierten Himmelbett mit einem Baldachin im chinesischen Stil, hergestellt 1753 bei William Linnell. Von den geschwungenen, scharlachroten Hörnern an der pagodenartigen Spitze schienen vergoldete fliegende Drachen gerade abgehoben zu haben. Die Vorhänge waren aus gelber Seide. Ein ganz ähnliches Exemplar stand im *Victoria and Albert Museum*. Die Schlafzimmerwände waren mit einer Seidentapete bedeckt. Auf dem Parkettboden lagen statt eines Teppichs chinesische Säulenbrücken mit Drachen, Tiermasken und Wolkenmotiven.

Am Samstagmorgen um halb neun Uhr lag Guy zusammen mit Celeste Seton in seinem Himmelbett. Sie schlief noch, er hingegen war wach und überlegte, ob er Kaffee machen, irgend etwas Kleines, Leichtes – was, hatte er noch nicht entschieden – zu sich nehmen und danach auf ein, zwei Stunden in seinen Fitneßklub gehen sollte. Er sah Celestes makelloses Gesicht, das einer kostbaren, fein gearbeiteten Bronzemaske glich, auf dem Kopfkissen an und dachte, wie wunderschön sie war, vermied es aber, weiter über sie nachzudenken. Denn sobald er über sie nachdachte, überkamen ihn Schuldgefühle. Der Gedanke, daß er eine Frau liebte und eine andere für sexuelle Zwecke benutzte, war für ihn beschämend und abstoßend.

Es war natürlich nicht ganz so, es war *nicht* so. Er war zu Celeste immer ehrlich gewesen. Sie hatte gewußt, daß er Leonora liebte, oder er hatte es ihr gesagt, er war ganz offen gewesen. Es war nicht seine Schuld, wenn sie die Sache so hartnäckig verkehrt sah.

»Es macht mir nichts aus, mein Süßer, warum sollte ich etwas dagegen haben? Ich weiß, daß ich nicht die erste Frau für dich bin. Es wäre verrückt von mir, so etwas zu erwarten. Du bist ja schließlich nicht mein Eigentum.«

Er wollte das nicht auf sich beruhen lassen. »Ich bin in Leonora verliebt, ich liebe sie. Ich kann mir ein Leben ohne sie nicht vorstellen. Ich würde sie morgen heiraten, wenn es nach mir ginge.«

Sie hatte ihn angelächelt. »Na klar. Du gehst mit ihr einmal die Woche mittagessen. Du bist anderthalb Stunden mit ihr zusammen. Ich denke, das kann ich verkraften. Wenn die Konkurrenz so aussieht, ist es auszuhalten.«

Ihr Vater stammte aus Trinidad, wo die Menschen indianisches Blut haben. Ihre Mutter war aus Gibraltar. Sie hatte ein vollkommenes, kaukasisches Gesicht, das zufällig die Farbe von Teakholz hatte, und einen Körper wie eine junge Ägypterin auf einer Vasenmalerei. Sie arbeitete als Model. Ihr Haar, von einem dunklen Rostbraun, war ungeheuer dicht und wuchs in vollen, langen Wellen, wie Dorothy Lamours Haar in einem Südseefilm aus den Dreißigern.

Wenn Guy mit ihr ausging, drehten sich die Männer um und schauten ihr nach. Wenn er dagegen mit Leonora ausging – beziehungsweise *ausgegangen war*, denn das kam inzwischen ja nur mehr sehr selten vor –, blickte niemand sie an. Natürlich pfiffen ihr Maurer auf ihren Gerüsten oder Tiefbauarbeiter nach, denn sie hatte hübsche Beine, war jung und attraktiv. Aber ihretwegen kam der Verkehr nicht ins Stocken, und niemand blieb stehen und starrte sie an. Das Merkwürdige war, daß ihn das gleichgültig ließ. Die glühende, geradezu atemlose Bewunderung, die Celeste entgegengebracht wurde, und die Gleichgültigkeit, mit der man Leonoras Erscheinung quittierte, hatten nicht die geringste Wirkung auf ihn. Manchmal dachte er sogar, er würde es mit einiger Erleichterung aufnehmen, wenn Celeste ihn verließe – es sei nett mit ihm gewesen, aber sie habe einen andern kennengelernt.

Er machte sich Vorwürfe, das Ganze sei fürchterlich, sei unfair. Aber was konnte er tun? Er hatte Celeste nicht darum gebeten, ihm nachzulaufen, er forderte sie nicht auf, hier auf ihn zu warten, bis er nach Hause kam. Er hatte ihr nicht einmal einen Schlüssel gegeben. Sie hatte einen Ersatzschlüssel geklaut und ihn nachmachen lassen. Sie war in ihn verliebt, wie er in Leonora verliebt war, und das ging ihm auf den Geist. Aber für sie war es nicht so schlimm wie für ihn. Zumindest wies er sie nicht ab, er zeigte ihr nicht die Tür, ließ das Schloß nicht austauschen oder sagte zu ihr, sie solle sich zum Teufel scheren. Er beschränkte ihre Begegnungen nicht auf ein Mittagessen jeden Sonnabend. Er war nett zu ihr. Er ging mit ihr ins Bett, obwohl ihn oft der etwas traurige Gedanke beschäftigte, daß er darauf notfalls hätte verzichten können. Er hätte seinen Körper ignorieren, seinem Kopf und seinem Herzen folgen und, wie ein Ritter, der auf die Dame seines Herzens wartet, keusch bleiben sollen.

Sie trank keinen Kaffee. Er machte Tee, stellte die Tasse auf das Bettischchen neben ihr, berührte sie leicht an der Schulter und sagte: »Tee, Schatz.«

Mit halbgeöffneten Augen sagte sie, was sie beim Aufwachen immer zu ihm sagte: »Hallo, Guy, ich liebe dich, mein Süßer.«

Sie brauchte immer lange, bis sie richtig wach war, besonders samstags, wenn sie am Abend zuvor zufällig hereingeschneit und über Nacht hiergeblieben war. Manchmal fragte er sich, wobei er an seinen eigenen Schmerz dachte, ob sie samstags das Erwachen hinauszögerte, weil er sich an diesem Tag immer mit Leonora zum Mittagessen traf, ob sie die Erkenntnis dessen, was der Tag bringen würde, möglichst lange hinausschieben wolle. Aber vielleicht war es doch nicht so, vielleicht projizierte er nur seine eigenen Gefühle auf sie, beurteilte er sie danach, wie er sich selbst sah. Es hat etwas Schmähliches, wenn man die Empfindungen eines Menschen, der einen unerwidert liebt, zu taxieren versucht, und Guy wußte das.

Er ging zu Fuß zu *Gladiators*, dem Machofitneßklub in der Gloucester Road, wo er Mitglied war. Eine dreiviertel Stunde Arbeit an den Gewichten, danach das Dampfbad, anschließend unter die kalte Dusche und schließlich dreißig Runden im Schwimmbecken. Er beschloß, das Frühstück auszulassen, obwohl er sich an der Saft- und Körnerbar einen gesunden Imbiß hätte zu Gemüte führen können. Die Waage zeigte ihm, daß er beinahe ein Kilo zugenommen hatte. Ein stummer Kommentar zu

Danilos Bemerkungen über seine, Guys, gesundheitliche Verfassung.

Es war gleichwohl erst elf. Wenn es ihm eingefallen wäre, hätte er zum Schießsportklub in der King's Road fahren und eine Übungsstunde einlegen können, aber er hatte nicht daran gedacht, und außerdem benutzte er gern seine eigenen Waffen. Plötzlich hatte er überhaupt keine Lust mehr, in die Scardale Mews zurückzukehren. Celeste war vermutlich noch dort. Sie lag wahrscheinlich nach wie vor im Bett und würde ihm die Arme entgegenstrecken. Die meisten Dinge, die sein Verhältnis zu Celeste und Leonora mit sich brachte, waren auszuhalten, wenn auch mit zusammengebissenen Zähnen. Unerträglich wäre es hingegen, erst mit der einen und gleich danach mit der anderen beisammen zu sein, selbst wenn Celeste Bescheid wußte und Leonora sich daran nicht stören würde.

Augenblick – wirklich nicht? Es fiel ihm ein, daß er Leonora nie explizit gesagt hatte, daß Celeste mit ihm ins Bett ging, daß sie häufig die Nacht, bevor er Leonora traf, bei ihm verbrachte, daß sie ihn *liebte* und immer wieder schwor, ihn auf ewig zu lieben. Vielleicht sollte er versuchen, Leonora die Augen zu öffnen. Der Gedanke, daß sie eifersüchtig werden könnte, machte ihn schwindelig, so daß er sich auf eine Parkbank setzen mußte.

An diesem Tag waren sie zum Mittagessen im *Cranks* verabredet, in Soho. Nur die Liebe konnte Guy bewegen, dieses Etablissement aufzusuchen. Natürlich war er noch nie im *Cranks* gewesen, aber es war ihm bekannt, daß es ein vegetarisches und, soviel er wußte, auch noch alkoholfreies Restaurant war. Nachdem er beschlossen hatte, vorher nicht noch nach Hause zu gehen, es Celeste – beileibe nicht zum ersten Mal – einfach zu überlassen, ihrer Wege zu gehen und ihn vielleicht später anzurufen, begann er ungefähr die Richtung Hyde Park Corner einzuschlagen. Vielleicht, sagte er stumm zu sich, steige ich in der Park Lane in ein Taxi, oder ich gehe sogar den ganzen Weg zu Fuß.

Der Himmel war von einem weichen, zarten Blau und übersprenkelt mit einem feinen Netz winziger Wolken, das die Sonnenstrahlen nicht im geringsten behinderte. Die Sonne schien wohltuend warm, aber nicht heiß vom Himmel. Die Luft war unbewegt, ohne den Hauch einer Brise oder plötzlichen Bö. Auf den Rasenflächen links von ihm, die an den »Serpentine« genannten Teich grenzten, tummelten sich an diesem Morgen Wasservögel, Enten mit rostbraunen Köpfen und schwarzweiße Enten mit langen Hälsen, Ringelgänse und Gänse mit rosafarbenen Füßen, rotbärtige Moschusenten und Stockenten mit grünen, seideähnlich schimmernden Kämmen. Ein kleines Stück Wegs von ihm entfernt, dort, wo die »Rotten Row« beinahe ans Ufer stößt, fütterten ein Mädchen und ein Mann aus einer Tüte mit Brotwürfeln die Enten, beziehungsweise das Mädchen fütterte sie, während der Mann dastand, ihr zusah und mit einem Papiertaschentuch eine Sonnenbrille blank rieb. Guy verlangsamte seinen Schritt. Das Mädchen knüllte die Tüte zusammen und steckte sie in die Tasche, nachdem es vergeblich nach einem Abfallkorb Ausschau gehalten hatte. Zusammen mit seinem Begleiter begann es wegzugehen. Sie befanden sich auf der »Rotten Row« selbst, etwa zwanzig, fünfundzwanzig Meter vor ihm, und gingen offensichtlich in die gleiche Richtung. Guy hatte sie erkannt: Maeve Kirkland und Robin Chisholm.

Im ersten Augenblick war er einfach erstaunt, daß sie sich kannten. Dabei lag natürlich nichts näher als das. Robin war Leonoras Bruder, und er stand ihr sehr nahe; Maeve war seit drei Jahren eine ihrer Mitbewohnerinnen. Sie hielten sich nicht bei den Händen und gingen auch nicht sehr nahe nebeneinander, sie gingen nicht, wie Leonora und der Zimtzwerg gegangen waren. Nichts deutete darauf, daß sie ein Liebespaar oder auch nur enge Freunde waren.

Guy wollte nicht von ihnen gesehen werden. Er ließ die Entfernung zwischen sich und ihnen immer größer werden. Sollte einer der beiden sich umdrehen, würde er einfach quer über den Rasen in Richtung auf den South Carriage Drive gehen. Er fragte sich, wohin sie wohl unterwegs waren und worüber sie sich unterhalten mochten. Beide trugen Jeans und T-Shirts, Robin ein weißes, Maeve eines in schrillem Purpurrosa. Trotz ihres Namens war Maeve keine Irin. Sie war eine große Blondine, gut zweieinhalb Zentimeter größer als Robin, der selbst über einsachtzig maß. Zehn Jahre zuvor hatte es den Frauen noch etwas ausgemacht, wenn sie größer waren als ihre Männer (oder es hatte *diese* gestört), und damals hätte Maeve sicher Schuhe mit flachen Absätzen getragen. Jetzt aber trug sie hohe Absätze zu ihrem kurzen Jeansrock, die unbequem wirkten, es aber vielleicht nicht waren, und in den hochhackigen Schuhen überragte sie Robin um etliches.

Leonora hatte Maeve kennengelernt, als sie und Rachel ein Inserat aufgegeben hatten, um eine dritte Mitbewohnerin für ihre Wohnung zu finden, die sich als viel teurer herausstellte, als es zunächst den Anschein gehabt hatte. Sie waren entsetzt, als sich herausstellte, wie hoch die monatlichen Abzahlungen auf die Hypothek waren, doch anstatt ein zweites Hilfsangebot von seiner Seite zu akzeptieren, gaben sie die Idee auf, sich zwei Schlafzimmer und einen gemeinschaftlichen Wohnraum einzurichten, machten aus der Wohnung praktisch drei Wohnschlafzimmer und inserierten nach einer Untermieterin. Maeve bewarb sich mit Erfolg. Mysteriöserweise, wie Guy fand, mochten die beiden Mädchen Maeve gern, sie freundete sich mit ihnen an, war oft dabei, wenn diese andere Freunde zum Abendessen einluden, wenn die Familie in einem Restaurant zu Mittag aß, oder auch bei anderen Gemeinschaftsunternehmungen, die Leonora so zu lieben schien.

Guy fand sie herrschsüchtig und laut und viel zu groß. Ebenso wie Rachel, wenn auch auf eine andere Art, wollte sie ihm vorschreiben, wie seine Beziehung zu Leonora auszusehen habe, nämlich daß es sie, wenn es nach ihr ginge, besser überhaupt nicht geben solle. Sie verhielt sich in diesem Punkt weniger unklar und tükkisch als Rachel. Aber dafür war sie unverschämter. Seine Großmutter hatte manchmal einen Ausdruck benutzt, den er für Maeve passend fand: Fischweib.

Vielleicht hatten Robin und Maeve schon seit Jahren etwas miteinander. Leonora hatte darüber nichts gesagt, aber er fürchtete, daß es in ihrem Leben vieles gab, wovon sie ihm nichts erzählte. Er beobachtete die beiden, wie sie, nun etwas langsamer, vor ihm in Richtung Hyde Park Corner gingen, und dann hob Robin plötzlich – oder es erschien zumindest Guy, der davon elektrisiert war, als eine plötzliche Geste – den rechten Arm und legte ihn um Maeves Schultern. Beinahe gleichzeitig, als fürchte sie, jemand hinter ihr könne es sehen und unschicklich finden, oder als spüre sie Guys Nähe, wandte Maeve den Kopf um und schaute in seine Richtung.

Er war überzeugt, daß sie ihm zuwinken würde. Sie fand ihn vielleicht unsympathisch, ja, er mißfiel ihr sicher, aber sie kannten einander, waren häufig am selben Tisch gesessen, sprachen oft am Telefon miteinander, wenn er Leonora haben wollte und zufällig Maeve abhob. Er begann den Arm zu heben, um ihre Geste zu erwidern, wie es sich gehörte. Aber sie warf ihm nur einen scharfen Blick zu und drehte den Kopf wieder weg. Sie winkte nicht. Guy war unangemessen betroffen und verärgert, ja, er war empört. Maeve und Robin hatten jetzt die Köpfe zusammengesteckt und schienen sich flüsternd zu unterhalten, obwohl es ihm ein Rätsel war, warum sie hier im Freien, wo im Umkreis von vierzig Metern niemand in ihrer Nähe war, flüstern mußten. Sie sprachen über ihn, das war ganz eindeutig. Es war nur natürlich, daß ihm nicht nur die Frage durch den Kopf ging, was sie sagten, sondern auch, was sie wohl alles bereits *gesagt hatten*, zu Leonora nämlich.

Die beiden Köpfe waren jetzt so nahe beieinander, daß das bei beiden füllige Haar – wenn auch Maeves Schopf länger und von einem helleren Blond war – sich zu einer goldbraun leuchtenden, sonnendurchfluteten Masse zu verbinden schien, zu einer großen, seidigen Blume. Und jetzt – zweifellos dadurch veranlaßt, daß Robin sich beifällig die bösartigen Verleumdungen anhörte, die Maeve von sich gab – legte sie ihm in dem Bedürfnis nach noch größerer Nähe den Arm um die Taille. Sie waren verklammert, zu siamesischen Zwillingen geworden, an den Hüften verbunden. Er malte sich diese Verleumdungen aus, erfundenes Zeug darüber, wie er seinen Lebensunterhalt verdiente, über sein Privatleben. Robin, der vielleicht die gleichen Nachtlokale wie er selbst frequentierte, könnte ihn leicht mit Celeste gesehen haben. All dies hinterbrachten sie vermutlich Leonora. Und es war wahrscheinlich, daß Leonora auf das, was ihre Altersgenossen sagten, mehr hörte, sich davon mehr beeinflussen ließ als von den Redereien dreißig Jahre älterer Leute.

Bei ihm wäre es jedenfalls so. Er stellte sich vor, wie unterschiedlich er auf einen Rat oder eine Warnung von Danilo oder von dessen Vater, einem geriebenen Alten und Besitzer eines Wettbüros, reagieren würde. Er würde zehnmal mehr auf Danilo hören. Und er würde zehnmal mehr auf einen Ratschlag von Celeste als beispielsweise auf einen von seiner eigenen Mutter achten, sollten sie jemals wieder zusammentreffen.

Das Paar vor ihm bog jetzt von der »Rotten Row« auf den Weg zu »Serpentine Road« und zur Achillesstatue ab. Maeve blickte nicht mehr zu ihm zurück. Es konnte sein, daß sie sich irgendwo mit Leonora zu einem Drink vor dem Mittagessen treffen wollten. Vielleicht waren sie auf dem Weg zu ihr, um ihr Warnungen in die Ohren zu blasen, so daß sie, wenn er sich um ein Uhr mit ihr traf, gewappnet und auf der Hut vor ihm war. Es war ohne Zweifel verkehrt von ihm gewesen, die Schuld an Leonoras Sinneswandel – oder an dem Wandel ihres Benehmens ihm gegenüber – allein Tessa zuzuschreiben. Andere waren genauso schuldig oder sogar noch mehr. Maeve und Robin waren noch mächtigere Feinde als Leonoras Mutter.

Es war immer noch früh. Guy ging ein Stückchen denselben Weg zurück, durch das Albert Gate nach Knightsbridge hinein, blieb vor dem Schaufenster bei Lucienne Phillips stehen und betrachtete die Sachen, die alle an Celeste wunderbar aussehen würden, und ein kurzes, dunkelblaues Satinkleid, das für Leonora hätte entworfen sein können.

»Ich nehme an, du hast diesen Blödsinn deiner Familie zuliebe in die Zeitung setzen lassen«, sagte Guy.

Leonora und Guy waren im *Cranks*, wo großer Andrang herrschte. Es gelang ihnen nicht einmal, einen Tisch für sich zu bekommen. Sie saßen praktisch an die Wand gedrückt da, während fünf sehr junge Frauen den Tisch mit Beschlag belegten, laut kicherten, vom Essen der anderen probierten und über Rivalitäten im Büro sprachen. Guy hatte Leonora bereits Vorwürfe gemacht, daß sie dieses Lokal vorgeschlagen hatte. Es war sehr lange her, daß er zum letzten Mal in einem Selbstbedienungsrestaurant gewesen war. Er hatte sich für sein Essen anstellen müssen – Quiche Lorraine und Salat, die noch am wenigsten anstößigen vegetarischen Gerichte, die hier angeboten wurden. Immerhin war es ihm gelungen, wenigstens ein Glas – genauer gesagt, drei Glas – Wein zu bekommen.

Sie sprachen beide gezwungenermaßen mit gedämpfter Stimme, obwohl die anderen Leute am Tisch keine

Notiz von ihnen nahmen. Leonora trug ebenfalls die sommerliche Samstagsuniform aus Bluejeans, einem weiß und malvenfarben gestreiften T-Shirt und weißen Turnschuhen. Sie hatte ein malvenfarbenes Stirnband zwischen den Stirnfransen und dem Haarschopf. Guy fand, daß sie selbst in diesem Aufzug reizend aussah, hätte sie aber trotzdem gern in einem Kleid gesehen, wenn sie sich mit ihm zum Essen traf.

Zu seiner großen Erleichterung hatte er nicht gefunden, wonach er zuallererst Ausschau gehalten hatte. Das Fehlen eines Verlobungsrings an ihrer linken Hand hatte seine Bemerkung mit veranlaßt.

Sie sagte in einem freundlichen, ausgeglichenen Ton: »Wenn es nur auf William und mich angekommen wäre, hätten wir uns wohl kaum die Mühe gemacht, die Sache publik zu machen. Ich glaube auch nicht, nebenbei bemerkt, daß wir uns ›verlobt‹ hätten. Aber meine Eltern wollten es und seine ebenfalls. Es tut ja nicht weh, und man kann damit soviel Freude bereiten, findest du das nicht auch?«

»So.« Er lachte ein bißchen. »Ich weiß, du tust immer, was deine Eltern von dir wollen.«

Sie bestritt es nicht. »Warum hast du von ›Blödsinn‹ gesprochen, Guy? Ich hab' dir doch gesagt, daß ich William liebe.«

»Das würde ich auch einen Blödsinn nennen.« Er trank sein erstes Glas Wein aus. Leonora, die sich Apfelsaft bestellt hatte, schaute ihn über den Rand ihres Glases mit einem Blick an, den er als schmollend interpretierte. Er wechselte das Thema. »Du hast mir nie etwas davon gesagt, daß Maeve mit deinem Bruder geht.«

»Ich habe wohl angenommen, es würde dich nicht interessieren.«

»Alles, was auch nur entfernt mit dir zu tun hat, interessiert mich, Leo, das müßtest du eigentlich wissen. Ich habe sie im Hyde Park gesehen. Sie sind vor mir herspaziert. Hast du sie getroffen, bevor wir uns getroffen haben?«

»Wie, vorhin meinst du? Natürlich nicht, Guy. Wozu auch? Sie wollen doch ihre Samstage nicht mit mir verbringen.«

»Wo wohnt er derzeit?«

»*Derzeit* wohnt er in Chelsea, er ist gerade umgezogen. Ich glaube, er hätte gern, daß Maeve bei ihm einzieht, und vielleicht tut sie's, wenn ich fort bin.«

Das überging er. Die Mädchen verließen das Lokal. Der Tisch war übersät mit dem Wust, den sie hinterlassen hatten, wenigstens aber war er vorläufig ihm und Leonora überlassen. Er beugte sich etwas zu ihr hin.

»An deinen Gefühlen mir gegenüber hat sich eigentlich nichts geändert, oder? Du empfindest für mich das gleiche wie immer, aber du denkst oder hast dir einreden lassen, es wäre nicht klug, wäre nicht gut für dich, eine enge Beziehung zu mir zu haben. So ist es doch, nicht?«

Sie sprach überlegt und rücksichtsvoll. »Ich liebe dich wirklich, Guy. Ich habe dich immer geliebt und werde dich, glaube ich, immer lieben. Es hat viel mit dem zu tun, was wir in unserer Jugend füreinander waren.«

Sein Herz, so kam es ihm vor, machte einen kleinen Sprung vor Glück, tanzte in seiner Brust umher. Er spürte, wie ihm das Blut ins Gesicht stieg, und ergriff ihre Hand, die auf dem Tisch lag.

»Aber wir haben nichts mehr gemeinsam, Guy, wir haben nicht den gleichen Geschmack. Und ich finde es widerlich, wie du dein Geld verdienst. Wenn ich zurückdenke, muß ich sagen, es widert mich an, was du getan hast.«

Das brachte ihn zum Lachen. »Jetzt mach mal halblang. Wie steht's denn da mit dir? Erst neulich hab' ich daran gedacht, wie toll du im Klauen warst. Erinnerst du dich noch, wie wir immer die Sachen in der Portobello Road verscheuert haben?«

Sie sprach jetzt sehr leise. »Du weißt ja nicht, wie ich mich für all die Dinge schäme. Mich ekelt es vor mir selber, wenn ich daran denke. Aber du findest noch immer, das war alles in Ordnung. Du denkst, alles ist erlaubt, solange man dabei Geld verdient.«

Ihre Hand lag flach und schlaff unter der seinen. Er zog seine Hand zurück, sah sie an, als wäre sie von etwas gestochen worden, und beobachtete, ob der Stich anschwoll. »Ich mache nichts mehr, was ungesetzlich ist«, sagte er. »Nichts.« Nicht mehr seit Con Mulvanneys Tod, dachte er, aber er sagte es nicht laut. Sie wußte nichts davon und würde, wollte Gott, nie etwas davon erfahren.

»Es geht nicht nur um ungesetzliche, es geht, ja, um unmoralische Dinge. O Guy, du verstehst nicht, wovon ich spreche, hab' ich nicht recht? Das ist ja eine unserer Schwierigkeiten: Wir sprechen nicht dieselbe Sprache. Du hast nur das eine Lebensziel, eine Menge Geld zu scheffeln und im Luxus zu leben und Macht zu haben und immer mehr Geld zu scheffeln. Und überhaupt: Dadurch, daß man einfach sagt, man tut manche Dinge nicht mehr, kann man die Vergangenheit nicht ungeschehen machen. Von irgend jemandem hab' ich gehört, daß du früher sogar Schutzgelder erpreßt hast. Mein Gott, Guy!«

»Wer hat dir das erzählt?« fragte er kalt.

»Ist das denn wichtig?«

»Ja. Ich wüßte es gern.«

»Na schön, Magnus war's.«

Er hatte es ja gewußt! Hatte er nicht auf Magnus getippt? »Und weiter?«

»Er hat für einen Mandanten einen Verteidiger gesucht, du weißt ja, wie das geht, und dieser Mann hatte irgendwas auf dem Kerbholz und hat deinen Namen im Zusammenhang mit einer Bande erwähnt, die in Kensal Schutzgelder erpreßte.«

»Und Magnus hat dir das erzählt?«

»Er hat gesagt, es kann nicht der gleiche Guy Curran sein, aber Mami hat gemeint, doch, und natürlich war es so. Ich wußte es.«

»Du hörst dir an, was diese Leute über mich sagen, nicht, Leonora? Du hörst auf sie alle miteinander.«

Sie sagte leise: »Das spielt doch gar keine Rolle, was irgend jemand sagt. Uns trennen Welten. Wir sind grundverschiedene Menschen.«

Er ging darauf nicht ein, sondern sagte ziemlich langsam und absichtlich gedehnt: »Ich habe eine sehr schöne Freundin. Sie heißt Celeste. Sie ist dreiundzwanzig, ein Model und ganz bezaubernd. Vergangene Nacht war sie bei mir. Wahrscheinlich ist sie noch in der Scardale Mews und wartet darauf, daß ich zurückkomme.«

Einen kurzen, entsetzlichen Augenblick lang glaubte

er schon, Leonora sei drauf und dran, zu lächeln und zu sagen, wie sehr sie sich für ihn freue, daß sie ganz begeistert sei. Aber ein Schatten war über ihr Gesicht gegangen. Ihr Ausdruck war starr, die dunklen Augen blickten unbewegt, die Lippen waren zusammengepreßt. Sie war eifersüchtig! Er konnte es sehen, es konnte keine Täuschung sein.

»Hast du dir das ausgedacht?«

»Schatz, wenn diese Frage nicht von dir käme, würde ich sie wirklich übelnehmen.« Er merkte, daß er nachsprach, was sie gesagt hatte, als er ihr die Sache mit Newton nicht hatte glauben wollen. Wie nahe sie sich doch wirklich waren! Jeder konnte die Gedanken des andern lesen! »Es heißt, ich wirke auf Frauen *attraktiv*«, sagte er und lächelte sie an. »Ruf sie an, nur zu, frag sie. Geh schon und ruf bei mir zu Hause an.«

Irgend jemand, eine Frau, hatte einmal zu ihm gesagt, daß wir immer eifersüchtig auf die Menschen seien, die von unseren früheren Liebespartnern geliebt werden. Selbst wenn wir uns nichts mehr aus ihnen machen, selbst wenn wir einen neuen Partner haben, eine Liebe, die ewig währen wird, sind wir gleichwohl eifersüchtig. Noch immer schmerzt der Stachel der Zurückweisung, denn wir sind alle unsicher, ängstigen uns alle vor dem Verlassenwerden, sehnen uns alle danach, der erste und einzige oder wenn schon nicht der erste, so doch der letzte zu sein. Sie war eifersüchtig, seine Leonora war eifersüchtig, weil er eine andere hatte.

»Es freut mich sehr für dich, Guy«, sagte sie. »Ich hoffe, daß es wirklich gutgeht. Ich bin sehr froh darüber.« Da fiel ihr etwas ein. »Aber Guy, vielleicht hätte sie etwas dagegen, daß wir uns so wie jetzt treffen. Weiß sie davon? Ich will damit sagen, wir sollten damit aufhören, wenn sie etwas dagegen hat.«

»Natürlich hat sie nichts dagegen«, sagte er ungeduldig und fuhr dann fort: »Wenn du fertig bist – wollen wir gehen? Wollen wir irgendwo anders hingehen, und wenn wir uns nur auf dem Soho Square ins Gras setzen?«

Er war sich sicher, daß sie nein sagen würde, aber sie tat es nicht. »Einverstanden, auf eine halbe Stunde, nicht mehr.«

Er überlegte, was wohl geschähe, wenn er jetzt ihre Hand nähme. Nein, lieber das Risiko nicht eingehen. Sie gingen nebeneinanderher. Die Wolken hatten sich verzogen, und der Himmel war zu einem heißen, stählernen Blau geworden. Er ertappte sich dabei, daß er plötzlich an einen Urlaub dachte, den sie vier Jahre vorher um diese Zeit geplant hatten. Sie hatten auf eine vom Tourismus noch kaum berührte griechische Insel fliegen wollen, und er hatte gehofft, natürlich ohne mit ihr darüber zu sprechen, daß sie in dieser Umgebung wieder mit ihm schlafen würde. Das Meer dort unten, so hieß es, war dunkel wie der Wein, und die Nächte waren warm. Sie würden in einem wunderbaren Hotel ganz eigener Art logieren, wo die Zimmer sämtlich aus kleinen, mit Gras gedeckten Hütten bestanden und jedes seinen eigenen Weg hinab zum silbernen Strand hatte.

Dort würde sie zu ihm zurückkehren, buchstäblich in seine Arme zurückfinden, und bald nach ihrer Rückkehr würden sie heiraten, und der Job, den sie annehmen, und das Apartment, das sie mit Rachel teilen wollte, würden vergessen sein.

Keine zwei Wochen davor hatte sie abgesagt. Weil er alles bezahlen wolle, sagte sie. Sie könne ihren Anteil nicht bezahlen, könne es sich nicht leisten, und sie könne nicht akzeptieren, daß er für sie zahlte, und so müßten sie es bleibenlassen. Noch heute schmerzte die Erinnerung daran sehr. In seinen Augen erkannte eine Frau die Liebe des von ihr geliebten Mannes dadurch an, daß sie ihn zahlen ließ. Es war eine Art liebenden Sichverkaufens, wenn es sich auch so ausgedrückt nicht gerade erfreulich anhörte.

Er warf einen Blick auf ihr ägyptisches Profil, den ausgeprägten Mund, das feste Kinn, die recht streng geschnittene Nase, den Haarvorhang, der ein Stück von ihrer Wange bedeckte. Sie hielt den Kopf gesenkt, als sei sie tief in Gedanken verloren.

»Du fährst heuer nicht in Urlaub, oder?« sagte er und dachte daran, daß er vielleicht um seine kostbaren Samstage gebracht würde, daß ihm möglicherweie zwei oder drei seiner Samstage entgehen könnten.

»In Urlaub eigentlich nicht«, sagte sie. »Das heißt, wir werden später eine Reise machen.«

Das Herz sank ihm, schwer wie Blei. »Wer ist ›wir‹?«

»Ich hab's vor mir hergeschoben, es dir zu sagen, Guy. Aber jetzt, da du mir von Celeste erzählt hast, sieht die Sache anders aus. Ich heirate am sechzehnten September, und danach gehen wir auf Hochzeitsreise.«

# 6

Bis dahin waren es noch fünf Wochen.

Die Trauung sollte auf dem Standesamt von Kensington stattfinden, die übliche Routinezeremonie, mit Maeve und Robin als Trauzeugen. Am Abend wollten Leonoras Vater und seine Frau eine Party für sie geben. Anthony und Susannah Chisholm wohnten in London, nicht in dem ehemaligen Kutscherhäuschen in Notting Hill, sondern in einem Duplex in einem Haus in der Lamb's Conduit Street, das aus dem frühen neunzehnten Jahrhundert stammte und Susannah und ihrem ersten Ehemann gehört hatte. William Newtons Eltern lebten in Hongkong und würden nicht an der Hochzeit teilnehmen, da sie über Weihnachten nach England kommen wollten. Hingegen hatten sich seine Schwester und sein Schwager angesagt.

Sie erzählte ihm alles darüber.

»Es geht dir aber nicht um ihn selbst, oder? Du würdest mich auch nicht wollen, wenn er zum Beispiel tot wäre, hab' ich recht? Es ist etwas anderes.«

»Er *ist* aber nicht tot und wird es auch so bald nicht sein, Guy. Er ist erst dreißig und gesund!«

»Wenn ich den Eindruck hätte, es geht dir um ihn, würde ich ihn mit Freuden umbringen. Es würde mir Spaß machen, mich mit ihm zu schlagen, ihn zu einem Duell zu fordern und zu töten.«

»Red kein so lächerliches Zeug!«

»Kann er mit einer Waffe umgehen? Nein, sag's mir nicht. Ich will nichts über ihn wissen. Außerdem ist er sowieso nur vorgeschoben. Jeder andere, nur nicht ich. Ich wüßte gern, warum, Leonora. Ich wüßte gern, wer dich eigentlich gegen mich eingenommen hat.«

Dieses Gespräch fand nicht auf dem Soho Square, sondern am darauffolgenden Samstag in einem Restaurant statt, das sie ihn dies eine Mal hatte auswählen lassen. Es befand sich in Hillgate Village, einem Teil von Notting Hill, an der Südseite der Bayswater Road. Leonora hatte diesmal ein Kleid an. Es war ein heißer Tag, und das Kleid war kurz geschnitten und aus irgendeinem durchsichtigen Material, das sich an den Körper schmiegte, weiß mit blaßrosa und malvenfarbenen Blumen, und dazu ein schlichter malvenfarbener Gürtel. Sie trug eine weiße Strumpfhose und flache, rosafarbene Schuhe. Sie hatte ihren schönen, weißen Strohhut mit fliederfarbenen Bändern an den Kleiderständer am Eingang des Restaurants gehängt. Nach dem Mittagessen wollte sie zu der Hochzeit eines Freundes von William Newton gehen, deren Erwähnung den Anlaß dazu geliefert hatte, daß sie über ihre eigene sprach.

Guy hätte es schön gefunden, wenn sie sich immer so gekleidet hätte. Er hörte, wie seine eigene Stimme sie ins Kreuzverhör nahm, und er verübelte sich seinen kommandierenden Ton, die insistierenden Fragen, aber er mußte die Wahrheit herausbekommen. Sie sah ihn mit einem gekränkten, schmollenden Blick an. Nein, sie wolle kein Dessert, keinen Käse oder Kaffee, um sich nicht zu verspäten. Auf sein Drängen sagte sie, es sei nichts geschehen, was sie gegen ihn eingenommen hätte. Nein, sein Angebot, ihr eine Wohnung zu kaufen, sei nicht daran schuld, nichts sei daran »schuld«, es sei ein gradueller Prozeß gewesen, der begonnen habe, als sie auf die Zwanzig zuging. Sie habe sich innerlich von ihm entfernt und wünsche, daß es bei ihm umgekehrt auch so kommen werde.

»Du warst eifersüchtig, als ich dir das mit Celeste erzählt habe«, sagte er. »Ich habe es deinen Augen angesehen. Das bedeutet, daß du mich immer noch liebst.«

»Das ist doch Unsinn, Guy.«

»Wenn du ihn heiratest und gleichzeitig mich noch liebst, begehst du ein Verbrechen an dir und an mir.«

Sie lachte ihn aus. Er fand das sehr grausam von ihr, begriff aber, daß es ein abwehrendes Lachen war. Hätte sie nicht gelacht, wäre sie in Tränen ausgebrochen. Es klang hart, unweiblich, dieses Lachen, in dem mehr Schmerz als Erheiterung lag.

Danach brach sie zu der Trauung von William Newtons Freund auf und ließ ihn am Tisch mit seinem Glas Brandy zurück.

Maeve und Robin, Anthony und Susannah, Tessa und Magnus, Rachel Lingard, einer oder mehrere von ihnen hatten das auf dem Kerbholz. Aber was? Sie hatten Leonora eingeredet, er sei ganz und gar der Verkehrte für sie, so daß sie sich, dem Druck nachgebend, dem ersten Mann, der dahergelaufen kam, in die Arme geworfen hatte. Vermutlich hatten sie den Kerl selbst angeschleppt, ihn irgendwo aufgetan, seinen Leumund überprüft und ihn mit Leonora bekannt gemacht.

Wie gewohnt rief er sie am Sonntag an, dann am Montag und am Dienstag. Er weigerte sich, die Möglichkeit zur Kenntnis zu nehmen, daß sie tatsächlich am sechzehnten September heiraten werde, aber sollte trotzdem etwas so Undenkbares und *Niederträchtiges* geschehen, war er entschlossen, auch weiterhin jeden Tag anzurufen. Manchmal malte er sich aus, daß er sie noch anriefe, wenn sie beide alt wären, sie eine grau gewordene Großmutter und er ein betagter Millionär, unverheiratet, aber mit einer ganzen Schar schöner, ungeliebter Mätressen. Aber dazu würde es nicht kommen, weil sie ihn eines Tages heiraten würde, wenn nicht in diesem oder im nächsten Jahr, so im übernächsten oder im Jahr darauf. Er würde alle, die zwischen ihnen standen, aus dem Weg räumen.

Am Sonntag kam Rachel ans Telefon, am Montag und Dienstag Maeve. Rachel sagte: »Ich hole sie.« Und daran schlossen sich ein schwerer, theatralischer Seufzer und eine Bemerkung, die ihn mit den Zähnen knirschen ließ. »Sie hat geahnt, wer es sein wird. Sie bekommt diese Vorahnungen wie übersinnlich begabte Leute kurz vor einem Autounfall.«

Als er zu Maeve sagte, er möchte Leonora sprechen, antwortete sie: »Muß das sein?«

Er war wütend. »Was soll das heißen? Was geht denn dich das an?«

»Ich bitte mir einen anderen Ton aus. So bekommst du Leonora nicht an den Apparat.«

»Was du nicht sagst! Ich werde diese beschissene Nummer anrufen, bis sie drangeht. Übrigens, vielen Dank, daß du mich vergangene Woche im Park ignoriert hast. Reizende Manieren habt ihr, du und dein Freund.«

»Ich hab' dich nie im Park gesehen, weder vergangene Woche noch sonst.«

Sie legte den Hörer hin, und Leonora kam an den Apparat. Am nächsten Tag hob Rachel wieder ab und sagte, es gebe ja die Möglichkeit, die Nummer ändern zu lassen. Ob er das wisse. Er würdigte sie keiner Antwort.

Sie haßte ihn wirklich, aus ihrer Stimme spritzte Gift. Sonderbar, daß diese Frauen, Tessa, Rachel oder Maeve, glaubten, *Leonora gegenüber loyal zu sein*, wenn sie sie gegen ihn aufhetzten. Dabei könnten sie für Leonora nichts Besseres tun, als ihr zuzureden, ihn zu heiraten und sich damit, von Liebe und Romantik ganz abgesehen, eine finanziell sorgenfreie Zukunft und ein Leben in Glück und Luxus zu sichern.

Guy blieb abends nie zu Hause. Was sollte er da tun? Er hatte nicht deswegen ein Vermögen zusammengebracht, um zu Hause herumzusitzen, irgendwas zu essen, was er sich aus einem Restaurant geholt hatte, und sich Videofilme anzusehen. Susannah Chisholm, die zu ihm immer netter gewesen war als der übrige Verein, hatte einmal eine Geschichte über einen Mann erzählt, den sie in New York kennengelernt hatte. Der habe gesagt, seit er nach Manhattan gezogen sei, habe er noch nie zu Hause abendgegessen. Die anderen hatten verständnislos gelacht, aber er, Guy, hatte sich stumm über die allgemeine Verblüffung gewundert, schließlich hatte auch er ja seit seinem Einzug in der Scarsdale Mews noch kein einziges Mal abends zu Hause gegessen. Abends auszugehen hieß, irgendwo etwas zu trinken und zu essen und anschließend einen Klub aufzusuchen und dort weiterzutrinken.

Er ging nur selten ins Theater, aber Celeste zuliebe hin

und wieder ins Kino. Er hatte es rundweg abgelehnt, *Frauen am Rande des Nervenzusammenbruchs* in Erwägung zu ziehen, sich dann aber bereitgefunden, im Curzon West End *Paris bei Nacht* anzusehen.

Sie entschieden sich für die Vorstellung um 18.55 Uhr, da sie beide lieber hinterher essen gingen, und als sie das Kino verließen, war es erst neun Uhr. Guy hatte in einem Restaurant in der Stratton Street, in das sich Leonora niemals zum Mittagessen hätte ausführen lassen, einen Tisch bestellt. Es war ein warmer Abend nach einem weiteren heißen Tag. Kein Lüftchen wehte. Celeste trug ein weißes Baumwollkleid mit *broderie anglaise*; es war kurz und eng, aber nicht aufdringlich eng, da sie so schlank war. An den Füßen hatte sie weiße Sandalen mit Riemchen aus abwechselnd weißem und vergoldetem Leder, an den Armen weißgrüne Armbänder, und jedes der mindestens fünfzig Zöpfchen, zu denen ihr Haar geflochten war, endete in einer goldenen Spitze. Guy trug einen Leinenanzug von einem sehr hellen Beige mit Grauschimmer und dazu ein am Kragen offenes Hemd von der Farbe wie Bitterschokolade, einen Gürtel aus geflochtenem grauen Leder und weiße Turnschuhe mit graulederrnem Besatz. Ein paar Stunden vorher hatte er konstatiert, daß sie ein schönes Paar abgaben, doch das war nur einfach eine Feststellung gewesen und hatte ihm keine besondere Freude bereitet.

Nach dem Ende der Vorstellung sah er, daß vor ihnen Leonora und William Newton das Kino verließen. Obwohl er erst am Nachmittag mit Leonora gesprochen hatte, schien sein Herz erst stehenzubleiben und dann nicht rascher, sondern irgendwie *lauter* zu schlagen. Die vielen, zumeist noch jungen oder ziemlich jungen Menschen um ihn und sie herum, die auf ihn, ehe er Leonora sah, attraktiv und farbig gewirkt hatten, verblaßten nun zu gesichtslosen Schatten, so wie die Toten vielleicht oder wie Komparsen in einem Schwarzweißfilm. Es gab nur ihn und sie noch auf der Welt.

Dieser Eindruck hielt ein paar Augenblicke lang an. Als dann die Menschen in der Menge wieder Gesichter hatten, waren er und Celeste, Leonora und Newton alle draußen auf dem Gehsteig. Leonora drehte den Kopf um und schaute ihm direkt ins Gesicht. Er merkte ihr an, daß sie sich freute, ihn zu sehen. Sie lächelte auf ihre reizende, aber sorgfältig beherrschte Art, faßte Newton am Ärmel und zog ihn in die Richtung, wo er, Guy und Celeste standen.

»Guy«, sagte sie, »du hast ja gar nicht gesagt, daß du ins Kino gehst.«

»Du auch nicht. Das ist Celeste, Celeste – Leonora.« Er war nicht bereit, Newtons Namen auszusprechen.

»Das ist William.«

Angesichts dessen, daß er sie so sehr liebte, konnte er sich eingestehen, daß sie schauerlich aussah. Die beiden hätten zwei aus den sechziger Jahren übriggebliebene Hippies sein können. Newton steckte in einer khakifarbenen Baumwollhose aus einem billigen Textilgeschäft und einem T-Shirt, das hellblau gewesen sein dürfte, ehe es zusammen mit einer Menge marineblauer und roter Kleidungsstücke ungefähr hundertmal heiß gewaschen worden war. Leonoras Kleid war eine von Laura Ashleys minder geglückten Schöpfungen, die Leonora zweifellos drei oder vier Jahre vorher schon bei einem Schlußverkauf erstanden haben mußte; ein inzwischen verblichenes oder ausgewaschenes Viskosekleid, marineblau und weiß, mit einem in die Taille eingenähten Gummizug und viel zu langen Kurzärmeln, das die schrecklichen, abgelatschten Stiefel aus rotem Leder bis zur Hälfte bedeckte. Guy war erfreut. Eine Frau, die sich so anzog, um mit einem Mann auszugehen, konnte sich unmöglich viel aus ihm machen.

Er schlug ihnen vor, mit ihm und Celeste in das Restaurant in der Stratton Street zu gehen. Newton lehnte dankend ab. Guy zog die Augenbrauen hoch. Hätten sie denn schon gegessen oder nicht? Sie müßten doch etwas essen.

Guy glaubte, bei dieser Bemerkung den Anflug eines Lächelns über Newtons Gesicht huschen zu sehen, und konnte sich den Grund nicht erklären. Newton war ein bißchen größer, als er ihn in Erinnerung hatte, war keineswegs klein, aber das Pferdegesicht und das zimtfarbene Haar hatte er sich richtig gemerkt. Und zu allem Überfluß trug er auch noch eine Brille. Guy war der Meinung, daß jeder junge Mensch, der auch nur einen Funken Selbstachtung hatte, sich Kontaktlinsen zulegen sollte, wenn er nicht gut sah.

»Wir essen immer zu Hause, Guy«, sagte Leonora. »Wir haben schon etwas gehabt.«

»Das muß doch Stunden her sein.«

»Gut, wir begleiten euch und nehmen etwas Billiges«, sagte sie. »Nur einen Gang, eine Pasta.«

Sie wollte bei ihm sein! Nachdem sie einander begegnet waren, konnte sie den Gedanken nicht ertragen, gleich nach Hause zu gehen! Sie sah den Kontrast zwischen ihm und Newton. Sie sah ihn *mit Celeste.* Jäh überkam ihn ein starkes Gefühl herzlicher Zuneigung zu Celeste, und er nahm sie bei der Hand. Die Geste entging Leonora nicht, die aber Newtons Hand nicht nahm. Als sie das Restaurant erreichten, gingen die beiden Frauen sofort auf die Damentoilette. Er war mit Newton allein und machte sich auf eine Auseinandersetzung oder ein langes Schweigen gefaßt.

Doch Newton, der, wie Leonora ihm erzählt hatte, irgendwas bei der BBC war, Dokumentarfilme über soziale Probleme oder ähnliche Langweilereien produzierte, begann über den Film zu sprechen, den sie gerade gesehen hatten. Er fragte Guy, ob ihm der Film gefallen habe und warum. Guy hatte den Film nicht besonders gemocht, aber da es ihm schwer fiel, zu sagen, warum, wechselte er das Thema und fragte Newton, ob ihm Paris gefalle, ob er in der letzten Zeit dort gewesen sei und ob er nicht gern zur Zweihundertjahrfeier der Revolution dort gewesen wäre. Er zündete sich eine Zigarette an, um sich besser konzentrieren zu können.

Newton fächelte den Rauch nicht weg, aber er rückte mit seinem Stuhl ein bißchen nach hinten. Zu Guys Überraschung bestellte er sich nicht alkoholfreies Bier, wie man hätte erwarten können, sondern wie Guy selbst einen Gin Tonic. Er sei im Frühjahr in Paris gewesen, sagte Newton, um sich die Gauguin-Ausstellung anzusehen, die er nun zu beschreiben und zu rühmen begann. Guy fragte sich, ob das auf ihn gemünzt, eine höhnische Anspielung auf sein eigenes Kunstunternehmen war. Newton schien ihm anzumerken, daß er gelangweilt war, sprach nicht weiter über Gauguin und sagte, Paris wäre ihm zu überlaufen und außerdem fahre er meistens im August auf ein paar Wochen nach Schottland, allerdings nicht dieses Jahr.

Guy wußte warum, beziehungsweise warum Newton *glaubte*, er werde es dieses Jahr nicht tun. Wo blieben nur die Frauen? Sie waren schon seit zehn Minuten weg. Vielleicht kratzten sie einander seinetwegen die Augen aus. Schottland im August konnte, soviel er wußte, nur eines bedeuten. Vielleicht war das etwas, worüber er sich mit diesem Menschen unterhalten konnte.

»Schießen Sie?«

»Nur zur Selbstverteidigung«, sagte Newton. »Und ein Moorhuhn hat mich bis jetzt noch nicht attackiert.«

Wer immer gesagt hat, daß der Sarkasmus die niedrigste Form von Geist ist, der hatte recht, dachte Guy. »Es ist überraschenderweise viel einfacher, ein guter Schütze zu werden, als Sie es sich vielleicht vorstellen. Wenn man seinen ersten Vogel vom Himmel holt, das gibt einem schon viel.«

»Wenn Sie die Dinge so sehen, haben Sie wohl recht. Für den glorreichen Verein von Hohlköpfen, die das so großartig machen, muß es so sein. Mir würde es nichts geben, Vögel oder andere Tiere abzuknallen. Daß sie dafür aufgezogen werden, macht die Sache eigentlich noch ärger.«

»Ein richtiger Mann sollte mit einer Waffe umgehen können«, sagte Guy. »Ich bin Mitglied in einem Schießsportklub. Natürlich schießen wir auf Zielscheiben.«

Newton senkte leicht den Kopf, so wie jemand, der gelangweilt ist, aber nicht unhöflich werden möchte. Guy sagte: »Die Frauen lassen sich aber Zeit.« Wieder nickte Newton. Guy konnte nicht sagen, was ihn auf den Gedanken brachte, aber nachdem er ihm gekommen war, spürte er ein unerklärliches erregtes Aufwallen. »Schon mal gefochten?« sagte er.

Jetzt blickte ihm Newton gerade ins Gesicht, direkt in die Augen. Wieder war das Lächeln da, ganz leicht nur, irgendwie in den Augen, in seinem Kopf, zeigte sich weniger an irgendeiner Bewegung der Lippen. Guy sah, daß die Farbe von Newtons Augen, die er als grau oder leicht rehbraun in Erinnerung hatte, sich nun, da er dem Typen gegenübersaß, als ein tiefes Blaugrau herausstellte, von jenem Ton, der weniger als jeder andere an ein Tier denken läßt.

Newton brauchte lange für seine Antwort. Dann sagte er: »Ja, in der Schule.«

»In der *Schule*?«

»Und auch danach noch ein bißchen. Sie sind Mitglied in einem Fechtklub, nicht?«

»Ich, nein, wie kommen Sie darauf?«

Guy wußte, daß Newton ihn ärgern wollte, und war nicht gewillt, sich das bieten zu lassen. Er wollte gerade seine Frage wiederholen, als Leonora und Celeste kamen. Sie wirkten beide voneinander angetan, fand Guy. Leonora fragte, worüber sie sich unterhalten hätten, und Newton antwortete feixend, sie hätten über die Kunst der Selbstverteidigung geplaudert.

Sie gaben ihre Bestellungen auf. Leonora und Newton blieben bei ihrem Entschluß, nur ein Nudelgericht zu essen, obwohl Guy sich große Mühe gab, Leonora umzustimmen. Was Newton aß, war ihm gleichgültig. Nein, das war nicht ganz richtig, denn eigentlich hätte er gern gesehen, wie der Typ etwas Vergiftetes aß, vielleicht etwas mit einem dieser modischen Keime, Listerien oder Salmonellen, und sich stöhnend und mit Schaum vor dem Mund vor den Frauen auf dem Boden wälzte. Er haßte Newton mit seinem Grinsen und seinen kühlen, supergescheiten Augen. Newton blieb bei dem Thema Fechten, beziehungsweise er sprach über Schaukämpfe im sechzehnten und siebzehnten Jahrhundert, vor den Tagen des Faustkampfs, als die Männer einander auf einem Podium mit stumpfen, oft aber auch mit scharfen Klingen zu Leibe rückten. Guy fand das Thema bei Tisch und in Anwesenheit von Frauen unpassend.

Das also war eine Kostprobe von Newtons gepriesenen »Redekünsten«. Wie er erzählte, besaß er zwei Säbel, die in seiner Wohnung in Camden Town als Zierrat gekreuzt an der Wand hingen. Er trug sich mit dem Gedanken, sie zu verkaufen, da Leonora sie nicht in ihrem neuen Heim haben wollte. Guy hätte gern gewußt, an welche Gegend sie dabei dachten, mochte aber nicht fragen. Statt dessen tat es Celeste.

»Ich werde meine Wohnung verkaufen. Leonora verkauft ihren Anteil an ihre Freundin, der die Wohnung bereits zur Hälfte gehört.«

»Rachels Großmutter ist gestorben und hat ihr Geld hinterlassen, mit dem sie meine Hälfte kaufen wird«, sagte Leonora. »Außerdem eilt es uns nicht. Ich werde vorläufig bei William hausen.«

Warum wurde ihm so was nicht erzählt? Warum ließ man ihn im Ungewissen? Es war ein Wunder, daß Rachel es überhaupt der Mühe wert fand zu arbeiten, wenn immerfort reiche Verwandte von ihr starben und ihr massenhaft Geld hinterließen. Sein Steak kam, ein riesiger Keil blutigen Fleisches, den Newton, so argwöhnte Guy, mit einem spöttischen Blick ansah. Doch als er den Blick hob, sah er, daß dieser ihm den Rücken zugewandt hatte und gerade etwas zu Celeste sagte. Guy sprach dem Alkohol tüchtig zu. Da niemand mehr ein Glas von der zweiten Flasche haben wollte, leerte er sie und ging dann zu scharfen Sachen über, zu trockenen Martinis ohne Eis, obwohl es so warm war.

Ehe die Rechnung kam, beugte Newton sich zu ihm hin und sagte, sie würden sich den Betrag teilen.

»Kommt überhaupt nicht in Frage«, sagte Guy. »Ich habe Leonora und Sie eingeladen.«

»Bitte, Guy«, sagte Leonora, »wir hätten es aber lieber so.«

»Nicht im Traum würde ich daran denken – eine absurde Idee.«

»Dann danke für die Idee, uns einzuladen«, sagte Newton, stand auf und ging zur Toilette.

War das ein auf ihn gezielter Seitenhieb, weil er eine Wendung gebraucht hatte, die ein neunmalkluger Scheißkerl wie Newton vielleicht inkorrekt oder altmodisch oder dumm oder weiß Gott was sonst noch fand? Guy war sofort überzeugt, daß Newton ihn hereinlegen wollte und vorhatte, sich an den Kellner ranzumachen und seinen Anteil zu zahlen, bevor die Rechnung an den Tisch gebracht wurde. Daß es dann nicht so kam, daß die Rechnung für alle vier war, überraschte ihn sehr. Was führte der Typ im Schilde? Was hatte er für eine geheime Absicht?

Jetzt mußte ein Taxi besorgt werden. Leonora sah

müde aus, sie wirkte, als hätte sie den Abend nicht genossen, ihn aus irgendeinem Grund als anstrengend empfunden und sei nun erschöpft. Natürlich hatte sie Newton und ihn zum ersten Mal zusammen erlebt. Gingen ihr – was für eine wunderbare Idee! – gewisse Gedanken über Newton durch den Kopf, nach dem, was sie gesehen hatte? Hatte sie sie beide miteinander verglichen, und hatte Newton dabei, es konnte ja nicht anders sein, schlechter abgeschnitten?

»Wenn Sie in nördliche Richtung wollen«, sagte er zu Newton, »nehmen Sie doch das erste Taxi. Leonora kann mit uns fahren, und wir setzen sie unterwegs ab.«

»Das geht nicht, Guy, ich wohne bis Freitag bei William. Außerdem nehmen wir kein Taxi, wir fahren mit der U-Bahn.«

»Von Green Park zur Warren Street und dann weiter mit der Northern Line«, sagte Newton, kühl und blasiert. »Bequemer geht's nicht. Gute Nacht. Gute Nacht, Celeste, es war nett, Sie kennenzulernen.«

Im Taxi sagte Guy: »Ich hätte sie nach seiner Telefonnummer fragen sollen. Wenn sie bei ihm wohnt, kann ich morgen nicht mit ihr sprechen.«

»Versuch's mit dem Telefonbuch«, sagte Celeste.

»Ja, da wird es drin stehen. Was hat sie dir die ganze Zeit über auf der Toilette erzählt?«

»Dieses und jenes. Sie hat über uns und über William gesprochen.«

»Er ist ein ziemliches Arschloch«, sagte er.

»Mir hat er gefallen. Ich habe gefunden, er war sehr nett.«

»Aber du kannst dir doch sicher nicht vorstellen, daß

eine Frau sich in ihn verliebt, oder? Die Vorstellung ist grotesk.«

»Ich will dir sagen, was sie gesagt hat, wenn du es hören möchtest. Sie hat gesagt, es freut sie wirklich, daß du so glücklich mit mir zu sein scheinst. Sie sagt, ich bin schön, und du kannst von Glück sagen, daß du mich hast, aber darüber bist du dir bestimmt im klaren, und sie hofft, daß wir sehr, sehr glücklich miteinander werden. Möchtest du wissen, was sie sonst noch gesagt hat?«

»Eigentlich nicht«, sagte Guy. »Es hört sich nicht sehr inspiriert an. Ich nehme an, daß du nicht mehr mit zu mir kommen willst, hab' ich recht? Du mußt ja für diese Arbeit für L'Oreil früh aufstehen. Ich sag' dem Fahrer, er soll durch die Old Brompton Road fahren, ja? Celeste, du weinst doch nicht? Um Himmels willen, was gibt es denn für einen Grund für Tränen?«

Guy schlief sehr rasch ein und träumte, daß er und William Newton mit Degen fochten. Sie waren in den Kensington Gardens, auf dem Rasen zwischen dem Albert Memorial und dem Flower Walk. Es war noch ganz früh am Morgen, in der Dämmerung, die Sonne war noch nicht aufgegangen, und niemand außer ihnen selbst und ihren Sekundanten war in der Nähe. Sein Sekundant war Linus Pinedo und der Newtons ein Mann, dessen Gesicht Guy nicht sehen konnte, weil es mit einer Fechtmaske bedeckt war. Guy hatte ungefähr vier, fünf Jahre vorher ein gewisses Pensum Fechten absolviert, hatte Unterricht genommen und war Mitglied in einem Klub gewesen, aber er hatte den Sport zugunsten von Squash aufgegeben, das so schnell war und den Körper mehr forderte.

Doch in seinem Traum war er sehr gut, ganz ähnlich wie ein Filmstar aus den dreißiger Jahren im *Gefangenen von Zenda*.

Er hatte es nur darauf abgesehen, Newton zu verwunden, ihm allerdings vielleicht eine schwere Wunde zu verpassen, aber der Typ zitterte offenkundig vor Furcht und war kaum imstande, sich zu verteidigen. Guy, der Newtons linken Arm treffen wollte – Newton war zumindest in dem Traum Linkshänder –, sprang nach vorne, vollführte den »balestra« genannten Stoß und ließ ihm mit großer Schnelligkeit eine »fleche« folgen, wobei er mit einem einzigen raschen Ausfall Newtons Herz durchbohrte.

Newton sank lautlos auf die Knie, sein Degen fiel zu Boden, seine Hände umklammerten die Klinge von Guys Waffe. Er kippte seitwärts auf den Rasen, auf das grüne, nun blutbespritzte Gras. Seinen Lippen entrang sich das Röcheln des Todes, und in den Armen des larvierten Mannes gab er den Geist auf. Guy zog seinen Degen heraus, der sauber und glänzend aus der Wunde auftauchte.

Linus blickte Guy in die Augen und sagte: »Das verschafft dir eine Atempause, Mann. Das verschafft dir Zeit.«

Guy war glücklich, empfand eine enorme Erleichterung. Newton war tot, und so konnte Leonora ihn nicht heiraten. Jetzt konnte er *in aller Ruhe* den Verleumder ausfindig machen, der ihre Seele gegen ihn vergiftet hatte. Er beugte sich über den Toten, empfand dankbare, sogar fürsorgliche Gefühle für ihn. Der maskierte Mann zog mit einer einzigen, raschen Bewegung seine Larve herunter und enthüllte Guy, der nun vor Entsetzen zitterte, sein Gesicht. Es war Con Mulvanney.

Von dem Traum noch arg mitgenommen, suchte Guy am nächsten Morgen im Telefonbuch Newtons Nummer und fand seine Adresse, Georgiana Street, die er dann im Londoner Straßenatlas ausfindig machte. Er erinnerte sich jetzt an Linus' Äußerung in dem Traum, daß Newtons Beseitigung ihm Zeit verschaffen würde. Als Mann mochte Newton keine ernst zu nehmende Bedrohung sein, aber er war *vorhanden*, und Leonora würde ihn am sechzehnten September heiraten. Zwar würde sie diesen Schritt schon bald bereuen, aber dann wäre es zu spät. *Etwas* gab immerhin Anlaß zum Optimismus: daß eine Scheidung relativ einfach war.

Warum war ihm Con Mulvanney im Traum erschienen? Guy hatte zwar von seiner Mutter, dieser hoffnungs- und hilflosen Person, sonst kaum etwas geerbt und angenommen, aber durch all die Jahre und Veränderungen in seinem Leben hatte er doch einige ihrer abergläubischen Ideen mitgeschleppt. Noch immer vermied er es, unter angelehnten Leitern durchzugehen. Wenn er Anlaß zur Besorgnis hatte, klopfte er auf Holz. Er behauptete zwar, nicht an Vorzeichen zu glauben, verließ sich aber gleichwohl darauf. In jähen Anwandlungen einer vagen Furcht erkannte er ominöse Warnungen. Das völlig unerwartete Auftreten Con Mulvanneys in seinem Traum – er hatte noch nie von Mulvanney geträumt – war eindeutig ein Omen. Was sonst könnte es sein?

Er begann zu überlegen, ob es möglich war, daß irgend

jemand Leonora von Con Mulvanney erzählt hatte. Auf den ersten Blick schien es unwahrscheinlich. Natürlich wußten Hunderte, ja Tausende, wer er gewesen und was ihm zugestoßen war, obwohl es die meisten zweifellos inzwischen vergessen hatten. Aber seine eigene Verbindung mit Mulvanneys Tod war sicher nur ihm selbst und dieser Frau bekannt.

Die Polizei war im Bilde. Korrektur: Sie war ins Bild *gesetzt worden*. Das war nicht dasselbe. Man hatte nichts gefunden. Man hatte ihr vermutlich doch nicht geglaubt oder war der Überzeugung gewesen, die Sache sei unmöglich zu beweisen.

Die Frau hatte einen Namen, den er nie vergessen würde, den niemand vergessen konnte, sie hieß nämlich Poppy Vasari. Sie hatte gedroht, es allen Leuten zu sagen, die sie kannte. Aber was konnte es für einen Sinn haben, ihn als denjenigen anzugeben, der Mulvanney LSD verschafft hatte, wenn sein Name den Leuten nichts bedeutete? Für die Polizei, nun, das war eine andere Geschichte.

Aber wie stand es, wenn sie ihre Drohung wahrgemacht, Freunden und Bekannten davon erzählt, irgendeine Beschreibung von ihm gegeben hatte? »Ein gutaussehender, dunkelhaariger Mann, sehr jung noch.« Er war damals erst fünfundzwanzig gewesen. Oder: »Sehr wohlhabend, wie es diese Leute eben sind. Wohnt in einem dieser hübschen Häuser in einer Mews in South Ken.« Diese Details hätten genügt, bei jedem, der ihn auch nur flüchtig kannte, Verdacht zu wecken. Zum Beispiel bei Robin Chisholm oder Rachel Lingard. Angenommen, sie hatten dann nach seinem Namen gefragt? Poppy Vasari hätte ihn ihnen genannt, natürlich hätte sie das getan. Sie hatte ja nichts zu verlieren.

Und sie hätten es dann Leonora gesteckt.

Nichts Besseres hätte sich finden lassen, um sie gegen ihn einzunehmen. Vor vier Jahren. Das war ungefähr die Zeit gewesen, als sie sich ihm gegenüber radikal zu verändern begann, es sich mit dem Urlaub auf Samos anders überlegte, seine Einladungen ablehnte, sich seiner Schritt für Schritt *entwöhnte*, sein Angebot eines Darlehens für diese Wohnung ausschlug. Und als sie einmal in der Wohnung war, hatte sie aufgehört, abends mit ihm auszugehen, ihn zu küssen (außer so, wie sie Maeve küßte, auf beide Wangen), hatte sie andere ans Telefon geschickt, wenn er anrief, und allmählich die heutige Situation herbeigeführt, mit den täglichen Anrufen und dem gemeinsamem Mittagessen sonnabends.

Um zehn Uhr wählte er Newtons Nummer. Leonora hob ab. Es entstand eine Pause, sie schwieg, als sie hörte, wer am Apparat war, und dann plauderte sie munter drauflos, als wäre sie wirklich erfreut, fragte ihn, wie es ihm gehe, und sagte, wie sehr ihnen der vergangene Abend gefallen habe und wie nett sie es gefunden hätten, Celeste kennenzulernen.

»Wohin würdest du am Samstag gern zum Mittagessen gehen?« fragte er.

»Das liegt ganz bei dir, Guy. Ins *Clarke's*, wenn du da hin möchtest. Schließlich bleiben uns ja nur noch vier Samstage.«

# 7

Manche von den Leuten, die dort arbeiteten, nannten es eine Fabrik, hatte Guy erfahren, aber für ihn war es immer das Atelier. Es war in Northholt, in der Yeading Lane. Guy fuhr in der Regel alle paar Wochen hinaus, um nach dem Rechten zu sehen. Seine anderen Unternehmen, das Reisebüro und der Klub in der Noel Street, liefen auch ohne seine Gegenwart anstandslos, und wenn er manchmal den Klub aufsuchte, so weil es ihm Spaß machte.

Tessa, die Akademieabsolventin, hatte das Atelier als eine Ausbeutungsklitsche geschmäht, obwohl sie es natürlich nie gesehen hatte. Das war jedenfalls eine himmelschreiende Lüge, denn die Leute, die Guy seine Mitarbeiter nannte, malten in einer sauberen, hellen, gut gelüfteten Umgebung, hatten viel Platz, keine übermäßig lange Arbeitszeit und wurden zudem recht ordentlich bezahlt. Er hätte ihnen mehr zahlen können, weil sich die Gemälde besser verkauften, als er in seinen kühnsten Träumen erwartet hätte, aber sie verdienten ohnedies mehr, als wenn sie Lehrer geworden wären, mehr als beispielsweise Leonora. Statt dessen trug er sich mit dem Gedanken, ein zweites Atelier einzurichten, um mit der Nachfrage Schritt halten zu können.

Niemand schien etwas dagegen zu haben, wenn ihm Guy bei der Arbeit über die Schulter blickte. Das hatte seinen Grund ohne Zweifel darin, daß er, wie er den Leuten freimütig gestand, nichts von Kunst verstand, aber bewunderte, was sie zustande brachten. Er blieb stehen und sah einer sehr begabten jungen Inderin, die die St. Martin's School of Arts besucht hatte, dabei zu, wie sie auf die Wangen des »Weinenden Knaben« die Tränen malte. Es war wunderbar zu beobachten, mit welchem Geschick sie dabei zu Werke ging. Wie naß die Tränen wirkten! Wie echte Wassertropfen, so, als ob jemand das gemalte Gesicht leicht mit Wasser besprüht hätte. Und zweifellos war es ihr gelungen, dem Kind einen innigeren und traurigeren Ausdruck als sonst zu geben. Guy konnte sich in der Erinnerung an ferne, entbehrungsreiche Tage im *Attlee House* mit dem Knaben geradezu identifizieren.

Was Tessa und, in einem geringeren Maß, Leonora meinten, wenn sie behaupteten, was hier geleistet werde, sei moralisch und – sie hatten noch ein anderes Wort dafür, ach ja – »ästhetisch« nicht in Ordnung, blieb für ihn ein ewiges Geheimnis. Es stimmte zwar, daß seine Künstler sich an ein Grundmuster oder -schema zu halten hatten, daß die Produkte seines Ateliers etwas von Serienfertigung hatten. Aber war das denn so verschieden, ja, überhaupt verschieden davon, wie es in den Ateliers der alten Meister zugegangen war? Guy erinnerte sich an sein Triumphgefühl, als er während eines Ferienaufenthalts in Florenz von einem Museumsführer aufgeklärt worden war, daß so bedeutende Maler wie Michelangelo Werkstätten gehabt hätten wie seine eigene, in denen junge Maler ihr Handwerk erlernten, die Bilder des Meisters kopierten, den Hintergrund ausfüllten, eine geregelte Arbeitszeit hatten und auf Bestellung arbeiteten. Leonora hatte gelacht, als er ihr davon erzählte, und gesagt, das sei nicht dasselbe, ihm allerdings den Unterschied nicht erläutert.

Und es war ja nicht so, daß die eigenen Schöpfungen seiner Schützlinge etwas getaugt hätten. Die junge Frau, der er zusah, während sie letzte Hand an »König und Königin der Tiere« legte, hatte ihm einmal eines ihrer eigenen Bilder gezeigt. Er hatte gesagt, es sei »sehr nett«, aber es war grauenvoll, nichts als hingeklatschte dunkle Linien, aus denen etwas herausschaute, was vielleicht Augen waren. In seinem Haus in der Scarsdale Mews hatte er einen Kandinsky hängen, der von allen Sachen, die er gesehen hatte, diesem Bild am nächsten kam, aber der Kandinsky hatte wenigstens bunte Farben und war sehr groß und komplex, was ohne Zweifel den hohen Preis erklärte, den er dafür hatte berappen müssen.

Er trank mit seinen Künstlern Kaffee und wurde dabei von einem gefragt, ob er denn Bilder aus dem Atelier bei sich zu Hause an den Wänden habe. Er bejahte die Frage, obwohl es nicht zutraf, und vage kam ihm der Gedanke: warum eigentlich nicht? An diesem Tag fand wieder eine Verkaufsausstellung statt, diesmal in Clapham in Süd-London, und er spielte mit der Idee, dort vorbeizuschauen und ganz so wie jemand aus dem Publikum ein Gemälde zu kaufen.

Er fuhr südwärts und überquerte auf der Kew Bridge die Themse. Das war ein Fehler, denn er kannte sich in diesem Teil von London nicht besonders gut aus und verfranste sich. Mittlerweile war er von dem Gedanken, ein Bild zu kaufen, völlig abgekommen; es wäre viel einfacher, wenn er sich eines nach Hause schicken ließ. Er fragte sich sogar, ob er es nach Clapham Common schaffen werde, bevor die Verkaufsausstellung schloß. Irgendwie hatte er sich mit dem Jaguar bis südlich des Wimbledon Parks verirrt und mußte jetzt nördliche Richtung einschlagen.

Wenn ihn jemand gefragt hätte, hätte er gesagt, daß er noch nie in dieser Gegend gewesen sei. Die Plätze in Süd-London waren leicht zu verwechseln, es gab ja so viele davon, aber das hier war sicher nicht Clapham Common, vielleicht Tooting oder Tooting Bec Common. Ein Straßenschild gab die Richtung nach Clapham, Battersea und Zentral-London an, und plötzlich befand er sich auf einer Hauptverkehrsstraße, die ihm irgendwie vertraut vorkam. Es war Balham, ja, er war in Balham, in Bedford Hill, und in diesem Pub, dort in dem großen viktorianischen Stadthaus, war er an jenem verhängnisvollen Abend von Con Mulvanney angesprochen worden.

»Hast du ein bißchen Shit?«

Die Frage, widerlich, lächerlich, sinnlos, aber mit einer bestimmten Bedeutung für diejenigen, die sich auskannten, war ihm im Gedächtnis geblieben, die Worte hallten immer noch nach wie die Töne gezupfter Saiten, während von dem, was sich ab jenem Abend sonst zugetragen hatte, vieles verblaßt war. Er hatte natürlich keine Antwort auf die Frage gegeben, den Unwissenden markiert, sogar Abscheu vorgetäuscht, hatte sich weggedreht, aber der Typ hatte nicht locker gelassen, die Frage umformuliert und jetzt nur gesagt: »Hast du *irgendwas*?«

Guy fuhr weiter bis zum Clapham Common, zum

Broxash Hotel, wo die Verkaufsausstellung stattfand. Auf dem Parkplatz des Hotels war gerade noch Platz für einen Wagen. Er ging mit einem Glas Rioja in der Hand umher und sah sich die Bilder an. Später hatte er sich manchmal gefragt, was er an jenem Abend hätte tun sollen, um Con Mulvanney zu entkommen, ihm zu entwischen, aber er hatte damals nicht geahnt, daß es wichtig war, dem Typen aus dem Weg zu gehen. Er hatte nur so viel begriffen, daß Mulvanney seinen, Guys, Namen nicht kannte, und das war ihm als das einzig Wichtige erschienen. Übrigens hatte er, obwohl er an ihn *im Kontext von damals* als Con Mulvanney zurückdachte, den Namen des Kerls auch nicht gekannt, hatte ihn erst erfahren, als Mulvanney starb beziehungsweise erst einige Zeit danach.

Die Frau, die die Ausstellung leitete, eine schlampige, dunkelhaarige Person in einem schwarzen Kleid, erinnerte ihn von fern an Poppy Vasari. Aber sie hatte eigentlich doch keine Ähnlichkeit mit Poppy Vasari, die mager und schmutziger gewesen war und zerzauster ausgesehen hatte. Guy war nicht mehr an schmutzige Leute gewöhnt, an Männer und Frauen, die nur selten ihre Kleider wuschen und kaum jemals badeten, und sie erregten seinen Widerwillen. Vielleicht hing es damit zusammen, daß in seiner Kindheit ziemlich viele solcher Menschen um ihn gewesen waren. Die Frau, die seine Gemälde verkaufte und Bestellungen entgegennahm, war vermutlich durchaus sauber, der in den Ritzen ihrer Finger sitzende Schmutz die Folge von Gartenarbeit, die Schuppen auf ihrem schwarzen Schalkragen waren wohl von ihr unbemerkt dahin geraten. Er registrierte, daß, anders als in Coulsden, das Gemälde mit dem edlen Löwen auf einem Felsen samt daneben liegendem Weibchen hier am besten ging, und dann verließ er das Hotel.

Dies mußte die Strecke gewesen sein, auf der ihn an jenem Abend das Taxi nach Hause gefahren hatte, von dem Pub in Bedford Hill, über die Battersea Bridge, die Gunter Grove und Finborough Road oder vielleicht die Beaufort Street entlang und in die Straße, die The Boltons hieß. Konnte man so fahren? Würde die Verkehrsregelung es erlauben? Es war schon spät und sehr dunkel gewesen. Auf jeden Fall zu dunkel, als daß er den kleinen, dunkelroten 2 CV hätte erkennen können, der dem Taxi folgte.

Guy ging nie in Pubs. Er hatte jenes Lokal nur aufgesucht, weil er eingeladen war, und daß es ein Pub war, erkannte er erst, als er dort war. Robert Joseph, sein künftiger Teilhaber an dem Reiseunternehmen, feierte seinen vierzigsten Geburtstag. Er hatte Guy das Pub als ein Hotel beschrieben.

Vernünftigerweise war er spät gekommen. Das Pub hatte die Sperrstunde bis halb ein Uhr verlängert bekommen, und Guy fand sich erst ein, als es beinahe elf Uhr war. Auf einem Podium hüpfte ein Frauendarsteller in schwarzen Pailletten und gelben Federn herum. Er war sehr alt und gräßlich anzusehen und sang ein Lied von so unglaublicher Obszönität, daß Guy kaum seinen Ohren trauen wollte. Ein jüngerer Mann an der Theke wagte es, milde zu protestieren, und wurde sofort, kaum daß er seinen Satz ausgesprochen hatte, von zwei Muskelmännern zu einer der Türen geschleppt und ins Freie befördert. Die Türen wurden geschlossen und abgesperrt. Guy beschloß, ordentlich zu trinken, um die Sache erträglich zu machen.

Robert Joseph war inzwischen betrunken, bemerkte aber noch, daß Guy gekommen war, legte ihm den Arm um die Schulter und nannte ihn seinen besten Kumpel. Auf dem Podium erschien jetzt eine Gruppe und begann alte Beatles-Songs zu singen. Guy trank einen weiteren Wodka-Martini und darauf noch einen. Und dann kam Con Mulvanney, dessen Namen er nicht kannte, auf ihn zu und stellte ihm seine Frage.

»Hast du ein bißchen Shit?«

Er meinte Haschisch. Guy hatte niemals mit Haschisch gehandelt. Früher war er an einem Unternehmen beteiligt gewesen, das Abnehmer mit »Thai Sticks« belieferte, aber später hatten ihn nur Kokain und bestes Marihuana, in der Regel Santa Marta Gold, interessiert. Zudem hatte er, von seiner Jungenzeit abgesehen, das Zeug nie selbst an den Mann gebracht oder auch nur in die Hand genommen. Über dieses Stadium war er längst hinaus. Als Con Mulvanney ihn ansprach, dealte er beinahe ausschließlich mit Kokain, wenn er auch diese neue, Crack genannte Droge, die man rauchte, schon in Betracht zog.

Diesmal gab er auf die Frage, ob er »irgendwas« habe, zur Antwort: »Keine Ahnung, wovon du redest. Geh bitte weg.«

»Ich weiß, daß du was hast. Jemand hat mir von dir erzählt und gesagt, du wirst heute abend hier sein. Man hat dich mir beschrieben.«

Das gab Guy ein sehr eigenartiges, sehr verwundbares

Gefühl. Hinterher fragte er sich, warum er nicht gefragt hatte, wer von seinem bevorstehenden Eintreffen gesprochen, wer ihn beschrieben habe. Aber er fragte nicht, sondern sagte nur: »Du verwechselst mich mit jemand anderem.«

Der Mann, dieser Con Mulvanney, bedrängte ihn nicht weiter. Zumindest nicht damals. Er war ein magerer, schmächtiger Mensch, weder klein noch groß, mit schmalen Schultern und leicht vornüber gebeugt, der aussah, als gehe es ihm nicht gut, und der überhaupt recht ungesund wirkte. Er hatte ein langes, blasses Gesicht, und Lippen und Kinn hatten etwas Weibliches, als könnte ihm nie ein Bart wachsen. Seine Haare waren ziemlich lang; sie wuchsen in Büscheln und waren farblos oder staubfarben. Seine Augen waren von einem hellen Graubraun und konnten Guys Blick nicht standhalten.

Guy ließ ihn stehen und begann ein Gespräch mit Robert Joseph, und dann, als dieser zu einer anderen Gruppe trat, mit einem Mann und einer Frau, die in seiner Nähe, in Chingford oder Chigwell oder weiß Gott wo wohnten. Die Begegnung mit Con Mulvanney veranlaßte ihn, sich noch einen Drink zu besorgen. Nach zwei weiteren Wodka-Martinis sagte er sich, er habe genug getrunken und genug von diesen Leuten hier und dem schrecklichen Lokal, und außerdem war es schon nach Mitternacht. Er bestellte kein Taxi, sondern ging hinaus auf die Straße, wo eines diensteifrig daherkam. Als es anfuhr, setzte sich dahinter ein dunkelroter 2 CV in Bewegung.

Guy sah den 2 CV während der ganzen Fahrt nicht

wieder. Er schaute nicht zum Rückfenster des Taxis hinaus. Als sie in der Scarsdale Mews ankamen und er dem Taxifahrer sein Geld gab, sah er, wie vom Ende der Straße ein kleines Auto wegfuhr. Das heißt, er glaubte sich hinterher zu erinnern, daß er an dieser Stelle ein kleines Auto gesehen habe. Es fiel ihm am folgenden Abend ein, als er aus dem Haus gehen wollte, um irgendwo zu Abend zu essen, und just in diesem Augenblick Con Mulvanney auf seiner Schwelle erschien.

Es klingelte, und Guy dachte, es sei das telefonisch bestellte Taxi. Als Con Mulvanney ihn sah, sagte er spaßend:

»Mr. X, habe ich recht?«

»Ja, aber mir ist dein Besuch nicht recht«, sagte Guy. »Ich habe nichts für dich. Würdest du bitte gehen?«

»Moment, kann ich erklären, was ich haben möchte?«

»Das hast du bereits getan. Geh jetzt!«

»Eigentlich hab' ich's nicht getan«, sagte Con Mulvanney und setzte dann hinzu: »Du kannst mich Mr. Y nennen.«

»Mach dich nicht lächerlich«, sagte Guy. »Bitte geh jetzt. Ich habe nichts für dich, und ich bin gerade am Weggehen.« Die Türstufe und der Boden der Diele waren auf gleicher Höhe, keine weiteren Stufen dazwischen, und Con Mulvanney beziehungsweise »Mr. Y« – dieser absurde Name, aber Guy konnte ihn damals mit keinem andern anreden – hatte sich zur Türmatte vorgearbeitet, einen Fuß bereits auf dem Dielenteppich. »Ich habe dich nicht hereingebeten. Ich möchte dich nicht in meinem Haus haben. Wenn du mich dazu zwingst, werfe ich dich hinaus.«

»Ich möchte ein Halluzinogen«, sagte Mr. Y und senkte dabei die Stimme. »Was eben vorhanden ist, egal, was. Ich verstehe nichts von diesen Sachen. Du mußt dich auskennen. Ich zahle den Marktpreis. Den zahle ich.«

Guy sagte: »Ich habe keine solchen Sachen.«

Er begann zu überlegen, ob »Mr. Y« nicht von der Polizei war. Der Typ sah zwar nicht aus wie irgendeiner der Polizisten, die Guy jemals gesehen hatte, aber natürlich würde man nicht einen Mann auf ihn ansetzen, der wie ein Polizeibeamter aussah, sondern jemanden wie Mr. Y. Die Haustür stand noch immer offen, und jetzt fuhr Guys Taxi vor. Der Fahrer stieg aus, und Guy rief ihm zu, er möge einen Augenblick warten. Er schloß die Haustür und sagte zu Mr. Y, er werde ihn später, um zehn Uhr, treffen – aber wo? Kein Ort war sicher. Es gab nur einige Orte, die weniger gefährlich waren als andere. Mr. Y sagte, wenn er nicht sein Auto benutze, fahre er mit der Northern Line der U-Bahn. Was Mr. X vom U-Bahnhof Embankment Station halte? Guy sagte, um zehn Uhr auf der Hungerford Bridge, in der Mitte.

Er ging nicht hin. Natürlich nicht. Er hatte keinerlei Absicht hinzugehen. Doch er dachte während des Abendessens und auch danach noch über die Sache nach. Er sah sich in der Mitte der Hungerford Bridge stehen, dieser alten, nicht überdachten Fußgängerbrücke, auf der, wie ihm jemand erzählt hatte, häufig Morde geschahen, sah, wie er sich mit Mr. Y traf und wie dann, als er zum Embankment zurückkehrte, zwei Männer aus einer dunklen Ecke auf ihn zutraten. Als er ungefähr eine Stunde nach dem vereinbarten Treffen zu Hause ankam, wäre er nicht überrascht gewesen, wenn er dort den auf ihn wartenden Mr. Y angetroffen hätte, doch es war niemand da. Erst tags darauf kam Mr. Y wieder, diesmal in dem dunkelroten 2 CV.

Guy tat so, als sähe er ihn nicht. Er fuhr den Jaguar in die Garage und ging von dort aus direkt ins Haus. Es klingelte. Guy ließ es klingeln. Er hatte ein kleines Quantum Marihuana im Haus, ein paar Kapseln Durophet und ein bißchen LSD. Er könnte Mr. Y aufmachen, ihm das Gras *schenken*, die Tür vor seiner Nase schließen und ihn vergessen. Das wäre vielleicht das beste. Wieder klingelte es, länger jetzt, hartnäckig. Guy ging nach oben und schaute zu einem der Schlafzimmerfenster hinaus. An diesem Ende der Straße standen keine Autos außer dem 2 CV. Es war undenkbar, daß sein Haus beschattet wurde, es sei denn, die Beobachter saßen in den Häusern gegenüber, und das war nach seinem Dafürhalten höchst unwahrscheinlich. Er öffnete den Safe, in dem sich Leonoras Verlobungsring in seinem Etui und die verschiedenen Drogen befanden. Er nahm das Marihuana heraus, verschloß den Safe wieder und ging hinunter zur Haustür, da es neuerlich zu klingeln begann.

Mr. Y sagte: »Ich will das nicht, was du da hast. Ich möchte ein Halluzinogen.«

»Du möchtest was?«

»Meskalin vielleicht oder Psylocybin. Dieses Zeug aus dem Zauberpilz. Ich wollte eigentlich kein Cannabis. Mir hat nur jemand gesagt, wenn ich dich danach frage und es Shit nenne, wüßtest du, daß ich es ernst meine.«

Ein Polizeibeamter, der derart naiv sein konnte, der in diesem Ton sprechen konnte, mußte ein Genie sein. Für die Drogenfahndung wäre er sein Körpergewicht in Gold wert – mehr wert als in bestem kolumbianischen Gold aufgewogen. Der Mann mußte echt sein. Guy sagte zu ihm: »Also schön. Komm lieber herein. Ich möchte deinen Namen nicht wissen.«

»Ich deinen auch nicht.«

Warum hatte er das getan? Warum hatte er Mr. Y ins Haus gebeten? Weil Mr. Y, auch wenn er seinen, Guys, Namen nicht kannte, wußte, daß er ein Dealer war und wo er wohnte, weil er sich für eine Abfuhr rächen könnte, indem er der Drogenfahndung ein Licht aufsteckte. Natürlich würde Guy rechtzeitig dafür sorgen, daß das Haus in der Scarsdale Mews völlig »clean« war, doch das war nicht der entscheidende Punkt. Er wollte die Polizei nicht hier haben. Wenn sie auch nur ein einziges Mal kam, würde er das Dealen aufgeben müssen, dann hätte er das Menetekel an der Wand gesehen.

Bislang war er ohne Makel geblieben, ein Bürger von ebenso untadeliger Achtbarkeit wie nur irgendeiner seiner Nachbarn, und er mußte einen sauberen Ruf behalten. Ein einziger Dreckfleck, und alles wäre zu Ende. Er rief sich etwas in Erinnerung, was dicht unter der dünnen Außenhaut seines Bewußtseins schlummerte: Nach dem Gesetz über den Mißbrauch von Rauschmitteln stand auf den Besitz von Drogen der Kategorie A verbunden mit der Absicht der Veräußerung eine Höchststrafe von vierzehn Jahren Gefängnis.

Mr. Y trat ins Haus, ließ aber kein Verlangen erkennen, weiter als in die Diele zu gehen. Er setzte sich in einen der Georges-Jacob-Sessel und sagte: »Du bist gestern abend nicht gekommen. Ich habe lange gewartet.

Schließlich bin ich weggegangen, weil ich meinen letzten Zug nicht verpassen wollte.«

»Was genau willst du eigentlich?«

Bislang hatte Guy den anderen nicht für verrückt gehalten. Für sonderbar, naiv, verschroben, eigenartig, auf irgend etwas aus, ja, aber nicht für verrückt. Was der Typ als nächstes sagte, veränderte diesen Eindruck.

»Ich muß dir mitteilen, daß ich eine Reinkarnation des heiligen Franz von Assisi bin.«

Guy starrte ihn nur schweigend an.

»Du verstehst, was ich sagen will? Hast du schon mal vom heiligen Franziskus gehört?«

Guy machte eine unwillige Geste. »Ich habe gefragt, was du willst.«

»Der Beweis ist an meinen Händen.« Mr. Y streckte die Hände aus und drehte die Innenflächen nach oben. Sie waren nicht gerade sauber. »Heute sind die Stigmata sehr gut zu sehen.«

»Die was?«

»Der heilige Franziskus – und damit ich – war der erste Mann, an dessen Körper sich die Wunden zeigten, die Christus bei seiner Kreuzigung zugefügt wurden. Das steht eigentlich nicht in Frage. Die Ansprüche des Apostels Paulus und des heiligen Angelo del Paz können in keiner Weise akzeptiert werden. Im Fall des heiligen Franziskus und damit in meinem eigenen Fall sind sämtliche Wundmale vorhanden, die von den Nägeln an den Händen und den Füßen, das vom Speer in der Seite und die Abdrücke der Dornenkrone.«

Sein Ton war pedantisch, belehrend und ziemlich schrill geworden. Guy konnte an den Händen des Fremden keine Stigmata sehen, nur den in den Rillen sitzenden Dreck, und als Mr. Y die Hände hob und die staubgrauen Haarbüschel zurückschob, bemerkte Guy auch an der Stirn nichts.

»Schön und gut, aber was hat das alles mit mir zu tun?«

Mr. Y setzte zu einer weitschweifigen Ansprache an, erklärte, daß die ganze Natur ein Spiegel Gottes sei, und erging sich über die neue franziskanische Lebensregel, die er formulieren werde. Sie werde davon bestimmt sein, daß die einzige Hoffnung für die Menschheit in einer Rückkehr zur Gemeinschaft mit Gott durch eine neue Ehrfurcht vor der Natur bestehe.

»Aber das schaffe ich erst, wenn es mir gelingt, in meine innere Weite vorzudringen.«

Diese Idee verstand Guy. Jahre zuvor, er war damals noch ein Heranwachsender gewesen, hatte er jemanden, der eine psychedelische Droge nahm, sagen hören, er habe sich »in seiner inneren Weite verirrt«, ein Ausdruck, den er als beunruhigend empfunden hatte.

»Ich habe kein Meskalin«, sagte er. »Ich habe kein Peyote oder dergleichen.«

Doch oben im Safe hatte er ein bißchen Lysergsäurediethylamid, LSD 25, das er gern loswurde, gern aus seinem Haus und seinem Leben verschwinden sah. Es war in Tablettenform.

Damals hatte er Leonora oft zu sehen bekommen. Sie war auf das Ende ihrer Lehrerinnenausbildung an einem College in Süd-London zugegangen. Sie hatte keinen anderen Freund, das stand für ihn fest, aber sie schliefen nicht miteinander, sie hatten schon seit langem nicht mehr miteinander geschlafen. Er sagte ihr, daß er großes Verlangen nach ihr habe. Er sehne sich danach, daß sie wieder miteinander schliefen. Sie sagte zwar nicht ausdrücklich, daß es wieder dazu kommen werde, aber sie sagte auch nicht nein. Einmal, so glaubte er sich zu erinnern, hatte sie sogar gelächelt und gesagt: »Eines Tages.« Das hatte natürlich »eines Nachts« bedeutet. Trotz ihrer frühesten Erlebnisse, jenen Idyllen auf dem Friedhof, wollte sie nicht am Nachmittag mit ihm ins Bett gehen und übrigens auch zu keiner anderen Zeit als nachts. Damit wollte sie sich herausreden. Sie war auf dem College, ihr Zimmer sei nicht abgeschirmt, es würde Schwierigkeiten geben, über Nacht in seinem Haus zu bleiben sei unmöglich.

Es war die Zeit, als sie sagte, sie habe kein richtiges Heim mehr. Zwar war für sie bei Tessa in der Sanderstead Lane und auch in Anthonys Wohnung in der Lamb's Conduit Street allzeit ein Zimmer reserviert, aber das sei »nicht dasselbe«. Ohnedies könnte sie ihn auf keinen Fall dorthin mitbringen. Jedenfalls könne er nicht über Nacht dort bleiben. Es wäre ihr unangenehm, es wäre peinlich. Aber sie gingen miteinander aus, sie machten gemeinsame Spaziergänge, sie telefonierten oft miteinander. Sie gingen zwar nicht miteinander ins Bett, aber er blieb trotzdem ihr Freund und sie seine Freundin. Sie hatten abgemacht, zusammen in Urlaub zu fahren, und dann, so sagte er sich, werde die lange, von Leonora verhängte Enthaltsamkeitsperiode ein Ende finden. Während ihres Studiums waren sie oft lange getrennt gewesen. Manchmal hatten sie sich ein ganzes Semester lang nicht gesehen. Sie hatte ihn nicht gefragt, womit er seinen Lebensunterhalt bestritt, aber er wußte, daß sie es eines Tages tun würde, und darauf mußte er vorbereitet sein. Es war großenteils auf Leonoras Rolle in seinem Leben zurückzuführen, daß er einen Anteil an dem Klub erwarb, dann alleiniger Besitzer wurde, das Reiseunternehmen aufzog, die Gemäldeproduktion startete. Er hätte ihr nicht anvertrauen können, daß er vom Dealen lebte. Er mußte ihr Lügen aufbinden. Und wenn sie dann schließlich wieder ein richtiges Liebespaar werden würden, wenn es ans Heiraten ging, müßte er den Drogenhandel überhaupt aufgeben.

Vier Jahre war all das her, beinahe genau vier Jahre. Mr. Y, der Con Mulvanney hieß, war an einem der letzten Julitage, vielleicht sogar am allerletzten, jedenfalls nach dieser Party, in Guys Diele in dem Georges-Jacob-Sessel gesessen und hatte über Franziskus von Assisi geschwafelt und davon, wie man sich Zugang zu seiner inneren Weite verschaffe. Und er, Guy, hatte ihm das LSD geschenkt, das er in seinem Safe hatte, damit er den Mund hielt und verschwand. Ihm *geschenkt*, nicht verkauft, obwohl er inzwischen nicht mehr wußte, warum er sich so ungewohnt großzügig verhalten hatte. Aus Panik vermutlich, aus dem überwältigenden Verlangen, Mr. Y aus seinem Haus hinauszubekommen.

Guy hatte selbst nie LSD genommen. Er hatte nie etwas genommen außer ganz gelegentlich Marihuana und zweimal Kokain. Weil er Angst vor Schlangen hatte, der gängigsten aller Phobien, hatte er es nie gewagt, mit LSD zu experimentieren. Er wollte keinen »schlechten Trip« riskieren, auf dem er Schlangen »sehen« könnte. Außerdem war »acid», das in den späten sechziger und frühen siebziger Jahren unter den Hippies so beliebt gewesen war, in seiner eigenen Jugend aus der Mode gekommen und tauchte erst in letzter Zeit wieder auf. Aber er wußte genug darüber, um eine Routinewarnung auszusprechen.

»Hast du schon mal welches genommen?«

Mr. Y verneinte. »Ich weiß, das Riskante dabei ist, daß man zu rasch mit zuviel Realität konfrontiert werden kann.«

»Denk dir nichts, was das betrifft. Sorg nur dafür, daß jemand bei dir ist, wenn du es nimmst. Daß du nicht allein gelassen wirst. Du willst ja aus dieser inneren Weite zurückkommen, oder nicht?«

Kein Geld wechselte den Besitzer. Guy sagte sich, das sei gut so, obwohl er doch wußte, daß es in Wirklichkeit nicht darauf ankam. Eine enorme Erleichterung, ein tolles Gefühl der Entlastung überkam ihn, als Mr. Y in seinem dunkelroten 2 CV davonfuhr. Er ging noch einmal nach oben, um das Marihuana wieder in den Safe, zu den Amphetaminen, zu legen und ihn dann abzuschließen. Aus irgendeinem Grund, aus schlichter Vorsicht vielleicht oder aus einem jener abergläubischen Gefühle, einer jener Vorahnungen, tat er es nicht. Es ging ihm eigentlich gegen den Strich, er würde es vielleicht bereuen, aber trotzdem trug er die Drogen ins Gästebadezimmer, warf sie in die Toilettenschüssel und spülte sie hinunter. Angesichts dessen, was geschehen war, kam es auch nicht mehr darauf an.

Zwei Abende später wollte er Leonora ausführen. Sie wohnte damals bei ihrem Vater und ihrer Stiefmutter in Bloomsbury.

Anthony Chisholm behandelte ihn netter als irgendeiner der anderen, die Leonora nahestanden. Anthony und auch Susannah. Sie war ebenfalls nett zu ihm. Natürlich hatte er bei ihr nicht das Gefühl, es mit einem weiteren Elternteil Leonoras zu tun zu haben; Susannah war ja nur acht Jahre älter als er selbst. Wie ein altmodischer Freier holte er Leonora in der Lamb's Conduit Street ab und brachte sie auch wieder nach Hause.

Er traf zu früh dort ein. Er erschien jedesmal zu früh, wenn er Leonora abholen kam. Sie war noch im Bad. Anthony, der Architekt und Teilhaber von Purdey Chisholm Hall, einem Architekturbüro, war, war noch nicht von der Arbeit in der City nach Hause gekommen. Susannah besorgte die Öffentlichkeitsarbeit für eine Kosmetikfirma und ein paar Spielzeughersteller und betreute ihre Kunden von zu Hause aus. Sie gab ihm etwas zu trinken und sagte, daß sie Gäste erwarteten und sie damit beschäftigt sei, etwas Schwieriges zu kochen, und ob er sie entschuldigen würde. Die Abendzeitung, die Leonora mitgebracht hatte, lag auf einer Sofalehne.

Guy trank von seinem Glas und las die Titelseite. Sie enthielt einen bizarren Bericht über einen Mann, der in Süd-London durch Bienenstiche getötet worden war.

Der Mann hieß Cornelius (»Con«) Mulvanney, was Guy nichts sagte, der die Meldung las, dann eine andere, über die Scheidung eines Tennisspielers. Er hatte eine dritte, über einen Brand in Fulham, angefangen, als Anthony hereinkam.

# 8

Als Guy am Tag nach ihrem Essen im *Clark's* in Leonoras Wohnung anrief, nahm Rachel Lingard den Hörer ab.

»Leonora ist leider nicht da.«

»Wo ist sie dann?«

»Ich bin nicht meiner Schwester Hüterin.«

»*Was?*«

»Wir wissen vielleicht nicht, was Gott zu Kain nach diesem von mir paraphrasierten Satz sagte, aber ich distanziere mich ganz entschieden von dieser Aufpasserei.«

Das war ihre Art zu reden. Sie sprach oft so daher. Er hatte es schon lange aufgegeben, sie zu fragen, wovon sie rede.

»Sie ist bei ihrem Zimtzwerg, nehme ich an. Okay, du brauchst darauf nichts zu sagen. Ich habe seine Nummer.«

In der Georgiana Street meldete sich niemand. Er versuchte es eine Stunde später noch einmal, dann wieder eine Stunde später und dann jede halbe Stunde. Er führte Celeste zum Abendessen aus und anschließend zum Trinken in das *Greens*, einen Klub in der Green Street. Dort rief er um elf Uhr wieder bei William Newton an, und wiederum meldete sich niemand. Für ihn selbst war es nicht sehr spät, wohl aber, wie er wußte, für die meisten Leute. Sie waren entweder nicht zu Hause, oder

Newton hatte ein Stöpseltelefon, das für den Anrufer einen Klingelton von sich gab, auch wenn der Stöpsel herausgezogen war. Newton hatte den Stöpsel herausgezogen, um zu verhindern, daß Leonora mit ihm, Guy, sprach. Leonora wußte höchstwahrscheinlich, ja, beinahe mit Sicherheit nichts davon.

Am nächsten Tag versuchte er es bei ihr zu Hause. Niemand ging an den Apparat. Den ganzen Abend über hob niemand ab, und ebensowenig in der Georgiana Street. Kurz vor zehn Uhr ersuchte er die Auskunft um die Nummer von M. Mandeville in der Sanderstead Lane in South Croyden, erhielt sie und rief Tessa an.

Als sie hörte, wer am Apparat war, sagte sie gleich als erstes, sie habe keine Ahnung, wo Leonora sei, Leonora – sie nannte sie »meine Tochter« – sei sechsundzwanzig und ihr eigener Herr. Dann fuhr sie fort: »Ich finde es nur richtig, wenn dir einmal jemand sagt, daß du ein sehr gestörter Mensch sein mußt. Du gehörst eigentlich in eine Therapie. Allerdings hilft so etwas vielleicht nicht mehr, weil es zu spät dafür ist. Der Wind ist schon vor langer Zeit gesät worden.«

»Was soll das heißen?«

»Ich habe dich früher für einen Kriminellen gehalten, aber jetzt tust du mir eher leid. Ich habe Mitleid mit dir, wirklich. Der ganze Dreck, den du im Lauf der Jahre in dich aufgenommen hast, der trägt jetzt Früchte. Du erntest jetzt den Sturm.«

Guy legte auf, schwer angeschlagen. Das war der erste deutliche Hinweis gewesen, daß sie oder sonst jemand aus Leonoras Umkreis wußte, womit er früher sein Geld verdient hatte. Gab es irgend etwas, was die Mandevilles nicht über ihn wußten? Leonora selbst hatte gesagt, daß Magnus über den Erpresserring in Kensal orientiert war. Tessa war allerdings auf dem verkehrten Dampfer. Er war nie süchtig gewesen. Hatte Leonora ihr das erzählt? Die Vorstellung, daß seine Leonora bei ihrer Mutter abwertend über ihn gesprochen haben könnte, schmerzte ihn sehr.

Aber es gab eine andere Möglichkeit. Tessa wohnte im Süden Londons. Dort wohnte auch Poppy Vasari, *hatte* auch Con Mulvanney gewohnt. Zwar lebten in dem riesigen Bereich südlich der Themse sicher nicht weniger als fünf Millionen Menschen, aber Poppy Vasari war eine Art Sozialarbeiterin. Und das gleiche war, wenn auch in einer anderen Form, Tessa Mandeville. Hatte Leonora ihm nicht erzählt, daß ihre Mutter unentgeltlich in einem Krankenhaus arbeite und irgendeine Tätigkeit im Bürgerberatungsbüro ausübe? Was lag näher, als daß sie und Poppy einander über den Weg gelaufen waren?

Angenommen, Tessa und Poppy wären einander regelmäßig begegnet, im Bürgerberatungsbüro, oder wenn sie behinderte alte Menschen durch die Gegend fuhren. Guy hatte zwar nur eine vage Vorstellung, wie es gelaufen sein könnte, aber so ähnlich konnte es gewesen sein. Es war leicht möglich, daß Poppy Vasari, als sie über Con Mulvanneys Tod sprach, ihn Tessa beschrieben und in ihrer Empörung berichtet hatte, was er getan hatte. Sie kannte seinen Namen; den hatte sie herausgefunden. Sie konnte Tessa gegenüber seinen Namen erwähnt haben.

In diesem ersten Bericht über Con Mulvanneys Tod, den er in Anthony Chisholms Wohnung gelesen hatte, war Poppy Vasari nicht erwähnt worden. Aber die Vasari hatte kein Verhältnis mit Mulvanney gehabt, nicht mit ihm zusammengelebt, war vielleicht nicht einmal besonders eng mit ihm befreundet gewesen. Manche von diesen Mildtätigkeitsaposteln konnten sich furchtbar aufregen über sogenannte »soziale Ungerechtigkeiten« oder »empörende« Verstöße gegen dieses oder jenes. Was ihn betraf, so hatte er den Bericht mit Interesse gelesen, ein bißchen entsetzt über Con Mulvanneys Schicksal, das schrecklich war, wie man es auch betrachtete. Mulvanney hatte anscheinend das Dach oder die Abdeckung eines Bienenstocks abgenommen und war überall am Kopf, im Gesicht und am Hals von Bienen gestochen worden. Konnte man an *so etwas sterben*? Anscheinend ja. Die Todesursache würde bei der gerichtlichen Untersuchung festgestellt werden. Con Mulvanney, so hieß es in der Zeitung, war sechsunddreißig Jahre alt und arbeitslos gewesen und hatte in der *Gartenwohnung* oder im Erdgeschoß eines Hauses in Upper Tooting gewohnt.

Anthony Chisholm kam von der Arbeit nach Hause. Seit seiner Wiederverheiratung hatte er mehr denn je diesen Ausdruck eines hübschen Teddybären, das Lächeln war noch jungenhafter, in den Augen lag weniger Müdigkeit. Kein Wunder. Jeder Mann mußte sich im siebten Himmel fühlen, wenn er den Klauen Tessas, dieses Drachens, entronnen war. Für Guy war es ein Rätsel, wie Anthony es so lange mit ihr hatte aushalten können. Damals, in jenem Sommer vor vier Jahren, war Anthony sehr nett, sehr freundlich zu ihm gewesen.

»Hast du was zu trinken bekommen, Guy? Ach ja, ich sehe, Susannah hat sich um dich gekümmert. Wo ist sie denn, die Dame meines Hauses? Nein, sag's nicht, ich ahne es. Ich habe gedacht, zwei Bäder sind mehr, als irgend jemand in einem einfachen Duplex brauchen kann, so nennen es nämlich die Amerikaner, ein Duplex, aber jetzt sehe ich, daß drei notwendig sind.«

Guy fragte Anthony, ob er rauchen könne. Tessa hätte er nicht gefragt, sondern einfach eine Zigarette herausgeholt und angezündet.

»Weißt du, ich glaube, ich leiste mir auch eine. Offiziell, oder sagen wir, in meiner Eigenschaft als *Ehemann*, habe ich es ja aufgegeben, aber eine von dir zählt nicht.«

Könnte es entspannter zugehen? Familiärer? Der unbeschwerte, kultivierte, liebenswürdige und liebevolle Vater mit seinem zukünftigen Schwiegersohn, seinem wohlhabenden, erfolgreichen Jet-set-Schwiegersohn in spe. Guy war überzeugt, daß Anthony ihn in diesem Licht sah. *Damals* war er davon überzeugt gewesen. Anthony war nicht mehr auf seinen Vorteil aus, nicht geldgieriger als die anderen Leute, aber er war ein vernünftiger Realist. Er hatte einen Blick für die große Chance im Leben. Mochte Leonora selbst, sie mit ihren feministischen Ideen, über diese Einstellung denken, was sie wollte. Anthony sah in einem reichen, erfolgreichen Ehemann einen Glückstreffer für seine Tochter. Guy hatte damals einen Porsche gehabt. Anthony dürfte den Wagen draußen gesehen haben (im Parkverbot, aber was kümmerte einen der Strafzettel?), hatte vermutlich von Leonora über Guys Haus gehört, hatte auf jener recht mißglückten Geburtstagsparty von Guys geschäftlichen Interessen gehört. Vielleicht hätte er im Grunde seines Herzens irgendeinen Intellektuellen für Leonora lieber gesehen, aber Intellektuelle sind nur selten reich, und ein

Spatz in der Hand ist besser als eine Taube auf dem Dach.

Solche Gedanken waren Guy damals durch den Kopf gegangen, und er war freundlich zu Anthony gewesen, hatte einen zweiten Drink akzeptiert, ihm noch eine Zigarette gegeben, sich über das schreckliche Vorkommnis in der Abendzeitung unterhalten. Wer hätte gedacht, daß man an Bienenstichen sterben kann?

Guy, der noch genau wußte, was in jenen Tagen geschehen war, erinnerte sich, daß er am Morgen danach zum ersten Mal in seinen Schießsportklub gegangen war. Sein Unterricht hatte an diesem Tag begonnen. Der Lehrer hatte gesagt, er, Guy, habe ein gutes Auge und eine ausgezeichnete Körperbeherrschung. Danach war er mit einem Taxi ins West End gefahren, um die Flugtickets für den Samos-Urlaub abzuholen! Das Reiseunternehmen, das er und Robert Joseph aufziehen wollten, befand sich noch im Planungsstadium. Guy hatte die »Flitterwochenhütte« gebucht, die auf dem privaten Strandbereich stand. Sie würden erster Klasse fliegen, und er fragte sich, ob es ihm gelingen werde, Leonora einzureden, bei dieser luxuriösen Art zu reisen handle es sich in Wirklichkeit um einen Flug in der Touristenklasse. Sie bestand nämlich darauf, mit dem Geld, das sie durch irgendeinen Ferienjob verdient hatte, ihren Anteil selbst zu bezahlen. Vielleicht konnte er sie glauben machen, die Fluggesellschaft habe ihre Plätze ohne Aufschlag »aufgewertet«, weil in der ersten Klasse ein paar unbesetzt waren.

Er sah voraus, daß er wegen der Bezahlung Schwierigkeiten mit Leonora bekommen würde. Es würde ihr nicht entgehen, daß die Hotelpreise ihre bescheidenen

Mittel in schwindelerregender Weise überstiegen. Es konnte sogar sein, daß die Logierkosten für die »Flitterwochenhütte« irgendwo angeschlagen waren, im Kleiderschrank vielleicht oder an der Innenseite der Tür. Dann allerdings würde es für sie zu spät sein, irgend etwas zu unternehmen; sie müßte die Sache wohl oder übel hinnehmen und ihn zahlen lassen, wie er es wollte, ja sogar ersehnte.

Guy war mit Robert Joseph und einem Anwalt, der gerade damit beschäftigt war, einen möglichst vorteilhaften Mietzins für ihre neuen Geschäftsräume in der Milner Street auszuhandeln, zum Lunch verabredet. Da Guy vorhatte, später in seinen Fitneßklub zu gehen, fand er, er könne sich ein paar Gläschen genehmigen. Als er nach Hause kam, war es beinahe vier Uhr nachmittags.

In seiner Straße stand ein Wagen, dessen Fahrerin sich gerade mit einer Politesse stritt. Die Parkmöglichkeiten längs der Scarsdale Mews waren größtenteils für Anlieger reserviert, und dort, wo sie auf die Marloes Road stieß, standen fünf Parkuhren. Guy machte die Frau darauf aufmerksam, daß gerade jemand von einer der Parkuhren weggefahren war. Hätte er geahnt, daß es sich um Poppy Vasari handelte und weswegen sie gekommen war, hätte er ihr den Tip nicht gegeben und befriedigt zugesehen, wie ihr Wagen abgeschleppt wurde. Sie sagte nicht, wer sie war oder daß sie es auf ihn abgesehen hatte. Er schloß auf und trat in sein Haus.

Zwei, drei Minuten später klingelte es. Sie stand draußen, nannte ihren Namen und sagte, daß sie mit Con Mulvanney befreundet gewesen sei. Guy, der den Namen des von den Bienen getöteten Mannes, nicht jedoch die

Zeitungsmeldung selbst vergessen hatte, antwortete, er habe nie von einem Con Mulvanney gehört.

»O doch, Sie haben von ihm gehört, Mr. X«, sagte sie.

»Keine Ahnung, wovon Sie sprechen.« Doch in Wirklichkeit wußte er es, oder zumindest dämmerte es ihm.

»Sie haben ihm ein Halluzinogen gegeben«, sagte sie. Sie sprach es laut aus, in ihrem normalen Sprechton oder auch lauter. Guy glaubte, gleich ohnmächtig zu Boden zu sinken. Er sagte: »Um Himmels willen!« Und dann, weil alles andere besser war, als wenn er sie hier draußen in diesem Ton weiterreden ließ: »Kommen Sie doch ins Haus.«

Sie war füllig und hatte etwas von einer Zigeunerin, trug große goldene Ringe in den Ohrläppchen und Gold- und bunte Perlenketten um den Hals. Sie hatte ein schiefes, stark mit Rouge geschminktes Gesicht, das faltig, aber lebhaft war, eine Hakennase und schwarze Augen mit einem stechenden Blick. Ihr langes, wüstes Haar war schwarz. Sie steckte in weiten Gewändern, vielleicht um die Leibesfülle zu verbergen, oder einfach weil sie die schlottrigen Klamotten bequemer fand. Sie hatte keine Strümpfe an, und die nackten Füße steckten in Sandalen.

All das mußte er später registriert haben; am Anfang war er dazu schlicht außerstande. In diesen ersten Augenblicken war sie wie die Nemesis erschienen, um ihn in den Wahnsinn zu treiben und dann zu vernichten. Ihr wüstes Aussehen, ihre Kleider paßten nur zu gut dazu. Das einzige, was er zu diesem Zeitpunkt genauer wahrnahm, war ihr Geruch, als sie an ihm vorbei ins Haus drang. Sie duftete nicht nach Parfum und Eau de Toilette, nach Badeöl und Körperlotion wie die Frauen, die er kannte, sondern ein starker Schweißgeruch ging von ihr aus. Sie stank wie eine billige Hamburger-Bude. Seither assoziierte er den Geruch eines Hamburgers auf dem Grill mit Poppy Vasari.

»Sie haben bestimmt darüber gelesen«, sagte sie, als sie in seinem Salon waren. »Sie wissen bestimmt alles darüber oder zumindest so viel, wie die Zeitungen wissen.«

»Ich wußte nicht, daß es sich um ihn handelte«, sagte Guy.

Sie sah ihn an. Sie lachte. Es war das unangenehmste Lachen, das er jemals gehört hatte. »Also ein schöner Schock für Sie, was?«

»So könnte man es ausdrücken, ja.«

»Gut so. Es freut mich, daß jetzt Ihre Bestrafung anfängt.«

Sie hatte nicht die geringste Angst vor ihm. Sie war eine Frau, war gut fünfzehn Jahre älter als er und völlig untrainiert. Sie befand sich in einem ihr fremden Haus mit jemandem, den sie zweifellos für einen Kriminellen hielt, war ihm ausgeliefert, aber sie fürchtete sich nicht. Sie hatte den Kopf hochgereckt und sah ihm mit einem flammenden Blick in die Augen. Und sie hatte Grund, sich nicht vor ihm zu fürchten. Die Kraft hatte ihn verlassen. Auch die Wirkung des Alkohols war verpufft, seine magische Wirkung, die ihm eine Pseudoenergie hätte verschaffen können.

»Er hat mich angefleht, ihm etwas zu geben. Er hat mir mit seinen Bitten zugesetzt, mir keine Ruhe gelassen.« Guy wußte, daß er indiskret war, schlimmer als das, aber es gab ja keine Zeugen. »Ich habe kein Geld von ihm verlangt«, sagte er, als spräche das für ihn. »Und ich habe ihm gesagt, er muß es unter Aufsicht nehmen.«

»Das hat er getan. Unter meiner Aufsicht.«

»Unter Ihrer?«

»Ich war dort bei ihm. Ich hatte in einem Rehabilitationszentrum für Drogenabhängige gearbeitet, ich hätte klüger sein müssen.«

»Ja, das hätten Sie.« Guy klammerte sich an diesen Strohhalm. »Großartig haben Sie auf ihn aufgepaßt.«

»Halten Sie den Mund!« sagte sie. »Halten Sie die Klappe, erdreisten Sie sich nicht, so mit mir zu sprechen! Wollen Sie wissen, was passiert ist? Aber ich sage es Ihnen sowieso. Es wird alles bei der gerichtlichen Untersuchung ans Licht kommen. Wollen Sie es wissen?«

»Natürlich will ich es wissen.«

»Also gut. Er kannte Ihren Namen nicht, wußte nur, wo Sie wohnen. *Ich* weiß, wie Sie heißen, ich habe die Leute nebenan danach gefragt. Er hat zu mir gesagt, er will Ihre Tabletten nehmen, damit er Zugang zu seinem inneren Bewußtsein bekommt. Irgend so einen Quatsch. Ich habe ihm gesagt, er soll es nicht tun. Er wisse nicht genug darüber, zum Beispiel, wie lange Sie das Zeug schon hatten oder woher es kam. Ich habe gesagt, die Einnahme muß richtig kontrolliert werden. Er hat noch eine Menge weiteren Blödsinn geredet. Wenn ich nicht dabeisein wolle, hat er gesagt, würde er es allein nehmen. Er war ohnehin völlig bekloppt, mit diesem ganzen Reinkarnationsschwachsinn. Ich war früher Krankenschwester auf einer psychiatrischen Station, und ich kann Ihnen verraten, daß es eines der ersten Symptome einer Psychose ist, wenn Leute behaupten, sie sind eine Reinkarnation von irgendwem.

Er war ein Mensch, den man auf gar keinen Fall auch nur in die Nähe einer solchen Substanz kommen lassen durfte. Aber man kann ja den Leuten nichts vorschreiben, außer man nimmt sie in Gewahrsam. Dieses gottverdammte ›acid‹, dieser Dreck – und dabei dachte ich, es wäre damit vorbei, als es in den Siebzigern verschwand... Okay, nun, er hat es also genommen, und er... ich wollte schon sagen, er hatte einen schlimmen Trip, aber so war's nicht, er hatte einen *guten*. Er hat immer wieder gesagt, daß er großartige Dinge sieht, herrliche Farben. Dort, wo er wohnt – gewohnt hat –, gibt es einen Garten. Die Blumen darin waren nichts Großartiges, na, wie denn auch? Aber er begann sie zu beschreiben, diese Gänseblümchen, wie sie im Rasen wachsen, von denen sagte er, es wären Sonnenblumen, so groß wie Teller, und sie würden duften wie Rosen. Die Spatzen waren Eisvögel und Sittiche und weiß Gott was sonst. Dann hat er angefangen, über die Schmetterlinge zu sprechen. Es waren Kohlweißlinge, aber er hat gesagt, sie hätten blaue und purpur- und scharlachrote Flügel.«

»Und was war mit den Bienen?« fragte Guy. Sein Mund war trocken.

Sie bleckte die Zähne und verzog den Mund zu einem bösartigen Lächeln. »Ja, die Bienen. Die Bienen waren in einem Bienenkorb in dem Garten hinter seinem eigenen. Ein paar Nachbarn hatten sich darüber beim Gemeinderat beschwert – ich arbeite für den Gemeinderat –, aber genauso viele andere waren für die Bienen, weil die sehr gut für die Blumen sind und ihre Obstbäume befruchten.

Nach dieser Geschichte ist es aus mit ihnen, das steht fest.« Ihre Augen wandten sich wieder ihm zu und blickten in seine. »Er ist über den Zaun gestiegen.«

»Aber *warum*?«

»Um zu den elenden Bienen zu sprechen. Er war ja der heilige Franziskus – erinnern Sie sich? Schwester Biene und Bruder Schmetterling. Und dann ist er über den Zaun geklettert. Der war nicht sehr hoch, und er hat auf seiner Seite eine Kiste hingestellt, auf die ist er gestiegen. Ich konnte ihn nicht davon abhalten – wie denn? Er machte, was er wollte, so sind die Leute. Das Ehepaar, das dort in dem Haus wohnte und die Bienen hielt, war in der Arbeit. Alle Leute waren in der Arbeit oder sonstwo.

Er ist zu dem Bienenkorb hingegangen und hat zu den Bienen gesprochen. Er hatte Bienen gern, allerdings glaube ich nicht, daß er zu ihnen gesprochen hat, als er noch... normal war. Der Bienenkorb ist aus Holz, und das Oberteil läßt sich abnehmen. Er hat sich dicht darübergebeugt und zu mir gesagt, es wäre alles in Ordnung, die Bienen würden ihn erkennen, sie würden erkennen, daß er ihr Freund war. Ich packte ihn, aber er schob mich weg. Er hat gesagt, ich würde die Bienen aufregen und vielleicht hätte, vielleicht *habe* ich sie aufgeregt. Jedenfalls hat er den Deckel von dem Bienenkorb abgenommen.

Die Bienen kamen heraus. Hunderte davon, es kam mir wie Hunderte vor. Ein großer Schwarm, alle wütend. Ich merkte, daß sie ihn stachen, weil er sie anbrüllte und nach ihnen schlug. Er ist davongerannt und gestürzt, und die Bienen sind hinter ihm her. Bienen sind nicht wie Wespen, sie verfolgen einen wirklich. Sie stechen einen, und der Stachel bleibt in der Haut stecken samt der halben Biene. Deswegen sterben sie ja. Gütiger Himmel, da glauben doch Leute tatsächlich an einen Gott, der ein Geschöpf erschaffen hat, das sich selber umbringt, wenn es sich verteidigt!«

Tränen strömten ihr übers Gesicht. Sie machte keinen Versuch, sie wegzuwischen. Guy merkte, daß er sie mit offenem Mund anstarrte und drehte sich weg.

»Sie haben mich gestochen«, sagte sie. »Sie sind mir ins Haar geflogen und haben mich in die Hände und in den Hals gestochen. Ich war übersät mit Einstichen und Stückchen von Bienenleibern.«

»Aber Sie sind nicht gestorben«, sagte er törichterweise.

»Ich bin ja nicht allergisch.«

»Er war *allergisch*? Warum ist er dann zu den Bienen hingegangen, wenn er allergisch war?«

»Er wußte es nicht«, sagte sie. »Er konnte es nicht wissen. Man weiß es nicht, wenn man vorher nur einmal gestochen worden ist. Beim ersten Mal passiert nicht viel, aber man wird sensibilisiert. Es bewirkt eine starke Gegenreaktion bei späteren Kontakten mit der Substanz, egal, was es ist. Bienenstiche oder Schalentiere oder Giftsumach, es ist alles das gleiche.«

»Und das hatte er also?«

»Ich wußte nichts davon«, sagte sie. »Ich versuchte ihn wegzuziehen. Diese Scheißbienen ... ich habe zu schreien angefangen, man kann sich in London die Kehle aus dem Hals schreien, bevor jemand aufmerksam wird. Immerhin kam ein Mann. Ich habe ihm zugeschrien, er soll Hilfe holen, einen Arzt, einen Krankenwagen, die Polizei, weiß Gott was. Die Bienen waren überall und voller Wut, die reine Hölle!«

»Die Polizei«, sagte er. »Ist die Polizei gekommen?«

Mit einem höhnischen Lachen sagte sie: »Ist das Ihre Sorge? Ist das Ihre einzige Sorge? Nein, sie ist nicht gekommen. Sie ist ja nie da, wenn man sie braucht. Noch was anderes: Es ist verdammt schwer, in einer solchen Situation wie dieser die Leute zu überzeugen, daß die Sache ernst ist. Sie glauben einem nicht, sie glauben nicht, daß man an Bienenstichen sterben kann. Ich habe *gemerkt*, daß er eine allergische Reaktion hatte, in einem Krankenhaus hätte man es feststellen können, wenn es uns möglich gewesen wäre, ihn rechtzeitig in eins zu schaffen. Er ist schon vorher gestorben, er war nach einer knappen Stunde tot. Er ist erstickt. Sein Körper ist angeschwollen, und er ist erstickt.«

Guy schwieg. Er saß stumm da und blickte weg. Er schaute durch die Fenster hinaus in seinen hübschen Garten mit dem runden Teich und dem Inselchen in der Mitte. Damals war der Delphin noch nicht da gewesen, und auch die florentinischen Gartenmöbel hatte es noch nicht gegeben, und die Orangenbäume in ihren Vasen waren noch klein gewesen, und den an der Mauer sich hochrankenden blauen und dunkelgrünen Wacholderbusch hatte er später stutzen müssen, um Platz für die Clematis zu schaffen. Es regnete ein bißchen, und die Tropfen belebten die Wasserfläche des Teichs. Eine einzige rosa Wasserlilie hatte geblüht. Er erinnerte sich an alles.

»Er war unfähig zu sprechen«, sagte sie in einem kühlen, neutralen Ton.

Sollte das heißen, daß er niemandem etwas von dem LSD erzählt hatte?

»Ich weiß, was Ihnen jetzt durch den Kopf geht. Er hat niemandem etwas davon gesagt.«

»Aber Ihnen.«

Sie lachte. »O ja. Dieser Dreck, den Sie ihm gegeben haben, kommt vielleicht bei der Obduktion ans Licht. Ich müßte es eigentlich wissen, weiß es aber nicht. Außerdem spielt es keine Rolle.« Sie ließ den Blick langsam durch das Zimmer schweifen. Er wußte, als hätte sie es laut ausgesprochen, was ihre Gedanken beschäftigte: All das gehört ihm, unrechtmäßig erworben, aber nicht mehr lange, o nein, nicht mehr lange. Alles wird ihm entrissen, genommen werden. Vierzehn Jahre, dachte Guy. »Ich hab' es der Polizei gesagt«, sagte sie. »Ich habe der Polizei alles erzählt, was ich wußte. Ich denke, sie werden hier erscheinen. Sie haben gesagt, ich soll nicht versuchen, Sie zu sehen, aber ich konnte nicht anders. Ich mußte es Ihnen ins Gesicht sagen. Jetzt gehe ich.«

»Wie hätte ich wissen sollen, daß er gegen Bienenstiche allergisch ist?« sagte Guy.

Er hätte sie gerne umgebracht, aber natürlich faßte er sie nicht an. Sie weinte, als sie ging. Durch das Weinen schien ihr Körper noch übler zu riechen. Er war nicht darauf versessen, daß seine Nachbarn sahen, wie eine weinende Frau in flatternden Gewändern und mit schmutzigen, nackten Füßen sein Haus verließ, aber er konnte daran nichts ändern.

Eine knappe Stunde später war die Drogenfahndung da.

# 9

Was veranlaßt einen, jemanden zu lieben? Warum kann man sich das Objekt nicht aussuchen, wenn man doch bei fast allen Dingen im Leben die Freiheit der Wahl hat? Das heißt, sofern man reich ist. Man kann sich aussuchen, womit man sein Geld verdient, wo man wohnt, was für ein Haus, welches Auto, welche Kleider man sich zulegt, womit man sich vergnügt. Warum hat man bei dem Menschen, den man liebt, keine Wahlfreiheit?

Das fragte sich Guy oft, wenn er über sich und Leonora nachdachte. Warum war er in Leonora verliebt, wenn er es gar nicht wollte, da es so destruktiv, eine solche Zeitvergeudung war? Für ihn war sie schön, aber er wußte sehr wohl, daß sie nicht so toll aussah, sie kleidete sich nicht mit Geschmack, ihr gefiel nichts von dem, was er mochte, und er fand an den meisten Dingen, die ihr gefielen, kein Gefallen. Sie hatten nichts gemeinsam. Sie hatte kein Interesse am Essen und Trinken und an teuren Kleidern; sich die Nächte um die Ohren zu schlagen, exotische Gegenden, schnelle Wagen, sonnenüberflutete Strände, Pferderennen, das alles ließ sie gleichgültig. Der Sport bedeutete ihr nichts. Sie war nie Ski laufen oder auf einer Jacht gewesen. Diamanten mochten der Traum aller Mädchen sein, aber nicht für eine junge Frau ihresgleichen, und gegen den Pelzhandel zog sie zu Felde.

Sie liebte Bücher und ernste Filme, am liebsten in Japan oder Chile gedrehte, mit Untertiteln. Sie machte gern Urlaub im Zelt oder in Jugendherbergen (mit einem Rucksack), mochte Biokost, Fruchtsäfte, Radfahren, kleine Bühnen, klassische Musik und »grüne« Reportagen in BBC 2. Er würde sich dazu bringen, an alledem auch Gefallen zu finden, sobald sie wieder zusammen waren, im Augenblick aber war es ihm in der Seele zuwider. Er fand es abstoßend, wie sie sich anzog und daß sie kaum jemals Make-up trug – jetzt, da sie sich mit dem Zimtzwerg eingelassen hatte, sogar noch seltener –, und daß sie sich nie die Nägel lackierte. Als nächstes wird sie sich wohl noch die Haare an den Beinen wachsen lassen, dachte er manchmal.

Doch als er sie am Sonnabend sah, wie sie in das verabredete Restaurant trat und auf ihn zukam, bewegte sich sein Herz ein bißchen zur Seite und klopfte aufgeregt, wie unter Schockwirkung. Das geschah ihm jedesmal. Irgend etwas in seinem Kopf, vielleicht der Schädel selbst, dehnte sich mit einem gewissen Wärmegefühl, mit einem leichten Schmerzempfinden aus. Sein Körper hingegen wurde kalt, wenn er nicht gar zu frösteln begann. Er spürte, wie die Kälte über ihn hinstrich, ihm die Arme und rechts und links den Körper hinablief, das Herz berührte. Jedesmal.

Aber warum? Irgend etwas an ihr löste es aus, das war alles, was er sagen konnte. Vielleicht war das bei der Liebe immer so. Irgend etwas an einem Menschen. Ein flüchtiger Blick, ein Lächeln, die Art, die Augen weit zu öffnen, ein Glucksen im Lachen, eine Bewegung der Schultern, irgendeine Kleinigkeit. Das erklärte natürlich nicht, warum eine Kleinigkeit soviel bewirken konnte. Bei ihm und Leonora war es ihr Lächeln, ihre irgendwie reservierte Art zu lächeln, bei der ihre Lippen sich nie so weit dehnten, wie sie es nach seiner Vorstellung gekonnt hätten. Die Zähne waren natürlich vollkommen, klein, weiß und gleichmäßig. Ihre Art zu lächeln hatte er nur ein einziges Mal zuvor gesehen, an Vivien Leigh in *Vom Winde verweht*.

Daß ihr Lächeln ihm soviel bedeutete, ihn verrückt machte, ihm Entzücken und Schmerz bereitete, ihm die Sehnsucht nach etwas eingab, das er nicht zu benennen vermochte – lag es nicht daran, daß er wußte, es konnte diese Zügelung sprengen und frei und ungehemmt werden, nur nicht bei ihm?

Drei Tage waren vergangen, ohne daß er mit ihr gesprochen hatte. Am vierten Tag hatte er sie in der Georgiana Street erreicht. Sie seien viel weg gewesen, sagte sie, sie hätten sich nicht oft zu Hause aufgehalten. William habe gearbeitet. William habe an einem Film über Männer gearbeitet, die ihre behinderten Frauen zu Hause pflegen mußten. Was für ein hinreißendes Thema! Es würde sicher tolle Einschaltquoten erzielen. Als interessierte es ihn, was dieser verdammte William getan hatte. Am liebsten hätte er William Newton mehrmals nacheinander umgebracht.

Wo sie sich zum Mittagessen treffen sollten, hatte er gefragt, worauf sie das Lokal in der Kensington Park Road vorschlug, wo sie schon einmal gewesen waren. Und so saß er, diesmal als erster angekommen, an der Theke, und der junge Franzose, der hier an der Bar bediente, servierte ihm gerade einen Wodka-Martini. Guy hatte die

Sonnenbrille abgenommen, weil er nicht gesagt bekommen wollte, er sehe wie ein Mafioso aus.

Es war der neunzehnte August, noch genau vier Wochen bis zu ihrer Hochzeit – vielmehr bis zu dem Tag, den sie als den Tag ihrer Trauung bezeichnete. Er war nicht gesonnen klein beizugeben. Er war überhaupt nicht gesonnen beizugeben. Er hatte sich gezwungen, nicht zu der Wendeltreppe hinzuschauen, und dachte gerade, daß er doch hinblicken müsse, da berührte sie ihn an der Schulter.

»Guy, du träumst ja.«

Das Frösteln erfaßte ihn, und sein Herz bewegte sich seitwärts. Er sah sie an. Sie lächelte, und er sagte ihr, was ihm über ihr Lächeln durch den Kopf gegangen war.

»Es ist der Grund, warum ich dich liebe. Es ist sozusagen der *Urgrund.*«

»Stell dir vor, ich müßte mich einer Gesichtsoperation unterziehen und mein Mund bekäme eine andere Form – würdest du dann aufhören mich zu lieben?«

»Ich weiß nicht. Vielleicht. Ich habe immer das Gefühl, daß du bei mir nicht richtig lächelst, daß du nicht frei lächelst, wie du es könntest. Bei mir *bändigst* du dein Lächeln.«

»Red keinen Unsinn, Guy«, sagte sie.

»Was sagt Newton dazu, daß du dich sonnabends immer mit mir zum Lunch triffst? Regt es ihn auf?«

»Er hat Verständnis dafür«, sagte sie.

Sie setzten sich an ihren Tisch. Leonora ließ sich ein Glas Orangensaft bringen, und er nahm einen Campari Soda. Sie bestellte einen Grapefruit-Avocado-Cocktail und gefüllte Zucchini, und er Schnecken und danach

Kalbsleber in Himbeersoße. Er dachte über Newtons »Verständnis« nach. Großartig von ihm, dieses »Verständnis«. Dieser gönnerhafte Scheißkerl.

»Als du neunzehn warst, hat irgend jemand angefangen, dich gegen mich aufzuhetzen«, sagte er.

»Ach, Unsinn. Was für ein Unsinn!«

»Hat dir mein Haus nicht gefallen?«

»Es hat mir sehr gefallen, ein herrliches Haus.«

»Es ist doch besser als das deiner Eltern, oder?«

»Viel besser, aber ich sehe nicht, was das alles soll.«

»Ich möchte, daß du mir etwas erklärst. Ich würde gerne wissen, ob es zwischen mir und Newton einen andern gegeben hat.« Ein bißchen Demut wäre vielleicht angebracht, dachte er. »Ich habe vermutlich kein Recht zu einer solchen Frage, aber ich hoffe, daß du sie mir trotzdem beantwortest.«

»Es war bei keinem etwas sehr Ernstes«, sagte sie.

Bei dieser unwillkommenen Antwort schnürte es ihm die Kehle zu. »Aber es hat andere Männer zwischen mir und Newton gegeben?«

»Aber natürlich.«

»Was waren das für Typen?«

Ihre Augen funkelten. Er konnte nicht sagen, ob sie erfreut oder ärgerlich war. Sie sagte, ohne zu zögern: »Na schön, wenn du es unbedingt wissen willst – Robins Freund, der sein Teilhaber war, und zwei Männer an der Universität und, ja, jetzt fällt's mir wieder ein, einer, den ich auf Robins Geburtstagsparty, als er fünfundzwanzig wurde, kennengelernt habe. Genügt dir die Auskunft?«

»Hast du mit ihnen geschlafen?«

»Das geht dich nichts an, Guy. Du hast gesagt, du hättest kein Recht zu fragen, und du hast auch keines.«

»Also hast du es getan.« So mußte es sein, wenn man einen Herzanfall bekam, vermutlich die gleiche Art wie jener Schmerz, der jetzt seine Brust umklammerte und gleichsam eine Lähmung mit sich brachte. »Ich frage mich nur, was dein Vater dazu sagen würde«, entrang es sich ihm.

»Du fragst dich *was?*«

»Ich habe gesagt, ich frage mich, was dein Vater dazu sagen würde. Er wäre entsetzt. Jeder Vater wäre es, wenn es seine Tochter so treiben würde. Dein Vater hätte sehr gern gesehen, daß du mich heiratest. Er hätte gern gesehen, ich weiß es, daß ich der einzige für dich bin. Es würde ihn umbringen, wenn er wüßte, daß du dich wahllos mit Männern eingelassen hast.«

»Ich habe mich nicht wahllos eingelassen. Sei nicht albern.«

»Einer nach dem andern, was ist denn das anderes? Und warum eigentlich? Was war an mir nicht gut genug? Haben sie besser ausgesehen, hatten sie mehr Geld? Was hatten sie für Vorzüge, die ich nicht habe? Ich war derjenige, mit dem dein Vater seine Tochter gern verheiratet hätte.«

Sie begann zu lachen. Dann schüttelte sie den Kopf.

»Was ist denn so komisch?«

»Du. Du bist so altmodisch. Du siehst dich als eine Art schicken Yuppie – und du gibst dich ja auch als Vollyuppie –, jung und ›in‹, in Wirklichkeit aber bist du richtig altmodisch und ein Sexist außerdem. ›Ich frage mich nur, was dein Vater dazu sagen würde.‹ Aber wirklich, Guy, du hörst dich an wie jemand mit sechzig. Mein Vater würde keineswegs so etwas sagen. Und Väter verheiraten heute ihre Töchter nicht mehr, war dir das noch nicht klar?«

»Du wirst nicht bestreiten, daß dein Vater großen Einfluß auf dich hat, Leonora.«

»Das hat nichts damit zu tun. Ich bestreite es auch nicht. Ich sage nur, die Zeiten sind lange vorbei, in denen Männer die Gatten für ihre Töchter aussuchten.«

Voll Abscheu über ihren Gesichtsausdruck, ihr Lächeln sagte er verdrossen: »Er hat sich mir gegenüber verändert, dein Vater.«

Von jenem Abend an, dachte er. An jenem Abend, als er dort ankam, um Leonora abzuholen und den Zeitungsbericht über Con Mulvanney las, hatte ihn Anthony Chisholm zum letzten Mal gedrängt, doch noch ein Glas zu trinken, seine Zigaretten geraucht, ihn wie einen alten Freund behandelt. Als er ihn nach ein paar Wochen wiedergesehen hatte, war die Veränderung unübersehbar gewesen. Damals hatte er gedacht, Anthony sei von geschäftlichen Problemen ganz in Anspruch genommen, mache sich über irgend etwas Sorgen, und nach diesem Abend vergingen Monate, ehe sie sich wiedersahen. Und bei dieser Gelegenheit machte er, Guy, sein Angebot, Leonora das Geld für jene Wohnung zu »leihen«, und Anthony, der irgendwie in das Gespräch hineingezogen worden war, hatte das Darlehen rundweg abgelehnt. Es sei nicht daran zu denken, soviel er wisse, habe Leonora es bereits ausgeschlagen. Guy möge verstehen, man wisse sein Anerbieten zu würdigen, aber es komme auf gar keinen Fall in Frage.

Guy bestellte einen zweiten Campari. Er zündete sich eine Zigarette an, während sie auf ihr Essen warteten. »Du hast mir nie erzählt, wie du Newton kennengelernt hast«, sagte er.

»Wieso sollte ich? Du hast ja nie danach gefragt.«

»Also dann, wie? Und wo?«

Sie warf ihm einen eigenartigen Seitenblick zu, wozu sie angesichts dessen, was folgte, Anlaß hatte. »In der Lamb's Conduit Street.«

»In der Wohnung deines Vaters? Mach schon und sag's, Leonora.«

»Und du mach mal halblang. Wen sonst kenne ich denn in der Lamb's Conduit Street? Übrigens, mein Vater hat uns miteinander bekannt gemacht.«

»Was? Was hat er? Siehst du, ich hab' doch recht! Das trifft alles auf mich nicht zu, was du von mir gesagt hast: altmodisch und sexistisch und weiß Gott was noch. *Dein Vater hat dich mit dem Mann bekannt gemacht, den er gern mit dir verheiratet sähe.*«

»*Ich* möchte ihn heiraten, Guy. Und ich werde ihn heiraten. Außerdem war es nicht so.«

»Wie war es dann?«

»William hat an einer Sendung über Architektur gearbeitet. Er ist durch einen Ausspruch von Prince Charles darauf gekommen. Er hat Papi zu einem vorbereitenden Gespräch aufgesucht, und ich war zufällig dort.«

»Wann war das?«

»Bitte, stell kein Verhör mit mir an, Guy. Ungefähr vor zwei Jahren. Ja, im Juli.«

»Du hast damals nicht bei ihnen gewohnt. Du warst inzwischen schon über ein Jahr in eurer Wohnung.«

»Ich hab' ja nicht gesagt, daß ich bei ihnen gewohnt hätte. Ich habe gesagt, ich habe William bei ihnen kennengelernt. Ich bin mit Papis Geburtstagsgeschenk vorbeigekommen, und William war da.«

»Das erklärt noch nicht, wie es dazu kam, daß du etwas mit ihm angefangen hast. Oder hat dein Vater das eingefädelt? Vielleicht hat er Newton erzählt, du hättest einen Freund, der ihnen nicht zusagt, und er würde gern einen anderen an dessen Stelle sehen, einen, der seinen Ansprüchen mehr entspricht. Vielleicht hat er ihm deine Telefonnummer gegeben.«

»Ich habe ihm meine Nummer gegeben«, sagte sie. »Er hat mich darum gebeten.«

Wie ist es möglich, fragte er sich, daß man tiefen Zorn gegenüber einer Frau empfindet und sie trotzdem liebt? Wie kann es sein, daß einem fast durchweg mißfällt, wie sie sich anzieht und benimmt, und man sie gleichwohl liebt? Sie mehr liebt als sonst jemanden auf der Welt. Mehr als sich selbst.

»Wenn du schon so ... ich glaube, das Wort heißt ›progressiv‹ ... Wenn du schon so progressiv denkst, warum unbedingt heiraten? Warum lebst du nicht einfach mit ihm zusammen?«

»Ich lebe ja jetzt mit ihm zusammen – mehr oder weniger.«

Ihr Essen kam. Leonora bat um ein Glas Wasser, er um eine Flasche Rotwein, Graves. »Warum heiraten?« wiederholte er, als die Bedienung wieder weg war.

»Sich öffentlich zu binden, das ist der übliche Grund, nicht? Ja, ich nehme an, das möchten wir. Eine Bindung fürs Leben miteinander eingehen.«

»Fürs *Leben*. Du zählst darauf, daß das *fürs Leben* halten wird?«

»Warum nicht? Früher war es für die Menschen selbstverständlich, daß eine Ehe ein Leben lang hält. Ich hoffe, daß es bei uns so sein wird. Ich weiß es natürlich nicht, ich kann es nicht sagen, aber kann das überhaupt jemand? Wir können nicht mehr tun, als es versuchen.«

Sie hatte aus dem Brotkorb ein Brötchen genommen, aß es aber nicht. Ihre linke Hand lag auf dem Tisch. Er faßte ihr Handgelenk an und hielt es locker, wie jemand, der den Puls fühlt. Dann packte er fester zu.

»Tu mir einen Gefallen.«

Er glaubte, sie seufzen zu hören. »Was könnte das sein, Guy?«

»Heirate nicht. Warte noch. Warte ein Jahr. Ihr seid beide noch jung – was ist da schon ein Jahr? Leb mit ihm zusammen. Dagegen habe ich nichts – nun ja, das stimmt nicht ganz, aber ich kann es verkraften. Leb mit ihm zusammen und warte ab, wie es geht.«

Sie sah ihn an und drehte den Kopf leicht hin und her. »Laß mich los. Du tust mir weh.« Sie entzog ihm ihre Hand.

»Tu das bitte für mich. Es ist ja nicht viel verlangt.«

»Nicht viel verlangt! Meine Hochzeit verschieben, weil ein Freund, mein ehemaliger Freund, es so möchte!«

»Ich bin für dich mehr als das, Leo. Ich bin die große Liebe deines Lebens, und das weißt du. Wenn du mir die Bitte abschlägst, werde ich dafür sorgen, daß du nicht heiratest. Ich habe ein Recht, dir das Heiraten zu verbieten, und ich werde es dir verbieten.«

»Guy«, sagte sie, »manchmal sagst du Dinge, die mich

ernstlich an deiner Zurechnungsfähigkeit zweifeln lassen. Ich rede *im Ernst.* Und es wird immer schlimmer. Ehrlich gesagt, ich finde, du solltest etwas unternehmen.«

»Das hast du von deiner Mutter.«

»Warum nicht? Ja, vielleicht habe ich auf sie gehört. Ich höre tatsächlich manchmal auf sie. Ich finde, sie ist eine sehr vernünftige Frau. Aber ich habe nicht auf sie gehört, was deine geistige Verfassung betrifft, darüber habe ich nie mit ihr gesprochen. Ich glaube, du verlierst allmählich den Verstand, Guy, und alles nur, weil du dir diese Verrücktheit in den Kopf gesetzt hast, daß wir beide glücklich miteinander wären. Wir wären es nicht. Du bist mit Celeste viel besser dran, wenn du die Sache nur vernünftig betrachtest. Jedenfalls wird es besser werden, wenn ich verheiratet bin und du mich nicht mehr sehen kannst. Dann wirst du darüber hinwegkommen.«

Sie waren beide außerstande, ihr Essen anzurühren. Guy trank allerdings den Wein, denn trinken konnte er immer. Sie trank ihr Wasser und zerbröckelte das Brötchen zu einem Haufen Krümel. Sie sagte, zur Zeit mache es sie und auch ihn nur unglücklich, wenn sie einander sähen, versprach aber, am folgenden Sonnabend wieder mit ihm zu Mittag zu essen.

Sie hatte ihm viel Stoff zum Nachdenken geliefert. Wann, fragte er sich, habe ich ihr das Darlehen für die Wohnung angeboten? Es muß vor dreieinhalb Jahren, im Dezember oder im Januar gewesen sein. Zwischen diesem Datum und dem vorigen August hatte irgend jemand Anthony Chisholm von der Sache mit Con Mulvanney erzählt. Vielleicht Leonora. Aber von wem hatte sie es erfahren? Wer war derjenige, der zu ihr gesagt hatte: »Hast du eigentlich eine Ahnung, mit wem du Umgang hast?«

Aber nein, es war lange vor seinem Angebot des »Darlehens« geschehen, er hatte Anthony einfach ein halbes Jahr lang nicht gesehen. Ohne Zweifel hatte Anthony ihn bewußt gemieden. Er mußte es ein paar Tage, nachdem Poppy Vasari ihn, Guy, bei der Polizei angeschwärzt hatte, erfahren haben. Die Vasari hatte sofort begonnen, die Sache herumzuerzählen, wie sie es ihm angedroht hatte, und zu jenen Leuten, die sie von ihr erfahren hatten, hatte – warum war er nicht gleich darauf gekommen? – Rachel Lingard gehört.

Die Möglichkeit, daß die Vasari mit Tessa zusammengekommen war, war nicht sehr groß. Tessa arbeitete ja nur als freiwillige Helferin in einem Krankenhaus und im Bürgerberatungsbüro. Aber Rachel war Sozialarbeiterin in irgendeinem Londoner Stadtteil, in welchem, hatte er vergessen, falls er es überhaupt je gewußt hatte. Wenn sie beim Sozialdienst irgendwo im Süden Londons arbeitete, wo Poppy Vasari Süchtige betreute, kannten sie sich wahrscheinlich. Vielleicht waren sie sogar miteinander befreundet.

»Er heißt Guy Curran und hat ein luxuriöses Kutscherhäuschen in der so ziemlich besten Wohngegend von Kensington.«

»*Guy Curran*?«

»Sagen Sie nicht, Sie kennen ihn.«

»Doch, ich kenne ihn. Meine beste Freundin trägt sich mit dem Gedanken, ihn zu heiraten.«

Sie *hatte* einmal daran gedacht, ihn zu heiraten. Als er

sie zum ersten Mal mitnahm, um ihr sein Haus vorzuführen. Unterwegs in seinem Wagen – er hatte damals einen Mercedes gehabt – hatte er gesagt: »Es wird auch dein Haus sein.« Und sie hatte ihn angelächelt, allerdings, wie er sich erinnerte, freier und offener als heute, weniger beherrscht. »Wenn wir heiraten«, hatte sie gesagt.

Hatte sie das wirklich gesagt? War es nicht vielleicht Einbildung gewesen? Aber natürlich hatte er es sich nicht eingebildet. Nein, er verlor nicht den Verstand. Sie hatte ihn uneingeschränkt geliebt, aber die Trennungen infolge ihres Studiums und der Lehrerinnenausbildung hatten sie voneinander weggeführt. Es war nur natürlich, wäre auch anderen Leuten so passiert. Wichtig war nur, daß sie ihm wieder näher kam. Sie hatte sich bereit erklärt, mit ihm Urlaub zu machen, sie gingen jetzt zwei- oder dreimal in der Woche zusammen aus. Und dann starb Con Mulvanney.

Die Vasari war noch nicht zehn Minuten fort gewesen, als die Drogenfahnder kamen. Sie durchsuchten das Haus, fanden aber nichts. Es gab nichts zu finden. Gott sei Dank hatte er das Gras und die Amphetamine drei Tage zuvor in die Toilettenschüssel geworfen und hinuntergespült. Es war bekannt, daß sie schon Abflußrohre auseinandergenommen hatten. In der Scarsdale Mews ließen sie das sein. Er merkte ihnen an, daß sie, es konnte ja gar nicht anders sein, von seinem Haus beeindruckt waren, von der Eleganz, der Ruhe, der herrlichen Einrichtung.

Sie verhörten ihn zu Hause und auf der Polizeiwache. Das Verhör zog sich stundenlang hin. Er bestritt alles.

Der Klub ging damals sehr gut, das Reisebüro war schon weit über das Planungsstadium hinaus gediehen, die Firma, die die Originalgemälde produzierte, brachte erstes Geld. Sie konnten sehen, woher das Geld kam.

Seine beiden neuen Gewehre in ihren Hüllen wurden zutage gefördert. Aber er hatte als Mitglied eines lizensierten Schießsportklubs einen Waffenschein. Er gab an, nie von einem Cornelius Mulvanney gehört zu haben. Der Mann habe nie sein Haus betreten. Eine Sache, sagte er, würde er ihnen gern erzählen: Auf einer Party in einem Pub in Balham sei einmal an einem Wochenende ein Mann auf ihn zugekommen und habe ihn gefragt, ob er Cannabis habe. So habe er sich ausgedrückt? Nein, nicht so, er möchte die Worte nicht wiederholen, aber wenn man darauf bestehe... Die Frage habe gelautet: »Hast du ein bißchen Shit?« Woher er wisse, was das Wort bedeute, wurde er gefragt. Er sei neugierig geworden, habe einen Mann in dem Pub gefragt, und der habe ihn aufgeklärt. Er solle den Mann beschreiben. Welchen Mann? Den, der ihn nach dem Cannabis gefragt habe. Das könne er nicht, hatte Guy geantwortet, er könne sich nicht mehr an ihn erinnern. Schließlich rückte er mit der vagen Schilderung eines mageren Mannes, blaß und mit ziemlich langem, hellen Haar, heraus. Der Name des Pub? Die Zeit? Wer die Party gegeben habe. Wann er sie verlassen habe. Und so weiter und so fort. Um Mitternacht ließen sie ihn nach Hause gehen. Er hörte nie mehr etwas von ihnen.

Poppy Vasari aber kam ein paar Tage später wieder. Sie sagte, nein danke, sie wolle nicht hineinkommen. (Er hatte sie gar nicht dazu aufgefordert.) Sie wolle vor der

Tür stehenbleiben, weil er ihr etwas tun könne, wenn sie drinnen allein mit ihm wäre. Das brachte ihn zum Lachen. Als ob er eine so abstoßende Person auch nur anfassen würde! Noch immer hatte sie diesen Geruch an sich, vermutlich saß er in ihren Kleidern. Er stand da, die Hand auf der Türklinke und lachte sie aus. Es war alles so lächerlich.

»Sie haben Con ermordet«, sagte sie, »warum nicht auch mich umbringen? Ihnen wäre das doch einerlei. Sie sind bösartig.«

Er zwang sich weiterzulachen, denn es kam nicht von selbst. Wenn er die Tür schlösse, würde sie nur dagegen hämmern, bis er sie wieder öffnete.

»Ich werde allen Leuten, die ich kenne, von Ihnen erzählen, allen. Und ich werde es allen erzählen, die Con kannte. Ich werde ihnen die Wahrheit sagen: daß Con zwar vielleicht an den Bienenstichen gestorben ist, daß er aber nur wegen der Droge, die Sie ihm gaben, gestochen wurde. Sie haben ihn ermordet, weil Sie ihm eine tödliche Droge gegeben haben, und deswegen bin ich fest entschlossen, daß es alle Leute erfahren sollen. Ich habe schon zu Hause damit angefangen. Jetzt werde ich hier anfangen. Ich werde Ihre Bekannten ausfindig machen und es ihnen sagen. Ich werde an jede Tür in dieser Straße klopfen und den Leuten sagen, was Sie getan haben.«

Zumindest in England besteht das Dumme an einem solchen Vorhaben darin, daß die Empfänger derartiger Mitteilungen, noch dazu wenn sie ihnen in dieser Form überbracht werden, den Boten für verrückt halten. Er oder sie ist ein »arme Seele«, die von Rechts wegen in eine Anstalt gehört, nie hätte herausgelassen werden dürfen, unter Aufsicht gestellt werden sollte, die man am besten ignoriert und vergißt, und was die so vermittelte Information betrifft, wird ihr niemand Glauben schenken. Zweifellos würden die Nachbarn in der Scarsdale Mews Poppy Vasari für bekloppt halten, sollte sie ihre Drohung ausführen – Guy blickte ihr nicht nach, um sich zu vergewissern –, und vielleicht hatte sie vorübergehend ein bißchen den Kopf verloren. Man stelle sich nur vor, dachte Guy, der TV-Talkmaster macht die Tür auf und bekommt zu hören: »Ich finde, Sie sollten erfahren, daß der Mann, der in Nummer sieben wohnt, meinen Freund mit Drogen umgebracht hat.«

Es machte ihn nicht einmal sehr besorgt. Wenn sie glaubte, diese Leute seien mit ihm befreundet, irrte sie sich gewaltig. Er war mit den Nachbarn nie familiär umgegangen. Ein paar hatten ihn eingeladen, zu Weihnachten auf ein Glas vorbeizukommen, aber er hatte abgelehnt. In den Tagen unmittelbar danach war er ihnen gegenüber ein bißchen mißtrauisch, aber alle verhielten sich genau wie vorher, sagten entweder »Guten Morgen« oder »Hallo« oder gar nichts. Wie er angenommen hatte – sie hatten auf die Botin nicht gehört. Ganz anders aber sah die Sache aus, wenn Poppy Vasari die Geschichte jemandem erzählte, den sie persönlich kannte, mit dem sie zusammenarbeitete, zumal nachdem sie sich etwas beruhigt hatte. Ganz anders sah die Sache aus, wenn sie sie jemandem erzählte, *der ihn kannte, der seinen Namen erkannte.*

Rachel Lingard.

Vierzehn Tage nach der gerichtlichen Untersuchung von Con Mulvanneys Tod wollten er und Leonora zusammen ihre Urlaubsreise antreten. Bei der Untersuchung kam nichts Wichtiges zutage. Sein Name wurde, gottlob, nicht erwähnt. Poppy Vasari wurde vom Untersuchungsrichter getadelt, weil sie nichts unternommen hatte, als Con Mulvanney eine verbotene Substanz, ein gefährliches Halluzinogen, einnahm. Besonderen Tadel indessen verdiene sie angesichts ihrer Ausbildung und ihrer Tätigkeit, die sie allerdings, wie der Richter mit Befriedigung feststellte, inzwischen aufgegeben hatte. Der gerichtliche Befund lautete auf Tod durch Unfall. Aber Rachel mußte emsig am Werk gewesen sein, denn in der Mitte der folgenden Woche, als er und Leonora sich am Cambridge Circus trafen – er führte sie in eine Vorstellung von *Les Misérables* –, erklärte sie ihm, daß sie nicht mit nach Griechenland kommen werde.

Sie war nicht verlegen deswegen, es war ihr nicht peinlich. Sie kam gar nicht auf den Gedanken zu sagen, es sei ihr sehr unangenehm, schrecklich, ihm eröffnen zu müssen, daß sie es sich anders überlegt hatte. Sie sagte es ohne viel Umstände. »Ich kann nicht mitkommen, tut mir leid.«

Er war bestürzt, er protestierte. Machte sie sich wegen der Ausgaben Gedanken? Lag es daran, fragte er sie, daß er für sie beide würde aufkommen müssen?

Die Hiobsbotschaft machte ihn unvorsichtig, und er sprach den Satz aus, der ihr verhaßt war und den nicht auszusprechen er sich fest vorgenommen hatte. »Das ist für mich doch eine Bagatelle.«

Jedesmal zuckte sie bei diesem Satz zusammen. »Das Geld ist *ein* Grund. Aber es gibt noch andere. Frag mich nicht danach. Ich kann nicht ... es wäre zu schmerzlich, es dir zu erzählen. Denken wir einfach nicht mehr daran – einverstanden?«

Früher hatte er gedacht, es sei das Geld, und vielleicht dachte sie – ein unerquicklicher Gedanke! –, sie würde mit ihm schlafen *müssen*, wenn er zahlte, und darum sei es besser, nicht mitzufliegen. Jetzt wußte er, daß etwas anderes daran schuld gewesen war. Rachel hatte ihr die Sache mit Con Mulvanney erzählt.

Sie teilte mit Rachel eine Wohnung. Rachel war immer um sie, hetzte gegen ihn, nahm sie gegen ihn ein. Er hätte Rachel am liebsten umgebracht.

## 10

Bei Danilos Grillfest walteten Köche in gestreiften Schürzen und mit hohen, weißen Hüten ihres Amtes, und die Kellnerinnen, die das Essen servierten, trugen die Kleidung von Mädchen aus dem achtzehnten Jahrhundert. Die Barkeeper und -damen waren wie Tänzer und Tänzerinnen aus Hawaii kostümiert. Zum Glück war es ein warmer Abend. Der Garten von Danilos neogeorgianischem Haus in Weybridge war gewaltig und hie und da mit importierten, beinahe ausgewachsenen Palmen bepflanzt, denen es in diesem Sommer gutging, die aber im nächsten Frühjahr vielleicht trauriger aussehen würden. Danilos letzte Novität war der Springbrunnen in einem Zierteich auf dem Rasen unterhalb der Terrasse. Die Fontäne war an diesem Abend in Flutlicht getaucht, Rosenbüsche in rosafarbenen Töpfen umstanden die Marmoreinfassung, und das Wasser war mit einem hellroten Farbton getönt worden. Gästen, die die Wirkung bewunderten, erläuterte Danilo, daß die Steine, die so natürlich aussahen, in Wirklichkeit aus Rosenquarz seien.

Ungefähr hundert Personen waren gekommen. Guy kannte einige von ihnen flüchtig. Robert Joseph war mit seiner Freundin und Roberts ehemalige Frau mit ihrem neuen Gatten da, und Danilos boshafter Vater hatte seine dritte Frau und Danilos Bruder mitgebracht, der die Buchmacherfirma übernommen und jetzt eine Kette von

Wettbüros hatte. Zahlreiche Freunde Tanyas aus der Modebranche und eine Menge junger Frauen waren zu sehen, die wie Models aussahen, vermutlich aber keine waren. Danilo und Tanya redeten zwar immer davon, daß sie »eines Tages« heiraten würden, hatten es aber trotz ihrer vier gemeinsamen Kinder noch immer nicht getan.

Die vier Sprößlinge, in Guys Augen unerträglich verzogen, lagen um diese Zeit mitnichten im Bett und wurden auch nicht an irgendeinem fernen, ihnen entsprechenden Ort von ihren zwei Kindermädchen beaufsichtigt, sondern liefen schreiend zwischen den Gästen umher, warfen mit Essen um sich und bespritzten jeden, der in ihre Reichweite kam, mit rosafarbenem Wasser aus dem Teich. Sie waren herausgeputzt wie zu einem Festtag, die beiden Jungen in gestreiften Hosen und Affenjäckchen, die Mädchen in weißen Seidenkleidchen, mit mehreren Petticoats übereinander, als wären ihre Eltern italienische Bauern, die es zu etwas gebracht hatten, und nicht Cockney-Parvenüs. Der ältere Junge, Charles, der immer Carlo genannt wurde, hatte sich einen Bellini-Cocktail geholt, der, weil dies Tanyas Party war, nicht nur Champagner und Pfirsichsaft, sondern auch noch Brandy enthielt. Umgeben von kreischenden Mädchen in superkurzen Miniröcken, kippte er ihn hinunter und leckte sich die Lippen.

Zwischen den Palmen hingen an Schnüren bunte Lämpchen und Ringe, die Stechmücken fernhalten sollten. Ein Tonbandgerät spielte Musik vom Typus »Drunten, jenseits des Rio Grande«, was die Illusion nährte, Danilo und Tanya seien tatsächlich romanischer Herkunft, ein Eindruck, den die beiden gerne erweckten. Im Garten roch es trotz der Kerzen, die Patschuliduft verströmten, mehr nach brennendem Öl und angekohlten Steaks. Guy war sich darüber im klaren, daß er keinesfalls Leonora hierher hätte mitbringen können. Sie hätte das Fest vulgär genannt oder, schlimmer noch, gelacht. Unter einer Party stellte sie sich vor, daß fünfzehn Leute in einer Wohnung in Camden Town zusammenkamen, Weißwein und Perrier tranken und sich über Umweltprobleme unterhielten. Aber Leonoras wegen Danilo und Tanya aufzugeben, wäre ein Opfer, das sich bringen ließe.

Der Nachthimmel war purpurrot, sternenlos und nur von einer zitronenfarbenen Mondsichel erhellt, die natürlich echt war, aber aussah, als hätte Danilo sie dort oben aufgehängt, als er das Springbrunnenwasser gefärbt hatte. Guy hatte einen Bellini getrunken, um der Form zu genügen, und war dann zu Wodka übergegangen. Er sah, daß Celeste vergnügt mit Danilos Nachbar tanzte, der ehemals Mitglied einer in den Sechzigern überaus erfolgreichen Rockgruppe gewesen war und es zum Millionär gebracht hatte. Sie trug einen hellroten knöchellangen Rock und ein schwarzgoldenes ärmelloses Oberteil mit breiten Trägern, das etwa fünf Zentimeter ihres goldenen Zwerchfells frei ließ. Ihr Haar, das sie wieder zu dieser Fülle von Zöpfchen mit goldenen Spitzen geflochten hatte, glich dem Kamm irgendeines prachtvollen tropischen Vogels. Das jüngste von Danilos Kindern, ein kleines Mädchen in einem wippenden weißen Ballettröckchen, kam auf sie zugelaufen, und Celeste schloß es in den Tanz ein, so daß sie nun zu dritt einander an den

Händen hielten. Celeste liebte Kinder, das hatte er schon früher bemerkt.

Er ging gerade auf die Bar zu, um sein Glas nachzufüllen, als ihn ein lautes Kreischen aus der Richtung des Springbrunnens veranlaßte, nach links zu blicken. Dort war eine Gruppe von Gästen, die Wassertropfen von ihren Kleidern schüttelten – Carlo hatte sie vom Brunnenrand aus bespritzt –, und bei ihr stand Robin Chisholm. Guy holte seinen Wodka und suchte sich eine schattige Stelle mit guter Aussicht, wohin nur der Schein der Duftkerzen drang. Robin unterhielt sich gerade mit Tanya, einem Mann, den Guy nicht kannte und zwei spindeldürren, bizarr gekleideten Frauen, die beide ein Haargebirge wie aus Zuckerwatte trugen, das bei der einen zitronengelb, bei der andern erdbeerfarben war. Tanya trug eine Art Bettjäckchen aus Goldlamé und dazu eine schwarz und golden gestreifte, plissierte Hose und hochhackige grüne Schuhe, die sie wahrscheinlich versehentlich angezogen und dann zu wechseln vergessen hatte. Von Maeve war nichts zu sehen.

Robin sah aus, als wäre er einem in der edwardianischen Epoche spielenden Musical entsprungen. Nur der Strohhut fehlte noch. Er trug in der letzten Zeit das blonde, wellige Haar in der Mitte gescheitelt, was sehr sonderbar wirkte. Sein Gesicht war jugendlich wie immer, nicht nur jugendlich wie das eines Siebenundzwanzigjährigen, sondern wie das eines zehn Jahre Jüngeren. Die Wangen waren rosig, die Lippen rot wie die eines Mädchens. Er hatte eine weiße Flanellhose und einen gestreiften Blazer an und wirkte blühend und ungemein zufrieden mit sich selbst.

Guy sagte zu Danilo: »Ich wußte gar nicht, daß du ihn kennst.«

»Ich kenne ihn von früher, genauso wie du. Bis vor kurzem vielleicht nicht so gut. Er hat ein paar Peseten für mich eingetauscht. Ich habe meine Villa in Spanien verkauft, und es ging darum, das Geld hinauszubekommen. Ich hätte die kleine Miss Leo einladen sollen, was? Geht dir vielleicht gerade durch den Kopf? Miss Leo und der Verlobte?«

»Überhaupt nicht«, sagte Guy steif. »Wie bist du ihm denn wiederbegegnet?«

»Sag mal, warum willst du das wissen? Na gut, zwischen Freunden ist mein Leben ein aufgeschlagenes Buch. Es war Zufall. Tanyas Schwester hatte eine Wohnung im selben Mietshaus wie er in Clapham Common. Es ist die, die gerade mit ihm spricht, die Erdbeerblonde.«

»In *Clapham*? Er wohnt doch in Chelsea.«

»Das war vor drei oder vier Jahren«, sagte Danilo. »Wieso interessiert dich das alles plötzlich so sehr? Ah, jetzt geht mir ein Licht auf. Du hast hoffentlich nicht vor, ihn aus dem Weg räumen zu lassen. Er ist für mich sehr wertvoll. Wo soll ich sonst einen Geldwäscher mit einem Babygesicht und ohne Skrupel auftreiben? Schau ihn an, er sieht wie ungefähr zwölf aus.«

Guy ging wieder sein Glas nachfüllen. Am liebsten wäre er zu Robin Chisholm hingegangen, hätte ihm den Inhalt ins Gesicht geschüttet und gewartet, was passieren würde. Er hatte so etwas noch nie getan, aber allein die Idee war plötzlich sehr verlockend, als müßte er es unbedingt einmal vollführen, ehe er starb. Es war kühl geworden. Zum ersten Mal in seinem Leben wurde sich

Guy bewußt, daß die Nächte in England nie warm sind – nun ja, außer vielleicht einmal pro Jahr. Dann ging er auf Robin zu, der noch immer bei Danilos im Erdbeerton blondierter Schwägerin und inzwischen auch einem älteren Mann stand, von dem irgend jemand gesagt hatte, er sei Couturier.

»Hallo, wie geht's?«

Robin nahm diese rhetorische Frage, als wäre sie ernst gemeint, was die erdbeerfarbene Blondine zum Lachen brachte. »Oh, großartig, es ist mir noch nie so gut gegangen.« Er sah Guy mit einem absichtlich leeren Grinsen an, wobei er wie einer der frechen Jungs aus einer Jugendbuchserie wirkte.

»Maeve ist nicht da?«

Dies veranlaßte eine provozierende pantomimische Suche. Robin schaute nach rechts und dann nach links, verdrehte den Hals und lugte um den Rücken des Couturiers herum. Seine Augenbrauen hoben sich, er wurde auf der Stelle kurzsichtig, blickte mit ratloser Miene auf den Boden und spitzte die Lippen zu einem tonlosen Pfiff. »Anscheinend ist sie nicht da«, sagte er schließlich. »Nein, ich würde sagen, nicht da.« Er hatte sich, vielleicht nur für diesen Abend, vielleicht nur für Guy eine munter-naive Art zugelegt. »Sag mal, hast du diese unglaublich hübsche Person mitgebracht?«

Es war ein Fehler zu fragen, welche gemeint sei, aber Guy stellte die Frage.

»Die Farbige mit der Rastafarifrisur.«

Guy schüttete Robin seinen Glasinhalt ins Gesicht.

Danilos Schwägerin kreischte auf. Der Couturier brüllte: »Herrgott, was soll denn das?« Robin schüttelte sich, spuckte aus, warf das Haar zurück und machte wie ein kampflustiger Kater mit ausgestreckten Armen einen Satz auf Guy zu. Die Gäste waren alle verstummt und starrten auf die beiden. Bewegungen erstarben, Adrenalinspiegel stiegen. Guy holte mit der Faust aus und traf Robin, nicht, wie beabsichtigt, am Unterkiefer, sondern am rechten Schlüsselbein. Beinahe im selben Augenblick erwischten Robins Hände, mit den langen Nägeln voran, Guys Gesicht. Dieser schlug noch mal zu, und nun begannen sich andere Gäste einzumischen. Irgend jemand packte ihn von hinten, und jemand anders Robin an den Schultern, aber vorher hatte ihm Guy noch die Faust ins linke Auge gerammt.

Beide keuchten, schnaubten geradezu.

»Hört auf, Schluß damit!« sagte jemand.

»Bist du verrückt geworden?«

»Das ist *meine* Party.«

»Ich wollte meinen Augen nicht trauen.«

»Ja, er hat ihm seinen Drink ins Gesicht geschüttet, mitten ins Gesicht.«

»Er ist ein Arschloch«, sagte Guy. »Er ist das größte Arschloch in London.«

»Und du bist ein krimineller Psychopath und Mörder«, sagte Robin, der sich mit einer Hand das getroffene Auge zuhielt. »Warum verpißt du dich nicht wieder in die Gosse, aus der du gekommen bist?«

Celeste fuhr ihn nach Hause. Guy saß neben ihr und betupfte sein blutendes Gesicht. Er hatte Kratzer an der rechten Wange, rechts an der Oberlippe, links am Kinn und am Hals abbekommen.

»Wahrscheinlich bekomme ich eine Blutvergiftung. Weiß der Teufel, welche Bakterien dieses blöde Schwein mit sich herumschleppt, Listerien, Hepatitis B, es könnte weiß Gott was sein.«

»Mein dummer Guy«, sagte Celeste. »Du bist so dumm. Du kannst morgen zum Arzt gehen. Er wird sicher nicht glauben, daß das ein Kerl gemacht hat – du kannst ja sagen, ich war's, in Ordnung?«

Er liebte sie nicht, aber er liebte ihre Art zu sprechen, ihre Aussprache. Rastafarienglisch würde dieses Arschloch dazu sagen.

»Celeste, ich möchte dir etwas erzählen.«

Im Jaguar war es dunkel, und das machte ihm die Sache leichter. Er zündete sich eine Zigarette an. Er wäre eher gestorben, als daß er Leonora davon erzählt hätte, aber er konnte es Celeste erzählen, und das ohne viel Skrupel, beinahe ohne Hemmungen. Lag es daran, daß es ihm, anders als bei Leonora, relativ egal war, was sie von ihm dachte? Lag es daran, daß es ihn kaltließe, wenn sie hinterher nichts mehr von ihm wissen wollte? Oder war der Grund ein ganz anderer – daß Celeste ihn kannte, wie er war, und den Mann liebte, den sie kannte, so daß er bei ihr kein Theater zu spielen brauchte? Leonora hingegen kannte ihn eigentlich nicht, trotz ihrer langen und engen Freundschaft, und er wollte auch nicht, daß sie ihn wirklich kennenlernte, er wollte, daß sie ihre Illusionen über ihn behielt.

»Dann schieß mal los«, sagte Celeste.

Er begann zu erzählen und verheimlichte ihr nichts. Alles kam heraus, seine Zweifel, seine Angst, seine Feigheit, die spätere Erkenntnis, daß irgend jemand die Sache

Leonora gesteckt hatte. Er hatte gedacht, Rachel Lingard müsse es gewesen sein, doch auf der Party hatte er begriffen, daß es nicht so war. Rob Chisholm war es gewesen. Robin hatte damals in Clapham gewohnt, nur eine halbe Meile von Poppy Vasari entfernt.

»Und deshalb hast du ihm deinen Drink ins Gesicht gekippt?«

Der wahre Grund war Robins rassistische Bemerkung über Celeste gewesen, aber das wollte er nicht sagen. Es hätte sie kränken und ihn zudem in einem lächerlich ritterlichen Licht zeigen können. »Mehr oder weniger, ja.«

»Guy, mein Schatz, weißt du, daß du ein bißchen verrückt bist? Du bist ein bißchen besessen von dieser Geschichte mit Leonora. Wer weiß, ob es ihr wirklich jemand erzählt hat? Hast du sie gefragt? Nein, denn dadurch würde sie die Wahrheit erfahren, wenn sie sie nicht schon kennt. Begreifst du nicht, daß das alles nur in deinem Kopf ist, und dein Kopf ist in der letzten Zeit sehr sonderbar, Guy, glaub mir.«

»Sie hat sich mir gegenüber verändert. Binnen zwei Wochen nach dieser Sache, die mit Con Mulvanney passiert ist, hat sie sich verändert. Sie wollte nicht mehr mit mir in den Urlaub fliegen.«

»Sie wollte nicht, daß du zahlst. Sie wollte nicht mit wegen der Bedingungen, die damit verbunden waren, richtig? Okay, ich bin da nicht so. Ein Mann will für mich zahlen? Kann er, soll er doch, mir ist's recht. Wenn er von mir was will, das ich nicht will, und er macht Ärger, dann werf' ich ihn zum Fenster raus. Ich hab' nicht umsonst fünf Jahre lang Tai-Chi-Unterricht genommen, das kannst du mir glauben.«

Guy mußte wider Willen lachen. Er warf einen Blick zum Seitenfenster hinaus, aber er wußte auch so, wo sie waren. Sie waren in Balham Hill, und dort drüben links war Clapham Common. Con-Mulvanney-Land. Es kam ihm vor, als wäre es mit einer Million unsichtbarer Drähte überzogen, einem Meldenetz. Und jeder Draht leitete Stimmen weiter, die von seinen Verbrechen und von der Schuld wisperten, die er auf sich geladen hatte. Wieder hörte er Robin Chisholm sagen: krimineller Psychopath und Mörder. Wie konnte Leonoras Bruder wissen, daß er damit die Wahrheit traf, wenn ihm nicht die Fakten hinterbracht worden waren?

Celeste steuerte den Jaguar über die Battersea Bridge. »Guy, mein Süßer«, sagte sie, »ich möchte dir nicht weh tun.« Er lächelte in sich hinein. Keiner von ihnen beiden wollte dem anderen weh tun. »Aber ist es nicht am wahrscheinlichsten, Guy, daß sie anders geworden ist, weil ihr aufging, daß ihr nichts mehr gemeinsam hattet? Ihr seid nicht Menschen von der gleichen Sorte. Sogar ich merke das, und ich habe sie nur ein einziges Mal gesehen. Gut, ich bin voreingenommen, ich bin eifersüchtig, ist ja wahr, ich bin es. Aber das heißt nicht, daß es nicht die Wahrheit ist. Sie ist aufgewacht, es ist ihr klargeworden.«

»Exakt in diesem Augenblick? Das würde es zum größten Zufall aller Zeiten machen.«

»Nun ja, vielleicht, wenn ihr bis dahin ein echtes Paar gewesen wärt, wenn ihr zusammengelebt oder quasi zusammengelebt hättet wie wir beide, will ich damit sagen, wenn ihr euch versprochen hättet, daß es auf Dauer sein soll. Dann wäre es wirklich sonderbar. Wenn es sich um *mich* handeln würde, wäre es tatsächlich sonderbar gewesen. Aber war es so, Guy?«

Er schwieg. Er zuckte mit den Achseln. Sie war diejenige, die nicht begriff. Die Straßen waren dunkel, aber glänzten in gelbem Licht, dem messingfarbenen Licht der Lampen. Eine kalte Sommernacht, die kalten, frühen Morgenstunden eines Tages im Sommer. Die Kratzer in seinem Gesicht brannten. Er bat Celeste, den Wagen auf der Straße zu lassen, nicht in die Garage zu fahren. Auf der Mauer gegenüber saß eine Katze und betrachtete ihn aus ihren lichterfüllten, beinahe pupillenlosen gelben Augen mit einem unergründlichen Blick. Vielleicht kannte sie sich mit Kratzern aus. Sollte er gefragt werden, würde er sagen, die Katze seines Nachbarn habe ihn mit den Krallen so zugerichtet.

Es war eine Nacht, in der er Celeste lieber nicht bei sich gehabt hätte. Aber es war undenkbar, sie nach Hause zu schicken. Armes Ding, dachte er, arme Leidensgenossin! Und dann ergriff ihn Zorn, Zorn auf Rachel Lingard und die Chisholms, den ganzen Verein. Seine Fäuste ballten sich. Celeste ging vor ihm nach oben, aber nicht beschwingt, ohne jedes Gehabe, als wäre sie Mitbesitzerin des Hauses, mehr so, als erwarte sie, daß er sie zurückrief oder sogar wegschickte.

Sie setzte sich auf das Linell-Bett und begann, die goldenen Spitzen von ihren Zöpfchen abzunehmen. »Guy«, sagte sie, »mein süßer Guy, hast du nur mit Marihuana gehandelt und vielleicht auch ein bißchen mit LSD?«

Wie hätte er nach diesem Rettungsanker gegriffen, wenn die Frage von Leonora gekommen wäre! Bei Celeste brauchte es keine Ausflüchte. Auf sie mußte er keinen guten Eindruck machen. Nicht, daß es ihm völlig gleich gewesen wäre, was sie über ihn dachte, aber er war sich sicher, daß sie ihm uneingeschränkt vergeben würde. »Auch mit den harten Sachen«, sagte er. »Mit allem.«

»Opium?«

»Heroin, ja, Heroin ist doch Opium, oder?«

Wie absurd, da hatte er all die Jahre damit gehandelt und ein Vermögen angesammelt und wußte es noch immer nicht genau. Vielleicht hatte er es nicht wissen wollen. Sie nickte und beobachtete ihn dabei.

»Das Zeug selbst schadet den Leuten überhaupt nicht«, sagte er. »Es sind die Dinge, die damit zusammenhängen, schmutzige Nadeln, Infektionen, hemmungsloser Konsum. Und es ist nicht schlimmer, als wenn man alkoholsüchtig ist, nur wird der Alkohol von der Gesellschaft toleriert. Was die Dealer betrifft, könntest du ebenso einen Weinhändler verurteilen.«

»Ich habe eine Freundin, die einen kurdischen Großvater hatte«, sagte sie. »Er war ein Aga. Das ist eine Art Feudalherr in bestimmten Gegenden in der Türkei. Dort bauen alle Leute Mohn an, sie stellen Morphinbase her. Das ist dort, in diesem Teil von Asien, etwas Alltägliches. Es ist komisch, was du von dem Mann und den Bienen erzählt hast, denn das haben sie früher getan, Bienen gehalten, aber heute packen die Schmuggler die Bienenkörbe mit der Droge voll.

Die Familie ihrer Mutter ist sehr groß. Sie haben in den Dörfern um Van vier Laboratorien, die Morphium herstellen. Ihr Großvater hat die jungen Männer ins Ausland geschickt, damit sie die chemischen Fertigkeiten erwerben, und zwei Onkel von ihr wurden im Iran ertappt und hingerichtet. Im Iran werden immerfort Schmuggler und Chemiker exekutiert, zu Tausenden.«

»Warum tun sie es dann?« fragte er tonlos.

»Aus Armut.«

Das Wort fiel mit einem hohlen Ton. Armut, das war ein Zustand, den er früher gut gekannt hatte, doch das Wort selbst war in diesem Haus nur selten zu hören.

»Also könnte man sagen, es ist nicht nur schlecht, denn es schafft ja Beschäftigung.«

Sie sprach weiter, als hätte er nichts gesagt. »Sie nehmen es nicht selber. Kein Drandenken. Und es gibt keine andere Arbeit, nicht einmal in der Landwirtschaft. Es bleibt ihnen keine andere Wahl. Man kann sechstausend Pfund verdienen, wenn man ein Kilogramm Heroin nach Istanbul bringt, und viel mehr pro Kilo, wenn man Chemiker ist.«

Er hatte sie noch nie so sprechen hören, in diesem ernsten Ton, dieser wohlartikulierten, beinahe gebieterischen Art, die so ganz anders war als ihre gewohnte langsame, schlichte Redeweise. Es war mehr so, wie sich vielleicht Leonora und ihre Freunde unterhielten.

»Ich nehme an, in Südamerika ist es nicht viel anders«, sagte sie. »Man stirbt vielleicht nicht dran, wenn man es nimmt, obwohl Tausende doch dran sterben, aber man stirbt bestimmt, wenn man es zu den Konsumenten bringt.« Und in einem Ton, den er noch nie aus ihrem Mund gehört hatte, einem Ton, der hart und klar war und auf seine Schuld, seine weichen, empfindlichen Regionen zielte, sagte sie: »Schäme dich, Guy, schäme dich!«

Er war nicht zornig, es wurde ihm eher übel. Er merkte

jetzt, daß er sehr viel getrunken hatte, daß die Wirkung nun zutage trat. Er war außerstande, klar zu sehen, und das Bild verschwamm immer wieder vor seinen Augen, als er im Badezimmer die Wunden in seinem Gesicht betrachtete, den tiefen Kratzer quer über die Oberlippe, von dem vermutlich eine Narbe bleiben würde, und die Kratzwunden am Hals. Was war das für ein Mann, der einen andern Mann kratzte? Dabei fiel ihm ein, daß Robin die Fingernägel immer ziemlich lang getragen hatte, eine weitere unerfreuliche Angewohnheit.

Celeste war ins Bett gegangen und lag da mit den Armen über dem Kopf und dem Gesicht auf dem Kopfkissen. Er legte sich neben sie, griff nach dem Schalter und löschte das Licht. Die jähe Dunkelheit setzte seine Erinnerung in Bewegung. Als sie, er und Leonora, zum letzten Mal zusammen zu Mittag gegessen hatten, hatte sie ihm gestanden, daß sie mit einem Freund Robins etwas gehabt hatte. Irgendein Typ, der Robins Teilhaber gewesen war. Und dann hatte sie auf einer Party von Robin einen weiteren Mann kennengelernt. Es war wohl nicht übertrieben zu sagen, Robin hatte ihn derart gehaßt, daß er seiner Schwester einen Kerl nach dem anderen zuführte. Er hatte praktisch ihren Zuhälter gemacht. Guy hörte, wie er einen Laut von sich gab, eine Art Stöhnen.

Auch Celeste hörte ihn. Sie legte die Arme um ihn und drückte ihn an sich.

## 11

An eines hatte Guy an diesem Abend nicht gedacht: daß Leonora ihm böse sein könnte, weil er ihrem Bruder ein blaues Auge verpaßt hatte. Daß er eines hatte, stand für ihn fest. Robin Chisholm würde es schwerer haben, sich aus der Geschichte herauszureden als er. Guys Arzt hatte sich die Kratzwunden angesehen und die Sache mit der Katze nicht geglaubt. Er hatte auch die wahre Geschichte von der Rauferei kaum geglaubt, aber Guy eine Tetanusspritze gegeben.

Leonora war in der Georgiana Street. Er erreichte sie dort am Nachmittag. Ja, sie wisse Bescheid über die Rauferei; Robin habe am Vormittag Maeve angerufen und ihr davon erzählt, dann hätten ihr Maeve und schließlich Robin selbst davon berichtet. Guy war nicht überrascht. Es bestätigte nur, was er bereits über das Zusammenglucken in dieser Familie und den Einfluß wußte, den jedes Mitglied auf die anderen Angehörigen ausübte. Robin erzählte allen Leuten, daß Guy ihn einfach so »wie ein Verrückter« angefallen habe; insgeheim habe er allerdings gewußt, daß es wegen Guys absurder Vernarrtheit in seine, Robins, Schwester gewesen sei.

»Ganz und gar nicht«, sagte Guy kalt. »Er hat Celeste beleidigt.«

*Das* interessierte sie. »Wirklich? Was hat er denn gesagt?«

Guy sagte es ihr. Sie konnte ruhig erfahren, daß er heroisch und ritterlich handeln konnte. »Bist du böse auf mich?«

»Nicht mehr als sonst. Ich nehme an, ihr habt euch beide ziemlich dumm benommen.«

»Hat Robin dir üble Dinge über mich erzählt?«

Sie zögerte. »Wann? Meinst du, in der letzten Zeit?«

Er hätte kaum um eine klarere Bestätigung bitten können. »Laß gut sein«, sagte er. »Wo sollen wir am Sonnabend mittagessen?«

Angenommen, sie wollte nicht, weil er ihrem Bruder ein blaues Auge verpaßt hatte? Das Schweigen dauerte etwa fünfzehn Sekunden, kam ihm aber wie eine Stunde vor. »Entscheide du«, sagte sie dann. »Sonst tu' ich es immer, es wird Zeit, daß du es bestimmst, zumal es ja auf das Ende zugeht.«

Er zuckte zusammen. »Es sind von jetzt an gerechnet noch drei Samstage«, sagte er. Noch Hunderte, sagte er tapfer zu sich, diese Heirat ist ein Traum, es wird nie dazu kommen. Er gab seiner Stimme einen leichten, neckenden Ton und sagte: »Hör schon auf damit, Schatz, du weißt doch, daß du nicht heiraten wirst.«

Wieder trat ein Schweigen ein. Diesmal dauerte es tatsächlich beinahe eine Minute. Ein Klicken in der Leitung ließ ihn einen schrecklichen Augenblick lang befürchten, sie habe aufgelegt.

»Leo, bist du noch dran?«

»Ich frage mich«, sagte sie mit einer fernen Stimme, »was ich dazu sagen soll. Ich weiß nicht, was ich sagen soll, wenn du so sprichst. Aber wenn du dir ewig etwas vormachen willst, kann ich wohl nichts machen.«

Er ging darüber hinweg, lachte sogar, ein wissendes, weltkundiges Lachen. »Wo sollen wir uns treffen?«

»Komm in die Portland Road und iß dort mit mir.«

»Da sind wir nicht allein.«

»In einem Restaurant sind wir auch nicht gerade allein. Rachel ist samstags kaum je da, und Maeve geht sicher mit Robin aus. Das tun sie immer.«

»Ja, ich würde sehr gern kommen«, sagte er.

Nachdem die Drogenfahnder sein Haus durchsucht hatten, hatte er mit dem Dealen aufgehört. Genau gesagt, er hatte es auslaufen lassen. Und dabei war es gar nicht so einfach gewesen. Er war tatsächlich in Gefahr geraten. Einer seiner Zulieferer hatte ihn bedroht, wenn auch nicht gedroht, ihn umzubringen, aber doch damit, ihm das »hübsche Gesicht« zu ruinieren. Es war Blödsinn, wenn es hieß, nur Frauen läge etwas an ihrem Aussehen. Er wollte genausowenig verunstaltet werden. Ein paar Wochen lang trug er eine Waffe bei sich, weil er sich fürchtete. Tatsächlich geschah aber nichts, und nach einem halben Jahr hatte er den Drogenhandel völlig aufgegeben. Er hörte nie mehr von der Polizei oder von Poppy Vasari. Und weder die Vasari noch sonst jemand lieferte ihm einen direkten Beweis, daß sie ihre Drohung wahr gemacht und überall herumgeflüstert hatte, in welcher Weise er an Con Mulvanneys Tod beteiligt gewesen war.

Doch in den darauffolgenden Monaten veränderten sich die Chisholms ihm gegenüber. Leonora wandelte sich. Die anderen kümmerten ihn nicht, aber Leonora war sein Leben. Als erstes wollte sie nicht mit ihm nach

Samos fliegen, dann begannen die anderen Zurückweisungen. Immer seltener fand sie sich bereit, abends mit ihm auszugehen. Anthony wurde ihm gegenüber kalt und distanziert. Wenn er jetzt zurückdachte, fiel ihm wieder ein, wie Anthony in einem geradezu schneidenden Ton das Geld abgelehnt hatte, das er, Guy, Leonora für ihre Wohnung »leihen« wollte.

»Du mußt einsehen, daß das nicht in Frage kommt.«

»Es wäre ein Darlehen«, hatte er gesagt. »Irgendwo muß sie sich doch das Geld borgen. Warum nicht von mir?«

»Das fragst du allen Ernstes?«

»Ja, natürlich. Warum sollte ich ihr nicht ein zinsfreies Darlehen geben?«

»Weil du ein Mann bist und sie eine Frau ist«, hatte Anthony schroff geantwortet. »Mein Gott, Guy, du bist nicht mit ihr verwandt, du bist nicht ihr Bruder, nicht einmal ihr Cousin. Welche Verpflichtung würde sie damit auf sich nehmen, frag dich das mal.«

Und was war mit Robin damals, in jenen Monaten, gewesen? Das Dumme war, daß Guy sich an Robin in jenem Herbst und Winter überhaupt nicht erinnern konnte, abgesehen von seiner Bemerkung, wie man eine Frau mühelos in die Tasche stecke. Aber er konnte sich nur zu gut die Gespräche zwischen ihm und Poppy Vasari vorstellen, der Frau, die in seiner Nachbarschaft, in dem Mietshaus am Clapham Common, wohnte.

»Ihre Schwester trägt sich mit dem Gedanken, ihn zu *heiraten*?«

Robin legte den Kopf auf die Seite, die blonden Locken tanzten dabei, und das reizende Gesicht ließ an einen

Zehnjährigen denken. »Sie finden, das wäre keine gute Idee?«

»Sie werden mich das nicht mehr fragen, wenn ich Ihnen erst erzählt habe, auf welche Tour er sein Geld verdient. Zunächstmal möchte ich Ihnen erzählen, was er meinem Bekannten angetan hat.«

Doch wenn er Danilo für Robin Chisholms Beseitigung dreitausend Pfund gab – er konnte sich vorstellen, daß er sich keine großen Gedanken machen würde, wenn die »Beseitigung« so weit von ihm entfernt geschah –, würde das die Vergangenheit nicht auslöschen. Es würde jedenfalls nicht ungeschehen machen, was Robin in jenem verhängnisvollen August vor nunmehr vier Jahren Leonora erzählt hatte. Aber es würde wenigstens verhindern, daß er sie jetzt noch gegen ihn aufhetzte, und er hegte keinen Zweifel, daß dies nach wie vor geschah, die ganze Zeit über. Und noch einen weiteren Aspekt gab es. Wenn sonst nichts half, würde es Leonora zumindest unmöglich sein, ihre Heirat am sechzehnten September durchzuziehen, wenn ihr Bruder zwei Wochen zuvor umgebracht worden war.

Es bedrückte ihn, daß er nicht mehr täglich mit Leonora sprach. Sie war nicht mehr jeden Tag zu erreichen. Obwohl sie drei oder vier Tage in der Woche in der Georgiana Street war, ging sie tagsüber nie ans Telefon. Als er sie nach dem Grund fragte, antwortete sie, es habe nicht geläutet oder sie sei weg gewesen. Im Geist hörte er Robin zu ihr sagen: »Geh nicht an den Apparat, das ist die Lösung für dich. Es kann dir ja nichts passieren, wenn du nicht abhebst. Darauf steht schließlich keine *Strafe*. Niemand kann dich zwingen, ans Telefon zu gehen. Da hast du drei kleine Wörter an Magneten, die du am Kühlschrank befestigen kannst – LASS ES LÄUTEN!«

Das konnte sie ganz leicht. Niemand, der wichtig war, würde Newton tagsüber anrufen. Man wußte, daß er in der Arbeit war. Nur wenigen Leuten war bekannt, daß sie sich dort aufhielt. Wenn das Telefon läutete, war es sicher er, Guy, und so sehr sie sich auch danach sehnen mochte, mit ihm zu sprechen, man konnte ihr einreden, daß es klüger war, darauf zu verzichten. Ihre Familie hatte den Daumen auf ihr, fünf Daumen oder sechs, wenn man Rachel Lingard mitzählte, und das mußte man fast, da sie und Leonora einander so nahestanden, als wären sie Schwestern.

Am Freitag rief er Danilo an.

»Du brauchst dich nicht zu entschuldigen«, sagte Danilo. »Solche Dinge passieren in der Liebe und im Krieg.«

Guy hatte nicht die Absicht gehabt, sich zu entschuldigen. Er war sich wohl bewußt, daß die Rauferei die Party, die allmählich langweilig wurde, wieder in Schwung gebracht und den Gästen Gesprächsstoff für Monate geliefert hatte.

»Tanya hat sich aufgeregt, aber sie wird dir verzeihen.« Danilo lachte so laut ins Telefon, daß es Guy im Ohr schmerzte. »Und was gibt's bei dir?«

»Dan«, sagte Guy, »er ist es, er ist derjenige, der...«

Er spürte ein Widerstreben, tatsächlich einen Namen auszusprechen. Die Kehle schnürte sich ihm zusammen, ein leichter Brechreiz meldete sich. Danilo schwieg, aber sein Atem war gerade noch hörbar, die Atemstöße, die jemand von sich gibt, ehe er niest. Er nieste dann nicht, sondern gab ein leises, hauchiges Kichern von sich.

»Und was wird aus meinen Geldgeschäften?«

»Es gibt noch andere Geldwäscher.«

Danilo schien nicht zuzuhören. Er sagte: »Es war eine gelungene Party, findest du nicht? Wir hatten Glück mit dem Wetter.«

»Scheiß auf das Wetter. Möchtest du das Geld jetzt haben?«

»Natürlich. Ich vertraue dir zwar, aber alles hat seine Grenzen.«

Er war erst zweimal in der Portland Road gewesen. Das erste Mal kurz nach ihrem Einzug, als er eingeladen worden war und Rachel ihn einen Viktorianer genannt hatte. Das zweite Mal bei der Einweihungsparty, die Leonora, Rachel und Maeve gegeben hatten. Sie hatten damals seit zwei oder drei Monaten in der Wohnung gelebt. Mittlerweile hatte er seinen besonderen Platz in Leonoras Leben eingebüßt. Niemand und zuallerletzt sie selbst hätte von ihm als ihrem Freund oder zukünftigen Ehemann gesprochen. Sie ging noch manchmal mit ihm aus. Aber sie hatte ihm gesagt, sie sollten sich seltener treffen, sie sollten alles »überdenken«.

Ein Jahr oder noch mehr Zeit sollte vergehen, bis William Newton erschien. Vielleicht gab er deswegen Newton, obwohl er ihn haßte, nicht die Schuld daran, daß sie nichts mehr von ihm wissen wollte. Sie hatte sich schon lange vorher von ihrer Familie einreden lassen, daß sie beide nicht zueinander paßten. Er versuchte, sich ins Gedächtnis zu rufen, ob ihn Robin oder Rachel auf jener Party besonders feindselig behandelt hatte, konnte sich aber nur erinnern, daß Tessa, die ihn seit jener Diskussion über das Darlehen und die Hypothek zum ersten Mal wiedersah, mit boshafter, falscher Liebenswürdigkeit bemerkt hatte, sie finde es überraschend, daß er noch nicht verheiratet war.

»Ich war überzeugt, daß du mit irgendeinem bezaubernden Geschöpf im Schlepptau ankommen würdest. Nicht wahr, Magnus, ich habe zu dir gesagt, Guy Curran wird mit irgendeiner Schönheit aus einer Reklamesendung im Fernsehen antanzen?«

Die Straße war unverändert. Der *Prince of Wales* wirkte noch immer wie ein nettes Pub, in das man seine Freundin zu einem Drink vor dem Abendessen führen könnte. Er könnte hierherziehen – wenn er nur eine winzige Chance bekäme! Sie waren ihm verhaßt, die Phantasievorstellungen, die sich ungebeten einstellten, aber er war oft außerstande, ihnen Einhalt zu gebieten. Jetzt stellte er sich unwillkürlich vor, wie er eines dieser Häuser kaufte – das ganze Haus selbstverständlich –, weil ein Wunder geschehen war, weil Leonora gesagt hatte, sie habe in Wirklichkeit nie aufgehört, ihn zu lieben. Die Gegend gefalle ihr, sie wolle gerne hierbleiben. Abendessen im *Leith's*, dachte er, vorher ein Glas oder zwei im *Prince of Wales*, sie beide allein, auf dem Weg zu einem Restaurant, eine Woche nach ihrer Rückkehr von der Hochzeitsreise. Er war mit ihr nach Indien gereist, Kaschmir, Dschaipur, Agra, und dann noch eine Woche auf die Malediven. Hand in Hand hatten sie sich ehrfurchtsvoll dem Tadsch Mahal, diesem im Mondlicht schimmernden Palast, genähert, sich dann einander zugewandt und sich im Schatten der gleißenden Mauern geküßt.

Auf einem Kärtchen neben der obersten Klingel standen alle drei Namen. Ihre Stimme kam aus der Sprechanlage, ganz die höfliche Gastgeberin. Sie bekundete ihre Freude, daß er so früh kam. Der Treppenläufer war bereits abgetreten, die Wände waren verschmiert. Auch der Aufstieg war lang. Er zählte: zweiundvierzig Stufen. Und wenn er bedachte, was er ihr bieten könnte...! Sie würde Zeit ihres Lebens nie mehr solche Treppen steigen müssen.

Sie hatte einen Trainingsanzug an. Zweifellos bequeme häusliche Kleidung. Er war dunkelblau und hatte vermutlich anständig ausgesehen, ehe er zum ersten Mal gewaschen wurde. Seither war er ungefähr fünfhundertmal gewaschen worden. Er rief sich in Erinnerung, daß sie sich für Newton nicht in Schale warf. Es war ein gutes Zeichen, sie in diesem dunkelblauen Trainingsanzug, ohne Strümpfe und in Gesundheitssandalen zu sehen.

Sie lächelte so breit, wie sie ihn nur selten angelächelt hatte. Die Ohrringe waren billiger Krimskrams aus Indien, das erkannte er sofort, aber hübsch: Gänseblümchen aus weißem Email und gelb in der Mitte. Sie saßen dicht an den rosigen Ohrläppchen und dem goldbraunen Hals und wirkten, als hätte sie sich echte Blumen in die Ohren gesteckt.

Er konnte nicht sagen, wie er sich die Wohnung vorgestellt hatte; vielleicht hatte er erwartet, daß sie etwas Tolles daraus gemacht hatten. Aber was ließ sich mit drei Wohnschlafzimmern, einer Küche und einem winzigen Bad schon Großes anfangen? Poster und Zimmerpflanzen, Sachen aus einem Billiggeschäft und Dinge aus einem Dritte-Welt-Laden. Heikel, wie er war, registrierte er, daß es hier nicht einmal sehr sauber war, nicht so wie bei ihm zu Hause, dank Fatima, die viermal in der Woche zum Reinemachen kam. Er stand in der Küche herum, während sie Päckchen von *Marks und Spencers* auspackte und einen Laib Brot aufschnitt, von *Cranks*, wo sie am liebsten einkaufte. Nach einer Weile zündete er sich eine Zigarette an.

»Wenn es dir recht ist, Guy – die Wohnung ist eine rauchfreie Zone.«

»Das kann doch nicht wahr sein«, sagte er.

»Keine von uns raucht, und wir mögen auch den Geruch nicht.«

»Kann ich etwas zu trinken haben?«

»O Gott, entschuldige. Das hab' ich ganz vergessen. Du hättest schon früher fragen sollen. Dort im Regal steht ein Sherry, und im Kühlschrank ist Weißwein. Er ist in so einem kleinen Kanister, du mußt den Hahn aufdrehen.«

Sie lebten in verschiedenen Welten. Es ist nicht so, daß sie ihre Welt vorzieht, dachte er, das könnte niemand. Sie konnte sich einfach nichts Besseres leisten, und sie war ein stolzer Mensch. Der »Kanister« war von oben bis unten mit einem Muster aus Weinblättern und Trauben bedruckt. Er drehte an dem Plastikhahn, und der blaßgelbe Wein tröpfelte heraus. Da er Sherry haßte, blieb ihm keine andere Wahl.

»Wenn du unbedingt rauchen mußt, kannst du ja auf den Balkon gehen, solange ich damit beschäftigt bin.«

Der Balkon war vor ihrem Schlafzimmer. Das Bett war zwar gemacht, aber so, wie Leute, die nur ein Plumeau und zwei Kopfkissen benutzen, ein Bett machen. Er fragte sich unwillkürlich, wie oft William Newton es wohl schon mit ihr geteilt hatte, vielleicht sogar in der Nacht vorher. Der Raum machte den Eindruck, als sei hier in großer Eile aufgeräumt worden. Ein Schubfach in einer Kommode war so vollgestopft, daß es sich nicht richtig hatte schließen lassen; das Bein einer grünen Strumpfhose hing heraus. Auf dem Boden neben dem Bett lagen Bücher, eines davon aufgeschlagen und umgedreht. Die Glastür zum Balkon stand offen. Er ging hinaus, lehnte sich an das Eisengeländer und zündete sich eine neue Zigarette an.

Unter ihm waren die Dächer und Turmspitzen von Notting Hill zu sehen, die geschwungenen Straßen und der große Bogen der Ladbroke Grove. Staubbedeckte Bäume sahen aus wie dunkelgrüne Nester längs der senffarbenen viktorianischen Häuserreihen, der neuen, ziegelroten Mietshäuser, des taubengrauen Stucks und der dunkelgrauen Steine. Ja, es wäre schön, wenn sie beide irgendwo hier in der Nähe wohnen könnten, in der Gegend, in der sie auf die Welt gekommen, wo sie einander zum ersten Mal begegnet waren.

Er empfand ein sehnsuchtsvolles Heimweh nach diesem Viertel, als könnte er es nicht ertragen, ihm auch nur einen einzigen Augenblick fern zu sein. Nach South Kensington zurückzukehren wäre, als ginge man ins Exil. Warum war er nicht in ihre Nähe gezogen, warum hatte er nicht sein Haus verkauft und ein anderes hier erworben, so daß sie beide sich jeden Tag sähen?

Er würde ein hübsches Haus finden. Es wurden ja viele angeboten, die Fenster der Makler waren voll von den Offerten. Da die Preise zurückgingen, ließe sich mit einer Million Pfund ein Traum von einem Haus am »besten Ende« der Ladbroke Grove erstehen. Vielleicht am Lansdowne Crescent oder in irgendeiner anderen Straße an diesen konzentrischen Kreisen leicht schäbiger Eleganz. Er malte sich aus, wie Leonora es einrichtete. Er würde zum Lunch nach Hause kommen und sie antreffen, wie sie zwischen Teppichmustern und gebundenen Stoffproben und Tapetenmustern auf dem Boden saß, während irgendein tuntiger Innenausstatter lächelnd nickte und dies und das vorschlug, und dabei konzentrierte sie sich, war auf dem Gesicht dieser ernste, bedenkliche Ausdruck...

»Das Mittagessen ist fertig, Guy«, sagte sie hinter ihm.

Er tauchte aus seinen Träumereien auf, wie aus einem warmen, duftenden Bad, in das man halb im Schlaf geglitten ist. Das Erwachen aus solchen Träumen stürzte ihn jäh in eine traurige Stimmung, aber er konnte sie dennoch nicht abstellen oder auch nur steuern. Er folgte Leonora durch das Zimmer, das leere Glas und die ausgedrückte Zigarettenkippe in den Händen.

Sie hatte den winzigen Tisch in der Küche gedeckt. Er saß zwischen dem Tisch und dem Kühlschrank eingeklemmt da. Der Weinkanister stand auf dem Tisch neben einer Packung Orangensaft und zwischen zwei Tellern, mit *Fleisch* und Salat für ihn und Käse und Salat für sie. Er hatte großes Verlangen nach einer Zigarette, und obwohl er hier allein mit ihr war und damit vorübergehend den Gipfel all seiner Wünsche erreicht hatte, spürte er, wie er langsam gereizt wurde. Ihr Stolz ist es, gegen den ich kämpfe, dachte er, die Arroganz, die ihr die Kraft gibt, diese winzige, schmutzige Küche tapfer zu ertragen, anständiges Essen zu verschmähen, sich nicht gut zu kleiden.

»Weißt du noch, wie du gesagt hast, daß du bei mir einziehen würdest, wenn wir einmal heirateten?« sagte er und blickte sie an.

»Nein, daran erinnere ich mich nicht.«

»Das ist lange her. Neun Jahre. Du hast es gesagt, als du das erste Mal in mein Haus gekommen bist.«

»Ja, daran erinnere ich mich, aber ich glaube nicht, daß ich das gesagt habe.«

»Schon gut. Weißt du noch, wie du gesagt hast: ›Ich *bin* Guy, und du bist Leonora‹?«

»O Guy, vermutlich hab' ich das gesagt. Ich war noch ein Kind. Ich habe damals *Sturmhöhe* für die mittlere Reife durchgearbeitet.«

»Was soll das damit zu tun haben?«

Sie aß Brot und Käse und tat so, als schmeckte ihr das besser als all die Köstlichkeiten, die er ihr bieten konnte. »Es ist ein Buch«, sagte sie sanft. »Das Mädchen, das darin vorkommt, spricht so – wenn du's wissen willst, sie sagt: ›Ich bin Heathcliff.‹«

Er schüttelte ungeduldig den Kopf. »Ich verstehe nicht, warum manche Leute immer Sachen aus Büchern nachplappern müssen. Das wirkliche Leben ist doch wichtiger.«

»Manchmal treffen Dinge in Büchern auch auf das wirkliche Leben zu.«

Er begriff nicht, und ihr Lachen irritierte ihn, brachte ihn noch mehr auf. Er wechselte unvermittelt das Thema und sagte: »Findest du, daß die Art, wie dein Bruder sein

Geld verdient, dem entspricht, was du als moralisch einwandfrei bezeichnen würdest?«

»*Was?*«

»Geld waschen. Er verstößt in einem fort gegen die Devisenvorschriften.«

Sie stand auf, um die Teller abzuräumen, und holte aus dem Kühlschrank griechisches Joghurt und eine Schüssel mit gekochtem Trockenobst. »Ich bin nicht verantwortlich dafür, womit Robin oder wer auch immer sein Geld verdient. Es hat nichts mit mir zu tun. Ich bin nur für das verantwortlich, was ich selber tue – ja, und vielleicht für das, was William tut.«

Guy, überaus kühn: »Trifft das auch auf mich zu?«

»Ich bin nicht für dich verantwortlich oder für das, was du tust, Guy. Ich habe schon einmal gesagt, ich weiß, womit du dein Geld verdienst, und ich finde es nicht richtig, aber es geht mich nichts an. Außer...« Er sah, daß sich ihr Gesichtsausdruck veränderte. Sie legte den Löffel auf den Tisch. »Ich sollte mich von dir eigentlich nicht zum Essen einladen lassen, wenn ich nicht damit einverstanden bin, woher du dein Einkommen beziehst.«

»Alles, was recht ist!« Er schob das Joghurt von sich weg. »Ich kann dieses ekelhafte Zeug nicht essen, Leonora. Ich komme mir vor wie auf irgendeinem beschissenen esoterischen Kongreß. Ich bringe gegorene Schafsmilch einfach nicht hinunter.« Er zog gedankenlos eine Zigarette aus der Packung, sah dann, wie sie darauf blickte, und zerdrückte sie in der Hand. Zorn wallte in ihm hoch. »Was bildet sich dieser elende Robin eigentlich ein, Geschichten über mich zu erzählen. Schließlich hat er ja selbst Dreck am Stecken. Er kann von Glück sagen, daß er nicht im Knast sitzt.«

Sie sagte: »Guy, ich weiß wirklich nicht, was du da redest, und du weißt es, glaube ich, auch nicht.« Sie füllte die Teekanne mit Wasser, vermutlich in der Absicht, dachte er, Pulverkaffee zu machen, diesen Dreck. »Weißt du was über Nervenzusammenbrüche?« fragte sie.

»Über was?«

»Über psychische Zusammenbrüche. Das gibt es nämlich, glaub mir. So was passiert, wenn jemand überfordert ist und den Bezug zur Realität verliert, wenn er mit seiner Situation nicht mehr fertig wird, alle diese Sachen. Und du, Guy, hast im Moment so was, glaube ich. Oder ich glaube jedenfalls, daß du noch einen Nervenzusammenbruch bekommst, wenn du nicht aufpaßt.«

Das war diese Woche nun schon die zweite Frau, die ihm sagte, er sei drauf und dran, den Verstand zu verlieren. Er hoffte, daß der geduldige, beherrschte und, allerdings über brodelnden Tiefenschichten, gelangweilte Blick, den er jetzt auf sie richtete, sie zum Schweigen bringen, sie vielleicht zu einem Wort der Entschuldigung veranlassen würde.

Er wollte seinen Ohren fast nicht trauen, als er sie sagen hörte: »Guy, ein Freund von William, mit dem er an der Uni war, macht Jungsche Therapie. Er ist sehr gut.« Gottlob wurde sie unterbrochen, ehe sie mehr sagen konnte als: »Überleg dir doch mal, ob du ihn nicht aufsuchen ...« Die Küchentür ging auf, und eine hochgewachsene, magere junge Frau, die er beinahe nicht mehr erkannte, kam herein. Ihr Gesicht war weiß, und in ihren Augen lag ein glasiger Ausdruck. Sie blieb unter der Tür stehen, behielt die Klinke in der Hand, schwankte leicht und starrte an ihnen vorbei. Guy, der sie für betrunken hielt, verwünschte stumm diese unerwartete Unterbrechung.

Leonora sprang bestürzt vom Stuhl hoch.

»Maeve, was ist los?«

»Robin ... es geht um Robin. Er hatte einen Unfall.«

# 12

Robin Chisholm war nicht tot, nicht einmal schwer verletzt. Guy war zornig auf Maeve, weil sie Leonora unnötigerweise in Angst versetzt hatte. Diese Person machte aus allem ein Drama. Sie hatte ihn im Rettungswagen ins Krankenhaus begleitet und war dabei gewesen, als er zu einer Gehirnuntersuchung weggebracht wurde. Und deswegen war sie zweifellos durchgedreht. Doch soviel Guy wußte, hatte Robin nur eine leichte Gehirnerschütterung erlitten und ein paar Schrammen und Prellungen abbekommen. Als Dreingabe zu dem blauen Auge, dachte Guy.

Sie hatte ihre Hiobsbotschaft ausgespuckt, nachdem sie von Leonora mit einer Aspirintablette und einem Glas von dem Zeugs aus diesem Kanister, das er nicht mit dem Namen Wein zu beehren gedachte, verarztet worden war.

»Wir kamen gerade aus dem Hyde Park, du weißt, dort, wo die Straßen so zusammenlaufen und auf die Bayswater Road treffen, mit den Lampen und so, wo das Royal Lancaster steht. Ich weiß nicht, wie die Stelle heißt.«

»Victoria Gate«, sagte Guy.

Sie nahm keine Kenntnis von ihm. Sie hatte ihn nicht beachtet, seit sie hereingekommen war. Er hätte genausogut nicht anwesend sein können, davon abgesehen, daß es nicht natürlich war, beim Sprechen auf keinen Fall nach rechts zu blicken. Sie hielt den Kopf in einer Art abgewandt, wie sie es vielleicht tun würde, wenn dort Erbrochenes auf dem Boden wäre.

»Also, wir kamen aus Richtung Kensington Gardens und wollten in den *Swan* gehen, um ein Glas zu trinken. Du weißt ja, es ist immer eine riskante Sache, dort die Straße zu überqueren, wegen des tobenden Verkehrs auf dem... Ring, heißt das so? Wir waren also sehr, sehr vorsichtig, haben aber natürlich nach rechts geschaut, wenn du verstehst, was ich meine, wir dachten, links ist nicht wichtig, weil die Ampeln auf Rot standen und außerdem nichts von dort kam. Und dann ist es passiert. Kommt da so ein Auto aus der Straße an der Seite der Hyde Park Gardens gerast, wie heißt die Straße gleich wieder...?«

»Brook Street«, sagte Guy, ohne einen Dank zu erwarten, den er auch nicht bekam.

»Robin war vor mir losgegangen. Bei mir war ein Schnürsenkel aufgegangen. Ich hab' mich gebückt, um ihn zuzubinden, was er nicht kapiert hat, so daß er losmarschiert ist. Dieses Auto kam aus dem Nichts dahergerast... Moment, aus...« Sie blickte ihn endlich an. »...der Brook Street, nehm' ich an, glatt bei Rotlicht durch, die Ampeln hat es völlig ignoriert, als wenn sie gar nicht dagewesen wären. Gottlob ist Robin ziemlich schnell auf den Beinen, und ich hab' das Auto gesehen und gebrüllt. Ich hab' geschrien: ›Robin! Paß auf!‹ Das Auto hat ihn erwischt, aber nur gestreift. Es hat ihn nicht am Kopf erwischt, er ist mit dem Kopf gegen einen Laternenpfahl geprallt.

Die Polizei ist auch nie da, wenn man sie braucht, hab' ich nicht recht? Dafür standen eine Menge Gaffer herum, auf die ist ja immer Verlaß. Ich hatte in dem Moment noch keinen Schock, der Schock hat mich ungefähr eine Stunde lang nicht erwischt – so ist es doch bei einem Schock, oder? Die meisten Leute sind nur herbeigelaufen, um zu gaffen und sich aufzugeilen – du kennst ja den Typ, aber ein Mann war immerhin so weit bei Verstand, daß er nach einem Krankenwagen telefoniert hat. Der Sanitäter hat mich gefragt, ob ich die Nummer des Autos weiß, aber natürlich hatte ich sie mir nicht gemerkt, in einem solchen Augenblick hat man ja an anderes zu denken.«

Guy empfand eine gewisse Erleichterung, obwohl Danilos Killer sicher gefälschte Kennzeichen verwendet hatten. Ein Fehlschlag, aber ein ehrenwerter Versuch. Nächstes Mal vielleicht mehr Glück. Maeve hegte, jedenfalls soweit er das sagen konnte, keinen Verdacht, daß der Zwischenfall im Park nicht nur auf Rücksichtslosigkeit am Steuer zurückzuführen war. Guy hätte gerne gesagt, es sei Robin recht geschehen, weil er so unhöflich gewesen war, allein über eine ziemlich gefährliche Straße zu gehen und seine Freundin auf dem Gehsteig zurückzulassen, während sie ihren Schnürsenkel zuband, aber er besann sich eines Besseren. Leonora wirkte sowohl bestürzt als auch erleichtert, und Maeve schien einigermaßen wiederhergestellt, nachdem sie ihren Bericht losgeworden war.

»Ist etwas zu essen da?« fragte sie. »Wir sind natürlich nicht mehr zu einem Lunch gekommen, wie du dir denken kannst.«

Wenn Leonora in diesem Augenblick ins Badezimmer oder sonst wohin gegangen wäre, hätte er loswerden können, was er gern gesagt hätte, etwas in der Art von: Ach, was du nicht sagst, ich hätte erwartet, daß sie im Krankenhaus Kaviar und Blinis servieren. Oder: Willst du damit sagen, ihr seid schließlich doch nicht in den lieben, alten *Swan* gegangen? Doch Leonora blieb in der Küche und bedachte Maeve mit überschwenglichen Mitleidsbekundungen und einem Sandwich.

Solchermaßen gestärkt, stieß Maeve einen tiefen Seufzer aus und füllte ihr Glas aus dem mit Weinlaub verzierten Kanister nach. Ihr Gesicht war rosiger geworden. Sie war eigentlich eine sehr hübsche Person, sofern man das von einer so statuenhaften Erscheinung mit diesen blitzenden blauen Augen und dieser Löwenmähne sagen konnte. Guy ging gerade der Gedanke durch den Kopf, daß ihre Beine fast genauso lang waren wie manches Mädchen in voller Körpergröße, als sie sich ihm zuwandte und in einem überaus gehässigen Ton sagte: »Das ist alles nur dir zu verdanken. Wenn du ihn nicht *niedergeknüppelt* hättest, hätte er seinen Kopf besser beisammen gehabt. Er war halbblind, weißt du das? Und er hat seitdem die fürchterlichsten Kopfschmerzen. Wenn sich auf dem Computertomogramm etwas zeigt, ist es ohne weiteres möglich, daß das auf dein Konto geht.«

Als Antwort darauf reckte Guy den Kopf hoch und drehte ihn nach rechts und links, damit sie die tiefen Kratzwunden an seinem Hals sehen konnte, die jetzt zwar heilten, aber eher schlimmer aussahen als damals, unmittelbar nachdem Robin sie ihm beigebracht hatte.

Sie sagte mit einem leichten, grausamen Lachen: »Ach was, er mußte sich schließlich irgendwie zur Wehr setzen.«

»Ja, wie ein beschissener Kater«, konnte Guy sich nicht verkneifen zu sagen. »Von denen werden ja oft welche in der Bayswater Road überfahren.«

Leonora kam rechtzeitig zurück, um seine letzten Worte zu hören und fiel zusammen mit Maeve über ihn her. Wie unmöglich von ihm! Wie er so reden könne? Während der arme Robin in einem Krankenhaus liege und vielleicht ernsthaft verletzt sei? Kenne er denn gar keine normale menschliche Regung?

Er entschuldigte sich bei Leonora, die die Entschuldigung annahm, ihm aber nahelegte, jetzt vielleicht besser zu gehen. Sie werde Robin im Krankenhaus besuchen, zusammen mit ihrer Mutter. Guy registrierte erfreut, daß bei alledem der Zimtzwerg unerwähnt blieb. Er war anscheinend rasch vergessen. Wenn Maeve nur abgehauen wäre, nachdem sie ihren Bericht erstattet hatte, denn dann hätte sich Leonora bestimmt trostsuchend in seine Arme geworfen. Tatsächlich hatte sie vorhin kurz eine Hand auf seine Schulter gelegt; es war ja der natürliche Platz für sie, um Halt zu finden. Er mußte versuchen – es wäre das Ideale –, bei ihr zu sein, wenn die Nachricht von Robins Tod eintraf, die ja in ein paar Tagen kommen mußte.

Am nächsten Tag rief er sie wie gewohnt an. Sie war zu Hause. Allein schon das war gut, war beruhigend. Er hätte eigentlich erwartet, daß sie zu dem Mann lief, den sie doch angeblich zu heiraten beabsichtigte, aber sie hatte es nicht getan, sie war zu Hause geblieben. Er dachte sich nichts dabei, sich bei ihr einzuschmeicheln.

»Wie geht's Robin?«

»Interessiert dich das?«

»Leo, aber natürlich interessiert es mich. Nur weil wir eine kleine Meinungsverschiedenheit hatten, als wir beide blau waren – mein Gott, was ist da schon dabei! Männer prügeln sich manchmal, sie sind halt so, damit mußt du dich abfinden.« War das richtig? In ihrer Welt vielleicht nicht. »Es bedeutet nicht, daß ich ihm was nachtrage, nicht die Spur.«

»Ich versteh' es wohl eigentlich nicht. Nicht nur, weil ich eine Frau bin. William würde es auch nicht verstehn.« Guy sank das Herz. Wie ein kleiner, kalter Stein fiel es in ihm nach unten. »Robin ist okay«, sagte sie. »Sie behalten ihn bis morgen dort. Es geht nicht nur um den Unfall. Sie nehmen sich noch mal ein bißchen dieses Problem vor, das er vor vier Jahren hatte – du erinnerst dich, als er wochenlang im Krankenhaus war?«

Es war ungefähr zu der Zeit gewesen, als sie plötzlich nicht mehr mit nach Samos fliegen wollte. Wochen waren vergangen, und sie hatte ihn kalt behandelt, und er war wütend auf sie gewesen. Aber er glaubte sich zu erinnern, daß Robin Chisholm irgendwelche Gesundheitsprobleme gehabt hatte – Kopfschmerzen, Schwindelgefühle, Verdacht auf Epilepsie. Natürlich hatte sich dann herausgestellt, daß ihm nichts fehlte.

»Wie es der Zufall will, war das genau vor vier Jahren«, sagte Leonora. »Ich glaube, es war die erste Augustwoche, als er ins Krankenhaus ging, und er ist dort beinahe bis Ende September geblieben. Ich kann mir nicht vorstellen, daß ihm das jetzt zu schaffen machen könnte – was meinst du, Guy?«

Guy sagte, nein, das glaube er auch nicht, zumal (er bemühte sich, den Sarkasmus aus seiner Stimme herauszuhalten) sämtliche Tests bei diesem ersten Mal ja negativ verlaufen seien. Er fragte, ob es Maeve bessergehe.

»Ihre Nerven sind wirklich sehr mitgenommen, Guy.« Es freute ihn, daß sie ihn immer wieder in diesem vertraulichen Ton mit seinem Vornamen ansprach. »Es muß ein schrecklicher Schock für sie gewesen sein. Ich glaube, sie ist sehr verliebt in Robin.«

Die Arme, dachte Guy. Sie wird es halt ertragen müssen, wenn aus ihrer Liebe nichts wird. Ich bin auch sehr verliebt, und wer scheißt sich was um mich? Irgend etwas beunruhigte ihn, irgend etwas, was Robin Chisholm betraf, aber er konnte nicht sagen, was es war. In der letzten Zeit erlebte er oft dieses Gefühl des Nebelhaften, des Beinahe-nicht-mehr-Durchblickens. Konfusion war ein zu starkes Wort dafür; so schlimm war es nicht.

»Gehst du heute mit mir abendessen?« fragte er.

»Nein, Guy, du weißt doch, daß ich das nie tue.«

»Niemand wird was davon erfahren, Leo. Ich werde sehr diskret sein. Sie brauchen es nicht zu wissen.«

»Wer sind ›sie‹?«

Er drückte es sehr vorsichtig aus. »Deine Familie. Die Menschen, die dir nahestehen.«

Sie schwieg. Als sie wieder zu sprechen begann, hörte sie sich bekümmert an. Wie kann es sein, fragte sich Guy, daß man jemanden liebt und sich trotzdem *freut*, wenn er bekümmert ist? »O Guy, wie gern hätte ich ... Ach, es hat ja keinen Sinn. Ruf mich morgen an!« sagte sie.

Sein Herz, das, wie es ihm vorkam, zur Größe einer Erbse geschrumpft war, war plötzlich riesig; es war angeschwollen und weich und pochte heftig. *Sie hatte sich angehört, als würde sie gleich weinen.* Und das seinetwegen. *Er hatte sie zu Tränen gerührt.*

»Liebling, geh mit mir morgen abendessen, an irgendeinem Tag, such du ihn aus. Oder ich komme zu dir. Soll ich jetzt kommen–«

»Nein, Guy, natürlich nicht.«

»Dann sehen wir uns bitte morgen.«

»Wir treffen uns am Samstag zum Mittagessen«, sagte sie. »Bis bald.« Sie legte den Hörer auf, ehe er protestieren konnte.

Als er am nächsten Vormittag ihre Nummer wählte, hatte er noch immer nicht herausgefunden, was ihn umtrieb, was der Grund des Unbehagens war, das ganz dicht unter der Oberfläche seines Bewußtseins lag. Er hatte einen sonderbaren Traum gehabt. Er war, als unsichtbarer Zaungast, Zeuge einer Versammlung der Mietervereinigung eines Mehrparteienhauses in Battersea Park gewesen. Dieses Mietshaus stand, wo in Wirklichkeit kein Gebäude stehen konnte – mitten in den Pleasure Gardens, mit Blick auf den Kai. Unter den Mietern waren auch Rachel Lingard, Robin Chisholm und Poppy Vasari. Man diskutierte über die Bewerbungen von Leuten, die dort einziehen wollten. Eine davon stammte von ihm selbst. Rachel las seinen Brief und dann laut seinen Namen vor.

»Guy Patrick Curran, 7 Scarsdale Mews, W8.«

Träume sind etwas Sonderbares, denn die Anschrift war nicht ganz korrekt. Er wohnte in der Scarsdale Mews auf Nummer sieben. Robin Chisholm sagte nichts. Er spuckte aus. Er spuckte genauso aus wie damals auf Danilos Party, nachdem ihm Guy den Hieb verpaßt hatte. Poppy Vasari, die noch ungepflegter und schmutziger war als in der Realität, sagte: »Wir wollen ihn nicht haben. Er ist ein Mörder. Er hat meinen Freund mit einer Substanz ermordet, die laut Gesetz gegen den Drogenmißbrauch von 1971 verboten ist.«

Danach wollte sich Guy verdrücken. Obwohl sie ihn nicht sehen konnten, wollte er fliehen. Da er wußte, daß er träumte, daß dies Stoff für Träume, Traumzeit, war, strengte er sich an aufzuwachen. Doch bevor er erwachte, erhob sich ein Mann, den er nicht kannte und nie zuvor gesehen hatte, und stimmte ein Lied über das Opium an. Er sang, daß die Mohnblumen zuerst auf der Stelle gewachsen seien, auf die Buddhas Lider fielen, als er sie abschnitt, um nicht einzuschlafen. Guy wachte schreiend und stöhnend auf.

Um zehn Uhr vormittags versuchte er, Leonora anzurufen. Niemand nahm ab. Als er kurz vor elf einen zweiten Versuch machte, kam Rachel Lingard an den Apparat.

»Ihr bekommt aber eine Menge Urlaub bei der Fürsorge.«

Sie sprach wie die Leiterin eines Frauencolleges in Oxford bei einem Fernsehauftritt. »Ich bin nicht in Urlaub. Ich bin zu Hause und liege mit einer Infektion im Bett. Du hast mich rausgejagt.«

Guy hielt sich im Zaum, um nicht zu sagen, eine Infektion sei sicher das einzige, mit dem sie wohl jemals im Bett liegen würde. Außerdem wäre es wahrscheinlich gar nicht zutreffend gewesen. Selbst die häßlichsten, abstoßendsten jungen Frauen angelten sich heutzutage einen Mann. Er wußte nicht, wie ihnen das gelang, aber es war so. So lange er Rachel kannte, war sie nie ohne einen Typen gewesen. Immer zog sie mit irgendeinem bärtigen oder pickelgesichtigen Klugscheißer herum.

»Wo ist Leonora?«

»Keine Ahnung. Aber ich soll dir ausrichten, Robin geht es besser, und er kommt heute raus.«

»So? Scheiß auf ihn. Hat sie dir bei der Gelegenheit auch gesagt, wo sie zu finden ist?«

»Laß bitte diesen Kommandoton bleiben. Und auch das ›scheiß‹ kannst du weglassen, ja? Ich bekomm' es schon oft genug von den verkommenen Typen zu hören, mit denen ich in der Arbeit zu tun habe. Vielleicht würdest du folgendes zur Kenntnis nehmen: Ich weiß nicht, wo Leonora ist. Ich habe sie nämlich extra nicht gefragt, weil ich wußte, daß du es wissen willst. Das ist keine Lüge, ich bin nicht jemand, der lügt. Angekommen?«

»Streng dich nicht an, Täubchen«, antwortete Guy und wußte schon, daß er es bereuen würde. »Du kommst doch nie an, dafür hat schon die Natur gesorgt.« Er donnerte den Hörer auf die Gabel.

Er wählte William Newtons Nummer. Der Anschluß war besetzt. Das war sicher Rachel, die bei Leonora anrief, um ihr brühwarm zu erzählen, was er gesagt hatte. In ihm begann der Zorn auf jene unbezähmbare Art hochzusteigen, wie es ihm in der letzten Zeit immer wieder passierte. Es fing an wie eine beginnende Übelkeit, ein Würgen, das in der Kehle hochstieg, wo es sich festsetzte, und das man nicht durch Ausspeien loswurde, sondern nur indem man es hinausschrie. Er ging durch das Zimmer zu der geöffneten Doppeltür. Wieder schien die Sonne, als wäre man nach Italien oder Spanien versetzt.

Die Blüten der Wasserlilien im Teich hatten sich alle der Sonne geöffnet. Er drehte sich um, nahm die chinesische Vase, die auf dem roten Lackschränkchen gleich hinter der Tür stand, hob sie hoch und schleuderte sie auf die Steinplatten der Terrasse.

Das Zerspringen der Vase hatte eine Wirkung auf ihn, wenn auch nicht ganz die beabsichtigte. Sein Zorn war zweifellos fürs erste besänftigt, das hatte der Akt immerhin bewirkt. Aber es flößte ihm auch einen Schrecken ein, eine gewisse Furcht vor sich selbst. Warum hatte er das getan, ohne jede Überlegung? Er hatte es einfach aus einem Impuls heraus getan.

Es war ein Feiertag, Bank Holiday, also würde Fatima nicht kommen. Er schob die Scherben mit dem Fuß zu einem Häufchen zusammen. Die Vase hatte zur Gruppe der *famille noire* gehört, mit Kirschblüten und Hänflingen auf schwarzem Emailgrund; sie war ungefähr tausend Pfund wert gewesen. Bei dem Gedanken überlief ihn ein Frösteln. Er hob den Hörer ab, wählte neuerlich William Newtons Nummer, doch es meldete sich niemand. Wenn er noch länger hierblieb, würde er noch alles kurz und klein schlagen, so sah es in ihm aus. Deswegen fuhr er mit einem Taxi in den Schießsportklub und übte Scheibenschießen. Danach in den Fitneßklub, mit Arbeit an den Gewichten und ein paar akrobatischen Übungen auf dem Barren. Er wog sich und stellte fest, daß er die zwei Pfund zuviel vom letzten Mal wieder verloren hatte und drei weitere noch dazu. In der Sauna peilte ihn ein schwuler Norweger lüstern an. Was würde er dafür geben, wenn Leonora ihn einmal so anblickte!

Am Nachmittag versuchte er es wieder mit ihrer

Nummer, und noch immer meldete sich niemand. Was, wenn er sie die ganze Woche nicht erreichte? Sie hatten sich noch nicht auf ein Restaurant für den Samstag geeinigt. Was sollte daraus werden, wenn er keine Verbindung zu ihr bekam? Höchstwahrscheinlich war sie mit Maeve weggegangen, um Robin in seiner Wohnung zu begrüßen, wenn er aus dem Krankenhaus zurückkam. Guy nahm das Telefonbuch zur Hand und begann Robins Nummer zu suchen.

Sie stand nicht darin. Nirgendwo in Battersea war ein Robin Chisholm aufgeführt. Dann fiel ihm ein, daß Robin ja nicht mehr in Battersea wohnte, sondern inzwischen in Chelsea. Plötzlich fielen ihm zu seiner Verblüffung noch ein paar andere Dinge ein. Warum, fragte er sich, bin ich in letzter Zeit so durcheinander? Warum hatte er sich tagelang dem Irrtum hingegeben, Poppy Vasari habe in demselben Mietshaus gewohnt wie Robin, während das in Wirklichkeit *Danilos Schwägerin* gewesen war?

Weder Poppy Vasari noch sonst jemand konnte Robin im August vier Jahre vorher die Sache mit Con Mulvanney erzählt haben, da er damals zu den Gehirnuntersuchungen im Krankenhaus gewesen war. Er konnte es nicht erfahren und er konnte es nicht Leonora weitererzählt haben. Leonora mußte zwei Wochen vor ihrem geplanten Abflug nach Samos über Con Mulvanney Bescheid gewußt haben, denn damals hatte sich ihr Verhalten ihm gegenüber verändert, aber es war nicht Robin gewesen, der es ihr gesagt hatte. Robin war damals aus dem Verkehr gezogen gewesen, im *Barts* oder *St. Thomas's* oder sonst einem Krankenhaus und ohne Zweifel an nichts anderem interessiert als daran, was mit seinem Kopf los war.

Vor Guys geistigem Auge erschien kurz das Bild eines Chirurgen im weißen Kittel, der sich über Robins Bett beugte und ihm nicht ein Stethoskop an die Brust hielt, sondern ein Skalpell am Hals aufsetzte. Er sah einen gepanzerten Lastwagen das Taxi rammen, das Robin heim nach Chelsea brachte, und zwei Männer mit Kapuzen über den Köpfen und Maschinenpistolen, die hinten von der Ladefläche herabsprangen. Dann hielt er sich vor Augen, daß er nicht in einem Fernsehthriller war und nahm sich wieder das Telefonbuch vor.

Chelsea. Da stand es ja: St. Leonard's Terrace – eine sehr gute Adresse. Es mußte Robin finanziell gutgehen. Guy wählte die Nummer. Es hätte ihn nicht überrascht, wenn niemand an den Apparat gekommen wäre, aber Maeve hob ab.

»Ja, wer spricht?«

Was für eine Art, einen Anruf entgegenzunehmen! Zum ersten Mal fiel ihm ihre recht »gewöhnliche« Stimme auf, die seiner eigenen ähnlicher war als Robins aristokratischem Idiom.

»Ich bin's, Guy. Maeve, ich wollte mich nur erkundigen, wie es Robin geht.«

Sie schwieg vor Verblüffung, wozu sie ja auch Grund hatte. Dann sagte sie in einem Ton, in dem anscheinend das Mißtrauen mit der Bereitschaft, zu leben und leben zu lassen, im Streit lag: »Er ist wirklich ganz okay.« Sie legte eine Pause ein, offenbar krampfhaft überlegend. »Danke, Guy. Ich möchte dir sagen, danke.«

»Es freut mich zu hören, daß es ihm bessergeht.«

Einen Augenblick lang dachte er, sie werde jetzt fragen, ob er sie auf den Arm nehmen wolle. Aber sie tat es nicht. »Sie sind sehr zufrieden mit ihm. Von der Gehirnerschütterung werden keine nachteiligen Folgen oder sonst was zurückbleiben.«

»Sag ihm, er soll auf sich aufpassen.«

Das war wirklich der Zweck des Anrufs. »Ich würde ihn heute nicht mehr aus dem Haus gehen lassen. Sorg dafür, daß er sich still hält.« Beinahe hätte er gesagt: Geht nicht an die Tür, wenn es klingelt. Sie hätte ihn für verrückt gehalten. »Grüß ihn von mir, ja?«

»Klar tu' ich das, ja, Guy, danke.«

Er zögerte. »Ist Leonora da?«

»Nein.« Der bisherige überraschte, erfreute, gerührte Ton war verschwunden, und Maeve sprach wieder mit ihrer aggressiven Stimme. »Wieso sollte sie denn dasein? Natürlich ist sie nicht hier. Hast du deswegen in Wahrheit angerufen?«

Er verabschiedete sich. Dann versuchte er Danilo zu erreichen. Das war nie leicht, denn Danilo konnte sich immer an ungefähr zehn verschiedenen Stellen aufhalten, in Klubs, in den zwei Büros in Soho, bei seinem alten Papa, in einem der Wettbüros seines Bruders, des Buchmachers, oder auf einer Pferderennbahn. Nachdem fünf Versuche nichts erbracht hatten, erwischte er Tanya in ihrer Boutique in Richmond. Danilo sei in Brüssel – warum, sagte sie nicht – und werde am nächsten Abend sehr spät zurückkommen.

Guy war sich nun beinahe sicher, daß nicht Robin, sondern Rachel Lingard Leonora die Sache mit Con Mulvanney erzählt hatte. Genauer gesagt: Er war überzeugt, daß es nicht Robin gewesen war, und nicht völlig sicher, was Rachel betraf – er war beinahe, doch nicht absolut sicher. Aber es wäre auf jeden Fall eine gute Sache, Rachel aus Leonoras engstem Kreis zu entfernen. Er wünschte, Danilos Killerkommmando mit einem Wort oder einem Knopfdruck von Robin auf Rachel umdirigieren zu können. Er wünschte Robin wirklich nicht mehr den Tod; er käme ganz ungelegen, er wäre *unnötig*.

Er machte sich einen Drink, den ersten des Tages, eine sehr starke Mixtur aus drei Vierteln Campari und etwa einem Löffel voll Orangensaft. Während er Newtons Nummer wählte, klingelte es an der Haustür.

Bei Guy läutete es nur selten, es sei denn, er erwartete jemanden. Celeste konnte es nicht sein, denn sie hatte einen Fototermin draußen in Totteridge. Und außerdem besaß sie einen Schlüssel. Während er in den Hörer lauschte und das Telefon klingeln ließ, das am anderen Ende nicht abgenommen wurde, dachte er: Draußen ist Leonora. Er legte auf. Natürlich war es Leonora – was konnte näherliegen? Bei seinem Anruf tags zuvor hatte er gespürt, daß sich ihre Einstellung änderte, daß sie sich ihm wieder zuwandte, daß ihre besseren Instinkte die Oberhand gewannen und all das Verstockte, die Sturheit der letzten Jahre vergangen und verschwunden war.

»O Guy, wie gern hätte ich ...«, hatte sie gesagt. Was hätte sie gewünscht? Daß sie sich dazu überwinden könnte, ihren Stolz zu vergessen, natürlich, zu ihm zurückzukehren, so daß es zwischen ihnen wieder war wie früher.

Wieder läutete es. Er stellte das Glas ab. Nach kurzer

Überlegung schob er es hinter eine Vase. Er durfte nicht vor Glückseligkeit sterben, wenn sie sich ihm in die Arme warf... Nicht zur Tür zu rennen, war alles, was er tun konnte. Er schritt gemessen hin, öffnete sie schwungvoll, auf seinem Gesicht lag bereits ein entzücktes Willkommenslächeln.

Vor der Tür stand Tessa Mandeville.

## 13

Seine Enttäuschung war so schrecklich, daß er unfähig war, etwas zu sagen. Er war sprachlos, starrte sie wie schwachsinnig an, sah sie aber nur durch einen Schleier. Außerstande, ihr auch nur zu antworten, stand er da, während sie an ihm vorbei ins Haus drängte.

Bei einer anderen Gelegenheit hätte er jemandem aus Leonoras Familie voll stolzer Zufriedenheit sein Haus vorgeführt. Keiner von ihnen war je dagewesen. Da ihm bekannt war, in welch vorstädtisch-viktorianischem Ambiente Tessa selbst lebte, hätte er mit Hochgenuß registriert, wie sie die Beweise seines Reichtums wahrnahm, die Teppiche, die Antiken, den Kandinsky. Gerade sie erkannte höchstwahrscheinlich, daß es tatsächlich ein Kandinsky war. Jetzt aber lag ihm überhaupt nichts daran. Er folgte ihr stumm in den Salon.

Sie war wie gewöhnlich sehr elegant angezogen. Sie trug ein tabakbraunes Seidenkleid, das, obwohl ohne Taille und sehr gerade geschnitten, nur von einer sehr schlanken Frau getragen werden konnte. Dem heißen Wetter machte sie kaum Konzessionen. Sie hatte Schuhe von der Farbe blank geriebener Eicheln und eine mit Zweigen und Blättern gemusterte Strumpfhose an. Auf ihrem Gesicht hatten sich seit seiner letzten Begegnung mit ihr noch mehr Falten gebildet. Sie hatte die Figur, die Beine und Haare einer jungen Frau, aber ein verknittertes

Gesicht mit Runzeln, tief wie Narben. Ihre Fingernägel waren kupferfarben bemalt.

»Richtig tapfer von mir, allein hierherzukommen, nicht?« sagte sie.

Er fand seine Stimme wieder. Der Ton hörte sich an wie ein Seufzen. »Tapfer?«

»Obwohl ich dich darauf hinweisen möchte, daß mindestens ein Dutzend Leute wissen, wo ich bin. Solltest du auf dumme Gedanken kommen, würdest du nicht ungestraft davonkommen.«

»Machen Sie sich nicht lächerlich«, sagte er.

»Du verfolgst meine Tochter, du verprügelst meinen Sohn, du versuchst, meinen Sohn zu überfahren...«

Diese unfaire Behauptung empörte ihn. »Ich war mit Leonora mittagessen, als der Unfall passierte, ich war in ihrer Wohnung... Tessa, ich bin mit einem Taxi zu Leonora gefahren. Und außerdem war ich meilenweit von Lancaster Gate entfernt. Sie können doch nicht annehmen, ich würde...«

»Kann ich nicht? Komisch, daß du über alles Bescheid gewußt hast. Maeve hat gesagt, du hättest sie korrigiert, ihr genau erklärt, wo es passiert ist. Du hättest immerzu Dinge gesagt wie Brook Street und Victoria Gate, als wärst du dort gewesen. Ich glaube, daß du verrückt bist. Du hast nichts anderes im Kopf, als alle, die meiner Tochter nahestehen, zugrunde zu richten, sie umzubringen oder zu Krüppeln zu machen. Ich hätte nie zulassen dürfen, daß sie mit dir etwas zu tun hat, ich mache mir Vorwürfe deswegen. Schon damals, vor Jahren, hätte ich einschreiten sollen. Als nächstes wirst du William etwas antun. Ich weiß, worauf du es abgesehen hast, ich weiß alles. Ich habe dich damals gesehen, wie du in deinem protzigen Schlitten vor meinem Haus gesessen bist.«

Die Genauigkeit dessen, was sie sagte, war unheimlich. Sie war der Wahrheit ganz nahe gekommen. Er trat von ihr weg und öffnete die Terrassentür. Er war genausowenig darauf versessen, mit ihr hier eingeschlossen zu sein, wie sie mit ihm. Die Hitze, der Duft seiner Kletterrosen strömten herein. Er sah das Häufchen Porzellanscherben auf dem Steinpflaster, und sie sah es ebenfalls.

»Hast dich hier ausgetobt, was?«

»Weswegen sind Sie hierhergekommen, Tessa?«

Sie setzte sich unaufgefordert. Vermutlich hatten seine Gelassenheit, seine gleichgültige Haltung sie dahingehend beruhigt, daß er ihr nichts tun wollte. Sie starrte ihn an, ohne etwas zu sagen.

Er holte sein Glas und fragte sie, obwohl ihm das Absurde daran bewußt war, ob sie etwas zu trinken möchte.

»Natürlich möchte ich nichts zu trinken!« Sie spuckte die Worte förmlich aus.

»Was *möchten* Sie dann?«

»Dir folgendes sagen. Erstens: Mein Mann wird einen Gerichtsbeschluß erwirken, der dich daran hindert, Leonora weiter zu belästigen, wenn du sie nicht von diesem Augenblick an in Ruhe läßt. Ist das klar? Zweitens: Leonora wird am sechzehnten September getraut. Um zwölf Uhr auf dem Standesamt Kensington. Ich bin hierhergekommen, um dich mit allem Ernst, wirklich mit allem Ernst davor zu warnen, bei dieser Gelegenheit irgendwas anzurichten, verstanden?«

»Was sollte ich anrichten?« sagte er, nun beinahe schon belustigt. Sie war eine komische Figur, wie sie ihn so drohend anstarrte, während die langen, knochigen Finger mit den kupfernen Nägeln die entblößten, blanken Knie umklammerten. Die Intensität ihres finsteren Ausdrucks verzerrte ihr Gesicht zu einer grotesken Fratze.

»Weiß Gott, was. Ich weiß nicht, ein – ein Geschrei! Es ist dir durchaus zuzutrauen, daß du dort auftauchst und herumbrüllst. Oder daß du über William herfällst oder über meine Tochter – alles Mögliche! Daß du herumbrüllst, du hättest irgendwelche schwachsinnigen älteren Rechte auf sie.«

»Die hab' ich auch.«

»Die hast du nicht, Guy Curran! Wie kannst du dich erdreisten, so etwas zu sagen! Sie liebt William, und er liebt sie, und sie werden unendlich glücklich werden. Ich werde nicht zulassen, daß ein Schwachkopf wie du, ein Dreckskerl aus einer billigen Mietskaserne in der übelsten Gegend Londons sich an meiner Tochter vergreift!«

Zorn wallte in ihm auf. Ihr Snobismus hatte ihn tiefer getroffen, als ihre Drohungen es vermochten. Er hätte ihr gerne gesagt, sie sei hier in seinem Haus und solle verschwinden, sie solle sich nicht herausnehmen, in seinem Haus in einem solchen Ton zu ihm zu sprechen, doch er dachte an Leonora, dachte daran, daß Leonora dies alles zu hören bekäme. Es war schon schlimm genug, wie er Rachel beleidigt hatte; so jedenfalls würde sie es sehen. Er mußte ganz ruhig bleiben. Mit äußerster Beherrschtheit sagte er: »Sie wird ihn nicht heiraten, sie wird ihn niemals heiraten.«

Tessa Mandeville wurde kreidebleich. »Du schmutziger Dealer«, sagte sie. »O ja, sieh mich nur so an. Laß dir gesagt sein, ich weiß alles über dich. Eine sehr gute

Freundin von Leonora hat mir alles erzählt – daß du mit Drogen handelst, junge Menschen zugrunde richtest, ihren Eltern das Leben zur Hölle machst.«

»Wer war das?«

»O ja, das werde ich ausgerechnet dir erzählen! Damit du sie dir vornehmen und zusammenschlagen kannst, nehme ich an. Eine gute Freundin, mehr sage ich nicht. Jemand, der es mit Leonora besser meinte und meint, als du es jemals könntest.«

Er sagte: »Ich möchte Sie nicht an die Luft setzen, Tessa. Sie sind Leonoras Mutter, das darf ich nicht vergessen. Ich gehe jetzt nach oben, und sobald ich weg bin, gehn Sie vielleicht, ja?«

In Wirklichkeit wollte er nicht nur von ihr weg, sondern er wollte allein sein. Er hatte also richtig vermutet, was Rachel betraf. Rachel, sie hatte all den Schaden angerichtet und richtete ihn weiter an, und in diesem Augenblick war sie vermutlich bei Leonora und träufelte ihr Gift ein. Leonora war seiner Erinnerung zufolge bei jenem Telefonanruf sanfter und liebevoller zu ihm gewesen als jemals zuvor seit ihrem Einzug in die Wohnung. »O Guy, wie gern hätte ich...« Was hatte sie sagen wollen? Wie schön es wäre, wenn zwischen ihnen alles wieder so sein könnte wie früher? Wie schön es wäre, wenn sie William nie kennengelernt hätte?

Jetzt aber war sie vermutlich wieder zu Hause, bei Rachel, die krank im Bett lag. Er konnte sich vorstellen, wie sie neben Rachels Bett saß, wie Rachel wiederholte, was er zu ihr gesagt hatte, und hinzufügte: »Was kann man von so einem Subjekt auch anderes erwarten?«

Von unten hörte er Tessas Schritte. Jetzt nicht mehr.

Sie war stehengeblieben. Natürlich. Sie war vor dem Kandinsky stehengeblieben, ließ ihn auf sich wirken, taxierte seinen Wert. Wieder waren die Schritte zu hören, und dann schloß sich die Haustür, nicht gerade krachend, aber energisch zugezogen. Er ging in sein Schlafzimmer und schaute ihr durchs Fenster nach. Sie ging in Richtung Marloes Road und hielt dabei nach einem Taxi Ausschau. Er hoffte, sie würde keines erwischen, und vermutlich war es auch so, um diese Uhrzeit.

Also war es Rachel. Die Verbindung mußte, wie er ursprünglich angenommen hatte, dadurch zustande gekommen sein, daß sie und die Vasari beide in der Sozialarbeit tätig waren. Er ging nach unten und hatte gerade begonnen, eine der Nummern zu wählen, die er von Danilo hatte, da fiel ihm ein, daß er ja in Brüssel war. Es beunruhigte ihn etwas, daß er die Hunde, die Robin Chisholm bedrohten, bislang noch nicht hatte zurückpfeifen können, aber daran ließ sich offenbar nichts ändern.

Eine Sache ging ihm durch den Kopf, beschäftigte ihn den ganzen Abend über immer wieder einmal. Beim Essen mit Celeste im *Pomme d'Amour* und hinterher im Klub in der Noel Street, wo er sich mit Robert Joseph zu einem Drink traf, kehrten seine Gedanken wiederholt zu Tessa Mandeville und den Dingen zurück, die sie gesagt hatte. Weswegen war sie eigentlich zu ihm gekommen?

Das war alles Blödsinn, dieses Gerede von einem Gerichtsbeschluß, der ihn davon abhalten sollte, Leonora zu »belästigen«. Wie konnte man eine Frau belästigen, wenn sie mit einem zusammensein wollte? Schließlich war es ja Leonora selbst gewesen, die damals, vor dreieinhalb Jahren, vorgeschlagen hatte, sich sonnabends zum

Mittagessen zu treffen. Als Rachel und die anderen ihr eingeredet hatten, jede wirkliche Beziehung zu ihm abzubrechen, ihm den Laufpaß zu geben, hatte sie die regelmäßigen samstäglichen Treffen vorgeschlagen. Leonora war daran genauso viel gelegen wie ihm, das stand fest. Sie wollte von ihm angerufen werden. Hatte sie nicht am Telefon gesagt: »Ruf mich morgen an.«

Also war es Tessa um etwas anderes gegangen. Es war nur eine Tarnung für irgend etwas anderes gewesen. Angeblich war sie gekommen, um ihn davon abzuhalten, bei Leonoras Trauung irgendeine Szene zu machen, in Wirklichkeit aber, um *ihm zu sagen, wo die Trauung stattfinden würde,* und dabei war ihm der Schauplatz bereits bekannt. Er war voll Mißtrauen gegen sie alle, und jetzt war er gegenüber Tessa noch mißtrauischer. Was führte sie im Schilde? Warum hatte sie sich den weiten Weg gemacht, ihn zu Hause aufgesucht, was sie noch nie vorher getan hatte – nur um ihm das zu sagen?

Dann ging ihm ein Licht auf. Er hätte, vor Celeste, beinahe laut hinausgelacht. Tessa hatte ihm das Standesamt Kensington genannt, weil die Trauung keineswegs dort stattfinden würde. Sie würde im Standesamt Camden vollzogen werden, das beim Bahnhof King's Cross, in Newtons Stadtteil, war. Man konnte in seinem eigenen oder, wahlweise, auch in dem des Partners getraut werden. Tessa hatte ihm Kensington für den Fall genannt, daß er beabsichtigte hinzugehen. Wie durchsichtig von ihr – es war wirklich recht komisch.

Nicht, daß es irgendwie von Bedeutung gewesen wäre. Leonora würde nicht getraut werden. Sie *wollte* ja gar nicht heiraten. Wieder hörte er ihre Stimme, und ihr Ton wirkte unendlich weich und sehnsuchtsvoll, als sie aussprach, wie schön es wäre, wenn... »Guy, mein Lieber«, hatte sie gesagt, als sie ihm erklärte, daß sie nicht mit ihm zum Abendessen ausgehen könne. Wahrscheinlich hatten sie ihr mit allen möglichen Konsequenzen gedroht, als sie ihnen verriet, daß sie wieder etwas mit ihm anfangen wollte. Rachel beispielsweise, die Leonora ihren Wohnungsanteil abkaufen wollte, Rachel hatte ihr vermutlich erklärt, daraus würde nichts werden, sollte Leonora weiterhin etwas mit ihm zu tun haben. Anthony Chisholm war imstande, sie aus seinem Testament zu streichen oder ihr zumindest keinerlei Geld zukommen zu lassen.

»Guy, mein Süßer«, sagte Celeste, »ich gäbe viel dafür, wenn ich wüßte, was du jetzt denkst.«

Er erzählte ihr von Tessas Besuch. Ihr Gesicht umwölkte sich. Sie schwieg. »Ich habe Kopfschmerzen«, sagte er. »In der letzten Zeit bekomme ich oft welche. Glaubst du, es kommt davon, daß ich meistens voller Zorn bin?«

Sie fuhr mit ihm nach Hause. »Du mußt dich damit abfinden«, sagte sie sanft. »Früher oder später mußt du dich damit abfinden, daß sie William heiraten wird.«

»Das würde dir gut passen, nicht?«

Sie kniete sich auf den Terrassenboden und klaubte die Scherben der Vase zusammen. Er wünschte, er hätte nicht gesagt, was er gesagt hatte, aber sie gab keine Antwort darauf. Danilo würde am nächsten Abend zurückkommen; Guy nahm sich vor, ab zehn Uhr immer wieder zu versuchen, ihn zu erreichen. Vermutlich mußte er Danilo für all die Scherereien, die er verursachte, noch einmal fünfzehnhundert Pfund geben, aber was lag schon daran?

Celeste sagte: »Kauf ihr doch ein richtig hübsches Hochzeitsgeschenk.«

Sie war nie gehässig gegen andere, aber diesmal ...? Sie meinte das doch nicht ernst, oder? Er füllte sich zum letzten Mal das Glas, diesmal mit Wodka »on the rocks«, und wurde sich dabei bewußt, daß er seit dem Campari mit Orangensaft, seit Tessa um fünf Uhr gekommen war, ununterbrochen getrunken hatte.

Am nächsten Morgen rief er, während Celeste noch schlief, in der Wohnung in der Portland Road an. Maeve hob ab. Sie war im Begriff, zur Arbeit zu gehen. Er fragte nicht nach Leonora, nicht gleich als erstes.

»Wie geht es Robin?« Er wollte es wirklich wissen. Die Sorge, daß Danilos Killer zugeschlagen haben könnten, hatte ihn den größten Teil der Nacht wach gehalten.

»Es geht ihm gut«, sagte sie. Aber woher wollte sie das wissen? Meinte sie damit, daß es ihm gutgegangen war, als sie ihn am Abend vorher verlassen hatte?

»Du hast heute morgen mit ihm gesprochen?«

»Gerade eben, Guy.« Welch eine Erleichterung! Nicht, daß ihm viel an Robins Schicksal gelegen wäre, aber nach dem blauen Auge, das er Robin verpaßt, und dem, was Tessa gesagt hatte, war ihm klargeworden, daß Leonora ihm nur zu leicht die Schuld geben konnte, wenn ihrem Bruder etwas zustieß. »Er hat mich angerufen. Er hat toll geschlafen, sich richtig frisch gefühlt. Wie er sich angehört hat, ist er wieder ganz obenauf. Ist das nicht super?«

Guy stimmte ihr zu und fragte, ob er Leonora sprechen könne.

»Sie ist nicht hier, Guy. Sie ist bei William.«

Er rief die Nummer in der Georgiana Street an. Es war natürlich noch früh am Tag, noch nicht neun, aber es überraschte ihn doch, Newtons Stimme zu hören – nein, mehr noch: Es verblüffte ihn, brachte ihn aus der Fassung. Er hätte beinahe den Hörer wieder aufgelegt, sagte aber dann doch: »Hier spricht Guy Curran.«

»Oh, guten Tag.« Der Ton war nicht freundlich. Aber Guy hätte Newton noch mehr verachtet, als er es ohnedies schon tat, wenn dieser ihn herzlich oder sogar in einem einschmeichelnden Ton begrüßt hätte.

»Wie geht's Ihnen?« fragte Guy in einem kalten Ton.

»Ganz hervorragend. Ihnen hoffentlich auch. Und was kann ich für Sie tun?«

»Ich würde gern mit Leonora sprechen.«

Die meisten Leute leiten eine unerfreuliche Nachricht mit einem »leider« ein. Nicht so Newton, und Guy bemerkte es.

»Sie ist nicht da.«

»Jetzt hören Sie mal«, sagte Guy, dessen Zorn rasch entflammt war, in aufgebrachtem Ton. »Eben, vor weniger als fünf Minuten, hab' ich erfahren, daß sie bei Ihnen ist.«

Der Typ hörte sich gelangweilt, aber immer noch geduldig an. »Vor weniger als fünf Minuten war sie auch noch da. Vor zwei Minuten ist sie weggegangen. Möchten Sie wissen, wohin?«

»Natürlich möchte ich das wissen. Wo ist sie denn?«

»Bei ihrem Vater. Susannahs Mutter ist gestorben, und Leonora begleitet Susannah, um diverse Dinge zu regeln, den Todesfall zu melden und ein Bestattungsinstitut aufzusuchen. So, damit habe ich Ihnen alles gesagt, was ich weiß, und Sie werden entschuldigen, daß ich auflege, da ich schon verspätet bin. Auf Wiedersehen.«

Guy hatte keine Ahnung, wo Susannahs Mutter genau gewohnt hatte. Hoffnungslos, die beiden zu finden, hoffnungslos, sich das verlockende Bild weiter auszumalen, wie er mit Leonora in einem Wartezimmer saß, leise mit ihr sprach und dann die beiden Frauen zu einem wunderbaren Mittagessen in irgendein Restaurant führte. Es wäre ein Trost für Susannah, gegen die er nie etwas gehabt hatte, und würde sie vom Tod ihrer Mutter ablenken, an der sie vermutlich sehr gehangen hatte. Er mußte Leonora später in der Lamb's Conduit Street erwischen.

Er brachte Celeste eine Tasse Tee nach oben.

»Danke dir, mein süßer Guy«, sagte sie.

Sie schlug die Augen auf und streckte ihm dann die Arme entgegen. Schon seit Wochen hatte er nicht mehr mit ihr geschlafen. All das, was geschehen war, und die Furcht und der Zorn dazu schienen sein sexuelles Verlangen ganz aufgezehrt zu haben. Aber er beugte sich hinab und ließ sich von ihr umarmen. Sie war warm, duftete süß und fühlte sich seidig an, als er sie berührte. Er legte sich neben sie und zog sie an sich. Er merkte nicht, wie fest er sie umklammert haben mußte, bis sie ihre Nase und ihren Mund dem Druck seines Gesichts entzog, bis sie keuchend sagte: »Nein, Guy, du tust mir weh!«

Während sie im Bad war, wählte er Anthony Chisholms Nummer. Die Leitung war besetzt. Fünf Minuten später war sie noch immer belegt. Er rief das Fräulein vom Amt an, erhielt die Auskunft, daß über den Anschluß tatsächlich gesprochen werde, und beschloß, es bis zum Nachmittag sein zu lassen. Fatima erschien, als er gerade das Haus verließ. Sie gab Geräusche von sich wie eine bekümmerte Henne, die ihr Küken verloren hat, als sie die schwarzen und rosafarbenen Scherben sah. »Ajii!« Guy holte seinen Wagen aus der Garage. Er wollte nach Northolt zum Atelier fahren und anschließend zu einem Autobahnhotel am Anfang der M1, um nachzusehen, wie der dort stattfindende Bilderverkauf lief. Während er mit dem Jaguar rückwärts in die kopfsteingepflasterte Straße hinaus- und dann langsam auf die Earl's Court Road zufuhr, ging ihm der Gedanke durch den Kopf, ob er vielleicht seinem Haus entwachsen war. In seiner Situation hatte er die Phase der ehemaligen Kutscherhäuschen hinter sich gelassen. Schließlich wurde er im kommenden Januar dreißig. Ein Haus am Lansdowne Crescent oder vielleicht sogar etwas in der Gegend von Campden Hill, Duchess of Bedford Walk ... Würde Leonora etwas dagegen haben, auf dieser Seite, der *guten* Seite der Holland Park Avenue, zu wohnen?

»Nur zu, Schmusekätzchen« ging in Barnet sogar noch besser als die »Lady aus Thailand«. Die Frau, die den Verkauf leitete und mit der er ein gräßliches Mahl im Speisesaal des Motels einnahm (auf ovalen Tellern knorpelige, angebrannte Steaks, Erbsen aus der Dose, Tomatenhälften, Pommes frites, Pilze, schleimig wie Schnecken, und Broccolispitzen, die aussahen wie Bäume aus einem Spielzeugbauernhof), sagte ihm, sie könnte zwei-, dreimal so viele davon verkaufen. Guy versprach, diese Menge zu liefern. Vom Motel aus rief er in der Lamb's Conduit Street an, hatte aber kein Glück. Dagegen erwischte er Tanya in ihrer Boutique. Danilo werde am späten Abend zurück erwartet, auf jeden Fall bis elf Uhr.

Vor Guys Augen erschien ein gräßliches Bild: Robin Chisholm drückte den Knopf an seiner Türsprechanlage und öffnete im Bademantel dem Mann, der gekommen war, um irgend etwas zu reparieren oder einen Zählerstand abzulesen. Mit einem schallgedämpften Revolver oder einem Knüppel oder, wenn Danilos »Gehilfen« in der letzten Zeit richtig heimtückisch zu Werke gingen, mit dem dünnen, rasch eindringenden Stilett...

Er fuhr ins Reisebüro. Auch da gingen die Geschäfte prächtig. Vom Büro dahinter rief er die Nummer der Wohnung in der St. Leonard's Terrace an. Niemand ging an den Apparat, es klingelte und klingelte, zehnmal, fünfzehnmal. Er legte den Hörer auf und wählte noch einmal. Diesmal meldete sich nach viermaligem Klingeln Robins Stimme. Vermutlich hatte er, Guy, sich beim ersten Mal verwählt. Es war eine große Erleichterung für ihn, Robin sagen zu hören: »Hallo, wer spricht?«

Sie gaben ihm einen wunderbaren neuen Schwung, die mannigfaltigen, ansehnlichen Erfolge an diesem Tag. Lange Zeit waren die Dinge nicht besonders gut gelaufen. Es wäre naheliegend gewesen, nördlich am Regent's Park vorbei nach Hause beziehungsweise ins West End zu fahren, aber es zog ihn irgendwie in eine andere Richtung, auf die Euston Road zu. Über den Tavistock Place in die Guilford Street und von dort aus in die Lamb's Conduit Street... An sich sollte er sich mit ihr nur samstags treffen, zum Lunch, aber – ach, was *sollte es*! Sie wollte ihn doch sehen. Hatte sie nicht gesagt, wie schön es wäre, wenn sie wieder zusammensein könnten?

Es war heiß, die Luft war unbewegt in der gelben Sonnenhitze. Jeder Ort, wo er mit ihr zusammen und glücklich gewesen war, brachte ihm nur Schmerz. Es war, als empfände er, was sie betraf, auf zwei Gefühlsebenen, einer oberen, die optimistisch, fröhlich, zuversichtlich war, und einer unteren, wo Furcht und Zweifel herrschten. Die Orte, an denen sie zusammen gewesen waren, evozierten Bilder in dieser unteren Schicht. Er erinnerte sich an Zurückweisungen, erinnerte sich mit einem Gefühl, das mehr Panik war als Schmerz, daß sie seit sechs Jahren nicht mehr miteinander geschlafen hatten.

Die Häuser in dieser Gegend Londons sind alt, mehr frühes als spätes neunzehntes Jahrhundert. Ihr Mauerwerk ist von einem dunklen Graubraun, Eingänge und Fenster sind hoch und schmal, die Dächer unsichtbar. Nur sehr wenig Grün zeigte sich, abgesehen von den Baumkronen in der Ferne, die in die Höhe ragten wie die Vegetation in einem mauerumgebenen Garten. Susannah hatte an den Fenstern Blumenkästen, in denen statt der üblichen Geranien kleinblättriger Efeu und Pflanzen mit flaumigen Blättern wuchsen. Guy läutete und bereitete sich innerlich, wie er es immer tun mußte, auf Leonoras Anblick vor.

Die Tür wurde von einer Frau geöffnet, die er erkannte, aber nicht sofort einordnen konnte. Ihr schien es genauso zu gehen.

»Ich bin Guy Curran«, sagte er.

»Ach *ja*! Ich bin Janice. Wir haben uns auf Noras Geburtstagsparty kennengelernt.«

Er haßte die Kurzform, mit der ihre Angehörigen – er selber durfte es nicht – Leonora anredeten. Die Frau, die sie gerade gebraucht hatte, war, wie ihm jetzt einfiel, die Kusine, die nach Australien geheiratet hatte. Sie war ziemlich pummelig, hatte ein blasses Vollmondgesicht, hervortretende Augen und üppiges, langes, mausgraues Haar, das sie zu einem »Bauernzopf« geflochten trug. Guy hatte eine besondere Abneigung gegen indische Baumwollkleider (sie waren billig, schlecht geschnitten und formlos), und natürlich hatte sie ein solches an, gelbbraun mit schwarzen Hieroglyphen und weißen Stellen dazwischen. Ihre Hüften waren breit, und wenn man ihn fragte, sah sie aus wie jemand, der als ein Laib Vollwertbrot verkleidet zu einem Kostümfest geht.

»Ich dachte erst, Sie wären ein Leichenbestatter«, sagte sie jetzt. »Susannah erwartet nämlich einen. Sie wissen, daß ihre Mutter gestorben ist?«

»Ja. Man hat es mir gesagt. Kann ich reinkommen?«

Janice ließ ihn widerwillig eintreten. Er merkte, daß sie ihn von oben bis unten ansah, als beginge er irgendeinen schrecklichen *faux pas*. »Sie hat vor kurzem ihre *Mutter* verloren. Die meisten Leute schreiben oder rufen an.«

»Ich bin wegen Leonora gekommen«, sagte er ungeduldig.

Doch in diesem Augenblick steckte Susannah selbst den Kopf über das Treppengeländer. Das Wohnzimmer war im Ober-, die Schlafzimmer befanden sich im Erdgeschoß. Susannah reagierte ihm gegenüber nicht wie all die anderen Frauen, die Leonora nahestanden – diese aufgebrachte Australierin eingeschlossen –, auf eine aggressive oder moralisierende Art. Sie rief seinen Namen und sagte, wie nett es sei, daß er gekommen war. Offensichtlich hatte sie nicht gehört, was er zu Janice gesagt hatte. Als er oben am Treppenende ankam, trat sie auf ihn zu, legte die Arme um ihn und küßte ihn auf eine beinahe mütterliche Art, obwohl sie bei weitem nicht alt genug war, um seine Mutter sein zu können.

Es war geradezu ein Schock, von einer Frau *nett* geküßt zu werden, auch wenn Celeste das immerzu tat. Denn das hier war ein anderer Fall. Susannah nahm offenbar an, er sei gekommen, um ihr sein Beileid auszusprechen. Nun, ihm war es recht. Er empfand ein herzliches Gefühl für sie, und sie fand seinen Beifall. Susannah mochte bekümmert sein, weil sie in Trauer war, aber sie zeigte es nicht. Sie war sorgfältig und ziemlich stark geschminkt, was Guy bei Frauen als richtig empfand, ihr dichtes, drahtiges Haar war zu einer modischen Seeigelfrisur gefönt, sie trug eine schwarze Seidenhose mit einem schokoladebraun und schwarz gestreiften Oberteil und dazu reichlich eleganten Silberschmuck in Form von Panzerketten sowie einen breiten, glitzernden Gürtel. Wie schade, daß Leonora sich kein Beispiel an Susannah nehmen konnte oder wollte!

Während er ihr ins Wohnzimmer folgte, in dem er seit beinahe vier Jahren nicht mehr gewesen war, dachte er an die Zeit, als Leonora hier gewohnt hatte, wie er sie abgeholt hatte, um mit ihr auszugehen, und von Anthony Chisholm mit Getränken bewirtet worden war. Nein, so lange war es doch nicht her... Das erste, was er sah, sogar noch vor Leonora, war eine weiße, silbern umrandete Karte auf dem Kaminsims. Es mußte eine Hochzeitseinladung sein, aber er konnte aus dieser Entfernung nicht sehen, was darauf gedruckt war.

Leonora stand auf, als er hereinkam. Sein Herz war bereits ins Rotieren gekommen und schickte einen Trommelschlag nach oben in seinen Kopf. Sie sah furchtbar aus, aber was lag daran?

Sie küßte ihn, ohne ihn zu umarmen und ohne viel Wärme, aber sie hatte ja auch nicht ihre Mutter verloren. (Ein Jammer, dachte er.) Janice, die hinter ihm stand, begann des langen und breiten zu erzählen, wie sie ihn erkannt und doch nicht erkannt und dann gedacht habe, er sei jemand von dem Beerdigungsinstitut oder aus einem Blumengeschäft. Leonora trug schwarzweiße Kunststoffohrringe. Natürlich keine Spur Make-up, und ihr Haar wirkte fettig. Sie hatte eine grüne Trainingshose und ein schwarzes Sweatshirt an, das sich durch Alter und unsachgemäßes Waschen verfärbt hatte. Seit sie Newton kennt, dachte Guy, ist das bißchen Geschmack in Kleiderdingen, das sie einmal besessen hat, völlig in die Binsen gegangen. Der Idiot erzählte ihr vermutlich, daß er sie um ihrer selbst, nicht um ihrer äußeren Erscheinung willen liebte.

Immerhin fragte sie ihn nicht, weshalb er gekommen war. Noch rechtzeitig fiel ihm ein, etwas dem Anlaß Entsprechendes über Susannahs Mutter zu sagen.

»Es war wirklich sehr aufmerksam von dir zu kommen, Guy«, sagte Leonora und strahlte ihn an. Er fand ihr Lächeln spontaner und freier, als er es seit Monaten an ihr erlebt hatte. »Was für einen Tag wir hinter uns haben! Manche dieser Leute sind so gefühllos. Weißt du, was die Frau auf dem Standesamt zu der armen Susannah gesagt hat? Anscheinend arbeiten dort meistens Frauen. Männer nehmen die Stellungen nicht an; sie sind zu schlecht bezahlt, wieder die ewige, alte Geschichte. Sie hat gesagt: ›Ist das der erste Todesfall, den Sie melden?‹ Und als Susannah ja sagte, hat sie gesagt: ›Es wird wohl nicht der letzte sein. Guten Morgen.‹ Kannst du dir das vorstellen?«

Janice hatte sie verlassen, um Tee zu machen, nachdem sie sich vorher im Flüsterton mit Susannah besprochen hatte. Leonora begann ihn aufzuklären, daß ihre Cousine bei Anthony und Susannah logiere, daß der Mann ihrer Cousine nächste Woche nach England kommen werde und wie traurig es für die arme Janice sei, Susannahs Mutter, die sie besonders gern gehabt habe, nicht mehr lebend angetroffen zu haben. Guy hatte noch nie eine Familie erlebt, deren Mitglieder einander so zugetan waren wie die Chisholms. Selbst die am Rand des »Wurzelgeflechts«, Leute, die nicht einmal richtige Verwandte waren, machten sich wegen der anderen verrückt. Leonora erweckte den Eindruck, daß Janice zwölftausend Meilen weit angereist war, um an das Sterbebett einer alten Frau, der Mutter ihrer angeheirateten Tante, zu eilen, die sie in ihrem ganzen Leben vermutlich nur ein- oder zweimal gesehen hatte. Wie recht er gehabt hatte, die Einflüsse, die auf Leonora wirkten, nicht zu unterschätzen!

Von seinem Platz aus versuchte er, die Karte auf dem Kaminsims zu erspähen, aber Susannah mußte unbedingt vor dem georgianischen Kamin, der vorzüglich erhalten war, stehenbleiben und sich gegen den Sims lehnen. Guy wollte nicht zu auffällig den Kopf verrenken. Susannah hatte über die Beisetzung ihrer Mutter zu sprechen begonnen.

»Wir stecken in einem Dilemma, Guy. Wir wissen wirklich nicht, was wir tun sollen. Sollen wir Guy um seine Meinung bitten, Leonora? Als jemanden, der die Sache von einer anderen Seite sieht, was meinst du?«

Leonora schenkte ihm wieder ein reizendes Lächeln. »Wir werden sehen, was Guy dazu sagt.«

»Meine liebe Mutter hat nämlich keinerlei Verfügungen über – nun, ich muß es einfach geradeheraus sagen –, darüber hinterlassen, ob sie beerdigt oder verbrannt werden möchte. Natürlich, heute lassen sich die meisten Leute verbrennen, aber die Einäscherung kommt mir so ... ich hätte beinahe gesagt, ›so endgültig‹ vor, als wäre nicht schon der Tod etwas Endgültiges, aber vielleicht verstehen Sie, was ich meine.«

»O ja, ich verstehe, was Sie meinen«, sagte Guy und verrenkte dabei den Hals.

»Und dann geht es um die Frage: wo? Die hübschen Londoner Friedhöfe sind alle belegt, und das bedeutet, daß einem nur die finsterste Provinz bleibt. Meine Mutter hat in Earlsfield gelebt, aber der Friedhof dort kommt nicht in Frage, er ist schon seit ungefähr hundert Jahren aufgelassen, soviel ich weiß.«

Janice kam mit dem Tee herein und stellte die Kanne so auf einen Tisch, daß Guy genötigt war, seinen Stuhl umzudrehen, so daß die Lehne nun dem Kamin zugekehrt war. Die Zeit, in der er richtige Sachen zu trinken begann, war schon so nahe, daß er eigentlich keinen Tee wollte, aber er trank trotzdem eine Tasse. Dagegen lehnte er ein Stück von der Pfirsichsahnetorte ab, auf die sich die fette, kleine Janice unklugerweise stürzte. Seine Gedanken beschäftigten sich damit, wie es ihm wohl gelingen könnte, Leonora nach Hause zu fahren – genauer gesagt, sie in seinen Wagen zu bekommen, loszufahren, um sie angeblich nach Hause zu bringen, und sie dann zu überreden, mit ihm zu Abend zu essen.

Janice erzählte gerade eine detaillierte und, wie Guy fand, äußerst geschmacklose Geschichte über die Abenteuer eines Bekannten von ihr, der vom Cobb in Lyme Regis die Asche eines geliebten Menschen verstreut habe, Susannah sagte, das sei ein eigenartiger Zufall, denn sie und Anthony wollten in ein paar Wochen einen kurzen Urlaub in Lyme verbringen. Die Türklingel rief Janice weg, so daß sie von weiteren Anekdoten abgehalten wurde. Obwohl sie von den anderen wiederholt aufgefordert wurde, sich doch zu setzen und auszuruhen, schien sie sich zu einer Art vorläufigem Au-pair-Mädchen ernannt zu haben. Zu Guys großer Freude blieben er und Leonora ein paar Augenblicke allein. Der Mann vom Begräbnisinstitut war gekommen, und Susannah wurde nach unten gerufen.

»Ich hoffe sehr, sie hat einen Entschluß gefaßt«, sagte Leonora. »Sie muß ihm ja sagen, so oder so.«

»Geh mit mir zum Abendessen, Leo.«

»Oh, das kann ich nicht, Guy. Es tut mir schrecklich leid, aber ich kann nicht.« Nicht »Das tu' ich doch nie« oder »Ich treffe mich schon sonnabends mit dir zum Mittagessen«, nein, nichts mehr dergleichen. »Ich bleibe hier, und William kommt auch. Wir gehen alle zusammen abendessen, damit die arme Susannah nicht zu kochen braucht.«

Aus war's mit seinem schönen Plan, sie nach Hause zu fahren und... Dafür aber sagte sie: »Es tut mir wirklich leid. Es wäre nett gewesen. Maeve hat mir gesagt, du hättest heute morgen angerufen, um dich nach Robin zu erkundigen. Das war reizend von dir, ich rechne es dir hoch an.«

Er wagte es, die Hand übers Sofa auszustrecken und ihre zu fassen. Er war sich sicher, sie würde sie ihm entziehen, doch sie tat es nicht. Sie ließ sogar ihre Finger weich in seiner Hand ruhen und richtete auf ihn einen Blick voll solcher Süße, solchem Mitfühlen, daß er, wäre nicht in diesem Augenblick Janice zurückgekommen, die Beherrschung verloren hätte, daß er aufspringen und sie in seine Arme hätte ziehen müssen. Statt dessen stand er auf, um zu gehen. Es war nicht gerade ein Vergnügen, mit dieser fetten Person zusammenzusein, die ihn mit ihren stechenden Augen vorwurfsvoll anstarrte.

»Mittagessen am Sonnabend?« sagte er.

»Ja, lieber Guy, natürlich. Wohin wollen wir gehen?«

»Ins *Savoy*«, sagte er. »Wir gehen in den River Room im *Savoy*.«

Sie protestierte nicht. Sie war im Begriff, sich ihm gegenüber zu verändern, wieder zu werden, was sie gewesen war. Er küßte sie zum Abschied, stand auf, wandte sich dem Kamin zu und stellte fest, daß die Vermählungskarte verschwunden war. Sie war dort gewesen, als er vor einer halben Stunde ins Zimmer gekommen war, und jetzt war sie fort.

Irgend jemand hatte sie heimlich weggenommen, damit er nicht zu sehen bekam, was darauf stand.

# 14

Er hatte Leonora schon ziemlich lange gekannt, ehe er ihren Bruder kennenlernte. An einem Wintertag, kurz vor oder nach Weihnachten, trat er mit Leonora ins Wohnzimmer ihres Elternhauses, wo ein Junge mit einer Zeitung in der Hand am Fenster stand und las. Er mußte gehört haben, daß sie hereinkamen, aber er blickte nicht sofort um, sondern las die Seite zu Ende. Dieses Verhalten hatte etwas von dem eines Schuldirektors oder sogar eines Polizisten, etwas Gewolltes, Geringschätziges, obwohl der Junge geradezu babyhaft wirkte. Er war zwar ziemlich groß, viel größer als seine Schwester, doch als er schließlich den Kopf wandte, zeigte er das Gesicht eines Fünfjährigen, pausbäckig, unschuldig, mit der Haut eines Kleinkindes und einem Rosenknospenmund. Um so verblüffender war die Stimme, die zwischen diesen Babylippen herauskam. Sie war tief und voll, sie *tönte*, und der Junge sprach mit einem Akzent, den man (wie Guy später von Leonora erfuhr) nur erlernen kann, wenn man eine der Nobelprivatschulen besucht.

»Ist das dein Galan, Nora?«

Guy hatte das Wort schon einmal gehört, aber nur im Fernsehen. Er hätte viel dafür gegeben – würde heute noch viel dafür geben –, eine solche Stimme zu haben. Leonora stellte die beiden einander vor.

»Robin, das ist Guy. Guy, das ist mein Bruder.«

Schon damals, mit fünfzehn, hatte Robin Chisholm diese spöttische Art an den Tag gelegt, durch die sich sein unerfreulicher Charakter so unangenehm auszeichnete. Sie war weder witzig noch amüsant, sie war nur unverschämt.

»Guy«, sagte er. Er sagte es langsam und mit einer gewissen Verwirrung. Dann sprach er den Namen noch einmal aus, nachdenklich, als handelte es sich um den eines Menschen, den er vor langer Zeit gekannt hatte, aber nicht recht einordnen konnte. »Guy. Sag, findest du es nicht schwierig, so zu heißen? Wenn Nora dich nicht vorgestellt hätte, hätte ich glatt gedacht, du heißt, sagen wir mal, Kevin oder Barry. Ja, Barry würde gut zu dir passen.«

Er wirkte wie ein unschuldiges Knäblein, lächelnd, mit großen Augen, pausbäckig und rosenwangig. Er wollte, daß das Objekt seiner kränkenden Bemerkungen sich beleidigt fühlte. Denn Beleidigungen waren es, daran bestand für Guy kein Zweifel. Leonoras Bruder wollte zu verstehen geben, daß der Name Guy für seinen Träger viel zu vornehm sei.

Sie nahm Guy in Schutz. »Oh, halt die Klappe! Du kannst dir gar nicht erlauben, dich über anderer Leute Namen lustig zu machen. Robin ist ja vielleicht in Ordnung, solange du wie ein Kleinkind aussiehst, aber wenn du alt bist, wirst du damit schön dastehn.«

Bereits damals war Robin Chisholm – was zu seinem Alter überhaupt nicht paßte – stolz darauf, jünger auszusehen, als er war. Schön, so sind die meisten Leute mit dreißig, aber doch nicht mit *fünfzehn*! Guy, der ihn gelegentlich sah, nicht oft, doch öfter, als ihm lieb war, hatte den Eindruck, daß Robin sein babyhaftes Aussehen auch noch kultivierte. Es hätte ihn nicht überrascht, Leonoras Bruder mit dem Daumen im Mund anzutreffen.

Die Chisholms hatten ihre Tochter auf eine staatliche Schule und auf eine prestigeträchtige Universität geschickt. Ihr Sohn besuchte ein Internat, eine Privatschule mit hohen Gebühren, brach aber dann die Ausbildung am Polytechnikum ab, auf das er mit knapper Not gekommen war, und ging statt dessen »in die City«. Er war dreiundzwanzig, als bei ihm zum ersten Mal Ohnmachtsanfälle auftraten. Man nahm erst an, er habe einen Gehirntumor, dann wurde Epilepsie vermutet. Wie sich herausstellte, fehlte ihm gar nichts. Guy glaubte insgeheim, daß Robin die ganze Sache sorgfältig geplant und inszeniert habe, um sich aus der Firma herauszumogeln, bei der er angestellt war, eine Investmentgesellschaft, über die ein paar Wochen nach dem Beginn von Robins Krankenhausaufenthalt ein Finanzskandal von gigantischen Ausmaßen hereinbrach.

Robin gehörte zu den Leuten, auf die die Welt verzichten könnte. Aber dazu brauchte es nicht ihn, Guy, ein anderer konnte dafür sorgen, daß es mit Robin ein schlimmes Ende nahm. Er war es nicht gewesen, der Leonora über Con Mulvanney ins Bild gesetzt hatte. Außerdem war Guy, nachdem er an diesem Abend Danilo nicht erreicht und sich die Sache die halbe Nacht hatte durch den Kopf gehen lassen, zu dem Schluß gelangt, daß Robin von allen Leuten um sie herum vermutlich den geringsten Einfluß auf Leonora hatte. Natürlich liebte sie ihn, das war selbstverständlich – sie sagte es ja oft genug, sagte es nach Guys Geschmack von viel zu vielen Leuten –, aber Robin irritierte sie auch, sie war keineswegs in allem mit ihm einverstanden.

All das bewirkte, daß ihm Robin im Traum erschien. Robin war tot, war die lange Treppe in der Portland Road hinuntergestoßen worden, und Maeve hatte seine blutüberströmte Leiche entdeckt. Der Traum war mitnichten irrational, kein unmögliches Phantasieprodukt, was Guy noch mehr beunruhigte. Er konnte nicht vor halb neun in der St. Leonard's Terrace und bei Danilo frühestens um neun Uhr anrufen. Während er sich beim Kaffeekochen durch die Küche bewegte, klopfte er immer wieder auf Holz. Es war eine alte, abergläubische Angewohnheit, die er längst abgelegt geglaubt hatte.

Auf Holz zu klopfen, hieß es, wehrt Unheil ab. Es hält fern – ja, was? Seine Großmutter, von der er diesen Brauch und außerdem auch gelernt hatte, anderen Leuten kein Salz, einem Freund kein Messer zu reichen und die Fugen zwischen Pflastersteinen zu meiden, hatte sich nicht näher über den Sinn dieser Handlungen ausgelassen. Sie sorgten einfach dafür, daß einem nichts geschah. Komisch, daß er jetzt, nach so langen Jahren, an seine Großmutter zurückdachte. Glücklicherweise war die Küche üppig mit Eichenfurnier neu ausgestattet worden und somit ein Paradies für Leute, die auf Holz klopfen.

Um zehn nach neun meldete sich Danilo, noch verschlafen, am Telefon. Guy war beinahe durchgedreht, weil er in der vergangenen halben Stunde zehnmal in der St. Leonard's Terrace angerufen, dort aber niemanden an den Apparat bekommen hatte. Robin war tot, das stand für ihn fest, und damit war Leonora für ihn auf immer verloren, aber trotzdem wollte er Danilo bitten, die Jagd auf Robin abzublasen. Danilo nahm Guys Sinneswandel übellaunig auf, fand sich aber bereit, sich mit ihm um sechs Uhr in einem Klub, der *The Black Spot* hieß, auf einen Drink zu treffen. Obwohl für ihn feststand, daß es zu spät war, daß Robins Leiche just in diesem Augenblick in einem Leichenschauhaus von Maeve identifiziert wurde, versuchte er es noch einmal mit der Nummer in Chelsea.

Völlig unerwarteterweise wurde der Hörer abgenommen, doch noch ehe jemand sich melden konnte, hörte Guy, wie Robin aus dem Hintergrund brüllte: »Gehn Sie doch an den Scheißapparat! Ich bin im Bad.«

Dann hörte er jemanden im Ton seiner Großmutter – es mußte die irische Putzfrau sein – sagen: »Hallo, wer spricht? Mr. Chisholm ist beschäftigt.«

Guy hielt vor Erleichterung die Luft an. Er war drauf und dran zu sagen: »Richten Sie ihm aus, er soll wieder ins Bett gehen und dort bleiben.« Im letzten Moment besann er sich eines Besseren.

*The Black Spot* bestand nur aus Tresen und Fußboden. Tische gab es keine, man konnte nur auf einem Hocker an der langen, in Schwarz und Silber gehaltenen Theke sitzen. Es war sehr dunkel, nach amerikanischer Art. Die erste Person, die Guy sah, war Carlo, der neben seinem Vater auf einem Barhocker saß und aus einem Brandyglas irgend etwas Dunkles, Schaumiges trank. Es war vermutlich eine Cola, doch das Glas ließ es weltmännisch, ja sogar irgendwie unheimlich erscheinen. Guy war ziemlich überrascht. Doch dann fiel ihm ein, daß er mit zehn Jahren zu gerne in solche Bars gegangen wäre, nur hatte er nie eine Gelegenheit dazu bekommen.

Carlo hatte Junior-Designer-Jeans und ein schwarzes Sweatshirt an, auf dem in rosafarbenen Leuchtbuchstaben *Bread-head's Kid* stand. Er sagte »Hi« zu Guy und aß weiter seine frittierten Garnelen aus einem Aschenbecher. Danilo trug einen karamelfarbenen Tweedanzug in Fischgrätenmuster und darunter ein karmesinrotes Hemd mit offenem Kragen.

»Du siehst nicht besonders gut aus«, sagte Danilo.

Guy antwortete mit einem ungeduldigen Schulterzukken. Das sagte Danilo jedesmal, wenn sie zusammenkamen. »Das kommt von der Beleuchtung hier, wenn von Beleuchtung überhaupt die Rede sein kann.« Er bat den Barkeeper um einen Wodka-Martini. »Wir können uns nicht unterhalten«, sagte er zu Danilo und wies mit dem Daumen in Carlos Richtung.

»Nichts daran zu ändern, Kumpel. Was sollte ich machen? Das eine von den Kindermädchen hat die Grippe, das andere ist abgehauen. Tanyas Schwester ist zwar bereit, die anderen Kinder zu nehmen, nur ihn will sie nicht bei sich haben. Als er letztes Mal dort war, hat er ihren *Apocalypse-Now*-Video in den Mikrowellenherd gesteckt. Er hat gesagt, er wollte wissen, was passiert. Mervyn«, sagte er zu dem Barkeeper, »nimm ihn mit nach hinten und laß ihn *Mork and Mindy* anschaun. Nur fünf Minuten, bitte.«

»Das kommt heute nicht, Papi. Nur *Buck Rogers in the 25th Century.*«

»Dann geh nach hinten und schau dir das an.« Danilo brauchte noch ein Glas von dem Rotwein, den er bevorzugte. »Mach das nicht noch mal mit mir«, sagte er in dramatischem Ton zu Guy. »Nicht noch mal.«

»Nicht noch mal was?«

»Ruf nicht noch mal mit dem Scheiß an, daß du es dir anders überlegt hast.« Er senkte die Stimme zu einem Raunen. »Du hättest den armen, alten Chuck zum Mörder machen können, ist dir das nicht klar?«

Der arme, alte Chuck, wer der Typ auch war, hatte sicher schon einen Mord, mehrere Morde auf dem Kerbholz. Außerdem kam es doch nicht darauf an, ob es um dieses oder um jenes Opfer ging. Guy wußte, daß es keinen Sinn hatte, mit Danilo zu streiten. Er sagte, es tue ihm leid, er sehe ein, daß er ein bißchen gedankenlos gewesen sei.

»Unreif«, sagte Danilo. »Das bist du gewesen, unreif. Nennen wir doch das Kind beim Namen. Jetzt hör mal gut zu, Guy. Wir hätten in dieser bewußten Gegend beinahe einen ganz scheußlichen Unfall bekommen. Ich möchte, daß du sorgfältig überlegst. Möchtest du, daß ich diese Sache weiter betreibe, oder möchtest du es nicht? Die ursprüngliche Person, die du beseitigt haben wolltest, ist, wie ich verstehe, aus der Schußlinie, und aus persönlichen Gründen bedaure ich das nicht. Doch dem, was du heute morgen an der Strippe gesagt hast, habe ich irgendwie entnommen, daß du jemand anderen im Visier hast. Nein, beantworte das nicht jetzt. Nenne keinen Namen. Ich möchte, wie gesagt, daß du dir die Sache sorgfältig überlegst.«

»Ich hab's mir schon überlegt.« Sie waren, abgesehen von einem Paar, das sich am anderen Ende küßte, allein in der Bar. Guy dachte, genau das würde die Polente tun, diese alte Masche: eine Polizeibeamtin und ein Kriminalinspektor in traulicher Umarmung, aber in Wahrheit ganz Ohr. Trotzdem sagte er, sehr leise: »Rachel Lingard.« Dazu gab er die Adresse in der Portland Road an. Und da Chuck vielleicht ihren Namen gar nicht zu wissen brauchte und sie nur erkennen mußte, zog er eine Visitenkarte aus der Tasche und schrieb darauf: *Klein, Mopsgesicht, fett, Brille, dunkles Haar, straff nach hinten, ungefähr siebenundzwanzig,* eine grausame, aber treffende Beschreibung Rachels. Sie durfte nicht mit Maeve oder – da sei Gott vor! – Leonora verwechselt werden.

In Anbetracht dessen kam es ihm merkwürdig vor, daß sich niemand meldete, als er um neun, mittags, um vier Uhr nachmittags und um zehn Uhr abends in ihrer gemeinsamen Wohnung anrief. Dazwischen rief er auch in der Georgiana Street an. Niemand ging dort an den Apparat, bis gegen halb elf Uhr, als Newton schließlich beim vierten Versuch den Hörer abnahm.

»Leonora ist im Bett. Sie war müde und ist zeitig schlafen gegangen.«

»Sie wird schon mit mir sprechen.«

»Das wird sie nicht. Ich hab' Ihnen ja gesagt, sie ist schon im Bett.«

»Sie haben doch sicher einen Zweitanschluß im Schlafzimmer.«

Newton sagte dunkelsinnig: »Ich bin ein armer Mann, Euer Majestät.« Damit legte er auf.

Ganz ähnlich war es am folgenden Tag. Guy mußte mit seinem Buchhalter sprechen und rief von dem Restaurant aus, wo er dem Mann ein Mittagessen ausgab, in der Portland Road an. Er versuchte es mit der Georgiana

Street, dann der St. Leonard's Terrace. Dort hob Maeve ab.

»Ich wohne jetzt hier. Ich wollte sowieso nach Leonoras Hochzeit bei Robin einziehen, und wir haben beide gefunden, ich könnte es ebensogut jetzt schon tun.«

»Weißt du zufällig, wo Leonora ist?«

»Ich nehme an, das sagst du sogar im Schlaf, oder nicht? Es wird auf deinem Grabstein stehen: Guy Curran, 1960 bis..., ruhe in Frieden, ›Wo ist Leonora?‹ Nein, ich weiß nicht, wo sie ist. Du bist eine verdammte Nervensäge, weißt du das?«

Er mußte zu dem Buchhalter zurück. In der Zwischenzeit war der Kaffee serviert worden. Guy trank zu dem seinen einen großen Brandy. Ein Taxi brachte ihn in die Scarsdale Mews und zu seinem eigenen Telefon zurück. Das Zimmer und der grüne Garten, wie er durch die Terrassentür zu sehen war, schienen sich durch seinen Zorn rot zu färben. Um den Zorn zu bändigen, mußte er ihre Stimme hören; sie war für ihn wie ein Beruhigungsmittel. Er brauchte eine Dosis ihrer Stimme.

Sie war nicht in der Portland Road, sie war nicht in der Georgiana Street. Wo hält sie sich nur auf, dachte er, wo hält sie sich versteckt? Vermutlich wird sie von Rachel versteckt, die sie in die Arbeit mitnimmt oder weiß Gott was sonst tut, um sie von mir fernzuhalten. Später wählte er die Nummer in der Lamb's Conduit Street. Janice nahm den Hörer ab.

Sie war nur vier oder fünf Jahre dort unten gewesen, hatte aber bereits einen australischen Akzent. Aus irgendeinem Grund brachte sie der Klang seiner Stimme zum Kichern. Es kam ihm vor, als hätten sie und Susannah gerade über ihn gesprochen – nein, mehr so, als erinnerte sie sich an irgendeinen Streich, den man ihm gespielt hatte.

»Entschuldigung«, sagte sie. »Ich habe gerade über etwas gelacht, als das Telefon läutete, und konnte nicht aufhören. Ich hole jetzt Susannah.«

Susannah war eine nette Person. So oft, ja, in den meisten Fällen konnte man nicht verstehen, warum Leute bestimmte Leute heirateten, aber was Susannah betraf, war leicht zu sehen, was an ihr auf Anthony Chisholm so anziehend gewirkt hatte.

»Hallo, Guy«, sagte sie mit echter Wärme, und sie sprach seinen Namen mit einer Betonung aus, daß es ihn durchrieselte – als wäre sie hocherfreut, seine Stimme zu hören, als wäre er jemand, den sie liebte und von dem sie seit Monaten nichts gehört hatte. »Es war so nett, Sie neulich zu sehen. Es muß eine Ewigkeit her sein, daß wir uns zum letzten Mal gesehen haben.«

Er hatte vorgehabt, sich cool und unbeschwert zu geben, Small talk zu machen. Aber ihre Worte bewegten ihn. Er war ohnehin am Rand seiner Nerven, seiner Beherrschung. »Zu lange«, sagte er, und dann: »Sie waren immer gut zu mir, Susannah. Als einzige aus Ihrem Kreis. Sogar Leonoras Vater hat sich gegen mich gestellt.«

»Aber nein, Guy, ich bin sicher, das stimmt nicht. Anthony und ich, wir haben Sie immer gern gehabt. Es ist nur so ... Entschuldigen Sie mich bitte einen Moment.« Er hörte, wie sie den Höhrer hinlegte und zur Tür ging, um sie zu schließen. Das geschah, damit die verkicherte, kleine Janice nichts mitbekam. »Guy, Leonora ist eine erwachsene Frau, sie ist für ihr Leben selbst verantwortlich. Ich verstehe, wie bitter es für Sie sein muß zu erleben, daß sie William Ihnen vorzieht, aber wenn das so ist, wer kann daran etwas ändern? Übrigens möchte ich Ihnen sagen, daß ich finde, Ihre ... ja, Ihre Treue gegenüber Leonora ist etwas sehr Schönes. Sie haben sich verhalten wie einer jener Ritter des Mittelalters, die sich jahrelang den Damen ihres Herzens weihten. Wirklich, so sind Sie gewesen. Aber, mein lieber Guy, das muß jetzt ein Ende haben – das sehen Sie doch ein, nicht?«

»Es wird nie ein Ende haben«, sagte er mit leiser Stimme.

»Was haben Sie gesagt?«

»Es wird nie ein Ende haben, Susannah. Denn ich glaube, ja, ich *weiß*, daß sie zu mir zurückkommen wird. Ich weiß, wir werden bis ans Ende unserer Tage zusammensein und diese Geschichte im Rückblick als eine vorübergehende Verrücktheit betrachten.«

»Ja, wenn Sie die Dinge so sehen wollen, kann ich Sie nicht davon abhalten. Ich möchte Sie einfach davor bewahren, daß Sie Ihr Elend noch verlängern, das ist alles.«

Warum nicht mit der Sprache herausrücken? »Gestern war auf Ihrem Kamin eine Einladung zu der Hochzeit. Sie war dort, als ich kam, aber als ich mich verabschiedet habe, hatte jemand sie weggenommen.«

Sie antwortete sofort, ohne das geringste Zögern. »O nein, Guy, da müssen Sie sich irren. Warum sollten wir eine Einladung bekommen? *Wir* laden ja zu der Hochzeit ein.«

Darauf gab es keine Antwort. War es möglich, daß er es sich eingebildet hatte? Er dachte: Susannah würde mich nicht belügen, *sie* nicht. Er fragte sie, ob sie wisse, wo

Leonora war. Nein, aber sie erwarte, sie am nächsten Tag zu sehen. Leonora wolle zur Beerdigung kommen.

Vermutlich wird der ganze Verein hingehen, dachte Guy, nachdem er das Gespräch beendet hatte. Tessa und Magnus Mandeville, Robin und Maeve, William Newton und sogar einige aus dessen Verwandtschaft. Sie wurden allesamt in das große Spinnennetz der Chisholms gezogen. Ein kurzer Tagtraum gewährte Guy einen flüchtigen Blick in eine Zukunft, in der die Chisholms, nachdem Leonora ihn geheiratet hatte, *seine* Familie – beziehungsweise was es davon gab, was sich davon finden ließ – in ihren Kreis zogen. Sie waren imstande, nach seiner Mutter, nach seiner Großmutter zu fahnden, sofern die Gute noch am Leben war. Er stellte sie sich alle an einem gewaltigen Eßtisch vor, wie sie irgend etwas feierten. Robins Hochzeit? *Seine* und Leonoras Hochzeit? Warum nicht? Warum auch nicht?

Er rief noch einmal, mehrmals in der Georgiana Street und in der Portland Road an. Weder hier noch dort hob jemand ab. Newton hielt sie davon ab, ans Telefon zu gehen, oder Rachel Lingard hinderte sie daran. Ja, letzteres war wahrscheinlicher, denn Leonora mußte ja nach Hause gehen, um sich passende Sachen für das Begräbnis zu holen. Aber der morgige Tag würde nicht nur das Erdendasein von Susannahs Mutter, sondern auch von Rachel beschließen.

Zweifellos hatte Chuck oder Chucks Mann bislang noch nicht die Gelegenheit gefunden, den Schlag zu führen. Sonst wüßte Guy davon. Es war nicht so, daß er erwartete, Danilo werde anrufen und ihm berichten, daß die Tat ausgeführt worden sei. Leonora würde anrufen. Es bereitete ihm ein bißchen Skrupel, wenn er daran dachte, wie unglücklich sie sein würde. Sie hatte wirklich etwas übrig für die häßliche, fette Rachel mit ihrem Egotrip, mit ihrem überlegenen Gehabe und ihrer Art, das Leben anderer Menschen rücksichtslos zu manipulieren. Die Nachricht, daß Rachel bei einem Autounfall umgekommen (oder bei einem Raubüberfall getötet worden oder von einer Themsebrücke gestürzt) war, würde sie derart erschüttern, daß sie sicher nicht mit dieser absurden Hochzeit Ernst machen würde. Sie würde bei ihm Trost suchen.

Am nächsten Morgen rief er so früh, wie es gerade noch anging, kurz nach acht, in der Portland Road an. Er war in seinem Schlafzimmer und klopfte auf Holz, diesmal an das Kopfende des Linnell-Betts. Jemand hob ab, sagte aber nichts. Er wußte, wer es war.

»Ich weiß, daß du es bist, Rachel«, sagte er. »Es ist sinnlos, bei mir Theater zu spielen.« Er hätte gern gesagt, was die Kinder aus seinem früheren Viertel sagten, wenn sie eine Frau anbettelten und nichts bekamen: »Stirb, Miststück, stirb!« Aber sie würde ja wirklich bald sterben, und möglicherweise hörte jemand zu. »Ich würde gern mit Leonora sprechen, bitte.«

Sie legte auf.

Er wählte die Nummer noch einmal und ließ es läuten. Als klar war, daß sie nicht an den Apparat gehen würde und auch Leonora davon abhielt, legte er den Hörer hin, um sie damit zu quälen, daß es läutete und läutete. Vielleicht sollte er auf die Beerdigung von Susannahs Mutter gehen, aber er wußte nicht, wo sie stattfand. Seit drei Tagen hatte er jetzt nicht mit Leonora gesprochen. Hatte es jemals eine so lange Pause gegeben, abgesehen von der Ferienzeit und ihrem Collegebesuch? Selbst damals, als sie in dem möblierten Zimmer gewohnt hatte und das Telefon im Erdgeschoß gewesen war, war die Spanne nie so lange gewesen. Er geriet in Panik, wenn seine Gedanken diese Richtung einschlugen, und so strengte er sich an, sie loszuwerden. Nachdem er den Hörer wieder auf die Gabel gelegt hatte, stieg er in den Jaguar und fuhr zu einer Verkaufsausstellung seiner Bilder in Wallington in der Grafschaft Surrey.

Auf der Rückfahrt kam er zum Eingang des Krematoriums von Croydon. Hier wird es wohl stattfinden, dachte er, parkte den Wagen so, daß er halb auf dem Gehsteig stand, und wartete. Wie wunderbar wäre es, sie auch nur zu sehen! Dann würde er aussteigen und hineingehen, den Trauergästen folgen und hinten in der Krematoriumskapelle unauffällig Platz nehmen. Er malte sich aus, wie er sie beispielsweise zum Begräbnis ihrer eigenen Mutter ausstaffieren würde, ein Trauerfall, der vielleicht in vier oder fünf Jahren, nachdem sie längst schon verheiratet waren, eintreten mochte und den er sich innigst herbeiwünschte. Ein schlichtes, schwarzes, von Jean Muir entworfenes Kleid mit einem einzigen Volant, fünfzehn Zentimeter oberhalb des Saums, ein breitrandiger schwarzer Hut, schwarze Wildlederpumps und eine glänzende schwarze Strumpfhose mit Nähten. Es gefiel ihm, sie sich mit einem Schleier vorzustellen, sich auszumalen, wie ihr Gesicht geheimnisvoll verborgen und nur für ihn erkennbar war.

Sie würden Seite an Seite hineingehen, er würde sie stützen, sie sich an seinen Arm klammern. Er sah sie im

Geist, wie sie in der vordersten Kirchenbank niederkniete, um ein kurzes Gebet zu sprechen, ehe der Trauergottesdienst begann. Der lange, schmale Sarg mit Tessas langer, schmaler Leiche erschien, getragen von einem Halbdutzend Männer, Magnus, Anthony, Michael Chisholm, Robin – aber er selbst würde doch auch unter den Trägern sein, nicht? Aber wenn es ihm auch gelingen würde, Leonora zu gewinnen, so würde ihn doch ihre Familie niemals als einen der ihren akzeptieren, überlegte er und blickte dabei hoch und sah, wie eine Prozession von Autos langsam aus dem Eingang gefahren kam.

Er sprang aus dem Jaguar. Der erste Wagen war mit sehr alten Leuten besetzt, die weißhaarigen Köpfe wie Löwenzahnköpfe. Er starrte hin, er musterte die Gesichter. Der zweite Wagen war mit sehr alten Leuten besetzt. Im dritten Fahrzeug saßen zwei etwas jüngere, grauhaarige Leute. Hinter ihm sagte jemand: »Entschuldigung, Sie können hier nicht parken.«

Es war eine Politesse. Er fuhr nach Hause. Fatima war noch da und polierte die Möbel. Guy ging nach oben und versuchte von seinem Zweitapparat im Schlafzimmer aus Leonora anzurufen. Das erinnerte ihn daran, wie ihn Newton spöttisch »Euer Majestät« genannt hatte. Niemand hob ab, weder in der Portland Road noch in der Georgiana Street.

Sie wird doch hoffentlich nicht den Lunch mit mir vergessen, dachte er. Sie hatten keine bestimmte Zeit vereinbart. Aber vielleicht war das auch nicht nötig; sie trafen sich ja immer um ein Uhr. Im *Savoy*, dachte er, um eins. Die Haustür schloß sich, als Fatima ging. Er ging nach unten und mixte sich einen ordentlichen Drink,

Wodka mit Eiswürfeln und ein paar Tropfen Angostura. Immer wieder fiel ihm die Hochzeitseinladung ein. Zum ersten Mal kam ihm der Gedanke, wie sonderbar es war, daß sie, wenn sie schon Einladungen zu dieser lächerlicher Hochzeit verschickten, ihn dabei übergangen hatten. Genauer gesagt: sonderbar aus ihrer Sicht der Dinge, nicht aus seiner. Aus seiner Sicht wäre es grotesk, ihn zu Leonoras Hochzeit mit einem anderen Mann einzuladen. Aber so würden sie es nicht sehen. In ihren Augen war er sicher ein alter Freund, der das gleiche Recht auf eine Einladung hatte wie dieses Miststück Rachel – sogar ein größeres, weil er Leonora länger kannte. Warum also hatten sie ihn nicht eingeladen?

Weil sie keine Einladungen verschickten? Weil diese Karte mit dem silbernen Rand überhaupt nicht auf dem Kaminsims gewesen war. Er hatte sie sich eingebildet. Er hatte sich da in etwas hineingesteigert und sich vorgegaukelt, daß es die Karte gab. Der Garten war wieder grün, das Wasser im Teich glänzte unbewegt und trug Wasserlilien dicht an dicht. Die Blätter waren an der Oberseite grün und karmesinrot gesäumt, die Blüten geädert und gemasert, rosen- und elfenbeinfarben. Er bemerkte, daß die Rosen verblüht waren, ging hinaus und brach die abgestorbenen Knospen ab. Es war still hier draußen im Garten, der hinter den ehemaligen Kutscherhäuschen versteckt war und von dem aus der Verkehr nur als ein fernes Pulsieren zu hören war. Hier war eine friedvolle, wohltuende Atmosphäre. Man könnte niemals den Verstand verlieren, niemals könnten sich im Kopf und in der Phantasie seltsame, unerklärliche Dinge einnisten, wenn man hier in entspannter Ruhe saß.

Etwa eine Stunde später klingelte das Telefon. Seine Intuition sagte ihm, es mußte Leonora sein. Zwar war es Jahre her, daß sie ihn angerufen hatte, aber er wußte, daß es Leonora war. Er ging so rasch ins Haus, daß er das rote Lacktischchen neben der Tür umstieß, auf dem früher die chinesische Vase gestanden hatte. Mit pochendem Herzen nahm er den Hörer ab. Celeste meldete sich und fragte, ob er vergessen habe, daß er mit ihr auf die Party ihrer Freundin gehen wollte. Er habe sie doch noch anrufen wollen deswegen, es aber nicht getan.

Guy hatte es wirklich vergessen. Er sollte eigentlich hinfahren, solche Dinge machten ihm Spaß, er hatte die Einladung der Freundin akzeptiert und Celeste die Zusage gegeben, aber trotzdem hatte er keine Lust darauf. Er habe sich vermutlich etwas geholt, sagte er, irgendein Virus, oder einer seiner Migräneanfälle bahne sich an. Sie hörte ihm resigniert zu und machte keinen Versuch, ihn umzustimmen. Nachdem sie aufgelegt hatte, dachte er beinahe krank vor Enttäuschung: Da du ohnehin noch den Hörer in der Hand hast, kannst du gleich in der Georgiana Street anrufen.

Niemand meldete sich. Er mixte sich noch einen Drink und wählte die Nummer in der Portland Road. Er klopfte auf das rot lackierte Holz – war es auch Holz? Wieder keine Antwort. Vielleicht war Rachel bereits tot. Chuck würde die Sache vermutlich unten in Brixton erledigen, wo Rachel arbeitete. Viele Leute sagten, für eine Frau, zumal für eine weiße Frau sei es riskant, allein durch die Seitenstraßen in Brixton zu gehen. Guy hatte das nie so richtig geglaubt, aber vielleicht, so dachte er, ist doch was dran.

In seinem Kopf formte sich ein Szenario. Die Polizei würde jemanden brauchen, der Rachels Leiche identifizierte. Man würde Leonora oder Maeve darum ersuchen – höchstwahrscheinlich Leonora, weil sie noch immer mit Rachel zusammenwohnte, während Maeve ausgezogen war. Natürlich würde sie William Newton bitten, sie zu begleiten, da sie vor Kummer und Entsetzen außer sich war. Aber Newton würde sich weigern, denn er war zu zimperlich, ein Typ von der Sorte, für die die Vorstellung, eine Leiche zu sehen, zuviel ist, zumal wenn sie in einer Verfassung war, in der sich die tote Rachel befinden würde. So würde sich Leonora in ihrer Verzweiflung an den einen wenden, auf den Verlaß war, an ihre einzige, ihre wahre Liebe, und gemeinsam würden sie nach Brixton fahren. Er würde sie in seinem Jaguar hinbringen. Dort angekommen, nähme er die Sache selbst in die Hand. »Ich kannte die Verstorbene ebenso gut wie meine Verlobte, *Sergeant*. Überlassen Sie die Identifizierung mir.« Hinterher, im Wagen, würde sie sich an ihn klammern und sagen: »Du warst immer der Richtige für mich, Guy. Ich muß nicht ganz bei Trost gewesen sein...«

Nach zwei weiteren starken Wodkas war er zwar noch vollkommen nüchtern, aber seine Stimme war mittlerweile ein bißchen undeutlich. Er stellte sich vor den Spiegel und sprach probehalber mit sich selbst. Ehrlicherweise mußte er sich eingestehen: Eigentlich möchte ich nicht, daß Leonora mich so sprechen hört. Es hat noch Zeit für einen letzten Versuch, wenn ich aus dem Restaurant zurückkomme.

Er machte sich zu Fuß auf. Die frische Luft tat ihm gut.

Es war für ihn etwas ganz Ungewöhnliches, in einem Lokal zu essen, ohne daß er vorher einen Tisch bestellt hatte. Ein Stück weit an der Old Brompton Road war ein italienisches Restaurant, wo er einmal mit Celestes Vorgängerin, einer Halbchinesin und Stewardeß auf einer Boeing 747, eine gute Pizza gegessen hatte. Vier Tage war es jetzt her, daß er mit Leonora gesprochen hatte... Es war besser, sich auf Rachel zu konzentrieren, deren Leiche inzwischen in irgendeinem Winkel liegen mochte, ja, beinahe mit Sicherheit lag. Es war kurz vor acht Uhr, mehr als achtundvierzig Stunden, seit er Danilo auf sie angesetzt hatte.

Das Restaurant war irgendwo in dieser Reihe von Geschäften. Ein Mann, ein Bettler, der total auf den Hund gekommen war oder wie man es sonst nennen wollte, lag der Länge nach auf der Schwelle eines Bioladens, der schon lange geschlossen hatte. Es war ein Farbiger, ein noch jüngerer Mann, anscheinend hochgewachsen, mager, beinahe ausgemergelt und mit schwärzlichen Fetzen bekleidet. Neben ihm auf dem Gehsteig lag eine Mütze, und das Fünfpencestück darin war das einzige Zeichen, daß es sich nicht um eine Kopfbedeckung handelte, die so eben mal auf den Boden geworfen worden war.

Er lag auf dem Rücken, die Hände hinter dem Kopf gefaltet und starrte nach oben. Die Lippen waren geöffnet, die Zähne sehr weiß, und dazwischen ein goldener Schimmer. Er sah nicht zu Guy hin, und dieser warf ihm auch nur einen raschen Blick zu, war aber überzeugt, daß der Mann Linus war. Ein schrecklich veränderter Linus, heruntergekommen, mit Bartstoppeln auf den früher immer glatten Wangen und einer häßlichen Narbe quer über einem der Backenknochen, aber derselbe Mann. Guy ging weiter. Er war inzwischen ganz nüchtern, zitterte aber. Seine Hände flatterten, es war ihm zumute, als könnten ihn seine Beine kaum mehr tragen, aber dennoch marschierte er weiter. Er vergaß, daß er nach dem italienischen Restaurant gesucht hatte, und ging mit unsicheren Schritten durch die Straße, die The Boltons heißt, und dann die Fulham Road entlang. Es war ihm nur noch darum zu tun, möglichst viel Abstand zwischen sich und das arme menschliche Wrack zu legen, das Linus gewesen sein könnte, das Linus *war*.

Doch als er in das Restaurant trat, das er in der Cale Street entdeckte, zur Theke ging und sich einen großen Wodka-Martini bestellte, ehe er nach einem Tisch fragte, entrang sich ihm beinahe ein Stöhnen bei dem Gedanken, daß er weggelaufen war. Warum war er nicht stehengeblieben und hatte seinen Freund gefragt, wie er ihm helfen könnte?

Das hieß natürlich, die Sache vereinfachen. Aber er hätte den Mann immerhin fragen können, ob er Linus sei. Für einen Weißen ist die genaue Identität eines schwarzen Menschen nicht leicht auszumachen. Dieses sofortige Erkennen ohne den Schimmer eines Zweifels gibt es nicht, und ein leichter Zweifel blieb in Guy zurück. Als er Linus das letzte Mal gesehen hatte, war dieser ein geschmeidiger, gesunder, schöner junger Kerl gewesen, ein Gangster, dem es bestens ging. Er war immer gut, wenn auch auffällig bunt gekleidet gewesen. Er hatte einen Goldzahn gehabt, erinnerte sich Guy, und das war eigentlich ungewöhnlich bei jungen Menschen, aber nicht so ungewöhnlich bei jemandem von karibischer Herkunft.

Guy setzte sich an seinen Tisch, bestellte irgendein Gericht mit Huhn und einen zweiten Wodka-Martini, während er auf das Essen wartete. Der Bettler auf der Schwelle hatte einen Goldzahn gehabt. Im Geist ging er eine halbe Stunde zurück und sah wieder die geöffneten Lippen: voll und glänzend, mit einem Stich ins Bläuliche, und zwischen den weißen Schneidezähnen einen goldenen Schimmer. Es war Linus gewesen. Was war ihm zugestoßen, daß es so weit mit ihm gekommen war?

Fünfzehn Jahre war das jetzt her... Die jugendlichen Straßenbanden hatten damals keinen Rassismus gekannt. Darauf konnte man heute stolz sein, das war etwas Erfreuliches, doch seinerzeit hatte es keiner von ihnen in diesem Licht gesehen; es hatte sie nur erstaunt, wenn die Polizei und die Sozialarbeiter von Rassenunruhen unter der Jugend in Notting Hill sprachen. Guy hätte beinahe – beinahe, aber nicht ganz, wenn er ehrlich war – sagen können, daß er die Hautfarbe eines anderen Menschen gar nicht bemerkte. Er wußte, daß es in den Augen mancher Leute ein Nachteil ist, irischer Abstammung zu sein. Linus war ein junger Teufel gewesen. Einmal hatte er in der Central Line der U-Bahn zwischen den Stationen Notting Hill und Queensway drei amerikanische Touristen um fünfhundert Pfund erleichtert, ohne daß sie das geringste davon bemerkten.

Das Essen kam, aber er konnte nur darin herumstochern. Er trank eine Karaffe vom Wein des Hauses. Warum, fragte er sich, bin ich hiergeblieben, um etwas zu essen? Er hätte unverzüglich zu der Stelle zurückkehren sollen, wo er Linus hatte liegen sehen. Er war davongelaufen. Er stand auf, zahlte und nahm sich vor zurückzugehen. Er mußte dorthin, wo der junge Schwarze auf der Ladenschwelle lag, und sich vergewissern, daß es sich um Linus handelte.

Er ging die Straße entlang und hielt nach einem Taxi, nach jenem glühenden, goldenen Würfel Ausschau, der, wenn er auf einen zukommt, das willkommenste aller Lichter auf den Straßen ist. Da näherten sich ihm auf der King's Road, Arm in Arm wie ein altes Ehepaar, Robin Chisholm und Maeve Kirkland.

Daß sie hier waren, überraschte natürlich weniger als seine eigene Gegenwart in diesem Viertel. Sie wohnten ja nur eine Straße weiter. Die King's Road war sozusagen ihre Dorfhauptstraße. Guy erwartete, daß sie entweder, wie damals im Park, so taten, als sähen sie ihn nicht, oder daß sie auf der Straße einen Krach anzettelten. Er wappnete sich dafür und nahm einen grimmigen Blick an, indes sie näher kamen. Sie waren wieder darauf abgefahren, sich wie Zwillinge anzuziehen, was vielleicht für ihre Beziehung bezeichnend war. Diesmal waren die rosafarbenen Hemden identisch. Worin sie sich unterschieden, das waren die Jeans: ihre waren rußfarben, seine blau und ausgewaschen. Robin war nichts davon anzumerken, daß er mit knapper Not einem schweren Unfall entgangen war, und auch das blaue Auge hatte er nicht mehr. Guy mußte sich davon abhalten, seine Wange zu berühren, wo noch immer schwach die Kratzspur eines Fingernagels zu sehen war.

Beide lachten ihn mit einem breiten Grinsen an. »Alles vergeben und vergessen, *old man*?« sagte Robin.

Guy hatte noch nie gehört, daß irgendein Mann unter sechzig einen anderen »old man« nannte. »Wie geht's so?« sagte er und dann, höflichkeitshalber: »Freut mich, daß du wieder auf den Beinen bist.«

»Oh, ich bin wieder ganz in Kampfform.« Das kam Guy als eine unglückliche Wortwahl vor. Da er Robin kannte, hatte er keinen Zweifel, daß die Worte bewußt gewählt waren. »Und was«, tönte Robin, »führt dich in diese fernen Gefilde?« Ohne eine Antwort abzuwarten, lud er Guy zu einem Drink in die St. Leonard's Terrace ein.

Diese Herzlichkeit machte Guy sprachlos. Was führte Robin im Schilde? »Tut mir leid, ich würde gern, aber ich bin ein bißchen in Eile.«

»Du hast gar nicht gefragt, wo Leonora ist«, sagte Maeve spitz.

Sie hatte recht. Er wurde sich bewußt, daß er während der vergangenen Stunden nicht an Leonora gedacht hatte. Es mußte ein Rekord gewesen sein. »Nein«, sagte er. »Nein. Ich nehme an, sie ist in der Portland Road. Ich treffe mich morgen mit ihr zum Mittagessen.«

»Sie ist zu William gezogen, weil Rachel fort ist. Es hat keinen Sinn, daß sie allein in der Wohnung bleibt.«

Es durchzuckte ihn. »Was willst du damit sagen, Rachel ist fort?«

»Sie ist doch in Urlaub geflogen.«

»In Urlaub?« sagte er.

»Heute vormittag. Sie ist mit Dominic nach Spanien geflogen. Warum machst du so ein Gesicht, Guy? Ich spreche von Rachel, nicht von Leonora.«

Ein Taxi näherte sich. Er winkte es herbei, sagte dem

Fahrer, er solle ihn in Bolton Gardens absetzen, verabschiedete sich von den beiden und stieg ein. Als das Taxi davonfuhr, sah er durchs Rückfenster Maeves Gesicht: Ihr Mund stand ein wenig offen, und sie schüttelte den Kopf. Also war ihm Rachel entkommen, oder vielmehr, sie war Chuck entkommen. Rachel war mit einem dieser Klugscheißer aus ihrem Freundeskreis im Urlaub. Das Wichtige war natürlich nicht, daß sie tot, wichtig war, daß sie nicht da war. Und nun war sie nicht da.

Der Abend war windig geworden und nicht mehr warm, der Herbst im Anzug. Der Beton der Türschwelle von diesem Laden war kalt und hart, und die Kälte drang wie ein Schmerz durch dünne, rußfarbene Kleiderfetzen. Guy stieg in Bolton Gardens aus dem Taxi und ging die paar Schritte zurück in die Old Brompton Road.

In dem Ladeneingang lag niemand. Linus, wenn es sich um Linus gehandelt hatte, war verschwunden. Das einzige Indiz, daß er an dieser Stelle gelegen hatte, war eine Zigarettenkippe, ein winziger Stummel, viel kürzer, als ihn die meisten Tabakraucher hinterlassen. Guy hob ihn auf, schnupperte daran und roch den süßlichen, leicht benommen machenden Duft von Marihuana.

# 15

Sie verspätete sich. Er saß an ihrem großen, runden Tisch in dem geschmackvoll dekorierten Raum, entschlossen, nicht schon wieder auf die Uhr zu sehen. Er hatte etwas zu trinken bestellt und sich vorgenommen, erst wieder einen Blick auf die Uhr zu werfen, wenn der Drink kam. Daß er nicht hatte widerstehen können, sich eine Zigarette anzuzünden, trug ihm tadelnde Blicke einer Frau ein, die einen rosafarbenen Hut aufhatte. Guy zwang sich, zum Fenster hinauszuschauen.

Der bestellte Brandy wurde serviert. Es war das stärkste Getränk, das ihm einfiel, abgesehen von völlig exzentrischen Dingen wie Absinth oder Zubrovka. Derlei gab es vermutlich nicht einmal im *Savoy*. Er schaute auf die Uhr. Es war zwölf Minuten nach eins. Seit Tagen hatte er nicht mit ihr telefoniert. Diese Verabredung im *Savoy* war nie bestätigt worden. Er dachte: Sie wird nicht kommen. Sie haben mich besiegt. Sie haben sie in Newtons Wohnung verfrachtet, sie werden niemals zulassen, daß sie noch einmal mit mir spricht. Ich warte bis zwanzig nach. Wenn sie bis zwanzig nach nicht da ist... was tue ich dann? Was soll ich dann tun?

In die Georgiana Street fahren, dachte er. Sie suchen. Seit er sie am Dienstag in der Lamb's Conduit Street gesehen hatte, hatte er nicht mehr mit ihr gesprochen. Das waren vier Tage. Er hätte hartnäckig bleiben, er hätte schon vorher nach ihr suchen sollen. Sie konnte weiß Gott wo, sie konnte mit Rachel nach Spanien geflogen sein. Er machte den Kellner auf sich aufmerksam und bat um ein zweites Glas Brandy. Natürlich kam sie nicht, es stand für ihn fest, daß sie jetzt nicht mehr kommen würde. Er blickte auf seine Uhr. Es war zweiundzwanzig Minuten nach eins.

Der zweite Brandy war beinahe getrunken, als der Kellner sie an den Tisch führte. Guy sprang auf. Vergessen waren die Qualen des langen Wartens, sie sah *wunderbar* aus. Dies eine Mal hatte sie sich in Schale geworfen, für ihn und für dieses Nobelrestaurant.

Aber vielleicht nicht nur für dies eine Mal. Vielleicht blieb es dabei. Es gehörte zu dem Veränderungsprozeß, den sie durchmachte und der sie zu ihm zurückführte. Er vergaß die vergeblichen Anrufe, die Tage des Schweigens. Sie trug ein Leinenkostüm. Der kurze Rock war tiefblau, die lange, hochgeschlossene, eng taillierte, ausgestellte Jacke in einem dunklen Rosaton mit breiten vertikalen Streifen in Dunkelblau und Altrosa. Die Ärmel waren umgeschlagen, so daß das rosafarbene und blau gesprenkelte Futter zum Vorschein kam. Dazu trug sie eine malvenfarbene Strumpfhose und blaue Wildlederschuhe, und die Ohrringe bestanden aus dunkelroten, gläsernen Rosen.

Ihr Haar glänzte. Es wirkte wie frisch geschnitten, und zur Abwechslung einmal gut geschnitten. Auf ihrem Gesicht lag ein Glühen, so daß er einen Augenblick lang dachte, sie habe Make-up aufgelegt. Sie küßte ihn nacheinander auf beide Wangen, woran nichts Ungewöhnliches war.

»Tut mir leid, daß ich so spät komme, Guy. Die U-Bahn hatte eine Betriebsstörung.«

Wen interessierte die U-Bahn? Ihre exzentrische Art, sich in der Stadt zu bewegen, brachte ihn zum Lachen. »Leonora, Liebling«, sagte er. »Du siehst so schön aus. Ich möchte, daß du immer so aussiehst.«

»Dafür hat meine Mutter gesorgt. Sie hat gesagt, ich kann nicht in Jeans ins *Savoy*. Und da ich vor kurzem das Kostüm hier gekauft habe, hab' ich mir gedacht, ja, warum eigentlich nicht?«

»Deine Mutter hat gewollt, daß du dich zum Lunch mit mir feinmachst?«

Sie lächelte, das knappe Lächeln, bei dem sich die Mundwinkel nicht weit öffneten. »Meine Mutter möchte immer, daß ich mich feinmache, wenn ich, egal mit wem, zum Lunch ausgehe.«

Das ignorierte er am besten. »Bestell dir doch zur Abwechslung mal was Nettes zu trinken«, sagte er. »Verdirb nicht die Stimmung mit Orangensaft.»

»Na gut, ich werd' dir zuliebe einen Sherry trinken. Aber keinen trockenen, einen köstlichen, dunkelbraunen, klebrigen Bristol Cream.«

»Du bist also in die Georgiana Street umgezogen«, sagte er.

Sie begann zu erklären, warum. Er erzählte ihr, daß er Maeve und Robin begegnet war. Der offensichtliche Waffenstillstand, die Entspannung zwischen ihm und Robin schien ihr große Freude zu machen. Sie langte über den Tisch und drückte Guys Hand mit festem Griff. Nein, sagte sie, nicht einmal ihm zuliebe werde sie Fleisch essen. Sie nehme Fisch. »Hummer?« schlug ihr Guy vor.

Die Idee ließ sie erschauern; sie wollte Seezunge bestellen, zuerst kreolische Garnelen und danach Seezunge mit Bratkartoffeln – warum nicht? – und Gemüse anstelle eines Salats. Ein richtiges Essen, stellte Guy entzückt fest.

Obwohl er es keineswegs vorgehabt hatte, erzählte er ihr von seiner Begegnung mit Linus und fragte, ob sie sich an Linus erinnere.

»Aber natürlich. Er mochte mich nicht. Ich werd' es nie vergessen, wie wir uns das erste Mal gesehen haben, draußen auf der Straße, in der Talbot Road oder irgendwo, und du warst nett zu mir und hast mich an einem Joint ziehen lassen – obwohl du das wirklich nicht hättest tun sollen –, und Linus, er hat in den Rinnstein gespuckt.«

Sie erinnerte sich an alles. Sie erinnerte sich noch, wie er damals gewesen war! Das Herz ging ihm fast über. »Auf der Türschwelle lag der Stummel von einem Joint«, sagte er.

»Er hat mich nie gemocht«, wiederholte sie. »Ohne jeden Grund. Er war halt einer von diesen Schwulen, die Frauen nicht mögen.«

»Linus war doch nicht schwul.« Manchmal machte es ihn betroffen, welche Dinge sie sich ausdachte, wie *vielschichtig* ihr Denken war, was für Dinge in ihrem hübschen Kopf vor sich gingen. »Wie kommst du darauf? Er hatte doch diese Sophette als Freundin. Sie hätte zwar seine Mutter sein können, aber sie war seine Freundin.«

»Genau«, sagte Leonora und lachte ein bißchen. »Bist du dir sicher, daß er der Mann in dem Ladeneingang war?«

»Beinahe sicher.«

»Verschaffe dir lieber volle Gewißheit, bevor du irgendwas tust.«

Sie verzehrte ihre Garnelen mit Genuß, sie aß den Fisch ganz und die Kartoffeln größtenteils auf. Sie wollte zwar keinen zweiten Sherry, aber sie teilte seinen Frascati mit ihm. Er mußte eine zweite Flasche bestellen.

»Guy«, sagte sie tiefernst, »es ist sehr anständig, sehr gütig von dir, daß du Linus helfen willst, wenn er es wirklich ist und wenn er kaputt ist, aber ich finde, du solltest dich an *eines* erinnern. Linus war ein Pusher, er hat mit gefährlichen Drogen gehandelt. Damit hat er sein Geld verdient. Er ist wahrscheinlich durch seine eigene Sucht so tief gesunken. Hast du daran gedacht?«

Er mußte sich im Zaum halten, um ihr nicht ins Gesicht zu starren. Wußte sie denn nicht Bescheid? Wußte sie nicht, daß das, was für Linus galt, auch auf ihn zutraf?

»Es wäre ein bißchen hart zu behaupten«, sagte sie, »daß er nur seine verdiente Strafe bekommen hat, aber man könnte schon sagen, daß er es sich selbst zuzuschreiben hat.«

»Und deswegen soll man ihn in der Gosse liegen lassen? Wer gibt dir solche Ideen ein? Newton?«

»Du identifizierst dich mit Linus. Das ist der Grund, warum dir seine Lage so nahegeht. Du siehst dich selber in ihm, durch irgendwas ruiniert. Oh, ich spreche jetzt nicht von Armut oder Kriminalität, ich meine etwas anderes. Ihr habt ja ein ähnliches Leben geführt, ihr seid beide gleich alt, kommt aus einem ähnlichen Milieu, habt früher auf die gleiche Weise euer Geld verdient.«

»Das sprichst du jetzt Rachel nach.«

Sie gab keine Antwort.

»Was weißt du davon, wie ich mein Geld verdient habe, Leonora?« fragte er mit schwerer Stimme.

Sie antwortete unschuldig: »Du hast Marihuana verkauft, nicht? Das war mir immer klar.«

Der Schreckensaugenblick ging vorüber. Sie trank ein zweites Glas Wein, wollte dann aber keinen mehr. Dagegen war sie mit Begeisterung bereit, sich ein wunderbares Dessert zu bestellen, eine Art Skulptur aus Schokolade mit blattdünnen, verdrehten Blütenblättern, weiß, cremefarben und dunkelbraun. Die Entscheidung über den Nachtisch, seine Ankunft brachten sie von dem Thema ab. Er begann über die nächsten beiden Wochen nachzudenken, die Hochzeit, von der jedermann *behauptete*, daß sie am sechzehnten September stattfand, in vierzehn Tagen also. Natürlich würde sie nicht stattfinden, aber...

»Ich hab' dich die ganze letzte Woche nicht am Telefon erreicht«, sagte er.

»Ja, ich weiß. Tut mir *leid*, Guy. Aber von jetzt ab bin ich immer in der Georgiana Street.« Sie lächelte ihn an, den Kopf leicht seitwärts geneigt. »Ich muß ja manchmal aus dem Haus, weißt du.«

»Du hast die Wohnung in der Portland Road endgültig aufgegeben?«

»Wie es aussieht, ja. Da Maeve ausgezogen und Rachel fort ist, schien es nicht viel Sinn zu haben, dorthin zurückzukehren. Übrigens wollen wir sie Janice und Gerry zur Verfügung stellen, solange sie sich in England aufhalten. Es ist netter für sie, ein eigenes Quartier zu haben, als bei Daddy und Susannah logieren zu müssen. Und wenn Rachel zurückkommt, ändern wir die Verträge, und dann gehört die Wohnung ihr allein.«

Als sie mit dem Dessert fertig war, gingen sie zum Embankment hinab. Er nahm ihre Hand, und sie ließ ihn gewähren. Die Worte waren in seinem Kopf, und er wollte sie auch herausbringen, aber er hatte Angst. Sie waren jetzt in seinem Mund und warteten darauf, ausgesprochen zu werden. Leonora sprach über den Fluß, die Boote und Schiffe darauf. In der Woche vorher war ein Vergnügungsdampfer gesunken, das schlimmste Schiffsunglück, zu dem es seit hundert Jahren auf der Themse gekommen war. Fünfzig Personen waren ertrunken. Jetzt redete sie davon, wie einem zumute sein müsse, wenn man unter dem Deck gefangen war, und erschauerte. Die Worte drängten sich in seinen Mund, würgten ihn, stürzten aus ihm heraus. »Sagt dir der Name Con Mulvanney etwas?«

Arglose Augen schauten ihn sanft an – sie verstand ihn nicht. »Nichts. Nein, nichts. Um was geht es dabei, Guy?«

»Es war ein Mann, der LSD nahm und an Bienenstichen starb.«

»Ach ja.« Er sah, daß ihr etwas dämmerte, und das Herz sank ihm. »Ja, davon hab' ich gehört. Es ist lange her. Ich habe nie erfahren, ob es wahr war.«

»Es war wahr.«

»Was soll ich dazu sagen, Guy? Willst du mir davon erzählen?«

»Er hat mich um den Stoff angebettelt. Ich wollte ihm das Zeug nicht geben. Aber hinterher war ich fix und fertig, Leo, Liebling, ich habe mich furchtbar geschämt. Und ich wollte nicht, daß du es jemals erfährst, ich wußte, wie es auf dich wirken würde. Auf unsere Beziehung. Was du über mich denken würdest.«

»Ich wußte, du mußt einen Grund gehabt haben, es zu tun«, sagte sie. »Es hat überhaupt nichts geändert.«

»Es hat überhaupt nichts geändert?«

»Daran, wie ich zu dir eingestellt war«, sagte sie.

Er nahm sie in die Arme. Sie lehnte gegen eine glatte, steinerne Säule, und er legte die Arme um sie und küßte sie. Küsse dieser Art waren zwischen ihnen seit Jahren, fünf, sechs Jahren nicht mehr getauscht worden. Es war ein langer, inniger Kuß, bei dem sich die Zungen trafen, von der Art, die einem sexuellen Akt vorausgeht, nicht ein Kuß für einen windigen Winkel am Fluß, während Leute vorbeigingen und ein Schiff auf der Themse einen langen, lauten Sirenenton aussandte.

»Ich liebe dich, Leonora«, sagte er. »Ich habe dich immer geliebt. Ich werde dich lieben, bis ich sterbe. Kehr zu mir zurück. Ich weiß, daß du eines Tages zu mir zurückkommen wirst. Tu es jetzt!«

Sie sagte mit unendlicher Traurigkeit: »Es ist zu spät dafür, Guy.«

»Warum ist es zu spät? Es ist nie zu spät. Ich liebe dich, und du liebst mich, und du weißt, daß du mit dieser verrückten Heirat, dieser lächerlichen Heirat doch nicht Ernst machen wirst. Siehst du nicht, daß es ein Verbrechen an dir und an mir wäre, diesen Mann zu heiraten? Aber ich weiß ja, du wirst es nicht tun. Ich weiß, du liebst mich. Du hast es mir gezeigt. Ich weiß, daß du mich jetzt liebst.«

»Gehn wir bitte weiter, Guy«, sagte sie.

Sie gingen den Weg durch die Victoria Embankment Gardens entlang. Es war kühl und windig, und die Themse strömte mit kleinen, grauen Wellen dahin.

»Versprich mir, mich damit nicht zu bedrängen«, sagte sie. »Es ist auch so schon schwer genug für mich. Die Dinge sind schon schwer genug.«

»Liebling, ich werde nichts tun, was du nicht willst. Ich werde alles tun, was du verlangst. Du hast mich so glücklich gemacht.«

»Du kannst einem recht zusetzen, weißt du, Guy. Du hörst und hörst nicht auf. Aber das tust du jetzt nicht mehr, ja? Du bedrängst mich nicht mehr?«

»Jetzt, da ich weiß, du liebst mich, bin ich so glücklich, daß ich kein Wort mehr darüber sagen werde.«

»Komm doch am Mittwoch zum Abendbrot zu uns«, sagte sie. »Würdest du das tun? Ruf mich morgen und am Montag und Dienstag an und komm am Mittwoch gegen halb acht zum Abendbrot zu uns.«

Abendbrot, was ist das? hätte er vielleicht geantwortet, wenn es nicht Leonora gewesen wäre. »Dinner«, nicht Abendbrot, hieß es, wenn man richtig zu Abend aß. Natürlich, in den alten Zeiten, zu Hause bei seiner Mutter, hatte es »Tea-time« geheißen, wenn man abends etwas aß, sofern überhaupt etwas zum Essen dagewesen war. »Wer ist ›uns‹?« fragte er.

»William wird natürlich dasein. Guy, es ist ja Williams Wohnung. Sei vernünftig. Sei *nett.*«

»Ich werde nett sein. Ich werde kommen. In ein und derselben Woche werde ich dich gleich zweimal zu sehen bekommen. Wo sollen wir nächsten Samstag zu Mittag essen?«

Sie lachte. »Darüber können wir uns am Mittwoch unterhalten.«

Nachdem sie ihn verlassen hatte, nahm er kein Taxi.

Er ging zu Fuß. Sie hatte ihn beim Abschied noch einmal geküßt, ihm einen warmen, innigen, zärtlichen Kuß gegeben. Und nun war er wieder allein. Sie hatte ihm gesagt, daß sie ihn liebe, daß nichts etwas daran geändert habe, sie hatte ihre Liebe zu ihm ins Leben zurückgerufen. Natürlich hatte sie auch gesagt, es sei zu spät, zu ihm zurückzukehren, aber das war nicht ernst gemeint gewesen. Vermutlich dachte sie, er wolle sie nach ihrem Akt der Untreue nicht mehr wiederhaben, doch darin täuschte sie sich ganz und gar.

Während er das Embankment entlangging, kam ihm der Gedanke, daß es für Menschen in ihrer Situation, die nach einer Trennung wieder zueinanderfinden, normal wäre, zusammen nach Hause zu gehen. Für Leonora wäre es eigentlich natürlich gewesen, jetzt mit zu ihm nach Hause zu fahren. Aber er verstand ja, warum sie das nicht tun konnte. Hatte sie nicht gesagt, die Dinge seien schwer für sie? »Es ist auch so schon schwer genug«, hatte sie gesagt. Nichts hätte klarer zeigen können, unter welchem Druck sie von seiten ihrer Familie stand, bei William Newton zu bleiben. Ihre Familie hatte ihn für sie aufgetan, sie zusammengebracht, und jetzt vereinten sich alle, um sie an ihn zu fesseln.

Sie wollten nur eines, das war ganz klar: den sechzehnten September und damit diese Hochzeit hinter sich bringen. Sie verhielten sich wie irgendeine königliche Familie in grauer Vorzeit oder in einem Märchen, die die Prinzessin in einen Turm einschloß, bis sie sich zur Heirat mit dem Zimtzwerg bereitfand. Er lächelte vor sich hin, während ihm diese Gedanken durch den Kopf gingen. Aber schon bald wurde er wieder zornig, zornig *ihretwegen*, die sie unglücklich gemacht hatten, seine süße und schöne, angebetete Leonora, die »die Dinge schon schwer genug« fand, weil sie zur Heirat mit einem Mann gepreßt wurde, den sie nicht liebte.

Es begann zu regnen, und er winkte einem Taxi. Sobald er wieder in der Scarsdale Mews war, wollte er sofort in seinem Terminkalender nachsehen, welches Vorhaben er am Mittwoch streichen mußte. Am Mittwoch – nichts. Einen Augenblick lang konnte er kaum glauben, was er las, und dann wurde es ihm nur allzu klar. Er *erinnerte* sich wieder.

Am Montag sollte er Celeste, die an diesem Tag Geburtstag hatte, nach Stratford-on-Avon fahren, sie ins *Shakespeare Memorial Theatre* führen und dann die Nacht im *Lygon Arms* in Broadway verbringen. *Sollte.* Er hatte die Eintrittskarten, hatte das Zimmer bestellt. Sie hatte es in guter Haltung hingenommen, daß sie vergangenen Freitag von ihm enttäuscht worden war. So etwas konnte er ihr nicht noch einmal antun. Während er die nächsten Tage noch einmal im Geist durchging, begann er seine Telefonanrufe bei Leonora zu planen. Am Montag müßte es ihm eigentlich gelingen, sie zu erreichen, ehe er sich auf den Weg machte, und am Dienstag konnte er sie vom Hotel aus anrufen ...

Celeste verbrachte die Nacht zum Montag bei ihm. Sie kam am späten Nachmittag an, gerade als er nach dem Gespräch mit Leonora den Hörer auflegte. Da Tessa und Magnus anwesend waren, war ihre Unterhaltung, es konnte nicht anders sein, fade und im ganzen gesehen bedeutungslos verlaufen. Leonora hielt sich an diesem

Tag noch einmal in der Portland Road auf und packte ihre persönlichen Habseligkeiten zusammen, damit, wie sie sagte, ihre Mutter und ihr Stiefvater sie mit zu sich nach Hause nehmen und in ihrer Garage einlagern konnten. Dies gab Guy den erfreulichen Gedanken ein, daß sie, sollte sie wirklich vorhaben, Newton zu heiraten, ihre Sachen in *dessen* Wohnung gebracht hätte.

»Liebling«, sagte er. »Ich hätte die Sachen doch mit hierher nehmen können. Warum hast du mich denn nicht darum gebeten?«

Es war ihm klar, daß sie in Tessas Gegenwart ganz neutral sprechen, ja, Small talk machen mußte. In Tessas Gegenwart, die ihr ohne Zweifel im Nacken saß und jedes Wort registrierte, um es ihr später unter die Nase zu reiben. Er konnte Tessa förmlich sehen, diese Gespensterheuschrecke, wie sie in der Wohnung umherraste, dies und jenes in die Hand nahm und es sich einfallen ließ, ausgerechnet etwas aus einem Regal dicht hinter Leonora zu räumen, während ihre Tochter am Telefon war. Er sah ihre sehnigen braunen Hände vor sich, die knochigen Hände eines Skeletts, überzogen mit einem Stück brüchigen Leders, und mit Nägeln, die wie silberne Messerklingen aussahen, ihren kleinen Kopf mit dem streng in den Nacken gekämmten Haar, diesen Nacken, der aussah wie der Hals einer Schildkröte, die mißtrauisch aus ihrem Panzer lugt.

»Ich muß aus geschäftlichen Gründen wegfahren, Leo«, sagte er. »Nur morgen und übermorgen.« Das war zwar gelogen, aber in diesem Augenblick empfahl es sich nicht zuzugeben, daß er mit einer anderen wegfuhr und die Nacht mit ihr verbrachte. In diesem Punkt zu schwindeln, sagte sich Guy spitzfindig, wäre nur schlimm, wenn es sein *Wunsch* gewesen wäre, mit Celeste wegzufahren. »Aber ich ruf' dich trotzdem an, ich richt' es so ein, daß ich unterwegs an ein Telefon rankomme.«

Erst als er sehr früh am nächsten Morgen in dem chinesischen Bett neben Celeste aufwachte, begann er sich zu erinnern, was Leonora über Con Mulvanney zu ihm gesagt hatte. Ihr Kuß, die Erklärung ihrer fortdauernden Liebe, ihre Enthüllungen über die Pressionen, denen sie ausgesetzt war – all das hatte diese schlichten Bemerkungen aus seinem Gedächtnis verdrängt. Er hatte sich nicht einmal daran erinnert, als er am vorigen Nachmittag mit ihr telefonierte. Aber jetzt waren sie zurückgekommen, jetzt in den dunklen, frühen Morgenstunden. Er sah, daß die leuchtenden Zeiger seiner kleinen Uhr auf halb fünf zeigten.

»Ja, davon hab' ich gehört«, hatte sie gesagt. »Vor langer Zeit. Ich habe nie erfahren, ob es wahr war.«

*Sie hatte davon gehört.* Er hatte nie im Ernst daran gezweifelt, er hatte nie einen Beweis gebraucht, aber nun war seine Vermutung Gewißheit geworden. Warum hatte er sie nicht gefragt, wer ihr davon erzählt hatte? Weil er so überwältigt gewesen war, vor Freude über das, was sie als nächstes sagte: daß all das in keiner Weise ihre Gefühle ihm gegenüber verändert habe. Außerdem wußte er ja Bescheid. Rachel hatte es ihr erzählt, Rachel, die jetzt nach Spanien in Urlaub geflogen war. Und was für eine Veränderung das bewirkt hatte! Kaum war Rachel verschwunden, kaum war ihr Einfluß gebrochen, kehrte Leonora in seine Arme zurück.

Dennoch empfand er es schmerzhaft, daß sie in diesem Augenblick nicht in seinen Armen lag. Nur ein Narr hätte sich nicht gefragt, warum sie Newton nicht einfach sitzenließ, in ein Taxi stieg und hierher zu ihm kam. Aber er wußte, warum sie das nicht tun würde. Der Druck und die Drohungen seitens ihrer Familie waren noch immer zuviel für sie, sie mußte davon befreit werden, und zwar durch ihn. Hätte irgendeine Möglichkeit bestanden, daß sie hierherkam, wäre jetzt Celeste nicht da, mit ihrem zobelschwarzen, über das Kopfkissen ausgebreiteten Haar und den braunen Schultern, die aus den weißen Rüschen ihres Nachthemds hervortraten. Während der vergangenen Nacht, ja, schon seit einiger Zeit hatte sich keine Gelegenheit ergeben, dieses hübsche Kleidungsstück abzustreifen. Sonderbarerweise ging ihm der Gedanke durch den Kopf, daß sie es nie wieder für ihn ablegen würde.

Als er schon dachte, mit dem Schlafen sei es bis zur nächsten Nacht vorbei, wenn er irgendwo in den Cotswolds in einem Bett lag, kehrte der Schlaf zurück und umfing ihn bis nach acht Uhr. Celeste war vor ihm auf den Beinen, was einen Anruf bei Leonora in der Theorie schwierig und in der Praxis unmöglich machte. Um zehn waren sie unterwegs. In dem Lokal, wo sie zu Mittag aßen, konnte er Celeste unmöglich aufbinden, er müsse aus geschäftlichen Gründen telefonieren. Sie wußte zuviel, sie würde es ihm nicht abnehmen. Es war ihr Geburtstag, und sie kostete ihn aus. Er hatte ihr gerade einen großartigen Lunch spendiert und ihr ein Geschenk versprochen, irgend etwas aus dem nettesten Modegeschäft in Stratford, das ihr gefiel. Sie sah wunderbar aus, hatte das schöne Haar zu Zöpfchen geflochten und diese oben auf dem Kopf zusammengerollt und trug einen cremefarbenen Hosenanzug und ein karamelbraunes Hemd. Die Männer verdrehten die Köpfe, sahen erst sie an und dann ihn. Es war unmöglich, daß er jetzt zum Telefon ging, um Leonora anzurufen, und Celeste eine Lüge, geschweige denn die Wahrheit servierte.

Das Stück, das sie sich ansahen, war *Romeo und Julia*. Guy hatte nur selten zuvor, wenn überhaupt, einen Shakespeare auf der Bühne gesehen. Vielleicht per Zufall im Fernsehen, doch nicht auf einer richtigen Bühne.

»Du hattest gedacht, es würde dich langweilen, stimmt's?« sagte Celeste, als sie in den Jaguar stiegen. »Aber ich habe dir angemerkt, daß es dir sehr gefallen hat. Du bist wie ein Junge, der Shakespeare nur in der Schule gelesen hat und nicht glauben kann, daß es das gleiche Stück ist, wenn er es richtig aufgeführt sieht.«

»Ich kann mich nicht erinnern, daß wir in der Schule Shakespeare gelesen hätten«, sagte Guy.

»Guy, mein Süßer, er ist an den Tagen durchgenommen worden, als du durch Notting Dale getanzt und gehopst bist.«

»Vielleicht«, sagte er. »Weißt du, woran mich das Stück erinnert hat?«

Sie gab keine Antwort. Er spürte förmlich ihr Schweigen voll Wärme und Kummer. Dann sagte sie mit großer Entschiedenheit: »Ja.«

Es war ihre, seine und Leonoras eigene Geschichte, die Geschichte von dem unglückseligen Liebespaar und der tyrannischen Familie. Er hatte natürlich niemanden umgebracht, aber in den Augen ihrer Familie hatte er es doch getan: Con Mulvanney. Con Mulvanney war sein – wie hieß er doch? – Tybalt. Das Stück hielt ihn in seinem Bann, während er südwärts fuhr, und rief in seiner Phantasie romantische Bilder hervor. Diese Szene im Obstgarten und die auf dem Balkon – wie leicht war es, sich selbst an Romeos und Leonora an Julias Stelle zu versetzen. Er wünschte, sich an den Text erinnern zu können, er hätte sich so gerne mit Celeste darüber unterhalten. Doch irgend etwas an ihrer Haltung, wie sie, die Schultern starr, das Profil hart wie Bronze, dasaß und im Dunkeln vor sich hin starrte, sagte ihm, daß es nicht möglich war.

Als sie endlich in ihrem Hotelzimmer waren, war es Mitternacht. Der Tag war vergangen, ohne daß er Leonora angerufen hatte. Er hatte sich danach verzehrt, sie anzurufen, selbst in den Pausen der Vorstellung hatte er daran gedacht, es zu tun, hatte er überlegt, wie er Celeste entwischen und einen Apparat finden könnte, doch es war unmöglich gewesen. Nicht zum ersten Mal war ein Tag vergangen, ohne daß sie sich am Telefon unterhalten hatten. Nun aber hatten sie zum ersten Mal nicht miteinander gesprochen, weil *er* sich nicht gemeldet hatte.

Celeste brach ihr Schweigen. Sie redete wieder, sprach über das Zimmer, den Ausblick, der sie am Morgen erwarten würde. Doch das wunderbare Vertrauen zwischen ihnen, das es ihm ermöglicht hatte, ihr, ohne sie zu lieben, alles, wirklich alles anzuvertrauen, ihrer beider Fähigkeit, sich in den andern hineinzuversetzen – das war vorbei.

Es war für immer verloren, er hatte es zugrunde gerichtet, es würde niemals wiederkehren.

Aber was lag daran? Während er in dem Doppelbett lag, keinen Meter von Celeste getrennt, ging ihm der Gedanke durch den Kopf, daß es ihm ohnehin bestimmt war, sie zu verlieren, sobald er wieder mit Leonora vereint war.

# 16

»Du hast gestern nicht angerufen.«

»Liebling, es tut mir schrecklich leid. Hast du dir Sorgen gemacht? Du hast dich doch hoffentlich nicht aufgeregt.« Daß ihr das Ausbleiben seines Anrufs mißfiel, machte ihn so selig, daß er den Ton freudiger Aufregung in seiner Stimme nicht verbergen konnte. »Es ging nicht. Es war einfach nicht möglich. Kannst du mir verzeihen?«

»Ach, es ist nicht *wichtig*, das ist nicht der Punkt. Ich wollte damit nur sagen, daß es dir so gar nicht ähnlich sah.«

Sie mußte in der Wohnung geblieben sein, um auf seinen Anruf zu warten. Er war glückselig. In seinem Kopf ging es zu, als steckte jemand darin und vollführte einen schwungvollen Tanz. »Du bist eigens zu Hause geblieben und hast gewartet, daß das Telefon klingelt? O Leo!«

»Ich war zufällig zu Hause. Ich habe nicht weggemußt.«

Ach ja. Wer's glaubt! Beinahe hätte er laut herausgelacht. »Leo, kann ich dich etwas fragen? Es geht um das, worüber wir uns am Samstag unterhalten haben. Ich weiß nicht, warum ich dich damals nicht schon danach gefragt habe. Du hast gesagt, du wüßtest alles über – na ja, über Con Mulvanney. Weißt du noch?«

»Über wen?«

»Über den Mann, der an den Bienenstichen gestorben ist. Du hast gesagt, du wüßtest über die ganze Sache Bescheid, du hättest davon gehört, vor langer Zeit. Es ist übrigens genau vier Jahre her.«

»Ja«, sagte sie, »das kann hinkommen. Ich wohnte damals noch bei Papi und Susannah. Es war, bevor ich mit Rachel nach Fulham gezogen bin.«

»Leo, wer hat dir davon erzählt? Das war Rachel, stimmt's?«

»Rachel?«

Er sah alles so klar vor sich, daß er ihr den Hergang zu erzählen begann, so wie er sich nach seiner Meinung abgespielt hatte. »Con Mulvanney hat in Süd-London, in Balham, gewohnt, und ebenso diese Frau, die dabei war, als er starb. Sie war so eine Art Sozialarbeiterin, und Rachel arbeitet ja als Sozialarbeiterin in Süd-London, und so hat es sich ergeben, daß sie es Rachel erzählt hat. Sie hat gesagt, sie würde es allen Leuten erzählen.«

»Guy«, unterbrach sie ihn, »wovon redest du eigentlich? Ist dir klar, wovon du redest? Mir nämlich nicht. Susannah hat es mir erzählt, *Susannah*.«

Der Name explodierte in seinen Ohren. *Susannah*, von der er geglaubt hatte, sie stehe auf seiner Seite, die Frau, die von allen um Leonora am nettesten zu ihm gewesen war – sie also hatte ihn verraten, hatte ihm die Geliebte entfremdet. Er hätte schon früher darauf kommen müssen. Warum war er ein solcher Idiot gewesen?

»Natürlich.« Er hörte sich stammeln. »Susannahs Mutter hat ja angeblich irgendwo in Earlsfield, also im Osten von Wandsworth, gewohnt, das an Balham anschließt. Dort war sie im Krankenhaus.«

»Guy, ich weiß wirklich nicht, was das soll. Susannahs Mutter hatte nie etwas damit zu tun. Es ist wohl besser, ich erzähl' dir die Sache, obwohl ich mir fest vorgenommen hatte, es nie zu tun.«

»Was für eine Sache?« Er berührte den Holzrahmen der Terrassentür und wartete.

»Eine Frau hat Susannah geschrieben – genauer gesagt, Susannah und meinem Vater. Der Brief war an Mr. und Mrs. Anthony Chisholm adressiert; ich war dort, als er kam. Ich nehme an, daß sie dachte, Susannah sei meine Mutter. Sie schrieb, um sie vor dir zu warnen, in meinem Interesse. Schau, Guy, was ist schon daran? Was macht es denn aus? Ich hab' zu dir gesagt, es hat überhaupt nichts geändert. Ich muß jetzt gehen, wir telefonieren schon seit einer halben Stunde.«

»Bitte, geh jetzt nicht, Leo, leg bitte nicht auf. Das ist schrecklich wichtig für mich, ich muß es wissen. Wer hat an deine Eltern geschrieben?«

»An Papi und Susannah«, berichtigte sie ihn. Er hörte aus ihrer Stimme eine zunehmende Ungeduld. »Also, ich sag's dir schnell, und dann muß ich gehen. Ich habe dir gesagt, daß es an meiner Einstellung zu dir nichts geändert hat, und das mußt du mir glauben. Diese Frau hieß Vasari, ich habe den Namen immer behalten, weil der Mann, der über das Leben der Maler schrieb, genauso hieß.« Er wußte nicht, was sie meinte, war ratlos. »Vasari«, sagte sie, »Polly oder so ähnlich. Sie hat an sie geschrieben, sie sollten nicht zulassen, daß ich dich heirate. Mein Gott, ich war damals zweiundzwanzig Jahre alt. Sie sollten mich davon abhalten, dich zu heiraten, weil du eine Gefahr für die Gesellschaft seist und ihrem

Freund Drogen gegeben hättest. So was Ähnliches war es. Susannah hat den Brief geöffnet, weil er an sie beide adressiert und Papi ins Büro gegangen war.«

»Und sie hat dir einfach so erzählt, was drin stand?«

»Ich war dabei, als sie den Brief öffnete. Natürlich zeigte sie ihn mir. Schau, ruf mich später an, wenn du willst, aber jetzt muß ich wirklich gehen, jetzt sofort.«

Er sagte, er werde sie um sieben wieder anrufen. Sie verabschiedete sich rasch und legte auf. Guy seufzte. Die Geheimnisse der Vergangenheit und der Gegenwart aufzuklären führte nur zu weiteren Komplikationen. Natürlich konnte man sich leicht vorstellen, wie Poppy Vasari hinter seine Beziehung zu Leonora gekommen war, und auch, wie sie herausgebracht hatte, wer Leonora war. Damals waren sie oft zusammen gewesen, war er häufig in die Lamb's Conduit Street gekommen. Vermutlich war ihm Poppy Vasari gefolgt und hatte den Namen neben dem Klingelknopf an der Tür gelesen. Wie die rachsüchtige Person es genossen haben mußte, den Brief zu schreiben, der sein Leben ruinieren sollte!

Und Susannah, diese tückische Person, diese Schlange im Gras ... Eine wohlmeinende Frau, die auch nur einen Schimmer von Loyalität besaß, hätte den Brief doch, nachdem sie die erste Zeile gelesen hatte, angewidert weggeworfen. Die Frau, die Susannah in seinen Augen gewesen war, hätte kein Wort von dem Geschreibsel geglaubt und hätte es schon gar nicht und vor allem nicht umgehend dem Mädchen gezeigt, das damit gewarnt werden sollte. Die Heuchelei daran empörte ihn. Es wäre nicht so schlimm gewesen, hätte Tessa es getan, die nie vorgegeben hatte, ihn zu mögen, die ihren Haß auf ihn nie verheimlicht hatte. Aber Susannah mit ihren gütigen Ratschlägen, ihren Judasküssen!

Um sieben rief er Leonora wieder an. Er machte sich darauf gefaßt, daß Newton an den Apparat kam, mit seiner entnervten Stimme, die so überlegen klang, aber es meldete sich Leonora.

»Kann er mithören, was du sagst?« fragte Guy.

»Wenn du William meinst – er ist nicht da. Er war den ganzen Tag in Manchester und ist noch nicht zurück.«

»Wird er bis morgen abend zurück sein?«

»Ja, natürlich. Er kommt heute abend, jede Minute, nehme ich an.«

»Leonora, erzähl mir von dem Brief, den Poppy Vasari an Susannah geschrieben hat.«

»Ach, Guy, vergiß doch den Brief. Ich wollte, ich hätte nie davon gesprochen. Du machst viel zuviel Aufhebens darum. Diese Poppy – heißt sie so? – Vasari hat Papi und Susannah geschrieben, daß du deinen Lebensunterhalt mit dem Verkauf gefährlicher Drogen verdienst. Ich glaube, sie hat von ›harten Drogen‹ gesprochen. Sie behauptete, du hättest ihm, diesem Con Mulvanney, ein, wie sie es ausdrückte, Halluzinogen gegeben, und er sei darauf verrückt geworden und habe den Kopf in den Bienenkorb gesteckt. Dieser Teil stand ja in den Zeitungen. In dem Brief war auch ein fotokopierter Zeitungsbericht über die gerichtliche Untersuchung der Todesursache. Susannah hat ihn mir gezeigt – beziehungsweise ich habe ihn sozusagen über ihrer Schulter mitgelesen. Sie hat gesagt, sie würde Papi wohl nichts davon erzählen. Sie war ganz aus der Fassung.«

»Und was hast du zu ihr gesagt?«

»Wenn du es wissen willst, ich habe gesagt, meiner Meinung nach sei es wahrscheinlich Verleumdung, solche Sachen in einem Brief zu schreiben.«

»Hat Susannah deinem Vater was davon gesagt?«

»Das weiß ich nicht. Ich habe sie nicht gefragt, und er hat nie darüber gesprochen. Sie hat Magnus davon erzählt.«

»*Sie hat was?*«

»Guy, reg dich bitte nicht auf. Sie hat Magnus davon erzählt, weil er Anwalt ist. Sie hat ihn in seinem Büro angerufen und ihn gefragt, was man mit einem solchen Brief anfangen soll. Ich nehme an, sie hat gemeint, ob sie die Sache der Polizei melden sollte.«

»Gütiger Himmel«, sagte Guy, »gütiger Himmel!«

»Aber du brauchst dir keine Sorgen zu machen, denn er hat gesagt, am besten wäre es, den Brief zu verbrennen. Ich nehme an, er dachte, es sei ein anonymer Verleumdungsbrief, obwohl er tatsächlich unterschrieben war.«

»Zweifellos hat der alte Totenschädel deiner Mutter davon erzählt.«

»Möglich. Nun ja, ich nehme es an. Meine Mutter hat mit mir nie darüber gesprochen. Es wäre mir lieb, wenn du Magnus nicht so nennen würdest. Susannah und ich haben uns ziemlich eingehend darüber unterhalten. Ich habe ihr erzählt, daß wir damals alle Gras geraucht haben, und sie hat erklärt, daß sie es auch getan hat, und ich habe gesagt, daß du wahrscheinlich mit Drogen gehandelt *hast*, als du jünger warst. Das war wegen des Milieus, aus dem du kamst, und wegen der Leute, mit denen du verkehrt hast – du nimmst mir doch nicht übel, daß ich das gesagt habe, oder, Guy?«

»Ich nehme überhaupt nicht übel, was du sagst«, antwortete er.

»Susannah meinte nur, es hätte eine Rolle spielen können, wenn ich ernsthaft daran gedacht hätte, dich zu heiraten, was ich aber ja nicht täte.«

»Das hat sie gesagt?«

»Es hat keinen Sinn, es immer wieder durchzukauen. *Es hat an meinen Gefühlen dir gegenüber nichts geändert, Guy.* Du weißt ja, wie ich denke, ich hab' es dir oft genug gesagt. Du, ich höre William heimkommen. Wir sehen dich morgen abend, in Ordnung?«

»Ich ruf' dich gleich morgen früh an.«

»Nein, ich bin morgen vormittag nicht hier. Wir sehen uns morgen abend gegen halb acht.«

Er war mit Robert Joseph und einem Mann, der Präsident einer spanischen Hotelkette war, zum Abendessen verabredet. Sie wollten sich in einem Restaurant in Chelsea treffen, nicht weit von jenem Lokal entfernt, wo er an dem Abend gegessen hatte, an dem er den Obdachlosen, der möglicherweise Linus war, gesehen hatte. Guy ging die Old Brompton Road entlang. Was hatte Leonora damit gemeint, sie werde »morgen vormittag nicht hier sein«? Wohin konnte sie schon gehen? Dann fiel es ihm ein. Morgen war der sechste September, und die Schule fing wieder an, und damit auch ihre Arbeit. Doch Moment mal! Das war doch ein bißchen eigenartig, mit dem Unterricht wieder anzufangen, wenn man vorhatte, in weniger als zwei Wochen zu heiraten und dann zwei Wochen Urlaub zu nehmen. Bei Lehrerinnen war es üblich, daß sie in den großen Ferien heirateten und in die Flitterwochen fuhren. Aber natürlich, es konnte nur eines bedeuten: daß sie nicht heiraten würde, es niemals im Ernst vorgehabt hatte. Es war alles ein Phantasiegespinst. Wollte sie ihn damit vielleicht eifersüchtig machen? Wenn ja, hatte sie zweifellos Erfolg gehabt. Er lächelte vor sich hin. So sind die Frauen eben, sinnierte er.

Er hatte die Earl's Court Road hinter sich und begann nach Linus Ausschau zu halten. In einem Eingang, allerdings nicht dem zu dem Bioladen, lag ein schlafender Mann in Fötusstellung, Gesicht und Kopf mit einer Zeitung bedeckt. Guy hatte zwar den Eindruck, es handle sich um den gleichen, war sich aber nicht ganz sicher. Er brachte es auch nicht fertig, den Mann zu wecken. Was ihm über Leonora und ihre fingierte oder phantasierte Hochzeit klargeworden war, hatte ihm ein solches Glücksgefühl, solchen Auftrieb gegeben, daß sein Interesse an Linus vorübergehend nachgelassen hatte. Außerdem konnte er sowieso nichts tun. Die Zeitung wegzunehmen und sich das Gesicht des schlafenden Mannes anzusehen, erschien ihm als ein empörender Akt fühlloser Dreistigkeit. Hier hatte Linus offenbar sein »Revier«. Er würde ihn ein andermal wiederfinden.

Ein Taxi fuhr heran, und er stieg ein. Voller Haß dachte er an Susannah, sah sie in ihrem eleganten schwarzen Hosenanzug in der Wohnung der Chisholms vor sich. Sie lehnte sich lächelnd übers Treppengeländer, und er folgte diesem Willkommensgruß in das Wohnzimmer. Die weiße, silbern geränderte Karte stand auf dem Kaminsims. Vermutlich war es eine Einladung zur Hochzeit anderer Leute. Ja, so dürfte es gewesen sein. Es war eine Einladung zur Vermählung eines anderen Paars, die bereits stattgefunden hatte, und weil die Karte daher überflüssig war, hatte Janice sie genommen und weggeworfen, als sie hinausging, um Tee zu machen. Diese Erklärung stellte ihn vollkommen zufrieden.

Blumen, Pralinen, Wein – oder ein richtiges Geschenk? Er hatte sie nie Pralinen naschen sehen. Sie war eine Biokostanhängerin. Blumen mußten in eine Vase gestellt werden, was bedeutete, daß sie aus dem Zimmer gehen und ihn mit Newton allein lassen würde. Ein Geschenk, das seinen Namen verdiente, konnte in ihrem Fall nur Schmuck sein, und sein Gefühl sagte ihm, daß dies irgendwie unangebracht, übertrieben, zu demonstrativ wäre. So unwichtig William Newton auch sein mochte, nicht mehr als eine Kreatur oder Marionette Anthonys und Susannahs, war es schließlich doch sein Heim, und ohne Zweifel betrachtete er Leonora nach wie vor als seine Verlobte, die ihn am Sonnabend in einer Woche heiraten würde. Guy konnte sich nicht vorstellen, Leonora in Newtons Gegenwart ein Paar Ohrringe im Wert von beispielsweise dreihundert Pfund zu überreichen.

Er entschied sich für Champagner, eine Flasche Piper Heidsieck. Sollte er einen Anzug anziehen? Er glaubte nicht, daß Newton überhaupt so etwas wie einen Anzug besaß. Also waren Designer-Jeans und ein Pullover vielleicht am besten. Warm würde es nicht sein. Guy wurde sich bewußt, daß er wegen des Abends, den er vor sich hatte, so nervös und beklommen war, als hätte er noch nie im Leben auswärts zu Abend gegessen. War damit zu rechnen, daß auch andere Leute da waren? Wenn er sie nur anrufen könnte! Durch seinen Kopf schwirrte ein

Gedanke: daß er sie an diesem Abend schließlich Newton abspenstig machen, sie unter dessen Nase als ein glückliches Opfer entführen und zu sich nach Hause bringen würde, für immer.

Nach einer durchschlafenen Nacht war sein Zorn abgekühlt. Er empfand keinen Haß mehr auf Susannah. Er nahm ihr übel, was sie getan hatte, er wollte sie nie mehr sehen, und sollte er ihr auf der Straße begegnen, würde er mit abgewandtem Kopf an ihr vorübergehen, aber sein Haß war vergangen. Schließlich hatte sie ihr Ziel verfehlt, war es ihr nicht gelungen, Leonora gegen ihn einzunehmen. Leonora hatte ja selbst gesagt, die Sache habe an ihrer Einstellung zu ihm nichts geändert. Susannah hatte sich zwar in unentschuldbarer Weise in sein Leben eingemischt, aber das zählte nicht mehr, denn es hatte nie etwas bewirkt, war einfach bedeutungslos.

Doch seine Entdeckung veränderte die Situation. Rachel, als Chucks Opfer ausersehen, war ganz offensichtlich unschuldig. Rachel hatte nie mit Poppy Vasari gesprochen, nicht einmal von ihr gehört, Rachel hatte nie etwas davon erfahren, daß er ein Dealer gewesen war, und mithin hatte sie nicht den Tod verdient. Gleichwohl scheute Guy, der sonst eigentlich kein Feigling war, davor zurück, Danilo aufzuklären. Nachdem er sich schon die Sache mit Robin Chisholm anders überlegt hatte und deswegen von Danilo hart gerüffelt worden war, zögerte er, ihm zu gestehen, daß er sich auch in Rachels Fall geirrt hatte.

Er konnte ja nicht einmal sagen, vergiß Rachel Lingard, Susannah Chisholm, sie ist es. Susannah *war* es nicht, er wollte nicht, daß sie umgebracht würde, er wollte nur nie wieder ein Wort mit ihr wechseln. Für die bevorstehende Einladung zum Abendessen entschied er sich schließlich – die Sonne war herausgekommen – für eine weiße Leinenhose, ein schwarzes Seidenhemd und einen weiß und cremefarben gemusterten Seidenpullover mit V-Ausschnitt. Während er sich anzog, kam er zu dem Schluß, daß es zumindest vorläufig nicht nötig war, Danilo etwas zu sagen. Rachel war schließlich nicht in England, befand sich in irgendeinem spanischen Badeort in Sicherheit. Chuck wußte das vermutlich, oder zumindest wußte er, daß sie verreist war, und würde nichts unternehmen, bis sie am fünfzehnten September zurückkam.

Kurz bevor er das Haus verließ, genehmigte er sich einen starken Brandy und dann noch ein zweites Glas. Er brauchte ihn, und in der Georgiana Street wurde vielleicht nicht viel geboten. Das Taxi wartete, während er in das Weingeschäft ging und den Champagner kaufte. Er war noch früh dran, also ließ er sich von dem Fahrer am Mornington Crescent absetzen und begann, den Rest des Weges zu Fuß zu gehen, wobei er die schwere, in malvenfarbenes Seidenpapier gehüllte Flasche hin und her wiegte. Als er ankam, war es noch immer erst zwanzig nach sieben. Die Häuser hier hatten kümmerliche Vorgärten, schäbige Gärtchen mit verdorrtem Gras und staubbedeckten Büschen. Ein paar Stufen führten zum Hauseingang hinauf, und drunter war ein tiefes Souterrain. Im Vorgarten des Hauses, in dem Newton wohnte, stand eine Stange mit einer Maklertafel, auf der in Druckbuchstaben stand: *Einzimmer-Luxuswohnung* und *verkauft, vorbehaltlich Vertragsunterzeichnung*.

Das Haus hatte fünf Wohnungen, eine auf jeder Etage. Guy konnte sich sehr gut ausmalen, worin der »Luxus«, mit dem der Makler warb, wahrscheinlich bestand. Ein Badezimmer, dessen Wände tatsächlich gefliest waren, und irgendeine Art Zentralheizung. Die Vorstellung gefiel ihm nicht sehr, daß Leonora hier wohnte, in einer abgelegenen Seitenstraße, die den Eindruck machte, als wäre sie nachts unsicher, in einem grauen Backsteinhaus, das einen neuen Fassadenanstrich vertragen konnte.

Aus dem Gitter der Sprechanlage kam Newtons Stimme. Er fragte nicht, wer da sei, sondern sagte nur: »Kommen Sie rauf!« Dann summte der Türöffner.

Eine steile Treppe, lang, zwei Etagen hoch. Wieder eines dieser trübseligen Mietshäuser ohne Lift. Newton erwartete ihn auf dem Treppenabsatz, vor der geöffneten Tür. Er sagte: »Hallo« und streckte Guy die Hand entgegen. Nach kurzem Zögern schüttelte Guy sie. Er war froh, daß er keinen Anzug angezogen hatte. Newton trug Jeans und einen grauen Pullover mit einem Loch in einem der Ellenbogen. Sein zimtfarbenes Haar stand in die Höhe wie bei einem Punk, nur daß es von Natur aus so wuchs, nicht mit Gel gestylt war.

Leonora war im Wohnzimmer. Sie wirkte unsicher, fand Guy, oder vielleicht auch überaus verlegen. Sie hatte auch allen Anlaß dazu in diesem Schuppen von Zimmer mit der überraschend niedrigen Decke und den zwei kleinen Schiebefenstern, durch die man die graue Fassade gegenüber sah. Er hatte sein Herzpochen beim Heraufsteigen hinter sich gebracht und trat jetzt mit so wenig Scheu auf sie zu, als wäre sie Celeste. Sie küßte ihn, wenn auch nur ganz flüchtig. Natürlich, Newton schaute ja zu. Guy reichte ihm den Champagner, und Newton sagte: »Was für eine festliche Gabe! Was feiern wir denn?«

Guy mußte lächeln. Der Zimtzwerg war wirklich kein Mann von Welt. Guy empfand ein Gefühl der Macht. Er sagte liebenswürdig: »Wissen Sie, heutzutage trinkt man Champagner häufig als Aperitif. Es muß nicht unbedingt etwas zu feiern geben.«

»Aha. Dann wäre es nicht fehl am Platz, ihn jetzt zu trinken?«

»Das ist doch absurd, William«, sagte Leonora, die verlegen wirkte, obwohl Guy nicht einsah, was daran absurd war.

Er sah sich gründlich im Zimmer um. Das Mobiliar war von der Sorte, wie es Leute mittleren Alters, die es zu etwas gebracht haben, abstoßen und an junge Verwandte weitergeben. Der Teppich stammte nach seiner Schätzung aus einem jener Notverkäufe, wie sie nach einem Brand in einem Geschäft abgehalten werden. In einer Ecke war sogar die verbrannte Stelle zu sehen. An der Wand, über einem viktorianischen Kamin aus Gußeisen und geblümten Kacheln, einem Kamin, den Newton nicht in einem Antiquitätengeschäft gefunden hatte, sondern der 1895 zusammen mit der übrigen abgewohnten Ausstattung hier eingebaut worden war, hingen die Säbel.

Sie waren an der dicksten Stelle der Klingen gekreuzt. Der eine war ohne, der andere in einer ziemlich abgewetzten, schäbigen, bestickten Scheide. Sie riefen Guy jenen Traum in Erinnerung, in dem er in den Kensington

Gardens gegen Newton gefochten und ihm das Herz durchbohrt hatte. Er erinnerte sich, daß Newton gesagt hatte, er wolle die Säbel veräußern. Er hatte damals, nach dem Kinobesuch, auch vom Verkauf seiner Wohnung gesprochen.

»Ist das hier die Wohnung, die so gut wie verkauft ist?« Mit dieser Frage hatte er begonnen, als Leonora mit drei Gläsern auf einem Tablett zurückkam (einem Flötenglas für Champagner, einem Weißweinglas und einem, das aussah, als wäre es für eine Grapefruithälfte gedacht). Guy war drauf und dran, sich zu erbieten, die Flasche zu entkorken, hielt sich aber zurück, weil er sehen wollte, wie Newton Murks machte, und das auch noch vor Leonora.

Sie wirkte sorgenvoll und sah längst nicht so gut aus, wie sie aussehen konnte. Verschwunden war die elegante, modische junge Frau in dem dunkelblauen und rosafarbenen Leinenkostüm, der hübschen Strumpfhose und den reizenden Schuhen. Mit Newton zusammenzusein, bekam ihr einfach nicht. Diese Folgerung war unvermeidlich, jedermann würde es feststellen. Ihre weiße Hose würde nur dann gut wirken, wenn sie nach jedem Tragen gewaschen wurde, und was dieses ausgewaschene Sweatshirt anging ... Ihr Haar war straff nach hinten gekämmt und wurde von einer dieser gräßlichen Krokodilspangen auf dem Hinterkopf festgehalten. Und die roten Glasröschen, die an ihren Ohren hingen, wirkten zusammen mit dem übrigen Aufzug einfach lächerlich.

Newton öffnete die Champagnerflasche ohne Malheur. Es muß eine der Flaschen sein, die sich leicht entkorken lassen, dachte Guy, manchmal bekommt man ja so eine.

Sie begannen über den Verkauf von Newtons Wohnung zu sprechen, und Guy fragte ihn, wohin er ziehen wolle. Er fragte, wohin *er*, Newton, ziehen wolle, aber dieser sagte: »Ich nehme an, wir werden uns ein Haus kaufen.«

Guy ignorierte das »wir«. »Lassen Sie sich lieber nicht zuviel Zeit damit. Denken Sie dran: Immobilien sind die besten Investitionen. Selbst bei einer Rezession auf dem Immobilienmarkt ist es ein großer Fehler, wenn man sein Heim verkauft und den Erlös anderweitig anlegt.«

»Ich werd's mir merken, Guy«, sagte Newton.

Guy war über den Immobilienmarkt recht gut informiert und blieb noch bei dem Thema. Er erwähnte seine eigenen Pläne, das Domizil zu wechseln, vielleicht ein Haus am »besten Ende« der Ladbroke Grove zu kaufen. Was Leonora zum Stanley Crescent meine, der Wohngegend, in der, wie er gehört habe, Fernsehstars und ein weltberühmter Sänger lebten, was sie zu einer Villa im italienischen Stil am eleganten Stanley Crescent sagen würde. William sagte, was Leonora meine, habe doch wohl kaum einen Einfluß darauf, ob Guy kaufe oder nicht. Er sagte es in einem kalten Ton, und Guy ging die Frage durch den Kopf, ob die beiden sich vor seiner Ankunft vielleicht gestritten hätten. Leonora ging hinaus, um letzte Hand an das Abendessen zu legen, und Guy wechselte das Thema. Er gedachte, taktvoll zu sein, sich gut zu benehmen, so lange es ging.

»Sehr herbstlich, dieser Abend«, sagte er und blickte zum Fenster hin.

»Die Nächte werden bald kürzer werden«, sagte Newton.

Guy blickte ihn prüfend an, um zu sehen, ob Newton ihn auf die Schippe nehmen wollte, aber offenbar war es nicht so. Newton blickte zugleich ernst und freundlich drein. Er begann über den vergangenen Sommer zu sprechen, den sonnenreichsten des Jahrhunderts.

Das Essen war nichts Besonderes. Wenn jemand nicht richtig kochen kann oder will, dachte Guy, ist es besser, für Gäste Räucherlachs und ein kaltes Brathuhn zu kaufen, als sich an so einem sonderbaren Hackbraten zu versuchen. Seine Zweifel wuchsen noch, als Leonora ihm sagte, in dem Hackbraten sei gar kein Fleisch, er bestehe nur aus Soja und Kräutern. Das einzige Gute an dem Essen war der Wein, ein überraschend guter Bordeaux, von dem Newton tatsächlich zwei Flaschen aufbot. Guy machte ihm ein Kompliment zu dem Wein. Der Alkohol hob, wie immer, seine Stimmung. Trotzdem war er sich bewußt, daß es ihm unmöglich wäre, hier einen untätigen Abend zu verbringen und allein nach Hause zu gehen. Der Brandy und der Wein hatten ihm einen wunderbar klaren Kopf beschert. Er sah, daß der kritische Moment, die Zeit zum Handeln gekommen war. Aber nicht diese Erkenntnis war es, die die Atmosphäre umschlagen, die die Gewitterwolken rasch aufziehen ließ. Den Anlaß lieferte die in aller Unschuld gestellte Frage an Leonora, wie ihr erster Schultag nach den Ferien verlaufen sei.

»Ein Jammer, daß du kochen mußtest. Wir hätten doch zum Essen ausgehen können.«

Anlaß zu dieser Bemerkung war teilweise das Dessert, das sie auftischte, ein selbstgemachtes Sorbet, das in

Farbe und Textur aussah wie drei Tage alter Schnee, nur mit großen Eiskristallen darin, wie Glassplitter. Es schmeckte auch wie Schnee, nach nichts, obwohl Guy den Verdacht hatte, es sollte Zitronengeschmack haben.

»Warum ist es ein Jammer, Guy? Weil das Essen so miserabel ist? Entschuldigung, ich weiß, mit meinen Kochkünsten ist es nicht weit her. Aber William ist noch schlimmer, abgesehen von Curryspeisen. Sein Curry ist großartig, aber wir haben nicht gewußt, ob das dein Geschmack ist.«

Die Vorstellung, von einem Mann könne tatsächlich erwartet werden, daß er für Gäste kochte, schockierte ihn nicht wenig. Aber das behielt er für sich. Eilends versicherte er Leonora – die sich bei ihm *entschuldigt* hatte –, er habe damit nur sagen wollen, sie habe sicher einen schweren Tag in der Schule hinter sich, jetzt, am ersten Tag nach den Ferien.

Sie wurde rot. Seit Jahren hatte er sie nicht so tief erröten sehen. Newton schien nichts zu bemerken. Er war mit dem alten, harten Käse beschäftigt, der den ganzen Abschlußgang bildete. Aber er blickte hoch und sagte mit vollem Mund: »Sie war heute nicht dort. Sie hat gekündigt – erinnern Sie sich nicht?«

Erinnern an was? Was meinte der Typ? »Leo, du hast deine Stelle aufgegeben? Davon hast du mir gar nichts gesagt.«

»Ich habe sie aufgegeben«, sagte sie, »als ich erfuhr... Ich will sagen, ich hab' sie im Juni gekündigt.«

»Was wolltest du weiter sagen?« fragte er. »Als du was erfahren hast?«

Newton nahm die Weinflasche in die Hand. Er blickte

Leonora an, die den Kopf schüttelte, goß Guy und dann sich selbst nach. Er trank langsam einen langen Schluck und sagte: »Als sie erfuhr, daß ich für BBC Northwest arbeiten würde.«

Guy sah sie an. »Ich verstehe nicht.«

»Sie müssen es ja auch nicht unbedingt verstehen.«

Newton konnte einen ganz einfachen und unschuldig klingenden Ton anschlagen, und er konnte unvermittelt scharf werden. Und die Schärfe begann nun zu Eis zu erstarren. »Ich habe einen neuen Job. In Manchester. Die Studios von BBC Northwest sind in Manchester. Und da ich nicht aufs Pendeln versessen bin, liegt es in der Natur der Sache, daß ich dort wohnen werde. Frage beantwortet?«

»*Sie*, ja«, sagte Guy. »Ich sehe nicht ein, warum Leonora ihre Stelle aufgeben muß, weil Sie nach Manchester ziehen.«

»Sie sehen das nicht ein? Manchmal sind Sie ziemlich schwer von Begriff. Das ist mir schon einmal aufgefallen. Aber ich will es Ihnen in einfachen Worten erklären. Leonora hat ihre Stelle in West-London aufgegeben, weil sie vorhat, in Manchester eine andere anzunehmen. Sie wird mit mir in Manchester leben. Von diesem Monatsende an. Leonora wird mit mir zusammenleben, weil sie *mit mir verheiratet sein wird.*«

»Warum hast du mir davon nichts erzählt, Leonora?«

»Weil sie vor Ihrer Reaktion Angst hat. Sie hat Angst davor, was Sie tun werden. Und wer kann es ihr verdenken? So, und jetzt sprechen wir bitte über etwas anderes. Wechseln wir das Thema. Wir können ja wieder über eine der Sachen reden, die Sie so faszinieren, das Häuserkaufen oder das herbstliche Wetter, über egal welchen Blödsinn, nur um Himmels willen nichts, was uns noch gereizter macht.«

Er packte es nicht gerade richtig an, Guys Gereiztheit zu dämpfen. Guy sprang auf. Bevor er den Mund auftun konnte, sagte Leonora: »Bitte hört auf zu streiten, ihr zwei. Bitte hört sofort damit auf. Ich hätte es dir sagen sollen, Guy, aber William hat recht, du bist so *unbeherrscht.*«

»Erwartest du, daß ich das widerspruchslos hinnehme? Daß er beabsichtigt, dich fortzuschleppen? Dich nach Nordengland zu verschleppen?«

»Warum denn nicht? Wir werden schließlich Mann und Frau sein. Wenn sie eine Anstellung in Manchester bekommen hätte, wäre ich ihr gefolgt. Das ist doch wohl der Sinn des Verheiratetseins, daß man ein gemeinsames Leben führt.«

»Ich möchte hören, was Leonora zu sagen hat, nicht Sie. Lassen Sie sie ihre Sache selbst vertreten. Dazu ist sie durchaus in der Lage, das kann ich Ihnen versichern. Jetzt sag mir, Leonora, du wolltest mich doch nicht verlassen, ja? Du denkst nicht im Ernst daran, nach Manchester zu ziehen?«

»Was wollen Sie damit sagen, ›mich verlassen‹?« fragte Newton, nun ganz kalt. »Jemanden, mit dem man nicht verbunden ist, verläßt man nicht. Leonora hat Sie vor sieben Jahren verlassen.«

»Das ist eine Lüge!« brüllte Guy. »Sie liebt mich, sie hat es mir hundertmal gesagt. Sie wird Sie nicht heiraten. Wie kommen Sie darauf, daß sie es tun wird? Ihre Familie hat Sie für sie aufgegabelt und sie Ihnen zugeschoben, aber sie können ihr nicht vorschreiben, wie sie zu denken hat, sie können ihre Gefühle nicht verändern. Sie gehört mir und wird mir immer gehören...«

»Guy...« Leonora kam um den Tisch herum auf ihn zu. Newton blieb sitzen, schaute vor sich hin, gelassen, kalt wie Eis. »Guy«, sagte Leonora. »Du mußt damit aufhören, du mußt...«

»Sorg dafür, daß er mich nicht mehr anlügt, dann hör' ich gern auf.«

»Er lügt ja nicht. Ich werde ihn heiraten, und ich werde mit ihm nach Manchester gehen.«

»Ich glaube es nicht. Ich bin nicht bereit, es zu glauben. Nur über meine Leiche werde ich es zulassen, daß du mit ihm fortgehst.«

»Wunderst du dich, daß ich dir nichts davon erzählt habe, wenn du so daherredest? Ich habe dir nichts davon gesagt, weil ich vermeiden wollte, daß du dich so aufführst.«

Guy sah sie an und spürte dabei, wie sich in ihm eine Flut des Elends sammelte und hochstieg. Er hatte noch nie ein so starkes Verlangen empfunden, sich in ihren Armen auszuweinen. Er hätte sie am liebsten in die Arme genommen und gebettelt, nicht fortzugehen. »Du wirst nicht weggehen, nicht wahr, Leonora?«

Sie gab keine Antwort, aber ihr Gesicht war verzerrt, als litte sie Schmerzen.

»Deshalb also verkaufst du deinen Wohnungsanteil an Rachel«, sagte er. »Deshalb verkauft er seine Wohnung.«

»Bitte, Guy, sprich nicht so weiter. Bitte hör auf zu schreien.«

Langsam wurde ihm alles klar. »Das ist der Grund,

warum er...« – er machte eine verächtliche Armbewegung – »...diesen ganzen Plunder loswerden will. Diesen ganzen Schrott«, sagte er, »die Säbel dort. Er hat gesagt, er möchte seine Säbel verkaufen.«

Guy zitterte am ganzen Leib. Er machte zwei Schritte zum Kamin hin und riß die Säbel von der Wand herunter. Newton saß mit einem ungläubigen Gesichtsausdruck da. Guy warf den blanken Säbel auf den Tisch und riß den anderen aus seiner Scheide. Leonora packte ihn am Arm. Er schüttelte sich frei und sprang, die glänzende Klinge schwingend, ein paar Schritte zurück.

»Ich kämpfe jetzt mit dir um sie! Wir schlagen uns!« Er zitterte nicht mehr. Das Adrenalin schoß ihm durch die Adern und löschte den verzehrenden Schmerz. »Ich kämpfe mit dir, bis einer von uns tot ist!«

# 17

William Newton, der aufgestanden war, nahm den Säbel auf dem Tisch in die Hand und betrachtete ihn wie irgendein Werkzeug, von dem er zwar gehört, das er jedoch noch nie gesehen hatte. Er legte ihn wieder auf den Tisch und sagte zu Guy: »Warum legen Sie das Ding nicht hin und gehen nach Hause?«

»Er hat Angst, sich mit mir zu schlagen, Leonora«, sagte Guy.

»Es wäre vielleicht unklug.« Ein leichtes Lächeln, vermutlich von Nervosität verursacht, erschien auf Newtons Pferdegesicht. »Das sind alte Kampfsäbel, sie sind kein Wandschmuck.«

»Du Feigling«, sagte Guy. »Was ist mit deiner Ehre? Gib's zu, du hast Schiß. So sieht der Mann aus, den dir deine Eltern als Gatten ausgesucht haben, Leonora. Ist er nicht jämmerlich?« Er hob den Säbel. Es war Jahre her, daß Guy Fechtunterricht gehabt hatte, aber er war kräftig und fit. Er hielt den Säbel leicht aufwärts geneigt, so daß die Spitze mit Newtons Augen auf gleicher Höhe war.

Leonora sagte atemlos: »Ich ruf' die Polizei.«

»Wozu?« sagte Guy. »Mir passiert schon nichts.«

»Ich ruf' die Polizei, wenn du nicht sofort den Säbel weglegst.«

»Nein, das wirst du nicht, mein Kind.«

Der Telefonapparat auf dem Wandtischchen hatte eine

lange Schnur. Guy holte mit dem Säbel weit aus und traf die Schnur fünfzehn Zentimeter von der Stelle entfernt, wo sie aus der Wand kam. Der Apparat fiel von dem Tischchen herunter, aber die Schnur blieb intakt. Er griff rasch danach, zerrte an ihr und riß sie aus der Wand.

»Um Himmels willen – bist du verrückt?«

»Sag so was nicht zu mir, Leo. Du hättest mir nicht mit der Polizei drohen sollen. Geh bitte aus dem Weg oder lauf ins andere Zimmer, wenn du willst.« Verachtungsvoll setzte er hinzu: »Falls es eins gibt.« Er drehte sich wieder zu Newton um, der nichts gesagt, auf keine von Guys Beleidigungen reagiert hatte, nur dastand, während das Lächeln noch immer seine Lippen umspielte. »Zimtzwerg, elender Gnom, aufgeblasener Wichtigtuer!«

Newton nahm lässig den Säbel in die Hand. Die Klinge war stumpf, wirkte aber scharf. So schäbig sie an der Wand ausgesehen hatten, waren die Waffen doch gut gepflegt worden. Die beiden Männer standen einander gegenüber, die Säbel in den Händen, aber ohne sie zu kreuzen, ohne irgendein einleitendes Ritual auszuführen. Sie blickten einander an, und Leonora beobachtete sie, während sie sich eine Hand über den offenen Mund hielt.

Guy rührte sich als erster. Er schlug mit seinem Säbel schwungvoll nach rechts und links und führte dann einen raschen, kraftvollen Stoß gegen Newton, doch dieser wich mit einem Sprung um den Tisch aus. Guy stach wieder zu, diesmal über die Tischplatte, wobei er die Weinflasche umstieß. Newton duckte sich und sprang dann ans Ende des Tisches, wo er gesessen hatte. Sein und Guys Säbel prallten mit einem hellen Klirren gegeneinander. Guy stieß wieder zu, und die Säbel kreuzten sich zweimal in der Luft. Newton machte ein, zwei Augenblicke lang ein paar spielerische Bewegungen mit dem Säbel wie ein Tennisspieler, der sich vor einem Spiel einschlägt, und schlug dann mit einer weit ausholenden Bewegung Guys Waffe zur Seite.

»Mieser Zuhälter!« brüllte Guy, »Speichellecker, Schlappschwanz, Klugscheißer!«

Newton begann zu lachen. »Ich muß Ihnen sagen«, keuchte er, »daß ich darin ganz schön Übung habe. Wenn Sie jetzt also aufhören möchten, bin ich einverstanden.«

»Er will damit sagen, daß er gut ist«, rief Leonora. »Er hat für seine Universität gefochten.«

»Ich auch«, sagte Guy, »für die Universität des Lebens! Jetzt wisch dir dieses Grinsen vom Gesicht!« schrie er Newton an und machte einen Ausfall.

Leonora legte die Hände an den Kopf. Die Säbel prallten jetzt nur noch gegeneinander. Guy schlug wild drauflos, hierhin und dorthin, ohne jede Kunstfertigkeit oder Kontrolle. Er sprang zurück und ging mit einer von unten hochgezogenen Bewegung auf Newton los. Newton wich diesmal nicht seitwärts aus, sondern lenkte mit einem einzigen Seitenhieb die Klinge ab. Guy spürte, daß Leonora hinter ihm war. Eine ihrer Hände klammerte sich an seiner Schulter fest. Er schüttelte sie ab. Newtons Säbel abwehrend, wich er zurück. Sie schrie auf.

»Bitte, Guy, bitte hör auf. Ich hole die Nachbarn, das schwöre ich. Ich geh' hinunter auf die Straße und rufe die Polizei an. Du mußt aufhören!«

»Verdammt noch mal, halt dich da raus!« So hatte er noch nie zu ihr gesprochen. Sie stieß einen Schluchzer aus. »Ich liebe dich«, brüllte er, »ich werde dich immer lieben. Ich werde dich gewinnen!«

Newton stand mit gespreizten Beinen da. Er lächelte nicht mehr. Er warf das gelblichbraune Haar zurück. Einen Augenblick standen sie einander völlig regungslos gegenüber. Guy hatte das Gefühl, daß Newton gern aufhören, daß er einen Waffenstillstand begrüßen würde. Das veranlaßte ihn, einen Satz nach vorne zu machen und seinen Säbel in eine wirbelnde Bewegung zu versetzen, mit der, wäre sie erfolgreich und die Klinge scharf gewesen, Newtons Kopf vom Rumpf getrennt worden wäre. Aber die Attacke scheiterte kläglich. Newton parierte sie. Er tat es auf eine so lässige Art, daß Guy außer sich geriet, so leichthin und mit einer Anmut, die das Klirren der Klingen nur greller wirken ließ.

Newton vollführte eine rasche Riposte, die eigentlich eine Finte war. Er reizte bewußt seinen Gegner. Er tanzte mit seinem Säbel hin und her und deckte sich mit flinken Bewegungen, während Guy wie besessen Ausfälle machte. Leonora mühte sich verzweifelt, eines der Schiebefenster zu öffnen. Guy vergaß alles, was er im Fechtunterricht gelernt hatte. Er war nur noch ein Mann mit einer Stich- und Hiebwaffe. Er hantierte mit dem Säbel wie jemand ohne jede Übung, riß ihn zurück und stieß ihn nach vorne, nach rechts und nach links und begleitete jede Attacke mit wild herausgeschrienen Flüchen. Er hörte sich selbst brüllen.

Leonora brachte das Schiebefenster nicht hoch und lehnte sich einen Augenblick lang ermattet dagegen, den Kopf in die Hände gelegt. Guy schlug in die Luft, gegen die Klinge von Newtons Säbel, wenn er sie traf. Einmal erwischte er den Schirm der Deckenlampe und versetzte sie in ein heftiges Schwingen. Dann ging Leonora vom Fenster weg, stand da und schaute ihnen wie hypnotisiert zu. Das gab ihm neuen Schwung. Doch den schweigenden Newton konnte nichts mehr gefährden, was Guy tat. Er war absolut Herr des Gefechts. Manchmal streifte seine Waffe Guys Säbel, dann wieder schlug sie leicht dagegen. Guys Grimm, dem Siedepunkt nahe, stieg noch an, dann explodierte er. Mit einem Satz entzog er sich der Reichweite von Newtons Säbel und machte einen verzweifelten Versuch, ihn von der Seite her zu durchbohren.

Die Klinge verfehlte Newton, nicht weil er den Stoß mit seinem eigenen Säbel parierte, sondern weil er im letzten Moment die Muskeln anspannte. Die Säbelspitze fuhr an der Taille durch seinen Pullover und schlitzte ihn vom Saum bis zum Ausschnitt auf.

Newton knurrte wie ein Bär. Sein Pullover umschlotterte ihn wie eine nicht verschnürte Zwangsjacke. Er zog die Arme heraus, stand in einem schmuddeligen weißen T-Shirt da, und schnaubte zornig. Guy lachte triumphierend. Er zog seinen eigenen Pullover aus und warf ihn durchs Zimmer. Sein Erfolg hatte ihm zu neuem Können oder zumindest zu neuer Energie verholfen. Er begann, Hiebe und Stöße abwechseln zu lassen, und dazu zu jubeln und ein Indianergeheul auszustoßen. Mit aufgerissenen Augen sah ihnen Leonora zu, wie eine Zuschauerin, die zum ersten Mal einen Stierkampf erlebt – entsetzt und doch wie gebannt.

Guy begann mit der Klinge nach unten zu zielen, auf Newtons Genitalien. Er verdrehte die Spitze. Er lachte.

Beschimpfungen ausstoßend, tanzte er auf und nieder, während der Säbel vor Newtons Oberschenkeln in einem Halbkreis herumfuhr. Die Absicht war, Leonoras Liebhaber einzulullen, und wenn ihn der Überraschungsstoß unvorbereitet traf, würde er sich als Eunuch vom Boden erheben. Doch dies sollte Guys letzter Versuch bleiben. Mit einer erschreckenden Schnelligkeit war plötzlich alles vorbei. Newton parierte den Ausfall mit einer geschickten Drehung des Handgelenks, womit er den Säbel des Angreifers zur Seite schlug, stieß sofort nach und erwischte Guy am linken Arm. Die Säbelspitze schlitzte ihn geradlinig vom Handgelenk bis zum Ellenbogen auf.

Guy fiel der Säbel aus der Hand. Während das Blut aus der Wunde schoß, kippte er nach vorne und klammerte sich haltsuchend am erstbesten Gegenstand fest, den er zu fassen bekam. Es war der Rand des Tischtuchs, und mit diesem setzten sich Teller und Gläser, Messer, Gabeln und die Weinflasche in Bewegung. Er brach auf dem Boden zusammen, bedeckt mit einem Durcheinander von klebrigem Porzellan und Glas. Er hörte, wie Leonora aufschrie: ein tierischer, irrer Schrei. Sie stürzte auf ihn zu. Guy schloß die Augen, öffnete sie wieder und rappelte sich in Sitzstellung hoch. Aus seinem Arm strömte das Blut.

»O Gott«, schluchzte Leonora, »o Gott, o Gott!«

»Es ist nicht so schlimm«, flüsterte er. »Es ist gleich vorbei.«

Er preßte die Hand auf den Arm, doch sie war nicht groß genug, um den Schnitt abzudecken. Leonora begann das Tischtuch in Streifen zu zerreißen. Die erste

Bandage, die sie ihm anlegte, sog sich sofort voll Blut. Sie schluchzte und keuchte.

»Mach dir keine Gedanken, Liebling«, sagte Guy, »es ist nur eine Fleischwunde.«

Dies löste aus irgendeinem Grund ein frohlockendes Lachen bei Newton aus, der mit einer absurden Gelassenheit die Klinge abwischte und sie, ohne das Blut ganz abgewaschen zu haben, in die Scheide schob. Dann hängte er die beiden Säbel wieder an die Wand. »Noch immer daran interessiert, sie zu kaufen?« fragte er.

»O William, hör auf. Hast du nicht schon genug angerichtet?«

»Es tut mir leid«, sagte Newton. »Ich hätte mich nicht mit ihm schlagen sollen.«

»Nein, das hättest du nicht. Es war schrecklich. Schau, was du angerichtet hast. Ruf bitte sofort einen Krankenwagen.«

»Das geht nicht, oder? Er hat schließlich den Apparat ramponiert.«

Leonora wickelte den Verband aus dem Tischtuchstreifen auf und begann, einen neuen anzulegen. Guy saß noch immer auf dem Boden. Sein linker Arm war ziemlich taub, schmerzte aber nicht. Er hatte keinen Schmerz gespürt, nur ein Stechen, wie bei einem Insektenstich, als Newtons Säbelspitze die Haut aufriß. Newton seufzte und sagte: »Ich fahr' Sie ins Krankenhaus. Tut mir leid, daß dieser Schlamassel passiert ist, Guy. Jetzt können wir uns nur auf den Weg machen und schauen, daß wir irgendwo eine Ambulanz finden.«

»Danke, aber lieber sterbe ich, bevor ich mich von dir irgendwohin fahren lasse.«

»Okay, wie Sie wollen, aber Sie müssen Ihren Arm verarzten lassen.«

»Ich werde ihn fahren«, sagte Leonora. »Ich fahre dich, Guy.«

Diese Worte aus ihrem Mund waren Lohn genug für alles, was geschehen war. Sie umwickelte seinen Arm noch einmal mit einem Streifen von dem Tischtuch und machte diesmal den Verband fester. Einer ihrer Schals gab eine Armschlinge ab. »Leg dir deinen Pullover um.« Sie hob ihn vom Boden auf. »Möchtest du einen Mantel haben? Ich denke, ich könnte eine Jacke für dich finden.«

»Nicht eine von seinen«, sagte Guy.

Newton grinste. »Da erfriert er lieber.«

Guy ging trotz seines blutenden Armes mit erhobenen Fäusten auf ihn los. Leonora packte ihn, zog ihn herum, und dann begann die Wunde doch zu schmerzen, tief pulsierend setzte der Schmerz ein. Guy stöhnte auf. Leonoras Gesicht war tränennaß. Sie wischte es mit einem anderen Stück von dem Tischtuch ab. Newton berührte sie am Arm, und sie blickte ihn an, doch Guy konnte diesen Blick nicht deuten.

Er hätte sich treppab gerne an ihr festgehalten, aber sein Stolz ließ es nicht zu. Im Erdgeschoß ging eine Tür auf, und ein Mann, ein geschniegelter Yuppie mit einem Lippenbärtchen, streckte den Kopf heraus.

»Ist alles in Ordnung?«

»Es war nur ein Duell«, antwortete Leonora, und ihre Stimme hatte einen Beiklang von Hysterie.

Der Mann schien es nicht zu glauben. »Ich dachte, ich hätte was gehört. Meine Frau meinte, es sind Bauarbeiter.«

In einem großen Krankenhaus auf halber Höhe einer Steigung fanden sie eine Ambulanz, die geöffnet war. Guy kannte den Namen der Klinik nicht. Er kannte sich im Norden von London eigentlich kaum aus. Es kam ihm vor, als hätte er literweise Blut verloren. Sein Hemd war mit Blut getränkt. Es hatte ihn fast zweihundert Pfund gekostet, ein täuschend schlichtes und saloppes Kleidungsstück. Auch die Jacke von Leonoras Trainingsanzug hatte etwas abbekommen, und an ihrer weißen Hose waren gleichfalls Blutflecke. Die beiden sahen aus, als kämen sie von einem Schlachtfeld.

Er war glücklich. Natürlich sah er ein, daß es schrecklich war, was er getan hatte. Er würde zeitlebens von einer Narbe gezeichnet sein. Aber sie liebte ihn. Er hatte sie errungen. Hatte sie nicht diesem Wicht Vorwürfe gemacht? War sie ihm nicht selbst zu Hilfe geeilt und hatte ein tadelloses Tischtuch geopfert, um seine Wunde zu verbinden?

»Ich bezahle die Reparatur des Telefons«, flüsterte er.

Sie begann zu lachen. Es war ein freudloses, hysterisches Lachen, durchsetzt mit Schluchzern.

»Jetzt komm«, sagte er. »Du wirst sehn, alles wird wieder gut. Ich kaufe ihm einen neuen Pullover.«

Dann wurde er aufgerufen. Ein müder Assistenzarzt reinigte die Wunde und wollte natürlich wissen, wie es dazu gekommen war. Ein Mißgeschick mit einem Schnitzmesser, gab Guy an. Die Erklärung wurde ihm offenbar nicht abgenommen, aber der Arzt sagte vorerst nichts weiter. Er gab Guy eine Tetanusinjektion und vernähte die Wunde mit einem Halbdutzend Stichen. Es war eigentlich nicht mehr als ein tiefer Kratzer.

»Wollen Sie wissen, wie das für mich aussieht? Nur interessehalber? Als hätte jemand, der gut mit Säbeln umgehen kann, Ihnen demonstrieren wollen, daß Sie – verzeihen Sie das Wortspiel – ein blutiger Anfänger sind. Ihnen zeigen wollen, daß es ihm ernst ist, es aber bei dieser Lektion belassen, verstehen Sie?«

»Ich weiß nicht, was Sie meinen«, sagte Guy.

»Ich fechte selber ein bißchen, beziehungsweise ich hab's getan, früher, als das Leben noch normal war und ich, na ja, Muße hatte, wie man das nennt. Sie können jetzt gehen und nächsten Mittwoch zum Fädenziehen wiederkommen.«

Im Auto sagte Guy: »Bist du mir böse?«

»Ich weiß nicht. Ich glaube, ich bin einfach müde. Ich finde die ganze Geschichte widerlich.«

»Mein Liebling, ich verstehe dich. Ich weiß, was in dir vorgeht.«

»Nein, das weißt du nicht, Guy. Das ist es ja. Du weißt nicht, was in mir vorgeht, hast es nie gewußt und wirst es nie wissen. So, jetzt fahr' ich dich nach Hause. Kommst du allein zurecht?«

»Ich hatte gehofft, du würdest bei mir bleiben.«

»Das kann ich nicht. Was würde es bringen? Soll ich Celeste anrufen?«

Er schüttelte den Kopf. Sie warteten an einer Ampel, und er griff nach ihrer Hand. »Bitte, bleib bei mir.«

»Guy, ich begleite dich hinein, weil ich sehen will, ob du zurechtkommst, und mache dir was Heißes zum Trinken. Morgen vormittag ruf' ich dich an.«

Er begriff, daß sie Newton nicht einfach so verlassen konnte. Newton war verrückt, ein Psychopath, und imstande hierherzukommen, um nach ihr zu suchen. Vermutlich bewaffnet. Außerdem wollte sie wahrscheinlich mit Newton allein sein und ihm ins Gesicht sagen, was sie von seinem unbeherrschten Verhalten hielt.

Also bat er sie, wenigstens am Samstag wieder mit ihm mittagessen zu gehen.

»Das tue ich doch immer«, willigte sie ein.

Daß sie mit ihm ins Haus ging, überraschte ihn, obwohl sie es versprochen hatte. »Wie schön es hier ist«, sagte sie. »Es ist das hübscheste Haus, das ich kenne.«

»Findest du? Eines Tages wird es dir gehören.«

Er wartete, daß sie das zurückweisen werde, aber sie tat es nicht. »Ich weiß nicht mehr, wo die Küche ist.«

»Du brauchst die Küche nicht. Ich möchte nichts zu trinken, jedenfalls nicht so was. Du setzt dich jetzt hin, mein Liebling, und *ich* mache dir was zu trinken. Etwas Gehaltvolles. Das kannst du nach all diesen Scherereien vertragen.«

»Ich muß fahren«, sagte sie. »Denk daran.«

»Ach was, du wirst schon nicht in eine Alkoholkontrolle kommen.«

Sie nahm ihm das Glas aus der Hand und goß Sodawasser nach. Sein außer Gefecht gesetzter linker Arm behinderte ihn. Dann fiel ihm etwas von dem Abend ein, der hinter ihm lag. Vielleicht hatte ihn der Anblick des Fernsehgeräts in der Ecke, das er kaum jemals anschaltete, darauf gebracht. Er schenkte sich einen Brandy ein, ein üppiges Quantum.

»Hast du nicht einen Onkel beim Fernsehen? Der irgendwas bei der BBC ist? Hab' ich ihn nicht irgendwann kennengelernt?«

Sie nickte. »Der Bruder meines Vaters, Onkel Michael. Er ist der Intendant von TV East Anglia. Warum fragst du?«

»Ich nehme an, Newton ist durch ihn zu seinem Job gekommen, nicht?«

»Natürlich nicht, Guy. Es hatte nichts damit zu tun. William wird für BBC Northwest arbeiten. Er hat es dir doch gesagt.«

»Es kommt trotzdem alles auf das gleiche hinaus, nicht? Eine Hand wäscht die andere.«

»Nein, es ist nicht so. Guy, kann man dich unbesorgt verlassen? Ich sollte jetzt gehen.«

»Wo wollen wir am Samstag mittagessen?«

»Das liegt ganz bei dir.«

»Weißt du, im Auto habe ich eine Zeitlang gedacht, du würdest es vielleicht ablehnen, du wärst vielleicht zu sauer.«

Sie lächelte und stand auf. »Nun, jetzt weißt du's, ich bin es nicht. Zu sauer, meine ich.«

»Wieder im *Clarke's*?« sagte er.

»Ginge es nicht – ich meine, mehr im Zentrum? Waren wir nicht einmal in einem netten Fischlokal Nähe Haymarket?«

»Du meinst das *Café Fish* in der Panton Street.«

»Ja, richtig. Um ein Uhr? Guy...« Sie nahm seine Hand. Zusammen gingen sie hinaus in die Diele. Er stand innen vor der Haustür und sah sie an, den linken Arm noch immer in der Schlaufe ihres rotschwarzen Seidenschals. »Guy – ich weiß nicht, wie ich es sagen soll.« Sie zitterte. Das Licht in der Diele war schwach, aber er bemerkte, daß sie blaß geworden war. Ihre Augen glänzten. »Ich möchte... könnten wir am Samstag den Tag miteinander verbringen? Ich hätte gern, daß wir zusammen mittagessen und den Rest des Tages gemeinsam verbringen, geht das? Vielleicht ins Theater oder ins Kino gehen, zum Abendessen – ach, ich weiß nicht. Ich möchte einfach... aber dein schlimmer Arm! Vielleicht wird dir nicht danach zumute...«

»Mein Liebling!« Er legte den heil gebliebenen Arm um sie, und sie schmiegte sich an ihn.»Ich hätte nichts dagegen gehabt, wenn er mir den Arm abgesäbelt hätte, wenn das Resultat so aussieht. Weißt du denn inzwischen nicht, daß du nicht zu fragen brauchst, ob wir den Tag miteinander verbringen können? Weißt du denn nicht, daß ich mich danach sehne?«

»Also abgemacht.« Sie hob das Gesicht.

Er küßte sie, wie er sie seit Jahren nicht mehr geküßt hatte, nicht einmal damals an den Embankment Gardens. Ihre warmen Lippen öffneten sich bereitwillig seinem Kuß. Er spürte, wie sich ihre Brüste gegen ihn preßten. Sein Herz pochte und ließ den verletzten Arm schmerzhaft pulsieren. Am seltsamsten aber war, daß er sich als erster aus der Umarmung löste und sich ihr entzog. Er konnte nicht anders, weil es weh tat, wie ihr Körper sich gegen seine Wunde preßte. Sie lächelte nicht, sondern schaute ihn mit einer eigenartigen, halb hypnotisierten Konzentriertheit an.

»Ich muß gehen«, sagte sie schließlich.

»Und du rufst mich morgen vormittag an?«

»Natürlich tue ich das.«

Er stand da und sah zu, wie der Wagen auf dem Kopfsteinpflaster wendete. Die Nacht war frisch und der

Himmel sehr klar. Oben in dem leuchtenden Purpurrot waren, was selten vorkam, Sterne als schwimmende Lichtpunkte zu sehen. Sie winkte ihm aus dem offenen Wagenfenster zu, kurbelte es hoch und verschwand dann ziemlich schnell aus seinem Blickfeld. Es war kurz vor Mitternacht. Er ging ins Haus und trank noch mehr Brandy, bis ihm leicht im Kopf wurde und sein Arm nicht mehr schmerzte.

## *18*

Er schlief zu lange. Er hatte geträumt, daß er im Begriff sei zu heiraten. Leonora war die Frau, mit der er getraut werden sollte, und zwar kirchlich, jedenfalls nahm er es an, ganz sicher konnte er sich nicht sein. Er traf mit einem Taxi vor St. Mary Abbots ein und eilte allein in die Kirche. Er kam mit Verspätung an, und Hunderte von Gästen waren bereits versammelt. Außer Atem erreichte er die Altarstufen, nur um feststellen zu müssen, daß er den Ring vergessen hatte. Er stand da und überlegte, was er tun solle, während hinter ihm unter der Gemeinde ein Kichern einsetzte und anschwoll. Es wurde stärker, wurde zu einem lang anhaltenden, schallenden Gelächter. Guy blickte an sich nach unten und sah, daß er das Kostüm eines Fechters anhatte, die enge Jacke, Handschuhe, eine Fechthose und weiße Strümpfe. Nun erst wurde ihm bewußt, daß er eine Gesichtsmaske trug.

Das Telefon holte ihn aus diesem Traum, bevor ihm noch ärgere Demütigungen widerfahren konnten. Er griff nach dem Hörer, und sein verletzter Arm schmerzte, als er sich umdrehte. Die Erinnerung an den Abend vorher kehrte zurück, während er abhob, und Panik befiel ihn. Was hatte er getan? Er sagte vorsichtig: »Hallo?«

»Wie geht's dir heute vormittag, Guy?«

Er konnte es kaum glauben, daß es Leonoras Stimme war, die er vernahm. Wie lange war es her, seit sie ihn zum letzten Mal angerufen hatte? Jahre. Aber natürlich: die Dinge hatten sich verändert. Jetzt fiel ihm mehr vom vergangenen Abend ein. Beinahe ungläubig begann er sich zu erinnern, was sie gesagt hatte.

»Guy? Wie geht es dir?«

»Gut, Liebling. Bestens.«

»Konntest du ein bißchen schlafen?«

»Ich hab' geschlafen wie ein Murmeltier. Wie ein Toter. Tatsächlich hat mich erst das Telefon geweckt.«

»Ach, das tut mir leid. Dabei hab' ich extra bis neun gewartet. Ich hab' mir Sorgen um dich gemacht.«

Er schloß vor Seligkeit die Augen. Dann sagte er leise: »Es ist wunderbar, deine Stimme zu hören.«

»Findest du nicht, du solltest heute deinen Hausarzt aufsuchen?«

»Wieso? Alles, was getan werden konnte, ist ja geschehen. Die Wunde schmerzt nur noch ein bißchen.« Er hörte, wie unten Fatima die Haustür aufschloß und diese dann ins Schloß fiel. »Es ist ja wirklich schon neun Uhr. Sag mal, Leo, hab' ich das geträumt oder hast du wirklich gesagt, du würdest den ganzen Samstag mit mir verbringen?«

»Das hast du nicht geträumt.«

»Gott sei Dank. Ich hab' in letzter Zeit so sonderbare Träume gehabt, daß ich nicht mehr weiß, was wirklich ist und was nicht. Wenn ich Karten für eine Show bekomme, was würdest du denn gerne sehen?« Zu spät fiel ihm ein, daß sie dieses Wort »Show« nicht mochte und »Stück« vorzog. Er wartete darauf, von ihr korrigiert zu werden, aber sie sagte nur: »Mir ist es gleich. Such du was aus.«

»Ich weiß, du magst keine Musicals. Ich führe dich nicht in ein Musical. Leo?«

»Ja, Guy.«

»Hinterher, am Abend, kommst du dann mit mir hierher?«

Er wußte, sie würde nein sagen. Das tat sie ja immer. Ihr Zögern bedeutete nur, daß sie nach den passenden Worten suchte, um ihre Absage möglichst schonend auszudrücken. Eines Tages würde sie ja sagen, aber er wollte sich keinem abwegigen Optimismus hingeben, er wußte, bis dahin würde noch viel Zeit vergehen. Er wartete mit stoischer Geduld. Die Pause war sehr lang. Er hörte sie seufzen.

»Ja, ich komme mit dir«, sagte sie. »Natürlich. Was immer du willst.«

»Leo, hab' ich recht gehört? Hast du wirklich gesagt, du kommst mit zu mir hierher? Du wirst bei mir bleiben?«

»Ja, das habe ich gesagt.«

»Leo, ich bin ja so glücklich. Ich bin überglücklich, Liebling. Ich weiß, das hab' ich schon einmal gesagt. Aber ich kann nicht anders. Ich bin so glücklich. Leo, du weinst doch nicht?«

»Guy«, sagte sie, »verzeih' mir.«

Das löste ein Lachen bei ihm aus. »Es gibt nichts zu verzeihen. Sag, daß du mich liebst. Sag, daß ich der einzige für dich bin.«

»Du bist der einzige für mich. Ich liebe dich. Also dann, am Samstag um eins?«

»Am Samstag um eins, Liebling. Bis bald. Paß auf dich auf, bewahre dich für mich auf.«

Nun war es soweit. Sie war zu ihm zurückgekommen. Sie hatte ihn nicht auf das nächste Jahr oder Jahre später vertröstet, sondern jetzt würde es geschehen, übermorgen. Er konnte sich nun eingestehen, daß er gezweifelt, daß er manchmal die Hoffnung verloren hatte, aber seine Standhaftigkeit, der Kampf um sie waren nicht vergebens gewesen. Er hatte sie errungen. Er hatte um sie gekämpft und gesiegt. Voll Stolz sah er seinen verbundenen Arm an. Wenn er ihn verloren hätte, es hätte sich gelohnt.

Nachdem er ein Bad genommen hatte – wegen des Arms war an Duschen vorläufig nicht zu denken –, überlegte er, ob es vernünftig war, die Schlinge um den Arm zu behalten. Durch den Verband war kein Blut gedrungen. Die Wunde schmerzte zwar ein wenig, aber eben nur ein wenig. Ohne es sich einzugestehen, durchschaute er seine Unschlüssigkeit: Eigentlich wollte er auch weiterhin Leonoras Schal tragen. Hatten in den alten Zeiten nicht die Ritter – zumindest taten sie es im Film – die Halstücher ihrer Damen getragen? Susannah hatte ihn Leonoras Ritter genannt, hatte seine treue Liebe als etwas sehr Schönes bezeichnet.

Der Schal, den Leonora ihm gegeben hatte, war aus einem seidigen Gewebe, rot und schwarz. Er kleidete sich mit Sorgfalt an: Bluejeans, ein rosafarbenes Hemd, ein Pullover, den er kaum je anzog, der aber zufällig mit seinem gerippten Muster aus dunklem Grau und Venezianischrot zu dem Schal paßte. Er ertappte sich dabei, daß er länger als sonst in den Spiegel blickte. Er sah so viel besser aus als William Newton, war ihm in der äußeren Erscheinung derart überlegen, daß es beinahe schon zum Lachen war.

Gern hätte er den Vormittag in seinem Schießsportklub verbracht, aber das würde dem verletzten Arm nicht gut bekommen. Er begann verschiedene Theaterkassen anzurufen. Er selbst hätte sich am liebsten Andrew Lloyd Webbers *Aspects of Love* angesehen, aber Leonora hatte für Musicals nichts übrig, also kam es nicht in Frage. Die Schwarzmarktpreise für Karten waren sicher astronomisch, aber das kümmerte ihn nie. Celeste hatte ihm die Handlung von *Madame Butterfly* erzählt, und es hätte ihm vielleicht Freude gemacht, die Oper zusammen mit Leonora anzusehen, aber es war nicht das richtige Stück für die Frau, die man bald heiraten würde. Schließlich entschied er sich für Ayckbourns *Henceforward*... und buchte mit seiner American Express Gold Card zwei Plätze in der dritten Parkettreihe.

Am nächsten Tag rief Celeste an, um ihn zu erinnern, daß sie mit Danilo, Tanya und ein paar amerikanischen Freunden von ihnen, die sich in London aufhielten, zum Abendessen ausgehen wollten. Guy fragte sich, ob er seinen verletzten Arm vorschützen sollte, um abzusagen, überlegte es sich dann aber anders. So würde die Zeit bis zum nächsten Tag rascher vergehen. Die Dinnerparty sollte im *Connaught* stattfinden. Es wäre naheliegend gewesen, Celeste mit einem Taxi abzuholen. Statt dessen entschied er sich für den Jaguar. Die Idee gefiel ihm, den Wagen mit nur einem Arm zu lenken. Er gedachte, allen Leuten die Wahrheit zu erzählen: daß er sich seine Wunde bei einem Duell geholt hatte.

»Du machst Witze«, sagte Danilo.

Die Amerikaner wirkten auf Guy wie zwei Gangster. Sie waren beide kleinwüchsig; dunkle, auffällig gekleidete südländische Typen. Der eine hatte an einer Wange eine kreisrunde Narbe wie vom abgebrochenen Boden einer Weinflasche. Tanya hatte wieder einmal, wie sooft, vergessen, die Schuhe zu wechseln, und trug weiße Sandalen zu ihrem eleganten Minikleid mit schwarzer Strumpfhose. Sie zwinkerte einem der Amerikaner zu.

»Jemand ist frech zu Celeste geworden, stimmt's?«

»Nein, mit Celeste hatte es nichts zu tun.« Guy sah sie zusammenzucken, obwohl er ihr im Jaguar auf der Fahrt hierher bereits alles erklärt hatte. »Eine private Geschichte.«

»Sei ehrlich«, sagte Danilo, der Enthaltsame. »Es ist dir selber passiert, als du blau warst.«

Es war kein sehr gelungener Abend. Tanya sprach über ihre Kinder. Die Amerikaner reagierten, als wären Kinder eine seltene Spezies von Säugetieren, die sie außerdem nicht interessierte. Tanya ließ sich davon nicht beirren und wartete mit einer Anekdote über Carlo auf, der rote Farbe in den Swimmingpool geschüttet und ihr erzählt habe, der Gärtner sei hineingefallen und habe sich vorher die Kehle durchgeschnitten. Guy trank viel. Er ging zu Brandy über. Er hatte Celeste versprochen, sie würden spätestens um halb elf gehen. Sie mußte am nächsten Morgen vor acht Uhr zu einem Fototermin in den Kensington Gardens sein. Als es dreiviertel elf wurde, sagte sie, sie müsse sich aufmachen.

»Nur noch eine halbe Stunde, und ich komme mit.«

»Nein, Guy. Es ist schon gut. Ich besorge mir ein Taxi.«

»Das erlaube ich nicht.« Er rappelte sich hoch und unterdrückte einen Schrei, weil ihn sein Arm schmerzte. »Ich fahr' dich, wie versprochen.«

»Du kannst nicht mehr fahren, und ich muß wirklich gehen. Ich habe bereits gebeten, daß man mir ein Taxi bestellt.«

Guy war nur eines klar: Auf diese Weise würde er sie nicht die Nacht über bei sich haben. Ihre Hand legte sich leicht auf seine Schulter. »Ich seh' dich morgen abend«, sagte sie.

Sie mußten irgendeine Verabredung getroffen haben. Er würde sie am nächsten Vormittag anrufen und sie davon abhalten zu kommen; er konnte damit nicht jetzt vor all den anderen herausrücken. Schuldbewußt und erfüllt von einem undeutlichen Gefühl der Scham, berührte er die leicht auf ihm ruhende Hand. Sie verabschiedete sich und verschwand.

»Hübsche kleine Biene«, sagte einer der Amerikaner dreist.

Guy dachte, wie überaus peinlich es wäre, wenn er Leonora zu sich mit nach Hause brächte und Celeste wäre dort. Oder wenn die arme Celeste vorbeikäme, während er und Leonora beisammen waren. Er mußte sich ernsthaft überlegen, wie er Celeste beibringen sollte, welche Wende die Dinge genommen hatten.

»Wir fahren dich nach Haus«, sagte Tanya. »Das heißt, wir fahren deinen Wagen. Wir sind mit einem Taxi gekommen, und so können wir dich heimbringen und von dort aus mit einem Taxi weiterfahren.«

Danilo sagte nichts. Sein Froschgesicht war verkniffen. Guy wußte nicht mehr, wo er den Jaguar geparkt hatte, und sie stapften durch die dunklen, leeren Straßen auf der Suche nach dem Wagen.

»Wehe dir, wenn sie dir eine Parkkralle verpaßt haben.«

Aber es war nicht so. Guy stieg hinten ein. Die frische herbstliche Luft hatte ihn wieder auf die Beine gebracht. Es war beinahe Mitternacht, nur mehr wenige Minuten bis zum Anbruch des Tages, mit dem sein gemeinsames Leben mit Leonora beginnen sollte. Was würden Danilo und Tanya wohl dazu sagen?

Er hätte selbst fahren können. Abgesehen von dem schmerzenden Arm fühlte er sich vollkommen in Ordnung. Während sie durch Knightsbridge fuhren, fiel ihm Rachel Lingard ein. Tanya wußte genau Bescheid, womit Danilo sich beschäftigte – jedenfalls, soweit er wußte.

»Kannst du Chuck stoppen, Dan?«

»*Was* soll ich können?«

»Die Sache einfach abblasen, tust du das?«

Danilo schwieg. Guy merkte ihm an, daß er verärgert war. Er nahm die verkehrte Abzweigung und fuhr in die Fulham Road. Mit einem schwachen Achselzucken sagte Tanya: »Denk dir nichts, daß ich dabei bin. Ich habe lernen müssen, wann ich die Ohren zusperren muß.«

»Bieg nach rechts ab, sobald es geht«, sagte Guy. »Schau, Dan, es tut mir leid. Ich möchte die drei Riesen nicht zurückhaben.«

»Das wär' ja auch noch schöner«, sagte Danilo.

»Aber es läßt sich machen?«

»Ach, Scheiße, Guy, ich kann auf solche Scherereien wirklich verzichten.«

»Aber du kannst es einrichten?«

»Ich weiß nicht, offen gesagt. Ich weiß nicht, wen Chuck auf den Job angesetzt hat, und Chuck war in der letzten Zeit in Irland. Vielleicht ist er noch dort. Ich weiß nicht mal, ob Chuck seinen eigenen Mann darauf angesetzt hat oder der wieder einen andern.«

Danilo bog nach links ab und fuhr dann die Old Brompton Road hinunter. Guy sagte: »Du hast vierzehn Tage Zeit. Genau gesagt, ab morgen zwei Wochen. Sie ist noch zwei Wochen weg.« Plötzlich wurde ihm klar, wo sie waren und was sie vielleicht zu sehen bekommen würden.

Danilo sagte übellaunig: »*Yeah, yeah,* schon gut. Es wird Zeit brauchen, aber vielleicht doch nicht so lange. Aber laß dir nicht noch mal einfallen, so ein Geschäft mit mir zu machen, verstanden? Herrgott, was gibt's denn jetzt wieder?«

Guy klopfte ihm leicht auf die Schulter. »Halt bitte an, ja? Nur einen Moment. Park einfach dort drüben. Es dauert nicht lange, ich versprech's dir.«

»Was ist eigentlich los, Guy?« Tanya verlor allmählich die Geduld mit ihm. »Ich muß morgen früh im Geschäft sein.«

»Bitte, fahr dort drüben ran, Danilo.«

Sie mußten ein Stück zurückgehen. Der hochgewachsene, magere Mann lag ausgestreckt auf der Türschwelle des Bioladens. Er hatte die gleichen rußfarbenen Lumpen an, doch diesmal lag er auf dem Rücken, und die Mütze, die beim letzten Mal zur Aufnahme milder Gaben gedient hatte, bedeckte sein Gesicht. Guy sagte: »Es ist Linus.«

»Du machst Witze.«

»Nein, ich bin sicher, er ist es. Ich sehe ihn jetzt zum dritten Mal. Ich weiß, daß es Linus ist. Er hat mich beunruhigt, hat mein Gewissen belastet, weißt du. Dan, wir können ihn doch nicht einfach hier so liegenlassen. Wir müssen etwas für ihn tun.«

Danilo überquerte den Gehsteig, faßte die Mütze an und zog sie vom Gesicht des Mannes. Davon wurde dieser wach. Er setzte sich auf und begann sie anzuschreien, das Gesicht verzerrt, die blendend weißen, vollkommenen Zähne entblößt. Ein Strom sinnloser Beschimpfungen quoll aus seinem Mund.

»Herrgott noch mal«, sagte Danilo und reagierte mit einer obszönen Geste.

Guy sah nun, daß es sich nicht um Linus handelte. Der Mann hatte so wenig Ähnlichkeit mit Linus wie er selbst mit Danilo. »Gib ihm wenigstens was.«

»Gib ihm doch selber was«, sagte Danilo und ging, gefolgt von Tanya, zum Wagen zurück.

Guy war verstört. Was ging in seinem Kopf vor, daß er dieses menschliche Wrack mit seinem alten Freund verwechselt hatte? Er gab dem Mann einen Zehnpfundschein, was zwar zur Folge hatte, daß dieser verstummte, ihm aber kein »danke« entlockte. Er nahm den Schein, schob ihn in die Hosentasche und legte sich die Mütze wieder aufs Gesicht.

»Linus ist tot«, sagte Danilo, als er den Jaguar in Guys Garage fuhr. »Sie haben ihn in Kuala Lumpur aufgeknüpft. Hast du schon mal überlegt, AA-Mitglied zu werden?«

»Ich bin schon seit Jahren Mitglied.«

»Danny hat nicht die *Automobile Association* gemeint«, sagte Tanya, die vor Lachen nicht mehr an sich halten konnte. »Er hat an die Anonymen Alkoholiker gedacht.« Dann gingen die beiden weg, um nach einem Taxi Ausschau zu halten.

Er würde weniger trinken, wenn er die ganze Zeit mit Leonora beisammen war. Wenn sie wollte, daß er das Rauchen aufgab, würde er auch das versuchen. In einem Monat war sein dreißigster Geburtstag, und es würde nicht mehr viele Jahre dauern, bis er außerstande war, das Glas so zu halten, wie er es jetzt konnte. Wenn er künftig die ganze Zeit glücklich war und ein zufriedenes Leben führte, brauchte er den Alkohol nicht mehr als Puffer gegen Widrigkeiten, mußte das Elend, das sein Bewußtsein erfüllte, nicht mehr betäubt werden.

Die Exzesse vom vergangenen Abend hatten ihm nicht weiter geschadet, und sein Arm war schon viel besser. Er brauchte die Schlinge im Grunde nicht mehr, hätte sie aber gern weiter benutzt, weil sie von Leonora stammte. In sentimentaler Stimmung beschloß er, ihren Schal heute zum letzten Mal zu tragen und ihn ihr dann, wenn sie hier und mit ihm wieder vereint war, feierlich zurückzugeben. Sie würde ihn mit ihrem Vivien-Leigh-Lächeln anlächeln, und endlich würde es frei und offen sein.

Was er an diesem Morgen anziehen sollte, schuf ein kleines Problem. Obwohl er wußte, daß sie sich aus Newton nie besonders viel gemacht hatte – er war ihr zugeführt und sie war überredet worden, ihn zu akzeptieren –, hatte der Typ außer seinem angeblichen Gesprächstalent etwas an sich, das sie ansprach, und Newton zog immer Klamotten an, die teils aus *Dirty Dick's*, teils aus einem *Secondhand*-Laden zu stammen schienen. Man mußte sich damit abfinden, daß Leonora sich nicht für hübsche Sachen interessierte, weder für sich selbst noch bei ihren Typen. Vielleicht, überlegte er, sollte ich mir angewöhnen, auch weniger Wert darauf zu legen. Mit diesem Ziel vor Augen entschied er sich für die Jeans, die er am Tag zuvor angehabt hatte, ein schlichtes, blaues Baumwollhemd und ein blau und grau gestreiftes, leichtes, kreppartiges Leinensakko. Die Kombination wirkte noch immer zu anspruchsvoll, beziehungsweise sie würde auf Leonora so wirken. Die Jacke gegen den Pullover vom Vortag zu vertauschen, war ein richtiges Opfer für ihn, aber er brachte es. Sorgfältig verknotete er wieder die Enden des Schals und legte ihn sich als Schlinge für den Arm um den Hals.

Schon wollte er sich auf den Weg machen, da fiel ihm der Ring ein. Er hatte noch immer den Verlobungsring, den er lange Jahre zuvor für Leonora gekauft hatte. Er lag im Safe, den Guy seit vier Jahren nicht mehr benutzt oder geöffnet hatte, weil keine Notwendigkeit dafür bestanden hatte. Das letzte Mal war nach Con Mulvanneys Besuch gewesen. Er ging noch einmal nach oben, öffnete den Safe und nahm den Ring heraus. In einem kleinen, blauen Lederetui lag, auf mitternachtsblauen Samt gebettet, der Ring, mit einem großen, quadratisch geschnittenen Saphir, umgeben von einem Kranz aus Diamanten. Guy steckte das Etui mit dem Ring ein.

Es war zwölf Uhr, als er das Haus verließ, viel zu früh für eine Verabredung um ein Uhr im West End. Aber er hatte nichts zu tun. Er hatte das Haus sorgfältig inspiziert und sich vergewissert, daß für ihren Empfang alles so war, wie es sein sollte. Er hatte die Eisfächer in den Kühlschränken in der Küche und in der Bar im Salon nachgefüllt und auf dem Couchtisch *Guardian, The London Review of Books* und *Cosmopolitan* arrangiert, die der Zeitungshändler, welch ein Wunder, tatsächlich ins Haus geliefert hatte. Im Badezimmer, das fortan *ihr* Badezimmer sein würde, hatte er die verschiedenen Paloma-Picasso-Toilettenartikel aufgestellt, die Fatima am Vortag für ihn in der Parfümerie besorgt hatte. Es gab nichts mehr zu tun, und herumzusitzen und Zeitungen zu lesen, würde ihn nur nervös machen. Er hatte mehrmals Celeste anzurufen versucht, um zu verhindern, daß sie hier erschien, bis ihm schließlich eingefallen war, daß sie irgendwo zu Aufnahmen war. Also verließ er das Haus, um ein Stück des Weges zu Fuß zu gehen. Vor dem Schaufenster eines Immobilienmaklers blieb er stehen, und dann betrat er, einem Impuls folgend, das Geschäft.

Man hatte ein herrliches Haus am Lansdowne Crescent, in Notting Hill, im Angebot. Der Preis, erfuhr er, belaufe sich auf eine siebenstellige Summe. Als der Makler bemerkte, daß Guy nicht mit der Wimper zuckte, nannte er den exakten Preis und legte ihm Fotos der Räumlichkeiten vor: eine imposante Treppe, in der Form eines Schwanenhalses, ein prachtvoller, über zwölf Meter langer Salon, achteckige Badezimmer in jedem der Türmchen. Guy verabredete einen Besichtigungstermin für Montag nachmittag. Inzwischen war es zwanzig Minuten vor eins, die richtige Zeit, mit einem Taxi pünktlich dort einzutreffen.

Der Verkehr war weniger dicht als sonst, und der Taxifahrer setzte ihn vor dem *Café Fish* ab. Es war zwei Minuten vor eins. Vielleicht war sie bereits da, es war ja schon vorgekommen, und wieder meldeten sich die vertrauten Empfindungen, der kleine Sprung, den sein Herz machte, das Zusammenziehen in seinem Innern, der Druck im Kopf. Er blieb einen Augenblick auf dem Gehsteig stehen, sammelte sich und trat dann in das Restaurant.

Es war überfüllt, aber Leonora war noch nicht da. Das erfuhr er von dem Mädchen, das auf ihn zukam, um ihn an den bestellten Tisch zu führen. Raucher oder Nichtraucher? Eines Tages würde er den Teil für die Nichtraucher wählen, Leonora zuliebe, aber dafür war die Zeit noch nicht gekommen. Schon während er sich setzte, zündete er sich eine Zigarette an.

Das Lokal war offensichtlich ein Fehlgriff. Zwar war das Essen gut und die Auswahl groß, aber leider wußten das auch hundert andere Leute. Zwangsläufig standen die Tische dicht beieinander. Eine intime Unterhaltung war hier nicht möglich. Guy schnippte mit den Fingern zu einem Kellner hin, und als der Mann kam, bestellte er einen großen Gin Tonic. Zwar wäre Brandy mehr nach seinem Geschmack gewesen, aber er sah doch ein, daß Brandy in diesem Stadium vielleicht nicht ganz das Richtige war.

Mit sorgfältiger Überlegung hatte er die Theatervorstellung am Nachmittag ausgewählt. Sie begann um halb sechs, was bedeutete, daß sie kurz nach acht Uhr abendessen konnten. Sie hatten Zeit in Hülle und Fülle – alles würde in schöner Gemütlichkeit vonstatten gehen. Sollte ihnen zwischen Mittagessen und Theater genug

Zeit bleiben, würde sie sicher erlauben, daß er mit ihr einkaufen ging. Den Verlobungsring hatte er ja bereits, aber vielleicht einen Armreif? Cartier? Asprey? Oder vielleicht Ohrringe. Er stellte sich Diamanten dicht neben ihrem glühenden Gesicht vor. Als er zum ersten Mal die Einstiche in ihren Ohren gesehen hatte – sie waren damals noch Kinder gewesen –, hatte er von dem Tag geträumt, an dem er so reich sein würde, daß er ihr Diamantohrringe kaufen konnte.

Der Gin kam, zu seiner Erquickung, denn er hatte Durst danach. Der erste Schluck des Tages war immer wunderbar. Er brachte mit langen, weitgespreizten Fühlern Frieden in seinen Körper. Guy lehnte sich auf seinem Stuhl zurück, betrachtete das Muster ihres Schals und blickte dann auf die Speisenauswahl, die auf der Karte wie auch, mit Kreide geschrieben, auf Schiefertafeln stand. Was würde sie wohl bestellen? In letzter Zeit aß sie mehr Fisch, was er mit Freude vermerkt hatte, denn ihr Körper bekam nicht genug Protein. Er schob die Armschlinge zurecht, und dabei fiel sein Blick auf die Armbanduhr. Es war beinahe Viertel nach eins.

Das kam davon, wenn man sich auf die Northern Line verließ, statt ein Taxi zu nehmen. Er würde noch einmal das gleiche wie damals im *Savoy* erleben, nur in einer weniger luxuriösen Umgebung. Er trank seinen Gin und bestellte sich einen zweiten. Sie war damals mit mehr als zwanzig Minuten Verspätung erschienen, wie er sich erinnerte. Es sah ihr ähnlich, von der nächstgelegenen Station der Northern Line, Leicester Square vermutlich, zu Fuß hierherzukommen.

Die Leute am Tisch nebenan, vier Personen, lachten

hemmungslos. Es war zwar kein derbes oder rauhes Lachen, aber es irritierte ihn trotzdem. Der zweite Gin war rasch vertilgt. Wenn man in solchen Lokalen doch gleich die Flasche bestellen und sich selbst bedienen könnte! Er genierte sich etwas, um die Flasche zu bitten. Die Bemerkungen, die Danilo und Tanya am Abend vorher über die Anonymen Alkoholiker gemacht hatten, klangen ihm noch unangenehm in den Ohren.

Inzwischen war es fünfundzwanzig Minuten nach eins. Ein Kellner kam an seinen Tisch und fragte, ob er schon einmal bestellen wolle. Guy lehnte ziemlich heftig ab. Wieder erschütterten Lachsalven den Tisch nebenan. Die Leute tranken Champagner, offenbar feierten sie irgendein Jubiläum. Als sein Taxi um die Hyde Park Corner gefahren war, hatte sich beim ihm der Hunger zu regen begonnen, aber er war wieder vergangen. Trotz des reichlichen Quantums Gin war sein Mund trocken. Er bat um ein großes Glas Weißwein.

Um zwanzig vor zwei wurde ihm langsam elend. Er konnte sich nicht erinnern, daß sie jemals mit mehr als zwanzig Minuten Verspätung gekommen war. Sie würde nicht erscheinen. Es hatte keinen Sinn, sich noch länger vorzumachen, daß sie noch käme. Entweder es war ihr irgend etwas Furchtbares zugestoßen, oder sie war abgehalten worden. Irgend jemand aus ihrer schrecklichen Familie war dahintergekommen, was sie vorhatte – erst den Tag und dann ihre ganze Zukunft mit ihm zu verbringen –, und hatte sie abgehalten. Er blieb noch weitere zehn Minuten sitzen und starrte zur Eingangstür hin. Dann stand er auf.

Er sagte zu dem unerschütterlich-griesgrämig dreinblickenden Kellner, daß er nun doch nichts essen möchte, was mit einem galligen Achselzucken quittiert wurde. Er zahlte die beiden Gins und den Wein. Glücklicherweise hatte er diesmal eine Tasche voller Kleingeld. In der ersten leeren Telefonzelle, die er fand, wählte er die Nummer in der Georgiana Street.

Er hatte schon seit Jahren kein öffentliches Telefon mehr benutzt, und da sie in der Zwischenzeit modernisiert worden waren, mußte er erst sorgfältig die Bedienungsanleitung lesen, bevor er damit zurechtkam. Das Rufzeichen kam, doch es meldete sich niemand. Um sicherzugehen, wählte er die Nummer noch einmal – wieder vergeblich. Er schloß die Augen und stellte sich vor, wenn er sie öffnete, würde er sie durch die Straße auf das Restaurant zugehen oder vielmehr -laufen sehen, da sie wegen ihrer Verspätung in panischer Eile war.

Natürlich war sie nicht zu sehen. Er holte die Münzen heraus, die zurückgekommen waren, und wählte die Nummer in der Lamb's Conduit Street. Alle diese Nummern waren in sein Gedächtnis eingegraben. Er kannte sie besser als seine eigene Telefonnummer oder die Nummer seines Bankkontos. Er ließ es endlos läuten, aber auch dort hob niemand ab. Genausowenig meldete sich jemand, als er die Nummer in der St. Leonard's Terrace wählte, und auch in der Portland Road ging niemand ans Telefon, was allerdings ein Schuß ins Blaue war, es sei denn, irgendeiner von ihnen hatte es bewerkstelligt, Leonora in ihrem früheren Heim einzusperren. Als letztes versuchte er es bei den Mandevilles in der Sanderstead Lane, aber auch das war vergeblich.

Sie konnten doch nicht alle außer Haus sein. Für ihn

war klar, was da vor sich ging. Sie hatten sich verschworen, sich wie ein Mann gegen ihn zu stellen. Sie gingen alle absichtlich nicht ans Telefon. Leonora hatte ihnen berichtet, was am Donnerstagabend geschehen war, hatte es ihnen in aller Unschuld erzählt, weil sie immer noch glaubte, über ihr künftiges Leben selbst entscheiden zu können.

Man hatte sie irgendwo eingesperrt.

Zweifelsohne war ihr Vater der Hauptdrahtzieher, ihr Vater, der, nachdem seine Frau Leonora gegen ihn aufgehetzt hatte, einen willenlosen Lakaien, einen häßlichen Klugscheißer als Ehemann für sie beschafft und diesem dann, um auf Nummer Sicher zu gehen, einen Job im Norden Englands besorgt hatte, wohin ihn Leonora als seine Ehefrau begleiten sollte.

Nur wird es dazu nicht kommen, dachte Guy. Wo mochten sie sie gefangenhalten? In der Portland Road oder in der Georgiana Street? Er ließ sich mit einem Taxi nach Hause fahren. Obwohl er ziemlich viel getrunken und nichts gegessen hatte, fühlte er sich sehr klar im Kopf und ganz gelassen.

Zu Hause hängte er sich wieder ans Telefon. Methodisch versuchte er es mit jeder einzelnen Nummer: Lamb's Conduit Street, Sanderstead Lane, St. Leonard's Terrace, Georgiana Street, Portland Road. Wieder meldete sich niemand, unter keiner Nummer.

Im Geist sah er alle diese Telefonapparate ausgestöpselt oder den ganzen Verein, Anthony und Susannah, Tessa und Magnus, Robin und Maeve sowie Newton selbst, dasitzen und unerbittlich zuhören, wie es läutete und läutete.

Es war Viertel vor drei.

Er wählte alle Nummern noch einmal, um sie nervös zu machen, um sie zur Verzweiflung zu bringen. Dann ging er nach oben und nahm sein Gewehr, Kaliber 22, aus der Hülle.

# 19

Auf dem Weg zur Portland Road versuchte er, eine Erklärung zu finden. Endlich glaubte er, den Grund entdeckt zu haben. Das Duell zwischen ihm und Newton hatte den Anlaß zu alledem geliefert. Es hatte, würden Leonoras Angehörige sagen, das Faß zum Überlaufen gebracht. Er konnte sich nicht vorstellen, daß sie durch Leonora davon erfahren hatten, sicher aber durch Newton. Während Leonora ihn ins Krankenhaus gefahren hatte, hatte Newton wahrscheinlich ihren Vater und anschließend ihre Mutter angerufen und ihnen berichtet, was geschehen war. Im Geist hörte Guy Tessa sagen: »Er ist natürlich verrückt. Er ist ein gewalttätiger, gefährlicher Irrer. Er wird vor nichts zurückschrecken, um Leonora zu bekommen. Es gibt nur eine einzige Möglichkeit: sie bis zum Sechzehnten von ihm fernzuhalten, dann kannst du sie mit in den Norden nehmen, und er wird sie nie wiedersehen.«

Und Anthony Chisholm: »Er ist mit dem Säbel auf dich losgegangen? Das geht ein bißchen weit, nicht? Nein, ich bin ganz deiner Meinung, es ist nicht gut für Leonora, wenn sie ihn wiedersieht.«

Und Magnus Mandeville: »Leonora hätte die Polizei holen sollen. Selbstverständlich hättest du sie nicht mit ihm allein lassen können, das ist mir schon klar. Aber du hättest dafür sorgen sollen, daß *sie* geht. Das war nämlich ein tätlicher Angriff, man könnte sogar von einem Mordversuch sprechen.«

Und Susannah: »Der arme Guy, er ist so unbeherrscht, so aggressiv. Aber es ist auch soviel Gutes in ihm. Er ist wirklich schlecht für Leonora, der ungeeignetste Umgang für sie. Wenn nichts anderes hilft – nun ja, so bedauerlich es auch ist, aber man wird sie mit Gewalt von ihm fernhalten müssen.«

Er parkte den Wagen in der zweiten Reihe und hoffte, es werde schon nichts passieren, da es ja Samstagnachmittag war. Das Gewehr lag in einer schwarzledernen Golfschlägertasche im Kofferraum. Es dämmerte ihm bereits, daß es für eine Mission dieser Art eine unhandliche Waffe war. Er ließ es, wo es war, ging die Eingangsstufen hinauf und drückte auf die Klingel, neben der noch immer stand: Lingard, Kirkland, Chisholm. Niemand betätigte den Türöffner. Es überraschte ihn nicht.

Sein Arm störte ihn nicht, wenn er ihn nicht sehr bewegte, und das war dank der Automatik auch nicht nötig. Er ließ ihn leicht auf dem Volant ruhen. Seit dem Vormittag war der Verkehr viel dichter geworden, und es dauerte lange, bis Guy nach Camden Town kam. Diesmal nahm er das Gewehr in der Golfschlägertasche mit. Nachdem er geklingelt hatte, bekam er, wie er so dastand und wartete, das Gefühl, daß von oben jemand zu ihm herunterblickte. Er ging ein paar Stufen nach unten und schaute hinauf. Aber er sah niemanden, und sämtliche Fenster waren geschlossen, obwohl es ein warmer Nachmittag war.

Als nächstes zur Lamb's Conduit Street. Dorthin war es nicht so weit. Direkt vor dem Haus war Platz zum

Parken. Die Blumenkästen Susannahs waren gerade gegossen worden. Wasser tropfte auf den Gehsteig. Das sagte ihm, daß sie zu Hause sein mußten, daß auf jeden Fall irgend jemand da war. Niemand meldete sich im Türlautsprecher. Er drückte noch einmal auf die Klingel und hörte dann Schritte auf der Treppe. Eine Frau, die Guy noch nie gesehen hatte, öffnete die Tür. Noch bevor sie etwas sagte, spürte er, daß sie ihn erwartet hatte.

»Ich bin Laura Stow«, sagte sie. »Susannahs Schwester.«

Er sah die Ähnlichkeit. Sie war ein bißchen älter, steckte in Jeans und einem Hemd und trug ein Handtuch turbanartig um den Kopf gewunden. Offensichtlich hatte sie sich das Haar gewaschen. Er hatte nicht gewußt, daß Susannah eine Schwester hatte, war aber nicht überrascht. Hatten diese Leute überhaupt *Freunde*? Kannten sie denn irgend jemanden, der nicht zur Familie gehörte? Einerlei. Wem man bei ihnen zu Hause begegnete, wem man dort vorgestellt wurde, unfehlbar waren es Verwandte.

Er sagte knapp: »Guy Curran.«

Sie nickte und sah die Golftasche in seiner Hand an. Jeder mit ein bißchen Grips im Kopf mußte erkennen, daß sich darin ein Gewehr oder eine Schrotflinte befand.

»Ich suche Leonora«, sagte er und fügte hinzu: »Sie wissen doch, wen ich meine?«

»Aber natürlich. Sie ist nicht da. Außer mir ist niemand da. Ich hüte das Haus, während sie fort sind.«

»Fort?« sagte er.

»In Urlaub. Sie sind heute in Urlaub gefahren.« Sie war geduldig mit ihm, aber ihre Augen blickten wieder die

Golftasche an. »Tut mir leid, aber ich kann Ihnen leider nicht helfen.«

Es war einstudiert. Irgend jemand hatte sie für seinen Besuch präpariert, ihr diese Worte beigebracht. »Sind Sie sicher, daß sie nicht da ist? Sind Sie ganz sicher, daß sie nicht irgendwo oben ist?«

Einen Augenblick lang dachte er, er habe ihr Angst gemacht. Sie war ein, zwei Schritte zurückgewichen. Er schlug einen sanfteren Ton an. »Könnte ich vielleicht eintreten und – nun ja, nachsehen? Ich bin ein alter Freund der Familie.«

»Nachsehen, ob Leonora da ist? Ich sage Ihnen doch, sie ist nicht da. Natürlich kann ich Sie nicht hereinlassen.«

»Ich werde Leonora demnächst heiraten«, sagte er geduldig. Sie starrte ihn an, ein nervöses Lächeln umzitterte ihren Mund.

Er rief zur Treppe hin: »Leonora! Leo! Bist du da, Leonora?«

Laura Stow gab einen unverständlichen Ton von sich und schloß die Tür vor seiner Nase. Ohne es sehen zu können, spürte er, daß sie sich keuchend mit dem Rükken gegen die Tür lehnte.

Er hatte eigentlich nicht angenommen, daß Leonora in dem Haus war. Sie wäre ja längst nach unten gekommen. Er konnte nicht im Ernst glauben, daß sie tatsächlich gefangengehalten wurde, gefesselt, in einem Zimmer eingesperrt. Das würden sie nicht tun – oder vielleicht doch? In seiner Vorstellung sah er diese Laura Stow ans Telefon gehen, um unverzüglich Anthony und Susannah in ihrem Urlaubshotel anzurufen. Wahrscheinlich würde sie alle anrufen, um ihnen von seinem Besuch zu berichten, und vielleicht als erstes Robin und Maeve, denn wie es schien, sprach die Wahrscheinlichkeit dafür, daß Leonora sich bei ihnen aufhielt.

Er fuhr nach Hause, ließ den Wagen am Gehsteig stehen und ging nach oben, um das Gewehr wieder in seiner Schutzhülle zu verstauen. Es war eine unkluge Wahl gewesen, diese unhandliche Waffe. Es war halb sechs.

Der Hunger meldete sich wieder. Es war nie viel Eßbares im Haus, zumeist nicht mehr als der Grundbedarf fürs Frühstück: Brot, verschiedene Getreideflocken, Eier, holländischer Käse, Marmelade, Orangensaft. Nachdem er sich einen Wodka eingegossen und das Glas mit Orangensaft aufgefüllt hatte, überlegte er, ob er es fertig brächte, sich ein Ei zu kochen, entschied sich dann aber dagegen. Er aß etwas Brot mit Gouda, trank das Glas leer und wählte die Nummer in der St. Leonard's Terrace.

Noch immer meldete sich niemand. Noch immer ließen sie das Telefon klingeln. Guy schnitt noch ein Stück Brot ab und schenkte sich nochmals Wodka ein. Er versuchte es vergeblich in der Sanderstead Lane, dann in der Georgiana Street und – nur so zum Spaß, wie er sich sagte – in der Lamb's Conduit Street. Laura Stow kam an den Apparat. Sie hörte sich nervös an. Er gab ein unheimliches Lachen von sich, worauf sie den Hörer auf die Gabel warf. Mittlerweile fühlte er sich unvergleichlich besser. Es wäre keine Übertreibung gewesen zu sagen, daß er sich trotz seines Arms in Kampfform fühlte. Er hatte eine Kampfansage erhalten. Es war, als hätten sie ihm den Fehdehandschuh hingeworfen und ihn aufgefordert, gegen sie alle anzutreten.

Plötzlich war er in ein blutrünstiges Märchen oder ein Mantel-und-Degen-Stück verwickelt. Die schöne Prinzessin war von ihrem grausamen Vater und ihrer bösen Stiefmutter in einen Turm gesperrt worden. Heirate den Zimtzwerg, oder du bleibst auf alle Zeit gefangen! Doch ihr Retter war unterwegs, gepanzert und gewappnet und wenn auch nicht auf einem Schimmel, so doch in einem goldenen Wagen.

Er ging noch einmal nach oben und holte aus dem Kleiderschrank das neue, elegante Sakko aus schlachtschiffgrauem Kalbsleder, das er im vergangenen Mai bei Beltrami in Florenz gekauft hatte.

Er vertauschte seine Schuhe gegen graulederne Halbstiefel. Zögernd nahm er die Armschlinge ab, aber er brauchte sie eigentlich nicht mehr. Und er konnte ja den Schal um den Hals geschlungen tragen, warum nicht?

Im dritten Schlafzimmer, einem der beiden, die nach hinten hinausgingen und von denen aus man auf die Rückseite der Häuser in der Abingdon Villas genannten Straße blickte, ging er zu der Kommode, die an der Wand zwischen den Fenstern stand. Der oberen Schublade entnahm er den schweren Colt Kaliber 45, den er seit seinem siebzehnten Lebensjahr besaß, aber nie benutzt hatte.

Die Waffe hatte ihm Danilo beschafft, damals, als er von den Geschäftsleuten in Kensal Schutzgelder kassierte. Er hatte diskret zu verstehen gegeben, daß er gern einen richtigen Revolver besäße statt der – allerdings überzeugend wirkenden – Kopie, die er mit sich umhertrug.

Danilo hatte die Waffe eines Abends in das Pub in der Artesian Road mitgebracht und sie ihm auf der Herrentoilette gezeigt. Während Danilo die Spülung betätigte, bezahlte Guy den Revolver und die dazugehörige Munition in bar. Leonora hatte den Colt gesehen und ihn als ein mörderisches Schießeisen bezeichnet. Er sah, was sie damit meinte.

Er hatte kein Halfter dafür. Es war ihm überflüssig erschienen. Er legte den Colt auf den Beifahrersitz und darüber seine Lederjacke.

Der Abend wurde kalt. Es dämmerte bereits. Zum ersten Mal seit Monaten schaltete er die Wagenheizung ein. Er zündete sich eine Zigarette an. Es dauerte nicht mehr als zehn Minuten, bis er die St. Leonard's Terrace erreichte. Guy konnte nicht genau sagen, ob er schon einmal in dieser Straße gewesen war, doch nun, da er sie sah, war er beeindruckt. Robin hatte offenbar finanziell mehr Erfolg als die übrigen Mitglieder dieser Familie mit ihren schäbigen Duplexdomizilen in Bloomsbury und ihren Vorstadtvillen. Die Wohnung befand sich in einem eleganten, ansehnlichen Haus von klassischer Architektur mit einer vornehmen, blau lackierten Eingangstür unter einem Portikus, dessen kuppelförmiges Dach von korinthischen Säulen getragen wurde. Guy hätte gar nicht ungern selbst hier gewohnt. Auf dem gerahmten Schild über der Klingen stand: Ms. M. Kirkland, R. H. Chisholm. Sehr formbewußt. Die Wohnung, in der sie vermutlich wohnten, hatte einen riesigen Erker. Er hatte seine Jacke angezogen und den Colt in die rechte Außentasche gesteckt, die zum Glück ziemlich groß war. Niemand meldete sich im Türlautsprecher, als er klingelte.

Er versuchte es noch einmal und dann ein drittes Mal. Er stieg gerade die flachen Eingangsstufen hinab, als er am Ende der Straße Robin und Maeve daherkommen sah.

Sie gingen Arm in Arm, ja, noch dichter nebeneinander, irgendwie miteinander verflochten, ihr Kopf auf seiner Schulter, und sie waren äußerst aufgekratzt, lachten und zwickten einander. Doch mehr noch fiel Guy auf, wie sie angezogen waren. Verschwunden waren die Jeans und die identischen Sweatshirts, die Söckchen und Turnschuhe. Maeve trug ein hellrosa Seidenkostüm, dessen Ausschnitt in einem tiefen V nach unten führte. Die Puffärmel bauschten sich an den ausgepolsterten Schultern, der Rock war sehr weit und sehr kurz. Er enthüllte ihre Spitzenstrumpfhose bis zur Mitte der Oberschenkel. Ihre rosafarbenen Schuhe waren hochhackig, und in der linken Hand trug sie einen Hut, so groß wie ein Wagenrad und bedeckt mit hellroten Rosen.

Robin war in einem hellbeigen Anzug, vermutlich aus Wildseide. Die Krawatte hatte er offenbar erst kurz vorher abgenommen. Das untere Ende, bronze- und cremefarben gemusterte Seide, hing aus seiner Jackentasche. Als sie Guy sahen, blieben sie stehen, schauten einander an und brachen in ein Lachen aus.

Auch das ist einstudiert worden, dachte er. Sie begannen auf ihn zuzugehen, ein breites Lächeln auf ihren Gesichtern. Guy sagte: »Wo ist sie?«

Das hatte zur Wirkung, daß Maeve sich beinahe vor Lachen krümmte. Sie wußte sich nicht zu fassen und klammerte sich keuchend an Robin fest. Anscheinend standen die beiden stark unter Alkoholeinfluß. Robin kicherte albern.

»Sagt mir bitte, wo sie ist.«

Guy spürte den Colt schwer und kalt in seiner Jackentasche. Die Waffe zog seine Jacke an der rechten Seite nach unten. Er legte die Hand auf die Tasche.

»Ich weiß, ihr habt sie versteckt. Ihr habt kein Recht, so was zu tun, wir leben schließlich in einem freien Land. Ihr könnt niemanden gegen seinen Willen gefangenhalten.«

Sie stiegen die Eingangsstufen hinauf. Robin holte seinen Schlüssel heraus. Noch immer lachten sie. Maeve hatte tatsächlich Tränen an den Wangen. Guy sah, wie Robin sie nachsichtig anlächelte, angesteckt von ihrer Heiterkeit und vergeblich bemüht, ein ernstes Gesicht zu machen. Schließlich stieß er noch ein anscheinend ununterdrückbares schrilles Lachen, das Gewieher eines lebhaften Pferdes, aus, brachte den Schlüssel ins Loch und sagte zu Maeve: »Komm rein, komm um Gottes willen ins Haus! Du steckst mich erst richtig an. Jedesmal, wenn ich dich ansehe, packt's mich wieder.«

Guy blieb ganz kalt. Die Abenteuergeschichte, die er in der vergangenen halben Stunde erlebt hatte, begann, sich aufzulösen, wegzuschmelzen und sich zu verflüchtigen. Sie waren reale Menschen in einer realen Straße, und um ihn war Realität. Er hätte gern den Colt gezogen und die beiden erschossen, dort auf den Stufen. Er hätte es gar zu gern getan. Doch wenn ich das tue, sagte er sich, werde ich Leonora niemals wiedersehen. Das hielt ihn zurück.

»Wo ist sie?« fragte er noch einmal.

Robin, der zu lachen aufgehört hatte, nun, da Maeve im Haus war, sagte im Ton eines kleinen Jungen: »Das wirst du Mami fragen müssen.«

»Ich werd' *was* müssen?«

Plötzlich zum Erwachsenen werdend, sagte Robin lässig-gedehnt: »Das haben wir so ausgemacht. Falls du auftauchen solltest, meine ich. Wir sind zu dem Schluß gekommen, daß meine Mutter es übernehmen soll, dich aufzuklären. Verstanden?«

Er ging in das Haus und schloß die Tür hinter sich.

Als Guy die Themse überquerte, war es dunkel. Er steckte unterwegs eine Zigarette an der anderen an. Ein Glas Brandy, danach sehnte er sich, aber das mußte warten. Er hatte seine Lederjacke mit dem Colt in der Tasche an und Leonoras Schal um den Hals geschlungen. Er roch ganz leicht nach ihr.

Er parkte den Wagen am nördlichen Ende der Sanderstead Lane und lud den Revolver. Die Straßenlaternen brannten, sie glichen rauchigen, gelben Kugeln, und manche von ihnen waren im dichten, dunklen Laub der Bäume, die diese lange Straße säumten, halb begraben. Der Straßenbelag glänzte. Längs der Gehsteige waren keine Autos geparkt. Sämtliche Häuser hatten Garagen. Niemand war um die Wege, niemand führte seinen Hund aus, kein Mädchen eilte rasch und furchtsam zu einem abendlichen Rendezvous. Ein Auto fuhr vorüber, dann noch eines. Nichts rührte sich hier, es war still und kälter als in der Innenstadt Londons.

Er fuhr weiter, zum Haus der Mandevilles. Dort stand es, hinter dem langen Vorgarten, und es prangte in einer wahren Lichtflut. Überall, in den Schlafzimmern oben wie auch im Erdgeschoß, waren Lampen eingeschaltet, aber Guy hatte nicht das Gefühl, daß das Haus voll Menschen war, daß beispielsweise eine Party stattfand.

Das Haus wirkte um so auffälliger, weil das daran angebaute, das unbewohnt war, in völliger Finsternis dastand. Kein anderes Auto war weit und breit zu sehen, und vor dem Licht hinter den zugezogenen, doch durchsichtigen Vorhängen bewegten sich keine Schatten. Aber er hatte das Gefühl, daß er erwartet wurde, daß sie auf ihn warteten.

Robin hatte zweifellos seine Mutter angerufen, so daß sie vorbereitet war. Sie und Magnus waren bereit, ihn zu empfangen. Vielleicht hatte sie sich auch einen Leibwächter besorgt. Er spürte den Revolver in seiner Jackentasche und tätschelte ihn liebevoll wie ein Polizist auf Streife in einem Film. Das ins Schloß fallende eiserne Tor verursachte einen lauten, klaren Ton, der die Stille durchdrang. Er begann den Pfad entlangzugehen. Das beleuchtete Haus schien ihm entgegenzublicken.

Er sollte nicht die Chance bekommen, den ganzen Weg zurückzulegen und zu klingeln oder den Türklopfer in Form eines Löwenhauptes zu betätigen. Auf halber Strecke etwa öffnete Tessa Mandeville die Haustüre. Sie stand da, stumm, ohne ein Lächeln und anscheinend ohne jede Furcht.

»Wo ist sie?«

Maeve hatte gesagt, diese Worte würden dereinst auf seinem Grabstein stehen. Schon möglich. Vielleicht würde er mit diesem Spruch auf den Lippen sterben – es war ihm gleichgültig. Nur das, nichts sonst, wollte er sagen. Er wiederholte die Frage. »Wo ist sie?«

»Du kannst hereinkommen«, sagte Tessa. Ihr Tonfall war distanziert. Sie sprach ihn nur selten mit seinem Vornamen an, hatte es kaum je getan und tat es auch jetzt nicht. »Komm bitte herein. Wir können die Sache ja jetzt gleich hinter uns bringen.«

Magnus stand hinter ihr. Tessa war ebenso festlich gekleidet, wie Maeve es gewesen war; sie trug ein kupferfarbenes, hautenges Kleid mit einem Schnörkelmuster in Bronze und Gold am Hals und am Saum. Den runzligen Hals mit den hervortretenden Sehnen hatte sie unter dicken Bernsteinketten verborgen. Magnus hingegen hatte eine alte Sergehose und eine graue Strickjacke an, als hätte er sich zum Kampf bereit machen wollen. Dabei hatte er das durchsichtige, zerbrechliche Aussehen einer Heuschrecke.

Sie gingen in einen mit Möbeln vollgestellten Raum. In zwei riesigen Vasen befanden sich Blumensträuße, die in der Hitze welkten.

»Setz dich mal.«

»Nein, ich stehe lieber.«

»Schön, wie du willst. Du hast mich gefragt, wo Leonora ist.« Tessa blickte auf eine bedeutsam-theatralische Art auf ihre Uhr. Dann hob sie die Augen und sah ihn an. »Ich denke, daß sie sich in diesem Augenblick in zweitausend Fuß Höhe über Nordfrankreich befinden. Leonora hat heute mittag um ein Uhr geheiratet.«

# 20

Die Blumen in den beiden Vasen, exotische, blasse Exemplare mit üppigen Blüten, schienen sichtbar zu welken. Guy sah, daß es Hochzeitsblumen waren, die ursprünglich zu Sträußen gebunden gewesen waren oder als Tafelschmuck gedient hatten. Ein Schwindelgefühl erfaßte ihn. Er hatte sich zwar nicht setzen wollen, tat es nun aber doch. Der süße und muffige Duft der Blumen hatte etwas Obszönes an sich – wie Parfum an einem ungewaschenen Körper.

Tessa sagte: »Der Schal, den du da trägst, gehört meiner Tochter!«

»Sie hat ihn mir gegeben.«

Er merkte, daß seine Stimme matt, kaum noch beherrscht klang. Er räusperte sich und wiederholte: »Sie hat ihn mir gegeben.«

»Ich nehme an, du bist hierhergekommen, weil du Klarheit haben möchtest.«

Tessa hatte sich ihm gegenüber auf einem Sofa niedergelassen, dessen Chintzbezug mit Blumen gemustert war, die eigenartigerweise denen in den Vasen ähnlich waren, blaßrosa, beinahe weiße, bleiche, flieder- und pfirsichfarbene Rosen in üppiger Blüte. Eine kleine, scharf umrissene Figur, saß sie kerzengerade da, die Hände um die Knie geklammert. Wegen des hellen Brauntons ihres Kleides und des glänzenden Stoffs, ihres ebenfalls glänzenden dunklen Haars und ihrer walnußfarbenen Haut wirkte sie wie in Metall gegossen oder aus Holz geschnitzt. Ihre Augen waren sehr hell und funkelten vor Genugtuung, vor Triumph. Guy hatte einen furchtbaren Schlag empfangen, war derart niedergeknüppelt worden, daß er es mit ihr nicht aufnehmen konnte. Alle Energie hatte ihn verlassen, und er spürte einen starken Druck im Kopf. Trotz der Hitze im Raum erfaßte ihn ein Kälteschauer, so daß er eine Gänsehaut bekam. Magnus, der nervös, gleichsam wie ein teuflisches Gespenst, im Hintergrund schwebte, mußte es bemerkt haben, denn er sagte hastig: »Möchten Sie etwas zu trinken?«

Guy schüttelte den Kopf. Später kam ihm der Gedanke, ob das nicht das erste Mal in seinem Leben gewesen war, daß er ein angebotenes Getränk ausschlug. Von irgendwoher bot er eine Stimme auf, die seiner normalen nahekam.

»Dort waren Sie also alle? Auf ihrer Hochzeit?«

»Ganz recht«, sagte Tessa. »Das ist das erste Mal, daß du etwas begreifst. Sie wurde um ein Uhr getraut, danach haben wir zu Mittag gegessen.« Sie konnte sich eines Lächelns nicht enthalten, obwohl sie sich, wie er sah, bemühte, es zu unterdrücken. Ihre Lippen zuckten, und sie setzte sich sehr gerade hin. »Seitdem haben wir gefeiert. Es war eine schöne Hochzeit, das haben alle gefunden. Wir haben sie zum Taxi nach Heathrow gebracht, von ihnen Abschied genommen, und Robin hat einen Schuh hinten ans Taxi gebunden! Man kann ihn ja nicht bremsen, wenn er sich irgendeinen Unsinn in den Kopf setzt. Du möchtest sicher wissen, wohin William und

Leonora geflogen sind. Auf die griechischen Inseln – nach Samos, um es genau zu sagen.«

Er glaubte ihr nicht. Samos, dort hatte Leonora mit ihm Urlaub machen wollen. Tessas Lider zuckten, als sie die Lüge aussprach. Es war klar, daß sie es nicht wagen würde, ihm ihr wahres Reiseziel zu nennen. Obwohl es ihm furchtbar war, daß man ihm anmerkte, wie schwer er getroffen worden war, beinahe tödlich verwundet, sagte er verzweifelt: »Aber sie sollte doch erst am Sechzehnten heiraten. Immer wieder hat Leonora das gesagt, am Sechzehnten, und *Sie* haben es auch gesagt.«

Noch während er sprach, ging ihm auf, was es mit dieser Hochzeitseinladung auf dem Kamin in der Lamb's Conduit Street für eine Bewandtnis gehabt hatte. Es *war* die Einladung zu Leonoras Hochzeit gewesen, und sie hatte ohne Zweifel Janice und ihrem Mann gegolten. Und bestimmt war das richtige Hochzeitsdatum, der Neunte, darauf gestanden, eine Woche früher, als man ihm vorgegaukelt hatte. Sie hatten die Karte in aller Eile weggeräumt. Hätte er sie gelesen, wäre der ganze Plan ruiniert worden.

»Warum hat sie mir den Sechzehnten genannt?«

Tessa lächelte jetzt, ein durchtriebenes Lächeln mit hochgezogenen Augenbrauen. Er hatte sie noch nie so erlebt.

»Warum hat sie gesagt, sie würde mich heute wie gewohnt zum Mittagessen treffen?«

Er brachte es nicht über sich zu erwähnen, was sie ihm sonst noch alles versprochen hatte. Tessas Gesicht hatte sich ein wenig entspannt. Er spürte – und empfand eine gewisse Scham dabei –, daß seine hilflose Stimme sie gerührt, daß sie, trotz ihres grimmigen Triumphs, begonnen hatte, Mitleid mit ihm zu empfinden.

»Du mußt versuchen, dich in unsere Lage zu versetzen. Bemüh dich ausnahmsweise einmal, an andere zu denken. Meine Tochter hat sich wirklich ernste Sorgen gemacht, daß du zur Trauung kommen könntest und Krach schlagen würdest, wenn du das Datum wüßtest. Sie *kennt* dich ja schließlich. Wir alle kennen dich. Wir wissen, wozu du fähig bist. Denk dran, was letzte Woche passiert ist, als du dich betrunken und William angefallen hast. Mit einem *Säbel*. Das ist doch unglaublich! Heutzutage, in unserer Zeit, ein Säbelduell vom Zaun zu brechen. Es wäre dir durchaus zuzutrauen gewesen, daß du auf die Hochzeit kommst und alles kurz und klein schlägst, oder du hättest dir mit Gewalt Zutritt verschafft und den Standesbeamten angeschrien, er soll die Zeremonie abbrechen – weiß Gott, was. Du wärst zu allem Möglichen imstande gewesen. Buchstäblich seit Jahren hat meine Tochter in einem Alptraum des Schrekkens und der Angst gelebt, was du als nächstes tun würdest.«

Irgendwie war aus Leonora »meine Tochter« geworden. Guy spürte, daß Tessa sie nie wieder bei ihrem Namen nennen würde, wenn sie mit ihm sprach.

Magnus sagte auf seine milde, trockene Art: »Und deswegen habe ich ja empfohlen, Sie mit juristischen Mitteln davon abzuhalten, meine Stieftochter zu belästigen. Es wäre zwar ohne Zweifel zunächst unerfreulich gewesen, aber auf lange Sicht hätte es uns viele Scherereien und Kümmernisse erspart.«

Guy hob die Augen, die ihm schwer vorkamen, wie

angefüllt mit Tränen, die er nicht vergießen durfte. Er hatte ein Gefühl, als wären sie geschwollen. Er blickte Magnus an. Durch das weiche Leder seiner Jackentasche spürte er die Form des Revolvers. Aber es war, als fehlte ihm die Kraft, ihn zu benutzen, ja, als könnte er ihn nicht einmal aus seinem Versteck holen. »Verzeih mir«, hatte sie zuletzt am Telefon zu ihm gesagt. Jetzt verstand er ihren Grund. »Verzeih mir.« Ihre Stimme war so schwer und so unsicher gewesen, wie seine Augen es jetzt waren, voller Tränen. »Verzeih mir die Lügen, die sie mich gezwungen haben, dir aufzutischen, vergib mir, daß ich dich hintergehe, verzeih mir diese schrecklichste aller Lügen, daß ich mich morgen mit dir treffen und für immer bei dir bleiben werde.«

Tessa hatte gesprochen. Worte, Sätze, ganze Passagen waren ihrem Mund entströmt, ohne daß er sie hörte. Hin und wieder nahm er ein, zwei Worte auf – »cremefarbene Seide«, »gelbe Rosen«, »Weißgold«. Er sah sie an. Wieder erlebte er ein ihm unbekanntes Gefühl, eine Empfindung tiefer Qual, daß Menschen einer so raffinierten, sorgfältig berechneten Grausamkeit fähig waren.

»Ich will nichts darüber hören«, sagte er, und seine Stimme hatte Kraft gewonnen. Seltsam, sie klang wie eine neue Stimme, hart, knapp, kalt vor Verachtung. Ich bin gestorben, dachte er, und als ein anderer wiedergeboren worden, mit einer neuen Stimme, einem neuen Wertesystem. »Ich will nichts darüber hören.« Der Zorn kehrte allmählich zurück, und es war derselbe alte Zorn. »Lassen Sie mich in Frieden mit diesem Schrott, was sie anhatte, den verdammten Blumen, lassen Sie mich mit diesem ganzen Scheiß in Frieden.«

»Und Sie erlauben sich keinen solchen Ton gegenüber meiner Frau!«

»Wollen Sie mir den Mund verbieten?« Er berührte wieder den Colt. Magnus gab ein verdrossenes Geräusch von sich, und Guy wußte, der Mann hatte Angst. Er hätte lachen können, wäre er dazu imstande gewesen. Aber sein Kopf war schwer, und seine Lider desgleichen. »Wer hat sich das ausgedacht?«

»Wovon redest du eigentlich?« Tessa hörte sich sehr sarkastisch, ganz von oben herab, von Arroganz aufgeblasen an. Das Mitleid hatte nicht lange gehalten.

»Ich habe Sie gefragt, wer sich das ausgedacht hat, mir weiszumachen, Leonora würde eine Woche später heiraten, als es wirklich der Fall war. Das war doch nicht ihre eigene Idee, stimmt's? Sie hat sich das nicht ausgedacht.«

»Was zählt es schon, wer es sich ausgedacht hat. Ich weiß nicht mehr, wer auf die Idee gekommen ist. Ich nicht. Ich wollte, es wäre so gewesen, ich wollte, mir wäre so etwas eingefallen, etwas so... ja, so Einfaches und Wirkungsvolles. Laß dir eines sagen: Auch wenn meine Tochter nicht selber darauf gekommen ist, so war sie doch sofort einverstanden. Sie hat sich auf die Chance gestürzt.«

»Sie war moralisch zerstört«, sagte er. »Sie, Sie alle haben sie moralisch zerstört.«

»Wenn es moralisch zerstörend sein soll, jemanden vor einem Menschen in Sicherheit zu bringen, der ihn zu Tode ängstigt, dann lebe die moralische Zerstörung!«

»Leonora hat sich nicht vor mir gefürchtet. Sie hat mich geliebt. Sie hat mich gebeten, ihr zu verzeihen.«

Guy wandte sich zu Magnus um und sagte: »Jetzt geben Sie mir doch diesen Drink.«

Tessa brach in ein Lachen aus. »Du bist wirklich unverbesserlich. Diese Chuzpe, es ist nicht zu glauben!« Sie äffte seinen Ton nach: »Jetzt geben Sie mir doch diesen Drink. Begreif endlich, daß du nicht zu uns gehörst. Du gehörst nicht zu unserer Familie. Du hast dich vor weiß Gott wie vielen Jahren in unseren Kreis gedrängt, und seither versuchen wir, dich loszuwerden. Du hast anscheinend nie begriffen, daß du bei uns *nichts zu suchen hast, daß deinesgleichen nicht zu uns paßt.* Um es ganz offen zu sagen: Egal, wieviel Geld du gescheffelt hast, du gehörst nicht zu unserer Klasse. Im Grunde bist du noch immer ein irischer Halbstarker, ein Straßenjunge. Es wäre eine Beleidigung der Arbeiterschicht, dich dazuzurechnen, nein, du bist und warst von jeher ein mieser Kerl aus der Gosse.«

Jemand tippte ihm auf die Schulter, und als er hochblickte, sah er über sich Magnus' Totenschädel und ein mit irgend etwas gefülltes Glas, das die leicht zittrige Hand mit der Pergamenthaut hielt. Man hatte ihn nicht gefragt, was er wollte. Magnus hatte etwas gebracht, was er für das Richtige hielt (oder wovon er am meisten vorrätig hatte oder was er selbst nicht mochte). Eine Arznei. Ein Mittel gegen einen Nervenzusammenbruch. Tatsächlich war es etwas mit Wasser verdünnter Whisky. Der Geschmack löste bei Guy jene leichte Übelkeit aus, die Whisky bei ihm immer bewirkte, und dann wallte langsam Energie in ihm auf.

»Das Absurde ist«, sagte Tessa gerade, »daß du dir überhaupt eingebildet hast, meine Tochter könnte dich heiraten, könnte die *Erlaubnis* bekommen, dich zu heiraten.«

»Sie ist großjährig, Tessa«, sagte Magnus, wie immer ganz der Advokat. »Das hätte sie zweifellos selbst entscheiden können. Sie *hat* ja tatsächlich auch ihre eigene Entscheidung getroffen.»

»Das hat sie nicht«, sagte Guy. »Weder tatsächlich noch sonstwie. Andere haben sie ihr vorgeschrieben, so sehn die Tatsachen aus. Ihre Frau hatte recht, als sie davon sprach, daß es nicht erlaubt worden wäre. Sie alle miteinander, die Chisholms und was sonst noch dazugehört, haben nicht erlaubt, daß sie tat, was sie wollte.»

»Was für ein himmelschreiender Unsinn! Ich wollte, ich hätte die Dinge, die meine Tochter gesagt hat, auf Tonband aufgenommen, bei Gott! Wie oft ich sie gefragt habe, warum sie sich mit dir überhaupt abgibt, und wie sie geantwortet hat, daß sie sich mit dir trifft, weil das die einzige Möglichkeit sei. Sie hat mitgemacht, um Ruhe vor dir zu haben, damit sie die übrige Woche tun konnte, was sie wollte – nur deswegen hat sie's getan.«

»Wenn sie nur eingesehen hätte, daß der völlig vernünftige Schritt, eine einstweilige Verfügung zu beantragen, durchaus machbar gewesen...«

»Du siehst ja, Magnus, sie hat es nicht getan. Sie wollte, ›seine Gefühle nicht verletzen‹, hat sie gesagt. Sie war immer viel zu weichherzig, als für sie gut war. Anders als bei unserem Gast hier waren ihr die anderen immer wichtiger. Sie hätte alles getan, nur um ihm nicht weh zu tun. Aber das ist jetzt nicht mehr wichtig, ist jetzt alles Vergangenheit, aus und vorbei. Sie ist verheiratet. Und wenn sie und William von... äh... Samos zurückkommen, fahren sie gleich nach Nordengland. Sie kommen nicht mehr nach London zurück. Und wenn du dir einbildest, ich würde dir die neue Adresse meiner Tochter geben, mußt du noch verrückter, gestörter oder weiß der Himmel, wie man es nennt, sein, als ich dachte.«

Guy tastete nach seinen Zigaretten. Sie waren in der Tasche, in der sich der Colt nicht befand. Er steckte sich eine zwischen die Lippen und zündete sie an, wobei er Tessa beobachtete. Sie reagierte erwartungsgemäß.

»Ich erlaube nicht, daß in diesem Haus geraucht wird.«

»Tut mir leid«, sagte er, »aber wenn Sie wollen, daß ich sie ausdrücke, müssen Sie Gewalt anwenden. Wollen Sie's probieren? Sie oder Ihr Mann?«

»Empörend!« sagte sie.

»Sie sollten keine Vorschriften aufstellen, wenn Sie sie nicht durchsetzen können.«

»Magnus«, sagte sie, »sorge dafür, daß er die Zigarette ausmacht.«

Magnus' Reaktion bestand darin, daß er einen Aschenbecher holte und neben Guys Ellenbogen stellte. Guy sagte: »Ihr Ehemaliger hat Newton über seinen Bruder diesen Job verschafft. Das hab' ich praktisch von Leonora. Er hat Newton mit ihr bekannt gemacht und dann alle Fäden gezogen, um ihm zu einer Stellung in Nordengland zu verhelfen.«

Tessa begann gespielt zu husten. Sie legte eine Hand auf den Mund und schüttelte sich ein bißchen. »Das mag sein. Ich weiß nichts darüber. Ich habe Michael Chisholm seit Jahren nicht gesehen.« Sie streckte eine Hand zu ihrem Mann hin. »Ich glaube, ich werde auch ein Glas trinken, Liebling. Gin und Ginger Ale. Und warum trinkst du nicht auch was? Anscheinend«, setzte sie hinzu, »müssen wir ja eine längere Diskussion über seine... wie würde man es nennen? Paranoia?... über uns ergehen lassen.«

»Offen gesagt, Curran«, sagte Magnus, »finden Sie nicht, es ist an der Zeit, daß Sie gehen? Meine Frau hat Ihnen sehr viel mehr erzählt, als Sie unter den gegebenen Umständen erwarten konnten.«

»Nein, ich gehe noch nicht. Ich möchte wissen, wer auf die Idee gekommen ist, mich hereinzulegen.«

Tessa sagte in einem gelangweilten Ton: »Ich bin mir nicht sicher, ob ich dich richtig verstehe. Wie bist du ›hereingelegt‹ worden?«

»Getäuscht, wenn Sie so wollen. Man hat mir vorgegaukelt, die Hochzeit wäre nächsten Sonnabend.« Guy hielt inne und formulierte um. »Nein, man hat mir vorgegaukelt, es wird überhaupt keine Hochzeit geben.« *Ich liebe dich, ich komme mit dir – was immer du willst.* Er erinnerte sich wieder, wie sie ihn geküßt hatte an dem Abend, als sein Arm verletzt worden war, und berührte ihn, berührte den seidigen Stoff des Schals. Wenn ich jetzt zu heulen anfange, dachte er, bringe ich sie beide um. »Wer«, sagte er mit fester Stimme, »hat sie dazu angestiftet? Wer hat ihr eingeredet, mir erst zu erzählen, die Hochzeit sei am Sechzehnten, und mich dann glauben zu lassen, sie sei abgesagt? Wer war das?«

»Ich sage dir ja, ich weiß es nicht.« Tessa nahm das Glas, das ihr Mann ihr hinhielt. Sie hob es wie zu einem Trinkspruch, als wollte sie etwas sagen, besann sich dann aber eines Besseren und trank daraus. »Es ist unwichtig, wer es war; wir haben es alle richtig gefunden.«

»Sie hätte ihm keine Unwahrheiten erzählen sollen«, sagte Magnus unerwartet. »Ich will damit sagen, wenn das stimmt, daß sie zu ihm gesagt haben soll, sie würde William nicht heiraten – das hätte sie wirklich nicht tun sollen.«

»*Was?* Auf welcher Seite stehst du denn, wenn ich fragen darf? Hör zu: Sie hatte jedes Recht, ihm weiß Gott was zu erzählen. Gleich was! Und wenn du noch ein einziges Mal mit deiner einstweiligen Verfügung anfängst, fang' ich an zu schreien.«

Magnus achtete nicht auf sie. Die Falten auf seinem Gesicht glätteten sich ein wenig, wie zerknülltes Papier, das von ordnungsliebenden Fingern glattgestrichen wird. Er lächelte und sagte: »Ich erinnere mich ganz genau, wer auf die Idee gekommen ist. Ich war sprachlos. Es kam mir so... wie soll ich sagen?... so kühn vor.«

Seine Frau machte eine ungeduldige Handbewegung. »Es ist doch völlig unwichtig, wer darauf kam. Die Hauptsache ist, daß es funktioniert hat und daß alle diese elenden Geschichten von früher jetzt wirklich Vergangenheit sind.« Sie faßte Guy in den Blick, sah ihm in die Augen, in beide Augen. Er merkte ihr an, daß sie nicht die geringste Angst vor ihm hatte, und das wunderte ihn. Sie musterte ihn ganz kühl, ja, mit einem klinischen Blick oder wie ein vom Staat beauftragter Folterknecht, der die Reaktionen eines Opfers abschätzt. Einen Augenblick lang dachte er, sie würde ihn munter fragen, ob er etwas zu sagen habe, bevor sie ihm die Daumenschrauben anlegte, doch sie tat es nicht. »Das wär's dann«, sagte sie, »alles liegt jetzt offen zutage. Und jetzt, meine ich, solltest du gehen.«

»O ja, ich gehe. Ich möchte nicht länger hierbleiben. Wozu auch?« Er drückte die Zigarette aus, aber so, daß sie noch ein bißchen weiterschmorte. Er sah Magnus an. »Also, wer ist auf die Idee gekommen?«

»Idee? Sie meinen, wer sich diese Geschichte mit dem Hochzeitsdatum ausgedacht hat? Es müßte eigentlich einen Namen für unser Verwandtschaftsverhältnis geben. Ich müßte eine Bezeichnung wie ›meine Stiefgattin‹ verwenden können, aber das wäre nicht ganz das Richtige, nicht? So bleibt mir nichts anderes übrig, als sie bei ihrem Namen zu nennen, nämlich Mrs. Chisholm, Susannah Chisholm.«

Der Kerl genießt es richtig, all das zu sagen, dachte Guy angewidert. Er genießt es, diesen ganzen pedantischen Schwachsinn von sich zu geben. Dann erst registrierte er, *was* Magnus Mandeville gesagt hatte. »Susannahs Idee war das?«

»Wir waren auf einem Familientreffen. Sehr zivilisiert ist es dabei zugegangen. In meiner Jugend wäre so etwas nicht möglich gewesen, daß geschiedene Männer und Frauen so familiär miteinander umgehen. Aber es ist sehr erfreulich, ich beklage mich nicht. Mrs. Chisholm – Susannah also – hat den Vorschlag gemacht. Meiner Frau hat er natürlich sehr gefallen, nicht wahr, Liebling?«

»O ja. Natürlich. Ich war begeistert.« Tessa, die gesagt hatte, sie könne sich nicht mehr erinnern, schien wieder voll und ganz im Besitz ihres Gedächtnisses zu sein. »Ich war Susannah ungeheuer dankbar und mit Freuden bereit, bei der Ausarbeitung des Plans mitzuhelfen. Ich habe meine Rolle dabei gespielt, erinnerst du dich nicht? Du weißt doch sicher noch, daß ich dich eigens in deiner Villa aufgesucht und dir erzählt habe, die Hochzeit finde am Sechzehnten statt. Wenn es nach mir gegangen wäre, hätte man dir eine *offizielle Einladung zum Sechzehnten* geschickt.«

Ihr Ehemann nickte in einem fort, wie eines dieser Hündchen mit Wackelköpfen, die manche Autofahrer im Rückfenster ihres Fahrzeugs sitzen haben. »Allerdings war Leonora nicht dafür. Sie wollte zuerst nicht mitmachen. Sie hat gesagt, es sei unrecht, aber ich habe zu ihr gesagt, es wäre nichts Verbotenes daran, wenn man zu einer Notlüge greift.«

»Daran erinnere ich mich aber nicht, Magnus. Ich nehme an, das hast du zusammengeträumt.« Sie hustete wieder, schüttelte sich und drückte Guys Zigarettenkippe aus. »Für Leonora war es ein Geschenk des Himmels. Es hat ihr alle ihre Sorgen genommen.«

»Wenn der Teufel am Werk ist, bleibt keine andere Wahl«, sagte Magnus mit einem Schimmer in den Augen und ließ wenig Zweifel daran, wer mit dem Teufel gemeint war.

Guy stand auf und klopfte dabei leicht auf die Jackentasche, in der sich der Revolver befand. Tessas Augen folgten seiner Hand. Der Telefonapparat stand in Griffweite neben ihr auf einem niedrigen Tischchen. Er hatte keinen Säbel, um die Schnur zu durchschlagen. Und wegen seines verletzten Arms fehlte ihm die Kraft, sie aus der Wand zu reißen. Er hätte ohnedies nicht den Wunsch danach gehabt, aber er streckte die Hand in die Tasche und befühlte das glatte, kalte Metall.

»Wohin sind sie gefahren?«

»Wohin ist wer gefahren?« Tessa war gleichfalls aufgestanden.

»Anthony und Susannah. Sie sind in Urlaub gefahren.« Oder war das auch eine Lüge, von der Schwester in die Welt gesetzt? »Man hat mir erzählt, daß sie weggefahren sind.«

»Nur auf ein paar Tage. Ich würde nicht im Traum daran denken, dir zu sagen, wohin. Es war schon schlimm genug, daß wir uns dieses Verhör gefallen lassen mußten. Aber ich habe es freiwillig auf mich genommen. Ich habe gesagt, sie sollen dich hierherschicken, ich wollte es übernehmen, dir gegenüberzutreten, um die anderen zu schonen. Ich fand, es war das wenigste, was ich tun konnte, und so kannst du dich darauf verlassen, daß ich in diesem Stadium nicht den armen Anthony und Susannah die Sache ausbaden lasse. Davon abgesehen könnten sie dir auch nicht mehr erzählen, als ich dir gesagt habe.«

Er spürte den Colt, und wieder kam ihm der Gedanke, die beiden zu töten. Aber in diesem Fall würde er sich um die Chance bringen, Anthony und Susannah zu finden. Er nahm die Hand aus der Tasche. Aus dem Zimmer Kleinholz zu machen, ja, nur die Blumenvasen umzustoßen, würde seine Chancen zunichte machen, Anthony und Susannah aufzuspüren. Magnus Mandeville war ein Mann von der Sorte, die unverzüglich die Polizei anrufen würde. Vermutlich telefonierte er ohnehin alle paar Tage mit der Polizei wegen dieser oder jener Sache. Guy blickte die beiden an, erst sie, darauf ihn, und dann schaute er angewidert weg.

Sie ist verheiratet, dachte er. Während ich im *Café Fish*

wartete, genau zu der verabredeten Zeit, wurde sie getraut. Ich habe diese vergeblichen Anrufe gemacht, bin von einem Haus zum andern gefahren, habe mich als ihren Retter gesehen, und während ich all das tat, war sie auf einer Party, ihrer eigenen Hochzeitsfeier, hat Champagner getrunken und gelacht und Glückwünsche entgegengenommen. Die Blumen hier waren dort in dem Raum, wo gefeiert wurde, sie hat wahrscheinlich an ihnen gerochen, sie berührt, einige davon vielleicht sogar als Brautstrauß getragen.

Er ging hinaus und durch die Diele, öffnete die Haustür, warf sie krachend hinter sich ins Schloß und ging den langen Weg zum Tor entlang.

Sie beobachteten ihn, das war klar, aber er blickte nicht zurück. Sie hatten gewonnen, sie alle miteinander. Tessa und Magnus, Rachel, Maeve und Robin, Anthonys Bruder und Susannahs Schwester, Anthony und Susannah. Sie hatten erreicht, was sie sich vier Jahre zuvor vorgenommen hatten. Vier Jahre hatte es gebraucht, um den Plan umzusetzen, aber sie hatten es geschafft, und die Anstifter, die Anführer der Verschwörung waren Anthony und Susannah.

Er setzte sich in den Jaguar. Er ließ den Motor an und beobachtete, wie die Leuchtziffern auf der Uhr erschienen: acht-fünf-zwei. All das war geschehen, hatte sein Leben, hatte ihn selbst verändert, und es war noch immer erst zehn vor neun. Es war nicht zu glauben. Er fuhr ein Stück weit weg und hielt dann wieder an. Er blieb einfach deswegen stehen, weil am Randstein eine freie Stelle und keine gelbe Linie war, die ein Parkverbot anzeigte. Die Zigarette, die er anzündete, brachte ihm eine solche Erleichterung, daß er beinahe geweint hätte. Wie hatte er nur jemals daran denken können, sich das Rauchen abzugewöhnen?

Er würde es niemals aufgeben.

Wenn sein Kopf klarer wurde und er wieder denken konnte, würde ihm einfallen, wohin Anthony und Susannah gefahren waren. Susannah hatte ihm ja gesagt, wohin sie wollten. Sie hatte es ihm an jenem Tag gesagt, als er seinen Besuch in der Lamb's Conduit Street gemacht hatte. Er hatte es vergessen, aber es würde ihm wieder einfallen. Außerdem konnte er die Schwester anrufen. Wie hieß sie gleich wieder? Ja, Laura Stow. Er konnte notfalls Laura Stow anrufen. Es war ja erst zehn vor neun – nun ja, inzwischen fünf nach. Er konnte um Viertel vor zehn zu Hause sein. Das war nicht zu spät, um jemanden anzurufen. Er würde sich am Telefon nicht zu erkennen geben, er würde sich irgend etwas ausdenken – eine dringende Nachricht für Anthony, ein Paket, das per Expreß zugestellt werden sollte...

Sie waren alle schuldig, Magnus und Tessa, Rachel, Robin und Maeve, Laura Stow und Michael Chisholm, am meisten aber Anthony und Susannah. Es hatte damit angefangen, als Susannah den Brief von Poppy Vasari öffnete. Damit hatte ihre gemeinsame Vendetta gegen ihn begonnen. Dann hatte Anthony mit seiner Wühlarbeit begonnen, ihr verboten, mit ihm Urlaub zu machen, sie daran gehindert, von ihm das Geld für die Wohnung in Portland Road zu borgen. Alles reaktive, abwehrende Züge, aber dann war ein aktiver Zug gekommen: einen Ehemann für sie zu finden, sie mit William Newton zusammenzubringen. Es war genauso schlimm, dachte

Guy, wie wenn in Indien Kinder miteinander verheiratet werden.

Sobald der Zukünftige an Land gezogen war, blieb nur noch, ihm einen Job im Norden Englands zu beschaffen, fern dem Mann, den sie wirklich liebte. Und der letzte Schritt war Susannahs Plan, eine geheime Trauung zu arrangieren, eine Woche vor dem Datum, das ihm vorgegaukelt worden war. Anthony und Susannah, sie waren die treibende Kraft gewesen, hatten die Pläne entworfen, die Operation ausgeführt und sie zu einem triumphal erfolgreichen Abschluß geführt. Die anderen waren nur ihre Handlanger, die willig und gehorsam auf ihre Instruktionen warteten. Und Newton war für sie eine bloße Schachfigur, ein harmloses Nichts gewesen. Wieviel hatten sie ihm gezahlt, damit er ihren Plänen zustimmte?

Guy ließ den Motor an, um nach Hause zu fahren. Auf der Battersea Bridge hielt er wieder an, stieg aus und blickte hinunter auf das braune, schimmernde, schmutzige Wasser der Themse. Er zog das blaue Lederetui, in dem sich der Verlobungsring mit dem Saphir befand, aus der Tasche und warf es nach einem ganz kurzen Zögern ins Wasser. Augenblicklich kehrten seine Gedanken zu Anthony und Susannah Chisholm zurück. Die Welt war nicht groß genug, um ihn zu beherbergen – und sie. Er würde nicht rasten noch ruhen, solange Anthony und Susannah am Leben waren.

# 21

Es war normal, daß die Lichter brannten. Ein Zeitschalter schaltete sie ein, wenn die Dämmerung anbrach. Er ließ den Wagen auf der Straße stehen, schloß die Haustür auf und ging geradewegs zum Telefon im Wohnzimmer. Das Telefonbuch in seinem Kopf, das eine Liste von Chisholm-Nummern enthielt, lieferte ihm sofort die für die Lamb's Conduit Street.

Ein Mann meldete sich. Laura Stow war wahrscheinlich verheiratet. Guy sagte, er sei vom Expreßzustelldienst Wing in der South Audley Street und habe ein Eilpaket für Mr. Chisholm. Er fragte, wo er ihn erreichen könne. Wäre Laura Stow selbst an den Apparat gekommen, hätte er die Stimme verstellt, aber gegenüber dem Ehemann war es nicht notwendig. Der Mann schöpfte keinen Verdacht. Er nannte Guy den Namen eines Hotels in Lyme Regis.

Guy holte sich einen Drink, einen üppigen, einen dreifachen Brandy. Auf dem Tisch, wo er sie hingelegt hatte, lagen *The London Review of Books* und *The Guardian*. Er hatte den Eindruck, er hätte auch das Magazin *Cosmopolitan* hier liegen lassen, aber das konnte nicht sein, denn es war jetzt nicht da. Andere Dinge fielen ihm ein, das Paloma-Picasso-Parfum und die Badelotion, die er im Bad aufgestellt hatte, das Haus, dessen Besichtigung er für Montag vereinbart hatte. Eine Wallung, die ebenso von Elend wie von Zorn gespeist war, ergriff ihn, und er packte die beiden Zeitungen und zerriß sie in Fetzen. Dabei stieß er Flüche aus und brüllte, den Kopf im Nakken, zur Decke hinauf – oder zu Gott. Er hörte sich rasen, als wäre es die Stimme eines anderen. Er versetzte dem Tisch Tritte und trommelte mit den Fäusten gegen die Wand.

»Guy«, sagte jemand, »Guy, was ist denn los?«

Er drehte sich um. Celeste stand unter der Tür.

»Mein süßer Guy, was ist passiert?«

»O Gott! Mein Gott!« Er hatte ihre Verabredung vergessen oder vielmehr vergessen, daß es ihm nicht gelungen war, sie abzusagen. Sie hatten ausgemacht, daß sie hierherkam, und sie war gekommen. Vor wie langer Zeit? Es war beinahe zehn. »Celeste.« Er sprach nur ihren Namen, die Stimme von dem Gebrüll ganz rauh und heiser. »Celeste.«

»Ich dachte, dir ist was passiert. Ich dachte, du hast einen Unfall gehabt.«

Als sähe ein anderer Celeste, nicht er selbst, als sähe er sie mit den Augen eines anderen Mannes, dachte er: Wie wunderbar sie aussieht! Ihr langes, dunkles, kastanienbraunes Haar hing lose, doch, da sie es vorher zu Zöpfchen geflochten gehabt hatte, noch gekräuselt herab. Ein zwei Zentimeter breites, goldenes Band verhinderte, daß es ihr ins Gesicht fiel. Sie hatte einen schwarzen Seidenpullover und einen schwarzen Rock an, der dicht mit Türkis, Blau, Rosa und Rot bestickt war. Alles war vollkommen, von den winzigen Goldknöpfen in Form von Schneckenhäusern, die sie in den Ohren trug, bis zu den Armbändern aus goldenem Draht und ihren flachen, goldbestickten Schuhen aus blauer und grüner Seide. Er schloß die Augen und sah Leonora in marineblauer und weißer, ausgewaschener Baumwolle und schmutzigen Turnschuhen. Der Anblick tat so weh, daß er zusammenzuckte.

»Hast du dir weh getan?« fragte sie. »Ist es dein Arm?«

»Celeste, es tut mir leid, daß ich nicht hier war. Ich hatte vergessen, daß du kommen wolltest. Entschuldige.« Wenn er die bewußten Worte verwendete und sie bat, ihm zu vergeben (»verzeih mir«), würde er zu weinen anfangen. »Schreckliche Dinge«, sagte er, auf Vorsicht bedacht, »schreckliche Dinge sind geschehen.«

»Was für Dinge, Guy?«

Er zündete eine Zigarette an und gab ihr auch eine. Er probierte den Brandy. Er war gut, ließ ihn aber erschauern. »Ich muß wieder weg. Ich bin nur nach Hause gekommen, um einen Anruf zu machen. Aber ich muß bald wieder fort. Ich werde die Nacht hindurch fahren.«

»Kann ich dich begleiten?«

»Nein. Ich muß allein weg. Du bleibst hier und gehst schlafen. Okay?«

»Ich würde dich gerne begleiten. Ich könnte fahren.« Sie sagte nicht, daß er schon bald nicht mehr fahrtüchtig sein werde, aber das war gemeint. Ohne den Blick von ihm abzuwenden, kniete sie sich auf den Boden und begann die Zeitungsfetzen aufzusammeln.

»Ach, laß das doch.« Er legte die Hände an die Schläfen. »Celeste, sie ist heute nicht gekommen. Sie ist verheiratet. Sie hat sich trauen lassen, während ich im Restaurant auf sie wartete.«

»*Was?*«

Er sagte alles noch einmal. Beim zweiten Mal war es einfacher. Sie setzte sich neben ihn, und er berichtete ihr alles über die Verschwörung der Chisholms. Celeste hörte ihm schweigend zu. Als er fertig war, schwieg sie noch immer. Dann sagte sie: »Furchtbar. So etwas zu tun.«

Er nickte. Es hatte ihm von jeher gefallen, wie sie sprach, mit diesem leichten Akzent der Menschen aus der Karibik, der Betonung auf der letzten Silbe der Wörter. Er sah sie liebevoll an. Er spürte, daß sie verstand, sie hatte ihn immer verstanden.

»Sie haben sich gegen mich verschworen«, sagte er. »Sie haben sich vorgenommen, sie gegen mich aufzubringen, und das ist ihnen gelungen.«

»Ich habe gemeint, es war furchtbar, was sie getan hat. Was *sie* getan hat: Es war hinterhältig, Guy. Ein anständiger Mensch würde so etwas nicht tun.«

Er sprang auf und trat ein paar Schritte von ihr weg. Das warme Gefühl, das er noch ein paar Augenblicke vorher empfunden hatte, war verschwunden. Celeste hielt den Blick auf ihn gerichtet.

»Sie ist sechsundzwanzig«, sagte sie. »Sie läßt sich von niemandem etwas einreden. Sie handelt nach ihrem eigenen Willen. Du mußt dich damit abfinden, daß sie es gewollt hat. Niemand hätte sie dazu zwingen können, sie ist kein Kind oder Tier, sie ist intelligent, sie hat viel mehr Köpfchen als ich, und ich bin jünger, aber ich tue nie, was man mir vorschreiben will, nie, nie! Und sie hat das auch nicht getan. Sie hat getan, was sie selber wollte. Sie hat es genossen. Ich glaube wirklich, daß sie es genossen hat. Du hast erzählt, sie ist dagestanden und hat zugesehen, wie du dich mit Newton geschlagen hast. Es hat ihr gefallen, daß du um sie gekämpft und eine Göttin aus ihr gemacht und überhaupt nichts dafür verlangt hast.«

Er zitterte am ganzen Leib. Er hätte sie am liebsten umgebracht. Es juckte ihn, den rechten Arm zu heben und mit der Hand zum Schlag auszuholen. Doch irgend etwas bremste ihn, ein altmodischer Ehrbegriff: Ein Gentleman schlägt eine Frau nicht. Man kann sie vielleicht töten, aber niemals prügeln. Er hob die Hand müde zum Gesicht, und dabei streifte der Schal sie, der seidige Schal Leonoras. Alles, dachte er, was ich von ihr behalten werde.

»Du bist eifersüchtig«, sagte er, »bist es immer gewesen.«

Sie schüttelte den Kopf. Er wußte nicht, ob es bejahend oder verneinend gedacht war. »Leonora ist in Newton verliebt, Guy. Nicht ihr Vater hat für sie einen Mann gefunden, das hat sie selber getan. Sie liebt ihn.«

»Woher willst du das wissen?«

»Sie hat es mir gesagt. Damals in dem Restaurant. Sie hat gesagt: ›Ich würde es schön finden, wenn Guy eine Frau so liebte, wie ich William liebe, und bei ihr Gegenliebe fände.‹«

»Komisch, daß du das noch nie erwähnt hast.«

»Ich habe versucht, es dir zu sagen, aber du wolltest es nicht hören.«

Er ging hinaus, um sein Glas aufzufüllen. Der Abend war sehr still geworden, obwohl es Samstag und noch nicht spät war. Er hörte sie sagen: »Wohin fährst du?«

»Weit weg. Nach Dorset.« Der Brandy ekelte ihn an.

Das hatte er noch nie erlebt. »Ich möchte Anthony und Susannah besuchen.«

Irgend etwas in seinen Augen mußte es ihr verraten haben. »Ich habe die Munition für deine Waffe versteckt. Als du so lange ausgeblieben bist, kam mir eine Ahnung, eine ungute Vorahnung.« Mit »Waffe« meinte sie sein Gewehr. Von dem Colt wußte sie nichts. »Ich werd' dir auf keinen Fall sagen, wo sie ist. Und wenn du mich umbringst.«

»Hör gefälligst auf, dich in meine Angelegenheiten einzumischen, Celeste. Du bist ja nicht meine Frau, du bist nicht einmal meine Freundin. Du bist nur *eine* Freundin. Wird es nicht allmählich Zeit, daß du dir das klarmachst?«

Er wollte sie verletzen. Früher hatte er manchmal erlebt, wie sie zusammenzuckte, und er wollte es jetzt wieder erleben. Aber ihre Miene blieb gelassen. »Hast du schon einmal daran gedacht«, sagte sie, »daß du hier bei dir zu Hause hättest haben können, was für dich am besten ist, wenn du nicht diesem Traum nachgejagt wärst? Du und ich, wir beide haben soviel gemeinsam, Guy. Wir mögen die gleichen Dinge, wir tun gern die gleichen Sachen, wir haben die gleichen Vorlieben. Du liebst mich zwar nicht, aber du würdest es eines Tages tun, wenn du deinen Gefühlen nur eine kleine Chance gäbst. Ich liebe dich. Das brauche ich dir nicht zu sagen. Wir verstehen uns gut im Bett, stimmt das nicht? Wir haben einander im Bett viel gegeben, oder nicht? Ich habe nie einen besseren Partner gehabt – und du? Eine bessere Partnerin? Sei ehrlich, Guy. Hast du schon eine Frau gehabt, die im Bett zärtlicher zu dir war als ich?«

»Ich habe dir schon am ersten Tag gesagt«, antwortete er, »daß ich Leonora liebe.«

»Ich weiß, daß du das gesagt hast. Aber was du sagst und was wirklich *ist*, das ist nicht dasselbe. Weißt du eigentlich, daß dein Leben zu hundert Prozent aus Illusion besteht?«

»Du redest über Dinge, die du nicht verstehst. Leonora ist die große Liebe meines Lebens. Sie *ist* mein Leben. Ich *bin* Leonora«, sagte er, »wir waren in eins verschmolzen.« Er erinnerte sich, daß Leonora diese Äußerung bestritten, daß sie sie einer Figur aus irgendeinem Buch zugeschrieben hatte. Der Brandy stieg ihm zu Kopf und bewirkte, daß er zu nuscheln begann. »Ohne sie bin ich so gut wie tot. Das Leben ist für mich sinnlos ohne sie.«

Einen Augenblick lang dachte er, Celeste würde ihn gleich auslachen. Sie tat es nicht, sondern sagte leise: »Wie oft hast du eigentlich mit ihr geschlafen?«

Die Frage war eine bodenlose Frechheit. »Das hat nichts damit zu tun«, sagte er eisig.

»Seit jenem ersten Mal, von dem du mir erzählt hast, auf einem Grab oder Gott weiß was, vor langen, langen Jahren – wie oft, Guy?«

Es war wie in einem jener antikatholischen Witze mit dem Priester im Beichtstuhl und dem knienden kleinen irischen Mädchen. »Wie oft, mein Kind?« Doch Celeste sah ihn ganz ernst an. Sie scherzte nicht. Er dachte zurück an die frühen Jahre, aber er konnte sich nur an Kensal Green erinnern, an das hohe, sommerliche Gras und die Schmetterlinge. »Ist es denn von Belang?«

»Ich nehme doch an, daß es für dich von Belang ist.«

»Fünf- oder sechsmal«, murmelte er.

»O Guy«, sagte sie, »o mein süßer Guy.«

Er zuckte mit den Schultern und blickte weg. Plötzlich spürte er die Müdigkeit, die ihn schwer und dunkel, wie eine Decke, umhüllte. Er griff nach dem Glas mit dem Brandy und trank es leer. Die Zigarette, die er anzündete, schmeckte schon beim ersten Zug wie Asche.

»Sie hat es genossen«, sagte Celeste. »Du hattest recht, als du gesagt hast, es war ihr Wunsch, sich sonnabends mit dir zu treffen und jeden Tag von dir angerufen zu werden. Sie hat es genossen, dich am Narrenseil umherzuführen. Was hat es sie gekostet? Gar nichts. Es war schmeichelhaft für sie, daß du ihr nachgelaufen bist, du, ein so gutaussehender und reicher und netter Typ. Ihr ist es nur darum gegangen, daß die Leute wußten, du bist in sie verliebt. Sie konnte sich einen anderen Freund zulegen und auf die Heirat mit ihm zusteuern, und du würdest ihr trotzdem bleiben, sie jeden Tag anrufen und sie samstags zum Essen ausführen, und sie müßte keinen Penny dafür zahlen und nicht einmal mit dir ins Bett gehen.«

»So war es nicht«, sagte er, aber es *war* so gewesen. »Würdest du mir bitte noch einen Drink holen?«

»Willst du denn nicht die Nacht durchfahren?«

»Hol mir bitte noch einen Drink.«

Morgen, in aller Frühe würde er nach Dorset aufbrechen. So wäre es am besten. Wenn Celeste noch schlief. Er wachte ja immer früh auf. Frisch, mit klarem Kopf würde er um acht Uhr losfahren und mittags dort sein. Dann fiel ihm ein, daß er, abgesehen von dem Käsebrot am Nachmittag, nichts gegessen hatte, aber ihm war nicht nach Essen.

In dem Himmelbett lag er eine Weile ein Stück von

Celeste getrennt. Er dachte über seine Pläne für den nächsten Tag nach. Es war besser, zuerst eine Nacht durchzuschlafen. Sobald er in Lyme angekommen war, würde er sofort in das Hotel gehen und nach ihnen fragen. Der Mann an der Rezeption würde sagen, sie seien ausgegangen, und er würde sich auf die Suche nach ihnen machen, vielleicht an den Klippen – gab es in Lyme Klippen? Es mußte welche geben. Er sah Anthony und Susannah in der Ferne, wie sie am Rand des Wassers den Strand entlanggingen. Der Colt befand sich noch in der Tasche seiner Lederjacke. Dort sollte er auch bleiben. Am nächsten Morgen würde er die Jacke anziehen und losfahren. Wie wäre ihnen wohl zumute, was würden sie tun, wenn sie ihn in der Ferne und dann über den Sand auf sich zukommen sahen?

Der breite, menschenleere Strand, das weithin sich dehnende Meer. Nichts, wohin man sich flüchten konnte, aber sie würden zu fliehen versuchen... Er sah wieder Leonoras Lächeln vor sich, kokett, gezügelt, geheimnisvoll. Vivien Leighs Lächeln aus *Vom Winde verweht*. Dies war ihre Hochzeitsnacht. Doch das bedeutete nicht viel, sie hatte mit diesem Typen immer wieder wochenlang zusammengelebt. Wie grausam sie zu mir war, dachte er. Er hätte nie vermutet, daß ihm Leonora als grausam erscheinen könnte, doch so erschien sie ihm jetzt, und Staunen und Selbstmitleid erfüllten ihn.

Celestes schlanke Hände berührten sein Gesicht, und ihre so weichen und warmen Lippen seinen Mund. Sie konnte beim Küssen sprechen; er hatte außer ihr noch nie eine Frau erlebt, die das fertigbrachte. »Guy, mein Süßer, ich liebe dich. Ich möchte, daß du mich nimmst.«

Er tat es. Er dachte, um dazu imstande zu sein, müßte er sich Leonoras Bild vor Augen führen, was ihm nie schwerfiel, doch diesmal wollte es nicht erscheinen, oder Celestes Gegenwart war zu stark, als daß Gespenster hätten eindringen können. Es war, als wäre Celeste entschlossen, mit ihrer Liebe alle anderen außer ihnen beiden zu vertreiben. Diese Frau in seinen Armen war Celeste und sonst niemand, ihre Augen waren geöffnet und glänzten, und ihre Stimme war verstummt. Er spürte, daß von ihr eine seltsame, gesammelte Kraft ausging, und das Wort »Hexenzauber« fiel ihm ein. Ihrem Körper, ihrem Ich wohnte eine heilende Weiße Magie inne.

Er tat sich etwas darauf zugute, daß er nie verschlief, es einfach nicht konnte. Er hatte eigentlich nicht erwartet, daß er überhaupt mehr als nur ausruhen, daß er einschlafen würde. Doch als er erwachte, sagten ihm die Zeiger der Uhr, daß es schon nach neun war. Celeste lag noch in Morpheus' Armen, so tief in den Schlaf verkrochen, als wäre es noch ganz früh am Tag.

So war es besser. Er konnte sich verdrücken, ohne daß sie es bemerkte. Er ging unter die Dusche. Es kam ihm absurd vor, daß jemand, der zu einer tödlichen Mission aufbrechen wollte, sich vorher noch einseifte, von Kopf bis Fuß wusch und sich unter diese Kaskaden heißen Wassers stellte. Warum sich überhaupt noch um irgend etwas kümmern? Warum stand er hier und machte Tee, wartete darauf, daß das Wasser im Kessel zu sieden begann? Warum überlegte er, in seinen Bademantel gehüllt, was er anziehen sollte? Nichts sollte eigentlich zwischen seiner zielbewußten Entschlossenheit und der Tat selbst stehen. Er sollte längst unterwegs sein.

Über dem kleinen Garten schwebte leichter Dunst. Die Sonnenstrahlen hatten ihn bereits zu zerteilen begonnen. Den ganzen Sommer lang hatten die Lilien auf seinem Teich geblüht, und auch jetzt, im Herbst, blühten sie noch. Ein lächerliches, absurdes und sofort unterdrücktes Verlangen ergriff ihn, hinauszugehen und den Kopf des Bronzedelphins zu streicheln. Aber er öffnete immerhin die Terrassentür und genoß den milden Hauch des Morgens.

Sein Kopf schmerzte dumpf, doch das war normal. Morgens hatte er meistens Kopfschmerzen. Sie kamen nicht an das monumentale, hämmernde, knochenzersplitternde Auseinanderreißen von Gehirnfasern heran, das er einen Kater nannte. Zu Dingen wie Hausarbeit ließ er sich nie herbei, nicht einmal dazu, eine Tasse abzuspülen, aber jetzt kniete er sich hin, begann die Papierfetzen vom Boden aufzuheben und trug sie in die Küche. Das Wasser im Teekessel kochte, das Lämpchen daran ging aus. Er gab in jeden Becher einen Teebeutel, beschloß dann aber, Celeste doch nicht zu wecken.

Leise, um sie nicht im Schlaf zu stören, zog er seine Sachen an, Jeans, ein schwarzes T-Shirt, den düstersten Pullover, den er besaß, in schlichtem Marineblau, mit Rollkragen. Es wurde ihm bewußt, daß er sich so ausstaffierte, weil dieser Aufzug am meisten der Kleidung eines Henkers ähnelte. Er schlang Leonoras Schal um den Hals, nahm ihn wieder ab und legte ihn in eine Schublade. Im Spiegel sah er sich, wie Anthony und Susannah ihn sehen würden, wenn er am Strand auf sie zukam. Er stellte sich das Jackett, die schwere Außentasche vor und tat so, als griffe er hinein, um den Colt zu packen. Und dann sagte er zu sich: Du spielst doch Theater, hör auf, Theater zu spielen, du weißt, daß du nicht nach Lyme fahren wirst, du fährst nirgendwohin, bringst niemanden um!

Am Abend vorher war ihm ernst damit gewesen. Von Schmerz und Zorn erhitzt, hatte er nur noch für seine Rache Gedanken gehabt, hatte nichts anderes gezählt als das. Eine Zukunft hatte es nicht gegeben. Daß er eine Nacht darüber geschlafen hatte, hatte alles verändert, Celeste hatte alles verändert. Ich wäre losgefahren, wenn sie nicht dagewesen wäre, dachte er. Ich wäre gestern abend losgefahren. Und Anthony und Susannah Chisholm wären jetzt tot, und ich wäre verhaftet worden oder von eigener Hand gestorben.

Aber ich will nicht sterben, dachte er. Ich will nicht ins Gefängnis. Ich möchte frei sein. Und er war ja frei. Mit dem, was Leonora getan hatte, hatte sie ihm seine Freiheit zurückgegeben. Die sklavische Abhängigkeit vom Telefon war zu Ende, und ebenso war es vorbei mit den Verabredungen an den Samstagen, die ihm ebensoviel Schmerz wie Freude bereitet hatten. Die Idee war so neuartig, daß er sich setzte, um darüber nachzudenken, daß er sich auf einen der weißen Stühle draußen in den blassen Sonnenschein setzte.

Er würde nicht aufhören, sie zu lieben; das wäre ihm unmöglich. Er würde sie immer lieben. Auf eine kühle, verständige, sehr erwachsene Art, so war ihm bewußt, würde er sie bis ans Ende seiner Tage lieben. So war es nun einmal. Es hörte sich melodramatisch an, aber es war die Wahrheit, daß er damals auf der Straße seinem Schicksal begegnet war, als er dort mit Danilo und Linus zusammen war und sie daherkam, ein kleines Mädchen, das stehenblieb und sie beobachtete.

Aber nun war sie davongegangen, war sie für ihn verloren. Er hatte den Ring, den er für sie gekauft hatte, in die Themse geworfen. Sie hatte einen andern geheiratet, und sollten sie einander wiederbegegnen, dann in Gegenwart anderer Leute, und sie würden alle dabeisein: Tessa und Magnus, Anthony und Susannah, Robin und Maeve, Rachel Lingard und Onkel Michael, vielleicht auch Janice mit ihrem Mann. Und ihn selbst würde Celeste begleiten.

Warum nicht Celeste? Sie hatte ihn am Abend vorher gerettet. Immer wieder rettete sie ihn. Sie hatte die Wahrheit gesprochen mit dem, was sie über die Art ihrer Beziehung gesagt hatte. Sie konnten es gut miteinander, sie hatten alles gemeinsam, sie konnten miteinander *sprechen*, sie konnten schweigen, wenn sie zusammen waren, zwischen ihnen gab es keine Scham und kein Getue. Sie liebte ihn, wie er sein ganzes Leben lang noch nie von einem Menschen geliebt worden war, und er hatte sie gern. Sogar er, so abgebrüht er war, der erwachsen gewordene Straßenjunge aus den Slums, der Exdealer, der mit harten Drogen gehandelt hatte, der Gangster, Zwischenhändler und gerissene Geschäftsmann, war ein Mensch, der Liebe brauchte.

Warum versuchen wir's nicht? Warum, dachte er, versuche ich nicht, etwas daraus zu machen? Was können wir schon verlieren? Er empfand eine ganz ungewöhnliche Leichtigkeit bei dem Gedanken, daß die Anrufe, die

Phantasiegespinste, das krankhafte Sehnen ein Ende hatten. Hätte er seinen Racheplan ausgeführt, hätte er alles verloren.

»O Leonora«, sagte er laut. Es war ein so langer Weg gewesen, so lang für jemanden seines Alters, für jemanden, der erst neunundzwanzig Jahre alt und doch vierzehn davon ein Sklave der Liebe gewesen war. »O Leonora.«

Als er in die Diele kam, warf er dem Kandinsky einen Blick zu. Das Bild hatte ihm nie gefallen. Mochten Leute wie Tessa Mandeville sagen, was sie wollten, es war scheußlich. Daß er es hier hängen hatte, war reine Prätention. Er würde es verkaufen. Er setzte sich auf einen der Georges-Jacob-Stühle, nahm den Colt aus seiner Jakkentasche und holte die Munition aus der Trommel.

Von oben rief Celeste nach ihm.

»Ich bring' dir deinen Tee«, sagte er.

Wenn es Leonora wäre, die dort oben in seinem Bett lag, seinem herrlichen chinesischen William-Linnell-Bett, und ihm erwachend die Arme entgegenstreckte ... Die Zeit für diese Wunschphantasien war vorbei. Er brachte den Becher Tee nach oben. Sie sagte: »Danke dir, mein süßer Guy. Hast du gut geschlafen? Fühlst du dich besser? Doch, ich sehe dir an, daß du dich heute morgen wohl fühlst.«

Er setzte sich neben sie auf den Bettrand, nahm ihre Hand und hielt sie, als wäre es die Hand einer Patientin in einem Krankenhausbett. Celeste war nicht krank, sie war jung und gesund, sie strotzte vor Gesundheit und Vitalität. Ihr dunkles Haar hatten den Glanz eines Halbedelsteins, eines Tigerauges. Ich werde versuchen, sie zu lieben, dachte er, ja, ich werde es versuchen. Wenn ich es ernstlich will, wird es mir gelingen.

Die Klingel an der Haustür läutete. Unwillkürlich erinnerte er sich, wie er früher, wenn das geschah, überzeugt gewesen war, es sei Leonora. Jetzt konnte sie es nicht sein. Es konnte auch niemand aus ihrer Familie sein. Er ließ Celestes Hand los und sagte zu ihr: »Später machen wir was Hübsches. Wir fahren aufs Land und machen uns einen netten Tag.«

Er war auf halbem Weg die Treppe hinab, als es wieder klingelte. Da war jemand sehr hartnäckig. Er öffnete die Tür und sah zwei Männer draußen stehen, von denen der ältere, ein Weißer in einem Anzug, wie ein Buchhalter aussah. Der Schwarze, ungefähr so alt wie er selbst, trug Jeans und gleichfalls einen Rollkragenpullover. Er sah wie ein Henker aus, und außerdem hatte sein Gesicht etwas Vertrautes ... Der Mann in dem Anzug sagte: »Mr. Curran? Mr. Guy Curran?«

Guy nickte.

»Ich bin von der Polizei, wir sind beide von der Polizei. Ich nehme an, Sie möchten unsere Dienstausweise sehen – damit Sie nicht erst danach fragen müssen. Ich bin Kriminalinspektor Shaw vom Morddezernat, und das ist Sergeant Pinedo. Können wir bitte hineinkommen?«

Es war Linus. Er mußte Guy als seinen alten Kumpel von der Straße erkannt haben, ließ sich aber nichts anmerken, und Guy sagte nichts, sah ihn nur an. Das also war aus Linus geworden, kein verkommenes Wrack oder ein Drogengangster, der wegen Schmuggels hingerichtet worden war, sondern ein Polizist. Das dunkle Gesicht, das inzwischen voller und weniger hübsch war, wirkte starr, fanatisch. Es hieß, nur ein Abstand, so breit wie ein Messerrand, trenne den Polizisten vom Kriminellen; beide seien durch eine starke Wesensverwandtschaft miteinander verbunden. Linus hatte sich dafür entschieden, lieber Jäger als Gejagter zu sein.

Guy trat ein bißchen zurück, um die Männer eintreten zu lassen, und das Licht, das durch die geöffnete Tür eindrang, fiel auf den Colt, der noch auf dem Tischchen lag. Shaw sagte: »Haben Sie einen Waffenschein für diese Waffe, Mr. Curran?«

»Aber natürlich.« Doch er hatte keinen, und sie würden ihn sehen wollen. »Für ein Gewehr, ja«, sagte er.

»Das ist aber kein Gewehr«, sagte Shaw.

Er berührte den Colt nicht, sondern ging durch die Diele in den Salon, gefolgt von Linus. Linus ging noch immer mit diesem Zuhältergang, die Hüften steif, die Oberschenkel dicht beisammen, die Schultern schwingend. Der magere Mann in dem grauen Anzug setzte sich auf das Sofa, nachdem er weder nach links noch nach rechts geblickt und den Kandinsky ignoriert hatte.

»Darf ich fragen, was Sie möchten?«

»Wir führen Ermittlungen über den Tod von Mrs. Llewellyn-Gerrard durch.«

»Ich kenne keine Mrs. Llewellyn-Gerrard.«

Guy war überaus erleichtert. Es mußte sich um irgendeine Nachbarin handeln. Die beiden Polizisten zogen anscheinend in allen Häusern an der Straße Erkundigungen ein. Es war einer dieser Fälle mit einer Frau, die erstochen oder an einer Überdosis Schlaftabletten gestorben in ihrem Schlafzimmer aufgefunden worden war. So etwas passierte immer wieder. Shaw blickte ihn mit zusammengekniffenen Augen an.

»Mrs. Janice Llewellyn-Gerrard, wohnhaft Portland Road, West, Nummer elf«, sagte Linus.

»Janice«, sagte Guy, baß erstaunt. »Ja, doch. Ich nehme an, ich kenne sie. Wenn es die ist, die ich meine. Aber in der Portland Road? Ich kenne ein paar andere Leute in der Portland Road.«

Er war verwirrt und sprach, wie er seiner Stimme anhörte, atemlos. Shaw blickte ihn an, und Linus sah ihn gleichfalls an. »Sie ist tot?« fragte er, bemüht, einen besseren Eindruck zu machen. »Woran ist sie denn gestorben?«

»Sie wurde ermordet.« Linus' Goldzahn glänzte zwischen den Lippen.

Er war völlig arglos. Er verstand nicht und sagte: »Wie ist sie ermordet worden?«

»Die Tat ist schiefgegangen«, sagte Shaw. »Der Mörder ist gesehen worden. Er befindet sich in polizeilichem Gewahrsam.« Aus der Stimme des Beamten schien, so Guys Eindruck, Stolz zu sprechen. »Er wurde eine Stunde nach der Tat, die er gestern abend um acht Uhr beging, festgenommen und befindet sich seither in Gewahrsam.«

»Sie wollen damit sagen, sie wurde überfallen.«

»Nein, das will ich damit nicht sagen. Er hat unten an der Haustür geklingelt, aber der Türlautsprecher hat nicht funktioniert oder so was Ähnliches, worauf sie nach unten gegangen ist. Er hat sie aus kürzester Entfernung niedergeschossen, mit einem Brust- und einem Kopfschuß. Sie war sofort tot und dürfte kaum begriffen haben, was sich abspielte. Ihr Mann hat die Schüsse gehört, ist hinuntergerannt und hat sie auf der Schwelle liegend gefunden.«

»Wir hätten gern, daß Sie uns begleiten, Mr. Curran«, sagte Linus. Er hatte den Akzent, Celestes karibischen Akzent, verloren. Er sprach wie jeder x-beliebige Polizist auf dem Weg nach oben. Der wird der erste schwarze Polizeichef, dachte Guy. »Hinunter zur Wache. Dort sehen wir dann weiter.«

»Ich?« sagte Guy. »Warum ich? Sie haben doch gesagt, Sie haben den Täter. Sie haben gesagt, Sie haben ihn verhaftet.«

»Charlie Ruck, ja. Möchten Sie diese Karte sehen, die wir bei ihm gefunden haben? Ihr Name und Ihre Adresse stehen drauf.«

Guy las die Karte, obwohl es nicht nötig war. Er hatte sie erkannt. Er hatte sie Danilo im *Black Spot* gegeben, als sie Rachel Lingards »Beseitigung« besprachen – *klein, Mopsgesicht, fett, Brille, dunkles Haar, straff nach hinten, ungefähr 27.*

»Ich kann das aufklären«, sagte er, und dann begriff er, daß er es nicht konnte.

Jetzt fiel es ihm wieder ein, daß irgend jemand erwähnt hatte, Janice und ihr Ehemann würden in der Portland Road logieren. Vielleicht hatte Leonora davon gesprochen. Er hatte sich immer zuverlässig daran erinnern können, wenn Leonora ihm etwas erzählte, jetzt aber war er dazu nicht imstande, und diese Erkenntnis bereitete ihm einen bitteren Schmerz.

Die beiden Polizeibeamten beobachteten ihn.

»Dann kommen Sie mal mit, Curran«, sagte Shaw.

Das »Mr.« war fallengelassen worden. Das war der Anfang vom Ende.

Tapfer rief er zu Celeste hinauf: »Bis bald.«

»Da hab' ich meine Zweifel«, sagte Linus.

Sie gingen hinaus auf die Scarsdale Mews. Einer von Guys Nachbarn warf ihnen einen kurzen, gleichgültigen Blick zu. Guy stieg in den Wagen der Kriminalbeamten, und sie brachten ihn fort.

# Das geheime Haus des Todes

Aus dem Englischen
von Denis Scheck

Für
Dagmar Blass

Ist's denn Sünde,
Zu stürmen ins geheime Haus des Todes,
Eh Tod zu uns sich wagt?

Antonius und Kleopatra,
*William Shakespeare*

# *I*

Der Mann mit der stämmigen Statur fuhr einen großen Wagen, einen grünen Ford Zephyr. Heute war sein dritter Besuch in dem *Braeside* genannten Haus im Orchard Drive, Matchdown Park, und jedesmal stellte er seinen Wagen auf der Grünfläche neben dem Bürgersteig ab. Er war Anfang Dreißig, dunkelhaarig und sah nicht übel aus. Stets trug er eine Aktentasche. Sehr lange blieb er nie, doch Louise North, die *Braeside* mit ihrem Mann Bob bewohnte, freute sich stets über sein Kommen und ließ ihn mit einem Lächeln ins Haus.

Das waren Tatsachen, und mittlerweile wußte die gesamte Nachbarschaft darüber Bescheid. Der Airedale-Terrier von gegenüber, der einer gewissen Familie Winter gehörte, hielt sie über die Besuche des massigen Mannes freundlicherweise auf dem laufenden. Im Verlauf des ganztägigen Wachdienstes hinter seinem Tor verbellte der Airedale nur Fremde, bei Einheimischen machte er keinen Mucks. Nun kläffte er wütend, während der Mann auf dem Gartenweg zur Haustür der Norths schlenderte, dort anklopfte und dreißig Sekunden später, nach einem geflüsterten Wort mit Louise, im Inneren verschwand. Nachdem er seine Pflicht erfüllt hatte, buddelte der Hund einen bräunlichen, erdverkrusteten Knochen aus und begann, an ihm herumzunagen. Eine nach der anderen zogen sich die von seinem Gebell hervorgelockten Frauen von den Fenstern zurück, um das Gesehene zu überdenken.

Das Feld war bestellt, die Saat ausgesät. Alles, was den passionierten Gärtnerinnen jetzt noch zu tun blieb, war, die Früchte ihres Klatsches zu ernten und sie auf den Markt der Nachmittagskränzchen und Zaungespräche zu tragen.

Nur Susan Townsend, die im Haus neben *Braeside* wohnte, wollte von diesem Warenaustausch verschont bleiben. Jeden Nachmittag saß sie an ihrer Schreibmaschine vor dem Fenster, und wenn der Hund bellte, war sie ebensowenig wie die anderen dagegen gefeit, einen Blick hinauszuwerfen. Zwar machte sie sich ihre Gedanken über die Besuche des Mannes, doch im Unterschied zu ihren Nachbarinnen trieb sie nicht lüsterne Neugier um. Ihr eigener Mann hatte sie vor genau einem Jahr verlassen, und die Besuche des Fremden bei Louise North rührten an alten Wunden, die sie bereits verheilt geglaubt hatte. Eheliche Untreue, die für Nichtbetroffene eine Quelle der Spannung und des Nervenkitzels darstellt, hatte sie im Alter von sechsundzwanzig Jahren in einen bodenlosen Abgrund von Einsamkeit stürzen lassen. Mochten ihre Nachbarn darüber nachgrübeln, warum der Mann kam, was Louise wollte, was Bob dachte und was aus diesem allem einmal werden sollte. Aus eigener Erfahrung kannte sie die Antworten; sie wollte bloß mit ihrer Arbeit vorankommen, ihren Sohn aufziehen und nichts mit dieser Sache zu tun haben.

Vierzig Minuten später ging der Mann, und der Airedale bellte wieder. Als sich sein Frauchen näherte, hörte er schlagartig auf, machte Männchen – eine Haltung, in der er wie eine Bauchtänzerin hin und her wackelte – und sprang schwanzwedelnd an den beiden Jungen hoch, die sie von der Schule abgeholt hatte.

Susan Townsend ging in die Küche und setzte den Kessel auf. Das Gartentor fiel klappernd ins Schloß.

»Entschuldige, daß wir so spät dran sind«, sagte Doris Winter, während sie die Handschuhe abstreifte und zielstrebig den nächsten Heizkörper ansteuerte. »Aber dein Paul konnte seine Mütze nicht finden, so daß wir gut und gern fünfzig Spinde durchwühlen mußten.«

»Roger Gibbs hat sie in den Pausenhof der Grundschule geworfen«, sagte Susans Sohn mit Unschuldsmiene. »Krieg ich 'nen Keks?«

»Nein, und ›kriegen‹ schon gar keinen. Nachher hast du zum Tee keinen Appetit mehr.«

»Darf Richard dableiben?«

Eine derartige Bitte in Gegenwart der Mutter des gewünschten Gastes abzuschlagen, ist ein Ding der Unmöglichkeit. »Aber gern«, antwortete Susan. »Geht euch die Hände waschen.«

»Mir ist eiskalt«, sagte Doris. »Ich heiße nicht nur Winter, ich fühle mich auch so.« Es war März und mild, aber Doris fror Sommer wie Winter und mummte sich stets in mehrere Pullover, Strickjacken und Schals ein. Stück um Stück entledigte sie sich nun ihrer Überkleidung, streifte die Schuhe ab und drückte die mit Frostbeulen bedeckten Füße an die Heizung. »Du machst dir keine Vorstellung, wie sehr ich dich um die Zentralheizung beneide. Womit wir beim Thema wären. Hast du es auch gesehen, oder täuschten mich meine müden Augen? Louise hat schon wieder Besuch von ihrem Hausfreund gehabt.«

»Du kannst doch nicht wissen, ob es ihr Hausfreund ist, Doris.«

»Sie sagt, er wolle ihnen eine Zentralheizung verkaufen. Ich habe sie nämlich gefragt – ganz schön keß von mir, nicht? –, und das hat sie mir zur Antwort gegeben. Aber als ich es Bob gegenüber erwähnte, merkte man gleich, daß er keinen blassen Schimmer hatte, von was ich eigentlich redete. ›Wir lassen uns keine Zentralheizung einbauen‹, hat er gesagt. ›Kann ich mir nicht leisten.‹ Na also – was hältst du davon?«

»Das geht nur die beiden etwas an. Sie müssen selbst eine Lösung finden.«

»Stimmt genau. Ganz meine Meinung. Ich wäre nun wirklich die letzte, die sich für die schmutzige Wäsche anderer Leute interessiert. Trotzdem möchte ich mal gern wissen, was sie bloß an diesem Mann findet. Was Besonderes ist er nun wirklich nicht, Bob dagegen ist einfach ein Traum. Ich habe ihn immer für den mit Abstand attraktivsten Mann hier in unserer Gegend gehalten, er hat so einen frischen, unverbrauchten Charme.«

»Wenn man dir so zuhört, könnte man meinen, er sei ein Deodorant.« Susan mußte unwillkürlich lächeln. »Gehen wir ins andere Zimmer hinüber?«

Widerstrebend löste sich Doris von dem Heizkörper und ging mit den Schuhen in der Hand hinter Susan ins Wohnzimmer, abgelegte Kleidungsstücke markierten ihren Weg. »Aber gutes Aussehen fällt bei so was wohl nicht sehr ins Gewicht«, fuhr sie unbeirrt fort. »Die menschliche Natur ist eine komische Sache. Das weiß ich von meiner Zeit als Krankenschwester...«

Mit einem innerlichen Seufzen setzte sich Susan. Wenn Doris erst einmal auf ihre Zeit als Stationsschwester und die in einem Krankenhaus zu beobachtenden Eigenarten der Menschen in all ihrer Mannigfaltigkeit zu sprechen kam, fand sie für gewöhnlich stundenlang kein Ende. Mit halbem Ohr hörte sie dem unausbleiblichen Anekdotenschwall zu.

»...Und das war nur ein Beispiel unter vielen. Es ist erstaunlich, wie viele unglaublich gutaussehende Menschen, verheiratete Leute, sich in absolute Ekelpakete verlieben. Ich glaube, die sehnen sich einfach mal nach Abwechslung.«

»Da hast du wohl recht«, meinte Susan teilnahmslos.

»Aber stell dir vor, du verläßt dich auf jemanden und setzt dein ganzes Vertrauen auf diesen Menschen, um dann feststellen zu müssen, daß er dich von Anfang an hintergangen hat – daß er ein Verhältnis hat und dich zum Narren hält. Ach du liebes bißchen, was habe ich da bloß gesagt! Entschuldige, ich habe nicht dich gemeint. Ich sprach ganz im allgemeinen, ich...«

»Schon gut«, unterbrach sie Susan. Sie war an Taktlosigkeiten gewöhnt und störte sich nicht so sehr an der offensichtlichen Taktlosigkeit als vielmehr an der verspäteten Einsicht seitens der Sprechenden, daß sie in ein Fettnäpfchen getreten waren. Alle bemühten sich dann krampfhaft, ihren Fehler wieder auszubügeln, brachten Rechtfertigungen vor und ließen sich auf ausführliche Erörterungen ein, um zu erklären, daß Susans Fall eine

Ausnahme sei. Genau dies tat jetzt auch Doris, wobei sie nervös kicherte und sich die nach wie vor kalten Hände rieb.

»Da gibt es schließlich gar nichts zu deuteln, Julian hat dich hinter deinem Rücken betrogen, als er sich mit dieser Dingsbums, dieser Elizabeth traf, wo er doch eigentlich hätte arbeiten sollen. Du hast ein zu vertrauensseliges Wesen, genau wie der arme Bob. Aber Julian hat es wenigstens nie in den eigenen vier Wänden getan, nicht? Er hat Elizabeth nie hier ins Haus gebracht.« Überraschend ehrlich fügte Doris hinzu: »Das weiß ich genau. Ich hätte es gesehen.«

»Da habe ich keine Zweifel.«

Die Arme voller Spielzeugautos, kamen die beiden kleinen Jungen die Treppe herunter. Susan wies ihnen ihre Plätze am Tisch zu und hoffte, Doris würde den Wink verstehen und gehen. Möglicherweise übertrieb sie ihre Fürsorge, doch Paul war schließlich das Kind einer zerrütteten Ehe, und auf ihr lastete die Verantwortung, dafür zu sorgen, daß er nicht mit einer übermäßig feindseligen Einstellung zu der Institution Ehe aufwuchs. Sie warf Doris einen kurzen Blick zu und schüttelte leicht den Kopf.

»Hört euch nur mal meinen Hund an«, sagte Doris eine Spur zu aufgeräumt. »Ein Wunder, daß sich die Nachbarn noch nicht beschwert haben.« Sie trippelte zum Fenster, suchte unterwegs ihre abgelegten Kleidungsstücke zusammen und drohte dem Airedale mit der geballten Faust, den diese Geste in um so heftigere Raserei versetzte. Er reckte den großen Krauskopf über das Gartentor und begann zu jaulen. »Aus, Pollux!« Susan hatte sich schon oft gefragt, weshalb sie den Terrier nach einem der Dioskuren genannt hatten. Im Orchard Drive mußte man dankbar dafür sein, daß die Winters keinen Castor hatten, um ihm Gesellschaft zu leisten. »Diesmal hat er wegen dem neuen Bäckerjungen angeschlagen«, erklärte Doris. »Bei uns bellt er nie, und bei euch, den Gibbs oder den Norths auch nichts. Das zeigt ja wohl, daß bei ihm bloß Angst und keine Aggressivität dahintersteckt, da können die Leute sagen, was sie wollen.« Sie starrte ihren Sohn an, und als hätte dieser nicht in aller Gemütsruhe sein Butterbrot verzehrt, sondern sie flehentlich zum Hierbleiben gedrängt: »Also weißt du, den ganzen Abend kann ich wirklich nicht hier vertrödeln. Ich muß Vati noch sein Abendessen besorgen.«

Susan setzte sich zu den Kindern und aß ein belegtes Brot. Wenn man nicht »Vati sein Abendessen« zu besorgen hatte, machte man für sich selbst erst recht keines, so daß auf den Tee nicht verzichtet werden konnte. Paul stopfte sich einen letzten Schokoladekeks in den Mund und begann, ein klitzekleines Feuerwehrauto über Tischtuch und Teller zu schieben.

»Nicht beim Essen, Paul.«

Ihr Sohn sah sie und Richard finster an. Seinem Spielgefährten hatte es in den Fingern gejuckt, nach einem Lastwagen zu greifen, doch er steckte die Hände unter den Tisch und warf Paul den tugendhaften Blick eines Musterknaben zu. »Darf ich bitte aufstehen, Mrs. Townsend?«

»Wenn du möchtest. Saubere Hände hast du, ja?«

Doch inzwischen saßen die beiden kleinen Jungen längst auf dem Boden, spielten mit ihrem Wagenpark und ahmten realistisch, wenn auch übertrieben, Motorgeräusche nach. Bäuchlings schlängelten sie sich über den Teppich auf Susans Schreibtisch zu.

Ihr Schreibtisch, ein viktorianisches Mahagoni-Monstrum, war mit einer Unzahl von Nischen und Fächern versehen. Susan besaß genügend Einfühlungsvermögen, um den Reiz nachvollziehen zu können, den er auf einen Fünfjährigen mit einem Fimmel für Spielzeugautos ausübte, und wenn Paul die Ablagen als Garagen, die Kartons mit dem Schreibpapier als Rampen und die Farbbanddosen als Drehscheiben benutzte, war sie bemüht, ein Auge zuzudrücken. Sie wollte sich gerade eine zweite Tasse Tee einschenken, zuckte aber zusammen und verschüttete die Hälfte in die Untertasse, als die Schachtel mit den Büroklammern herunterfiel und die Klemmen sich ringsumher über den ganzen Boden verstreuten. Während Richard, ganz zuvorkommender Gast, sich schleunigst daranmachte, sie wieder einzusammeln, legte Paul eine marmeladenverschmierte Hand auf Miss Willingales Manuskript und funktionierte es zu einer Rennstrecke um.

»Jetzt reicht es aber«, wies Susan sie zurecht. »Raus mit euch. Bis zum Schlafengehen will ich euch hier nicht mehr sehen.«

Sie wusch das Teegeschirr ab und ging nach oben. Die Kinder hatten die Straße überquert und hielten Pollux ihre Spielsachen vor die Nase, die sie zwischen den verschnörkelten Stäben des schmiedeeisernen Zauns durchsteckten. Susan öffnete das Fenster.

»Ihr sollt auf dieser Seite bleiben«, rief sie. »All die Autos kommen gleich hier durch.«

Der Airedale wedelte mit dem Schwanz und schnappte spielerisch nach der Motorhaube eines Lasters, mit dem ihm Paul vor der Schnauze herumfuchtelte. In letzter Zeit hatte Susan eigentlich gar nicht so oft an Julian gedacht, doch jetzt fiel ihr plötzlich ein, daß er Pollux früher immer als ›lebenden Bettvorleger‹ bezeichnet hatte. Das war zu der Zeit, als Julian noch nach Hause kam und von allen zur Arbeit pendelnden Ehemännern stets der erste war. Pollux war immer noch da und ganz der alte; wie gewöhnlich ließen die Kinder ihr Spielzeug im Vorgarten herumliegen; die Kirschbäume standen kurz vor der Blüte, und in den Häusern erschienen die ersten abendlichen Lichter. Verändert hatte sich nur eines: Julian würde niemals wiederkommen. Matchdown Park, dieser widerliche Schlafbezirk, wie er ihn nannte, war ihm immer verhaßt gewesen, und jetzt benötigte er nur zehn Minuten von seinem Büro in der New Bridge Street zu seiner Wohnung. Wahrscheinlich war er gerade auf dem Weg nach Hause, um seine Geistesblitze, seinen Spott, seine ewige Nörgelei am Essen und seine schulmeisterlichen Belehrungen an Elizabeth auszulassen. Nun würde Elizabeth in den Genuß dieses zweifelhaften Vergnügens kommen – und der unbändigen Wut – bis zu dem Tag, an dem Julian jemand anderes finden würde. Hör schon auf, ermahnte sich Susan, hör auf.

Sie fing an, sich das glänzende Haar zu bürsten; seit der Scheidung war es dünner und stumpfer geworden. Manchmal fragte sie sich, weshalb sie überhaupt noch darauf achtete. Außer dem kleinen Jungen war niemand da, der sie hätte sehen können, und die Wahrscheinlichkeit, daß ein Freund vorbeikam, war fast gleich Null.

Ehepaare wollten andere Ehepaare besuchen, nicht eine Geschiedene, die noch nicht einmal den Vorzug hatte, die schuldige und damit die interessante Partei zu sein.

Seit der Scheidung hatte sie kaum jemand von den geistreichen kinderlosen Leuten aus ihrem Freundeskreis gesehen. Minta Philpot hatte einmal angerufen, war aber gleich merklich reservierter geworden, als sie erfuhr, daß Susan keinen Mann an der Angel hatte und schon gar nicht daran dachte, wieder zu heiraten. Was war aus Lucius und Mary geworden, was aus der unnahbaren Schönen Dian und ihrem Mann Greg? Vielleicht stand Julian noch mit ihnen in Verbindung, aber er war ja auch Julian Townsend, Chefredakteur von *Certainty*, ein vielgefragter Mann und eine umschwärmte Persönlichkeit.

Während sich die Kinder mit gefahrlosen Spielen auf dem Rasen beschäftigten, war mittlerweile der erste Heimkehrer eingetroffen, Martin Gibbs mit einem Blumenstrauß für Betty. Wenigstens rief das keine quälenden Erinnerungen wach. Zu den »Tulpen-Nulpen«, wie er es ausdrückte, hatte sich Julian nie gezählt, und Susan hatte von Glück reden können, wenn sie an ihrem Geburtstag Blumen bekam.

Und da, pünktlich auf die Minute, kam Bob North.

Er war groß, dunkelhaarig und außergewöhnlich gutaussehend. Seine Kleidung war unauffällig, doch er trug sie mit unbeabsichtigt wirkender Eleganz, und nur seine Männlichkeit verhinderte, daß er den Eindruck eines Dressmans erweckte. Das Gesicht war zu makellos klassisch, um den Anforderungen des modernen Films zu genügen, aber dennoch war es nicht das Gesicht eines Gigolos, nicht im mindesten südländisch. Es war ein englisches Gesicht, keltisch, hellhäutig und offen.

Susan war seine Nachbarin, seit er und seine Frau vor zwei Jahren in *Braeside* eingezogen waren. Doch Julian hatte die Nachbarn verachtet und sie als Bourgeois bezeichnet; von allen war nur Doris so penetrant gewesen, den Townsends ihre Freundschaft aufzudrängen. Susan kannte Bob gerade gut genug, um ihn mit einem leichten Winken von ihrem Fenster aus zu grüßen.

Mit dem gleichen Maß an unverbindlicher Freundlichkeit winkte er zurück, zog den Zündschlüssel ab und trat vom Auto auf den Bürgersteig. Dort blieb er einige Sekunden stehen und starrte auf die Reifenspuren, die der grüne Ford Zephyr in dem Rasenstück hinterlassen hatte. Auf seiner Miene zeichnete sich leichte Besorgnis ab, doch als er sich umdrehte und aufschaute, trat Susan einen Schritt zurück, denn sie wollte seinem Blick nicht begegnen. Da man auch sie hinter ihrem Rücken betrogen hatte, war ihr klar, wie schnell sich Mitgefühl mit Bob North bei ihr einstellen konnte, aber mit den Problemen der Norths wollte sie nichts zu tun haben. Sie ging nach unten und rief Paul ins Haus.

Als er im Bett lag, setzte sie sich zu ihm und las ihm die allabendliche Fortsetzung aus dem Kinderbuch von Beatrix Potter vor. Mit seinen scharfgeschnittenen Gesichtszügen und dem flachsblonden Haar war er ganz Sohn seiner Mutter und Julian so unähnlich wie nur möglich.

»Jetzt lies es noch mal von vorn«, sagte er, als sie das Buch zuklappte.

»Das kann doch nicht dein Ernst sein. Es ist zehn vor sieben. *Zehn vor sieben.*«

»Das Buch gefällt mir, aber ich glaube, ein Hund würde niemals zum Teetrinken zu einer Katze gehen. Und einen Blumenstrauß würde er ihr schon gar nicht mitbringen. Anderen Leuten Blumen schenken ist dumm. Die sterben doch nur.« Mit einem verächtlichen Lachen wälzte er sich im Bett auf die andere Seite. Vielleicht war er Julian doch nicht so unähnlich, dachte Susan, während sie ihn wieder zärtlich zudeckte.

»Ich habe alle deine Papiere aufgeräumt«, verkündete er und sah sie aus einem Auge an. »Wenn ich hinterher schön aufräume, darf ich doch mit den Autos auf deinem Schreibtisch spielen, nicht?«

»Schon, aber ich wette, im Garten hast du nicht aufgeräumt.«

Sofort mimte er den Erschöpften und zog sich die Bettdecke über den Kopf.

»Eine Hand wäscht die andere«, sagte Susan und machte sich auf den Weg in den Garten, um im Gras und in den Blumenbeeten den verstreuten Wagenpark zusammenzusuchen.

Jetzt, bei einsetzender Dämmerung, war die Straße wie ausgestorben. Eine nach der anderen gingen die Straßenlampen an, jede ein grünlich schimmerndes Juwel, und Winters Gartentor warf einen bizarren Schatten auf die Straße, der wie von Riesenhand gewirkte Spitze aussah.

Susan tastete im feuchten Gras nach Spielsachen, als sie hinter der Hecke eine Stimme hörte. »Ich glaube, das ist Eigentum Ihres Sohnes.« Sie stand auf, wobei sie sich lächerlich vorkam, denn sie war auf allen vieren über den Rasen gekrochen, und nahm aus Bob Norths Händen einen fünf Zentimeter langen Lastwagen entgegen.

»Danke«, sagte sie. »Den zu verlieren, wäre eine Katastrophe.«

»Was ist das eigentlich?«

»So eine Art Straßenkehrmaschine. Sie gehört zu seinen Lieblingsautos.«

»Ein Glück, daß sie mir unter die Augen kam.«

»Das kann man wohl sagen.« Sie ließ ihn am Zaun stehen. Das war das längste Gespräch, das sie je mit Bob North geführt hatte, und sie hatte den Eindruck, als hätte er es bewußt so eingerichtet, als wäre er mit der festen Absicht herausgekommen, mit ihr zu sprechen. Erneut starrte er auf das verwüstete Rasenstück. Sie tastete mit der Hand unter einem Fliederbusch nach einem Laster.

»Mrs. Townsend – äh, Susan?«

Innerlich stieß sie ein Seufzen aus. Weniger störte sie, daß er sie mit Vornamen ansprach, als vielmehr die darin mitschwingende Vertraulichkeit, die er anscheinend zwischen ihnen aufbauen wollte. Ich bin schon genauso schlimm wie Julian, dachte sie bei sich.

»Entschuldigung«, sagte sie. »Wie unhöflich von mir.«

»Aber gar nicht. Ich habe mich bloß gefragt...« Seine Augen waren dunkelblau, ein rauchgraues Azurblau mit Einsprengseln, doch jetzt wandte er sie ab, um nicht ihrem Blick standhalten zu müssen. »Sie sitzen doch immer vor dem Fenster an Ihrer Schreibmaschine. Machen Sie da Abschriften?«

»Ich schreibe Manuskripte auf der Maschine ab, stimmt. Aber immer für die gleiche Autorin.« Das wollte er natürlich gar nicht wissen. Hauptsache, ihn irgendwie ablenken. »An anderen Aufträgen bin ich nicht...«

»Ich wollte fragen«, unterbrach er sie, »ob Sie je...

Also, ob heute...« Seine Stimme verlor sich. »Nein, schon gut.«

»Ich sehe nicht oft aus dem Fenster«, log Susan. Es war ihr sehr peinlich. Ungefähr eine halbe Minute lang standen sie sich mit zu Boden gerichtetem Blick an der Hecke gegenüber und sagten nichts. Susan spielte mit dem kleinen Auto in ihrer Hand herum, und ganz unvermittelt sagte Bob North:

»Sie haben Glück, daß Sie den Jungen haben. Wenn wir, meine Frau und ich...«

Das funktioniert nicht, wäre Susan beinahe herausgeplatzt. Kinder halten eine Ehe nicht zusammen. Lesen Sie denn keine Zeitung? »Ich muß ins Haus«, stammelte sie. »Gute Nacht.« Sie lächelte ihn kurz und verlegen an. »Gute Nacht, Bob.«

»Gute Nacht, Susan.«

Doris hat also recht gehabt, dachte Susan widerwillig. Bob ahnte etwas, und anscheinend hatte er allen Grund dazu. Er stand ganz am Anfang, genau dort, wo sie vor achtzehn Monaten gestanden hatte, als Julian, der sich stets genau an die Arbeitszeiten in der Redaktion gehalten hatte, immer öfter um fünf anrief und ihr Ausreden auftischte, weshalb es heute später würde.

»Elizabeth?« hatte er gefragt, als Susan jenen taktlosen Anruf entgegennahm. »Ach, *die* Elizabeth. Das ist bloß so ein Mädchen, die will mir unbedingt ihre langweiligen Kochbeiträge aufschwatzen.«

Was Louise wohl sagte? »Ach, *der* Mann. Das ist bloß so ein Typ, der mir eine Zentralheizung aufschwatzen will.«

Jetzt aber wieder zu Miss Willingale. Paul hatte nicht

zuviel versprochen, was ihren Schreibtisch betraf. Alles war picobello, das ganze Papier ordentlich aufgeschichtet, die beiden Kugelschreiber links neben der Schreibmaschine. Sogar den Aschenbecher hatte er geleert.

Ehe sie sich an die Arbeit machte, verpackte sie sämtliche Autos sorgfältig in den dazugehörigen Schächtelchen. Elf Manuskripte hatte sie in den letzten acht Jahren für Jane Willingale abgetippt, dies war das zwölfte, und jedesmal war aus dem ungeschlachten, riesengroßen häßlichen Entlein des klecksigen Gekritzels ein vollkommener Schwan geworden, sauber und ordentlich, wie aus dem Bilderbuch. Wie aus dem Bilderbuch waren die Romane auch in anderer Beziehung. Von den elf waren vier Bestseller geworden, den übrigen hatte nicht viel dazu gefehlt. Sie hatte schon für Miss Willingale gearbeitet, als sie noch Julians Sekretärin war, und auch nach ihrer Heirat und Pauls Geburt. Es schien keine Veranlassung zu bestehen, ihre Auftraggeberin im Stich zu lassen, nur weil sie jetzt geschieden war. Neben der Befriedigung, gute Arbeit zu leisten, bescherten ihr die Romane großes Vergnügen. Zumindest war dies so, bis sie das vorliegende Buch in Angriff genommen hatte und feststellen mußte, daß sie sich in der gleichen Lage wie die Heldin befand...

Der Roman hieß *Frevles Fleisch*, und der Titel war natürlich ein Witz. Susan mußte immer an Fischers Fritz... denken, die Autorin hatte aber so etwas wie »Sündiges Fleisch« im Sinn gehabt. Wieder ging es um Ehebruch. Untreue war auch das Thema von *Blutrache* und *Getreu bis an den Tod* gewesen, doch damals hatte sie nicht das Bedürfnis empfunden, sich damit zu identifizieren.

Heute abend reagierte sie besonders empfindlich, und als sie die fertige Seite noch einmal durchlas, zuckte sie unwillkürlich zusammen. Drei Tippfehler in fünfundzwanzig Zeilen... Sie steckte sich eine Zigarette an und ging in die Diele, um sich im Wandspiegel zu begutachten. Auf ihre taktlose Art hatte Doris den Nagel auf den Kopf getroffen, als sie sagte, es spiele keine Rolle, wie gut die Männer oder Frauen aussahen, mit denen die Betroffenen verheiratet waren. Den Julians und Louises dieser Welt mußte es um den Reiz der Abwechslung gehen.

Sie war dünner geworden, aber sie hatte noch immer eine gute Figur und wußte, daß sie hübsch war. Braune Augen und blondes Haar stellten eine ungewöhnliche Kombination dar; ihr Haar war naturblond, hatte immer noch denselben Ton wie zu der Zeit, als sie so alt wie Paul war. Julian hatte immer gesagt, sie erinnere ihn an ein Mädchen auf einem Gemälde von Millais.

Das alles hatte nichts geändert. Sie hatte nach besten Kräften versucht, eine gute Ehefrau zu sein, aber auch das hatte nichts geändert. Wahrscheinlich war Bob ein guter Mann, ein attraktiver Mann mit liebenswürdiger Persönlichkeit, auf den jede Frau stolz sein konnte. Sie wandte sich ab von dem Spiegel, denn sie ertappte sich dabei, daß sie sich und ihren Nachbarn von nebenan in dieselbe Kategorie einzuordnen begann. Dies beunruhigte sie, und sie bemühte sich, ihn aus ihren Gedanken zu verbannen.

## 2

Susan hatte Paul und Richard gerade ans Schultor gebracht, als Bob North in seinem Auto an ihr vorbeifuhr. Das war nichts Ungewöhnliches, eine normale Alltäglichkeit. An diesem Morgen fädelte er den Wagen jedoch nicht in den Verkehr der High Street ein, der sich an der Auffahrt zum North Circular staute, sondern stoppte ihn zehn Meter weiter vorn am Randstein. Bob steckte den Kopf aus dem Fenster und führte das unmißverständliche Gebärdenspiel eines Fahrers auf, der jemanden zum Mitfahren einlädt.

Sie ging zu dem Auto und empfand angesichts dieser unvermuteten Freundschaftsbekundung eine leichte Beklommenheit. »Ich will zum Einkaufen nach Harrow«, sagte sie in der Gewißheit, daß es nicht auf seinem Weg lag. Doch er lächelte ungezwungen.

»Ausgezeichnet«, erwiderte er. »Zufälligerweise muß ich auch nach Harrow. Ich bringe den Wagen zur großen Inspektion. Morgen muß ich mit dem Zug nach London, hoffentlich bessert sich das Wetter.«

Ausnahmsweise war Susan froh, sich auf dieses todlangweilige Standardthema einzulassen. Sie stieg auf der Beifahrerseite ein und mußte dabei an einen von Julians Leitartikeln denken, in dem er geschrieben hatte, daß obgleich die Engländer das unbeständigste und wechselhafteste Klima der Welt hätten, sie sich nie an seine Kapriolen gewöhnten, sondern stets mit Empörung und Unmut darauf reagierten, als hätten sie ihr bisheriges Leben in Gegenden mit fest voraussagbarer Regenzeit zugebracht.

Ungeachtet Julians spöttischer Ermahnungen nahm Susan nun das von Bob gelieferte Stichwort auf. Gestern war es mild gewesen, heute empfindlich kühl und windig. Der Frühling ließ jedenfalls mal wieder lange auf sich warten. Er hörte sich das alles an und antwortete mit ebensolchen Belanglosigkeiten, bis sie schließlich das Gefühl hatte, daß er genauso verlegen wie sie sein mußte. Bedauerte er etwa schon, daß er gestern abend ein wenig zuviel gesagt hatte? Vielleicht wollte er sie entschädigen, indem er sie mitfahren ließ; vielleicht war er bestrebt, nicht wieder in ihr altes Verhältnis zu verfallen, sondern bemühte sich, eine etwas verbindlichere Freundschaft unter Nachbarn aufzubauen. Sie mußte versuchen, das Gespräch auf dieser Ebene zu halten. Auf Louise durfte sie nicht zu sprechen kommen.

Sie fuhren auf den North Circular, wo starker Verkehr herrschte, und Susan zermarterte sich das Gehirn, was sie sagen sollte.

»Ich will Paul ein Geschenk kaufen, eine Autorennbahn. Er hat am Donnerstag Geburtstag.«

»Ach, am Donnerstag?« fragte er, und sie fragte sich, weshalb er den Blick kurz von der belebten Straße wandte und sie einen Moment rätselhaft ansah. Vielleicht war die Erwähnung ihres Sohnes nicht minder taktlos gewesen, als von Louise zu sprechen. Gestern abend hatte er seinen Kummer wegen ihrer Kinderlosigkeit anklingen lassen. »Donnerstag«, wiederholte er, diesmal aber nicht im Ton einer Frage. Seine Hände schlossen sich fester ums Lenkrad, so daß die Knöchel weiß hervortraten.

»Er wird sechs.«

Der Moment war gekommen, ihr war klar, daß er jetzt anfangen würde zu reden. Sein ganzer Körper schien sich zu verkrampfen, und sie bemerkte an ihm jenes merkwürdige Atemanhalten und die fast übermenschliche Anstrengung, Hemmungen zu überwinden, die dem Hervorstoßen von Geständnissen und Vertraulichkeiten vorauszugehen pflegen.

Vor ihnen fuhr der Bus nach Harrow gerade eine Haltestelle an, und sie stand schon kurz davor, ihm zu sagen, daß sie den Rest des Weges gut mit dem Bus fahren könne und er sie hier gern aussteigen lassen dürfe, als er mit einer Schroffheit, die nicht zu seinen Worten paßte, fragte: »Sind Sie sehr einsam gewesen?«

Die Frage kam sehr unerwartet; damit hatte sie wirklich als letztes gerechnet. »Ich weiß nicht genau, was Sie damit meinen«, antwortete sie zögernd.

»Ich fragte, ob Sie einsam waren. Nach Ihrer Scheidung, meine ich.«

»Also, ich...« Ihre Wangen glühten, und sie blickte nach unten auf ihren Schoß, wo die schwarzen Lederhandschuhe schlaff wie unnütze leere Hauthüllen lagen. Ihre Hände ballten sich zu Fäusten, doch mit einer bewußten Anstrengung lockerte Susan sie. »Ich bin jetzt darüber hinweg«, sagte sie knapp.

»Aber wie war es damals, unmittelbar danach«, bohrte er weiter.

Die erste Nacht war die schlimmste gewesen. Nicht die erste Nacht, in der sie und Julian in getrennten Zimmern geschlafen hatten, sondern der Abend und die Nacht, nachdem er endgültig gegangen war. Stundenlang hatte sie am Fenster gestanden und das Kommen und Gehen der Leute beobachtet. Damals hatte sie gedacht, niemand in ihrer kleinen Welt sei allein außer ihr. Alle hatten Vertraute, Partner, Geliebte. Nie zuvor waren ihr die Ehepaare, die sie sah, so liebevoll und anhänglich erschienen. Sie konnte sich noch ziemlich deutlich daran erinnern, wie Bob und Louise spätabends vom Tanzen oder einer Party nach Hause gekommen waren und im Vorgarten miteinander gelacht hatten, um dann Hand in Hand hineinzugehen.

Davon würde sie ihm nichts erzählen. »Ich mußte mich natürlich auf vieles neu einstellen«, sagte sie, »aber ich war kein Einzelfall. Eine Menge Frauen werden von ihren Männern verlassen.«

Offenbar hatte er nicht die Absicht, sein Mitleid auf sie zu verschwenden. »Und Männer von ihren Frauen«, sagte er. Jetzt ist es heraus, dachte Susan. Bis nach Harrow konnten es doch höchstens noch zehn Minuten sein. »Wir sitzen im selben Boot, Susan.«

»Wirklich?« Sie zog nicht die Augenbrauen nach oben; sie gab ihm keinen Anhaltspunkt.

»Louise liebt einen anderen.« Die Worte klangen beherrscht, überlegt und sehr sachlich. Doch als Susan keine Antwort gab, stieß er plötzlich zusammenhangslos hervor: »Sie halten sich wohl für die Verschwiegenheit in Person, was? Louise sollte Ihnen dankbar sein. Aber vielleicht stehen Sie ja auf ihrer Seite. Genau, so wird es wohl sein. Wegen dem, was Sie alles durchmachen mußten, leiden Sie jetzt unter einem großen Männerhaß. Wenn mich eine Frau besuchen käme, während Louise außer Haus ist, läge die Sache anders, ist es nicht so?«

Obwohl ihre Hände zitterten, erwiderte Susan gelassen: »Es war sehr nett von Ihnen, mich mitzunehmen. Ich ahnte ja nicht, daß Sie zum Dank von mir zu erfahren hofften, was Ihre Frau so alles macht, während Sie außer Haus sind.«

Ihm stockte der Atem. »Vielleicht hoffte ich das wirklich.«

»Mit Ihrem Privatleben will ich nichts zu tun haben – weder mit Ihrem noch dem Ihrer Frau. Und jetzt möchte ich bitte aussteigen.«

Er reagierte merkwürdig. Eine Ablehnung ihrer Bitte hatte Susan für ausgeschlossen gehalten, doch statt zu verlangsamen, zog er den Wagen völlig unerwartet auf die Überholspur. Das Auto unmittelbar hinter ihnen bremste ab und hupte. Mit quietschenden Reifen scherte Bob in den Kreisverkehr ein, fing den schleudernden Wagen ab und kam auf eine Gerade. Er drückte das Gaspedal voll durch, und Susan bemerkte, wie sich ein triumphierendes Lächeln auf seinen Lippen breitmachte. Trotz ihrer Entrüstung empfand sie einen Augenblick lang echte Angst. Sein Gesicht hatte etwas Wildes und Unbeherrschtes an sich, das auf manche Frauen vielleicht anziehend gewirkt hätte, aber Bob wirkte in Susans Augen einfach nur sehr jung, ein leichtfertiges Kind.

Die Nadel des Tachometers kletterte immer weiter. Manche Männer hielten schnelles und gefährliches Fahren für ein Zeichen von Männlichkeit; vielleicht wollte er ihr etwas beweisen. Er war in seinem Stolz verletzt, und sie durfte ihn nicht noch mehr verletzen. Obwohl sie feuchte Hände hatte, sagte Susan, statt lauthals zu protestieren, deshalb nur spitz: »Man sollte kaum glauben, daß Ihr Wagen eine Inspektion nötig hat.«

Er lachte traurig in sich hinein. »Sie sind eine nette Frau, Susan. Warum war ich bloß so dumm, nicht jemanden wie Sie zu heiraten?« Daraufhin setzte er den Blinker, verlangsamte und bog ab. »Habe ich Sie erschreckt? Entschuldigen Sie.« Er biß sich auf die Lippe. »Ich bin so verdammt unglücklich.« Er seufzte und fuhr sich mit der Linken über das Haar. Eine Locke fiel ihm in die Stirn, und wieder sah Susan einen verwirrten Jungen vor sich. »Wahrscheinscheinlich ist er jetzt wieder bei ihr und läßt seinen Wagen vor dem Haus stehen, wo ihn jeder sehen kann. Ich kann es mir richtig vorstellen. Dieser schreckliche Köter bellt, und alles stürmt ans Fenster. Ist es nicht so? Ist es nicht so, Susan?«

»Ich glaube schon.«

»Ich hätte gute Lust, eines Tages mal zum Mittagessen nach Hause zu kommen und sie in flagranti zu erwischen.«

»Da vorn ist das Geschäft, in das ich will, Bob, wenn Sie also so nett wären...«

»Da ist auch meine Werkstatt.«

Er stieg aus und öffnete ihr zuvorkommend die Tür. Ihr Exmann hatte derlei Aufmerksamkeiten nie für nötig befunden. Julians Miene hatte nie verraten, was er gerade dachte. Bob sah zwar wesentlich besser aus als Julian, offener, umgänglicher – aber? Freundlich konnte man sein Gesicht nicht nennen, überlegte sie sich. Es strahlte zwar eine gewisse Empfindsamkeit aus, doch Empfindsamkeit der egozentrischen Art, deren Mitgefühl nur dem eigenen Ich gilt, die sich dem Leid anderer verschließt und fordernd und besitzergreifend ist, dabei aber nur leidet, wenn ihr etwas gegen den Strich geht.

Sie stieg aus und blieb neben dem Auto auf dem Bürgersteig stehen. Der kalte Wind trieb etwas Röte in die Haut über seinen Backenknochen, was ihm ganz plötzlich ein gesundes und sorgenfreies Aussehen verlieh. Zwei Mädchen gingen an ihnen vorüber, und eines davon drehte sich nach Bob um und warf ihm einen taxierenden, abschätzenden Blick zu, ganz so, wie Männer schönen Frauen nachsehen. Auch er hatte den Blick bemerkt, und mit gelinder Bestürzung fiel Susan auf, wie er sich unmerklich in Pose setzte und bewußt lässig gegen den Wagen lehnte. Sie nahm ihren Korb in die Hand und sagte in kurz angebundenem Ton: »Danke. Wir sehen uns ja.«

»Das sollten wir öfter tun«, sagte er. In den Worten klang eine Spur Sarkasmus.

Als sie aus der Spielwarenhandlung kam, saß er noch immer hinter dem Steuer seines Wagens am Straßenrand. Wie hart sie das letzte Jahr gemacht hatte! Früher hätte sie für jemanden in seiner Situation, ihrer eigenen Situation vor zwölf Monaten, starkes Mitleid empfunden. Sie wurde das Gefühl nicht los, daß er Theater spielte, sich mit aller Kraft, die er aufbieten konnte, zum großen Schmerzensmann stilisierte. Er behauptete zwar, daß er unglücklich sei, sah aber nicht so aus. Er wirkte wie jemand, der in seiner Umgebung diesen Eindruck hervorrufen will. Wo waren die Sorgenfalten, wo die stille, klägliche Zurückgezogenheit? Ihre Blicke begegneten sich einen Moment lang, und sie hätte schwören können, daß er ihretwegen die Mundwinkel nach unten zog. Er hob kurz die Hand zum Gruß, ließ den Motor an und fuhr auf den betonierten Weg zwischen den Zapfsäulen.

In einem anderen Leitartikel von *Certainty* hatte Julian Townsend behauptet, die einzigen im Nordwesten von London noch vorhandenen Grünflächen seien Friedhöfe. Einer davon, der Zweigfriedhof einer Gemeinde der Innenstadt, lag zwischen den Hintergärten des Orchard Drive und der North Circular Road. Aus der Ferne wirkte er recht hübsch und strahlte eine fast ländliche Stimmung aus, denn die Ulmen streckten ihr schwarzes, skelettartiges Geäst, in dem Krähen nisteten, gen Himmel. Aber wenn man auf dem Nachhauseweg die Abkürzung über den Friedhof nahm, bedurfte es schon sehr viel Phantasie und eines teilweisen Verschließens aller Sinne, um zu vergessen, daß man sich in einem Vorort am Rande einer Großstadt befand. An Stelle von duftendem Gras und Kiefernnadeln roch man den säuerlichen Gestank der Chemiefabriken, und zwischen den Bäumen war stets der wie auf einem endlosen, unsinnigen Förderband vorbeirasende Verkehr zu sehen, zahllose Autos, Tieflader, die mit noch mehr Autos beladen waren, und scharlachrote Busse.

Susan stieg aus einem dieser Busse und schlug den Weg über den Friedhof nach Hause ein. Tags zuvor hatte ein Begräbnis stattgefunden, von dem ein frischer Grabhügel und ein Dutzend Kränze zeugten, doch eine eisige Nacht und ein halber Tag bitterkalten Winds hatten die Blumenblätter sich einrollen und dunkel werden lassen. Auch jetzt war es kalt. Die Wolken waren gestaltlos, tuchfarben und hatten ausgefranste Ränder, wo der Wind an ihnen zerrte. Ein Tag, ging es Susan durch den Kopf, wie gemacht, um auch dem Fröhlichsten die Petersilie zu verhageln. Während sie sich über den ödesten Teil des

Geländes quälte, dachte sie, daß sie mit ihrem bis an die Wangen hochgeschlagenen Mantelkragen für einen Beobachter wie Oliver Twists Mutter auf ihrem letzten Gang zum Findelhaus aussehen mußte. Doch dann lächelte sie selbstironisch. Wenigstens war sie weder schwanger noch arm oder obdachlos.

Als sie in die Senke des Matchdown Park zugewandten Friedhofsteils gelangte, konnte sie die Rückseiten der Häuser im Orchard Drive sehen. Ihr Haus und das der Norths waren genau gleich, was ein Gefühl von Trauer und Sinnlosigkeit in ihr hervorrief. Es schien, als unterläge auch das Schicksal der Bewohner den gleichen Gesetzmäßigkeiten, Mißtrauen, das auf Liebe folgt, Verbitterung und schmerzliche Trennung, dann wieder Mißtrauen.

Zwei Männer liefen den Weg von Louises Hintertür entlang. Sie hielten Teetassen in den Händen, von denen in der kühlen Luft kleine Dampfwölkchen aufstiegen, und Susan nahm an, daß es sich um die Arbeiter der Straßenbaustelle unmittelbar neben ihrem Haus handelte. Schon seit Wochen rissen die den Asphalt auf, um Abwasserrohre oder Kabel zu legen – wer konnte schon genau sagen, was sie taten? –, doch Susan war noch nie auf die Idee gekommen, ihnen Tee anzubieten. Für sie hatten sie lediglich die zweifache Belästigung bedeutet, ständig Pauls Lehmspuren im Haus aufwischen zu müssen und von dem schrillen Hämmern ihrer Preßluftbohrer bei der Arbeit gestört zu werden.

Sie ging durch das Friedhofstor und überquerte die Straße. In der Bauhütte brannte rotes Feuer in einer provisorischen Kohlenpfanne, die aus einem durchlöcherten Eimer gemacht war. Als sie auf das Tor in ihrem Zaun zuging, spürte sie etwas von der Wärme dieses Feuers, ein aufmunternder und wohltuend molliger Luftschwall.

Die Männer mit den Teetassen traten an das Feuer und hockten sich dicht davor hin. Susan wollte ihnen gerade guten Tag sagen, als aus dem Graben, der nie tiefer oder flacher zu werden schien, ein dritter Mann auftauchte und bei ihrem Anblick einen gellenden Pfiff ausstieß. Keine Frau hat wirklich etwas dagegen, wenn man ihr hinterherpfeift. Aber hat schon einmal eine Frau darauf reagiert? Susan setzte die ausdruckslose Miene auf, die sie sich für derlei Anlässe vorbehielt, und trat in ihren Garten.

Aus den Augenwinkeln sah sie, wie der vorwitzige Pfeifer zu Louises Hintertür zottelte, um sich seinen Tee abzuholen. Der Zaun zwischen den beiden Hintertüren war fast zwei Meter hoch. Sehen konnte Susan nichts, doch sie hörte Louise lachen, worauf sie und der Mann miteinander frotzelten.

Susan ging durch das Haus zur Vordertür, um die Milch hereinzuholen. Entgegen Bobs Vorhersage stand kein grüner Ford Zephyr auf dem Grasstreifen, doch ihr Blick fiel auf sein Miniaturpendant, das am anderen Ende des Gartens in der Erde steckte. Sie hatte doch eines von Pauls Autos die Nacht über draußen gelassen.

Als sie sich danach bückte und die Erde von seinen Rändern abschüttelte, verließ Doris gerade das Haus von Betty Gibbs, gefolgt von Betty, die ihr Gespräch bis zum Gartentor fortsetzte und sich dort ein letztes Mal von ihr verabschiedete.

»Wie am laufenden Band«, hörte Susan Betty sagen.

»Dauernd traben sie den Weg rauf und runter. Können die sich ihren Tee denn nicht selber machen? Feuer haben sie doch. Oh, hallo.« Susan war erspäht. Sie ging zu ihnen und wünschte sich, es ginge ihr nicht so gegen den Strich. »Doris und ich haben uns gerade angesehen, wie unsere Nachbarin ihre Kantine aufzieht.«

»Der Galan kommt heute nicht«, sagte Doris. »Daran wird's liegen.«

»Louise macht doch schon seit Wochen Tee für die Männer«, widersprach Susan, und kaum waren die Worte heraus, überkam sie heftiger Widerwille. Wer sagte eigentlich, daß sie sich dauernd zu Louises Verteidigerin aufschwingen mußte? Die Frau bedeutete ihr nichts, rein gar nichts. Wie selbstgefällig sie ihren rechtschaffenen und stinknormalen Nachbarinnen erscheinen mußte! Selbstgefällig, tadelsüchtig und alles mißbilligend. Erde klebte an ihren Händen, und nun ertappte sie sich dabei, wie sie sie krampfhaft abwischte, als handele es sich um eine tiefergehende Beschmutzung. »Nun mal ehrlich«, sagte sie und brachte ein ungläubiges Lächeln zustande, »glaubt ihr etwa im Ernst, daß Louise sich für einen von diesen Arbeitern interessiert?«

»Dir würde so was natürlich nicht im Traum einfallen du denkst eben immer nur das Beste von den Leuten.«

»Entschuldige, Doris. Ich will hier nicht den Moralapostel spielen.« Susan holte tief Luft. »Ich hoffe bloß, die Norths werden mit ihren Problemen zu Rande kommen, mehr nicht, und daß sie am Ende nicht allzu unglücklich sind.«

Den beiden anderen Frauen schien es einen Augenblick lang die Sprache verschlagen zu haben, als wäre ihnen noch nie der Gedanke gekommen, daß die Schwierigkeiten der Norths so etwas wie Unglück zur Folge haben könnten. Dramatik vielleicht, einen Riesenskandal oder noch mehr sensationellen Stoff für Spekulationen, aber nicht etwas so Ernstes wie echtes Leid. Doris warf den Kopf zurück, und Susan erwartete eine scharfe Entgegnung. Statt dessen erwiderte Doris ganz freundlich und eine Spur zu laut: »Ich liefere Paul dann wie üblich bei dir ab.«

Ein für Louise North typisches Geräusch hatte sie gewarnt und zu dem überstürzten Themenwechsel veranlaßt. Von dem Gartenweg *Braesides* hinter ihnen drang das laute Klacken von metallbeschlagenen Stöckelabsätzen, wie sie Louise immer trug. Da sie sich in diese verschwörerische Klatschrunde nun schon hatte hineinziehen lassen, drehte sich Susan nicht um. Sie stand mit dem Rücken zu Louise, doch die anderen Frauen traten ihr gegenüber, und die Art, wie sie sich vor ihr aufbauten, ehe Betty, die schwächere der beiden, ein mattes Lächeln zustande brachte und mit dem Kopf nickte, wirkte ebenso komisch wie peinlich.

Sie hätten Susan weniger angewidert und nicht so große Abscheu in ihr erregt, wenn sie Julian vor einem Jahr genauso behandelt hätten. Aber kaum waren die Probleme zwischen ihrem Mann und ihr offenkundig geworden, hatten sich diese Frauen ihm buchstäblich an den Hals geworfen. In Matchdown Park, dem sicherlich letzten Bollwerk der viktorianischen Doppelmoral, war ein Ehebrecher immer noch verlockend, eine Ehebrecherin hingegen verloren. Gemächlich ging sie wieder in ihren Garten hinüber, lächelte Louise freundlich an und grüßte sie mit einem ganz untypischen, aber herzlichen: »Hallihallo!«

Ihre Nachbarin war zum selben Zweck wie sie in den Garten gegangen und hielt zwei Halbliterflaschen Milch in den Händen, in deren Foliendeckel Blaumeisen Löcher gepickt hatten. »Hallo«, sagte Louise mit ihrer Kleinmädchenstimme, die immer ein wenig weinerlich klang.

»Bob hat mich heute morgen nach Harrow mitgenommen.«

»Ach ja?« Louise hätte nicht gleichgültiger klingen können, gleichwohl suchte sie sich einen Weg durch das feuchte Gras und kam an den Zaun. Ihre Absätze sanken genau wie die Autoreifen ihres Geliebten in das Rasenstück ein.

Louise trug immer sehr hohe Absätze. Ohne Schuhe war sie kaum ein Meter fünfzig, ungefähr so groß wie eine Zwölfjährige, aber wie die meisten kleinen Frauen stakste sie fortwährend auf Stelzen herum und trug das Haar in einer hohen Turmfrisur, unter der ihr kleines blasses Gesicht schrumpelig und abgezehrt wirkte. In der Tat war es ausgesprochen kalt an diesem Morgen, und wie gewöhnlich stimmte Doris ihre alte Leier über die niedrigen Temperaturen an und verlieh auf ihrem langsamen Rückweg über die Straße dem dringenden Wunsch, schleunigst in die Nähe eines Ofens zu kommen, lauthals und mehrmals Ausdruck.

»Eine Hundekälte! So ein Wetter habe ich noch nie erlebt. Weiß der Himmel, weshalb wir nicht einfach die Zelte abbrechen und nach Australien gehen!«

»So kalt ist es doch gar nicht«, flüsterte Louise und beugte sich dabei über den Zaun. Durchschnittlich großen Menschen reichte er nur bis zur Hüfte, doch sie lehnte sich mit den Ellbogen darauf und warf Susan einen sehnsüchtigen Blick zu. »Es gibt Schlimmeres als ein bißchen Kälte.«

»Ich muß ja wohl 'nen Dachschaden haben, mir hier die Beine in den Bauch zu stehen«, rief Doris, die nach wie vor auf dem Bürgersteig herumtrödelte und Louise unverhohlen anstarrte. »Ich bestehe eh nur noch aus Frostbeulen.«

»Ich gehe jetzt jedenfalls hinein«, erklärte Susan entschlossen und schloß hinter sich die Haustür. Einen Moment lang beunruhigte sie der Gedanke, auch Louise könnte sich ihr anvertrauen wollen, aber das war ausgeschlossen. Sie kannte die Frau doch kaum. Die Vorstellung, zwischen ihr und den Norths könnte eine intime Beziehung entstehen, jagte ihr einen echten Schrecken ein. Gestern noch waren sie noch flüchtige Bekannte gewesen, doch nun... Fast schien es, als hätte Julian recht, als er sagte, daß man sich seine Freunde auswählen könne, seine Nachbarn aber aufgezwungen bekäme, und der einzige Schutz davor sei, sich ihnen fernzuhalten. Zweifellos hatte sie sich zu entgegenkommend verhalten. Möglich, daß ihr Ruf, verschwiegen zu sein, auf den Doris angespielt hatte, den Norths zu Ohren gekommen war, so daß sie unabhängig voneinander entschieden, sie zu ihrer Vertrauten zu machen.

Susan zuckte mit den Achseln, verschloß ihr Herz und setzte sich an den Schreibtisch. Die Arbeit war zwar langweilig, bot aber keinen Grund, sich vor ihr zu fürchten. Doch weshalb empfand sie mit einem Mal diese eigenartige Dichotomie, hegte diesen Wunsch, meilenweit weg zu sein und gleichzeitig noch einmal nach draußen zu gehen und einen Blick auf *Braeside* zu werfen, jenes seltsam geheimnisvolle Haus, dessen Fenster selten geöffnet wurden und auf dessen Rasen nie Kinder spielten? Es war, als wolle sie sich über etwas vergewissern, einen Zweifel beseitigen oder eine Befürchtung ausräumen.

Schließlich breitete sie die Finger auf den Tasten aus und verscheuchte den Gedanken.

Um halb vier ging sie in die Küche. Während der Arbeit war in ihrem Unterbewußtsein ein Entschluß gereift, den sie jetzt bewußt ausformulierte. In Zukunft wollte sie so wenig wie möglich mit den Norths zu tun haben. Also sich nicht mehr mitnehmen lassen, keine Zaungespräche mehr. Möglicherweise war es sogar sinnvoll, ihr Kommen und Gehen im Auge zu behalten, damit man nicht zufällig mit ihnen zusammentraf.

Am hinteren Zaun kreischten die Preßluftbohrer. Susan setzte den Teekessel auf und beobachtete, wie sich die großen Ulmen mit der Biegsamkeit von Grashalmen im Wind neigten. Von der Stelle, wo sie stand, konnte sie gerade noch das Feuer der Arbeiter sehen, ein karminrotes Flackern in dem durchlöcherten Eimer, und die Gesichter der Arbeiter, wenn sie auf der Schwelle ihrer Hütte auftauchten. Der Anblick einer fremden Feuerstelle, an der sich andere ausruhen und aufwärmen, löst stets ein Gefühl von Ausgeschlossenheit und Einsamkeit aus. Die hell strahlende Kohlenpfanne, in der bläuliche Flammen vor dem Hintergrund der roten Glut emporzüngelten, erinnerte an die provisorischen Herdkessel von Maroniverkäufern, und sie mußte daran denken, wie sie und Julian auf dem Weg zum Theater manchmal an ihren Ständen angehalten und eine Tüte gekauft hatten, um sich die Hände daran zu wärmen.

Der Himmel war jetzt blau wie das arktische Meer, und die sich träge über ihn hinwegwälzenden Wolken sahen aus wie ineinander verschobene Eisschollen. Der Kessel schepperte auf dem Herd, die Bohrer kreischten, doch dann hörte Susan klar und deutlich zwischen den lauteren Geräuschen ein verhaltenes Klopfen an der Tür.

Pollux hatte nicht gebellt. Es konnte also nur ein Nachbar oder ein häufiger Gast der umliegenden Häuser sein. War es nicht noch zu früh für Doris, mit Paul nach Hause zu kommen? Außerdem kam Doris doch immer an die Hintertür und machte sich durch Rufen und kräftiges Pochen bemerkbar.

Ein letztes Aufheulen, dann verstummten die Bohrer. Susan ging durch die Diele; das schüchterne Klopfen wiederholte sich. Sie öffnete die Tür, und als sie sah, wer sie besuchen kam, fühlte sie echte Beklommenheit in sich aufsteigen.

Welchen Sinn hatte es, sich zu entschließen, gewissen Leuten aus dem Weg zu gehen, wenn diese Leute sich einem aufdrängten? ›Es kann der Frömmste nicht in Frieden bleiben…‹ Louise North hatte sich ihren Mantel – Kindergröße 152 – gar nicht erst angezogen, sondern nur um die Schultern gehängt. Sie trat fröstelnd ins Haus, ehe Susan sie daran hindern konnte, und ihre kleinen Pfennigabsätze klapperten über den Parkettboden. Louise zitterte, sie konnte sich kaum auf den Beinen halten.

»Haben Sie fünf Minuten Zeit für mich, Susan? Fünf Minuten für ein Gespräch?« Sie blickte auf und neigte den Kopf nach hinten, um Susan ins Gesicht sehen zu können. Ihre Augen, so reizlos blaßblau wie Glasperlen, tränten vor Kälte. Aber sie kommt doch direkt von nebenan, dachte Susan, weint sie etwa? Sie weinte tatsächlich. »Ich darf doch Susan zu Ihnen sagen? Ich bin natürlich Louise für Sie.«

Du bist am Ende, Mädchen. Susan hätte es beinahe gesagt. Zwei Tränen liefen über das hagere Gesicht von Louise. Sie wischte sie ab und marschierte in Richtung Wohnzimmer. »Ich kenne mich schon aus«, murmelte sie. »Das Haus ist genau wie meines.« Ihre Absätze hinterließen eine Doppelspur kleiner Löcher, irreparabel, ein bleibender Schaden im Parkett.

Susan ging hilflos hinter ihr her. Das Gesicht von Louise war eine Maske aus Make-up, die sie über der alten, von Tränenrinnsalen durchzogenen Schminke aufgetragen hatte. In dem warmen, behaglichen Wohnzimmer stützte sie den Kopf in die Hände, und zwischen den Fingern kullerten Tränen auf die Gänsehaut ihrer Handgelenke.

## 3

Susan stand am Fenster und wartete, daß Louise zu weinen aufhörte. Sie bemühte sich, nicht vorschnell den Stab über ihre Nachbarin zu brechen, doch ihre Ungeduld wuchs. Louise hatte kein Taschentuch. Jetzt durchstöberte sie matt und verlegen ihre Manteltaschen und schaute sich suchend nach der Handtasche um, die sie nicht mitgebracht hatte.

In der Küche schepperte der Kessel auf dem Herd. Susan wußte, daß es an dem Schwämmchen lag, das sie vor Jahren einmal hineingetan hatte, damit es die Kalkablagerungen des Wassers aufnahm. Der Schwamm war mit der Zeit versteinert, und das Geräusch stammte nur von diesem Kiesel, der gegen die Kesselwand schlug. Susan ging in die Küche und drehte das Gas ab.

»Es tut mir ja so leid«, schluchzte Louise. Die Tränen hatten ihr kindliches Gesicht gerötet und aufgedunsen. Sie fuhr sich mit der Hand ans Haar, bekam ein paar Strähnen zu fassen und zupfte sie zu der Turmfrisur zurecht, die ihren Halt einem guten Festiger verdankte und sie fünf Zentimeter größer machte. »Sie müssen mich für sehr unbeherrscht halten, daß ich hier so einfach hereinplatze und in Tränen ausbreche, wo wir uns doch kaum kennen.« Sie biß sich auf die Lippe und fuhr bedrückt fort: »Aber wissen Sie, meine Freunde sind alle katholisch, mit denen möchte ich nicht gern darüber sprechen. Ich meine Pater O'Hara, Eileen und solche Leute. Was die sagen würden, kann ich mir denken.«

Susan hatte vergessen, daß Louise Katholikin war. Jetzt erinnerte sie sich, gesehen zu haben, wie sie manchmal mit Eileen O'Donnell zur Kirche ging, in den Händen schwarze Spitzenschals, die sie während der Messe als Kopfbedeckung benutzten. »Scheiden kann ich mich natürlich nicht lassen«, sagte Louise, »aber ich dachte... Meine Güte, ich finde nicht die richtigen Worte. Da stehle ich Ihnen die Zeit mit meiner Heulerei, und jetzt bringe ich es einfach nicht über die Lippen.« Sie warf einen Seitenblick auf Susan. »Mir geht es da wie Ihnen, ich bin eher zurückhaltend.«

Susan war mit dem Vergleich nicht ganz einverstanden. Mit Zurückhaltung landet man nicht im Nachbarhaus, um sich auszuweinen und Taschentücher zu borgen. »Wie wär's, wenn Sie hier erst mal ein bißchen sitzen bleiben und sich ausruhen, während ich Tee mache?«

»Sie sind schrecklich nett, Susan.«

Der ohrenbetäubende Lärm der Preßluftbohrer setzte wieder ein, als Susan gerade Brot aufschnitt und mit Butter beschmierte. Sie begann darüber nachzudenken, was sie Louise sagen sollte, wenn sie wieder ins Wohnzimmer ging, aber sie fürchtete, ihre Ratschläge, soweit sie denn welche geben konnte, würden sich kaum von denen Eileens oder des Pfarrers unterscheiden. Es fiel ihr nicht schwer zu erraten, was Louise ihr sagen wollte. Sie würde ihr einen trotzigen Vortrag darüber halten, daß Liebe einem das Recht gäbe, zu tun, was einem beliebt; daß es besser sei, jetzt ein Leben zu zerstören als zwei auf ewig zu verpfuschen; daß man sich nehmen mußte, was man kriegen konnte, solange man noch jung war. Das alles hatte Julian schon gesagt und bessere Worte dafür gefunden, als es Louise je gelingen würde. Falls in ihrer Schilderung irgendwelche Lücken auftauchen und sie ins Stocken geraten sollte, dachte Susan bitter, konnte sie jederzeit mit Entschuldigungen aus Julians logischer und ganz und gar herzloser Rechtfertigung einspringen. Mit einem Tischdeckchen und dem Teegeschirr ging sie wieder hinein. Louise war aufgestanden und sah mit gramerfülltem Gesichtsausdruck auf die bebenden Ulmen und den unfreundlichen, wetterwendischen Himmel.

»Geht's wieder ein bißchen besser?« fragte Susan und

setzte dann vorsorglich hinzu: »Paul wird jeden Moment nach Hause kommen.« Ihre Miene, so hoffte sie, würde Louise zu verstehen geben, daß sie ihrem Sohn, der einer in die Brüche gegangenen Ehe entstammte und schon viel zwischenmenschliches Leid hatte miterleben müssen, nicht schon wieder die Eheprobleme und Tränen einer Erwachsenen zumuten wollte.

Doch die Sorgen anderer Leute kümmerten Louise wie ihren Mann nur wenig. »Ach du meine Güte«, sagte sie pathetisch. »Bestimmt mit Doris Winter. Susan, ich habe den ganzen Nachmittag dazu gebraucht, mir ein Herz zu fassen und zu Ihnen zu kommen. Es dauerte stundenlang, bis ich mich traute. Aber im Garten waren Sie so nett und freundlich zu mir, und da dachte ich... Hören Sie, Bob kommt heute abend erst spät, und ich bin allein im Haus. Würden Sie zu mir rüberkommen? Nur auf ein Stündchen?«

Das Gartentor schnappte auf und fiel knallend ins Schloß. Einen Moment lang begegneten sich die Blicke der beiden Frauen, und Susan fiel auf, wie harmlos Louise aussah. Als ob sie keiner Fliege etwas zuleide tun könnte. Weshalb sich mit Fliegen aufhalten, wenn man doch Menschen quälen kann?

»Huhu!«, rief Doris von der Hintertür. »Wir kommen schon wieder mit Verspätung. Mich bringt jetzt bloß ein Tee wieder auf die Beine.«

»Wollen Sie auch auf eine Tasse bleiben?«

Louise schüttelte den Kopf und nahm ihren Mantel vom Sessel. Ihr Gesicht zeigte immer noch Tränenspuren. Sie blickte auf, als Doris ins Zimmer kam, und ein klägliches Lächeln zuckte auf ihren Lippen.

»Oh, ich wußte nicht, daß du Besuch hast«, sagte Doris. »Da wäre ich natürlich nicht einfach so hereingeplatzt.« Vor Begeisterung, hier, am unwahrscheinlichsten Ort und zur unwahrscheinlichsten Zeit vielleicht zufällig etwas Aufregendes mitzuerleben, riß sie die Augen weit auf. Sie zog sich die Wollhandschuhe von den steifgefrorenen roten Fingern, wandte sich an Susan und hob fragend eine Augenbraue in die Höhe. Susan reagierte nicht und sah mit einigem Vergnügen, wie sich Doris' neugierige Erwartung in Verdruß verwandelte, bis sie sich schließlich an den Heizkörper schmiegte und schmollend sagte: »Herrliches Wetter heute – für Polarbären. Ich schnattere schon den ganzen Tag.«

Im nächsten Moment war es heraus. Wenn Louise den Mund gehalten oder irgendeine harmlose Bemerkung gemacht hätte, dachte Susan später, hätte die folgende Tragödie einen ganz anderen Verlauf genommen oder wäre vielleicht sogar vermieden worden. Trotz ihrer festen Absicht, sich nicht in die Sache hineinziehen zu lassen, hätte sie aus Schwäche und Mitleid die Einladung ihrer Nachbarin für den Abend angenommen. Sie hätte die Wahrheit erfahren, Verständnis gezeigt und wäre in der Lage gewesen, auf der richtigen Seite Stellung zu nehmen.

Doch Louise, die an ihrem Mantel herumfummelte und sich nicht entscheiden konnte, ob sie Susans Taschentuch in die Tasche stecken oder auf die Sessellehne legen sollte, richtete den Blick ihrer tränenden Glasperlenaugen auf Doris und sagte: »Nächsten Winter haben wir auch Zentralheizung. Demnächst wird sie eingebaut.« Ein Anflug von Begeisterung brachte etwas Röte auf ihre Wangen. »Den Verkäufer haben Sie wahrscheinlich schon bei mir gesehen.«

Doris' stets lebhafte Augenbrauen fuhren ruckartig nach oben und verschwanden fast unter ihren Ponyfransen.

»Ich bringe Sie noch zur Tür«, sagte Susan kühl. Vor Wut ließ sie den Vornamen weg, den sie eigentlich hatte hinzusetzen wollen, damit es nicht nach einem glatten Rauswurf aussah. Daß Louise in ihr Haus kam und sich wegen ihrer Liebesaffäre ausweinte, um keine fünf Minuten später unbeirrt an der Ausrede festzuhalten, mit der sie alle hinters Licht führen wollte, ließ heftigen Zorn in ihr aufsteigen. Ihre Unehrlichkeit und Falschheit war schlicht unerträglich.

In der Diele stolperte Louise, aber Susan streckte nicht die Hand aus, um ihr Halt zu geben. Der metallbeschlagene Absatz hinterließ ein Loch und einen großen Kratzer im Parkett, das Susan und Mrs. Dring, ihre Putzfrau, mit soviel Mühe immer spiegelblank bohnerten. Diese fahrlässige Beschädigung brachte Susan noch mehr auf die Palme als die Doppelzüngigkeit und mangelnde Selbstbeherrschung ihrer Nachbarin. An der Haustür blieb sie stehen und fragte leise: »Kommen Sie heute abend?«

»Ich fürchte, ich kann Paul nicht allein lassen.«

»Dann besuchen Sie mich doch morgen, zum Kaffee«, bettelte Louise. »Gleich, nachdem Sie Paul zur Schule gebracht haben.«

Susan seufzte. Es lag ihr auf der Zunge zu sagen, daß sie nie kommen würde, daß sie sich einen feuchten Kehricht um die Norths und ihre Probleme scherte. Bob würde ausnahmsweise einmal nicht da sein, deshalb wollte sich Louise wie ein Kind bei ihr ausweinen. Konnte sie sich denn nicht denken, daß Susan, nachdem Julian sie endgültig verlassen hatte, ständig allein war? An allem hatte nur Julian Schuld. Wäre er dagewesen, hätte er nicht zugelassen, daß sie zwischen den Norths vermittelte und sie beriet. Aber in diesem Fall wäre es ohnehin nie zu diesen Vertraulichkeiten gekommen. Nur weil sie ihr Mann verlassen und sich von ihr hatte scheiden lassen, hielten die Norths sie als Ratgeberin für geeignet. Ihre Erfahrungen prädestinierten sie dafür; von ihr konnte man erwarten, daß sie Verständnis für die Beweggründe der Frau und des Mannes hatte; das, was sie erlebt hatte, verlieh ihr einen entscheidenden Vorteil gegenüber dem Pfarrer und den frommen weltfremden Freunden.

»Louise...«, setzte sie hilflos an und öffnete die Tür, so daß die feuchtkalte Luft über ihr erhitztes Gesicht strömte.

»Bitte, Susan. Ich weiß, daß es ungehörig ist, aber ich kann einfach nicht anders. Bitte sagen Sie ja.«

»Ich komme um elf.« Susan konnte diesem gequälten, flehentlichen Blick nicht länger standhalten. Resignierend, wenn auch noch wütend, folgte sie Louise aus der Tür, um die Jungen zum Tee zu rufen.

Louise stöckelte auf ihren Pfennigabsätzen zum Gartentor. Vorn, wo ihre Zehen sie nicht ganz ausfüllten, waren die spitz zulaufenden Schuhe zerknautscht und runzelig. In dem langen Schlottermantel und diesen lächerlich großen Schuhen erinnerte sie Susan an ein kleines Mädchen, das zum Spaß in die Kleider seiner Mutter geschlüpft ist.

Einen Moment lang schweifte Susans Blick über die Fassade *Braesides*. Von allen Häusern in der Straße war es das einzige, dessen Bewohner sich nie die Mühe gemacht hatten, sein Äußeres zu verschönern. Susan hatte keinen Sinn für Gartenzwerge, Kutschenlampen oder Vogelbäder auf dorischen Säulen, doch sie erkannte den Wunsch nach Individualität in dem eingetopften Lorbeerbaum der Gibbs, das sehnsüchtige Verlangen nach Schönheit in den Blumenkästen der O'Donnells.

*Braeside* wirkte heute noch genauso trist wie vor zehn Jahren, als man es erbaut hatte. Seit damals war sein Anstrich nie erneuert worden, und die ständig geschlossenen Fenster sahen aus, als ließen sie sich nie mehr öffnen. Das Haus gehörte den Norths, aber dennoch erweckte es den Eindruck eines stets auf kurze Zeit vermieteten Gebäudes, das seine Bewohner eher als einstweilige Absteige denn als Zuhause ansahen.

Nicht einen Baum hatten sie im Vorgarten gepflanzt. Vor fast allen anderen Häusern standen Zypressen, ein Pflaumenbaum oder ein Ginkgo. Der Garten von *Braeside* war bloß ein großes Stück Land, das mit Osterglokken bepflanzt war und von einem schmalen Rasenband gesäumt wurde. Die Osterglocken wirkten wie die zum Verkauf in einer Gärtnerei gezüchteten, so geradlinig verliefen die Reihen des Beets. Aber Louise schnitt sie nicht mal ab. Susan erinnerte sich, in vergangenen Frühlingen ihre Nachbarin dabei beobachtet zu haben, wie sie vorsichtig durch die Reihen ging und die wächsernen grünen Blätter befühlte oder sich bückte, um an dem frischen und leicht säuerlichen Duft der Blüten zu riechen.

Noch waren erst Knospen von ihnen zu sehen, jedes

dicht zusammengefaltete gelbe Köpfchen so hermetisch verschlossen wie das Haus selbst, und wie dieses schienen sie Geheimnisse zu bergen.

Susan rief die Kinder und verfrachtete sie durch den Garten ins Haus. Die Fenster *Braesides* sahen schwarz und undurchsichtig aus, ideal für eine Frau, die sich dahinter verstecken und die Augen ausweinen wollte.

Doris' Neugier auszuweichen und gleichzeitig Paul eine befriedigende, wenn auch zwangsläufig unwahre Antwort auf seine Frage zu geben, warum Mrs. North denn geweint habe, strapazierte Susans Nerven und verschlechterte ihre Stimmung. Sie brauchte dringend jemand, mit dem sie über diese Krise im Leben der Norths sprechen konnte, und nicht ohne Wehmut dachte sie daran, daß Doris jetzt wahrscheinlich John mit dem neuesten Lagebericht ergötzte. Ein Mann sähe die ganze Sache nüchterner – und weniger feinfühlig – als sie; ein Mann würde ihr raten, wie sie freundlich und taktvoll einer weiteren Verwicklung aus dem Weg gehen konnte.

Als um halb acht das Telefon klingelte, konnte es nur Julian sein, und einen Augenblick spielte sie allen Ernstes mit dem Gedanken, ihm ihre Sorgen anzuvertrauen. Wenn Julian doch nur ein wenig menschlicher wäre und nicht so sehr den grantelnden Egozentriker aus einer Konversationskomödie verkörperte! Seit seiner zweiten Heirat war er sogar noch spöttischer, witzelnder und in gewisser Hinsicht wirklichkeitsfremder geworden. Voller Verachtung war er schon immer gewesen, auch misanthropisch und elitär, ganz abgesehen von seiner merkwürdigen Überzeugung, daß Bewohner eines Vororts halbtierische Menschenwesen seien, die mit ihm nicht viel gemein hätten und ihr kümmerliches Dasein auf dem Bewußtseinsstand einer Karotte fristeten. Ihr Tun war ihm gleichgültig, obwohl alles, was in seinen eigenen Kreisen geschah, fast kindliche Neugier bei ihm weckte. Sobald Susan seine Stimme hörte, ließ sie alle Hoffnung fahren. Wenn sie Julian um Rat fragte, würde sie nur eine schroffe Abfuhr ernten.

»Du sagtest, diese Zeit passe dir am besten«, sagte die gedehnt und pedantisch genau sprechende Stimme. »Und da mir dein Wunsch Befehl ist, habe ich mich blutenden Herzens von meinem halbverzehrten Krabbencocktail losgerissen.«

»Hallo, Julian.«

Seine Angewohnheit, ohne Gruß, Einleitung oder Vorstellung sofort das Gespräch zu beginnen, irritierte sie immer wieder. Selbstverständlich konnte man von einer Geschiedenen erwarten, die Stimme ihres Exmanns zu erkennen; das war nicht zuviel verlangt. Aber Susan wußte, daß er es bei allen so machte, selbst bei flüchtigsten Bekannten. Seiner Ansicht nach war er einmalig, und daß man ihn mit jemand anderem verwechseln könnte, erschien ihm selbst bei schwerhörigen oder telefonierunwilligen Menschen ausgeschlossen.

»Wie geht's dir?«

»Es geht mir gut.« Diese völlig korrekte aber unidiomatische Antwort war noch eine von Julians Eigenheiten. Ihm ging es nie ›prima‹ oder auch nur ›sehr gut‹. »Was gibt es Neues aus Matchdown Park?«

»So das Übliche«, sagte Susan und machte sich auf einen Seitenhieb von ihm gefaßt.

»Das habe ich befürchtet. Hör mal, Liebes, das mit Paul am Sonntag klappt leider nicht. Elizabeths Mama hat uns übers Wochenende eingeladen, und da kann ich mich natürlich unmöglich drücken, selbst wenn ich wollte.«

»Ihr könntet ihn doch mitnehmen.«

»Lady Maskell ist nicht sehr erbaut, wenn Gören in ihrem Haus herumtollen.«

Susan war es schon immer ein bißchen merkwürdig vorgekommen, daß Julian, der Chefredakteur einer linksstehenden Zeitschrift, erstens überhaupt die Tochter eines Baronets geheiratet hatte und zweitens so großen Wert auf den Landadel legte, dem seine Schwiegereltern angehörten.

»Du vertröstest ihn jetzt schon das zweite Mal seit Weihnachten«, sagte sie. »Die Entscheidung des Richters, daß du jeden vierten Sonntag etwas mit ihm unternehmen kannst, erscheint mir ziemlich sinnlos, wenn du jedesmal keine Zeit für ihn hast. Er hat sich wirklich darauf gefreut.«

»Du kannst doch irgendwas mit ihm machen. Geh mit ihm in den Zoo.«

»Er hat übermorgen Geburtstag. Ich dachte, ich erinnere dich lieber daran.«

»Schon geritzt, Liebes. Elizabeth hat es auf ihren Einkaufszettel gesetzt, damit wir es nicht vergessen.«

»Dann bin ich ja beruhigt.« Susans Stimme bebte vor Zorn. Hinter ihr lag ein unmöglicher Tag voller unmöglicher Leute. »Du solltest dich jetzt wohl besser um dein Steak kümmern«, sagte sie in dem nörgelnden Ton, den er provozierte, aber nicht ausstehen konnte, »oder was ihr sonst als nächsten Gang habt.« Elizabeth hatte es auf ihren Einkaufszettel gesetzt! Susan konnte sich diesen Zettel lebhaft vorstellen: 1 Dose Krabben, Pfeffer, Cocktailspießchen, Geburtstagsgeschenk für ›Göre‹, Filetsteaks, Pralinen für Mami... Julian besaß wirklich die Gabe, einen rasend zu machen! Komisch, Worte und Redewendungen von ihm, an die sie sich erinnerte, konnten sie traurig stimmen und an altes Leid rühren, diese wöchentlichen Telefongespräche jedoch nicht.

Bestimmt würde er Paul etwas völlig Lächerliches schicken, eine elektrische Gitarre oder eine Taucherausrüstung; beides lag durchaus im Bereich dessen, was Julian oder Elizabeth für ein am Stadtrand lebendes Kind aus dem Mittelstand als passendes Geschenk zum sechsten Geburtstag ansahen. Susan ging durchs Haus und verriegelte die Türen über Nacht. Normalerweise fiel bei diesem allabendlichen Rundgang ihr Blick nicht auf *Braeside*, anders an diesem Abend, und es beunruhigte sie, das Haus in Dunkelheit gehüllt zu sehen.

War Louise schon zu Bett gegangen? Schon um acht Uhr? Schlichte Neugier, ebenso unentschuldbar wie Doris' Wißbegierde, überkam sie und trieb sie hinaus in den vorderen Garten, um das Haus nebenan unverhohlen anzustarren. Inmitten der hell erleuchteten Nachbarhäuser wirkte es wie ein dunkler Fleck. Vielleicht war Louise ausgegangen. Höchstwahrscheinlich war sie mit ihrem Liebhaber verabredet und saß jetzt händchenhaltend in irgendeinem Restaurant. Aber Susan glaubte das nicht, und die Vorstellung, Louise könnte schlaflos in jenem Haus liegen und mit offenen Augen ins Dunkel sehen, bereitete ihr Unbehagen.

Sie lauschte, ohne genau sagen zu können, auf was. Ein wenig nervös, ließ sie die Stille auf sich wirken. Julian bezeichnete Matchdown Park als Schlafbezirk, und nachts, wenn sich die Bewohner wie Bienen in ihren heimeligen Waben verkrochen, war es das wirklich. Trotzdem war es unglaublich, rings um sie lebten und atmeten so viele Menschen, aber alles lag in vollkommener Stille.

Doch diese Stille war nichts im Vergleich zu der totalen Lautlosigkeit im hinteren Garten. Susan vergewisserte sich, daß die Hintertür abgeschlossen war. Der Wind, fiel ihr auf, hatte sich gelegt. Im Geäst der schwarzen Bäume rührte sich nichts, und abgesehen von dem dahinströmenden Verkehrsfluß in der Ferne war kein Licht zu entdecken, nur drei rote Tupfer, es waren die Lampen, mit denen die Arbeiter den Erdhaufen abgesichert hatten.

## 4

David Chadwick hatte Bernard Heller seit Monaten nicht mehr gesehen, eines Dienstagabends traf er ihn dann ganz zufällig auf dem Berkeley Square. Es war vor den Türen von Stewart and Ardern's, und Heller hatte die Arme voller Kartons. Heizungszubehör wahrscheinlich, dachte David. Bestimmt wollte er es zur Geschäftsstelle in Hay Hill verfrachten, wo die Zentrale von *Equatair* lag.

Sonderlich erbaut schien Heller nicht zu sein, ihn zu sehen, wenn er seinem Gesicht auch ein mißglücktes Grinsen abrang. David andererseits war froh über ihr

Wiedersehen. Letzten Sommer hatte er, einer großzügigen Regung folgend, Heller seinen Diaprojektor geliehen, und jetzt hielt er es für an der Zeit, ihn zurückzubekommen.

»Wie geht's denn so?«

»Oh, so lala.« Die Kartons reichten Heller bis ans Kinn, vielleicht lag es daran, daß sein Gesicht so erstarrt aussah.

»Wenn Sie Schluß für heute machen, könnten wir einen trinken gehen.«

»Ich muß noch ein paar Kartons ausladen.«

»Ich helfe Ihnen«, sagte David bestimmt. Er wollte ihn jetzt nicht wieder aus den Augen verlieren.

Er fuhr immer noch denselben grünen Zephyr Six, bemerkte David, als er die drei restlichen Schachteln aus dem Kofferraum hob, den Heller aufgeschlossen hatte. Bei der obersten war der Karton aufgerissen, so daß ein Teil von einem Gasbrenner zu sehen war.

»Danke«, sagte Heller, und setzte dann, sichtlich um Freundlichkeit bemüht, hinzu: »Vielen Dank, David.«

Die Drehtür von *Equatair* war noch nicht verschlossen, und ein paar Sekretärinnen in weißen Stiefeln und Synthetikpelzjacken kamen ihnen auf der Treppe entgegen. Heller stellte seine Schachteln auf dem Boden einer kleinen Halle ab, und David tat es ihm nach. An den Wänden hingen Fotos von Heizkörpern und Kesseln, darunter auch eines, auf dem eine geschmackvolle Wohnzimmereinrichtung zu sehen war. Es erinnerte David an einen seiner eigenen Entwürfe für die Ausstattung eines Fernsehfilms. So hatte er auch Heller kennengelernt, über die Firma. *Equatair* stellte auch Kamine her, und

David hatte sich für die Dekoration einer Serie mit dem Titel *Kennwort: Mord* einen ausgeliehen.

»Trinken wir einen?«

»Von mir aus. Ich hab's nicht eilig, nach Hause zu kommen.« Heller sah David nicht an, als er dies sagte, und mit abgewandtem Kopf fügte er murmelnd noch etwas hinzu. Es klang wie: ›Weiß Gott nicht‹, aber David hatte es nicht genau verstanden.

Heller war ein großer, untersetzter Mann, mit einem Mondgesicht und widerspenstigem, kurzem Stoppelhaar. Für gewöhnlich ging einem die Fröhlichkeit des Heizungsmonteurs fast schon auf die Nerven, besonders wenn er einem auf den Rücken schlug, was er gerne tat, und müde Witze erzählte, die sich trotz allem durch eine gewisse naive Klamaukhaftigkeit auszeichneten. An diesem Abend zog er jedoch eine Leichenbittermiene, und David hatte den Eindruck, daß er abgenommen hatte. Seine plumpen Backen waren eingefallen und sahen grau aus, was vielleicht nicht nur daran lag, daß Heller, der normalerweise auf ein gepflegtes Äußeres achtete, sich mal wieder rasieren mußte.

»Ich kenne eine nette kleine Kneipe in der Berwick Street«, sagte David. Er war nicht mit dem Auto da, deshalb nahmen sie den Wagen von Heller. Für einen Monteur und Außendienstler ist er ein miserabler Fahrer, dachte Heller. Zweimal sah er sie schon von hinten ein Taxi rammen. Er kam zum erstenmal in den Genuß von Hellers Fahrkünsten, da sich ihre bisherigen Begegnungen in der Regel auf einen Drink vor dem Essen oder einen kleinen Imbiß beschränkt hatten. Heller war die Freundlichkeit in Person gewesen und hatte sich bei der

Sache mit dem Kamin fast peinlich großzügig gezeigt. Es war gar nicht leicht gewesen, ihn davon abzubringen, David immer einzuladen. Irgendwann letzten Juli hatte er dann beiläufig erwähnt, daß sein Zwillingsbruder bei Verwandten in der Schweiz Urlaub gemacht habe – anscheinend waren sie Schweizer, oder ihr Vater oder ihre Mutter stammte aus der Schweiz –, nun aber die dort aufgenommenen Dias nicht vorführen könne, weil er keinen Projektor habe. David hatte schon lange darauf gewartet, seine Dankbarkeit zu beweisen, aber da Heller immer darauf beharrt hatte, daß alles auf seine Rechnung ging, war das nicht so einfach gewesen. Mit dem geliehenen Projektor war der Fall erledigt.

Er hatte dem Mann zwar einen Gefallen geschuldet, aber nicht damit gerechnet, daß er das Gerät gleich acht Monate behalten würde.

»Könnte ich wohl irgendwann bei Gelegenheit meinen Projektor zurückbekommen?« fragte er, als sie über die Regent Street fuhren. »Der Sommer steht vor der Tür, und wenn dann alles in Urlaub fährt...«

»Aber klar«, meinte Heller ohne große Begeisterung. »Ich gebe ihn bei den Studios für Sie ab.«

»Gern.« Wenigstens bedanken hätte er sich können. Aber offensichtlich beschäftigte ihn gerade etwas anderes. »Hier ist es, *Der Mann mit der eisernen Maske.* Wenn Sie schnell machen, können Sie in die Lücke zwischen dem Lieferwagen und dem Mercedes stoßen.«

Heller machte aber nicht schnell. Der Pub lag versteckt zwischen einem indonesischen Restaurant und einer Stripteasebar. Heller bedachte die Fotos von Nackten auf Leopardenfellen mit einem angewiderten Blick.

Über dem Eingang zum *Mann mit der eisernen Maske* hing ein Schild mit einer Abbildung dieser apokryphen Gestalt, auf dem der von Gitterstäben umschlossene Kopf abgebildet war. David ging voran. Das Lokal war gemütlich und überheizt, die schwarz-weißen Fliesen und die Wandtäfelung aus dunklem Holz erinnerten an eine Inneneinrichtung im holländischen Stil. Doch die Stiche mit den Jagdszenen konnten nur englisch sein, und nirgendwo außer in England sah man witzige Slogans und an die Wand gepflasterte Karikaturen.

Rotlicht überströmte den Raum hinter der Bar, der dadurch wie der Vorplatz eines Schmelzofens wirkte, und in dasselbe Licht waren auch die Gesichter des Mannes und der jungen Frau getaucht, die dort saßen. Ihre Fingernägel blinkten malvenfarbig, als sie die Hände aus dem roten Leuchten zog, um ihrem Freund über die Schulter zu streicheln. Ein genauer Beobachter hätte sein graues Gewand als den Waffenrock einer Südstaatenuniform erkannt.

»Was wollen Sie trinken?« fragte David und rechnete mit dem gewohnten: »Nein, den übernehme ich.«

»Ein kleines Bier«, sagte Heller nur.

»Donnerwetter – gibt's was zu feiern?«

»Bloß weil ich noch fahren muß.«

David ging an die Bar. Er versuchte, sich ins Gedächtnis zu rufen, wo Heller wohnte. Irgendwo im Süden Londons. Wenn er diesen seinen Gedanken nachhängenden Mann in ein Gespräch verwickeln wollte, würde er etwas Hochprozentiges brauchen.

»Einen doppelten Scotch und ein kleines Bier bitte«, bestellte er bei dem Barmann.

»Großer Scotch, kleines Bier – lieber Gott, wir danken dir«, witzelte der Barmann beim Herausgeben.

Heller massierte sich die breite Stirn, als habe er Kopfschmerzen. »Sind Sie oft hier?«

»Ab und zu. Es ist gemütlich, und man sieht ein paar interessante Paradiesvögel.« Gerade als er dies sagte, küßte der Südstaatler seine Freundin auf den austernfarbenen Mund. Plötzlich wurde die Tür aufgerissen, und zwei bärtige Männer traten ein.

Sie gingen zur Bar, und weil diese momentan verwaist war, klopften sie laut auf die Theke. Nachdem der größere der beiden mürrisch für sie bestellt hatte, fuhr er mit seiner kurz unterbrochenen Erzählung fort. Das rote Leuchten verlieh seinem Bart einen orangefarbenen Schimmer.

»Jedenfalls habe ich dann zu diesem Bankfritzen gesagt: ›Ist ja schön und gut, wenn ihr euch wegen meines überzogenen Kontos beklagt‹, hab ich gesagt. ›Aber wo wärt ihr denn ohne diese Überziehungskredite? Das würd ich mal gern wissen. Davon leben die Banken doch. Arbeitslos wärt ihr, Jungchen‹, hab ich gesagt.«

»Stimmt«, meinte der andere Mann.

Heller lächelte nicht einmal. Um seine Augen hatten sich lauter Falten gebildet, und die Mundwinkel zeigten nach unten.

»Wie sieht's geschäftlich aus?« fragte David.

»Immer der alte Trott.«

»Arbeiten Sie immer noch im Bezirk Wembley-Matchdown Park?«

Heller nickte und murmelte in sein Glas: »Aber nicht mehr lange.«

David zog eine Augenbraue nach oben.

»Ich gehe ins Ausland. Schweiz.«

»Dann haben wir also doch einen Grund zum Feiern. Wenn ich mich recht entsinne, haben Sie mal erzählt, das sei Ihr Ziel. Hat die *Equatair* dort nicht auch irgendwo eine Niederlassung?«

»In Zürich.«

»Wann brechen Sie Ihre Zelte hier ab?«

»Im Mai.«

Das Verhalten des Mannes war hart an der Grenze zum Unverschämten. Wenn er immer so war, kam es einem Wunder gleich, daß er auch nur einen Ersatzthermostaten verkaufte, geschweige denn eine komplette Heizungsanlage. David fiel mit einem Mal ein, daß es bis Mai nur noch zwei Monate waren. Falls er seinen Projektor nicht abschreiben wollte, sollte er sich jetzt besser um ihn kümmern.

»Sie sind zweisprachig aufgewachsen, nicht wahr? Deutsch sprechen Sie fließend?«

»Ich ging in der Schweiz zur Schule.«

»Bestimmt sind Sie ganz aus dem Häuschen.« Es war eine dumme Bemerkung, genausogut hätte er einen wie Espenlaub Zitternden fragen können, ob ihm zu warm sei.

»Na, ich weiß nicht«, sagte Heller. »Früher vielleicht.« Er trank aus, und für einen Augenblick blitzte etwas Wildes in seinen dunklen Augen auf. »Der Mensch verändert sich, man wird älter.« Er stand auf. »Ist doch sowieso alles sinnlos, oder?« Ohne sich für Davids Einladung zu revanchieren, fragte er: »Kann ich Sie irgendwo absetzen? Fahren Sie mit der U-Bahn?«

David wohnte allein in einer Junggesellenwohnung. Er hatte heute abend nichts vor und wollte essen gehen. »Sehen Sie, ich möchte Ihnen nicht auf die Nerven gehen«, setzte er verlegen an, »aber falls Sie direkt nach Hause fahren, würde es Ihnen etwas ausmachen, wenn ich mitkomme und meinen Projektor gleich selbst abhole?«

»Meinen Sie jetzt?«

»Eigentlich ja. Im Mai reisen Sie ab, und bis dahin werden Sie bestimmt noch viel um die Ohren haben.«

»Von mir aus«, stimmte Heller widerwillig zu. Sie stiegen in das Auto, und Davids Stimmung hellte sich ein wenig auf, als sein Gegenüber den Ansatz seines alten Grinsens zeigte und zu ihm sagte: »Sie müssen etwas Nachsicht mit mir haben, alter Knabe. In letzter Zeit kann ich mich selbst nicht riechen. Es war sehr nett von Ihnen, uns den Projektor zu leihen. Ich wollte ihn nicht absichtlich so lange behalten.«

»Das weiß ich«, sagte David erleichtert.

Sie fuhren über eine Brücke und am Elephant and Castle vorbei. Heller nahm einen komplizierten Schleichweg über Nebenstraßen; er schien sich zwar auszukennen, achtete aber nicht auf die Ampeln, und einmal rauschte er über einen Zebrastreifen, den einige Fußgänger gerade überqueren wollten.

Schweigen breitete sich zwischen ihnen aus, das Heller erst mit der Ankündigung unterbrach: »Wir sind gleich da.« Die vielen Busse auf der Straße fuhren alle in Gegenden, die David nur dem Namen nach kannte: Kennington, Brixton, Stockwell. Auf der linken Seite erstreckte sich über gut und gern zweihundert Meter eine große kahle Mauer mit kleinen Fensterchen. Vielleicht eine Kaserne oder ein Gefängnis. Kein Baum, kein Fleckchen Grün war zu sehen. Bei einem hell erleuchteten Filmpalast bog Heller rechts ab, und David sah, daß sie auf einen der für Londons Süden typischen Plätze gelangten, der von einer säulengetragenen Kirche im Stil Sir Christopher Wrens beherrscht wurde, nur war Wren schon einhundertfünfzig Jahre tot gewesen, als man sie erbaut hatte. Ihr gegenüber lag eine U-Bahn-Station. Ihren Namen kannte David nicht. Mehr als einen Blick auf das blau und rot leuchtende, saturnförmige Symbol von London Transport konnte er nicht erhaschen. Menschenströme ergossen sich auf die Kreuzung, blaß grünliche Gesichter im Licht der Quecksilberdampflampen.

Manche nahmen auf dem Nachhauseweg die Abkürzung durch einen baumlosen Park, der mit einem Kricketfeld und einer Bedürfnisanstalt ausgestattet war. Heller fuhr ruckelnd auf der rechten Spur des Kreisverkehrs. Die Straße war halb Einkaufszentrum, halb Wohngebiet und nichts davon richtig. Bei den meisten der großen alten Häuser hatten die Abrißarbeiten schon begonnen. Geschäfte gab es zwar, aber alle waren von der gleichen Sorte und zogen sich in einer scheinbar endlosen regelmäßigen Abfolge dahin: Schnapsladen, Kneipe, Zoohandlung, Wettbüro, Schnapsladen, Kneipe... An Hellers Stelle hätte er nicht bis Mai warten können. Die Aussicht, bald nach Zürich zu kommen, wäre ihm wie das Paradies erschienen. In welcher Bruchbude wohnte der Mann eigentlich?

Eine Bruchbude war es keineswegs. Der Wohnblock war vielleicht zehn Jahre alt und sah ganz annehmbar aus. Die Wohnungen waren vierstöckig um einen teils grasbewachsenen, teils zubetonierten Innenhof angeordnet. *Hengist House*, hieß es. David sah sich nach seinem Pendant um und entdeckte fünfzig Meter weiter *Horsa House*. Offenbar ein Bauunternehmer mit einem Faible fürs Angelsächsische, dachte er belustigt.

Heller stellte den Wagen auf einen mit weißen Linien markierten Parkplatz.

»Wir wohnen im Erdgeschoß«, sagte er. »Nummer drei.«

Der Hausflur sah ein bißchen ramponiert aus. Auf die Wand zwischen zwei grünen Türen hatte jemand »Verpißt euch nach Kingston« geschrieben. David glaubte nicht, daß Kingston im County Surrey gemeint war. Heller steckte den Schlüssel in das Schloß von Tür Nummer drei. Sie waren da.

Ein schmaler Gang verlief durch die Wohnung zu einer offenstehenden Badezimmertür. Heller machte sich nicht bemerkbar, und als seine Frau auftauchte, gab er ihr keinen Kuß.

Ihr Anblick weckte Davids Aufmerksamkeit. Heller war erst Anfang Dreißig, zeigte aber bereits deutliche Altersspuren. Dieses Mädchen sah sehr jung aus. Er hatte nie über sie nachgedacht und sich daher auch keine Vorstellung von ihr gemacht. Dennoch war er verblüfft, und als sich ihre Blicke trafen, merkte er, daß sie mit seiner Verblüffung gerechnet hatte und sich darüber freute.

Sie trug Bluejeans und einen von diesen hautengen Sweatern, die Schlanke eigentlich nicht nötig haben. Ihre Figur war von der Art, wie sie groß und verführerisch auf den Titelseiten der Regenbogenpresse prangten. Langes schwarzes Haar, dem ein Bürstenstrich funkelnden Glanz verliehen hätte, fiel ihr auf die Schultern.

»Ich glaube, ihr kennt euch noch nicht«, murmelte Heller, und weiter wurde David nicht vorgestellt. Mrs. Heller löste sich von der Wand und setzte ein gleichgültiges Gesicht auf. »Machen Sie es sich bequem. Es dauert nicht lange.« Er wandte sich an seine Frau. »Diesen Diaprojektor, den Carl zurückgebracht hat, wo hast du den hin?«

»In den Schlafzimmerschrank, glaube ich.«

Heller führte ihn ins Wohnzimmer, falls man das Aufstoßen einer Tür und undeutliches Gemurmel so bezeichnen konnte. Dann verschwand er. Drei der Zimmerwände waren weiß, die andere, an der über einem Heizkörper von *Equatair* ein Saiteninstrument hing, rot gestrichen. Die Mitte der Bodenfläche wurde von einem kleinen Flickenteppich eingenommen. Mrs. Heller kam herein und deckte den Tisch demonstrativ für zwei Personen. David machte es Spaß, einmal die tatsächliche Wohnsituation eines festangestellten Handelsvertreters kennenzulernen. In den Filmen und Theaterstücken, die er ausstattete, wohnten sie in weiträumigen Apartments, zwölf Meter lang, Zimmertreppe und Teppichboden selbstverständlich, ebenso efeuüberwucherte Raumteiler und Ledergarnituren. Er ließ sich in einem Sessel nieder, einem mit Plastikbändern bespannten Metallrahmen. Die Busse draußen verbreiteten weißes und gelbes Scheinwerferlicht.

»Entschuldigen Sie, daß ich einfach so bei Ihnen hereinplatze«, sagte er. Sie stellte zwei Gläser Wasser auf den Tisch. In seinen Filmen wurden italienische Rotweinflaschen in Strohummantelungen kredenzt. »Bernard ist mir zufällig über den Weg gelaufen, und da ist mir der Projektor eingefallen.«

Sie drehte sich um und reckte das Kinn. »Ach, er ist Ihnen über den Weg gelaufen?« In ihrer Stimme schwang ein schnarrender Akzent mit, den er nicht einordnen konnte: »Können Sie mir vielleicht sagen wo?«

»Es war am Berkeley Square.« Die Frage überraschte ihn.

»Sind Sie sicher, daß es nicht in Matchdown Park war?«

»Absolut.« Was bezweckte sie damit? Matchdown Park gehörte doch zum normalen Vertretungsbezirk ihres Mannes. Er beobachtete sie dabei, wie sie den Tisch zu Ende deckte. Sie hat ein Gesicht wie eine Orchidee, dachte er. Ein gewagter Vergleich, aber er beschrieb genau die feine samtene Haut, die kleine Nase und die vollen perlrosa Lippen. »Wie ich höre, gehen Sie in die Schweiz. Freuen Sie sich darauf?«

Sie zuckte mit den Schultern. »Noch ist nichts entschieden.«

»Aber Bernard hat doch gesagt...«

»Sie müssen nicht alles glauben, was er sagt.«

David ging mit ihr in die Küche, weil er es in dem Zimmer mit den Wassergläsern und der Mandoline nicht länger auszuhalten glaubte. Die Jeans wirkten aufreizend, als sie sich vorbeugte, um an der Gasflamme eine Zigarette anzuzünden. Er fragte sich, wie alt sie wohl war. Nicht älter als vierundzwanzig oder fünfundzwanzig. Im Zimmer nebenan hörte er Heller herumpoltern, der offenbar einige Sachen in einem Schrankfach umräumte.

Auf dem Herd stand ein Topf Wasser. Zwei kleine, zu lange gebratene Koteletts waren bereits fertig und lagen kläglich auf einem Teller. Als das Wasser in dem Topf kochte, nahm ihn die Frau vom Gas und schüttete den Inhalt eines Päckchens hinein, das die Aufschrift trug: »Bauern-Glück. Himmlisches Kartoffelpüree in nur dreißig Sekunden.« David bedauerte nicht, daß sie ihn offensichtlich nicht zum Essen einladen wollten.

»Magdalene!«

Heller klang mißmutig und verärgert. So hieß sie also mit Vornamen: Magdalene. Als ihr Mann hereinstampfte, blickte sie mürrisch auf.

»Ich weiß einfach nicht, wo das Ding stecken könnte.« Heller war sichtlich bekümmert und sah verlegen auf seine staubigen Hände.

»Lassen Sie's gut sein«, meinte David. »Ich halte Sie beim Essen auf.«

»Vielleicht ist er da oben drin«, sagte die Frau und deutete auf einen Küchenschrank über der Anrichte. David war ein wenig verblüfft, denn bisher hatte sie wenig Interesse daran bekundet, daß er sein Eigentum wiederbekam, und ob er ging oder blieb, schien ihr gleichgültig zu sein.

Heller zog einen Schemel unter dem Tisch hervor und schob ihn vor die Anrichte, auf der ein Haufen ungebügelter Wäsche lag. Seine Frau sah ihm zu, wie er den Schrank öffnete und in ihm herumkramte.

»Da hat jemand für dich angerufen«, sagte sie unvermittelt und zog eine Schnute. »Diese North.« Heller brummte etwas. »Eine Frechheit, finde ich, hier einfach anzurufen.« Diesmal reagierte ihr Mann nicht. »Glattweg unverschämt!« fügte sie hinzu, als wolle sie seinen Zorn reizen.

»Hoffentlich bist du am Telefon nicht aus der Rolle gefallen.«

David war ziemlich schockiert. Magdalene mochte vielleicht taktlos und ein wenig ungehobelt sein, vielleicht sogar eifersüchtig, dennoch hatte sie es nicht verdient, daß ihr Mann sie vor einem Fremden so väterlich streng zurechtwies. Sie holte augenscheinlich gerade Luft für eine passende Erwiderung, doch David sollte nie erfahren, was sie hatte sagen wollen. Als Heller, der mit den Armen bis zu den Schultern in dem Schrank verschwunden war, wieder zum Vorschein kam, plumpste etwas Schweres aus Metall auf die Wäsche.

Es war eine Pistole.

David kannte sich mit Feuerwaffen nicht aus. Er konnte eine Beretta nicht von einer Mauser unterscheiden. Ihm fiel lediglich auf, daß es sich um eine Art Selbstladepistole handeln mußte. Funkelnd lag sie da, halb auf einer von Hellers Unterhosen, halb auf einem rosa Kissenüberzug.

Weder Mr. noch Mrs. Heller sagten etwas. Um das lastende Schweigen zu brechen, ergriff schließlich David das Wort. »Ihre Privatartillerie?«

Hellers Wortschwall daraufhin wollte gar kein Ende mehr nehmen. »Ich weiß, eigentlich dürfte ich sie nicht besitzen, es ist verboten. Ich habe sie aus den Staaten eingeschmuggelt. War geschäftlich dort. Der Zoll kontrolliert nicht jeden, wissen Sie. Magdalene hatte Angst bekommen, weil sie doch immer allein in der Wohnung ist. Hier in der Gegend treiben sich verdammt komische Typen rum, da kommt es schon mal zu Auseinandersetzungen, Schlägereien und so. Erst letzte Woche brüllte so ein Kerl auf dem Gang eine Frau an, sie solle ihm sein Geld geben. Ein Zuhälter, kein Zweifel. Hat sie geschlagen und angeschrien. Auf griechisch«, fügte er hinzu, als mache das die Sache noch schlimmer.

»Das geht mich nichts an«, sagte David.

»Ich dachte nur, Sie könnten sich darüber wundern.«

Magdalene stampfte plötzlich mit dem Fuß. »Herrgott noch mal, beeil dich gefälligst. Um halb acht wollen wir ins Kino, und jetzt ist es zehn nach. Außerdem muß erst noch der Abwasch gemacht werden.«

»Das mache ich.«

»Dann kommst du also nicht mit?«

»Nein, danke.«

Sie drehte das Gas ab, nahm die Teller in die Hand und ging mit ihnen ins Wohnzimmer. David dachte, sie käme noch einmal wieder, was aber nicht der Fall war. Die Tür ging zu, und von dahinter drang leise die Musik eines Agentenfilms zu ihnen in die Küche.

»Da haben wir ihn endlich«, sagte Heller. »Lag ganz hinten beim Fön.«

»Ich habe Ihnen viel Mühe gemacht.«

Heller reichte ihm den Projektor nach unten. »Jedenfalls muß ich mir darum keine Sorgen mehr machen«, sagte er. Er machte die Schranktüren nicht zu und ließ die Pistole liegen, wo sie war.

Vielleicht lag es am Anblick der Pistole – abstoßend und irgendwie bedrohlich in diesem häßlichen Haushalt –, der David zu der folgenden Bemerkung hinriß: »Hören Sie, Bernard, falls ich irgend etwas für Sie tun kann…«

»Niemand kann etwas für mich tun«, erwiderte Heller wie versteinert. »Können Sie hexen? Sind Sie Gott? Auch Sie können das Rad der Zeit nicht zurückdrehen.«

»Es wird Ihnen besser gehen, wenn Sie nach Zürich kommen.«

»Falls ich dorthin komme.«

Der Vorfall hatte David beträchtlich erschüttert. Kaum war er aus dem Innenhof auf die Straße gelangt, ging er in den nächsten Pub, der größer, lärmender und unpersönlicher als der *Mann mit der eisernen Maske* war. Er trank noch einen Whisky und ging dann zu der U-Bahn-Station, die sich als East Mulvihill herausstellte. Als er unter das steinerne Vordach des Eingangs trat, bemerkte er auf der anderen Straßenseite Magdalene Heller, die zügigen Schritts fast laufend auf das Kino zusteuerte, an dem Heller und er auf dem Hinweg vorbeigefahren waren. Ehe sie eintrat, sah sie nervös nach rechts und links. Er beobachtete, wie sie den Reißverschluß ihrer schweren Umhängetasche öffnete, eine Karte kaufte und allein die Treppe zur Empore hinaufging.

Der Grund für Hellers jämmerliche Verfassung stand nun nicht mehr in Zweifel. In seiner Ehe kriselte es. Einer aus dieser schlecht harmonierenden, ganz offensichtlich unverträglichen Ehe hatte sich einen Seitensprung geleistet, und nach dem, was Magdalene über den Anruf hatte durchblicken lassen, war der Missetäter offenbar Heller. Allem Anschein nach hatte er sich eine Freundin zugelegt. War er zu diesem wortkargen Schatten seiner selbst, des einstmals so fröhlichen Spaßvogels geworden, weil er nicht sie, sondern Magdalene in die Schweiz mitnehmen mußte?

# 5

Auf dem Weg zur Schule begegneten sie dem Briefträger, und Paul sagte: »Ich muß doch morgen nicht zur Schule, bevor er bei uns war?«

»Warten wir's ab«, meinte Susan.

»Ich geh jedenfalls nicht«, erklärte er rebellisch, wahrscheinlich wegen Richard. Der Nachbarsjunge lief voraus und sprang ab und zu hoch in die Luft, um an den Kirschenzweigen zu zerren. »Er kommt sowieso immer ganz früh«, sagte Paul in versöhnlicherem Ton und faßte seine Mutter bei der Hand. »Vati schickt mir eine Uhr. Er hat's versprochen.«

»Eine Uhr! Ach, Paul...« Von allen zerbrechlichen und letztendlich für einen Sechsjährigen zu Tränen führenden Geschenken – nämlich dann, wenn Paul auf dem Spielplatz mal wieder hinfallen würde, was pro Woche mindestens zwei- oder dreimal vorkam – mußte es ausgerechnet das sein! »Die kannst du aber nicht jeden Tag tragen.«

Sie gelangten zum Schultor, und die beiden kleinen Jungen verschwanden im Gewühl. Susan betrachtete die Kinder heute mit anderen Augen, sah in ihnen die potentiellen Erwachsenen und Leidbringer. Triste Melancholie beschlich sie. Energisch riß sie sich zusammen, winkte Paul zu und lenkte ihre Schritte Richtung Orchard Drive.

Es war zehn vor neun, um diese Zeit sah sie in der Regel Bob North. Für gewöhnlich fuhr er gegen neun mit dem Auto am Schultor vorbei. Susan wollte ihm nicht begegnen. Die Erinnerung an ihr letztes Zusammentreffen löste Widerwillen in ihr aus. Da er sehen mußte, daß sie auf dem direkten Weg nach Hause war, würde er sie heute nicht zum Mitfahren auffordern, aber anhalten würde er, da war sie sicher. Wahrscheinlich hatte er von Louises Besuch bei ihr und der Verabredung für heute früh erfahren und würde darauf brennen, ihr seine Version zu erzählen, ehe Louise ihn bei ihr anschwärzen konnte. Leute in der Lage von Louise gaben immer ihren Ehepartnern die Schuld. Julian war immer lang und breit auf ihre Unzulänglichkeiten als Ehefrau eingegangen, auf ihre Nörgelei, ihre Abneigung gegenüber seinen der Avantgarde nahestehenden Freunden und ihre altmodischen Moralvorstellungen, ehe er auf seinen Seitensprung zu sprechen kam.

Auf dem Nachhauseweg unter den Kirschbäumen entlang kam sie sich wie auf dem Präsentierteller vor und mußte ständig daran denken, daß Bobs Auto jeden Moment aus der Einfahrt von *Braeside* auftauchen konnte. Sie spielte mit dem verwegenen Gedanken, sich im entscheidenden Moment zu bücken, um sich die Schnürsenkel zu binden oder, falls dieser Trick nicht klappte, sich ins Haus einer flüchtigen Bekannten zu retten. Das Dumme war nur, daß sie niemand gut genug kannte.

Der Tag war trüb, nicht richtig neblig, aber eintönig grau. Regen lag in der klammen Luft. Susan beschleunigte ihre Schritte, als sie *Braeside* vor sich auftauchen sah, doch dann fiel es ihr wieder ein: Bobs Auto war in der Inspektion. Er mußte heute mit dem Zug zur Arbeit fahren, deshalb war er wahrscheinlich viel früher aus dem Haus gegangen – bestimmt war er längst weg. Ihre Stimmung hellte sich schlagartig auf. Es war doch wirklich albern, daß sie sich in eine Hysterie hineinsteigerte, nur weil eine der Nachbarinnen ihr in zwei Stunden etwas ziemlich Unkonventionelles anvertrauen wollte. Und auf mehr lief es schließlich nicht hinaus.

*Braeside* wirkte wie ausgestorben. An allen Fenstern im oberen Stock waren die Vorhänge zugezogen, als ob die Norths verreist wären. Vielleicht lag Louise um diese Zeit noch im Bett. Wer unglücklich ist, schläft gern etwas länger. Jane Willingale hätte dies auf den Wunsch zurückgeführt, in den Mutterschoß zurückzukehren, aber Susan war der Meinung, der einzige Grund sei, daß man das Gefühl hatte, aufzustehen lohne nicht.

Wie gewöhnlich stand kein einziges Fenster offen, nicht einmal eine der Lünetten war eingekippt. Die Luft dort drin mußte kühl und stickig sein, muffig vor wütend ausgestoßenem Atem, Tränen und Streit.

Jeden Moment würde Mrs. Dring auftauchen. Susan schloß die Tür auf, trat in ihr mollig warmes Haus und machte sich ans Einfetten der Backformen und Teigkneten für Pauls Geburtstagskuchen. Die Standuhr schlug neun, und als der letzte Schlag verklungen war, setzten die Preßluftbohrer ein.

Zwischen dem schrillen Jaulen drang das dumpf klingende Gebell des Terriers. Inzwischen hatte er sich an Mrs. Dring gewöhnt, wegen ihr kläffte er nicht mehr. Wie schon öfters fragte sich Susan, was diesen tierischen Warnruf so unwiderstehlich machte. Kaum einmal verirrte sich jemand wirklich Interessantes in den Orchard Drive, und doch bellte Pollux nie vergebens. Sie selbst war gegen das Signal ebensowenig gefeit wie die anderen

Frauen, wenn sie auch im Unterschied zu ihnen ein Wechsel beim Zustelldienst oder ein neuer Gasmann kalt ließ. Sie wollte sich nicht den Kopf darüber zerbrechen, weshalb bei Familie Gibbs ein Lieferwagen von Fortnum's parkte oder ein paar Nonnen bei den O'Donnells klingelten. Manchmal dachte sie, sie stürze deshalb ans Fenster, wenn Pollux bellte, weil sie entgegen aller bisherigen Erfahrung stets hoffte, das Gekläff kündige einen Neuankömmling an, der Hoffnung und Freude in ihr Leben bringen und es ändern würde.

Wie pathetisch und kindisch das war, dachte sie, als sie unwillkürlich ins Wohnzimmer lief und den Vorhang zur Seite schob. Winters Gartentor klapperte zwischen den Betonpfosten, und Pollux, der, außer sich vor Wut, an ihm hochgesprungen war, plumpste wieder auf den Kiesweg.

Susan bekam große Augen. Auf dem Grünstreifen neben dem Bürgersteig, mit den Rädern genau in den Furchen vom Montag, stand der grüne Ford Zephyr.

Louise North hatte wieder ihren Geliebten zu Gast.

»Guten Morgen, meine Liebe. Dachten wohl schon, ich käme nicht mehr?«

Mrs. Dring schmetterte ihr diese Frage stets in triumphierendem Ton entgegen, wenn sie mehr als eine Minute zu spät kam. Sie war fünfundvierzig, ein großer, hagerer Rotschopf. Sich und ihre Arbeit schätzte sie ungeheuer hoch ein und war überzeugt, daß ihre Arbeitgeber im Falle ihres Nichterscheinens wie ausgesetzte Kleinkinder zu einem hilflosen und verzweifelten Häufchen Elend würden.

»Ich mach mich unten an die Arbeit, ja?« sagte sie, als sie den Kopf zur Tür hereinsteckte. »Damit für das Fest des Jungen alles schön sauber ist.« Das Zimmer vor dem Kindergeburtstag zu putzen, erschien Susan zwar reichlich unnütz, aber mit Mrs. Dring zu diskutieren, war zwecklos. »Soll ich Ihnen morgen ein bißchen zur Hand gehen? Mit Kindergeburtstagen kenn ich mich aus wie sonst niemand. Ist direkt eine Spezialität von mir.«

Wie sie zu ihren Kenntnissen der Organisation von Kindergeburtstagen gekommen war, erklärte Mrs. Dring nicht. Sie selbst hatte keine Kinder, doch gab sie ständig bedeutungsschwangere Sätze von sich, als wolle sie damit andeuten, daß alle ihre Bekannten von der an Allmacht grenzenden Vielseitigkeit Mrs. Drings wußten und sie sich des öfteren zunutze machten. Sie ließ an niemandem ein gutes Haar außer an ihrem ›Gatten‹, einem Mann, dessen Fähigkeiten auf den unmöglichsten Gebieten höchstens noch mit den ihren vergleichbar waren und der, entsprechend seinem handwerklichen und verwalterischen Geschick, einen übermenschlichen Intelligenzquotienten besaß.

»Es gibt nichts, was dieser Mann nicht kann«, pflegte sie zu sagen.

Jetzt betrat sie das Zimmer und strebte sofort dem Fenster zu, wo sie stehenblieb und sich das Haar – an diesem Morgen war es fast scharlachrot – unter ein Kopftuch steckte.

»Was ich Sie noch fragen wollte«, sagte sie mit einem Blick auf das grüne Auto. »Geht nebenan eigentlich was Besonderes vor?«

»Was Besonderes?«

»Sie wissen schon, was ich meine. Ich hab's von einer Bekannten, die Mrs. Gibbs zur Hand geht. Freilich lügt meine Bekannte, sobald sie nur den Mund aufmacht, und wer auch nur ein Wort von dem glaubt, was Mrs. Gibbs sagt, kann sich gleich in der Klapsmühle anmelden.« Im nächsten Atemzug schickte sich Mrs. Dring an, in dieser Gruppe der Geistesgestörten unverzüglich einen Platz für sich zu sichern. »Sie behauptet, Mrs. North habe was mit dem Heizungsmenschen.«

»Kennen Sie ihn?« Susan konnte sich die Frage nicht verkneifen.

»Bloß vom Sehen. Mein Gatte könnte Ihnen seinen Namen sagen. Sie wissen ja, was für ein erstaunliches Gedächtnis er hat. Als wir daran dachten, uns eine Zentralheizung einbauen zu lassen, habe ich zu ihm gesagt: ›Da mußt du mal mit dem Heizungsfritzen reden, der fährt hier in der Gegend mit so einem grünen Auto herum – heißt Heffer oder Heller oder so ähnlich.‹ Schließlich hat mein Gatte die Rohre dann aber selbst verlegt. Es gibt nichts, was der nicht fertigbringt, wenn er es sich erst mal in den Kopf gesetzt hat.«

»Aber die Besuche bei Mrs. North könnten doch auch geschäftlicher Natur sein.«

»Umgekehrt wird ein Schuh draus – falls er hinter so was her ist, hat er sich das richtige Geschäft dafür ausgesucht. Aber ich rege mich mehr wegen ihr auf.« Da sie merkte, daß Susan keine Anstalten machte, sich ans Fenster locken zu lassen, zog Mrs. Dring den Vorhang wieder zu und strich sich zwei strahlend rote, wie mit Leuchtfarbe gefärbte Schmachtlocken in die Stirn. »Gefällt Ihnen mein Haar? Flamingo heißt dieser Ton. Mein Gatte hat es gestern abend gefärbt. Er hat seinen Beruf verfehlt, sage ich immer. Als Friseur wäre ihm seine Karriere sicher gewesen, inzwischen hätte er's zu einem Salon in West End gebracht.«

Susan fing unkonzentriert zu tippen an. Lange schwieg Mrs. Dring nie, und an solchen Vormittagen war Susan gereizt, da überflüssige Bemerkungen sie ständig von der Arbeit ablenkten. Ihre ursprünglich ›fürs Grobe‹ eingestellte Putzfrau hatte schon bald unmißverständlich zu erkennen gegeben, daß sie Abstauben und Silberputzen schwerer Arbeit vorzog, und am liebsten waren ihr solche Aufgaben, die ihr einen guten Aussichtsplatz in der Nähe eines Fensters boten.

Nachdem sie nun alles erfaßt hatte, was es im Orchard Drive zu sehen gab, postierte sie sich mit Putzpulver und einem Tablett mit Susans Silber bewaffnet an der Terrassentür. Es war halb zehn. Obwohl es zu regnen begonnen hatte, waren die Bohrer während der vergangenen halben Stunde fast nie verstummt. Susan bezweifelte, daß es von der Terrassentür aus etwas Interessantes zu sehen gab, doch Mrs. Dring verrenkte sich immer wieder den Hals und drückte sich die Nase an der beschlagenen Scheibe platt, bis sie schließlich sagte: »Heute kriegen sie keinen Tee.«

»Hmm?« Susan blickte von der Schreibmaschine auf.

»Die Arbeiter. Sehen Sie mal, jetzt geht er wieder zurück.« Es wäre unhöflich gewesen, dieser Aufforderung nicht zu entsprechen. Susan trat zu ihr an die Terrassentür. Auf dem Kiesweg des Northschen Anwesens ging ein großer Arbeiter im Parka, dessen Kapuze er sich über den Kopf gezogen hatte, von der Hintertür zum Gartentor auf der anderen Seite. »Ich habe gehört, wie er an der Tür klopfte. Der will seinen Tee, hab ich mir gedacht. Pech, Kumpel, die Kantine ist heute leider geschlossen. Die Gnädige hat momentan anderes im Kopf. Merkwürdig, daß der Hund von Winters nicht gebellt hat. Ist der Köter ausnahmsweise mal im Haus?«

»Nein, er ist draußen.«

Es regnete ununterbrochen. Der Arbeiter öffnete das Tor. Seine Kollegen standen in dem tiefen Graben, wo einer nach wie vor mit dem Bohrer hantierte. Der Mann wärmte sich für einen Augenblick die Hände an dem Feuer in dem Kübel. Dann drehte er sich um, zog die Schultern hoch und schlug den Weg zur Straße ein, die am Friedhof entlangführte.

Grimmig nickend sah ihm Mrs. Dring nach. »Der holt sich jetzt eine Tasse aus dem Café«, sagte sie, und da Susan wieder an ihren Platz zurückgegangen war, fügte sie hinzu: »Steht der Wagen noch da?«

»Ja, er steht noch da.« Regen lief über die hochgekurbelten Scheiben und an der lindgrünen Karosserie herab. Noch jemand blickte auf den Wagen, Eileen O'Donnell, die aus Louises Garten eilte und gerade ihren Schirm aufspannte.

»Gleich kommt Mrs. O'Donnell an die Hintertür, Mrs. Dring«, sagte Susan. »Sehen Sie doch mal nach, was sie möchte.«

Sie war sicher, daß man sie zu der folgenden Unterredung hinzuziehen würde, doch nach einem kurzen Gespräch an der Hintertür kehrte Mrs. Dring allein zurück.

»Mrs. North hat sie gebeten, ihr ein paar Fischstäbchen mitzubringen, falls ihr Mann zum Mittagessen heimkommt. Sie sagt, sie habe sich die Finger an der Haustür wund geklopft, aber niemand habe sie gehört. Die Vorhänge im oberen Stock seien alle zugezogen, aber das liege daran, weil Mrs. North nicht wolle, daß die Sonne ihre Teppiche ausbleicht. Manche Leute gehen eben mit Tomaten auf den Augen durchs Leben und fallen auf alles herein. Sonne, frage ich, welche Sonne denn? Ein fünfjähriges Kind könnte einem erklären, weshalb sie die Vorhänge zugezogen hat.«

Susan nahm ihr das Päckchen ab und stellte amüsiert fest, daß es in die *Certainty* von letzter Woche eingewickelt war. Wie Julian das weh tun würde! Die Verwendung als Isoliermaterial für Gefriergut war fast so schlimm, wie sie als Einwickelpapier für fish and chips zu benutzen.

»Und was soll ich jetzt damit?«

»Mrs. O'Donnell hat gesagt, Sie seien zum Kaffee bei Mrs. North eingeladen. Ob Sie da nicht vielleicht das Päckchen mitnehmen könnten, nur für den Fall, daß der arme Teufel, dem sie Hörner aufsetzt, zum Mittagessen heimkommt?«

Doch Susan waren Zweifel gekommen, ob Louise von ihr erwartete, die Verabredung einzuhalten. Als Mrs. Dring mit dem Wohnzimmer fertig war und sich an Julians früheres Arbeitszimmer machte, war es halb elf, und das Auto stand immer noch vor dem Haus. Allem Anschein nach hatte Louise sie vergessen. Liebe macht blind, sagte man, und wenn sich das Sprichwort vielleicht auch nicht darauf bezog, verdrängte sie Susans Erfahrung nach doch jeden Gedanken an feste Versprechen und früher eingegangene Verpflichtungen. Trotzdem war es seltsam. Louise hatte sie so nachdrücklich darum gebeten.

Die Zeit zwischen halb elf und elf verging jedoch nur sehr langsam. Aus dem Fenster zu sehen, war nicht erforderlich. Der Airedale, der vor dem Regen unter das Wintersche Vordach geflüchtet war, würde es ihr melden, wenn der Mann wegging. Es schlug elf, und mit dem letzten Schlag fiel Susan ein Stein vom Herzen. Der Regen lief in die Spuren vom Montag und bildete Pfützen um die Ränder des grünen Wagens. Der Fahrer war immer noch in *Braeside*. Susan seufzte erleichtert. In diesem Fall würde sie nicht hingehen müssen. Für Takt, Freundlichkeit oder guten Rat bestand nun keine Veranlassung, denn Louise hatte durch ihr Verhalten die Verabredung selbst abgeblasen.

Mrs. Dring zog sich eine blaue Regenhaut aus Plastik über und machte sich auf den Heimweg, nicht ohne kurz anzuhalten und einen finsteren Blick auf das Auto und die zugezogenen Vorhänge an den Fenstern zu werfen. Susan versuchte, sich zu erinnern, wie oft und wie lange das Auto jeweils vor dem Haus gestanden war. Bestimmt nicht öfters als dreimal, und so lange wie heute war der Mann noch nie geblieben. Mußte er sich denn nicht um seine Arbeit kümmern? Wie konnte er es sich leisten, so viel Zeit – einen ganzen Vormittag – mit Louise zu verbringen?

Sie wollte sich ein paar belegte Brote zum Mittagessen machen und öffnete die Kühlschranktür. Die Packung mit den Fischstäbchen lag ein wenig schief auf dem Metallgitter. War Bob denn jemals zum Mittagessen nach

Hause gekommen? Eileen O'Donnell hatte dies offenbar für möglich gehalten, und während Susan nun darüber nachdachte, fiel ihr ein, daß Bob ihr selbst gesagt hatte, er spiele mit dem Gedanken, einmal zur Mittagszeit nach Hause zu kommen.

Schön, sollte er also nach Hause kommen. Sollte er sie doch zusammen antreffen. Vielleicht war es für alle Beteiligten am besten so. Doch Susan nahm die Packung aus dem Kühlschrank und trat vor die Haustür, von wo sie *Braeside* im Blick hatte.

In der Diele oder dem Gang hinter der Haustür war niemand. Sie mußten sich immer noch im Schlafzimmer hinter den zugezogenen Vorhängen aufhalten. Susan warf einen Blick auf ihre Uhr und sah, daß es halb eins war. Wie hätte sie reagiert, wenn sie in das Hotel, oder wo sie sich sonst getroffen hatten, gegangen wäre und Julian mit Elizabeth im Bett überrascht hätte? Wahrscheinlich hätte sie der Schlag getroffen. Julian war viel diskreter als Louise vorgegangen – er war viel raffinierter –, dennoch war das allmähliche Herausfinden der Wahrheit ein schwerer Schlag gewesen. Falls Bob North jetzt nach Hause käme, wäre der Schmerz unendlich viel größer, als wenn man den Dingen ihren Lauf ließ.

Das gab den Ausschlag für sie. Ihre Entscheidung, sowenig wie möglich mit den Norths zu tun zu haben, war ja schön und gut gewesen. Aber diese Angelegenheit war verworren und von Umständen bestimmt, die sich vom Alltäglichen so sehr unterschieden wie Susans augenblickliches Leben von dem, das sie vor einem Jahr geführt hatte. Sie ging ins Haus zurück und schlüpfte in ihren Regenmantel. Kurz darauf klopfte sie laut an die Northsche

Haustür, klopfte und klingelte, aber niemand öffnete. Sie mußten eingeschlafen sein.

Widerstrebend ging sie um das Haus herum. Was sie vorhatte, würde Louise zumindest einstweilen Schande und möglicherweise Gewalttätigkeiten ersparen, doch würde ihr Louise dafür danken? Welche Frau könnte je wieder einer Nachbarin in die Augen sehen, die sie in flagranti ertappt hatte?

Lieber gar nicht erst daran denken. Geh hinein, wecke sie und verschwinde wieder. Was Louise von ihr dachte, war Susan im Grunde gleich. In Zukunft würde sie einen großen Bogen um die Norths machen.

Die Hintertür war nicht abgeschlossen. Falls Louise dieses Spielchen weitertreiben will, dachte Susan, hat sie noch viel zu lernen. Julian hätte ihr viele Tips geben können. In der Küche herrschte Unordnung und klirrende Kälte. Louise hatte das Frühstücksgeschirr zwar in die Spüle gestellt, aber nicht abgewaschen. Ein leichter Geruch nach kaltem Fett stieg von der mit Wasser gefüllten Bratpfanne auf.

Auf dem Küchentisch stand die Aktentasche. Susan hatte sie einige Male bei Louises Liebhaber gesehen, als er vom Auto zum Haus gegangen war, und über einer Stuhllehne hing sein Regenmantel. Sie legte das Päckchen auf den Tisch, trat in die Diele und rief gedämpft nach Louise.

Keine Antwort; von oben war nicht das geringste Geräusch zu hören. In der kleinen Toilette tropfte ein Wasserhahn. Sie gelangte zum Treppenabsatz und blieb an einer Wandnische stehen, in der eine Gipsmadonna ihrem Kind zulächelte. Es war grotesk.

Heute war in dem Haus kein Feuer gemacht worden, und die Asche von gestern lag grau im Wohnzimmerkamin. An den Fensterscheiben lief Wasser herab, so daß der Blick nach draußen verwehrt war. Starker Regen wie an diesem Tag sperrte die Menschen ein wie Tiere im Winterschlaf, die sich zwar im trockenen Bau zusammenrollen, aber rings von Wasserfluten umgeben sind. Louise und ihr Liebhaber mußten ähnlich empfunden haben, küssend, flüsternd, Pläne schmiedend, während draußen der Regen fiel und die Zeit auslöschte.

Susan ging die Treppe hinauf. Die Badezimmertür stand offen, und die Fußmatte, ein purpurnes Ding mit gelbem Schnörkelmuster in der Mitte, lag schräg auf den Fliesen. Das allmorgendliche Saubermachen schien heute nicht stattgefunden zu haben. Alle Schlafzimmertüren bis auf eine waren offen. Vor der geschlossenen Tür blieb sie stehen und lauschte.

Ihr Widerwillen, bei ihnen hereinzuplatzen, war mit jedem Schritt größer geworden, und nun empfand sie starke Abscheu davor. Vielleicht waren sie nackt. Sie fuhr sich mit der Hand über die Stirn und spürte kleine Schweißperlen. Es mußte jetzt mindestens zehn vor eins sein, und Bob konnte jeden Moment in den Orchard Drive einbiegen.

Susan umfaßte die Klinke und öffnete langsam die Tür.

Sie lagen beide auf dem Bett, aber der Mann schien noch ganz bekleidet zu sein. Von Louise waren nur die bestrumpften Füße zu sehen, denn der Mann lag mit weit ausgestreckten Armen und Beinen in der Haltung eines an ein Andreaskreuz Genagelten auf ihr. Sein Gesicht zeigte leicht zur Seite, als wäre er eingeschlafen, und die

Lippen ruhten auf Louises Wange. Beide waren völlig reglos.

So schlief kein Mensch.

Susan zwängte sich zwischen Bett und Toilettentisch und stolperte dabei über etwas Hartes aus Metall, das auf dem Teppich lag. Schnell atmend richtete sie den Blick nach unten und hielt es zuerst für ein Kinderspielzeug. Aber die Norths hatten keinen kleinen Jungen, der die Treppe hinauf- und hinunterpolterte und rief: »Peng, peng, du bist tot!«

Für einen Augenblick schlug sie sich die Hände vors Gesicht. Dann trat sie näher an das Bett und beugte sich über das Paar. Eine Schulter von Louise war unverdeckt. Susan faßte sie an, und der Kopf des Mannes fiel zur Seite. An der Stelle, wo sein Ohr hätte sein müssen, war ein sauberes rundes Loch, aus dem etwas Klebriges gesickert und festgetrocknet war. Die Bewegung ließ eine Blutlache zum Vorschein kommen, teils flüssig, teils geronnen, die ihre Gesichter zusammenklebte und die Vorderseite von Louises Nachthemd und Morgenmantel durchnäßte.

Susan hörte sich aufschreien. Sie preßte sich die Hand vor den Mund und wich stolpernd zurück, während der Boden unter ihren Füßen wankte und wackelte und die Möbel sich zu drehen begannen.

# 6

Die Polizei bat sie, an Ort und Stelle auf ihr Eintreffen zu warten. Susans Stimme hatte am Telefon so gezittert, daß sie überrascht war, sich überhaupt verständlich gemacht zu haben. Vor Schock war sie wie betäubt, und noch lange nachdem die freundliche Stimme, die sie angewiesen hatte, nichts zu unternehmen und nichts anzurühren, mit Reden aufgehört hatte, saß sie mit dem Hörer in der Hand und starrte auf die Madonna.

Ein spritzendes Platschen vor dem Haus signalisierte das Eintreffen eines Wagens. Erstaunt stellte sie fest, daß sie sich auf den Beinen halten konnte. Sie stützte sich auf die Möbel und suchte tastend wie eine Blinde einen Weg zur Haustür.

Der Airedale hatte nicht gebellt, doch in ihrer augenblicklichen Verfassung war dies für sie keine Warnung. Im nächsten Moment beobachtete sie mit Entsetzen, wie sich der Schlüssel in dem Schnappschloß drehte.

Bob war zum Mittagessen nach Hause gekommen.

Aus dem gerade gewarteten Auto war er durch den Regen zur Tür gestürzt und ins Haus getreten, wobei er sich die Wassertropfen aus dem Haar schüttelte, ehe er erkannte, wer in der düsterkalten Diele auf ihn wartete.

»Susan?« Sie konnte nicht sprechen. Ihre Lippen öffneten sich einen Spalt breit, und sie atmete tief durch. Erst blickte er auf sie, dann an ihr vorbei auf die kalte Asche im Kamin und die Aktentasche auf dem Küchentisch. »Wo ist Louise?«

Sie fand ihre Stimme wieder, brachte aber nur ein rauhes Flüstern heraus. »Bob, ich... Sie ist oben. Ich... ich habe die Polizei angerufen.«

»Was ist passiert?«

»Sie ist tot. Beide sind tot.«

»Sie waren zum Kaffee eingeladen«, sagte er dümmlich, dann stürmte er zur Treppe.

»Sie dürfen da nicht hinauf!« rief Susan. Sie bekam ihn an den Schultern zu fassen, doch sie waren steif und zitterten nicht unter ihren Händen. Wie um sich aus ihrem Griff zu lösen, packte er ihre Handgelenke, doch im selben Moment begann Pollux zu bellen, erst lustlos, dann wie rasend, als das Polizeiauto die auf der Straße stehenden Pfützen aufspritzte. Bob ließ sich schlaff auf der Treppe nieder und blieb mit in den Händen vergrabenem Gesicht dort sitzen.

Die Polizisten waren zu dritt, ein kleiner Inspector mit gebräuntem Gesicht namens Ulph, ein Sergeant und ein Constable. Ehe sie zu ihr kamen, hielten sie sich lange im oberen Stock und in der Küche auf, wo sie Bob befragten. Der Sergeant ging mit einem Bündel Papiere in der Hand, die wie Briefe aussahen, an der geöffneten Wohnzimmertür vorbei. Susan hörte Bob sagen:

»Ich weiß nicht, wer er ist. Ich kenne nicht mal seinen Namen. Fragen Sie die Nachbarn. Die werden Ihnen zur Antwort geben, daß er der Liebhaber meiner Frau war.« Susan fröstelte. Sie konnte sich nicht entsinnen, daß ihr jemals so kalt gewesen war. Jetzt wurde die Aktentasche untersucht. Durch die Durchreiche konnte sie die Polizisten und Bob sehen, der bleich und steif am Tisch saß. »Nein, ich wußte nicht, daß er verheiratet war«, sagte

Bob. »Weshalb sollte ich? Sie sagen, daß er Bernard Heller heißt. Selbstverständlich habe ich keine Zentralheizung bestellt.« Seine Stimme wurde lauter und überschlug sich. »Begreifen Sie denn nicht? Das war doch nur ein Vorwand.«

»Was haben Sie eigentlich heute vormittag gemacht, Mr. North?«

»Mein Auto war zur Inspektion in der Werkstatt. Ich bin zu Fuß zur Arbeit. Ungefähr um halb neun. Mit meiner Frau war da alles in Ordnung. Sie hatte ihren Morgenrock an und machte gerade die Betten, als ich wegging. Ich bin Kalkulator und ging nach Barnet, um einen Blick auf eine Baustelle zu werfen. Dann holte ich in Harrow, wo die Inspektion gemacht wurde, meinen Wagen ab und fuhr wieder hierher. Ich dachte... Ich dachte, meine Frau erwartet mich zum Mittagessen.«

Susan wandte den Kopf ab. Der Sergeant schloß die Tür und die Durchreiche. Über einer Stuhllehne hing der Mantel, den Louise gestern getragen hatte. Der Mantel strahlte eine gewisse Alltäglichkeit aus, als wäre er nur für eine kurze Weile dort abgelegt worden und Louise könnte jeden Moment hereinkommen, um ihren kindlichen Körper in seine mollige Wärme zu hüllen. Tränen stiegen Susan in die Augen, und sie schluchzte leise auf.

Oben trampelten laut die Polizisten herum. Kurz darauf hörte sie jemand auf der Treppe, und der kleine Inspector mit dem gebräunten Gesicht kam herein. Er schloß die Tür hinter sich und wandte sich freundlich an Susan: »Versuchen Sie bitte, ganz ruhig zu bleiben, Mrs. Townsend. Ich weiß, das war ein großer Schock für Sie.«

»Mir geht es eigentlich ganz ordentlich. Es ist bloß so

kalt hier drin.« Vielleicht dachte er, ihre Augen tränten vor Kälte, aber das glaubte sie nicht. Sein Blick verriet Mitgefühl. Er gehört nicht zu der Sorte Polizisten, dachte sie, die angesichts des Todes naßforsche Munterkeit zur Schau stellen oder unter Kollegen Witze darüber reißen.

»Wußten Sie, daß Mrs. North intime Beziehungen zu diesem Mann, diesem Heller unterhielt?« fragte Inspector Ulph im nächsten Moment.

»Ich... Nun, das war allgemein bekannt«, setzte Susan an. »Ich wußte, daß sie darüber sehr unglücklich war. Als Katholikin konnte sie sich nicht scheiden lassen.« Ihre Stimme zitterte. »Als sie mich gestern besuchen kam, war sie schrecklich bedrückt.«

»Ging diese Bedrücktheit so weit, daß sie sich vielleicht das Leben nehmen oder gemeinsam mit jemand anderem in den Tod gehen wollte?«

»Ich weiß nicht.« Diese plötzliche Übernahme von Verantwortung erschreckte Susan. Ihre Hände waren eiskalt und zitterten. »Eine Katholikin würde doch nicht Selbstmord begehen, oder? Aber sie war in schlechter Verfassung. Ich entsinne mich, wie ich noch gedacht habe, das Mädchen ist wirklich am Ende.«

Er befragte sie sachlich über die Geschehnisse des Vormittags, und Susan bemühte sich, mit ruhiger Stimme zu erzählen, wie sie kurz nach neun Hellers Wagen vor dem Haus sah, wie sie dann immerzu darauf wartete, daß Heller wegging, wie Mrs. O'Donnell bei ihr klingelte und wie sie schließlich hierher ins Nachbarhaus ging, um Louise und Heller zu warnen, da sie geglaubt hatte, daß sie eingeschlafen waren.

»Während des Vormittags ist sonst niemand in dieses

Haus gegangen?« Susan schüttelte den Kopf. »Haben Sie irgend jemanden weggehen sehen?«

»Nur Mrs. O'Donnell.«

»Schön, das wäre im Moment dann alles. Sie werden leider an der Untersuchung vor Gericht teilnehmen müssen. Also ich an Ihrer Stelle würde jetzt Ihren Mann anrufen und fragen, ob er heute nicht etwas früher nach Hause kommen kann. Sie sollten jetzt nicht allein sein.«

»Ich bin nicht verheiratet«, sagte Susan verlegen. »Das heißt, ich bin geschieden.«

Inspector Ulph ging nicht darauf ein, sondern begleitete Susan bis zur Tür, wobei er mit einer Hand ihren Ellbogen stützte.

Als sie in den Garten trat, riß sie erschreckt die Augen auf und wich etwas zurück. Ihre Reaktion beim Anblick der Menschenmenge auf dem Bürgersteig war dem Schock vergleichbar, den grelles Sonnenlicht bei jemandem hervorruft, der aus einem dunklen Zimmer kommt. In Mäntel eingemummt, standen Doris, Betty und Eileen vor dem Winterschen Gartentor, und bei ihnen sah sie die alte Frau, die allein im Haus neben Betty wohnte, die frischgebackene Ehefrau aus Fernost und das ältere Pärchen aus dem Eckhaus. Alle, die nicht zur Arbeit gehen mußten, hatten sich dort versammelt und schwiegen, als hätte es ihnen die Sprache verschlagen.

Sogar Pollux hatte dieses unerhörte Treiben zum Schweigen gebracht. Ermattet lag er mit dem Kopf zwischen den Pfoten zu Füßen seines Frauchens.

Der Regen hatte aufgehört und auf der Straße einen durchbrochenen, glitzernden Spiegel aus Pfützen und nassem Teer hinterlassen. Von den Knospen der Kirschbäume fielen Regentropfen stetig auf Schirme und Mantelkrägen. Doris wirkte fröstelnder und kläglicher, als Susan sie je erlebt hatte, doch ausnahmsweise machte sie keine Bemerkung über die Kälte. Sie ging einen Schritt auf Susan zu, legte ihr den Arm um die Schulter, und Inspector Ulph sagte: »Könnte sich eine von den Damen freundlicherweise um Mrs. Townsend kümmern?«

Susan ließ sich von Doris an dem grünen Zephyr, dem Polizeiwagen und dem schwarzen Leichenwagen vorbei nach Hause bringen. Die ganze Zeit über erwartete sie, daß hinter ihr das Geschwätz der Nachbarn einsetzte, doch sie hörte nur Stille, eine Stille, die lediglich von dem gleichmäßigen Tröpfeln des Wassers von den Bäumen unterbrochen wurde.

»Ich bleibe bei dir, Susan«, sagte Doris. »Die ganze Nacht. Ich werde dich nicht im Stich lassen.« Weder führte sie ihre Erfahrung als Krankenschwester an, um ihre Eignung für diese Aufgabe zu unterstreichen, noch stürzte sie sofort zum nächsten Heizkörper. Sie war grau im Gesicht und machte große Augen. »Ach Susan, Susan...! Der Mann, hat er sich und Louise umgebracht?«

»Ich weiß nicht. So muß es wohl gewesen sein.«

Die beiden Frauen, kurzfristig zu Freundinnen aus beiderseitiger Not geworden, klammerten sich einen Augenblick aneinander fest und legten den Kopf auf die Schulter der jeweils anderen.

Es war merkwürdig, dachte Susan, ein Unglück schien bei jedermann die besten Eigenschaften ans Licht zu bringen – Takt, Freundlichkeit und Mitleid. Das einzige Beispiel von Taktlosigkeit, an das sie sich später erinnern konnte, war die Ankunft von Roger Gibbs auf Pauls Party mit einem Spielzeugrevolver als Geschenk.

»Manche Frauen haben eben einfach einen Knall«, meinte Mrs. Dring. »Ausgerechnet einen Revolver! Mrs. Gibbs hätte doch wirklich etwas Rücksicht nehmen können. Außerdem hat sie den Jungen total erkältet zu uns geschickt. Was soll ich sie spielen lassen? Die Reise nach Jerusalem? Armer schwarzer Kater?«

Das beliebteste Partyspiel der knapp Zehnjährigen im Orchard Drive war ›Mörder und Detektiv‹. Als niemand den Vorschlag machte, es zu spielen, war Susan klar, daß sie von ihren Müttern davor gewarnt worden waren. Hatten diese Mütter ihren Söhnen das gleiche gesagt was sie Paul zur Antwort gegeben hatte, Mrs. North habe einen Unfall gehabt und man habe sie weggebracht? Was soll man jemandem sagen, der alt genug ist, um Fragen zu stellen und Angst zu bekommen, aber zu jung, viele Jahre zu jung, um zu begreifen?

»Ich will bloß hoffen«, sagte Mrs. Dring, »daß Paul nichts mit der Uhr passiert, die ihm sein Vater geschickt hat.« Sie war ungewöhnlich zurückhaltend heute nachmittag, sprach leiser und war liebenswürdiger als sonst, trotz der in den Augen schmerzenden Grellheit ihrer roten Haare und dem lila Kostüm, das, wie sie versicherte, ihr Mann gestrickt hatte. »Hat sich Mr. Townsend schon gemeldet?«

Die Uhr war mit der ersten Post gekommen, zusammen mit einer Karte, auf der van Goghs *Mühlen bei Dordrecht* abgebildet war, eine düstere Landschaftsszene, die Julian offenbar lieber gewesen war als der angemessene Teddybär mit der Sprechblase: ›Hallo, Sechsjähriger!‹ Er hielt es für richtig, daß man Kindern Kultur noch während der prägenden Jahre eintrichterte. Dem Päckchen war jedoch keine Mitteilung an Susan beigelegt, und angerufen hatte er auch nicht.

»Er muß doch davon gelesen haben«, sagte Doris empört, während sie mit einem Tablett belegter Brötchen vorbeiging.

Mrs. Dring warf ihr einen mißbilligenden Blick zu. »Vielleicht bringt er etwas in seiner Zeitung darüber.«

»So eine Zeitung ist das nicht«, erklärte ihr Susan.

Nur weil sie Pauls Interesse von der Tragödie im Nachbarhaus ablenken wollte, hatte sie sich entschlossen, die Party wie geplant stattfinden zu lassen. Doch jetzt, während die kleinen Jungen zu der lauten Musik des Plattenspielers jauchzten und herumtollten, fragte sie sich, wieviel von diesem Lärm hinüber zu Bob drang. Seit Auffindung von Louise und Heller hatte er *Braeside* lediglich zu zwei Besuchen auf dem Polizeirevier verlassen. Nicht nur oben blieben die Vorhänge zugezogen. Der Klatsch war auch den Arbeitern an der Friedhofsstraße zu Ohren gekommen; keiner von ihnen war heute zur Hintertür gegangen, um Tee zu holen. Der Gedanke, daß sich Bob allein in dem Haus aufhielt, in dem seine Frau erschossen worden war, dort wohnte, umherging und schlief, bereitete ihr Unbehagen. Wenn er die Kinder hörte, würde er ihre Ausgelassenheit dann als Indiz für Susans Gleichgültigkeit gegenüber seinem Kummer auffassen?

Sie hoffte, er würde das nicht tun. Sie hoffte, er würde Verständnis zeigen und begreifen, daß sie ihn bisher noch nicht besucht hatte, weil sie es für das beste hielt, wenn er eine Zeitlang allein blieb. Deshalb hatte sie sich nicht in den Strom der Hausfrauen eingereiht, die fast stündlich auf Zehenspitzen zur Haustür von *Braeside* schlichen, teils mit Blumen, teils mit abgedeckten Körben, als wäre er nicht todunglücklich, sondern krank.

Doris holte Susan von der gerichtlichen Untersuchung ab, lud sie zum Mittagessen ein und führte sie in das überheizte Zimmer, das die Winters ihre ›Wohndiele‹ nannten und wo ein gewaltiges Feuer im Kamin loderte. Susan blieb nicht verborgen, daß die sanfte, mitfühlende Stimmung ihrer Nachbarin nur eine Episode gewesen war. Ihre Neugier und Klatschsucht gewannen nun wieder die Oberhand, und obwohl Susan Bedenken kamen, ob sie gerecht gegenüber Doris war, durchschaute sie das riesige Feuer, den sorgfältig gedeckten Tisch und das auf Hochglanz geputzte Zimmer als einen Köder, ein genau vorbereitetes Fest, für das ihre Gastgeberin mit sämtlichen pikanten Einzelheiten ergötzt zu werden erwartete, die man vor Gericht erörtert hatte.

»Erzähl mir von der Pistole«, sagte Doris und häufte Susan reichlich Obstsalat auf den Teller.

»Dieser Heller hat sie anscheinend aus Amerika eingeschmuggelt. Sein Zwillingsbruder erschien vor Gericht, identifizierte die Waffe und erklärte, Heller habe im September einen Selbstmordversuch unternommen. Aber nicht mit der Pistole. Der Bruder ertappte ihn dabei, wie er sich mit Gas vergiften wollte.« Doris gab erwartungsvoll aufmunternde Laute von sich. »Er schoß zweimal auf Louise, beide Male durchs Herz, dann erschoß er sich. Der Gerichtsmediziner fand es reichlich eigenartig, daß er die Waffe hat fallen lassen, aber ihm waren ähnliche

Fälle bekannt. Man fragte mich, ob ich die Schüsse gehört habe, aber ich mußte verneinen.«

»Wenn diese Bohrer laufen, versteht man kaum sein eigenes Wort.«

»Deshalb werde ich wahrscheinlich auch nichts gehört haben. Das Untersuchungsergebnis lautete übrigens auf Mord und Selbstmord. Heller drohte anscheinend dauernd mit Selbstmord. Sowohl sein Bruder als auch seine Frau haben das ausgesagt.«

Doris nahm sich noch einmal von dem Fruchtsalat und fischte dabei die Ananasstücke heraus. »Was für einen Eindruck machte die Frau?«

»Ich fand sie recht hübsch. Erst fünfundzwanzig.« Susan mußte daran denken, wie Carl und Magdalene Heller versucht hatten, mit Bob ins Gespräch zu kommen, während alle auf den Beginn der gerichtlichen Untersuchung gewartet hatten, wie Bob ihren Annäherungsversuchen eine Abfuhr erteilt und sich brüsk von ihnen abgewandt hatte. Nie würde sie wohl vergessen, wie dieser große untersetzte Mann auf Bob zuging und ihn mit starkem Akzent ansprach, worauf Bob ihn wütend anfuhr und bittere Verachtung für die Witwe des Mannes zeigte, der Louise getötet hatte. Davon würde sie Doris nichts erzählen; nichts von Bobs heftigem Gefühlsausbruch vor Gericht, als ihm Magdalene Heller vorgeworfen hatte, seine Frau vernachlässigt und dadurch in die Arme eines anderen Mannes getrieben zu haben; und nichts von dem erstarrten, lähmenden Entsetzen in den Augen der jungen Frau, das in wüste Beschimpfungen gegen Bob ausgeartet war.

»Sie wußte von Louise«, sagte Susan. »Heller hatte versprochen, sie aufzugeben und seine Ehe so gut es ging zu kitten, aber er hielt sein Versprechen nicht. Dies bedrückte ihn sehr, und er trug sich mit Selbstmordgedanken. So ging das über Monate.«

»Sie und Bob – kannten sie sich?«

»Bob hat nicht einmal gewußt, daß Heller verheiratet war. Es blieb ein Geheimnis, wie sich Louise und Heller kennengelernt haben. Heller arbeitete für eine Firma namens *Equatair*, deren Geschäftsführer ebenfalls angehört wurde. Ihm zufolge hätte Heller im Mai als Vertreter für sie nach Zürich gehen sollen – anscheinend war es schon immer sein Wunsch gewesen, in die Schweiz zurückzukehren. Er war dort geboren und aufgewachsen – aber als man ihm die Stelle anbot, zeigte er sich gar nicht sehr interessiert. Wahrscheinlich hat er sich überlegt, daß er dadurch von Louise getrennt würde. Der Geschäftsführer sagte, die *Equatair* gewinne ihre Kunden durch Werbeantwortkarten, aber Louise hatten sie keine geschickt, und die allgemeine Vermutung ging dahin, daß Heller ihr eine gegeben hatte, damit sie sie ausfüllte und einen Termin mit ihm vereinbaren konnte. Dadurch waren seine Besuche bei ihr völlig harmlos erschienen.«

Doris verdaute diese Neuigkeit mit sichtlicher Befriedigung. Sie stocherte im Feuer herum, bis es prasselte und hell aufloderte. Dann sagte sie: »Weshalb sind sie wohl nicht einfach zusammen weggegangen?«

»Aus den Briefen habe ich mir zusammengereimt, daß Heller dies wollte, Louise aber nicht dazu bereit war. Allem Anschein nach hat Louise kein Sterbenswörtchen von der ganzen Sache gegenüber Bob erwähnt.«

»Briefe?« fragte Doris gespannt, nachdem sie diese neue Information verarbeitet hatte. »Was für Briefe?«

Die Polizei hatte sie in einer Schublade von Louises Toilettentisch gefunden, zwei Liebesbriefe von Heller an Louise, die er im November und Dezember vergangenen Jahres geschrieben hatte. Carl Heller hatte die Handschrift seines Bruders identifiziert, deren Echtheit durch eine Prüfung von Hellers Arbeitsaufzeichnungen ohnehin schon feststand. Als man sie vor Gericht verlesen hatte, war Bob aschgrau im Gesicht geworden, und Hellers Witwe hatte die Hände vors Gesicht geschlagen und den Kopf an die starke Schulter ihres Schwagers gelehnt.

»Es waren bloß Liebesbriefe«, sagte Susan, angewidert von diesem Verhör. »Nur ein paar Stellen wurden vorgelesen.« Seltsam und schrecklich, daß man gerade die Stellen ausgewählt hatte, die Bob am übelsten verleumdeten. »Ich kann mich nicht mehr erinnern, was er geschrieben hat«, log sie.

Susans Miene mußte ihre Abneigung verraten haben, weiter darauf einzugehen, denn Doris wagte es nicht, noch einmal nachzuhaken, ließ das Thema mit einem: »Das wird wohl alles in der Zeitung stehen« fallen und legte mit einemmal Besorgnis über Susans Wohlbefinden an den Tag. »Ich bin doch wirklich ein Ekel«, sagte sie. »Nach allem, was du hast durchmachen müssen, dir jetzt auch noch damit auf die Nerven zu gehen. Du siehst gar nicht gut aus, als ob du irgendwas ausbrüten würdest.«

»Mir geht's ganz ordentlich.« Tatsächlich fühlte Susan sich benommen und ziemlich krank. Wahrscheinlich lag es nur an ihrer Überreiztheit und der Affenhitze in diesem Zimmer. Zu Hause würde es ihr bestimmt bessergehen.

»Hoffentlich hast du es mollig warm daheim«, trällerte Doris in dem eiskalten Flur. »Aber das ist es ja meistens bei dir. Am allerwichtigsten bei Schock und Aufregung ist eine gleichmäßige Temperatur.« Sie zog die Schultern hoch und verschränkte die Arme vor der Brust. »Eine gleichmäßige Temperatur, das hat mir meine Oberschwester immer eingeschärft.«

Für Susans Nachbarn stellte die gerichtliche Untersuchung so etwas wie einen Schlußstrich dar. Mit ihrem Abschluß waren auch die Spannung, der Schrecken und der Skandal verpufft. Beteiligte und Zuschauer waren nun an dem Punkt angelangt, wo sie ihr Leben wieder selbst in die Hand nehmen mußten. Susan hatte zwei Leichen gefunden, aber sie konnte nicht erwarten, deshalb ständig im Mittelpunkt des Interesses, des Mitleids und des Trostes zu stehen.

Trotz alledem verstörte es sie ein wenig, als sie merkte, daß Doris nicht die Absicht hatte, sie nach Hause zu begleiten. Mrs. Dring war gestern abend bei ihr geblieben, doch sie hatte nicht gesagt, daß sie wiederkommen würde. Gefaßt und so aufgeräumt wie möglich verabschiedete sich Susan von Doris und bedankte sich für das Essen. Dann ging sie, bewußt ohne einen Blick auf *Braeside* zu werfen, über die Straße.

Arbeit gilt im allgemeinen als die beste Medizin für die meisten Leiden, und Susan klemmte sich sofort hinter die Schreibmaschine und Miss Willingales Manuskript. Ihre Hände zitterten, doch obwohl sie Fingerübungen machte und sie an der Heizung wärmte, konnte sie nicht einen Satz auf der Maschine schreiben. Würde sie in diesem Haus wohl je wieder arbeiten können? Es war *Braeside* so schrecklich ähnlich. Sie wünschte von ganzem

Herzen, sie hätte sich am Mittwoch um ihre eigenen Angelegenheiten gekümmert, wenn dies auch bedeutete, daß Bob an ihrer Stelle die Entdeckung gemacht hätte.

*Braeside* hatte sich durch ihren ersten Eindruck, den ersten Anblick des Inneren, unauslöschlich als Haus des Todes in ihr Gedächtnis eingeprägt, und ihr eigenes Haus, sein genaues Pendant, schien davon infiziert. Zum ersten Mal fragte sie sich, weshalb sie nach der Scheidung eigentlich hier wohnen geblieben war. Wie *Braeside* hatte dieses Haus glückliche Menschen beherbergt, bis sich jenes Glück mit der Zeit in Leid und Elend verkehrt hatte. Von dem einstigen Glück war nun nichts mehr vorhanden, und es gab nichts, was an seine Stelle hätte treten können, so daß die Wände nur den Kummer reflektierten, dessen Zeuge sie geworden waren.

Susan hörte Bobs Auto in der Einfahrt, doch sie konnte sich nicht überwinden aufzublicken. Nun, da alles vorbei war, hätte sie ihm möglicherweise Trost zusprechen können. Er hatte Rat wegen seiner Einsamkeit gesucht – jetzt war sie allein und hätte zur Verfügung gestanden. Sie war sich bewußt, daß sie weder über die physische Kraft noch über die Willensstärke verfügte, hinüberzugehen und bei ihm anzuklopfen. Was mußte dieser Vorstadtbezirk für ein trister häßlicher Ort sein, wo ein junger Mann und eine junge Frau in zwei genau gleichen Häusern direkt nebeneinander wohnen konnten, getrennt nur von zwei Mauern, und doch durch Anstand und Zurückhaltung so eingeengt, daß sie sich nicht auf das sie verbindende Menschliche besinnen und sich die Hände reichen konnten.

Oft hatte sie Doris' tägliches Auftauchen zur Teezeit

verflucht, doch als Paul allein nach Hause kam, vermißte Susan sie schmerzlich. So stark hatte sie schon seit Monaten nicht mehr Sehnsucht nach Gesellschaft empfunden; am liebsten hätte sie sich hingelegt und geheult. Ein Sechsjähriger, wie geliebt er auch sein mag, ist keine Gesellschaft für eine Frau, die selbst so besorgt und unsicher wie ein Kind ist, und Susan fragte sich, ob er hinter der Maske des festen Vorsatzes, einen gelassenen Eindruck zu machen, in ihren Augen wohl die gleiche Bestürzung entdeckte wie sie in den seinen.

»Roger Gibbs hat gesagt, Mrs. North sei von einem Mann erschossen worden.« Paul verkündete das völlig gelassen und verzog das blasse Gesicht zu einem breiten, männlichen Grinsen. »Ganz voll Blut sei sie gewesen, und dann gab's einen Prozeß wie im Fernsehen.«

Susan erwiderte das Lächeln, sehr nüchtern und ebenso tapfer und gefaßt wie er. In gleichmütig sanftem Ton setzte sie zu einer kindgerechten Erklärung an.

»Er hat gesagt, der Mann wolle sie heiraten, das ging aber nicht, deshalb hat er sie erschossen. Wieso denn? Wenn sie tot war, konnte er sie doch auch nicht heiraten. Vati hat Elizabeth nicht erschossen, aber heiraten wollte er sie.«

»Das war nicht ganz das gleiche. Wenn du älter bist, wirst du das verstehen.«

»Immer sagst du dasselbe.« Das Lächeln war verschwunden; Paul warf ihr noch einen kurzen Blick zu, dann ging er zu seiner Spielzeugkiste. Auf den kleinen Autos in den bunten Schächtelchen lag die Pistole, die ihm Roger Gibbs geschenkt hatte. Er nahm sie in die Hand, begutachtete sie einen Augenblick und warf sie dann lustlos wieder zurück. »Darf ich meine Uhr tragen?« fragte er.

»Von mir aus gern, Liebling.«

»So lange, bis ich ins Bett muß?«

Susan hörte, wie Bob mit dem Auto im Rückwärtsgang auf die Straße fuhr. Diesmal ging sie ans Fenster und sah ihm nach. Lange blieb sie dort stehen, starrte auf die menschenleere Straße und mußte daran denken, was sie ihm über ihre Einsamkeit an dem Abend erzählt hatte, als Julian gegangen war.

## 7

Der Bericht über die gerichtliche Untersuchung wurde mit einem Vierspalter im Innenteil des *Evening Standard* aufgemacht. David Chadwick kaufte ein Exemplar im West End, und während er im Gehen las, schlenderte er durch das abendliche Gedränge zu seinem Wagen, den er ungefähr zehn Minuten von hier geparkt hatte. In der Abendzeitung vom Mittwoch waren Fotos von Magdalene Heller, Robert North und einer jungen Frau erschienen, der Nachbarin, die die Leichen gefunden hatte, doch heute kam nur ein Bild, das zeigte, wie Mrs. Heller Arm in Arm mit einem Mann aus dem Gerichtsgebäude ging. Der Unterzeile zufolge war er Bernards Zwillingsbruder, und soweit David das erkennen konnte – der Mann hielt sich und der jungen Frau eine Zeitschrift vors Gesicht –, glichen sich die beiden Brüder wie ein Ei dem anderen.

Für ihn mußte Heller den Diaprojektor ausgeliehen haben. David hatte das Gerät am Dienstag abend ausgepackt und lächelnd bemerkt, mit welcher Sorgfalt Heller es unter der Hülle aus Packpapier noch in Zeitungen eingewickelt hatte. Dann aber war ihm das Lächeln vergangen, und Rührung und Trauer hatten sich seiner bemächtigt. Denn eine der Zeitungen, ein vergilbtes und zerknittertes Wochenblatt aus dem Süden Londons, enthielt eine knappe Notiz, in der Hellers Vermählung mit Miss Magdalene Chant angezeigt wurde. David fiel sie nur deshalb auf, weil die Notiz mit Kugelschreiber eingekreist war und Heller direkt daneben das Datum 7. 6. 62 geschrieben hatte.

Er hatte die Zeitung als Andenken behalten, dachte David, wie einfache Leute das öfters tun. Er hatte sie aufbewahrt, bis seine Ehe schiefgelaufen war und er Mrs. North kennengelernt hatte, so daß Hochzeitsandenken ihn nur noch an diese lästige Behinderung erinnerten. Daher hatte er sie vielleicht aus einem Stoß anderer erinnerungsträchtiger Zeitungen gezogen und als Packpapier für den Projektor genommen.

Einer Ahnung folgend, hatte David die Zeitungen, in denen der Projektor eingewickelt gewesen war, noch einmal durchgesehen und war, wie vermutet, auf weitere Anstreichungen gestoßen, die an Hellers Erfolg bei einem vorstädtischen Wettschwimmen und an seine große Stunde als Ehrengast bei der Jahresversammlung eines Dartvereins erinnerten. Offenbar war Heller auf diese winzigen Ehrenzeichen, diese gedruckten Chroniken ebenso stolz gewesen, wie ein bedeutenderer Mann vielleicht auf eine Notiz in der *Times* über die Verleihung des Verdienstordens an ihn gewesen wäre. Sie hatten ihm viel bedeutet, aber dann, weil sein Leben auf den Kopf gestellt worden war und den Sinn verloren hatte, plötzlich gar nichts mehr.

Dies alles ging David durch den Kopf, als er die Oxford Street entlangging, und er mußte daran denken, wie seltsam es doch war, daß er, ein entfernter Bekannter, am Vorabend seines Todes mit Heller zusammengewesen war und dabei mehr Zeit mit ihm verbracht hatte als bei irgendeiner anderen Gelegenheit während der zwei oder drei Jahre seit ihrer ersten Begegnung. Er überlegte, ob er an der gerichtlichen Untersuchung hätte teilnehmen sollen, doch er hätte nichts Neues zu der Sache beitragen können. Wie unter solchen Umständen die meisten, beschäftigte auch ihn jetzt die Frage, ob er Heller in seinen letzten Stunden im Stich gelassen hatte, ob er mehr Anteil hätte nehmen sollen und, was das schlimmste war, ob er irgend etwas Zuversichtliches oder Aufmunterndes hätte sagen können, das den Mann von seiner Absicht abgebracht hätte.

Wer konnte das wissen? Wer hätte erahnen können, was Heller geplant hatte? Dennoch fühlte sich David schuldig und kam sich wie ein kläglicher Versager vor. Oft hielt er sich für zaudernd und unschlüssig. Energischere und draufgängerische Menschen, das Salz der Erde, hätten vielleicht Hellers Verzweifelung gespürt und wären bei ihm geblieben, bis er ihnen das Herz ausgeschüttet hätte, ohne sich von seiner anfänglich ablehnenden Haltung abschrecken zu lassen. Andere wieder, die Feinfühligeren unter den Humanitätsaposteln, hätten sich die Pistole eine Warnung sein lassen und einen Zusammenhang zwischen der Waffe und Hellers eingestandenem Weltschmerz hergestellt. Er hatte nichts unternommen, schlimmer noch, er hatte sich mit sichtlicher Erleichterung aus der Wohnung abgesetzt.

Und tags darauf hatte sich Heller erschossen. David fühlte sich deprimiert. Er mußte noch fahren, aber er brauchte jetzt etwas zu trinken, sollte sich die Polizei mit ihren Röhrchen doch zum Teufel scheren. Er faltete die Zeitung zusammen und stopfte sie sich in die Tasche, dann machte er sich auf den Weg nach Soho zum *Mann mit der eisernen Maske*.

Es war früh, der Pub noch fast leer. Freitags war er noch nie hier gewesen. Gewöhnlich ging er an Freitagen nach Hause. Oft hatte er eine Verabredung, und was ihn anging, fing das Wochenende ohnehin Freitag nachmittag um fünf an.

Ganz allein wollte er aber doch nicht sein, deshalb sah er sich um, ob sich unter den Anwesenden ein Bekannter von ihm befand, zu dem er sich an den Tisch setzen, ein Gespräch hätte anfangen können. Doch obwohl ihm alle Gesichter vertraut waren, gehörte keines einem Freund. Ein Mann und eine Frau, beide Mitte Fünfzig, gingen umher und besahen sich schweigsam die neuen Karikaturen, die der Wirt an die Holzvertäfelung geheftet hatte; ein älterer Mann, der wie ein abgehalfterter Charakterdarsteller aussah, nippte am Tresen an einem Pernod; die beiden Bärtigen saßen an einem Tisch in der Nähe des Eingangs. Im Vorbeigehen hörte David den einen sagen: »›Aber das ist doch Aktienschwindel‹, habe ich in meiner naiven Art gesagt. ›Nennen Sie es, wie Sie wollen‹, hat er gemeint, aber er machte ein höchst unbehagliches Gesicht dabei.«

»Logisch«, sagte der andere.

»›Manche Leute machen alles für Geld‹ , sagte ich. ›Geld ist nicht alles.‹ «

»Das ist Ansichtssache, Charles...«

Das Paar, das sich die Karikaturen angesehen hatte, setzte sich, und David bemerkte, daß in dem schummrigen Winkel hinter ihnen eine junge Frau allein an einem Tisch saß. Sie wandte ihm den Rücken zu und starrte die kahle Wand an. Er bestellte ein Bier.

»Auf derart niedrigen Einschuß kaufen«, sagte der Mann namens Charles. »Von der moralischen Seite mal abgesehen – ich möchte nachts gern ruhig schlafen können. Gehen wir?«

»Ich warte nur auf dich.«

Sie standen auf und während David auf das Wechselgeld wartete, blickte er neugierig zu dem einsamen Mädchen hin. Er konnte nur ihren Rücken sehen, den eine Kunststoffjacke unförmig aufbauschte, einen glänzend schwarzen Haarschopf und die in einer Samthose stekkenden langen Beine, die sich um die Stuhlbeine gehakt hatten. Völlig reglos saß sie da und starrte versunken wie der Zuschauer einer spannenden Fernsehsendung auf die braune Wandtäfelung.

Es überraschte ihn, eine junge Frau hier allein zu sehen. Früher war es allgemein üblich, eine Art ungeschriebenes Gesetz der Kneipenwirte im West End, Frauen ohne Begleitung nicht zu bedienen. Wahrscheinlich galt dies auch heute noch, denn die junge Frau hatte anscheinend nichts zu trinken.

Etwas an der Haltung ihrer Schultern kam ihm bekannt vor, und er überlegte sich gerade, ob er sie kennen sollte, als die Tür aufging und vier oder fünf junge Männer eintraten. Der plötzliche kalte Luftzug veranlaßte sie, rasch und nervös den Kopf zu drehen. David erkannte sie sofort, wollte aber seinen Augen nicht trauen.

»Guten Abend, Mrs. Heller.«

Ihr Gesichtsausdruck ließ sich schwer deuten. Angst? Vorsicht? Bestürzung? Der Blick ihrer merkwürdig grünen Augen, die golden gesprenkelt waren und schillerten wie die Deckflügel einer Fliege, huschte hin und her und richtete sich dann auf sein Gesicht. David wunderte sich, was in aller Welt sie am Tag der gerichtlichen Untersuchung der Todesumstände ihres Mannes hier in einem Pub im West End zu suchen hatte.

»Ist das Ihre Stammkneipe?« fragte sie zugeknöpft.

»Ab und zu komme ich hierher. Darf ich Sie zu einem Glas einladen?«

»Nein.« Sie stieß die Ablehnung so laut hervor, daß sich mehrere Leute zu ihnen umdrehten. »Nichts für ungut, danke. Bemühen Sie sich nicht. Ich bin am Gehen.«

David hatte erwogen, ihr die übliche Kondolenzkarte zu schicken, aber da er es für unangebracht hielt, einer Frau sein Beileid auszudrücken, die durch einen Todesfall aus einer offenbar unglücklichen Ehe erlöst worden war, hatte er davon abgesehen. Jetzt hielt er es jedoch für seine Pflicht, etwas zu sagen, sei es auch nur, um zu zeigen, daß er von Hellers Tod wußte, und so setzte er zu einigen gespreizten Worten des Bedauerns an. Doch nach einem ungeduldig gemurmelten »Ja, ja« und einem Nikken unterbrach sie ihn mit einer Belanglosigkeit:

»Ich war hier verabredet, sie ist aber nicht gekommen.«

Sie? David ließ sich alle möglichen Treffpunkte für zwei Frauen im abendlichen London durch den Kopf gehen. Das Büro, in dem die andere Frau vielleicht arbeitete? Ein Geschäft, das länger geöffnet war? Ein Café? Eine Haltestelle der U-Bahn? Ein Pub in Soho jedenfalls ganz gewiß nicht. Magdalene Heller stand auf und knöpfte sich die Jacke zu.

»Kann ich Sie zur Haltestelle bringen? Mein Auto steht nicht weit von hier.«

»Bemühen Sie sich nicht. Das ist nicht nötig.«

David trank sein Bier aus. »Es macht überhaupt keine Mühe«, sagte er. »Tut mir leid, daß Ihre Freundin Sie versetzt hat.«

Höflichkeit war nicht gerade ihre Stärke, doch jedem außer einem Wilden verbietet es der Anstand, vor einem Bekannten allen Ernstes Reißaus zu nehmen und ihm die Tür vor der Nase zuzuschlagen. Genau das, dachte er bei sich, hätte sie jetzt am liebsten getan.

Sie gingen zur Tür, und sie kramte mit zittrigen Fingern in ihrer Handtasche herum. Endlich hatte sich die Zigarette gefunden. David zog sein Feuerzeug hervor und hielt ihr die Flamme vors Gesicht.

Hinter ihr ging die Tür auf. Sie öffnete sich einen Spalt, aber nicht weiter. Magdalene Heller machte einen Lungenzug und drehte den Kopf. David hätte nicht erklären können, weshalb er mit dem Daumen auf dem Feuerzeug blieb, so daß die Flamme weiterflackerte. Der Mann, der die Tür geöffnet hatte, stand auf der Schwelle und starrte in die Flamme.

Magdalene Heller wandte sich wieder zu David. Sie machte den Mund auf und sagte unvermutet überschwenglich: »Herzlichen Dank, David. Ich bin ja so froh, daß wir uns über den Weg gelaufen sind.«

David war von ihrem plötzlichen Stimmungsumschwung so verblüfft, daß er ihr in das schöne, mit einemmal errötete Gesicht starrte. Ihre Zigarette war ausgegangen. Er gab ihr noch einmal Feuer. Der Mann machte auf dem Absatz kehrt und ließ die Tür auf- und zuschwingen.

Sie wollten gerade gehen und das Lokal verlassen, doch sie öffnete noch einmal ihre Handtasche und wühlte wahllos in ihr herum.

»Kennen Sie den Kerl?« fragte David. Da er merkte, daß er unhöflich gewesen war, fügte er wahrheitsgemäß hinzu: »Ich habe ihn jedenfalls schon irgendwo gesehen. Kann sein, daß ich ihm mal beim Fernsehen begegnet bin. Sein Gesicht kam mir ungeheuer bekannt vor.«

»Ist mir nicht aufgefallen.«

»Ich könnte aber auch sein Bild in der Zeitung gesehen haben. Ja, so ist es, im Zusammenhang mit einem Prozeß, glaube ich.«

»Wahrscheinlich eher beim Fernsehen«, sagte sie.

»Er schien Sie zu kennen.«

Oder lag es daran, daß diese Frau selbst hier im West End, wo Schönheit etwas Alltägliches war, so ungewöhnlich gutaussehend wirkte, daß die Männer sie angafften? Sie legte ihm die Hand auf den Arm. »David?« Sie war wunderschön, ihr Gesicht, das seinem ganz nahe kam, als sie auf die Straße traten, erschien durch die Orchideenhaut und die goldgesprenkelten Augen makellos. Warum rief ihre Berührung dann aber so ein eigenartiges Gefühl in ihm hervor, fast so, als hätte ihn eine Schlange am Ärmel gestreift? »David, wenn Sie nichts Besseres vorhaben, würden Sie – würden Sie mich dann nach Hause fahren?«

Den ganzen Weg zum Auto schwatzte sie wild drauflos und hing wie eine Klette an Davids Arm. Ihm fiel auf, daß sie einen Akzent hatte, der nicht aus London oder Nordengland stammte. Er konnte ihn nicht genau einordnen, versuchte es aber, während er so tat, als höre er ihrem Redeschwall zu. Ob sie wohl die Wohnung würde halten können, wie ihre Zukunft aussähe, ihre nicht vorhandene Berufsausbildung…

Wie eine frisch Verwitwete sah sie nicht aus. Sie hatte nicht dieselbe Kleidung wie auf dem Bild in dem Bericht über die gerichtliche Untersuchung an, obwohl ihm auch die schon ziemlich unschicklich erschienen war. Was sie jetzt auf dem Leib trug, war abgetragen, salopp und – dies merkte er, als sie in den Wagen einstieg – aufreizend. Hosen mit Reißverschluß mochte er an Frauen nicht, und die war viel zu eng. Sie zog die leichte Jacke aus und hängte sie über den Sitz. Ihre Brüste waren zwar zweifellos echt, wirkten aber aufgeblasen und wie aus Gummi, außerdem saßen sie so weit oben, daß es für sie sicherlich unangenehm sein mußte, aber er hatte den Eindruck, daß sie diese Unannehmlichkeit um der erotischen Wirkung willen gern in Kauf nahm. Das alles, das grelle verführerische Make-up, die bis auf die Wange herabfallenden Haare und die Betonung der kurvenreichen Figur, mochte bei einer hübschen Fünfundzwanzigjährigen durchaus angehen. Aber sie war eben nicht nur eine Fünfundzwanzigjährige. Sie war eine Witwe, die erst heute morgen an der gerichtlichen Untersuchung über die Todesursache ihres Mannes teilgenommen hatte und von der man erwartete, daß sie, wenn schon nicht gramgebeugt, so doch tief erschüttert und kummerbeladen war.

Ungefähr eine Viertelstunde waren sie unterwegs, als sie ihm die Hand aufs Knie legte. Er fand nicht den Mut, sie dort wegzunehmen, und fing an zu schwitzen, als sie seinen Schenkel streichelte und durchknetete. Sie rauchte unaufhörlich und öffnete alle Augenblicke das Fenster, um Asche auf die Straße zu schnippen.

»Geht's hier geradeaus oder links?« fragte er.

»Ich kenne eine Abkürzung, die ist schneller.« Sie kurbelte das Fenster herab und warf die Zigarettenkippe auf den Bürgersteig, wobei sie nur knapp eine kleine Chinesin verfehlte.

»Nehmen Sie die nächste Ausfahrt. Ich sage dann, wie Sie fahren müssen.«

David folgte ihren Fahrtanweisungen, fuhr links, rechts, wieder links und landete schließlich in einem Labyrinth schäbiger Straßen. Es war noch ziemlich hell. Sie gelangten an eine Brücke mit riesigen Betonpfeilern an beiden Seiten, aus Stein gemeißelten Säulen, die irgendwie ägyptisch wirkten und vielleicht aus dem Tal der Könige stammten. Darunter befand sich eine Art Verschiebebahnhof, den Fabriken und Hochhäuser umgaben.

»Hier entlang«, sagte Magdalene Heller. Es war eine schmale Gasse mit winzigen Slumhäusern. Am anderen Ende fiel ihm ein hoher Schlot ins Auge, ein Gasometer. »Haben Sie's eilig?«

»Sonderlich hübsch ist es hier nicht gerade. Wurzeln will ich hier keine schlagen.«

Sie seufzte, dann berührte sie ihn mit den Fingerspitzen sanft an der Hand. »Könnten Sie mal kurz anhalten, David? Ich muß Zigaretten holen.«

Warum hatte sie die nicht in der Innenstadt gekauft? Die Schachtel, aus der die drei oder vier stammten, die sie bisher geraucht hatte, war sowieso noch fast voll. An der Ecke sah er ein Geschäft, aber er bemerkte auch, daß es geschlossen hatte.

Widerstrebend hielt er am Straßenrand. Sie waren völlig allein und unbeobachtet. »Ich bin so einsam, David«, sagte sie. »Seien Sie ein bißchen nett zu mir.« Ihr Gesicht war dem seinen ganz nahe, er konnte jede Pore in ihrer glatten Haut erkennen, Champignonhaut, so gummiartig, wie sich vermutlich auch ihr allzu makelloser kurvenreicher Körper anfühlen würde. Ihre Lippen schimmerten an der Stelle, wo sie mit der Zunge darüber gefahren war. »Ach, David«, hauchte sie.

Es war wie in einem Traum, einem Alptraum. So etwas konnte doch nicht geschehen. Wie in einem Alptraum war er einen Augenblick gelähmt und machtlos. Sie berührte seine Wange und streichelte sie, dann legte sie ihm die warmen Hände um den Hals. Er sagte sich, daß er sich in ihr geirrt habe, daß sie schrecklich einsam sei, am Boden zerstört und sich nach Trost sehnte, deshalb nahm er sie in die Arme. Den vollen feuchten Lippen wich er aus und legte seine Wange an die ihre.

In dieser Stellung verharrte er ungefähr dreißig Sekunden, doch als sich ihr Mund in der Art einer Seeanemone an seinem Hals festsaugte, nahm er die Arme von ihren Schultern.

»Langsam«, sagte er. »Man kann uns sehen.« Es war

niemand da, der sie hätte sehen können. »Ich bringe Sie jetzt nach Hause, ja?« Er mußte sie regelrecht abschütteln, eine neue und Mut machende Erfahrung für ihn. Sie atmete schwer, und in ihren Augen lag Verdrossenheit. Ihre Mundwinkel wiesen kläglich nach unten.

»Bleiben Sie doch zum Essen bei mir«, sagte sie. In ihrer Stimme lag ein weinerlicher Ton. »Ach bitte. Ich kann für Sie kochen. Ich bin eine gute Köchin, wirklich. Sie dürfen mich nicht danach beurteilen, was ich Bernard neulich abends auftischte. Aufs Essen legte er keinen Wert.«

»Ich kann nicht, Magdalene.« Er war zu verlegen, um ihr ins Gesicht zu sehen.

»Aber jetzt sind wir schon so weit gefahren. Ich möchte mit Ihnen reden.« Er konnte es kaum fassen, aber die Hand legte sich wieder auf sein Knie. »Sie dürfen mich doch nicht mutterseelenallein lassen.«

Er wußte nicht, was er tun sollte. Einerseits war sie eine junge bedauernswerte Witwe, deren Mann erst vor wenigen Tagen gestorben war. Kein anständiger Mann konnte sie einfach im Stich lassen. Er hatte bereits ihren Ehemann im Stich gelassen, und der hatte sich das Leben genommen. Andererseits war da aber ihr empörendes Verhalten, der plumpe Versuch, ihn zu verführen. Die Einladung zum Essen als bloßen Vorwand zu nehmen, war gewiß nicht übertrieben zynisch. Doch hatte er dadurch das Recht, sie allein zu lassen? Er war ein erwachsener Mann und verfügte über ein vernünftiges Maß an Erfahrung; er konnte auf sich aufpassen, ohne unter den gegebenen Umständen unfreundlich werden zu müssen. Vor allem beschäftigte ihn jedoch die Frage, weshalb er überhaupt auf sich aufpassen mußte. War sie eine Nymphomanin, oder hatte sie der Schock so verstört, daß sie am Rande eines Nervenzusammenbruchs stand? Er war nicht so eitel, entgegen allen bisherigen Erfahrungen, die eher das Gegenteil bewiesen, und so zu dem Schluß gelangt, daß Frauen sich nicht so heftig und spontan von ihm angezogen fühlten. Der verwegene Gedanke, er könnte über Nacht einen unwiderstehlichen Sex-Appeal entwickelt haben, kam ihm zwar in den Sinn, jedoch nur, um sogleich als absurd abgetan zu werden.

»Ich weiß nicht, Magdalene«, sagte er unsicher. Sie fuhren an der Gefängnis- oder Kasernenmauer und dem hell erleuchteten Kino vorbei. An der Haltestelle bei dem Park wartete eine lange Menschenschlange auf den Bus. David hörte sich ein leises Geräusch ausstoßen, ein scharfes Ausatmen, ein unterdrückter Aufschrei. Seine Hände wurden feucht und rutschten auf dem Lenkrad. Am Ende der Schlange stand Bernard Heller und las die Abendzeitung.

Natürlich war es nicht Bernard. Dieser Mann war noch stämmiger und dicker, sein Gesicht wies noch mehr ochsenhafte Züge auf und wirkte weniger intelligent als Bernards. Wäre David nicht ohnehin schon nervös und verwirrt gewesen, hätte er ihn sofort als den Zwillingsbruder Carl erkannt, der den Diaprojektor ausgeliehen hatte. Dennoch glichen sie sich auf unheimliche Weise. David bereitete die Ähnlichkeit ein flaues Gefühl im Magen.

Er hielt mit dem Auto neben der Schlange, und Carl Heller zwängte sich auf den Rücksitz. Magdalene war ziemlich bleich geworden. Sie machte die beiden gereizt miteinander bekannt, wobei ihr Akzent deutlicher hervortrat.

»David kommt zum Essen zu mir, Carl.« Als ob das Auto und David ihr gehörten, fügte sie hinzu: »Wir setzen dich vorher ab.«

»Ich kann nicht zum Essen bleiben, Magdalene«, sagte David bestimmt. Die Gegenwart von Bernards Zwillingsbruder brachte ihn in Verlegenheit, flößte ihm aber auch Selbstvertrauen ein. Carls erfahrenen Händen konnte er die Frau unbesorgt anvertrauen. »Ich weiß leider nicht, wo Sie wohnen.«

Magdalene murmelte etwas, das wie Copenhagen Street klang, und setzte gerade zu langatmigen Erklärungen an, als David spürte, wie sich eine schwere Hand auf seine Schulter legte und dort liegenblieb. Es erinnerte ihn groteskerweise an einen Gruselfilm.

»Für Besuche ist meine Schwägerin momentan nicht in der Verfassung, Mr. Chadwick.« Die Stimme klang rauher als die von Bernard. Dieser Satz enthielt mehr als die höfliche Andeutung, daß er unerwünscht war. David hörte aus den Worten einen angemaßten Besitzanspruch heraus, Stolz, Kummer und – ja, vielleicht auch Eifersucht. »Ich kümmere mich um sie«, sagte Carl. »Mein armer Bruder hätte es so gewollt. Sie hat einen schweren Tag hinter sich, aber sie hat ja mich.«

David hatte noch nie jemand so langsam sprechen hören. Carl Hellers Englisch war korrekt und umgangssprachlich, trotzdem klang es wie eine immer noch Mühe bereitende Fremdsprache. Wer diesem Mann über längere Zeit hinweg zuhören mußte, würde sich zu Tode langweilen, wenn nicht gar zur Verzweiflung getrieben.

Magdalene hatte resigniert. Sie blieb stumm, bis David vor *Hengist House* anhielt. Was immer sie vorgehabt hatte, jetzt hatte sie es aufgegeben.

»Danke fürs Mitnehmen.«

»War mir ein Vergnügen«, log David. Carls Miene war Bernard wie aus dem Gesicht geschnitten, unerträglich pathetisch und grambeladen. David ertappte sich dabei, wie er seine vergeblichen Worte an den Verstorbenen echoartig wiederholte: »Hören Sie, falls ich irgend etwas für Sie tun kann...«

»Niemand kann etwas tun.« Die gleiche Antwort, der gleiche Tonfall. Dann setzte Carl hinzu: »Die Zeit heilt alle Wunden.«

Magdalene blieb kurz zurück. »Na dann, gute Nacht«, sagte David. Er sah zu, wie Carl sie beim Arm nahm und mitschleifte, während sie sich ein wenig sträubte und zurückblickte wie ein Kind, dessen Vater es von einem gefährlichen Spiel mit dem Nachbarsjungen nach Hause holt.

## 8

Julian und Susan hatten sich bemüht, sich in ihrer Situation verständig und aufgeklärt zu verhalten. Sie mußten sich gelegentlich sehen, damit Julian seinen Sohn besuchen konnte. Beiden war es klüger erschienen, eine emotionslose Freundschaft beizubehalten, und dies würde schwer werden, darüber war Susan sich im klaren gewesen. Wie schwer, ja nahezu unmöglich es war, davon hatte sie sich keine Vorstellung gemacht. Wenn das Leben seinen normalen Gang ging, wollte sie lieber nicht an Julians Existenz erinnert werden, und seine Anrufe, die sich zu solchen Zeiten besonders häuften, stellten für sie eine lästige Störung des häuslichen Friedens dar. Sobald sie jedoch unglücklich oder besorgt war, erwartete sie, daß er davon Kenntnis nahm und sich in gewisser Weise wieder wie ihr Ehemann verhielt, als ob er noch mit ihr verheiratet sei und vielleicht aus geschäftlichen Gründen von seiner Frau getrennt leben mußte.

Sie war sich bewußt, wie aussichtslos und unvernünftig diese Hoffnung war. Um keinen Preis hätte sie diese Einstellung irgend jemand verraten. Julian mußte sein eigenes Leben führen.

Doch war es tatsächlich so unvernünftig, in dieser Lage ein Zeichen seiner Anteilnahme zu erwarten? Louises Tod war durch alle Zeitungen gegangen; beide Abendzeitungen berichteten heute über die gerichtliche Untersuchung. Julian war natürlich ein passionierter Zeitungsleser, und die beiden abonnierten Abendzeitungen, die jetzt vor ihr aufgeschlagen auf dem Tisch lagen, waren noch ein Relikt aus ihrer Ehe mit Julian, der von seiner Frau erwartet hatte, über das Weltgeschehen stets auf dem laufenden zu sein.

Daß er sie immer noch nicht angerufen hatte, zeugte von einer desinteressierten Gleichgültigkeit ihr gegenüber, die ihre Einsamkeit von einer zunehmenden Depression zu der schrecklichen Angst steigerte, daß sich keine Menschenseele darum scherte, ob sie lebte oder starb. Den Abend und die Nacht hier allein zu verbringen, schien ihr mit einem Mal eine schlimmere Qual als alles andere, was sie seit der Scheidung hatte durchmachen müssen. Zum ersten Mal störte sie Paul. Ohne ihn hätte sie heute abend ausgehen können, ins Kino oder einen alten Freund aufstöbern. Hier in diesem Haus dachte sie an nichts anderes als an Louise, und die einzig mögliche Unterhaltung war ein Selbstgespräch zwischen ihr und ihrem Alter ego. Die Sätze drängten sich förmlich auf, alles unbeantwortbare Fragen. Hätte sie helfen können? Hätte sie den Lauf der Dinge ändern können? Wie sollte sie die kommenden Tage, Wochen und Monate in diesem Haus nur aushalten? Und vor allem, wie mit Paul zu Rande kommen?

Neulich abend hatte er in einem fort von Louise und diesem Mann gesprochen. Irgend jemand mußte ihm erzählt haben, daß Louise den Mann geliebt hatte, weshalb er in seiner kindlichen Naivität merkwürdige Parallelen zwischen ihrem Fall und dem seiner Eltern gezogen hatte. Auch Susan waren diese Parallelen aufgefallen, und sie konnte ihm keine befriedigende Erklärung dafür geben. Sie tadelte sich wegen ihrer Unzulänglichkeit, war aber froh, als er schließlich verstummte, seine geliebten Autos aus den Schächtelchen holte und bis zur Schlafenszeit völlig in das Spiel mit ihnen vertieft war.

Daher war es unverzeihlich, in so großen Zorn zu geraten, als sie an ihren Schreibtisch trat und sah, wie er ihn verlassen hatte: Aus dem Möbel war ein mehrstöckiges Parkhaus geworden, an dessen Ecken und Enden überall winzige Motorhauben und Stoßstangen hervorschauten. Die drei obersten Blätter des maschinengeschriebenen Textes verunstalteten schwarze Reifenspuren. Es war unverzeihlich, daß sie zornig wurde, fast schon grausam, daß sie diesen Zorn nicht zu bändigen verstand.

Aber die Worte waren heraus, als sie noch mitten auf der Treppe war, ehe sie sich zusammenreißen und mit zusammengebissenen Zähnen bis zehn zählen konnte.

»Wie oft habe ich dir schon gesagt, du sollst nicht meine Sachen anrühren? Das machst du nie wieder, verstanden, nie wieder! Andernfalls darfst du eine ganze Woche lang deine Uhr nicht tragen.«

Paul brach in herzzerreißendes Heulen aus. Er schnappte die Uhr aus der mit Samt ausgeschlagenen Schatulle und schmiegte sie sich ans Gesicht. Verzweifelt und selbst den Tränen nahe, fiel Susan neben ihm auf die Knie und schloß ihn in die Arme.

»Hör auf zu weinen. Darfst doch nicht gleich weinen.«

»Ich tu's nie wieder, aber meine Uhr mußt du mir lassen.« Wie schnell Kindertränen trockneten! Sie verschwanden spurlos, hinterließen keine häßlich aufgequollene Röte. Louises Tränen hatten ihr Gesicht runzlig, alt und aufgelöst werden lassen.

Paul beäugte sie mit der scharfsinnigen Intuition eines Kindes. »Ich kann nicht einschlafen, Mami«, sagte er. »Ich mag dieses Haus nicht mehr.« Seine Stimme klang kläglich und gedämpft an ihrer Schulter. »Wird man den Mann fassen und ins Gefängnis stecken?«

»Er ist auch tot, Liebling.«

»Bist du sicher? Rogers Mutter hat gesagt, er sei bloß von uns gegangen, aber das hat sie von Mrs. North auch behauptet. Was ist, wenn er nicht tot ist und wieder zurückkommt?«

Susan ließ das Licht in seinem Zimmer und am Treppenabtritt brennen. Als sie wieder unten war, zündete sie sich die zwanzigste Zigarette an diesem Tag an, doch der

Rauch würgte sie in der Kehle und löste einen langen Hustenanfall aus. Als er abebbte, zitterte sie vor Kälte. Sie drückte die Zigarette aus, stellte die Zentralheizung höher, ging zum Telefon und wählte Julians Nummer.

An einem Tag wie heute, wo alles schieflief und nichts klappte, mußte natürlich ausgerechnet Elizabeth abnehmen.

»Hallo, Elizabeth. Hier ist Susan.«

»Susan...« Der wiederholte Name hing in der Luft. Wie immer schwang in Elizabeths rauher Schulmädchenstimme ein leiser Zweifel mit. Man gewann den Eindruck, sie kenne mindestens zehn Susans, die alle mit gleicher Wahrscheinlichkeit ohne Nennung des Nachnamens oder sonstiger Hinweise bei ihr anriefen.

»Susan Townsend.« Es war grotesk, fast unerträglich. »Könnte ich bitte mit Julian sprechen?«

»Gewiß, wenn Sie möchten. Er sitzt gerade bei der Mousse.« Daß die beiden einem immer unter die Nase reiben mußten, was sie gerade aßen! Sie hatten vieles gemeinsam; eines Tages würden sie zweifellos beide kugelrund sein. »Sie haben Glück, uns noch zu erwischen. Wir sind gerade auf dem Sprung ins Wochenende zu Mutti.«

»Viel Spaß auch.«

»Unbesorgt, bei Mutti ist es immer lustig. Diese Morde in Matchdown Park sind ja wirklich das Letzte, und alles direkt in Ihrer Nachbarschaft. Aber Sie haben bestimmt kühlen Kopf behalten. Das tun sie ja immer, nicht? Ich geh jetzt mal Julian holen.«

Er klang, als spräche er mit vollem Mund.

»Wie geht's, Julian?«

»Es geht mir gut.«

Susan fragte sich, ob ihr entnervtes Aufseufzen am anderen Ende der Leitung wohl zu verstehen gewesen war. »Julian, ich nehme an, du hast von dieser Sache hier bei uns gelesen. Was ich dich fragen wollte, hast du etwas dagegen, wenn wir das Haus verkaufen? Ich möchte so bald wie möglich von hier wegziehen. Ich weiß nicht mehr genau, wie das mit unserem gemeinsamen Besitz geregelt ist, aber es ist jedenfalls ziemlich kompliziert, und wir müssen beide damit einverstanden sein.«

»Das steht ganz in deinem Belieben, Liebes.« Hatte er die Mousse etwa mit ans Telefon genommen? Es hörte sich an, als würde er etwas essen. »Da hast du völlig freie Hand. Ich werde mich in keinster Weise einmischen. Auf gar keinen Fall solltest du aber Angebote unter zehntausend Pfund annehmen, und achte bei der Wahl deines neuen Zuhauses darauf, daß eine ordentliche Schule für meinen Sohn in der Nähe ist.« Er schluckte und fügte aufgeräumt hinzu: »Am besten suchst du dir einen Makler, der macht das dann für dich. Und sollte mir zufällig jemand über den Weg laufen, der erpicht darauf ist, den Rest seiner Tage im beschaulichen Matchdown Park zu verdämmern, schicke ich ihn postwendend zu dir. Sag mal, standen wir mit diesen Norths eigentlich auf dem Grüßfuß?«

»Den Tag, an dem du hier mal jemanden gegrüßt hast, konnte man sich rot im Kalender anstreichen, falls du das vergessen hast.«

Einen Augenblick dachte sie, er fühle sich beleidigt. Dann sagte er: »Weißt du, Susan, seit wir uns getrennt haben, hast du eine richtig spitze Zunge bekommen. Paßt gar nicht schlecht zu dir, könnte mich fast dazu bringen ... na, das sage ich jetzt lieber nicht. Dieser North sieht ziemlich gut aus, soweit ich mich erinnere, ist er nicht so eine Art besserer Bauarbeiter?«

»Er ist Kalkulator.«

»Was immer das sein mag. Die dauernden Besüchchen fallen dir wohl auf den Wecker. Kein Wunder, daß du umziehen willst.«

»Ich kann mir kaum vorstellen, daß ich noch jemals mit ihm sprechen werde«, sagte Susan. Julian murmelte, sie müßten noch zu Ende essen, packen und sich dann auf den Weg zu Lady Maskell machen. Sie verabschiedete sich rasch, weil sie merkte, daß sie weinen mußte. Die Tränen kullerten ihr über die Wangen, aber sie achtete nicht darauf und wischte sie nicht ab. Immer wenn sie mit Julian sprach, hoffte sie auf Freundlichkeit und Rücksicht und vergaß dabei, daß er zu allen Leuten stets giftig, geringschätzig und frivol gewesen war. Zu diesen anderen Leuten zählte jetzt auch sie, und seine Freundlichkeit war Elizabeth vorbehalten.

Aber sie liebte ihn nicht mehr. Was ihr fehlte, war das Verheiratetsein, im Lebensplan eines Mannes nicht mehr die erste Stelle einzunehmen. Wenn man verheiratet war, konnte man nie völlig allein sein. Auf sich gestellt vielleicht, aber das war etwas anderes. Wen sie jetzt auch zu sich einlud, jeder würde sie zwangsläufig als Plage empfinden, als Nervensäge, die ihn von dem Menschen trennte, mit dem er lieber zusammen wäre.

Trotz allem erwog sie, Doris oder vielleicht sogar Mrs. Dring anzurufen. Ihr Stolz hielt sie zurück, als sie gerade schon zum Hörer greifen wollte.

Paul war eingeschlafen. Sie deckte ihn zu, dann wusch

sie sich das Gesicht und brachte ihr Make-up in Ordnung. Es war ein überflüssiger Gedanke, doch sie spürte, wenn sie jetzt um halb acht ins Bett ging, könnte daraus vielleicht ein Präzedenzfall für später werden. Man ging früh zu Bett, weil es nichts gab, für das es aufzubleiben lohnte. Man blieb lange im Bett, weil Aufstehen sich dem Leben stellen bedeutete.

Sie würde wegziehen von hier. Daran halte dich fest, dachte sie, daran halte dich fest. Nie wieder die Kreppapierblüten der Kirschbäume sehen müssen, die schwankenden Ulmenkronen über dem Friedhof, die drei mattroten Laternen, die an der Straßenbaustelle brannten. Nie wieder ans Fenster laufen, weil ein Hund bellt, oder beobachten, wie die Lichtkegel der Scheinwerfer von Bob Norths Wagen über die Decke wandern und in einem Schattengeflacker an der Wand erlöschen.

Auch jetzt fielen die Lichtbalken ins Zimmer. Susan zog die Vorhänge vor. Sie öffnete eine neue Zigarettenschachtel, und diesmal reizte sie der Rauch nicht zum Husten, ihre Kehle war trocken und rauh. Das mußte an der starken Hitze liegen. Warum war ihr abwechselnd heiß und kalt? Sie ging hinaus, um nochmals die Heizung neu einzustellen, blieb dann aber wie angewurzelt stehen und fuhr lächerlicherweise vor Schreck zusammen, als es an der Haustür klingelte.

Wer kam sie zu dieser Stunde noch besuchen? Doch nicht etwa die ehemaligen Freunde aus ihrer Ehe, Dian, Greg oder Minta, deren Gewissen vielleicht die Abendzeitungen aufgerüttelt hatten? Der Hund hatte nicht gebellt. Es mußte Betty oder Doris sein.

Der Mann vor der Tür räusperte sich, als sie die Hand

auf die Klinke legte. Das Geräusch nervös, verhalten und schüchtern – verriet ihr, wer es war, noch ehe sie die Tür öffnete. Ein unangenehm prickelndes Gefühl der Beklommenheit überkam sie, das sich jedoch rasch in große Erleichterung verwandelte, daß überhaupt jemand sie besuchen kam. Mit einem nochmaligen Hüsteln, das nicht minder nervös wie bei ihm klang, ließ sie Bob North herein.

Er machte sofort klar, daß es sich nicht bloß um einen kurzen Höflichkeitsbesuch handelte, und Susan, die Julian erzählt hatte, daß sie zu ihrem Nachbarn höchstens ein sehr distanziertes Verhältnis unterhalten würde, war seltsamerweise froh, als er wie ein Freund und häufiger Besucher geradewegs ins Wohnzimmer ging. Doch dann tadelte sie sich und hielt sich vor Augen, daß Bob weit mehr Veranlassung hatte als sie, sich einsam und unglücklich zu fühlen.

Seiner Miene war jetzt keine Spur des Leids und der Verbitterung anzumerken, die er im Gerichtssaal zur Schau getragen hatte, und obwohl er sich bei Susan nochmals für ihre Verwicklung in die Sache entschuldigte, sagte er nichts über den Grund seines Besuchs. Ihrem Mitgefühl und Bedauern für ihn hatte Susan bereits mit unbeholfenen Worten Ausdruck verliehen, und jetzt wußte sie nicht, was sie sagen sollte. Daß er mit einer bestimmten Absicht gekommen war, verriet sein nervöses Verhalten und der kurze taxierende Blick, den er ihr zuwarf, als sie sich in dem warmen unordentlichen Zimmer gegenüberstanden.

»Sind Sie am Arbeiten? Störe ich?«

»Nein, keineswegs.« Der Verlust seiner Frau unterschied ihn von anderen Männern, ließ ihn zu einer Art Paria werden, den man mit Vorsicht behandeln mußte, ohne es ihn jedoch spüren zu lassen. Sie wollte sich so verhalten, als hätte die Tragödie nie stattgefunden, andererseits aber auch so, als verdiene er besondere Rücksicht und Schonung. Ihr kam der merkwürdige Gedanke, daß man mit jemandem, der so gut aussah wie Bob, einfach nicht viel Mitleid haben konnte. Seine Erscheinung rief bei Männern Neid und bei Frauen eine eigentümlich demütigende Art der Bewunderung hervor. Wenn nicht das Unglück geschehen und er einfach so bei ihr vorbeigekommen wäre, hätte sie sich in seiner Gegenwart befangen gefühlt.

»Möchten Sie nicht Platz nehmen?« fragte sie förmlich. »Darf ich Ihnen etwas zu trinken anbieten?«

»Ja, das wäre nett.« Er nahm ihr Gläser und Flasche aus der Hand. »Lassen Sie mich das machen.« Sie sah zu, wie er Gin in ein Glas goß und mit viel Bitter Lemon auffüllte. »Und was trinken Sie? Nein, nicht mit dem Kopfschütteln...« Er grinste ganz leicht und ein wenig schief, das erste Lächeln, das sie seit Louises Tod an ihm sah. »Das wird eine lange Sitzung, Susan, falls Sie so viel Zeit für mich übrig haben.«

»Selbstverständlich«, murmelte sie. Dies war also der Grund für seinen Besuch, mit jemandem zu sprechen, der ihm nah genug stand, um zuzuhören, gleichzeitig aber auch so fern, daß man ihn fallenlassen konnte, wenn man sich alles von der Seele geredet hatte. Louise hatte das gleiche vorgehabt, aber die war vorher gestorben. Bob hatte sie fest im Blick, seine dunklen blauen Augen wirkten gelassen und doch zweifelnd, als müsse er noch eine Entscheidung fällen und frage sich nun, ob er die richtige Wahl getroffen hatte.

Sie trat einen Schritt von ihm zurück, um sich zu setzen, und das Sofa kam ihr plötzlich besonders weich und nachgiebig vor. Vor einem Moment noch hatte sie sich über Bobs Kommen gefreut; jetzt fühlte sie sich nur noch hundemüde. Bob schritt in dem Zimmer auf und ab, machte auf dem Absatz kehrt, zog einige zusammengerollte Blätter aus der Tasche und ließ sie auf den zwischen ihnen stehenden Couchtisch fallen. Er hatte die Anmut eines Schauspielers, bewegte sich in der Art eines Schauspielers, weil er diese Bewegungen eingeübt und sich angeeignet hatte. Susan war davon ein wenig überrascht, aber dann überlegte sie sich, ob seine Gesten vielleicht deshalb einstudiert wirkten, weil er sie peinlich genau unter Kontrolle hielt.

Sie griff nach den Blättern und sah ihn fragend an. Er nickte ihr energisch zu. Hatten diese Papiere vielleicht etwas mit einer Rechtssache zu tun? Waren sie etwa Louises Testament?

Ohne große Neugier strich sie die erste Seite glatt. Mit einem Aufschrei ließ Susan sie fallen, als wäre ein glühendes Eisen oder etwas ekelerregend Schleimiges in ihr eingewickelt.

»Nein, kommt nicht in Frage! Ich kann diese Briefe nicht lesen!«

»Sie kennen sie also?«

»Sie wurden auszugsweise vor Gericht vorgelesen.« Susans Gesicht war flammend rot. »Warum...« Sie räusperte sich; ihr Hals war entzündet und geschwollen.

»Warum wollen Sie, daß ich die Briefe lese?« wollte sie wissen.

»Seien Sie mir nicht böse, Susan.« Er zog eine Grimasse wie ein kleiner Junge. Sie mußte plötzlich an Paul denken. »Die Polizei hat mir die Briefe ausgehändigt. Sie gehörten Louise, nicht, und ich... ich habe sie quasi geerbt. Heller hat sie ihr voriges Jahr geschrieben. *Voriges Jahr,* Susan. Seit ich sie gelesen habe, konnte ich an nichts anderes mehr denken. Sie lassen mir keine Ruhe.«

»Verbrennen Sie sie.«

»Ich kann nicht. Ich lese sie immer wieder. Jede schöne Erinnerung, die ich an Louise habe, wird mir durch sie vergällt.« Er nahm sein Gesicht in die Hände. »Sie wollte mich los sein. Ich war ihr bloß eine Last. Bin ich denn so widerlich?«

Sie vermied eine direkte Antwort, denn die Frage war absurd. Genausogut hätte sie ein Millionär fragen können, was sie zu seiner angespannten Vermögenslage meine. »Sie sind überreizt, Bob. Das ist nur natürlich. Wenn man verliebt ist, sagt man Dinge, die man nicht so meint, zumindest sind sie nicht wahr. Ich kann mir denken, daß Julians Frau eine Menge übertriebene, wenig schmeichelhafte Dinge über mich gesagt hat.« Darüber hatte sie noch nie nachgedacht. Es kostete sie Mühe, die richtigen Worte dafür zu finden.

Er nickte eifrig. »Deshalb bin ich zu Ihnen gekommen. Ich wußte, daß Sie mich verstehen würden.« Mit einem Satz war er auf den Beinen. Die Briefe waren auf Bögen im Quartformat geschrieben und hatten sich mittlerweile wieder zusammengerollt. Er strich sie mit der Handkante glatt und hielt sie Susan vor die Nase.

Sie hatte die Möglichkeit erwähnt, daß Elizabeth einige beleidigende Dinge über sie geschrieben haben könnte. Falls sie in den Besitz eines solchen Briefes gekommen wäre, hätte sie nichts auf der Welt dazu bewegen können, ihn einem Unbeteiligten zu zeigen. Doch die meisten Unbeteiligten hätten mit Begeisterung die Gelegenheit beim Schopf gepackt. Offenbar war sie außergewöhnlich zimperlich, vielleicht aber auch nur feige und steckte den Kopf in den Sand. Was hätte beispielsweise Doris nicht alles darum gegeben, jetzt an Hellers Lippen hängen zu können!

Susan nahm sich eine Zigarette. Ihr kam der Gedanke, daß sie noch nie einen Liebesbrief gelesen hatte. Vor ihrer Heirat war sie selten von Julian getrennt gewesen, und wenn doch, hatten sie telefoniert. Anderer Leute Liebesbriefe hatte sie natürlich auch nicht gelesen. Bob, der sie wegen ihrer Erfahrung schätzte, hätte ihre Unschuld in Erstaunen versetzt.

Vielleicht lag es an dieser Unschuld, daß sie immer noch zögerte. Louises Hausfrau-liebt-Vertreter-Verhältnis, eine von Heimlichtuerei bestimmte Affäre, erschien ihr einfach schmutzig, ungemildert durch echte Leidenschaft. Die Briefe waren vielleicht obszön. Sie blickte zu Bob auf und war sich mit einem Mal sicher, daß er ihr nichts Widerwärtiges zumuten würde. Leise seufzend richtete sie den Blick auf Hellers gewundene, schräg abfallende Handschrift, den Absender – Three, Hengist House, East Mulvihill, S. E. 29 –, das Datum – 6. November '67 –, und dann begann sie zu lesen.

*Mein Liebes,*
*Du bist Tag und Nacht in meinen Gedanken. Tatsächlich weiß ich kaum, wo das Träumen aufhört und das Wachsein anfängt, denn ich habe nur Dich im Sinn und schlafe mit offenen Augen. Ich bin meist nicht der Flinkste oder Gescheiteste – ich kann mir vorstellen, wie Du jetzt lachst und (hoffentlich!) kein Wort davon glaubst –, aber es stimmt, und jetzt bin ich auch noch halb blind und taub. Meine Liebe zu Dir hat mich blind gemacht, aber nicht so blind, daß ich nicht in die Zukunft vorausschauen könnte. Der Gedanke, daß es vielleicht noch jahrelang so weitergeht, daß wir uns nur hin und wieder und immer nur für wenige Stunden sehen können, macht mir angst.*

*Warum kannst Du Dich nicht entschließen, es ihm einfach zu sagen? Es hat doch keinen Sinn, sich immer damit zu trösten, daß vielleicht einmal ein Wunder geschieht und alles gut für uns wird. Was soll denn geschehen? Er ist kein alter Mann und kann noch viele Jahre vor sich haben. Du sagst, Du wünschst Dir nicht seinen Tod, aber das kann ich nicht glauben. Jedes Wort von Dir, ja sogar Dein Gesichtsausdruck sagt mir, daß er nur eine Last für Dich ist. Alles andere ist Aberglaube, und insgeheim weißt Du das auch. Er hat Dir keine Vorschriften zu machen und schon gar kein Recht auf Dich, das heutzutage noch irgend jemand anerkennen würde.*

*Was Du sagst, läuft im Grunde darauf hinaus, daß wir alles beim alten lassen und einfach abwarten müssen, bis er stirbt. Versteh mich bitte nicht falsch, ich will Dich nicht überreden, ihm etwas in den Tee zu tun. Ich erkläre Dir nur zum x-ten Mal, daß Du ein Recht auf*

*Dein eigenes Leben hast, das Du ihm aus den Händen nehmen und mir anvertrauen sollst, das sagt Dir Dein Dich liebender, aber sehr trauriger*

*Bernard*

Nein, widerwärtig war der Brief nicht – es sei denn, man kannte zufällig diesen Mann, den Heller als lästiges Hindernis beschrieb. Kannte man den Mann aber nicht, fand man den zweiten Brief vielleicht sogar sehr treffend. Natürlich nur, wenn man nicht in der Nachbarschaft der Frau gewohnt hatte, auf deren Ehebruch sich Hellers Anspielungen bezogen.

Der Absender war gleich, datiert war der Brief fast einen Monat später, 2. Dezember '67, las Susan, und dann:

*Liebster Schatz,*
*ich kann ohne Dich nicht weiterleben. Ich kann nicht mehr meilenweit von Dir entfernt existieren und arbeiten, ständig mit dem Gedanken, daß Du bei ihm bist und dein Leben als seine Sklavin vergeudest. Du mußt ihm von mir erzählen, mußt ihm sagen, daß Du jemanden kennengelernt hast, der Dich wirklich liebt und Dir endlich ein richtiges Zuhause bietet. Bei unserem Treffen letzte Woche hast Du es fast versprochen, aber ich weiß, wie schwach Du sein kannst, wenn er vor Dir steht.*

*Braucht er denn wirklich soviel Fürsorge und Aufmerksamkeit, und könnte eine Haushälterin nicht auch alles machen, was Du jetzt für ihn tust? Er hat sich weiß Gott immer grob und undankbar verhalten, und Du sagst, manchmal sei er sogar gewalttätig geworden. Sag es ihm noch heute abend, Liebes, solange Du bei ihm in Deinem Gefängnis bist, denn anders kann ich es nicht nennen.*

*Die Zeit verstreicht so schnell (mir scheint sie fast stillzustehen, doch ich weiß, in Wirklichkeit verfliegt sie), und was wird in ein paar Jahren aus Dir werden, wenn Du älter und immer noch an ihn gefesselt bist? So wie die Dinge liegen, wird er Dich nie schätzen- und liebenlernen. Er will doch nur ein Dienstmädchen. Du wirst versauern und verbittern, und glaubst Du denn wirklich, daß unsere Liebe unter diesen Umständen Bestand haben kann? Was mich betrifft, so denke ich manchmal, daß mir ohne Dich nichts anderes übrigbleibt, als Schluß zu machen. Die Aussicht, das alles geht ewig so weiter, ist mir unerträglich.*

*Schreib mir, oder besser noch, komm zu mir. Du hast mich noch nie glücklich gesehen, nicht so glücklich zumindest, wie ich sein werde, wenn ich weiß, daß Du ihn endlich verlassen hast.*

*Bernard*

Susan faltete die Briefe zusammen, und eine Weile starrten sie sich in tiefem und bedrücktem Schweigen an. Um es zu brechen, verdrängte sie den emotionalen Inhalt der Briefe und hielt sich an etwas Sachliches: »Sind das die einzigen? Hat er ihr nicht noch mehr geschrieben?«

»Genügen die nicht?«

»Das meinte ich nicht. Ich hätte nur mehr erwartet, eine ganze Reihe von Briefen.«

»Falls es mehr waren, hat Louise sie nicht aufbewahrt.«

»Vielleicht hat sie sich für sie geschämt«, sagte Susan bitter. »In unsterblicher Prosa sind sie nicht gerade verfaßt, es sind keine Perlen der Literatur.«

»Ist mir nicht aufgefallen. Ich kann solche Dinge schlecht beurteilen. Was er mit ihnen sagen wollte, kommt jedenfalls deutlich zum Ausdruck. Louise hat mich dermaßen gehaßt, daß sie gewillt war, alle möglichen Lügen über mich zu verbreiten.« Er nahm ihr die Briefe aus der Hand, ließ ihre Hand aber nicht los, sondern klammerte sich verzweifelt und ohne Hintergedanken an sie wie an eine Rettungsleine. »Susan«, setzte er an, »Sie glauben doch nicht, daß ich ein gewalttätiger, grober Sklaventreiber bin?«

»Natürlich nicht. Deshalb halte ich es auch für völlig sinnlos, die scheußlichen Dinger zu behalten. Sie werden sie bloß immer wieder lesen und sich damit quälen.«

Einen schrecklichen Augenblick lang dachte sie, er würde in Tränen ausbrechen. Sein Gesicht war entstellt und wirkte beinahe häßlich. »Ich bringe es nicht über mich, sie zu vernichten«, sagte er. »Susan, würden Sie es für mich tun, wenn – wenn ich sie bei Ihnen ließe?«

Bedächtig nahm sie die Briefe von seinem Schoß und rechnete damit, daß er wieder ihr Handgelenk packte. Sie kam sich dabei wie abends vor, wenn sie Paul klammheimlich die Uhr abstreifte, während er schlief. Dabei hielt sie ebenfalls den Atem an und fürchtete einen Protestschrei. Doch Paul liebte seine Uhr. Verband Bob eine Art Haßliebe mit diesen Briefen?

Susan nahm sie an sich. »Ich verspreche es, Bob«, sagte sie, wobei sie vor Erschöpfung zitterte. »Gleich wenn Sie weg sind, ich verspreche es.«

Sie dachte, er würde jetzt gehen. Es war noch früh am Abend, doch sie verschwendete keinen Gedanken mehr daran, keine Präzedenzfälle zu schaffen und sich gegen die Depression und Müdigkeit zur Wehr zu setzen. Nur noch schlafen wollte sie jetzt.

»Ich sollte Sie wirklich nicht mit diesem Zeugs langweilen«, sagte er in einem Tonfall, der genau dies verursachte. Offensichtlich war ihr die Müdigkeit nicht anzumerken. »Ich muß mich bei jemandem aussprechen. Ich halte es nicht aus, das alles in mich hineinzufressen.«

»Nur zu, Bob. Ich verstehe das.«

Und so hörte sie zu, während er von seiner Ehe erzählte, seiner einst so großen Liebe zu Louise und der Enttäuschung über ihre Kinderlosigkeit. Er stellte Vermutungen darüber an, wo Louise und Heller sich kennengelernt hatten, was sie miteinander verband und wie merkwürdig es sei, daß Louise in ihrem Glauben untreu geworden war. Aus seinen Worten klang Heftigkeit, Leidenschaft und Skepsis, und einmal sprang er auf und schritt im Zimmer auf und ab. Doch statt ihn so zu erschöpfen wie Susan, schienen ihn seine Gefühlsausbrüche noch zu beleben. Befreit und regeneriert redete er noch eine halbe Stunde weiter, während sich Susan zurücklehnte, von Zeit zu Zeit nickte und ihm ihr Mitgefühl versicherte. Die Kippen in dem Aschenbecher mehrten sich, bis er wie eine Abbildung auf den Postern in Arztpraxen aussah. Ihr Hals war rauh und kratzte wie Schmirgelpapier.

»Du meine Güte, entschuldigen Sie, Susan«, sagte er schließlich. »Ich habe Ihre Geduld wirklich über Gebühr strapaziert. Jetzt gehe ich aber.« Zu höflichem Widerspruch war sie nicht mehr fähig. Spontan ergriff er ihre Hand, und als er sich vorbeugte, verschwamm sein dunkles markantes Gesicht vor ihren Augen. »Versprechen Sie mir, daß mir diese widerlichen Briefe nie wieder unter die Augen kommen.« Sie nickte. »Bemühen Sie sich nicht, ich finde schon allein hinaus. Ich werde nie vergessen, was Sie für mich getan haben.«

Die Haustür fiel ins Schloß, und das Geräusch hallte in ihrem Kopf nach, bis es sich auf ein stetiges Pochen einpendelte. Lang anhaltende Schauder überliefen sie, und ihr schmerzte der Rücken. Als sie die Augen schloß, sah sie Bobs Gesicht vor sich. Hellers krakelige Handschrift tanzte, und das Pochen irgendwo in ihrem Kopf verwandelte sich in das laute Klappern von Louises Absätzen.

Als sie aufwachte, war es Mitternacht. Die Luft roch nach abgestandenem Zigarettenqualm. Die Heizung hatte sich abgeschaltet; die ihr in die Knochen eingedrungene Kälte mußte sie geweckt haben. Ehe sie eingeschlafen war, mußte sie irgendwann noch die Gläser in die Küche getragen und den überquellenden Aschenbecher geleert haben. Nichts mehr davon war ihr in Erinnerung, doch als sie sich schwankend aufrappelte, war sie sich durchaus darüber im klaren, daß ihre Trägheit und der stechende Schmerz in ihrem Hals wenig mit den emotionalen Belastungen des Tages zu tun hatten.

Solche Symptome hatten rein physische Ursachen. Sie hatte Grippe.

# 9

Seit Julians Weggang schlief Susan in einem der beiden Gästezimmer im hinteren Teil des Hauses. Das Zimmer war klein und hatte ein Nordfenster, jetzt war sie froh über diese Entscheidung. Krank in einem Schlafzimmer zu liegen, das dem Louises aufs Haar glich, sich in einem Bett zu wälzen, das genau an der gleichen Stelle stand wie das ihrer Nachbarin, wäre die schlechteste Medizin gewesen, die Susan sich vorstellen konnte.

Sie hatte eine schreckliche Nacht hinter sich, in der sie immer nur für kurze Augenblicke eingenickt war. Als der Morgen dämmerte, stapelten sich sämtliche im Haus vorhandenen Decken auf ihrem Bett, wenn sich Susan auch nur noch verschwommen daran erinnern konnte, sie geholt zu haben. Sie maß ihre Temperatur und stellte fest, daß sie 39,4° Fieber hatte.

»Geh zu Mrs. Winter rüber, Liebling«, sagte sie, als Paul um acht bei ihr hereinplatzte. »Bitte sie, dir ein Frühstück zu machen.«

»Was ist denn los mit dir?«

»Nur eine schwere Erkältung.«

»Die hast du dir sicher von Roger Gibbs auf meinem Fest geholt«, sagte Paul, und wie um die bemerkenswerte Selbstlosigkeit seines Freundes zu loben, fügte er hinzu: »Der steckt alle mit seiner Erkältung an.«

Der Arzt kam und traf gleichzeitig mit Doris ein, die sich am Bettende postierte.

»Ich möchte nicht, daß du dich auch noch ansteckst, Doris«, sagte Susan matt, als der Arzt gegangen war.

»Oh, keine Sorge. Ich hole mir nie etwas.«

Das stimmte. Ungeachtet ihrer Empfindlichkeit gegen Kältegrade und obwohl sie dauernd mit einer Strickjacke herumlief, war Doris nie erkältet. »Als Krankenschwester bin ich gegen so was immun geworden«, erklärte sie und drosch wie ein Boxer auf ein Kissen ein. »Hör dir nur mal meinen Hund an. Er ist ganz aus dem Häuschen, weil nebenan die Autos des Leichenzugs vorfahren.« Sie legte den Kopf schräg, horchte auf das leise Gebell und etwas, das sich wie die gedämpften Schritte eines Leichenbestatters anhörte. »Wenigstens habe ich eine Entschuldigung, nicht hinzugehen, und für dich wäre Aufstehen glatter Selbstmord.« Sie schlug sich die Hand vor den Mund. »Ach du liebes bißchen, das hätte ich jetzt wohl besser nicht sagen sollen. Wie ich hörte, lehnen es die Katholiken ab, daß Louise auf ihrem Friedhof beerdigt wird. Wirklich eine Schande, wo es doch Heller getan hat.« Der Hund bellte dumpf, eine Tür schlug zu. »Ich habe Bob getroffen, und er wünscht dir gute Besserung. Stell dir nur mal vor, trotz seiner vielen Sorgen hat er gefragt, ob er irgend etwas für dich tun kann. Ich habe zu John gesagt: ›Auf seine Art muß Bob North schrecklich viel Bewunderung für Susan empfinden‹, und John war ganz meiner Meinung. Ich habe die Heizung voll aufgedreht, Liebes. Hoffentlich stört es dich nicht, aber du weißt ja, was für ein verfrorenes Erdenkind ich bin. Ich frage mich, ob er wohl wieder heiraten wird.«

»Wer?«

»Na, Bob natürlich. Die Ehe wird einem schließlich auch zur Gewohnheit, und ich stelle es mir schon komisch vor, wenn man sich wieder darauf einstellen muß, allein zu leben. Du meine Güte, jetzt bin ich schon wieder ins Fettnäpfchen getreten! Doris errötete und schlang die Arme um ihre weite Strickjacke. »Hast du Appetit auf eine Scheibe Braten? Nein, besser nicht. Ich habe übrigens ein bißchen bei dir aufgeräumt und abgestaubt. Ist eigentlich gar nicht nötig gewesen, war alles blitzsauber.«

»Das ist schrecklich nett von dir.«

»I wo, ich mach mich nur gern wichtig.« Doris' unvermutete Selbsterkenntnis brachte ihr mehr von Susans Zuneigung ein als all die Ratschläge einer ehemaligen Krankenschwester. Sie wünschte, ihr schmerzender Hals und die gewaltige Müdigkeit hätten es zugelassen, ihrer Dankbarkeit Ausdruck zu verleihen. Krächzend fragte sie nach Paul, und Doris sagte: »Er ist mit Richard losgezogen. Du kannst ihn übers Wochenende bei uns lassen. Wie willst du dich beschäftigen? Vielleicht könnten wir den Fernseher zu dir heraufstellen.«

»Nicht nötig, Doris. Später lese ich vielleicht noch ein bißchen.«

»Falls dir langweilig wird, kannst du jederzeit den Arbeitern zusehen, wie sie sich zu Tode schuften.« Doris zupfte am Vorhang und lachte schallend. »Die sind so schlimm wie ich – ohne ihr Feuer und ihren Tee können die nicht sein.«

Unter spannender Unterhaltung stellte sich Susan, wenn sie gesund war, etwas anderes vor, als drei Arbeitern dabei zuzusehen, wie sie einen Graben auffüllen und zwei Meter weiter oben auf der Straße einen anderen ausheben. Wie die meisten Menschen hatte sie oft gedacht, daß, falls eine leichte Krankheit sie je ans Bett fesseln sollte, sie die Zeit dazu nutzen würde, einen jener Klassiker zu lesen, der anhaltende Aufmerksamkeit verlangt. Als ihre Nachbarin zur Mittagszeit zurückkehrte, bat sie Doris, ihr Prousts *Auf der Suche nach der Verlorenen Zeit* aus dem Regal zu holen, in dem die Bücher standen, die Julian nicht mitgenommen hatte.

Doch Proust ging über ihre Kräfte. Sie war zwar ungestört, doch ihre Konzentrationsfähigkeit war so geschwächt, daß ein wirres Durcheinander aus halbvergessenen Sorgen, zusammenhanglosen Ängsten und vagen Überlegungen zu ihrem Umzug aus Matchdown Park ihr Denken beherrschte. Nachdem sie zehn Minuten auf die vor ihren Augen tanzenden Buchstaben gestarrt hatte, legte sie das Buch beiseite und ertappte sich verärgert dabei, wie sie Doris' albernem Vorschlag folgte und den Blick zum Fenster richtete.

Der Himmel zeigte ein bewölktes Hellblau, vor das sich das schwarze Spitzenflechtwerk der Ulmenäste spannte. Sie konnte gerade noch die Sonne erkennen, ein gelber Fleck in den Wolken. Es sah schrecklich kalt aus, und das Verlangen der Arbeiter nach einem Feuer konnte sie gut verstehen. Zu dritt standen sie um den Blechkübel und rührten den Tee in ihren Bechern um, die schlicht waren und Sprünge hatten. Louise hatte ihnen Tassen und Untertassen aus Porzellan gegeben.

Sie schob sich die Kissen in den Rücken, damit sie besser sehen konnte. Seltsamerweise lag etwas eigentümlich Unterhaltsames darin, drei wildfremden Menschen zuzusehen, wie sie sich bewegten und miteinander sprachen. Daß sie nicht hören konnte, was gesagt wurde, machte es um so reizvoller. In dem Trupp war ein älterer Mann, ein jüngerer und ein Junge. Die beiden älteren schienen den Jungen zu hänseln, doch er ließ sich ihre Neckereien und Späße gutmütig gefallen. Ihm fiel die Aufgabe zu, die drei Becher einzusammeln und sie zurück in die Hütte zu bringen. Susan sah, wie er die Bodensätze auf den mit Erde bedeckten Bürgersteig goß und die Becher mit Zeitungspapier ausrieb.

Nach einer Weile kletterten sie wieder in ihren Graben, wo der alte Mann sich über den breiten Griff des Bohrers beugte. Der Junge hatte ein verdrecktes Kabelbündel zur Hand genommen und fuchtelte damit herum, worauf ihn sein Kollege in einen Scheinkampf verwikkelte. Über dem Grabenrand waren nur ihre Köpfe und die wild aufeinander eindreschenden Arme zu sehen, doch der Junge lachte so schrill, daß es Susan trotz der Entfernung über den Lärm des Bohrers hinweg hören konnte.

Dann tauchte ein Mädchen in einem kurzen roten Mantel an der Ecke von O'Donnells Zaun auf, und die beiden jüngeren Männer unterbrachen sofort ihren Sparringskampf und pfiffen ihr nach. Sie mußte an der Baustelle vorbei und ging hocherhobenen Hauptes an den Arbeitern vorüber. Der Junge glotzte und rief ihr etwas nach.

Susan ließ sich in die Kissen sinken. Louise und Bob, Pauls Ängste und Julians schnoddrige Gleichgültigkeit waren vergessen. Eine wesentlich ältere Frau überquerte die Straße, aber auch sie erntete ermutigende Pfiffe. Susan lächelte und schämte sich ein bißchen, daß ihr etwas dermaßen Kindisches Spaß machte. Wie alt mußte eine

Frau wohl sein, überlegte sie, um dieser Ehrenbezeigung zu entgehen – fünfunddreißig, vierzig, *fünfzig?* Jedenfalls zeugte diese unterschiedslose Behandlung von hochherziger Großzügigkeit. Vielleicht war man nie zu alt, möglicherweise sparte sich der Alte, der grimmig schwieg, während die beiden anderen die vorbeigehende holde Weiblichkeit grüßten, aber auch die eigenen Pfiffe für seine Altersgenossinnen auf.

Um drei holte der Junge einen schwarzen Kessel aus der Hütte und hängte ihn über das Feuer. Wußten sie, daß Louise tot war? Hatten sie es von irgendeinem Klatschmaul erfahren? Oder war einer von ihnen am Donnerstag arglos an die Hintertür gegangen, um dort auf Bobs bitter anklagenden Blick und eine rasche Abfuhr zu treffen?

Der Tee wurde aufgebrüht, die Becher von neuem gefüllt. Bei der gewaltigen Menge, die sie tranken, kochten sie sich den Tee aus naheliegenden Gründen lieber selber, statt ihn aus dem Café zweihundert Meter weiter zu holen. Zweifellos mußte es ein schwerer Schlag für sie gewesen sein, als ihr Bote am Mittwoch an Louises Tor geklopft und keine Antwort erhalten hatte. Sie hatten an diesem Tag nicht den Jungen geschickt, rief sich Susan in Erinnerung, sondern den Mann in den Zwanzigern, der an der Kohlenpfanne hockte und sich gerade einen blauen Pullover anzog.

Der Graben ging inzwischen bis zur Straßenmitte, und nachdem er die Tassen eingesammelt hatte, postierte sich der Junge mit einer Fahne in der Hand auf einem Erdhaufen, um den spärlichen Verkehr umzuleiten. Er warf sich in Pose und hielt sich wohl für einen Verkehrspolizisten auf einer Kreuzung, doch als nach einer Weile lediglich ganze zwei Autos vorbeigefahren waren, beorderte ihn der Mann im Pullover mit heftigen Gesten zurück in das Loch. Susan hatte den Eindruck, einem Stummfilm zuzusehen, der jeden Moment in reinen Klamauk umschlagen mußte, oder vielleicht einem dieser modernen symbolüberfrachteten Epen aus Italien oder Schweden, bei denen Haltung und Mimik tiefere Bedeutung zukommt und die menschliche Stimme daher nur störend wirkt.

Nachdenkend traf Doris sie an, als sie um sechs mit Paul ins Haus kam, um ihn zu Bett zu bringen. Die Arbeiter waren heimgegangen, und Susan hatte sich in die Kissen sinken lassen und blickte träumerisch auf die mattroten Lampen, mit denen sie die Baustelle abgesichert hatten. Lächerlicherweise enttäuschte es sie, daß morgen Samstag war, und sie ärgerte sich wie ein gespannter Fernsehzuschauer, der weiß, daß er noch zwei lange Tage bis zur nächsten Folge der Serie warten muß.

»Ich habe Besuch für dich mitgebracht«, verkündete Doris am Sonntag nachmittag. »Rat mal, wen.«

Julian konnte es nicht sein, denn er war auf dem Land bei Lady Maskell, zweifellos vereint in fröhlicher Runde mit Minta Philpot, Greg und Dian und weiß Gott, wem sonst noch. Außerdem machte Julian um Krankenzimmer einen großen Bogen.

»Kein anderer als Bob.« Doris warf einen nervösen Blick über die Schulter, als sie seine Schritte auf der Treppe hörte. »Er wollte unbedingt kommen. Ich habe ihm erklärt, daß er in seinem Zustand für jeden Bazillus ein gefundenes Fressen ist, aber er ließ sich nicht abhalten.«

In den Armen hielt er einen riesigen Strauß Osterglokken. Susan war sicher, daß sie aus *Braesides* Vorgarten stammten, und vor ihrem geistigen Auge sah sie das große quadratische Beet mit den Stoppeln abgepflückter Blumenstengel vor sich. Louise hatte ihre Narzissen geliebt, und daß Bob die Blumen gepflückt hatte, erinnerte sie an eine Geschichte, die sie gehört hatte, der zufolge die Gärtner im Schloß von Lady Jane Grey sämtlichen Eichen auf dem Anwesen die Kronen abgehackt hatten, als sie im Tower enthauptet wurde. Bob gegenüber erwähnte sie nichts davon. Zuerst machte sie sein Anblick verlegen, und sie fragte sich, ob er seine mangelnde Zurückhaltung vom Freitagabend schon bereute. Er gab jedoch keine Befangenheit zu erkennen, wenn auch sein Verhalten eine Spur zurückhaltend war, bis Doris sie allein ließ.

»Ich habe eigentlich erwartet, daß Sie wegfahren würden«, sagte Susan. »Nicht gerade in Urlaub, einfach der Abwechslung halber.«

»Ich habe keine Lust zum Wegfahren. Alles, was mich gereizt hat, habe ich mit ihr zusammen gesehen.« Er holte eine Vase und stellte die Osterglocken hinein, wobei er sich für einen so feinsinnigen Mann sehr ungeschickt anstellte; die Stengel preßte er dicht zusammen und riß die zu langen brutal ab. »Hier bin ich besser aufgehoben«, sagte er, und als Doris breit grinsend den Kopf zur Tür hereinsteckte, fügte er hinzu: »Ich muß mich noch um vieles kümmern.«

»Sie haben wirklich Pech mit den Ferien«, sagte Doris. »Ich weiß noch, daß Louise letztes Jahr krank wurde und Sie bei diesem Schiffsunglück dabei waren.« Bob sagte kein Wort, sein Gesicht verdüsterte sich jedoch bedenklich. »Die arme Louise hatte genau das gleiche wie du jetzt, Susan, und Bob mußte sich so gut es ging allein amüsieren. Die arme Louise hat gesagt, sie für ihren Teil habe den Urlaub praktisch abschreiben können. Du liebe Zeit, Bob, wäre es Ihnen lieber, wenn nicht von ihr gesprochen wird?«

»Ja«, antwortete Bob angespannt. Er setzte sich auf Susans Bett und gab sich kaum Mühe, seine Ungeduld zu verbergen, während Doris unbeirrt weiterplapperte, daß Paul sich einfach nicht die Zähne putzen wolle und darauf bestehe, seine neue Uhr unters Kopfkissen zu legen. »Gott sei Dank ist sie weg«, sagte er, als endlich die Tür zuging. »Fällt Ihnen die nicht auf den Wecker?«

»Sie ist eine gute Freundin, Bob. Ungeheuer hilfsbereit.«

»Ihr entgeht nichts, was sich hier in der Straße abspielt. Ihr Köter hat mich fast in den Wahnsinn getrieben, als die Autos des Leichenzugs vorfuhren.« Er seufzte unglücklich, und mit einemmal empfand Susan für ihn das, was er die ganze Zeit von ihr gewollt zu haben schien – Bedauern. Mitleid stieg in ihr auf, so daß sie, wäre sie gesund gewesen, den Wunsch verspürt hätte, ihn in die Arme zu nehmen und an sich zu drücken, so wie sie Paul immer in die Arme nahm. Der Gedanke bestürzte sie. War er zu ihr gekommen, weil sie so jung und so bedauernswert verletzlich wirkte? Er war älter als sie, vier oder fünf Jahre älter. Einen Augenblick lang war sie verlegen, fast entsetzt.

Er ging zur Tür und öffnete sie einen Spalt weit, dann schloß er sie wieder leise. Er bewegt sich wie eine Katze, ging ihr durch den Kopf. Nein, nicht wie ein Haustier.

Eher wie ein Panther. »Die Briefe haben Sie vernichtet, ja?« Sein Ton verriet die gekünstelt unbeschwerte Beiläufigkeit eines Mannes, der eine für ihn ungeheuer wichtige Frage so stellen möchte, daß es sein Gegenüber nicht merkt. »Die Briefe von Heller, diesem Schwein. Sie sagten, sie wollten sie verbrennen.«

»Selbstverständlich habe ich sie verbrannt«, erklärte Susan. Aber die Frage ließ sie zusammenfahren und rief ein Summen in ihrem Kopf hervor, als ob ihr Fieber plötzlich stark angestiegen wäre. Bis zu diesem Moment hatte sie die Briefe völlig vergessen. Sie waren ihr so zuwider gewesen, und vielleicht hatten sie in ihrem Kopf das ausgelöst, was Julian eine geistige Sperre nannte. Ungeachtet dessen, was sie gerade Bob versichert hatte, konnte sie sich beim besten Willen einfach nicht mehr daran erinnern, ob sie die Briefe verbrannt hatte oder nicht. Hatte sie vor, nach oder vielleicht sogar während jenes traumreichen Zweistundenschlafs, der schon fast ein Koma gewesen war, die Briefe in den nicht mehr benutzten Kamin geworfen und mit dem Feuerzeug angezündet? Oder war es möglich, daß sie noch auf dem Tisch lagen, wo sie Doris oder Mrs. Dring hätten lesen können?

»Ich wußte, daß ich mich auf Sie verlassen kann, Susan«, sagte Bob. »Entschuldigen Sie, wenn ich Ihnen gestern abend auf die Nerven ging.« Er nahm das Buch zur Hand, das sie mit dem Rücken nach oben beiseite gelegt hatte. »Kniffliges Zeug, was Sie da lesen! Wenn ich krank bin, will ich nur ganz ruhig im Bett liegen und aus dem Fenster sehen.«

»Genau das habe ich gestern gemacht. Die meiste Zeit über habe ich einfach den Arbeitern zugeschaut.«

»Faszinierender Zeitvertreib«, meinte er ziemlich trocken. »Was für ein miserables einsames Leben Sie führen, Susan. Die ganzen Monate müssen Sie einsam gewesen sein, und ich habe mir nie Gedanken darüber gemacht.«

»Warum sollten Sie?«

»Ich wohne direkt nebenan. Ich hätte es merken müssen. Vielleicht hätte es Louise gemerkt...« Er hielt inne und fuhr mit zornerstickter Stimme fort: »Aber sie interessierte sich nicht sehr für die Verhältnisse hier. Oder sollte ich sagen, nur für ihr persönliches Verhältnis? Wie alt sind Sie, Susan?«

»Sechsundzwanzig.«

»Sechsundzwanzig! Und wenn Sie mal nicht in Ordnung sind, dann sitzen Sie in einem Vorstadtzimmerchen fest, wo sich niemand um Sie kümmert, und können nichts Besseres mit sich anfangen, als vier oder fünf Arbeitern beim Aufreißen der Straße zuzusehen.«

Es wäre sinnlos gewesen, ihm zu erklären, daß sich dieses ›Vorstadtzimmerchen‹ für einige Stunden in eine Theaterloge und die Arbeiter in Schauspieler einer fernen Lustspielbühne verwandelt hatten. Bob war so materiell und realistisch eingestellt, zwar anfällig für heftige Gefühlsaufwallungen, aber kaum der Mann, dem die stille Beobachtung menschlichen Verhaltens Vergnügen bereitet. Bei seinem Aussehen und seiner extrovertierten Lebenseinstellung war er nicht der Typ, der sich mit einem Platz im Hintergrund zufriedengibt. Jetzt sah er sie so teilnahmsvoll an, daß sie nicht verstehen konnte, wie sie je auf die Idee gekommen war, ihn für egoistisch zu halten. Sie wollte lachen, doch ihr Hals tat zu weh.

»Ich bin doch nicht die ganze Zeit allein«, sagte sie, wobei ihre Stimme immer mehr zu einem Krächzen wurde. »Außerdem kümmert sich Doris vorbildlich um mich.«

»Ja, Sie haben schon gesagt, daß sie ein echter Freund in der Not ist. Ich wünschte, Sie hätten dasselbe von mir behauptet. Ich wünschte, die Dinge hätten anders gelegen, damit Sie *Grund* dazu gehabt hätten.«

Darauf gab es keine Antwort. Er stand unvermittelt auf, und als er zurückkehrte, war Paul in seiner Begleitung, an dessen Handgelenk unter dem Schlafanzugärmel immer noch die Uhr hervorschaute.

»Heute kann ich dir keinen Kuß geben, Liebling. Ich bin die reinste Bazillenschleuder.«

»Du hast keine Uhr hier«, sagte Paul. »Möchtest du meine haben, bloß für heute nacht?«

»Das ist sehr lieb von dir, aber es würde mir nicht im Traum einfallen, dich zu berauben.«

Die Erleichterung auf seiner Miene war unübersehbar. »Na, dann gute Nacht.«

»Warte, mal sehen, ob ich dich hochheben kann.« Bob legte dem Jungen die Hände um die Hüften. »Mann, bist du groß geworden. Ich wette, du wiegst mehr als eine Tonne.« Susan sah mit gewisser Wehmut, wie das strenge bittere Gesicht mit einem Mal ganz sanft wurde. Er hatte keine Kinder, doch jetzt... Selbstverständlich würde er wieder heiraten. Vielleicht empfand sie den Gedanken deshalb als irgendwie unangenehm, weil es noch zu früh war, derlei Hoffnungen für ihn zu hegen.

Paul ließ sich von ihm hochheben, doch als Bob ihn wie ein kleines Kind auf den Armen schaukeln wollte, sträubte er sich und rief kindisch: »Laß mich runter! Laß mich runter!«

»Sei doch kein Dummkopf.« Susan fühlte sich müde. Am liebsten wäre ihr gewesen, wenn beide jetzt gegangen wären und sie allein gelassen hätten. Es würde sehr lange dauern, bis Paul heute endlich einschlief. Sollte Bob nur denken, daß ihr Sohn gequengelt hatte, weil er sich nicht gern wie ein Baby behandeln ließ; sie wußte, daß ein anderer, verborgenerer Grund dahintersteckte.

»Gute Nacht, Susan.« Die Zurückweisung hatte ihn nicht aus dem Konzept gebracht, und jetzt schenkte er ihr ein bezauberndes Jungenlächeln, das sie vergessen ließ, wie mürrisch dieses düstere Gesicht aussehen konnte. Sein Lächeln war so aufrichtig und unbeschwert, fast wirkte es einschmeichlerisch. Sie hatte das merkwürdige Gefühl, daß er diesen Annäherungsversuch bei ihrem Sohn nicht aus Kinderliebe unternommen hatte, sondern nur, um ihr zu gefallen.

»Gute Nacht, Bob. Vielen Dank für die Blumen.«

»Ich schaue bald wieder vorbei«, sagte er. »Glauben Sie ja nicht, Sie wären mich schon los.« Sie waren jetzt allein. Er ging zur Tür und zögerte. »Sie waren meine Rettung, Susan. Ein Licht in der Finsternis.«

Vor nicht einmal einer Woche hätte sie keine Mühe gescheut, ihm aus dem Weg zu gehen. Im nachhinein erschien ihr dies als feiges, übertrieben unnahbares Verhalten. Er war ganz und gar nicht egoistisch, sondern freundlich, rücksichtsvoll und spontan, alles Eigenschaften, die Julian nie besessen hatte. Doch sie konnte nicht sagen, weshalb sie überhaupt auf den Vergleich mit Julian kam – in Aussehen, Temperament und Verhalten Susan gegenüber waren sie völlig verschieden –, auch wenn es nicht daran lag, daß ihr früherer Gatte der einzige Mann war, den sie richtig zu kennen glaubte.

Als der monotone Singsang, das leise skandierte »Ticktack, ticktack«, aus Pauls Zimmer verstummte, schlüpfte Susan in ihren Morgenmantel, vergewisserte sich, daß ihr Sohn eingeschlafen war, und ging nach unten. Ihre Beine waren wacklig, und jeder Schritt löste eine Schmerzwelle aus, die sich in ihrem Körper bis zum Kopf fortpflanzte.

Das Wohnzimmer war so blitzsauber, wie es Mrs. Dring nie hinterließ. Susans Blick fiel sofort auf den Couchtisch, wo sie ihrer Erinnerung nach Hellers Briefe zuletzt gesehen hatte, doch auf der polierten kreisrunden Tischfläche stand nur ein unbenutzter Aschenbecher. Bedächtig ging sie das ganze Zimmer durch, blätterte unsinnigerweise sogar in einem Zeitschriftenstapel und zog alle Schubladen auf. Sie legte sich die Hand auf die Stirn und dachte: So muß sich ein Tiefseetaucher fühlen, der sich mühsam und schwerfällig einen Weg durch ein ungewohntes Element bahnt. Die Luft in diesem Zimmer schien ins Stocken zu geraten und lastete auf ihren Armen und Beinen.

Doris hätte diese Briefe liebend gern gelesen.

Dies von einer so hilfsbereiten Freundin zu denken war unverzeihlich. Außerdem hätte sie Doris nie mit aus dem Haus genommen. Susan schob den Kaminschirm beiseite und begutachtete den Rost. Auf den sauberen Stäben lag keine Papierasche.

Trotzdem mußte sie die Briefe eigenhändig verbrannt haben. Als sie sich nun in Gedanken noch einmal in jene benommenen Fieberstunden zurückversetzte, gelang es ihr fast, sich vorzustellen, daß sie sich daran erinnern konnte, die Briefe in den Kamin gesteckt und beobachtet zu haben, wie sich die Feuerzeugflamme über die Seiten fraß und Hellers Worte verschlang. Sie sah es deutlich vor sich, und nicht minder lebendig konnte sie sich ausmalen, wie Doris mit Kehrschaufel und Besen in der Hand den Rost auskehrte.

Ihre Erleichterung kam fast echtem Seelenfrieden gleich, und wenn sie dennoch am ganzen Körper zitterte, lag das nur daran, daß sie krank war und sich der Anweisung des Arztes widersetzt hatte, das Bett zu hüten.

## 10

Die leise, schmeichlerische Stimme am anderen Ende der Leitung ließ nicht so leicht locker. »Bernard hat große Stücke auf Sie gehalten, David. Er hat häufig von Ihnen gesprochen. Es wäre doch schade, die Verbindung einfach abreißen zu lassen, und von Carl weiß ich, daß er Sie gern wiedersehen würde. Wir waren beide enttäuscht, daß Sie am Freitag nicht zum Essen bleiben konnten, deshalb wollte ich fragen, ob es Ihnen ein andermal paßt. Sagen wir morgen?«

»Morgen paßt mir leider gar nicht.«

»Dann also am Dienstag?«

»Diese Woche geht es bei mir überhaupt nicht. Ich melde mich dann bei Ihnen.« David verabschiedete sich kurz angebunden und legte auf. Dann ging er wieder in das unordentliche, vollgestopfte, aber interessante Zimmer, das er als Studio bezeichnete, und ließ sich die Sache durch den Kopf gehen.

Ihr Gesicht war wie das von Goyas *Nackter Maja*, volllippig und sinnlich. Es wirkte nicht anziehend auf ihn. Er bemerkte oft Ähnlichkeiten zwischen lebenden Personen und vor langer Zeit porträtierten. An sämtlichen Wänden hingen Bilder, teure Reproduktionen, aber auch Postkarten aus Gemäldegalerien und ausgeschnittene Seiten aus den Farbbeilagen der Sonntagszeitungen. Vigée-Lebruns *Marie Antoinette* hing, mit Tesafilm befestigt, neben einem *Papst* von El Greco; Tizians *L'homme aux Gants* besaß einen Rahmen, den er van Goghs Bauern oder der *Nackten Maja* nicht zugestanden hatte.

Eine widersprüchliche Frau, dachte er, und er hatte dabei nicht den Goya im Sinn. Am Vorabend des Todes ihres Mannes hatte sie sich ihm gegenüber mürrisch verhalten, und als sie ihm im *Mann mit der eisernen Maske* begegnete, war sie geradezu entsetzt gewesen. Aber dann, nach fünf Minuten gespreizten Artigkeiten seinerseits und zerstreuten Erwiderungen ihrerseits, hatte sie ihr ganzes Auftreten mit einem Schlag verändert und hatte sich nett, verführerisch und überschwenglich gezeigt. Warum?

Man sagt, kein Mann könne einer hübschen Frau widerstehen, die sich ihm an den Hals wirft. Es liegt in seiner Natur, daß er sein Glück kaum fassen kann und der Versuchung erliegt. Gerade wenn er selbst nicht den leisesten Annäherungsversuch unternommen hat, gratuliert er sich zu seiner unwiderstehlichen Anziehungskraft, während er die Frau verachtet. Aber in Wirklichkeit spielt sich das meist nie so ab, dachte David. Ihm jedenfalls war so etwas noch nie passiert. Das Problem, sich gegen eine aufdringliche Frau zu wehren, hatte sich ihm nie gestellt. Von Anfang an war er verwirrt gewesen.

Dennoch hätte er sich normalerweise nicht den Kopf darüber zerbrochen. So wie verschiedene andere anscheinend unlösbare Rätsel des Lebens hätte er den Vorfall aus seinen Gedanken verbannt. Alle Menschen waren anders, die menschliche Natur ein ewiges Geheimnis. Damit hatte man sich abzufinden.

Doch sie hatte ihn angerufen und sich mit ihm wie eine alte Freundin unterhalten, die allen Grund zu der Hoffnung hat, einmal viel mehr als nur eine Freundin zu werden. Von dem anfänglich vagen Unbehagen nahm seine Verwirrung immer mehr zu, bis sie schließlich alles andere aus seinen Gedanken verdrängte. Ganz gleich, wie gründlich er darüber nachdachte und wie oft er sich die Ereignisse von Freitag abend Revue passieren ließ, er fand für Magdalene Hellers Verhalten keine andere Erklärung als die, daß sie nicht ganz zurechnungsfähig war. Doch er war sich darüber im klaren, daß dieser Schluß stets die faule und feige Zuflucht der Phantasielosen ist. Vielleicht war sie wahnsinnig, in jedem Fall mußte in ihrem Wahnsinn aber Methode stecken. Junge Witwen gehen am Tag der gerichtlichen Untersuchung nicht in West End Pubs; sie ziehen keine enganliegende Hose und Pullover an; vor allem aber werden sie nicht grundlos und unerklärlich flüchtigen Bekannten gegenüber zudringlich.

Sie hatte erklärt, sie sei hier mit jemand verabredet gewesen, und er hatte keinen Augenblick geglaubt, daß dieser Jemand eine Frau war. Dann fiel ihm der Mann ein, der eingetreten war, sie angestarrt und kurz gezögert hatte, ehe er sich hastig wieder zurückgezogen hatte. Genau von diesem Moment an hatte sich ihr Verhalten gegenüber David verändert.

Plötzlich war David ziemlich sicher, daß sie mit diesem Mann verabredet gewesen war. Sie hatte sich in dem Pub mit einem Mann treffen wollen, diese Begegnung sollte jedoch in aller Heimlichkeit stattfinden. Weshalb sonst hatte sie ihm den Mann nicht vorgestellt und geleugnet, sein Gesicht schon einmal gesehen zu haben, auf dem, wie David nun wieder einfiel, in diesen ersten Sekundenbruchteilen ein Ausdruck tiefer Befriedigung und erwartungsfroher Vorfreude gelegen hatte? Sie kannte ihn. Weil sie ahnte, daß David neugierig geworden war, hatte sie die Szene im Auto inszeniert, um ihn zu täuschen, zu verführen und letzten Endes vergessen zu lassen, was er gesehen hatte.

Es mußte sich um etwas schrecklich Wichtiges für sie handeln, überlegte er und rief sich ihr nervöses Geschnatter und das drängende Streicheln ihrer Hände in Erinnerung. Nachdem der Mann verschwunden war, hatte sie ihn noch eine Weile in dem Pub zurückgehalten. Schon im Lokal hatte er sich gewundert, wer der Mann wohl sein mochte; hätte er ihn womöglich zweifelsfrei erkennen können, wenn er ihn auf der Straße genauer betrachtet und sein Gesicht bei Tageslicht gesehen hätte?

Doch er und die Hellers hatten, soweit er wußte, keine gemeinsamen Bekannten. Wie hätte er einen von Magdalenes Freunden erkennen können? Und selbst wenn, weshalb war ihr das überhaupt so wichtig?

Plötzlich war es zu warm für ein Feuer geworden, auch draußen. Die Straßenarbeiter hatten einen Spirituskocher mitgebracht, auf dem der Junge in der Hütte das Wasser kochte. Als hätte ihn das schöne Wetter nach draußen gelockt, arbeitete der Mann im blauen Pullover zum ersten Mal nicht im Graben, und so konnte Susan ihn ebenfalls zum ersten Mal in voller Größe sehen.

Erstaunt stellte sie fest, daß er ziemlich klein war, vielmehr ziemlich kurze Beine hatte. Sie hatte sich wohl von der Länge seines Oberkörpers täuschen lassen. Dennoch hatte sie das Gefühl, diesen Mann mit einer beachtlichen Körpergröße in Verbindung bringen zu müssen, aber sie wußte nicht weshalb.

Dann fiel ihr wieder ein, daß sie ihn zuvor schon einmal außerhalb des Grabens gesehen hatte. Sie hatte ihn am Tag von Louises Tod im Garten der Norths gesehen, und nun, während sie darüber nachdachte, verstärkte sich ihr Eindruck noch, daß es damals ein wesentlich größerer Mann gewesen war. Sie sah es jetzt ganz deutlich vor sich: Dieser Mann war mindestens ein Meter achtzig groß gewesen, außerdem war er schmächtiger als der Pulloverträger, der gerade eine Spitzhacke schwang und dabei einen stattlichen Bauchansatz und dicke Muskelpakete auf dem Rücken sehen ließ.

Des Rätsels Lösung mußte sein, daß damals mehr als drei Leute auf der Baustelle gearbeitet hatten. Als Bob mit den Osterglocken gekommen war, hatte er von vier oder fünf Arbeitern gesprochen, und er wußte darüber bestimmt besser Bescheid als sie, die für den Bautrupp kaum einen Blick übrig hatte, bis er durch die Krankheit in den Mittelpunkt ihrer Aufmerksamkeit gerückt war.

Diese Krankheit war nun im Abklingen, und Mitte der Woche hatte Susan das Interesse an den Arbeitern verloren. Entweder hatte ihr Treiben seinen Reiz eingebüßt, oder Susans durch das Fieber abgeschwächte Anforderungen an Unterhaltung waren wieder gestiegen. Sie las ihren Proust und ließ sich dabei auch von dem gelegentlichen Kreischen der Bohrer nicht stören.

»Mr. North kam auf einen Sprung vorbei und hat was zu Lesen dagelassen.« Mrs. Dring stapelte einige neue Zeitschriften auf dem Bett auf. »Ich schätze, für ihn ist es ein Glücksfall, daß Sie krank geworden sind. Was Besseres hätte ihm gar nicht passieren können. Das lenkt ihn ab und reißt ihn aus seinen trüben Gedanken. Er kommt Sie doch heute abend wieder besuchen, nicht? Da müssen Sie aufpassen, daß man in der Nachbarschaft nicht zu reden anfängt. Diese Mrs. Gibbs hat eine spitze Zunge.«

»Ach Quatsch«, erwiderte Susan ärgerlich. »Sie haben doch selbst gesagt, daß er mich nur besucht, um auf andere Gedanken zu kommen.«

»Schon, aber er zählt zu der Sorte, die bloß Frauen im Kopf haben, wenn sie auf andere Gedanken kommen. Da brauchen Sie gar nicht so zu gucken. Das ist schließlich nicht weiter schlimm. Männer sind eben so. Mein Gatte ist da eine Ausnahme, aber so einen gibt es auch nur einmal unter einer Million, wie ich immer sage. Und wo wir gerade von Männern reden, wenn Sie sich jetzt im Bett aufsetzen, müssen Sie achtgeben, daß diese Kerle auf der Straße Sie nicht halbnackt vor Augen kriegen.«

Mrs. Drings Verhalten entsprach eher einem Kindermädchen als einer Putzfrau. Susan ließ sie die Vorhänge halb vorziehen und streifte mit einem schicksalsergebenen Achselzucken die Bettjacke über, die sie ihr aufs Kissen geworfen hatte.

»Wie viele Leute arbeiten eigentlich an der Straße, Mrs. Dring?«

»Bloß die drei.«

»Ich dachte, letzte Woche seien sie zu viert oder fünft gewesen.«

»Es waren nie mehr als drei«, sagte Mrs. Dring. »Vor Fieber müssen Sie doppelt gesehen haben. Sie waren immer nur zu dritt.«

Magdalene Heller rief David am Mittwoch abend wieder an. Sie fühle sich sehr einsam, sagte sie, und außer Carl kenne sie praktisch keine Menschenseele.

»Und der Freund, mit dem Sie im Pub verabredet waren?«

»Sonderlich gut kenne ich den nicht.«

»Aber doch bestimmt besser als mich?« War ihr klar, was sie gesagt hatte? Er murmelte rasch etwas zum Abschied. Nach diesem entscheidendem Satz hatte ihre Stimme ganz unsicher geklungen. Es war nicht die Angst, bei einem heimlichen Abenteuer ertappt zu werden, nicht die Angst vor einem Skandal. David spürte: eine Todesangst. Er hatte richtig geraten und den Grund für ihre Angst, den plötzlichen Stimmungswandel und die Avancen ihm gegenüber gefunden, die ihn eine kurze Zeit lang in Hochstimmung versetzt hatten. Sie würde ihn zukünftig in Ruhe lassen.

Vor Gericht hatte sie sich natürlich als Unschuldslamm hingestellt, als Musterbeispiel aller betrogenen Frauen. Da würde es schon komisch aussehen, wenn sich herausstellte, daß sie selbst auch ein Verhältnis hatte, und er erinnerte sich wieder, daß er den Eindruck gehabt hatte, sie sei mit einem Mann verabredet, als er sie ins Kino gehen gesehen hatte. Vielleicht war es gar keine schlechte Idee, noch einmal diesen Bericht über die Untersuchung zu lesen und nachzusehen, was genau sie eigentlich gesagt hatte.

Kurze Zeit später hatte er die alte Zeitung gefunden – er bewahrte Zeitungen immer wochenlang auf, bis er sie schließlich doch zu einem Bündel zusammenschnürte und der Müllabfuhr mitgab –, aber der Artikel war kurz und enthielt nur wenige Zitate von dem, was Magdalene ausgesagt hatte. Mit einem Achselzucken faltete er die Zeitung wieder zusammen, doch dann fiel sein Blick auf ein Foto auf der ersten Seite der *Evening News* vom letzten Mittwoch. Die Bildunterschrift lautete: »Mr. Robert North und seine Frau Louise, die heute mit Bernard Heller, einem 33jährigen Handelsvertreter, erschossen aufgefunden wurde. Diese Aufnahme entstand während eines Urlaubs der Norths voriges Jahr in Devon. Bericht Seite 5.«

Davids Augen verengten sich, während er prüfend das Gesicht auf dem Foto musterte. Dann blätterte er rasch auf Seite fünf. »Ich hatte nie auch nur Hellers Namen gehört«, hatte North dem Untersuchungsrichter erklärt, »bis mich jemand aus der Straße, in der ich wohne, darauf aufmerksam machte, daß der *Equatair*-Vertreter mehrmals in meinem Haus gewesen sei. Ich habe ihn vor seinem Tod nie gesehen, und daß er ein verheirateter Mann war, wußte ich natürlich auch nicht.«

Aber sechs Stunden später hatte er einen Pub in Soho

betreten, in dem er mit der Witwe dieses verheirateten Mannes verabredet war.

Eine feste Kolumne von *Certainty* war eine Art Tagebuch, das ausschließlich von Julian Townsend geschrieben wurde und ›Von Woche zu Woche‹ hieß. Da Julian von Woche zu Woche aber recht wenig Mitteilenswertes erlebte und zudem ein eingefleischter Faulpelz war, enthielt das Tagebuch weniger Berichte über von ihm besuchte Ereignisse, als vielmehr ein Mischmasch seiner persönlichen Meinungen. Meistens fand irgendwo ein kleiner Krieg statt, den Julian verdammen und zu dessen Schlichtung auf dem Verhandlungsweg er aufrufen konnte, ansonsten behandelte das Parlament vielleicht gerade einen Gesetzentwurf, der ihn in Harnisch brachte, oder es bot sich ein Politiker, über dessen Lebenswandel er sich ärgerte und den er als Buhmann aufbauen konnte. Herrschte dann doch einmal Sauregurkenzeit, was gelegentlich vorkam, verspritzte er sein Gift gegen alte Bräuche und Institutionen und geißelte das Königshaus, die anglikanische Kirche oder Pferderennen.

Auch in der neuesten Ausgabe war ›Von Woche zu Woche‹ mit Julians Namenszug aufgemacht, unter dem eine einspaltige Porträtaufnahme des Verfassers den Leser finster anblickte. Die hohe zerfurchte Stirn, glänzend vom Schweiß geistiger Schwerstarbeit, das runde Brillengestell aus Metall und der hochmütige Mund waren David als Stammleser von *Certainty* wohlbekannt und fielen ihm inzwischen fast nicht mehr auf. Eine Freundin von ihm, eine Fernsehschauspielerin namens Pamela Pearce, behauptete, den Chefredakteur von *Certainty* persönlich zu kennen, und drohte von Zeit zu Zeit, ihm David vorzustellen. Doch bisher war er dieser Begegnung ausgewichen, da er sich seine Illusionen nicht zerstören lassen wollte. So aufgeblasen, eingebildet und pedantisch wie seine Artikel konnte Townsend gar nicht sein. David glaubte, er könnte den Spaß an ›Von Woche zu Woche‹ verlieren, falls sich der Autor als Mensch wie du und ich entpuppte.

Julian versäumte es nie, aufs Essen einzugehen, und heute legte er sich besonders ins Zeug, widmete die ganze erste Spalte Rezepten für aphrodisische Fleischgerichte und Süßspeisen mit gelehrten Verweisen auf Norman Douglas und die Hälfte der zweiten auf einen heftigen Verriß des Mittagessens, das er während eines Wochenendes bei seinen adligen Schwiegereltern in einem ländlichen Hotel verzehrt hatte.

Lächelnd las David weiter. Anscheinend wollte der Kerl seine restlichen Zeilen mit einem Angriff auf die Londoner Randbezirke füllen. ›Von Woche zu Woche‹ war der falsche Titel für diese Gift-und-Galle-Ergüsse. »Das ländliche England, kastriert durch Spaten und Preßluftbohrer«, las David belustigt. Von der verwüsteten Landschaft kam Julian rasch wieder auf die Metropole. »Matchdown Park, wo kaum ein Monat ohne den Abriß eines weiteren georgianischen Juwels vergeht...«

Eigenartig. Jahre vergingen, ohne daß Matchdown Park einmal erwähnt wurde, und jetzt machte es laufend von sich reden. David las mit Erstaunen, daß Townsend sogar dort wohnte. Offensichtlich war es aber so. »Die Kenntnis des Verfassers«, stand in der letzten Zeile, »gründet sich auf einen fünfjährigen Aufenthalt dort.«

David holte den Band S bis Z des blauen Telefonbuchs, und da stand es schwarz auf weiß: Julian M. Townsend, 16 Orchard Drive, Matchdown Park. Er zögerte kurz und dachte nach. Doch als er den Hörer abnahm, wählte er nicht die Nummer auf der vor ihm liegenden Seite.

»Julian Townsend?« fragte Pamela Pearce. »Da hast du Glück. Zufälligerweise gehe ich morgen auf eine Party, zu der er bestimmt kommt. Warum kommst du nicht einfach mit?«

»Wird seine Frau auch dort sein?«

»Seine Frau? Vermutlich. Ohne sie geht er nirgendwohin.«

Eine gewisse Mrs. Susan Townsend hatte Hellers Leiche gefunden, und sie wohnte direkt neben den Norths im Orchard Drive. Das stand alles in der Zeitung; es mußte sich um die gleiche Frau handeln. Was er ihr sagen wollte, wenn er ihr begegnete, wußte David noch nicht genau, doch es dürfte nicht schwerfallen, das Gespräch auf die Northsche Tragödie zu lenken. Für sie würde es noch ein brandaktuelles Thema sein. Sie war mit Mrs. North befreundet gewesen. Hatte nicht in der Zeitung gestanden, sie hätte ihr einen alltäglichen Vormittagsbesuch abstatten wollen? Sie würde wissen, ob North und Magdalene Heller sich schon vor der gerichtlichen Untersuchung gekannt hatten, und da sie selbst als Zeugin dabeigewesen war, würde sie ihm sagen können, ob die Zeitungen Norths Aussagen – »Ich habe nicht einmal gewußt, daß er ein verheirateter Mann war« und so weiter – falsch wiedergegeben hatten oder ob sie, wenn man sie in ihrem ursprünglichen Zusammenhang hörte, einen anderen und harmlosen Sinn annahmen. Falls sie hilfsbereit war, konnte sie seinen Verdacht womöglich ausräumen.

Denn dieser Verdacht beunruhigte ihn nun mehr denn je. North hatte sich sechs Stunden nach der gerichtlichen Untersuchung mit Magdalene im *Mann mit der eisernen Maske* treffen wollen. Dafür gab es vielleicht noch eine Erklärung. Dies bedeutete nicht unbedingt, daß er dem Richter gegenüber gelogen hatte. Doch falls sich ein anderer Verdacht von David bestätigen sollte, hatte er frech und unverzeihlich gelogen.

Sie waren dort verabredet gewesen. Das wußte er mit Sicherheit. Aber hatten sie sich schon früher dort getroffen?

## 11

»Das schreit zum Himmel, wie der Boden wieder aussieht«, schimpfte Mrs. Dring, die auf allen vieren das Parkett schrubbte. »Durch die Löcher in diesem Parkett könnte man glatt den Finger stecken.« Louises Absätze, durchfuhr es Susan. Wahrscheinlich konnten sie nicht versiegelt werden, doch der neue Besitzer des Hauses brauchte nie zu erfahren, wer sie verursacht hatte. Auf einen solchen Kaufinteressenten hoffte sie nun sehr, denn ihre erste Tat, sobald sie wieder gesund war, hatte in einem Anruf bei einem Immobilienmakler bestanden. Sie sah Mrs. Dring dabei zu, wie sie kleine lehmige Fußspuren aufwischte, und hörte interessiert zu, als sie sagte: »Hoffentlich nimmt der Dreck jetzt ein Ende. Die Straße ist endlich fertig, haben Sie schon gesehen? Gestern abend schaufelten die drei dieses Loch zu, die sind wir jetzt Gott sei Dank los.«

Dann hatte sie also den Schlußakt der Vorstellung miterlebt. Als sie sich an ihrer Schreibmaschine niederließ, fragte sich Susan, weshalb sie diese Gräben überhaupt ausgehoben hatten und ob das Leben in Matchdown Park ohne das monotone Hämmern der Bohrer und die Erneuerung der verschleißanfälligen Kabel wohl zum Erliegen gekommen wäre. Die Fähigkeit, sich zu konzentrieren und logisch zu denken, die sie während der vergangenen beiden Tage wiederentdeckt hatte, bereitete ihr außerordentliches Vergnügen. Sie hatte den Eindruck, daß die Krankheit das Ende eines dunklen Abschnitts in ihrem Leben kennzeichnete, und im Verlauf jener Krankheit hatte sie neue Energie geschöpft, den Entschluß gefaßt, ihre Zelte in Matchdown Park abzubrechen, und in Bob North einen neuen Freund gefunden.

Doch als sie, froh über ihre Genesung, zu arbeiten begann, schlich sich ein leiser Zweifel in ihre Gedanken. Aus irgendeinem unerforschlichen Grund beunruhigte sie ihre Erinnerung an die Straßenarbeiter, und obwohl sie Mrs. Drings Erleichterung über ihren Weggang hätte teilen müssen, empfand sie statt dessen ein seltsames Unbehagen.

Mehr als drei Leute hätten nie auf der Baustelle gearbeitet, behauptete Mrs. Dring steif und fest, aber an dem Tag, an dem Louise mit Heller tot in ihrem Schlafzimmer lag, hatte sie einen vierten Mann im Garten ihrer Nachbarin gesehen. Dieser Mann hatte an Louises Hintertür geklopft – Mrs. Dring hatte es gehört – und war dann weggegangen, aber nicht zu den anderen Arbeitern, sondern allein die Straße entlang. Als sie sich die Szene wieder in Erinnerung rief und den Blick von der letzten Zeile hob, die vor ihren Augen verschwamm, entsann sich Susan deutlich, daß die drei anderen, der Alte, der Pulloverträger und der Junge, in dem Graben gearbeitet hatten, während er, unter der Kapuze unerkennbar, einen Augenblick an dem Feuer stehengeblieben war, um sich die Hände zu wärmen.

»Mrs. Dring.« Sie stand auf und spürte leichte Übelkeit in sich aufsteigen, die Nachwirkungen der Grippe. »Mir ist gerade etwas eingefallen, etwas ziemlich Beunruhigendes. Ich muß wohl schon die Grippe gehabt haben, als ich bei der gerichtlichen Untersuchung aussagte. Bloß – bloß, man hat mich gefragt, ob ich im Verlauf des Vormittags jemand nebenan gesehen hätte, und ich habe das verneint. Ich sagte...« Entsetzt über die Neugier auf Mrs. Drings Gesicht verstummte sie.

»Aber Sie haben doch auch niemand gesehen, oder?«

»Ich hatte es vergessen. Jetzt kann es gewiß keine Rolle mehr spielen. Das Ergebnis stand von Anfang an fest, aber dennoch...« Susan biß sich auf die Lippen, nicht wegen dem, was sie gesagt hatte, sondern weil sie es dieser Frau anvertraut hatte, diesem Schandmaul, dieser Erzhetzerin, die an niemand außer an ihrem Mann ein gutes Haar ließ. Schließlich brachte sie ein gepreßtes Lächeln zustande, überlegte, wie sie das Thema wechseln konnte, und sagte: »Jetzt wo Paul nicht mehr die ganze Zeit Lehm an den Schuhen ins Haus schleppt, haben Sie endlich Gelegenheit, den Boden auf Hochglanz zu bringen.«

Gin und das ›was Sprudliges‹, mit dem er seinen Drink immer mischte, Kaffeetassen auf dem Tablett, die letzte Osterglocke hübsch in eine Vase gestellt. Erst einmal zuvor hatte Susan diese Vorbereitungen getroffen, und schon waren sie zu einem Ritual geworden. Bob kam heute abend etwas später – vor zehn schaffte er es nicht, denn er hatte geschäftlich noch einen Termin –, doch das frühe Zubettgehen hatte sie bereits aufgegeben. Jetzt lohnte es sich wieder, länger aufzubleiben.

»Bei dir ist es immer so mollig warm, Susan«, sagte er, als er ins Wohnzimmer kam. Inzwischen waren sie beim Du gelandet. »Eine Zentralheizung hat doch viele Vorteile. Ich weiß auch nicht, weshalb ich mir nicht schon vor Jahren eine habe einbauen lassen.«

Sie wandte den Kopf ab, um ihr Erröten zu verbergen, doch obwohl ihr sein Ausrutscher nicht entgangen war, stieg befreiende Hochstimmung in ihr auf. Durch seine Bemerkung hatte er ihr gezeigt, daß ihn Louises Tod zwar nach wie vor stark beschäftigte, dessen Begleitumstände jedoch in seiner Erinnerung zu verblassen begannen. War es richtig, ihn jetzt mit der Frage zu belästigen, die sie ihm schon den ganzen Tag hatte stellen wollen? Ihre bisherigen Gespräche hatten sich fast ausschließlich um Heller und Louise gedreht, aber dennoch zögerte sie und wartete, bis er dieses Thema anschnitt und wie immer zwanghaft und peinlich genau auf Einzelheiten ihrer Liebe und ihres Todes zu sprechen kam.

Unbeschwertheit und ein Gefühl der Erleichterung überkam sie, als er statt dessen beiläufig fragte, ob sie jemand kenne, der in *Braeside* die Hausarbeit für ihn erledigen könne.

»Vielleicht Mrs. Dring. Ich werde sie fragen.«

»Du hast schon so viel für mich getan, Susan, und jetzt bitte ich dich schon wieder um einen Gefallen.«

»Das ist nicht die Welt. Womöglich kann sie gar nicht.«

»Ich habe so ein Gefühl, wenn du sie fragst, wird sie nicht ablehnen. Du zählst zu den Menschen, die einfach alles in Ordnung bringen können. Weißt du, vergangene Woche über habe ich mir oft überlegt, wenn wir uns nur die Mühe gemacht hätten, dich kennenzulernen, wenn du und Louise euch angefreundet hättet, wäre das alles nicht geschehen.«

Womit sie wieder beim üblichen Thema waren.

»Falls ich tatsächlich so begabt bin«, sagte Susan, und ein eindringlicher Ton bemächtigte sich ihrer Stimme, »falls ich wirklich alles in Ordnung bringen kann, dann möchte ich als allererstes von dir, daß du damit aufhörst, Bob. Versuch es zu vergessen!«

Er nahm sie in die Arme und hielt ihre Hände fest und warm umschlossen. Für jemanden, der einen anderen trösten und ihm festen Halt bieten will, fühlte sie sich plötzlich merkwürdig schwach und entkräftet.

Pamela Pearce war eine hübsche kleine Blondine mit einer Vorliebe für Glitzerzeug. Metallische Fäden durchzogen die meisten Stoffe ihrer Kleider; sie mochte Ziermünzen, Glasperlen und Knöpfe, alles, was funkelte. An diesem Abend trug sie ein Lamékleid, und vor dem Hintergrund des Kopfsteinpflasters und der grauen Backsteinmauern einer feinen Wohngegend in South Kensington glitzerte sie wie ein Goldfisch in trübem Wasser.

»Willst du mir nicht lieber verraten, bei wem ich heute abend eigentlich zu Gast bin?« fragte David, als er das Auto abschloß. »Ich will mir nicht wie die uneingeladene Schwiegermutter vorkommen.«

»Greg ist so ein Gesellschaftsfotograf. Du hast bestimmt diese reizenden Aufnahmen gesehen, die er von Prinzessin Alexandra gemacht hat. Seine Frau heißt Dian und ist einfach hinreißend. Du wirst dich bis über beide Ohren in sie verlieben. Glaube mir, allein sie zu sehen heißt für sie zu schwärmen.«

Das Dumme war nur, daß David nie ganz sicher war, ob er sie wirklich gesehen hatte. Er war kaum in der Lage, sich bis über beide Ohren in sie zu verlieben, weil sich niemand damit aufhielt, ihn mit irgend jemand bekannt zu machen, und da man ihm Pamela ins Obergeschoß entführt hatte, fand er sich, von einem Meer gleichgültiger Rücken umgeben, auf einer Teppichinsel wieder. Nach einer Weile bahnte er sich mit Armbewegungen wie beim Brustschwimmen einen Weg zwischen Rücken in Alcantarajacketts und Rücken in fast nichts, bis er sich schließlich auf einem kleinen antiken Stuhl niederließ. An der spanischen Wand hinter ihm hingen gefährlich viele brennende Kerzen, von denen Wachs auf eine provisorische Bar tropfte.

Geraume Zeit nahm niemand Notiz von ihm, und auch Pamela tauchte nicht wieder auf. Dann hörte er eine Stimme in seinem Rücken sagen: »Wollen Sie sich nicht die Kehle ein wenig anfeuchten?«

David blickte über die Schulter, erst auf den jungen Mann mit den butterfarbenen Haaren, dann auf die Bar, wo eine Schüssel mit einer hellgelben Flüssigkeit stand, in der Kirschen und Gurkenstücke herumschwammen. Ehe er noch sagen konnte, daß er genau das um alles in der Welt vermeiden wolle, landete ein Schöpflöffel davon in einem Glas, das ihm in die Hand gedrückt wurde.

Es schmeckte wie Fruchtsaft, in den jemand eine Flasche Hustensaft geleert hatte. David ließ das Glas hinter einem Teller mit Räucherlachshäppchen unauffällig verschwinden, wobei ihm auffiel, daß die anderen anscheinend auch alle diesen Kelch verschmäht hatten.

Für eine so große Party war das Zimmer eigentlich zu klein, aber dennoch hatten es die Gäste verstanden, scharf abgegrenzte Grüppchen zu bilden. Im Mittelpunkt der größten dieser Ansammlungen befand sich ein großer Mann mit einer riesigen Stirn, der direkt unter der Dekkenlampe und somit in eine Art Scheinwerferlicht getaucht stand. David erkannte Julian Townsend auf Anhieb.

Der Chefredakteur redete wie ein Wasserfall, sein affektierter Mund klappte unaufhörlich auf und zu, während er mit der Hand, in der er ein Wurstbrötchen hielt, heftig gestikulierte. Fünf Frauen bildeten einen Kreis um ihn und hingen an seinen Lippen.

Eine davon mußte seine Frau sein, dachte David, die gutgläubige Nachbarin von Hellers Geliebter, die das tote Paar gefunden hatte. Townsends Zuhörerschaft bestand aus einer zigarrerauchenden Brünetten mit der Figur einer griechischen Statue, zwei sich wie ein Ei dem anderen gleichenden Blondinen, einem Teenager in Braun und einer älteren Dame, die das restliche Wochenende offensichtlich auf dem Lande zu verbringen gedachte, denn sie trug ein Tweedkostüm, Netzstrümpfe und Schaftstiefel. Von Pamela war nirgends eine Spur, obwohl von Zeit zu Zeit ihr schrilles Gekicher aus dem oberen Stock an sein Ohr drang, und er spürte seine aufkommende Verärgerung. Außer sich als Leser und Fan vorzustellen, sah er keine Möglichkeit, wie er ohne sie mit Townsend ins Gespräch kommen sollte.

Dann löste sich der Teenager aus dem Schmeichlerkreis und kam an die Bar. Ihre Art, sich zu bewegen, zeugte von der raschen und gänzlich egoistischen Direktheit der Jugend. Um ihr Platz zu machen, wich David an den Bambusschirm zurück.

»Himmel, Sie hätten sich fast das Haar in Brand gesteckt!« Der flachsblonde Barmann hatte ihn am Arm gepackt, und David trat einen Schritt von den Kerzenflammen zurück.

»Danke«, sagte er, und sein Gesicht trennten nur wenige Zentimeter von dem des Mädchens.

»Sie scheinen jemand zu brauchen, der auf sie aufpaßt«, sagte der Mann an der Bar. »Es tut mir in der Seele weh, wie Sie da allein auf weiter Flur herumstehen. Kümmer dich doch ein bißchen um ihn, Elizabeth.«

Nachdem sie die Bowle ausgeschlagen und sich einen Kognak eingeschenkt hatte, stellte sich das Mädchen ohne viel Federlesens vor: »Ich bin Elizabeth Townsend. Wie heißen Sie?«

»David Chadwick.« Er war überrascht und ließ sich das vielleicht anmerken. In dem sehr kurzen unförmigen Kleid, das die Farbe und Beschaffenheit von einem Vollkornbrot hatte, und mit ihrer braunen Mähne sah sie ungefähr wie siebzehn aus. Zweifellos an das Zusammensein mit einem nie um ein treffendes Wort verlegenen

Mann gewöhnt, funkelte sie ihn skeptisch an. »Ich glaube, Sie wohnen in Matchdown Park«, hörte er sich genau in dem Ton sagen, den jemand für die Frage wählen mochte, ob sein Bekannter immer noch ein Gästezimmer im Buckingham Palace bewohne.

»Lieber Gott, nein. Wie kommen Sie nur auf die Idee?«

»Ich habe es in *Certainty* gelesen«, antwortete David beleidigt. »Sie sind doch Mrs. Julian Townsend?«

»Selbstverständlich.« Sie wirkte ehrlich empört. Im nächsten Moment heiterte sich ihre Miene, die sich aus Verärgerung über die eingebildete Kränkung verdüstert hatte, wieder auf. »Ah, jetzt verstehe ich, da sind Sie ganz schön ins Fettnäpfchen getreten.« Seine Verlegenheit rief glucksendes Lachen aus den Tiefen des Vollkornkleids hervor. »Sie meinen seine Verflossene, meine – wie soll ich sie nennen? – meine Vorgängerin.« Sie kicherte beschwipst über ihren Witz. »Keine zehn Pferde könnten mich dazu bringen, in Matchdown Park zu wohnen.« Aus ihren Worten klang offene Verachtung, doch noch ehe sie zu Ende gesprochen hatte, ging auf ihrer Miene eine rasche Veränderung vor, und ein Anflug von lüsterner Gier machte sich dort breit. »Wieso fragen Sie eigentlich? Hätten Sie womöglich Lust, dort zu wohnen?«

»Vielleicht«, murmelte David, der nicht wußte, auf was sie hinauswollte. Noch nie in seinem Leben war er einem so schonungslos offenen und ungehemmten Menschen wie diesem Mädchen begegnet. Er fragte sich, auf was sich ihr Selbstvertrauen gründete, denn sie war unscheinbar, dicklich und reizlos.

»Es ist nämlich so, daß meine Vorgängerin...« Sie grinste vergnügt über ihr neues Lieblingswort. »...meine Vorgängerin umziehen möchte, weshalb Julian jetzt dieses Haus in Matchdown Park am Hals hat. Das Haus ist ganz prima.« Sie schien komplett vergessen zu haben, daß sie keine zehn Sekunden zuvor die Gegend praktisch als menschenunwürdig bezeichnet hatte. »Julian würde vor Freude an die Decke springen, wenn ich einen Käufer für ihn an der Angel hätte.«

Im Nachbarhaus der Norths, wo die Frau wohnte, die mit den Norths bekannt war und Hellers Leiche gefunden hatte. Die Kerzen hinter Davids Kopf flackerten auf, und ihr fahler gelblichweißer Widerschein tanzte in Elizabeth Townsends Glas. »Wie groß ist es?« fragte er vorsichtig.

»Kommen Sie, ich mache Sie mit Julian bekannt. Er kann Ihnen alles über das Haus erzählen.« Sie faßte ihn am Arm, und ihre Finger gruben sich drängend und fast zärtlich in seinen Ellbogen. »Julian, halt mal einen Moment die Klappe! Ich hab einen Typ gefunden, der allen Ernstes in Matchdown Park wohnen möchte!«

Susan hatte Paul nicht erzählt, daß Bob sie am Abend besuchen käme. Sie wollte nicht, daß er aufwachte und unten eine Männerstimme hörte, da ihn ohnehin schon Ängste und Alpträume quälten. In der Welt, in der er zur Zeit lebte, hatten Männer, die alleinstehende Frauen besuchten, immer eine Pistole in der Tasche...

Nachdem sie sich bei Bob murmelnd entschuldigt hatte, ging sie nach oben in Pauls Zimmer, deckte ihn wieder zu, legte die Uhr an einen sichereren Platz auf dem Nachttisch, ging wieder hinaus und ließ das Licht brennen. Sie war gerade auf der Treppe, als das Telefon klingelte.

»Ist das Haus etwa schon verkauft?« Julian klang vor dem Gelächter und der Musik im Hintergrund außergewöhnlich enthusiastisch.

»Wohl kaum«, erwiderte Susan trocken.

»Dachte ich mir. Aber kein Grund zu Besorgnis. Sag mal, hast du am Montag abend schon etwas vor?«

Sie liebte ihn nicht mehr, aber es war schrecklich, diese Frage von dem Mann gestellt zu bekommen, der früher mit ihr verheiratet gewesen war.

»Warum?«

»Weil ich jemandem gesagt habe, er könne vorbeikommen und sich das Haus mal ansehen. Heißt Chadwell, Challis oder so ähnlich. Er ist jetzt gerade bei mir – das heißt, nicht bei mir in der Wohnung, wir sind alle bei Dian. Elizabeth hat ihn aufgelesen.«

»So was habe ich mir schon gedacht. Ich kann dich in dem Radau kaum verstehen. Wie geht's Dian?«

»Fabelhaft, wie immer.«

Susan räusperte sich. »Um wieviel Uhr möchte dieser Mann vorbeikommen?«

»So gegen acht. Übrigens...« Er senkte die Stimme zu einem kaum hörbaren Wispern. »An deiner Stelle würde ich diese komische Sache nebenan nicht erwähnen.«

»Julian, du kannst doch nicht so naiv sein zu glauben, jemand könnte den ganzen Wirbel mitmachen, dieses Haus zu kaufen, ohne daß er von Louises Selbstmord Wind bekommt?« Entsetzt verstummte sie. Alle Türen standen offen. Bob mußte es gehört haben. Aber jetzt war es zu spät. »Ach, Julian!« Sie war wütend.

»Vielleicht merkt er es erst, nachdem er den Vertrag unterschrieben hat«, meinte Julian durchtrieben. »Sag bloß nicht, die Aussicht auf fünftausend Pfund läßt dich kalt. Aber ich muß mich jetzt wieder ins Vergnügen stürzen. Du sitzt vermutlich allein zu Hause?«

»Um die Wahrheit zu sagen, nein«, erklärte Susan. »Ein Freund ist bei mir, wenn du mich also bitte entschuldigen würdest, Julian, ich muß mich jetzt wieder um meinen Besuch kümmern.«

Bob saß noch genauso da, wie sie ihn verlassen hatte, und trug die ausdruckslose Miene eines Menschen zur Schau, der zwangsläufig ein Privatgespräch mitangehört hatte, aus Höflichkeit nun aber zeitweilige Taubheit vorschützen mußte.

»Entschuldige«, sagte Susan knapp. »Du hast es bestimmt gehört.«

»Ließ sich leider nicht vermeiden. Du willst also wegziehen?«

»Die Umgebung hier ist nicht das richtige für Paul, außerdem... Es ging mir nicht gut, Ende letzter Woche war ich fast hysterisch, ich wollte so schnell wie möglich weg von hier, aber das war, bevor...«

Bevor was? Was hatte sie gerade sagen wollen? Verwirrt wandte sie den Kopf ab. Sie hatte erwartet, daß er den Satz für sie beenden würde, doch statt dessen taxierte er sie nur mit einem kühlen, berechnenden Blick.

»Wann willst du wegziehen?«

»Sobald ich kann«, sagte sie ruhig, und dann zwang sie sich zu einem Lächeln und unterdrückte ihre alberne Enttäuschung. Hatte sie denn wirklich geglaubt, dieser Witwer, diese verlorene Seele besuche sie, weil er sie gern hatte? Er wollte doch nur jemand, an dessen Schulter er sich ausweinen konnte, und da schien er bei ihr an der richtigen Adresse.

»Ich kann gut verstehen, daß du dir den Staub von Matchdown Park von den Füßen schütteln, die ganzen Unannehmlichkeiten einfach hinter dir lassen willst«, sagte er. »Bestimmt wirst du Louise und mich bald vergessen.« Darauf begann er, Schritt für Schritt noch einmal jedes Wort, jede Handlung und jeden Anhaltspunkt durchzugehen, die ihn zu seinem Verdacht gegen Louise geführt hatten; zwanghaft, und weil er vielleicht nicht mehr wußte, daß er das alles schon x-mal gesagt hatte, ergründete er noch einmal die Umstände ihres Todes.

»Bob«, unterbrach ihn Susan energisch. »Du mußt damit aufhören. Sonst steigerst du dich in eine Neurose. Was willst du denn damit erreichen? Sie sind beide tot, es ist aus und vorbei.« Er sah sie entgeistert an, aus dem Konzept gebracht. Zum ersten Mal fragte sie sich, weshalb er sich so in den Tod seiner Frau verrannte, wo doch jeder andere Mann oberflächliche Gefaßtheit demonstriert hätte. Angesichts der Ungeheuerlichkeit dessen, was sie zu sagen beabsichtigte, überlief sie, mehr aus Nervosität denn aus Angst, ein leichtes Schaudern. »Es liegt doch nicht daran«, setzte sie bedächtig an, »daß du an ihrem Selbstmord etwa zweifelst?«

Er gab ihr keine Antwort. In seine rauchblauen Augen trat ein glasiger Blick, und sein Gesicht versteinerte, bis es im Lampenlicht wie eine kupferne Maske wirkte.

Susan war über die eigenen Worte erstaunt, und jetzt, wo sie heraus waren, schien es ihr, als wären sie besser unausgesprochen geblieben. Sie hatte keinerlei Begründung dafür, nur ein leises Unbehagen, das sie gestern und heute mitunter dazu veranlaßt hatte, plötzlich in einen Tagtraum zu versinken oder oben ausdruckslos aus dem Fenster zu starren.

»Während ich krank war, habe ich nämlich...« Sie wurde flammend rot im Gesicht. So mußte sich wohl Doris fühlen, wenn sie wieder mal einen Fauxpas beging. »Da waren ein oder zwei Dinge«, fuhr sie fort, »ein oder zwei Merkwürdigkeiten, die mir zu denken gaben.«

»Das hast du im Fieber geträumt.«

»Also wirklich, so krank war ich nicht.«

»Ich möchte nicht...« begann er. »Ich könnte es nicht ertragen... Susan, die Pistole gehörte ihm, man hat Pulverspuren an seiner Hand gefunden. Wie sollte da...?«

»Wenn du anderer Meinung bist«, sagte sie, »kann natürlich kein Zweifel bestehen.« Ihr war kalt und unwohl, denn er war aufgesprungen. Sie hatte ihn getröstet, doch jetzt schien er sie für nicht besser als all die anderen zu halten, die ihm Verdruß bereiteten und ihn in ihren Tratschzirkeln mißbrauchten. Wortlos war er in die Diele gegangen und an der Stelle stehengeblieben, wo Louises Absatz ein Loch ins Parkett gestoßen hatte.

»Bob«, sagte sie und ging zu ihm.

»Susan?«

»Ich habe es im Fieber geträumt.«

Er berührte ihre Schulter, beugte sich vor und strich ihr mit den Lippen über die Wange. Es kam ihr wie eine Ewigkeit vor, daß sie jemand außer Paul geküßt hatte, und als sie die sanfte Berührung seines Mundes spürte, glaubte sie, laut und deutlich das Gelächter und die Musik von der Party zu hören, als wäre die Verbindung noch nicht unterbrochen und übertrage alles. Abgrundtiefe Einsamkeit und der Wunsch, diese Einsamkeit um jeden Preis zu beenden, veranlaßten sie, seine Hand zu ergreifen und fest umschlossen zu halten.

»Verzeihst du mir?«

Er nickte, für ein Lächeln noch zu erschüttert. Sie hörte, wie er zügigen Schrittes in *Braeside* verschwand, doch obwohl auch sie nach kurzer, beklommener Wartezeit hinaus in den Garten ging, sah sie kein Licht im Nachbarhaus, dessen Fenster stets geschlossen waren.

## 12

Die Bäume, die in den rechteckigen Aussparungen im Bürgersteig wuchsen, gehörten zu den Arten, die David am wenigsten mochte: sterile Zierpflanzen, Kirsch- und Pflaumenbäume, die keine Früchte trugen. Sie standen gerade in voller Blüte, und David dachte, daß er für seinen Besuch vermutlich den einzigen Tag im Jahr erwischt hatte, an dem der Orchard Drive seinem Namen gerecht wurde. Alle Knospen hatten sich entfaltet, noch kein einziges Blatt war abgefallen, und die Blüten erinnerten ihn an Kreppapier. Hinter dem blühenden Meer von Rosa verbreiteten Straßenlaternen das bonbonfarbene Licht milchweißer Quarzlampen.

Er fuhr langsam und folgte dem Weg, den Heller immer genommen hatte, wenn er seine Geliebte besuchte. Die Häuser konnten nur auf Leute mit beschränktem Horizont groß wirken. Sie waren auch nicht gleich gebaut – er zählte vier verschiedene Sorten –, doch jedes stand für sich und war mit einem Garagenanbau und einem ziemlich großen Vorgarten ausgestattet, der entweder nur mit Rasen eingesät oder abwechslungsreicher angelegt war. Er kam an lilagestrichenen Türen und an ockergestrichenen Türen vorbei; da fiel ihm der protzige Lorbeerbaum auf, und die beiden Kutschenlampen made in Taiwan. Keine laute Stimme, keine gedämpfte Musik oder Schritte störten die Stille. Langsam begriff er, weshalb Elizabeth Townsend keine zehn Pferde dazu gebracht hätten, hier zu wohnen.

Zwar nicht wie zehn Pferde, aber doch wie ein zotteliges Shetlandpony hatte sie ihn zu dem Grüppchen geschleppt, das andächtig an den Lippen des Chefredakteurs von *Certainty* hing. Unter Rufen wie »Sei so gut, Minta!« und »Vorsicht, bitte!« hatte sie ihn ohne viel Federlesens ihrem Mann vor die Nase geschoben.

Julian Townsend hob die Augenbrauen und eine zurückweisende Hand in Richtung seiner Frau: »... und dann den unentbehrlichen Schuß Cointreau«, führte er seinen Satz zu Ende. »Er macht den entscheidenden Unterschied zwischen einem gewöhnlichen *potage* und *haute cuisine*. So, was wolltest du sagen, Liebling?«

Die Speichelleckerinnen stahlen sich davon. David sah verlegen in das Gesicht, das jede Woche tausend empörte Briefe auslöste. Ein leichter Schweißfilm schimmerte auf Townsends wulstiger Stirn, die sich in Falten legte und wieder glättete, als seine kleine braune Frau David flüchtig vorstellte.

»Eine private Transaktion wäre natürlich schön«, sagte der große Mann schließlich. »Weniger als zehntausend kämen allerdings nicht in Frage.«

»Heutzutage kein Betrag.«

Diese beiläufige Antwort brachte Townsend ein wenig aus der Fassung. Es war ihm anzumerken, daß sich seine Gedanken überschlugen, und vielleicht ärgerte er sich darüber, daß er eine so bescheidene Summe genannt hatte. Nachdem das lebhafte hochmütige Gesicht einige Augenblicke in heftige Bewegung geraten war, schien er diesen Gedanken aufzugeben und sagte fast sanft: »Das Haus liegt in einer entzückenden Gegend, *rus in urbe* sozusagen. Es befindet sich in ausgezeichnetem Zustand. Kennen Sie Matchdown Park?«

David, der hin und wieder mit der U-Bahn durchgefahren war und zweimal den Namen aus dem Mund von Bernard Heller gehört hatte, bejahte die Frage. Townsend strahlte ihn an.

»Darauf müssen wir unbedingt einen trinken.« Er machte keine Anstalten, selbst etwas zu holen, doch zwischen ihm und der Frau namens Minta schien eine Art telepathischer Verbindung zu bestehen. Sie trabte davon und kehrte mit einem Tablett Whiskys zurück. Townsend hob sein Glas und rief etwas, das wie *»Tärvädäksänne!«* klang.

»Ein finnischer Trinkspruch«, erklärte Minta ehrfurchtsvoll.

Und so hatte sich Townsend auf die Suche nach Dian gemacht und sie um Erlaubnis gebeten, ihr Telefon benutzen zu dürfen. »Ich hoffe sehr, Sie können sich zu dem Kauf entschließen«, hatte seine Frau noch gesagt und sich bei David untergehakt. »Wir könnten unsere Hälfte der zehn Riesen gut gebrauchen. Richten Sie der armen alten Susan liebe Grüße von mir aus.«

Nun, die arme alte Susan würde er gleich kennenlernen. Da war es, das Nachbarhaus von *Braeside*, das harmlose, bieder wirkende *Braeside*, in dem Heller etwas fand, was ihm die grünäugige Magdalene nicht geben konnte, und in das er den Tod geschleppt hatte.

Oder hatte er dort den Tod gefunden?

Das war vermutlich der Grund, dachte David, weshalb er hier war. Um eine Erklärung zu finden. Um diese lähmende, alles umgebende Stille aufzustören. Die hellen, trockenen, papierartigen Blüten streiften ihm übers Gesicht, als er aus dem Wagen stieg. Er schlug die Tür zu, und im nächsten Moment zerriß hinter ihm ein entsetzlicher Lärm die düstere Stille. Er zuckte zusammen und wirbelte herum. Doch es war nur ein Hund, ein großes, gelblichbraunes, zotteliges Vieh, das im gegenüberliegenden Garten herumsprang und einen monströsen Schatten wie aus einem Horrorfilm warf. David bemerkte erleichtert, daß zwischen ihm und dem Tier ein stabiles Eisentor stand. Jetzt gab es kein Zurück mehr. So verlockend und naheliegend der Gedanke auch gewesen wäre, die Sache einfach aufzugeben und auf gleichem Wege wieder zu verschwinden, bei diesem Radau mußte er sich das abschminken. Die arme alte Susan war inzwischen bestimmt alarmiert und beobachtete ihn hinter den zugezogenen Vorhängen.

Er ging über die Einfahrt zum Haus und empfand plötzlich Angst vor der Begegnung. War sie womöglich ein Abziehbild von Elizabeth, schrill und indiskret, oder ein moralinsaures Hausmütterchen, deren Tabuvorstellungen Townsend glücklich entronnen war? Das wütende Hundegekläff folgte ihm auf Schritt und Tritt. Er klingelte. Mit gelinder Erleichterung stellte er fest, daß es tatsächlich eine Klingel und kein Gong mit Westminster-Glockenspiel war. In der Diele ging Licht an, die Tür öffnete sich, und er stand Auge in Auge der Frau gegenüber, die Hellers Leiche gefunden hatte.

Sie entsprach nicht seinen Erwartungen. Als er das blonde Haar, die breite Stirn und die schmale, leicht schrägstehende Nase erfaßte, wußte er sofort, daß er dieses Gesicht schon einmal gesehen hatte. In der National Gallery, aber nicht an einer lebenden Frau. Effie Ruskin, ging ihm durch den Kopf, Millais, *The Order of Release.*

»Entschuldigen Sie den Hund«, sagte sie. »Einfach ohrenbetäubend. Fremde verbellt er immer so.«

»Nur Fremde?«

»Oh, ja. Sie brauchen keine Angst haben, daß er bei Ihnen immer so ein Gekläff aufführt, falls Sie hier einziehen. Wollen Sie nicht eintreten? Um den Garten anzusehen, ist es leider schon etwas spät.«

Plötzlich ergriff ihn Widerwillen. Julian Townsend und seine jetzige Frau aufs Kreuz zu legen, mochte noch angehen. Durch ihre oberflächliche, skrupellose und unaufrichtige Art hatten sie es selbst herausgefordert. Diese Frau aber, die ihn gutgläubig ins Haus gelassen hatte, wirkte auf den ersten Blick völlig aufrichtig auf ihn. Er spürte eine altmodische Integrität von ihr ausgehen, und mit einem Mal kam er sich wie ein Spitzel vor. Während der letzten paar Tage hatte er in der Welt eines Agentenromans gelebt, in der das Unkonventionelle die Regel und der Satz »Das macht man nicht« tabu ist. Sie holte ihn wieder auf den Boden der Tatsachen zurück, konfrontierte ihn auf unsanfte Art mit der harten Wirklichkeit.

»Das ist das Wohnzimmer«, sagte sie. »Hier ist auch die Eßecke, und die Tür dort geht in das Zimmer, das mein – äh, Julian als Arbeitszimmer benutzte. Ich zeige es Ihnen gleich.«

Auf dem Schreibtisch lag ein Papierstapel, der wie ein Manuskript aussah – vielleicht schrieb sie –, daneben stand ein voller Aschenbecher – sie rauchte zuviel –, und auf der Sofalehne sah er eine Ausgabe von *Im Schatten junger Mädchenblüte.* Offenbar verfügte sie auch über Verstand. Für einen Kaufinteressenten achtete er auf völlig falsche Dinge. Nicht sie stand zum Verkauf an.

»Sie haben sicher Verständnis für meine Bitte, ein wenig leise zu sein, wenn wir nach oben gehen. Mein kleiner Junge ist schon im Bett.«

»Ich wußte nicht, daß Sie einen Sohn haben.«

»Wie sollten Sie auch?« Ihr Ton wurde merklich kühler. Sie setzte zu Erläuterungen über die Bedienung der Zentralheizung an, und er mußte an Heller denken. Auf dem Büfett sah er ein Tablett mit einer Flasche Gin stehen, daneben Mineralwasser mit Kohlensäure und zwei Gläser. Sie erwartete Besuch, wahrscheinlich einen Mann. Zwei Frauen hätten Kaffee, Tee oder vielleicht einen Sherry getrunken.

Kurz darauf führte sie ihn nach oben. In dem Kinderzimmer brannte Licht, und er mochte die Art, wie sie zärtlich und leise an das Bett trat, um die zerknautschte Bettdecke wieder in Ordnung zu bringen; weit weniger gefiel ihm ihre besorgte Miene, und erst jetzt fiel ihm auf, wie ausgemergelt ihr Gesicht war.

Das Schlafzimmer wurde nicht benutzt. Er war zwar Junggeselle, dennoch sah er auf den ersten Blick, daß zwischen der Matratze und der Tagesdecke kein Bettzeug lag. Sie mußte aus dem Zimmer ausgezogen sein, als Townsend sie verlassen hatte. Zum Teufel mit Townsend! Es bereitete ihm echtes Vergnügen, sich die Enttäuschung des Mannes auszumalen, wenn die heißersehnten »fünf Riesen« sich als Windei entpuppten. Er hatte gute Lust, ihn eine Weile zappeln zu lassen, während er, David, es sich zum Schein überlegte. Er konnte sich Wochen, ja Monate Zeit dafür nehmen. Nur war da noch diese Frau. Unbehagen beschlich ihn, während sie redete und ihn auf die Vorzüge des Hauses aufmerksam machte. Er beging einen gemeinen Betrug an ihr, der um so verwerflicher war, weil sie auf das Geld aus dem Verkauf wahrscheinlich angewiesen war.

Sie schloß die Schlafzimmertür und sagte leise: »Es gibt da etwas, das Sie meiner Meinung nach erfahren sollten, ehe wir über den Preis reden. Ich weiß nicht, ob Ihnen das Haus gefällt, aber ich kann Sie nicht ein Angebot machen lassen, ohne Ihnen zu sagen, daß im Haus nebenan zwei Menschen Selbstmord begangen haben. Erst vor drei Wochen. Es ging durch alle Zeitungen, aber vielleicht haben Sie es nicht mit hier in Verbindung gebracht.«

Der Gegensatz zwischen ihrer Ehrlichkeit und seiner Unredlichkeit ließ ihn rot werden. »Ich...«

»Es wäre unredlich, Ihnen nichts davon zu sagen. Manche Leute sind abergläubisch in dieser Beziehung. Mrs. North und der Mann – er hieß Heller – haben sich in ihrem Schlafzimmer erschossen. *Diesem* Schlafzimmer. Diese Häuser sind innen genau gleich.« Sie zuckte mit den Schultern. »Jedenfalls wissen Sie es jetzt.«

Er ließ sie stehen und legte die Hände auf das Treppengeländer. »Ich habe es bereits gewußt«, sagte er, und verwegen setzte er hinzu: »Ich kannte Bernard Heller. Ich kannte ihn ziemlich gut.«

Das Schweigen in seinem Rücken wirkte belastend und fast beängstigend. Schließlich hörte er sie sagen: »Ich verstehe nicht ganz. Sie haben es gewußt und wollten trotzdem...«

Er begann, die Treppe hinabzugehen, wortlos, denn seine natürliche Schüchternheit hatte ihm die Sprache verschlagen. Unschlüssig folgte sie ihm. Er drehte sich nicht zu ihr um und empfand ein tiefes Bedauern, daß die sich eben erst anbahnende Freundschaft zwischen ihnen in die Brüche gegangen war.

Am Fuß der Treppe blieb sie in einigem Abstand von ihm stehen. »Sie wollen ein Haus kaufen, das direkt neben dem liegt, in dem sich Ihr Freund erschossen hat? Ich verstehe kein Wort.«

»Ich kenne auch Mrs. Heller, lassen Sie mich erklären...«

Sie blickte zur Haustür, dann wieder auf ihn. »Es geht mich wohl kaum etwas an, aber ich will wissen, ob Sie dieses Haus kaufen möchten oder nicht. Falls Sie Journalist oder Privatdetektiv sind, haben Sie sich bei mir an der Tür geirrt.«

»Mrs. Townsend...«

Sie riß die Augen weit auf – graue Augen, unerträglich klar – und schürzte die Effie-Ruskin-Lippen wie auf dem Gemälde.

»Was haben Sie sich eigentlich gedacht? Daß ich klatschen, Ihnen irgend etwas enthüllen würde? Ich weiß nichts von Mrs. Heller und habe sie nur einmal gesehen, aber hat Mr. North nicht schon genug durchmachen müssen?«

Sie warf einen Blick zur Treppe, dann versuchte sie, sich möglichst unauffällig an ihm vorbeizustehlen. Sie hatte Angst. Er war nie auf den Gedanken gekommen, daß sie Angst bekommen könnte, denn er hatte sich noch nie in die Lage einer auf sich gestellten Frau versetzt, die sich plötzlich allein in einem großen Haus mit einem Unbekannten, einem Schwindler konfrontiert sieht. Er spürte, wie er vor Scham erbleichte, als er ihren Blick auf das Telefon fallen sah, den Rettungsanker, die Verbindung zum Schutz der Außenwelt, und mit klopfendem Herzen wich er zurück.

In ihren Augen mußte er wie der Hausierer erscheinen, der den Fuß in die Tür stellt, der freundliche Mann vom Kundendienst, der sich plötzlich als Vergewaltiger entpuppt, der Versicherungsvertreter mit den perversen Begierden, den latent sadistischen Gelüsten. Während ihre Hand langsam Richtung Hörer schlich, sagte sie tapfer: »Mr. North ist ein Freund von mir. Ich weiß nicht, was Sie hier eigentlich suchen, aber man hat ihm schon genug Leid zugefügt. Sagen Sie Mrs. Heller das.«

Er ging zur Haustür und öffnete sie. Die rosa Kreppapierblüten umgaben die Straßenlaterne wie ein Lampenschirm. Er trat unter das Vordach, und prompt fing der Hund wieder mit dem Gekläff an. Sie mußte erkennen, daß sie jetzt sicher war. »Vielleicht hat er es Mrs. Heller schon selbst gesagt«, rief er, um sich in dem Getöse verständlich zu machen.

»Sie hat noch nie mit ihm gesprochen.« Sie nahm die

Hand vom Telefon und reckte das Kinn. »Würden Sie jetzt bitte gehen?«

»Himmel«, sagte er und fluchte stotternd über den Hund. »Ich will Ihnen nichts tun. Ich gehe jetzt, und dann können Sie von mir aus die Polizei verständigen. Gegen irgendein Gesetz werde ich bestimmt verstoßen haben, Vorspiegelung falscher Tatsachen oder so was.« Er konnte ihr nicht in die Augen sehen, aber er mußte es einfach sagen. »Mrs. Townsend, sie kennen sich, glauben Sie mir. Noch am gleichen Tag, an dem die gerichtliche Untersuchung stattfand, waren sie in einem Londoner Pub verabredet. Ich habe die beiden gesehen.«

Die Tür schlug direkt vor seiner Nase zu, und nur durch einen raschen Sprung rückwärts konnte er einer Quetschung entgehen. Dies brachte den Hund so in Rage, daß seine Kapriolen das Tor scheppern und klappern ließen. Mit zitternden Händen stieg David in den Wagen.

Als er losfuhr, kam ihm ein anderes Auto entgegen und scherte schwungvoll in die Einfahrt von *Braeside* ein. So mühelos leicht konnte nur jemand einbiegen, der Gelegenheit zum täglichen Üben hatte. David bremste. Der Mann stieg aus, und im Rückspiegel sah David seinen Kopf, dunkelhaarig und gepflegt, ein makelloses Profil, das in dem weißrosa Laternenschein fast wie auf einer Münze schimmerte. Robert North. Erst einmal zuvor hatte er dieses Gesicht in natura gesehen.

David hielt an und blieb reglos im Auto sitzen. Ohne den Kopf zu drehen, beobachtete er North weiter im Spiegel. Der andere Mann schob das Garagentor hoch und ging zum Wagen zurück, dann aber mußte er es sich anders überlegt haben. David wunderte sich, warum die Stille irgendwie künstlich wirkte, bis er bemerkte, daß der Hund zu bellen aufgehört hatte. Niemand hatte ihn ins Haus geholt. Sein langer monströser Schatten, der ihn zu einem Hund der Baskervilles vergrößerte, zuckte zwischen dem Schattenmuster der Torstäbe hin und her, als North zu ihm ging und ihm den Kopf tätschelte. Die großen schwarzen Silhouetten schwankten. North wandte sich ab, und nach wie vor gab der Hund keinen Laut von sich. Susan Townsend hatte gesagt, er verbelle nur Fremde...

Der Schatten von North wanderte über die Straße, der viel größer und drohender wirkte als der Mann, der ihn warf. David beobachtete, wie er zu Mrs. Townsends Tür ging und klingelte.

Die beiden waren wohl ziemlich innig befreundet, ging es ihm durch den Kopf, als er die Fahrt fortsetzte. Der Gin und der Sprudel waren für North bestimmt gewesen. Kein Wunder, hatte die Frau so empfindlich reagiert! Sie war nicht bloß eine gute verschwiegene Nachbarin; sie stand in einer emotionalen Bindung zu ihm. Warum es nicht mit altmodischen, realistischeren Worten ausdrücken? Sie war in ihn verliebt. Allein schon durch sein Aussehen mußten ihm die Frauenherzen nur so zufliegen. Und er, David, hatte sich eingebildet, er könne sie über Norths Verhalten und Einstellungen aushorchen.

Er mußte den Verstand verloren haben, daß er angenommen hatte, mit einer wildfremden Frau eine Verschwörung eingehen und einen Plan schmieden zu können, um North ans Messer zu liefern, selbst wenn diese Frau nicht verliebt gewesen wäre. Das war nicht eine von den TV-Serien, deren Dekorationen er entwarf, sondern das hier war das richtige, unromantische Leben. Hatte er allen Ernstes geglaubt, sie würde sich auf sein Wort hin über alle Schranken der Konvention und Loyalität hinwegsetzen und mit ihm die Handlungen und Beweggründe ihres Freundes erörtern?

Anscheinend hatte er das. Er hatte ernsthaft damit gerechnet, gemeinsam mit Mrs. Townsend eine Art Amateurdetektei zu gründen; ohne sich zu kennen, hätten sie sich zusammentun und darauf hinarbeiten sollen, zwei Leben zu zerstören.

Bob legte ihr sanft den Arm um die Schulter und führte sie zu einem Sessel. »Was ist denn passiert, Susan? Du siehst aus, als hättest du ein Gespenst gesehen.«

»Es war jemand da«, sagte sie atemlos. »Ein Mann ... Er sagte – vielmehr, gab mir zu verstehen –, du hättest dich am Tag der gerichtlichen Untersuchung heimlich mit Mrs. Heller getroffen.«

»Stimmt«, erwiderte er ungerührt. »Ich traf sie in einem Pub in London, aber von ›heimlich‹ kann keine Rede sein.«

»Du mußt es mir nicht erzählen.« Susan beugte sich leicht vor, um ihre Schulter von seinen Arm zu befreien. »Es geht mich nichts an, mir war nur so, als hättest du sie nicht gekannt. Ich hatte den Eindruck, ihr hättet euch erst vor Gericht kennengelernt.«

»Haben wir auch. Aber nach der Untersuchung habe ich mit ihr gesprochen – sie hat sich für ihr Verhalten im Gerichtssaal bei mir entschuldigt. Sie tat mir leid. Weißt du, sie ist fast mittellos. Heller, dieses Schwein, hat ihr keinen Pfennig hinterlassen. Ich fühlte mich verpflichtet, ihr zu helfen, und deshalb haben wir uns in dem Pub verabredet. Doch als ich dort ankam, traf ich sie in Begleitung an.«

»Mit diesem Chadwick, der hier war?«

»Ja, Susan. Ich war wirklich nicht in der Stimmung, mich mit Fremden zu unterhalten. Da bin ich leider einfach weggerannt und stand dann bei dir auf der Matte. Inzwischen habe ich Mrs. Heller natürlich zu Hause besucht. Von dort komme ich gerade.«

»Wie grausam die Menschen doch sind«, sagte sie erstaunt.

»Manche schon. Aber dann gibt es auch welche, die so lieb und gut und nett sind wie du, Susan.«

Sie blickte ungläubig zu ihm auf.

»Das war mein Ernst«, sagte er leise. »Komm mal her, Susan. Du hast jahrelang direkt neben mir gewohnt, und ich habe dich nie gesehen. Aber jetzt ist es wohl zu spät... Ich frage mich... Würdest du mir einen Kuß geben, Susan?«

Er würde ihr über die Stirn fahren und ihre Wange streicheln, wie er es neulich an der Tür getan hatte. Passiv hielt sie ihm ihr Gesicht entgegen, doch dann war es mit einem Mal ganz anders als neulich. Sie lag in seinen Armen und klammerte sich an ihn, zwei Betrogene, Hand in Hand, Lippen auf Lippen, Einsamkeit an Einsamkeit.

## 13

Detective Inspector Ulph wußte, daß Robert North seine Frau und den Liebhaber seiner Frau ermordet hatte. Nicht so, wie er wußte, daß er James Ulph war, achtundvierzig Jahre alt, geschieden, keine Kinder, sondern wie es ein Geschworener wissen muß – ohne berechtigte Zweifel.

Er konnte nichts unternehmen. Der Superintendent lachte ihn aus, als er von Norths Motiv und der Gelegenheit sprach. Motiv und Gelegenheit sind Larifari, wenn man nicht beweisen kann, daß der Mann mit der Waffe – zu der er bitteschön Zugang haben muß – in der Hand am Tatort war.

»Haben Sie zufällig schon mal davon gehört«, fragte der Superintendent ätzend, »daß man den Weg der Waffe vom Besitzer zum Täter verfolgt?«

Zufällig hatte Ulph das. Es hatte ihm von Anfang an Kopfzerbrechen bereitet. Mitten in der Vernehmung Norths hatte er dem Mann in die Augen gesehen und hinter vorgetäuschtem Gram etwas Herausforderndes entdeckt, das zu sagen schien: Du und ich, wir wissen es. Aber man wird es nie beweisen können. Und wie bei einer Kartenpartie irgendwann der Moment kommt, wo einer der Spieler weiß, daß der andere gewinnen wird – zumindest diesen Punkt oder diese Runde –, so wußte Ulph, daß North alle Trümpfe in der Hand hielt, daß er sie sich schon lange im voraus zugemogelt hatte.

Die Waffe gehörte Heller. Sowohl Hellers Witwe als auch Hellers Bruder erklärten unter Eid, daß sie noch am

Abend vor der Tat in seinem Besitz gewesen war. Außer durch einen unvorstellbaren Meisterdiebstahl, durch einen Einbruch in eine Wohnung, von der North mit Sicherheit nichts gewußt hatte, konnte er nicht in den Besitz der Waffe gelangt sein. Nach Auffindung der Toten hatte Ulph Hellers Hand auf Pulverrückstände untersuchen lassen, und dann, als handele es sich um eine peinliche Formsache, auch Norths Hand. Heller hatte mehrere Schüsse abgefeuert, North keinen. Eine Mrs. Gibbs und eine Mrs. Winter hatten Heller zehn Minuten nach neun in *Braeside* verschwinden sehen, und den restlichen Vormittag über hatte niemand das Haus verlassen. North hatte an dem Tag kein Auto, was alle paar Wochen einmal vorkam, und war in Barnet gewesen.

Dennoch wußte Ulph, daß North seine Frau getötet hatte. Die Vorstellung, wie er es getan hatte, tauchte zum ersten Mal wie eine besonders packende und eindrucksvolle Filmszene im Verlauf der gerichtlichen Untersuchung vor seinem geistigen Auge auf, und seitdem hatte sie sich mit der Hartnäckigkeit eines ständig wiederkehrenden Traums bei ihm eingestellt.

Niemand hatte North an diesem Morgen aus dem Haus gehen sehen, aber dieser Umstand, daß man ihn nicht gesehen, nicht bemerkt hatte, konnte vor einem Staatsanwalt höchstens Mitleid erregen und war als Beweis einfach lächerlich. »Weggehen habe ich ihn nicht gesehen«, hatte Mrs. Gibbs gesagt, »doch das kommt öfters vor. Jemanden nicht zu sehen hilft wohl nicht viel, oder? Aber Heller habe ich kommen sehen.«

Weil der Hund gebellt hatte... North wußte natürlich, daß niemand im Orchard Drive jemals etwas beobachtete, wenn der Hund nicht bellte. An diesem Punkt, oder kurz vor diesem Punkt, hakte Ulphs Traumvorstellung ein. North hatte seine Frau erschossen, während sie die Betten machte, und dann, als der Hund anschlug, war er nach unten gegangen, um den Liebhaber einzulassen.

Ulph hatte den Mann nur als Leiche gesehen, doch immer wieder hatte er vor Augen, wie dieses ernste, grobschlächtige Gesicht ausgesehen haben mußte, als die Tür aufging und nicht seine Geliebte, sondern deren Mann vor ihm stand. North hatte bestimmt nicht direkt an der Tür gestanden, so daß seine neugierigen Nachbarn nur die Tür nach innen schwenken sahen. Wer hätte sich auch über diese verstohlene Heimlichtuerei gewundert, war sie doch typisch für eine auf ehelichen Abwegen wandelnde Frau.

Auf den ersten Schock, den Adrenalinstoß in Hellers Blutkreislauf, folgte dann die geistesgegenwärtige Flucht nach vorn. Die Tarnung, der Vorwand... Doch North war ihm gewiß mit der freundlichen Bemerkung zuvorgekommen, daß er sich in der Tat für den Einbau einer Heizung interessiere. Er habe sich Urlaub genommen, um die Sache einmal durchzusprechen. Und Heller war ihm, ohne sich seine Bestürzung anmerken zu lassen, nach oben gefolgt und hatte sich so gut es ging auf dieses unvorhergesehene, groteske Gespräch über Heizkörper eingelassen.

Ulph sah die tote Frau auf dem Bett liegen und hörte Norths Schreckensschrei. Seine Frau müsse ohnmächtig geworden sein. Was lag für Heller näher, als zu ihm an das Bett zu treten und sich – mit echter Besorgnis – über die Leiche von Louise North zu beugen?

Dann hatte North auf ihn geschossen, ihm in den Kopf geschossen. Hatte er Gummihandschuhe getragen? War er mit diesen Handschuhen schon zur Tür gegangen, vielleicht unter einem Geschirrtuch verborgen? Ulph malte sich aus, wie diese behandschuhten Hände die Waffe in die bloße Hand des Toten legten, auf das Herz der toten Frau zielten und zum dritten Mal abdrückten.

An dieser Stelle hörte die Szene auf, als sei plötzlich der Film gerissen.

North mußte aus dem Haus gegangen sein. Es war undenkbar, daß ihn dabei niemand gesehen hatte. Die Blicke aller waren auf *Braeside* gerichtet gewesen und hatten, ob der Hund nun bellte oder nicht, darauf gewartet, daß Heller wieder herauskam. Aber North war nicht aus dem Haus gegangen. Vielmehr war er um dreizehn Uhr fünfzehn mit seinem frisch gewarteten Auto vorgefahren.

Und die Waffe? Manchmal spielte Ulph mit dem absurden Gedanken, North könnte sie aus Hellers Aktentasche genommen haben, während sie auf dem Küchentisch stand. Aber Heller hatte mit der Waffe nie die Wohnung verlassen. Er hätte sie nur mitgenommen, um Selbstmord zu begehen…

Ulphs Polizistenherz wollte North vor Gericht bringen; sein Herz als Durchschnittsbürger empfand insgeheim Mitgefühl für ihn. Ulphs Frau hatte ihn wegen eines anderen verlassen, worauf er die Scheidung eingereicht hatte, doch zuweilen war ihm ein anderes Hirngespinst durch den Kopf gespukt, fast so wie das, in dem er North die entscheidende Rolle spielen sah. Er wußte, wie es war, wenn man jemanden umbringen wollte.

Daß Norths Vorgehen eine lange und sorgfältige Planung erforderte, änderte nichts daran, daß der Doppelmord Ulphs Ansicht nach ein Verbrechen aus Leidenschaft war. North hatte kaltblütig gehandelt, dachte er, mit einer Kaltblütigkeit, unter deren hauchdünner Schicht rasender Zorn und unerträgliche Eifersucht schwelten. Und der Gram, den er zuerst für vorgetäuscht gehalten hatte, mochte vielleicht sogar echt sein, das Entsetzen eines Othellos, der im Unterschied zu Othello triftige und unbestreitbare Gründe für sein Verbrechen besaß.

Daher verspürte Ulph nicht den Wunsch, gegen North als Rachewerkzeug der Gesellschaft tätig zu werden. Sein Interesse war distanziert und rein theoretischer Natur. Er wollte einfach wissen, wie es der Mann getan hatte, und in geringerem Maß auch, warum er es getan hatte, wo eine Scheidung doch die einfachere und naheliegendere Lösung gewesen wäre.

Doch der Fall war abgeschlossen. Darauf hatten sich der Richter und der Superintendent verständigt.

Hinterher wünschte David, er hätte sie nicht angerufen, um sich zu entschuldigen. Ihre Stimme klang ihm noch immer verletzend in den Ohren.

»Mr. North hat es eingerichtet, ihr ein bißchen Geld zu leihen. Schade, daß ihre alten Freunde nicht daran gedacht haben.«

Sie hatte ihn mit einigen gelassenen, spitzen, bewußt verletzenden Sätzen am Boden zerstört. Doch während er ihr zerknirscht zuhörte, konnte er nur an seinen ersten Eindruck denken, den Eindruck ihrer völligen Aufrichtigkeit. Er trug ihr nichts nach. Da ihm ihr Gesicht nicht aus dem Sinn ging, besuchte er nach der Arbeit die Tate Gallery, entdeckte *The Order of Release* und kaufte eine Postkarte des Gemäldes. Er hatte sich mit seinem Vergleich mit Effie Ruskin nicht geirrt, doch als er nun zum Victoria Embankment gelangte und sich ein Taxi heranwinkte, stellte er fest, daß ihm die Karte, die er immer noch in der Hand hielt, weder Vergnügen bereitete noch mit Genugtuung über die Genauigkeit seines Personengedächtnisses erfüllte. Er hatte das Gefühl, sie zu den anderen an seine Wand zu hängen, könnte ihn seltsam bedrücken.

Als er in den *Mann mit der eisernen Maske* eintrat, waren die einzigen Gäste wieder die beiden Bärtigen. Sie saßen an ihrem Stammplatz und tranken Hochprozentiges.

»Vorkaufsrechte sind ja gut und schön«, hörte David Charles sagen, »aber nur für den anderen, der den Gewinn einstreicht, meine Wenigkeit schaut in den Mond.«

»Logisch«, sagte Sid.

»Ich meine, was bringt das einem? Null, nicht die Bohne, es sei denn, es macht einem Spaß, das Finanzamt übers Ohr zu hauen.«

Der Barmann musterte David neugierig, der mit besorgter Miene so tat, als suche er jemand in dem leeren Pub.

»Sie sehen aus, als hätten Sie etwas verloren.«

»Jemanden«, verbesserte ihn David. »Eine junge Dame.« Die höfliche Bezeichnung wirkte hier ziemlich deplaziert. »Ich habe gehofft, sie hier zu finden.«

»Hat Sie wohl versetzt?«

»Nein, das nicht gerade.« Sid und Charles schienen auf seinen Köder nicht anbeißen zu wollen. Weshalb sollten sie auch? Ganz so leicht würde es nicht werden. Schüchtern ging er an ihren Tisch. »Entschuldigen Sie.« Charles funkelte ihn ungehalten an. Seinem Gesichtsausdruck nach hatte er schlechte Laune. »Entschuldigen Sie, aber sind Sie schon lange hier?«

»Ja.« Charles schien hinzusetzen zu wollen, ob das verboten sei, oder ob David etwas dagegen habe.

»Ich wollte nur fragen, ob Sie vielleicht ein Mädchen hier gesehen haben, eine auffallend hübsche Dunkelhaarige. Vor ein paar Wochen haben Sie mich mit ihr hier gesehen.«

»Kommt mir bekannt vor.« Charles griesgrämige Miene hellte sich auf, so daß er nicht mehr ganz so sehr wie Rasputin aussah. »Mal überlegen. So ein appetitlicher Käfer in engen Jeans, kommt das hin?«

»Komm, komm, Charles«, bremste ihn Sid.

»War nicht bös gemeint, alter Junge. Sollte eigentlich ein Kompliment sein.«

»Schon gut.« David brachte ein recht ungezwungenes Lachen zustande. »Sie war früher Sekretärin bei mir, und da meine jetzige gerade gekündigt hat, dachte ich... Ich glaube nämlich, daß sie ziemlich oft hierherkommt, und weil ich nicht weiß, wo sie wohnt, habe ich eben mal hereingeschaut, ob ich sie vielleicht erwische.« Er staunte, wie glatt ihm die Lüge über die Lippen ging. »Sie wissen ja, wie das so ist.«

»Heute war sie bisher nicht hier«, sagte Charles. »Tut mir leid, daß wir Ihnen nicht helfen können. Ich wollte, ich hätte soviel Grips gehabt«, fuhr er an Sid gewandt fort, »vergangene Woche hundert Vereinigte Vanadium zu kaufen. Die hat's heute morgen auf achtunddreißig sechs katapultiert.«

»Logisch.«

»Möchten Sie vielleicht einen Drink?« fragte David verzweifelt.

»Mich hat fast der Schlag getroffen. Sechs Monate gurken die eisern auf fünfundzwanzig Komma sonstwas herum, und... Habe ich da eben das Zauberwort Drink gehört? Firma dankt, alter Junge.«

»Kognak«, sagte Sid, anscheinend für sie beide.

David holte zwei Kognaks und für sich ein Bier. Der Barmann preßte die Lippen zusammen. Seine Miene war bedeutungsschwanger, doch David konnte sie nicht deuten.

»Ihr Freund würde mir auch schon helfen«, sagte er, als er die Gläser abstellte. »Ich will nur ihre Adresse.«

*»Salud y pesetas«*, sagte Charles. »Auf die Peseta würde ich momentan allerdings nicht viel geben. Machen Sie sich immer noch Gedanken um dieses Mädchen, alter Junge?«

Jede Vorsicht außer acht lassend, fragte David: »Haben Sie sie schon mal in Begleitung eines Mannes hier gesehen?«

Charles zwinkerte Sid kummervoll zu. »Noch und nöcher. Großer, gutaussehender dunkelhaariger Typ. Hat immer ›Gin und was Sprudliges‹ bestellt, war's nicht so, Sid?«

»Logisch.«

Aufregung stieg in David auf und brachte ihn ins Stottern. Daß ihn Sid und Charles offenbar für Magdalenes

Verflossenen hielten, störte ihn nicht im mindesten. »Immer?« fragte er. »Heißt das, sie waren oft hier?«

»In den letzten sechs Monaten ungefähr einmal pro Woche. Nein, da irre ich mich. Es müssen eher acht Monate gewesen sein. Du müßtest das doch wissen, Sid. Seit wann kommen wir hierher statt in die *Rose*?«

»August.«

»Richtig, seit August. Ich weiß noch, daß es August war, weil ich gleich am ersten Tag nach meinem Urlaub in Mallorca mit Sid in die *Rose* gegangen bin, und da haben sie mich doch tatsächlich mit dem Wechselgeld übers Ohr gehauen. ›Jetzt reicht's mir aber‹, habe ich zu Sid gesagt, und deshalb gehen wir statt dessen immer hierher. Ihr Mädchen und der Dunkelhaarige waren damals auch schon da.«

»Verstehe. Und seither haben Sie sich regelmäßig hier getroffen?«

»Nicht während der letzten zwei Wochen.« Charles warf einen Blick zum Barmann und lehnte sich dann vertraulich zu David hinüber: »Meiner Meinung nach haben sie die Nase voll von hier. Schwindel steht in dieser Kaschemme an der Tagesordnung. Kurz bevor Sie kamen, wollte mich der Kerl dort über den Löffel balbieren. Hat behauptet, ich hätte ihm ein Pfund gegeben, dabei war's ein Fünfer. Ekelhaft!« Seine Augenbrauen zogen sich verärgert zusammen, während er sich über den Bart strich.

»Sieht so aus, als müßte ich mir meine neue Sekretärin aus der Zeitung suchen.«

Sid warf ihm einen höhnischen Blick zu, stand unvermittelt auf und sprach den längsten Satz, den David je von ihm gehört hatte. »Verschonen Sie mich bloß von wegen ihrer Sekretärin, wenn's recht ist. Wir sind hier unter Männern von Welt, will's zumindest hoffen, und was mich betrifft, kann ich es nicht leiden, wenn mich jemand wie einen Schuljungen behandelt.« Er riß die Tür auf. »Sekretärin!« schnaubte er. »Kommst du, Charles?«

»Logisch«, sagte Charles, die Rollen vertauschend. Damit schoben sie ab.

David wandte sich zur Bar und zuckte mit den Schultern.

»Ganz schön witzig, die beiden Scherzkekse«, sagte der Barmann. »Falls man Sinn für schwarzen Humor hat.«

Die Entdeckung hatte David in nervöse Euphorie versetzt, so daß er es in dem Pub keinen Augenblick länger aushalten konnte. Er steckte voller Energie, die er nicht auf einen Plausch mit dem Barmann vergeuden wollte. Er wollte auch nichts mehr trinken, denn der Alkohol könnte vielleicht seine Denkprozesse trüben. Er ging auf die Straße und streifte ziellos umher.

Seine Erregtheit währte ungefähr zehn Minuten. Solange sie anhielt, fühlte er sich so ausgelassen wie während anderer Höhepunkte in seinem Leben, als er zum Beispiel sein Diplom erhalten oder seine augenblickliche Stelle ergattert hatte. Er konnte sich nur immer wieder zu seinem Scharfsinn gratulieren, für anderes war in seinen Gedanken kein Platz. Vorübergehend hatte er Heller ganz vergessen vor Stolz und Euphorie, die nichts mit Moral, Gerechtigkeit oder Entrüstung zu tun hatten. Er hatte es herausgefunden, hatte erreicht, was er sich vorgenommen hatte, und nun konnte er nur staunend über seine Großtat nachsinnen.

Doch er war nicht von Natur aus eitel, und als er auf Umwegen schließlich zum Soho Square gelangte, war seine Großspurigkeit schon nicht mehr ganz so penetrant. Vielleicht hatte eine der Passantinnen sie ihm wieder ins Gedächtnis gerufen, ein Mädchen mit glattem blondem Haar oder mit grauen Augen, deren Blick er einen Moment lang aufgefangen hatte. Mit erstaunlicher Klarheit tauchte vor seinem geistigen Auge ihr Bild auf, und mit einem Mal landete er wieder unsanft auf dem Boden der Wirklichkeit. Er setzte sich auf eine Bank unter den Bäumen, und als seine Hand die kühle Metallehne berührte, erfaßte ihn ein Schauder.

Man mußte sie verständigen. Sie durfte nicht allein in dem Haus bleiben, allein, ohne Schutz war sie leichte Beute für North. Es schien absurd, sie mit dem klassischen Krimiopfer zu vergleichen, das zuviel wußte und deshalb zum Schweigen gebracht werden mußte, aber traf nicht das den Nagel auf den Kopf? Sie hatte North schon vorgewarnt, indem sie ihm von Davids anfänglichem Argwohn berichtete. Niemand konnte wissen, was sie durch die enge Nachbarschaft zu North sonst noch beobachtet hatte, welche winzigen Unstimmigkeiten ihr in seinem Verhalten aufgefallen waren. Nicht einen Augenblick glaubte David daran, daß North ihre Gesellschaft aus aufrichtigen Beweggründen oder Zuneigung suchte. Sie schwebte in Gefahr.

Er konnte sie nicht warnen, das war ihm klar. Er war der letzte, dem sie Gehör schenken würde. Trotzdem stand er auf und schlenderte gemächlich zur Telefonzelle. Sie war besetzt, und ungeduldig wartend lief er vor ihr auf und ab. Endlich kam er an die Reihe. Er hatte schon ihre Nummer herausgesucht und zu wählen begonnen, als ihn der Mut verließ. Aber er konnte noch etwas Besseres tun, etwas, das von mehr Verantwortung und Reife zeugte. Sobald es ihm eingefallen war, fragte er sich, weshalb er es nicht schon vor Tagen getan hatte. Diesmal also das grüne Telefonbuch... Er holte tief Luft, trommelte mit den Fingern nervös auf das Telefongehäuse und wartete, bis sich die Kriminalpolizei Matchdown Park meldete.

Inspector Ulph war ein kleiner hagerer Mann mit einer scharf vorstehenden Hakennase und olivfarbener Haut. David versuchte oft, in der bildenden Kunst Ebenbilder für lebende Menschen zu finden. Susan Townsend hatte er mit Millais' Porträt von Effie Ruskin verglichen, Magdalene Heller hatte etwas von einem Lely oder sogar einem Goya an sich, und dieser Polizeibeamte erinnerte ihn an Porträts von Mozart. Derselbe sensible Mund, der leidende Gesichtsausdruck, gemildert durch innerliche Kraft, die Augen, die über geistreiche Witze lachen und diese provozieren konnten. Er trug das Haar nicht so lang wie Mozart, aber doch länger als unter Polizisten üblich, und in seiner Kindheit war es gewiß so seidig hellbraun gewesen wie die Locke, die David in Salzburg ausgestellt gesehen hatte.

Ulph seinerseits sah einen großen, mageren jungen Mann, intelligent und nicht sonderlich gutaussehend, dessen neugierige Augen ihn für einen Augenblick zehn Jahre jünger machten. Er tischte ihm eine wilde Geschichte auf, die sich Ulph anhörte, ohne seine anfängliche Erregung zu zeigen, die der Name North bei ihm ausgelöst hatte. Was hatte er denn zu hören erwartet? Das jedenfalls nicht. Auf seine gedämpfte Hochstimmung folgte Enttäuschung, die er hinauszuzögern versuchte, indem er die Aussagen seines Besuchers zusammenfaßte. Von seiner ursprünglichen Erregung blieb nur ein kleiner Funke, den er am Glimmen hielt, als er energisch sagte:

»Sie wollen mir also erzählen, daß Mr. North und Mrs. Heller sich Ihrer zuverlässigen Kenntnis nach in einem Londoner Pub namens *Der Mann mit der eisernen Maske* getroffen haben? Sich dort vor dem Tod ihres Mannes und seiner Frau in regelmäßigen Abständen getroffen haben?«

David nickte entschieden. Er hatte sich eine spontanere Reaktion erhofft. »Ja, genau. Vielleicht klingt das ein bißchen weit hergeholt, aber ich glaube, sie haben sich dort getroffen, um sich gegen die beiden zu verschwören, wenn man das so sagen kann, um ihre Ermordung zu planen und es wie Selbstmord aussehen zu lassen.«

»Tatsächlich?« Ulph hatte die Augenbrauen nach oben gezogen. Niemand hätte ihn nun für einen Menschen gehalten, den Tag und Nacht der Gedanke an eine Waffe und ein raffiniert bewerkstelligtes Verschwinden beherrschte. Er wirkte, als sei ihm Davids Verdacht, ja allein schon die Vorstellung, North könne auch nur im entferntesten etwas mit dem Doppelselbstmord zu tun haben, etwas völlig Neues.

»Ich bin sicher, daß er es getan hat«, sagte David impulsiv. »Und wenn er es getan hat, dann muß sie auch daran beteiligt gewesen sein. Nur sie kann ihm gesagt haben, wann Heller *Braeside* aufsuchen würde, und nur sie kann ihm die Waffe gegeben haben. Am Abend vor seinem Tod war ich bei ihm in der Wohnung und habe die Waffe gesehen. Später habe ich beobachtet, wie sie in ein Kino ging. Ich glaube, in diesem Kino hat North auf sie gewartet und sich im Dunkeln die Waffe geben lassen.«

Die Waffe. Das war die einzige Möglichkeit, dachte Ulph, wie North an sie herangekommen sein konnte. Nicht durch einen Einbruch, nicht durch die Geschicklichkeit eines Taschendiebs, derer es bedurft hätte, um sie von Heller zu stehlen, sondern durch ein Komplott mit Hellers Frau. Sofort fielen ihm Schwachpunkte auf. »Sie sagen, North und Mrs. Heller trafen sich im August zum ersten Mal in diesem Pub?«

»Ja, ich stelle mir das so vor: Bernard Heller hatte Mrs. North kennengelernt, sich in sie verliebt und ein Verhältnis mit ihr angefangen, dem North auf die Schliche kam. Daher setzte er sich mit Magdalene Heller in Verbindung.« David machte eine Pause und holte tief Luft. Er begann, wieder hochmütig zu werden. Seine Theorie festigte sich im Weiterreden von selbst und erschien ihm plausibel. »Sie verabredeten sich, um – um über das Unrecht zu sprechen, das ihnen widerfuhr. Eine Zeitlang unternahmen sie weiter nichts. Bernard versuchte sich im September das Leben zu nehmen – das habe ich aus der Zeitung –, was sie vermutlich erschüttert hat. Aber als er sich wieder mit Louise einließ, trafen sie sich weiterhin und beschlossen, die anderen zu ermorden.«

Die Geschichte steckte so voller Unstimmigkeiten

und stimmte mit Ulphs Lebenserfahrung so wenig überein, daß er beinahe lachen mußte. Dann aber rief er sich ins Gedächtnis, daß er dieser Theorie, so absurd und zusammengestückelt sie auch sein mochte, seinen einzigen Hinweis verdankte, wie North in den Besitz der Waffe gelangt war, und beließ es bei einem Seufzen. Das eigentliche Studienobjekt des Menschen ist die Menschheit, dachte er und fragte sich, wie jemand, der so intelligent, gebildet und aufgeweckt war wie sein Gegenüber, fast dreißig Jahre auf diesem Planeten zugebracht haben und doch so blind sein konnte gegenüber der Vorsicht des Menschen und dem Einfluß, den die Konvention auf sein Verhalten ausübt.

»Jetzt hören Sie mir mal gut zu, Mr. Chadwick.« Denn das dürfte ein ziemlich langer Vortrag werden, setzte er in Gedanken hinzu. »Ein ganz normaler Kalkulator aus dem Mittelstand stellt fest, daß seine Frau ihm untreu ist. Da hat er die Wahl zwischen mehreren Möglichkeiten. Er kann mit ihr darüber reden, er kann mit dem Mann darüber reden, er kann sich scheiden lassen.« Unter dem Schreibtisch hatten sich seine Hände zu Fäusten geballt, und als er es merkte, lockerte er sie wieder. Hatte er das alles nicht selbst getan? »Er kann Gewalt anwenden, entweder gegen einen von ihnen oder gegen beide, oder er kann sie umbringen, wiederum entweder einen oder beide. Meinetwegen kann er auch mit der Gattin des Liebhabers seiner Frau in Verbindung treten und ihr seine Entdeckung mitteilen.

Letzteres liegt im Bereich des Möglichen. Sie oder ich«, sagte Ulph, »Sie oder ich würden das vielleicht nicht tun, aber so was ist schon vorgekommen. Das unschuldige Paar stellt sich gegen das schuldige Paar. Daraufhin kommt es zu noch mehr Gewalt oder noch mehr Diskussionen. Was das unschuldige Paar jedenfalls nicht macht, ist, sich in einem Pub zu treffen und einen Mord auszuhecken. Zwei wildfremde Menschen? Ohne etwas von den Gefühlen, Neigungen und dem Charakter des anderen zu wissen? Können Sie sich das vorstellen? Erscheint Ihnen das plausibel?«

In einem Ton, der sich von seiner eigenen Stimme stark unterschied und jungenhaft impulsiv klang, fuhr Ulph fort. War das die Sprechweise Norths? David hatte keine Ahnung. Er hatte sie noch nie gehört. »›Wir hassen sie, Mrs. Heller, und möchten sie gern los sein. Das verbindet uns. Wie wär's, wenn wir einen narrensicheren Plan entwerfen, sie umzubringen? Wie wär's, wenn wir es gemeinsam planen?‹« Doch Magdalenes Stimme kannte er, und Ulphs Nachahmung ihrer langen Vokale und scharfen Zischlaute war so unheimlich, daß er leicht zusammenzuckte. »›Großartige Idee, Mr. North! Soll ich Ihnen helfen, die Sache auszuknobeln?‹«

David mußte unwillkürlich lächeln. »Natürlich nicht mit diesen Worten, aber so ähnlich.«

»Wäre sie nicht weggelaufen? Hätte sie nicht die Polizei gerufen? Wollen Sie allen Ernstes behaupten, hier seien sich zwei Menschen begegnet, deren Mordgelüste sich ergänzten? Und alles nur, weil ihre Ehepartner ein Verhältnis miteinander hatten? Das spricht für Ihre Tugend. Sie haben offensichtlich noch nie versucht, einen Unbekannten in eine Intrige zu verwickeln.«

Doch, er hatte. Erst vor zwei Tagen hatte er genau das bei Susan Townsend versucht. Er hatte eine Unbekannte in der Hoffnung aufgesucht, sie würde ihm dabei helfen, North zur Strecke zu bringen. Aus unlängst gesammelter Erfahrung hätte er wissen müssen, daß Menschen so etwas nicht taten.

»Angenommen, ich gehe noch mal in den Pub«, schlug er schüchtern vor. Sah er Belustigung in Ulphs Augen? »Angenommen, ich bringe Ihnen die Namen der beiden Männer?«

»Nur zu – vorausgesetzt, Sie handeln sich keine Schwierigkeiten ein, Mr. Chadwick.«

Zaghaften Schrittes ging David aus dem Polizeirevier. Er fühlte sich gedemütigt, durch Ulphs Sachkenntnis in die Schranken verwiesen. Trotzdem hatte Ulph ihn lediglich auf die Schwachstellen in seinem Gedankengang aufmerksam gemacht. Er hatte nichts unternommen, um Davids Überzeugung von Norths Schuld zu ändern oder seine wachsende Gewißheit zu erschüttern, daß North sich mit Susan Townsend nur abgab, um herauszufinden, wieviel sie wußte.

## 14

Er mußte natürlich das Pech haben, daß Sid und Charles an diesem Abend nicht im *Mann mit der eisernen Maske* saßen. Vielleicht kamen sie donnerstags nie. Er war sich selbst nicht sicher, ob er schon einmal an einem Donnerstag hier gewesen war. Jedenfalls konnte er sich an keinen seiner Besuche in dem Pub erinnern, bei dem er sie nicht hier gesehen hatte. Bis acht lungerte er herum, dann ging er nach Hause.

Am Abend darauf waren alle Stammgäste da, das Pärchen mittleren Alters, der alte Schauspieler, das Mädchen mit den malvenfarbenen Fingernägeln und ihr Freund, der diesmal einen Dreispitz aus der Zeit der Schlacht von Waterloo trug, alle außer Sid und Charles. David wartete, sah auf die Uhr, sah auf die Tür und fragte schließlich den Barmann.

»Die beiden Bärtigen meinen Sie?«

»Genau«, sagte David. »Scherzkekse haben Sie sie genannt. Die beiden suche ich.«

»Hier werden Sie die kaum finden.« Der Barmann warf ihm einen bedeutungsvollen Blick zu und setzte das Glas ab, das er gerade poliert hatte. »Behalten Sie es für sich, aber mit denen habe ich mich gestern mittag ganz schön herumgeärgert. Geld, Geld, Geld – was anderes hatten die nie im Kopf. Fast schon krankhaft. Das allererste Mal, als sie zu uns kamen, haben die gleich auf mir herumgehackt von wegen falsch herausgeben, zuviel berechnen und so. Alles Quatsch natürlich.« Er senkte die Stimme. »Anspielungen haben die gemacht, das war schon nicht mehr feierlich. Gestern hatte ich dann die Nase voll davon. Holen Sie doch die Polizei, wenn Sie nicht zufrieden sind, habe ich gesagt. Wir haben nichts zu verbergen. Ich habe das Recht auf meiner Seite, wenn ich mich weigere, Sie zu bedienen, habe ich gesagt, und wenn Sie morgen wiederkommen, werde ich das auch tun.«

»Das gleiche ist ihnen schon letzten August in der *Rose* passiert«, sagte David mutlos.

»Das wundert mich nicht. Ich vermute doch richtig, daß es keine Freunde von Ihnen sind?«

»Ich kenne nicht mal ihre Namen.«

»Eine Kneipentour«, sagte Pamela Pearce. »Also ich weiß nicht, David. Könnte langweilig werden.«

»Ich möchte da nach zwei Typen suchen. Ich muß die unbedingt finden.«

»Sie schulden dir wohl Geld.«

»Nein, sie schulden mir nichts«, meinte David mürrisch. »Es dreht sich um etwas viel Wichtigeres, aber ich möchte das jetzt lieber nicht erklären. Na komm schon, findest du es nicht lustig, durch die Pubs von Soho zu ziehen?«

»Eher berauschend. Von mir aus, Soho soll mir recht sein. Aber Liebling, es regnet in Strömen!«

»Na und? Dann kannst du deinen neuen Regenmantel einweihen.«

»Das wäre zu überlegen«, sagte Pamela, und als er sie abholte, glitzerte sie in silbernem Krokoleder.

In der U-Bahn-Station Tottenham Court Road sagte er: »Sie tragen beide Bärte, und ihre Gespräche drehen sich fast ausschließlich um Geld.«

»Mehr Anhaltspunkte hast du nicht?«

Er nickte und wich ihrem Blick aus. Ihm war eingefallen, daß Sid und Charles, falls sie sich endlich auftreiben ließen, mit Sicherheit ironische Anspielungen auf sein Interesse an einer gewissen auffallend gutaussehenden Dunkelhaarigen machen würden, seiner früheren Sekretärin. Pamela wußte nur zu genau, daß er nie eine Sekretärin gehabt hatte. Merkwürdig, daß ihn dies überhaupt nicht belastete.

Als ersten würden sie in den *Mann mit der eisernen Maske* gehen. Es bestand eine entfernte Aussicht, daß sich jemand von den anderen Stammgästen an North und

Magdalene erinnerte. Aber David hatte da seine Zweifel. Auch er war Stammgast, doch er entsann sich nicht daran, das Paar – die Verschwörer? Die Liebenden? – vor dem Tag der gerichtlichen Untersuchung schon einmal gesehen zu haben. Hatten sich Sid und Charles nur deshalb an sie erinnert, weil sie, wie die meisten Männer, für Magdalenes Schönheit empfänglich waren?

Er mußte sie finden.

Pamela ging schweigend neben ihm her, während durch den grauen Dunst leicht und stetig Regen fiel.

Es war Sonntag, und Julian Townsend nahm seinen Sohn den Tag über zu sich. Hand in Hand gingen sie auf dem Weg zu dem geparkten Auto. Susan sah ihnen nach und war amüsiert, weil der Airedale, der stets nur unbekannte Eindringlinge verbellte, plötzlich Julian anzukläffen begann. Er war ein Fremder geworden.

Sie zuckte mit den Schultern und ging ins Haus. In der Diele sah sie ihre Doppelgängerin aus dem Spiegel auf sich zukommen; sie blieb stehen, um sich zu begutachten, das blonde Haar, das neuen Glanz besaß, die grauen Augen, in denen Vorfreude funkelte, das neue Kostüm, für das sie ihr Konto geplündert hatte. Das Honorar von Miss Willingale würde das wieder in Ordnung bringen, denn sie hatte nur noch vier Kapitel vor sich.

Auf dem Seitenweg hörte sie Bobs Schritte. Die Zeiten seiner Höflichkeitsbesuche an der Haustür waren vorbei. Susan blickte auf die junge Frau in Spiegel und las in ihrem Gesicht die Freude über die neue Vertrautheit und den Anfang eines ungezwungenen Verhältnisses zwischen ihnen.

Ein wenig scheu ging sie ihm entgegen. Er trat ein und schloß sie wortlos in die Arme. Er küßte sie lang, bedächtig und geschickt, und die Wirkung seines Kusses auf sie war beunruhigend. Sie waren doch nur Freunde, ermahnte sie sich, Freunde in der Not, jeder der Trostspender des jeweils anderen. Erschüttert riß sie sich von ihm los und vermied, ihm in die Augen zu sehen.

»Bob, ich... Warte einen Augenblick. Ich muß noch meine Handschuhe holen, meine Tasche.«

Oben im Schlafzimmer lagen Handschuhe und Tasche ausgehbereit auf dem Toilettentisch. Sie ließ sich kraftlos auf das Bett sinken und starrte hinaus in den Himmel, der heute morgen tiefblau war, und auf die sich träge im Wind schaukelnden Ulmen, ohne etwas davon wahrzunehmen. Ihre Hände zitterten, und sie knetete sie durch, um die Muskeln wieder unter Kontrolle zu bringen. Bisher war sie der Meinung gewesen, das ohne einen Mann, einen Geliebten verbrachte Jahr sei aufgrund der fehlenden Gesellschaft und des Schmerzes der Ablehnung so unerträglich gewesen. Jetzt wurde ihr klar, daß sie mindestens ebensosehr sexuelle Leidenschaft vermißt hatte.

Er wartete auf sie unten an der Treppe. Sie mußte daran denken, wie sich das Mädchen in Harrow nach ihm umgedreht, was Doris über sein Aussehen und seinen Charme gesagt hatte, und diese Ansichten, die ausgesprochenen und unausgesprochenen Urteile von anderen Frauen, ließen ihn in ihren Augen plötzlich noch begehrenswerter erscheinen. Alle außer seiner Frau waren von seiner Ausstrahlung überwältigt, diesem Inbegriff all dessen, was einen Mann ausmachen sollte. Als sie nun zu ihm herunterkam, dachte sie kurz an seine Frau.

Warum war ausgerechnet sie ihm gegenüber unempfänglich und gefühllos gewesen?

Er lächelte sie an und streckte die Hand nach ihr aus. Es lag etwas Anstößiges darin, einen Mann wegen seines Aussehens zu begehren und – ein schmutziger, unanständiger Gedanke – weil man eben einen Mann haben wollte. Sie ging auf ihn zu, und diesmal nahm sie ihn in die Arme und reckte das Gesicht nach oben, damit er sie küßte.

»Zu Mittag essen wir in einem kleinen Pub auf dem Land«, sagte er. »Ich habe ihn selbst entdeckt, und für kleine Pubs hatte ich schon immer eine Schwäche.«

Sie hielt seine Hand und lächelte ihn an. »Tatsächlich, Bob?«

»Warum sagst du das so?« fragte er nervös. »Warum siehst du mich so an?«

»Ich weiß nicht. War keine Absicht dabei.« Sie wußte es wirklich nicht und konnte auch nicht sagen, weshalb sie plötzlich an Heller und Hellers Witwe denken mußte. »Schließen wir doch eine Abmachung«, fügte sie rasch hinzu. »Während unseres Ausflugs heute sprechen wir nicht über Heller oder Louise.«

»Lieber Himmel«, sagte er, und sie spürte, wie er aufseufzte, während er sie kurz an sich drückte. »Ich wäre der letzte, der über sie sprechen will.« Er strich ihr über das Haar, und sie erbebte, als sie seine Finger sanft auf ihrer Haut spürte. Sie hätte genauso erleichtert sein müssen wie er, doch sie empfand nur ein unbestimmtes Unbehagen. Gab es ein anderes Gesprächsthema, verband sie denn sonst noch etwas? Ein Gedanke hatte sich bei ihr eingeschlichen, dem etwas quälend Erniedrigendes anhaftete: daß sie, statt mit ihm auszugehen, lieber mit ihm zu Hause geblieben wäre und ihn für einen ewigen Augenblick der Wärme und des Begehrens Wange an Wange an sich gedrückt hätte. Außerhalb dieses Zimmers, so schien es ihr, konnten sie als Paar, als Freunde, nicht bestehen.

Die kühle frische Luft riß sie wie aus einem Traum. Sie ging mit einigem Abstand vor ihm zu seinem Auto und war entsetzt über sich, wie jemand, der sich auf einer Party zu einer Unbedachtheit hat hinreißen lassen und nun, am Tag darauf, sich scheut, den Nachbarn und seinem Partner mit diesem Makel unter die Augen zu treten.

Doris sah aus dem Fenster und winkte. Betty blickte von der Gartenarbeit auf und lächelte ihnen zu. Als ob ich mit Bob in die Flitterwochen ginge, dachte Susan, und die rosa Kirschblüten regneten ihr auf Haar und Schultern wie Konfetti auf eine Braut. Sie stieg auf der Beifahrerseite ein und mußte daran denken, wie grob er zu ihr an dem Tag gewesen war, als er sie nach Harrow mitgenommen hatte, und wie brutal seine fast schon gemeingefährliche Raserei gewesen war, mit der er ihr hatte angst machen wollen. Es war derselbe Mann. Er lächelte sie an, ergriff ihre Hand und küßte ihre Finger. Aber sie kannte ihn doch gar nicht, wußte nicht das geringste von ihm.

Was sie auch sagte, stets würden sie bei Heller landen. Darauf lief es immer hinaus. Doch sie hatte versprochen, weder ihn noch Louise zu erwähnen, und nun erkannte sie, daß Bob zwar häufig von ihnen sprach und merkwürdigen Trost aus dem Unglück schöpfte, jedoch immer dann unruhig wurde, wenn sie selbst die Initiative ergriff. Es war, als ob der Doppelselbstmord allein ihm gehöre und niemand, nicht einmal sie, ohne seine Erlaubnis darauf zu sprechen kommen und sich mit ihm befassen dürfe.

Diese Vorstellung mißfiel ihr sehr. Er dachte jetzt darüber nach. Sie konnte es von seinem Gesicht ablesen. Zum ersten Mal formte es sich in ihren Gedanken zu Worten, was sie seit der ersten Fahrt mit ihm in diesem Auto gewußt hatte. Die ganze Zeit, Tag und Nacht ohne Unterlaß, hatte er daran gedacht.

Aber irgend etwas mußte sie mit ihm reden. »Wie kommst du mit Mrs. Dring aus?« fragte sie verzweifelt.

»Ganz gut. Es war lieb von dir, sie zu überreden, Susan, richtig nett.«

»Sie kann nur samstags kommen?«

»Ja, wenn ich im Haus bin.« Er nahm eine Hand vom Steuer und tätschelte ihren Arm. Nicht aus Begierde, dachte sie, nicht aus Zuneigung. Vielleicht einfach, um sich zu vergewissern, daß sie wirklich neben ihm saß. Ganz leise, als säßen sie nicht allein in einem Auto, sondern gingen auf einer bevölkerten Straße, wo jeder zuhören konnte, wenn man nicht flüsterte, sagte er dann: »Sie kommt immer wieder darauf zu sprechen. Ich versuche, ihr aus dem Weg zu gehen, aber sie nützt die kleinste Gelegenheit, um darauf zu sprechen zu kommen.«

»Sie ist ziemlich rücksichtslos«, sagte Susan sanft.

Er kniff die Lippen zusammen, aber nicht aus Trotz. Er versuchte nur, das Zucken seiner Mundwinkel zu verbergen. »Sie öffnet die Fenster.«

Wodurch das Geheimnis, das er dort verbarg, der frischen Luft und hellem Tageslicht ausgesetzt wurde? Mit einem Mal fröstelte Susan in dem muffigen Auto, aus dessen Heizung ein warmer Luftschwall strömte. Mit tonloser Stimme, leise und doch flüssig, erzählte er ihr von den Fragen, die Mrs. Dring ihm gestellt hatte, von ihren gefühlsduseligen, taktlosen Beileidsbekundungen.

»Ich werde sie mir mal vorknöpfen.«

Doch er schien sie kaum zu hören. Wieder einmal war er bei diesem Vormittag gelandet, seiner Ankunft in *Braeside* und den beiden auf dem Bett. Und aus Mitleid und weil sie ihn nicht merken lassen wollte, daß sie auch ein wenig Angst hatte, legte Susan ihm die Hand auf den Arm und ließ sie dort ruhen.

»Ich konnte sie nicht finden«, sagte David. Ulphs Miene glich der eines nachsichtigen Vaters, der sich die Flunkereien eines Kindes anhört. Vielleicht hatte er im Grunde nie an Sid und Charles geglaubt. David kam sich in seiner Gegenwart wie ein Spinner vor, einer von den Leuten, die mit wilden Beschuldigungen zur Polizei rennen, weil sie Zwietracht säen oder sich wichtig machen wollen. Aus diesen Überlegungen heraus erwähnte er nichts mehr von der Suche mit Pamela Pearce, die sie in achtzehn verschiedene Pubs geführt hatte, in denen sie immer wieder vergebens die gleichen Fragen gestellt hatten. Aus naheliegenden Gründen sagte er auch nichts über den nachfolgenden Streit, als sie durch die frustrierende Enttäuschung und den unaufhörlichen Regen beide schlechter Laune gewesen waren.

»Vermutlich arbeiten sie in der City«, sagte er und

kam sich albern vor. »Wir könnten es an der Börse, bei Lloyds oder so versuchen.«

»Ja, *Sie* könnten das, Mr. Chadwick.«

»Heißt das, Sie ziehen nicht mit? Sie wollen keinen Beamten darauf ansetzen?«

»Zu welchem Zweck? Kann sich irgend jemand von den anderen Stammgästen dieses Pubs daran erinnern, Mr. North oder Mrs. Heller dort schon gesehen zu haben?« David schüttelte den Kopf. »Nach dem, was Sie mir über ihr Benehmen berichtet haben, sind Ihre bärtigen Bekannten nicht gerade ein Ausbund an Rechtschaffenheit. Mr. Chadwick, können Sie ausschließen, daß sie Ihnen nicht ...nun, einen Bären aufgebunden haben?«

Diesmal nickte David dickköpfig. Ulph zuckte mit den Schultern und trommelte mit den Fingern leise auf den Schreibtisch. Auch ihm ging vieles durch den Kopf, das er aus Gründen der Schweigepflicht für sich behielt. Es bestand keine Veranlassung, diesem halsstarrigen jungen Mann mitzuteilen, daß seit seinem letzten Besuch auf dem Polizeirevier North und Mrs. Heller noch einmal getrennt vernommen worden waren und beide energisch bestritten hatten, schon vor den Selbstmorden voneinander gewußt zu haben. Ulph glaubte ihnen. Robert North war für Mrs. Hellers Schwager und Mrs. Hellers Nachbarn inzwischen ein guter Bekannter. Sie kannten ihn als liebenswürdigen Wohltäter, der sich in East Mulvihill zum ersten Mal fünf Tage nach dem Unglück hatte blicken lassen.

Daher hatte Ulph den Glauben an Davids Theorie über den Weg der Waffe verloren. Von Norths Schuld war er nach wie vor überzeugt, und vor seinem geistigen Auge tauchte immer noch die Filmsequenz über Norths Handlungen an jenem Mittwoch vormittag auf. Doch er war auf andere Weise an die Waffe gekommen. Wie, wußte Ulph nicht, und auf welchem Weg North das Haus verlassen hatte, war ihm auch nicht klar. Antworten auf diese Fragen würden ihm dabei helfen, den Fall noch einmal aufrollen zu lassen, nicht unbegründete Spekulationen über eine Verschwörung.

»Sehen Sie, Mr. Chadwick«, fuhr er geduldig fort, »Sie haben für dieses Komplott nicht nur keine handfesten Beweise, Sie verfügen nicht einmal über eine Theorie, die mich überzeugen könnte, daß ein solches Komplott überhaupt erforderlich war. Mrs. Heller hat ihrem Mann die Scheidung vorgeschlagen, als sie seiner Untreue zum ersten Mal auf die Spur kam. Sie hat die Scheidung lediglich deshalb nicht eingereicht, weil er zeitweise die Ansicht vertrat, sie sollten mit ihrer Ehe noch einmal einen Neubeginn machen. Er hätte sie nicht daran hindern können, sich von ihm scheiden zu lassen, denn die Schuldfrage war eindeutig. Er hat nicht einmal versucht, die Wahrheit vor ihr zu vertuschen. Er liebte Mrs. North, beging mit ihr Ehebruch und hat seine Frau nicht im unklaren darüber gelassen. Was nun North anbelangt, so wäre er durchaus zu einem Verbrechen aus Eifersucht oder verletztem Stolz fähig gewesen. Aber das ist etwas ganz anderes, als monatelang mit einer relativ Unbekannten einen Mordplan auszuhecken. Sein Zorn hätte sich bis dahin entladen. Warum sollte er das gewaltige Risiko eines vorsätzlichen Mordes eingehen, wenn er bei den vielen Beweisen, über die er verfügte, doch nur auf Scheidung hätte klagen müssen?«

Dabei ließ er es bewenden. Zeigen Sie mir, dachte er, wie dieser Mann im Zustand der Eifersucht und des Zorns, den ich nachvollziehen kann, in den Besitz einer Waffe gelangte, an die er nicht herankommen konnte, und ungesehen sein Haus verließ.

Sie hatte ihn zwar oft genug eingeladen, aber es würde ihr bestimmt einen Schreck versetzen, wenn er bei ihr vor der Tür stand. North mußte ihr inzwischen von seinem Besuch in Matchdown Park erzählt haben. Zögernd blieb er ein paar Sekunden auf der Treppe stehen, ehe er auf die Klingel drückte. Der rote und gelbe Lichtschein der grellen Neonreklame und die Scheinwerfer der vorbeifahrenden Busse flackerten auf den Wänden mit der abblätternden Farbe und den Kreideschmierereien.

Der Schwager öffnete die Tür. Im Halbdunkel hätte man glauben können, das zögernde Lächeln breite sich auf Bernard statt auf Carl Hellers Gesicht aus, und es sei Bernard, der zur Seite trat, um ihn einzulassen.

In der Wohnung roch es nach Gemüse und Bratensoße. Sie hatten vor kurzem gegessen, das benutzte Geschirr stand noch auf dem Tisch. Magdalene Heller lehnte mit einer unangezündeten Zigarette zwischen den Fingern an der Wand unter der Mandoline.

»Höchste Zeit, daß ich mal bei Ihnen vorbeischaue, habe ich mir gedacht«, sagte David. Er hatte das Gefühl, richtig zu handeln, und als er mit seinem Feuerzeug zu ihr trat, glaubte er fast, ein Hauch von Vergeltung und Schicksal wehe durch das Zimmer. Die Flamme tauchte ihr Gesicht in violette Schatten, und sie riß erschreckt die Augen auf. Zunächst schwieg sie, doch David ahnte, daß auch sie sich an die Parallele dieser Szene erinnerte und das Gefühl hatte, dies alles schon einmal erlebt zu haben. Fast erwartete er, sie würde rasch einen Blick über die Schulter werfen und nach Norths Gesicht schielen. Sie setzte sich und schlug ihre langen hübschen Beine übereinander.

»Wie kommen Sie denn zurecht?«

»Geht so.« Ihre Schroffheit, die fast an Unhöflichkeit grenzte, erinnerte ihn ein wenig an Elizabeth Townsend. Doch während das Selbstvertrauen hinter Mrs. Townsends rüpelhafter Art sich auf ihre Herkunft, Erziehung und Verbindungen gründete, hing Magdalenes Flegelhaftigkeit mit der Selbstsicherheit einer auf ihre Schönheit vertrauenden Frau zusammen.

Carl ergriff das Wort. »Die Leute waren sehr freundlich, vor allem Mr. North.« David war so, als habe sich das Mädchen ein wenig versteift, als der Name gefallen war. »Er hat Magdalene etwas Geld geborgt, damit sie über die Runden kommt.« Carl lächelte breit, als wolle er sagen: Na, was sagen Sie dazu? »Fast wie ein alter Freund?« sagte er, und als David die Augenbrauen leicht nach oben zog, setzte er hinzu: »Die Polizei kam sogar her und hat Magdalene gefragt, ob sie ihn schon von früher kannte.«

David bekam Herzklopfen. Also war Ulph doch an der Sache interessiert... »Aber das hat sie natürlich nicht«, versicherte er treuherzig.

Magdalene drückte die Zigarette aus. »Wie wäre es, wenn du uns einen Kaffee machst, Carl?«

Während Bernards Zwillingsbruder ihrer Aufforderung nachkam und in der Küche verschwand, heftete sie ihren

Blick auf David. In ihren grünen Augen bewegten sich die goldenen Pünktchen wie winzige Metallspäne träge hin und her. »Sagen Sie mal« – ihr Akzent trat heute abend sehr deutlich hervor – »hat Bernard Ihnen je erzählt, wie er diese Frau kennengelernt hat?«

»Nein, hat er mir nicht«, erwiderte David. »Wie hat er sie denn kennengelernt?«

»Letzten August in Matchdown Park. Sie war zu Besuch bei einer Freundin, und er kam in das Haus, um ein Ersatzteil für die Heizung einzubauen. Sie war krank gewesen und fühlte sich nicht wohl, deshalb hat er ihr angeboten, sie nach Hause zu fahren. Damit hat alles angefangen.«

Warum erzählst du mir das? fragte er sich. Die Sätze standen zusammenhanglos im Raum.

»Er hat mir das alles erzählt«, sagte sie. »Bob North hatte keine Ahnung. Ich mußte ihm alles erklären. Ist es da etwa verwunderlich, daß wir uns nach der gerichtlichen Untersuchung zusammensetzten? Wir hatten uns viel zu erzählen.«

»Und die Polizei ist tatsächlich der Meinung, Sie und North hätten sich schon von früher gekannt?«

Kalter Haß funkelte in ihren Augen auf. Sie wußte, weshalb die Polizei sie vernommen und wer sie dazu angestiftet hatte, doch sie wagte es nicht auszusprechen. »Ich habe Bob zum ersten Mal vor drei Wochen zu Gesicht bekommen«, erklärte sie und warf den Kopf nach hinten, so daß ihr schwarzes Haar auf ihre Schultern fiel. »Ich mache mir keine Sorgen. Warum sollte ich auch?«

»Für mich keinen Kaffee«, sagte David, als Carl mit einem Tablett in das Zimmer trat. Er empfand starke Abscheu, irgend etwas in dieser Wohnung zu sich zu nehmen, und stand auf. »Ich nehme an, die *Equatair* hat Ihnen was zukommen lassen?« fragte er unverblümt, denn Unverschämtheit oder Taktgefühl spielte zwischen ihm und ihr nun keine Rolle mehr. Die Erinnerung daran, wie sich ihre vollen rosa Lippen auf seine Haut gedrückt hatten, rief Ekel in ihm hervor.

»Reichlich wenig«, erwiderte sie.

»Wahrscheinlich war es nicht einfach für die Leute, jemand zu finden, der an Bernards Stelle in die Schweiz geht.« David wandte sich an Carl. »Sie arbeiten wohl in einer anderen Branche?«

»Ich spreche zwar die Sprache, Mr. Chadwick, aber nein, so schlau wie Bernard bin ich nicht. Ich werde wie gewöhnlich meinen Urlaub in der Schweiz verbringen. Ich bin dort geboren, und meine Verwandtschaft lebt dort.«

Magdalene schenkte den Kaffee sehr langsam ein, als befürchte sie, das Zittern ihrer Hände könnte sie verraten. Plötzlich erschien es ihm sehr wichtig, mit ihrem Schwager in Verbindung zu bleiben. Schon einmal hatte er es versäumt, sich eine Adresse geben zu lassen. Ohne die Hände vom Rücken zu nehmen, nickte er der Witwe zu und fing ihren verdrossenen Blick auf, ehe er Carl in die Diele folgte.

»Ich fahre vielleicht selbst in die Schweiz«, sagte er, als sie außer Hörweite in dem engen Flur dicht nebeneinander standen. »Falls ich da ein paar Tips brauche... könnten Sie mir vielleicht Ihre Adresse geben?«

Carls Trauermiene hellte sich freudig auf. Er wirkte nicht wie ein Mann, der oft um Rat gefragt wird. David gab ihm einen Kugelschreiber und ein altes Kuvert, auf dem er mit weit ausholender schräger Handschrift seine Adresse und die Telefonnummer einer Pension notierte.

»Wäre mir ein Vergnügen, Mr. Chadwick.« Er öffnete die Tür und blickte sich um. »Ich dachte, Mr. North würde uns heute abend vielleicht die Ehre erweisen«, sagte er. »Ein paarmal war ich hier, als er Magdalene besuchen kam. Aber er ist ein vielbeschäftigter Mann, und seine Nachbarn nehmen ihn so in Beschlag...«

Seine Nachbarn. Eine Nachbarin, dachte David. Er ging über die Straße, und als er das Kuvert in seine Taschen steckte, berührte er mit der Hand die Karte, die er in der National Gallery erworben hatte. Unter einer Straßenlaterne blieb er stehen, um einen Blick darauf zu werfen. War North jetzt bei ihr? Lag North jetzt im Bett mit ihr, aus demselben Grund wie Magdalene Heller versucht hatte, mit ihm, David, ins Bett zu gehen?

Sie war wunderschön, dieses Mädchen, das Millais gemalt hatte, um sie Ruskin dann auszuspannen und schließlich zu heiraten. Susan Townsend glich ihr aufs Haar, war ihr so ähnlich wie Carl seinem Bruder Bernard. Das Bild, das er zerknickt und bereits ein wenig angeschmutzt in der Tasche trug, hätte ein Foto von ihr sein können. Er fragte sich, was er wohl empfinden würde, wenn er es nicht gekauft, sondern von ihr geschenkt bekommen hätte.

In der U-Bahn-Station East Mulvihill löste er einen Fahrschein, dann ging er rasch, ehe er noch Zeit hatte, allzu lange über seine Absicht nachzudenken, in eine Telefonzelle.

## 15

»Mrs. Townsend, hier ist David Chadwick. Bitte hängen Sie nicht auf.« Wirkte seine Stimme auf sie auch so eindringlich wie auf ihn? »Ich wollte mit Ihnen sprechen. So konnte ich die Sache einfach nicht stehenlassen.«

»Ja?« Dieses Wort konnte Wärme ausstrahlen, konnte Zustimmung und Gesprächsbereitschaft ausdrücken, doch so, wie sie es aussprach, ging eisige Kälte von ihm aus.

»Ich rufe nicht an, um mit Ihnen – über das zu reden, was ich vergangene Woche erwähnt habe. Ich habe nicht die Absicht, über Mr. North zu sprechen.«

»Das trifft sich gut, ich nämlich auch nicht.« Sie klang weder bissig noch einschüchternd. Es war schwer zu sagen: stahlhart, unnachgiebig, distanziert.

»Was ich letzte Woche gemacht habe, war gemein. Ich möchte mich dafür von ganzem Herzen entschuldigen. Können Sie meine Bitte verstehen, Sie zu sehen und Ihnen zu erklären, daß ich kein Flegel oder Witzbold bin? Mrs. Townsend, würden Sie mit mir zu Abend essen?«

Da er sie nicht sehen konnte, war er nicht in der Lage, ihr Schweigen zu ergründen. *»Natürlich nicht«*, sagte sie schließlich, aber nicht verächtlich. Sie lachte, und er hörte aus ihrem Lachen weder Hohn noch Empörung heraus. Sie klang nicht einmal belustigt, sondern einfach nur ungläubig.

»Dann eben zu Mittag«, bohrte er weiter. »In einem großen Restaurant voller Menschen, wo ich Ihnen... Ihnen keine Angst machen kann.«

»Ich hatte Angst.«

In diesem Moment verliebte er sich in sie. Bis dahin war es nur ein dummer Wunschtraum gewesen. Wie konnte er so ein Narr sein, sie anzurufen und sich in fünf Minuten einen derartigen Kummer aufzubürden?

»Ich hatte Angst«, wiederholte sie. »weil es dunkel war und ich allein gewesen bin.« Erneut breitete sich Schweigen aus, und das Zeichen zum Nachwerfen piepste im Hörer, weit entfernt und ohne darauf achtend, was es unterbrach. In der Hand hatte er die Münze, auf den Lippen die atemlose Frage.

»Sind Sie noch dran?«

Ihr Ton klang nun energisch. »Dieses Gespräch wird langsam ziemlich lächerlich, finden Sie nicht? Ich nehme an, Sie haben in gutem Glauben gehandelt, aber das spielt jetzt ohnehin keine Rolle mehr. Wir kennen uns überhaupt nicht, und das einzige Thema für ein Gespräch zwischen uns wäre – na, eben das, worüber ich nicht sprechen will.«

»Es wäre keineswegs das einzige Thema«, widersprach er heftig. »Mir fallen auf Anhieb hundert andere ein.«

»Auf Wiedersehen, Mr. Chadwick.«

Er fuhr mit der Rolltreppe nach unten, und als er allein in dem Gang war, der zum Bahnsteig führte, warf er die Postkarte weg. Sollte sie doch unter den Füßen des morgendlichen Pendlergewühls zertrampelt werden.

Sie war beinahe sicher, daß Bob das Gespräch nicht mitangehört hatte, doch als sie ins Wohnzimmer zurückkam, blickte er auf, und in seinen Augen lag ein gehetzter Ausdruck. Sollte sie ihn belügen, ihm sagen, es sei jemand gewesen, dem der Makler ihre Nummer gegeben hatte, ein Kaufinteressent für das Haus?

»Ich habe es gehört«, sagte er. »Es war dieser Chadwick.«

»Wollte nur Essen mit mir gehen«, besänftigte ihn Susan. »Ich werde nicht gehen. Natürlich nicht.«

»Was will er eigentlich, Susan? Worauf will er hinaus?«

»Nichts. Laß das, Bob, du tust mir weh.« Seine Hände, die so zärtlich sein konnten, wenn sie ihre Wange streichelten, schienen die Knochen ihrer Handgelenke zermalmen zu wollen. »Setz dich. Wo warst du noch gleich, ehe er anrief...?«

Die groben Finger lockerten ihren Griff. »Bei Louise. Ich habe dir gerade erzählt, wie sie sich kennengelernt haben. Er hat sie mit dem Auto nach Hause gebracht. Ich habe die ganze Geschichte von Magdalene Heller. Später trafen sie sich dann, wenn ich Überstunden machen mußte.« Seine Stimme klang fiebrig und verzweifelt. »In Cafés, in Pubs. Er steigerte sich so in die Sache hinein, daß er versuchte, sich das Leben zu nehmen. Wollte Gott, es wäre ihm damals gelungen. Dann fing er an, ihr diese schrecklichen Briefe zu schreiben... Susan, du hast die Briefe doch wirklich verbrannt?«

Inzwischen war es ihr egal, ob sie ihm die Wahrheit sagte oder ihn belog. Was war überhaupt die Wahrheit? »Ich habe sie verbrannt, Bob.«

»Warum kann ich das alles nicht vergessen, einfach einen dicken Strich darunter ziehen? Du glaubst, ich werde verrückt. Oh doch, Susan, es steht dir ins Gesicht geschrieben.«

Sie verbarg ihren Kopf in den Händen und fuhr sich mit den Fingern durchs Haar. »Wenn Mrs. Heller dich so beunruhigt, dann geh ihr doch aus dem Weg.«

»Was willst du damit sagen?«

»Du hast ihr doch Geld gegeben, oder?«

Er seufzte und hörte sich dabei unendlich müde an. »Ich möchte das alles hinter mir lassen, ganz weit weggehen. Ach Susan, wenn ich doch heute abend nur nicht wieder in dieses Haus müßte! Oder niemals wieder Magdalene Heller sehen.« Er hielt inne, um dann in einem Ton fortzufahren, als treffe er eine tiefschürfende, gleichzeitig aber neue und erschreckende Feststellung. »Ich will Magdalene Heller nie wiedersehen.«

»Und mich auch nicht, Bob?« fragte Susan sanft.

»Dich? Es wäre besser gewesen, wenn ich dich nie getroffen, dich nie gesehen hätte...« Er stand auf, und sein Gesicht war bleich und abgespannt, als ob er krank oder tatsächlich wahnsinnig sei. »Ich liebe dich, Susan.« Er nahm sie in die Arme, und ihre Lippen berührten sich fast, als er sagte: »Eines Tages, wenn ich – wenn das alles vorbei ist, willst du mich dann heiraten?«

»Ich weiß nicht«, antwortete sie verblüfft, doch nach einem langen Seufzer küßte sie ihn, und ihr war, als sei kein Kuß je so wohltuend und süß gewesen. »Es ist noch nicht soweit, oder?« fragte sie, als sich ihre Lippen trennten und sie in das abgespannte gequälte Gesicht aufblickte.

»Ich weiß, da ist der Junge.« Er schien ihre Gedanken lesen zu können. »Er fürchtet sich vor mir. Das geht vorbei. Wir könnten doch zusammen fortziehen. Fort von Mrs. Dring, diesem Chadwick und – und Mrs. Heller.«

Das Fernsehspiel, für das David die Dekorationen entworfen hatte, ging zu Ende, und der Nachspann lief ab. Ein Blick in die Nachrichten kann nicht schaden, dachte er. Als erstes wurde über das Ergebnis einer Nachwahl irgendwo im Südwesten Englands berichtet, was ihn überhaupt nicht interessierte, und er war schon aufgestanden, um auszuschalten, als er, fasziniert von der Stimme eines Sprechers, der den Moderator unvermittelt abgelöst hatte, innehielt. Dieser Singsang-Tonfall, diese rollenden Rs kamen ihm bekannt vor. Er hatte sie heute schon einmal gehört – aus dem Munde von Magdalene Heller. Ihr Akzent, der weit weniger ausgeprägt als bei dem Kommentator war, hatte ihm stets Rätsel aufgegeben, doch jetzt konnte er ihn endlich einordnen. Sie kam aus Devon.

Sofort fiel ihm das Foto von Robert und Louise North in der Zeitung ein. Es war vergangenes Jahr während ihres Urlaubs in Devon aufgenommen. Hatte das etwas zu bedeuten?

In Gedanken ging er noch einmal gründlich das zwei Stunden zurückliegende Gespräch mit Magdalene durch; er fand es merkwürdig, daß sie so großen Wert darauf gelegt hatte, ihm zu erzählen, wie sich ihr Mann und Louise North kennengelernt hatten. Lag es daran, daß ihr die Umstände dieser Begegnung tatsächlich Schmerz bereiteten, oder hatten sie sich in Wirklichkeit gar nicht so kennengelernt? Es war natürlich möglich, daß Bernard Louise nach Hause gefahren hatte, weil sie sich unpäßlich fühlte, und dann versprach, sich später nach ihrem Befinden zu erkundigen, woraus dann ihr Verhältnis seinen Anfang genommen hatte. Aber war es nicht viel wahrscheinlicher, daß sie sich alle im Urlaub kennengelernt hatten?

Wieder spürte David Erregung in sich aufsteigen. Angenommen, die beiden Paare hatten sich in einem Hotel oder am Strand kennengelernt? Falls Louise und Bernard dann mit der Absicht, ihre bereits angeknüpfte Beziehung nicht abreißen zu lassen, nach Matchdown Park respektive East Mulvihill zurückgekehrt waren, hätten sie Freunden oder Nachbarn doch wahrscheinlich nicht von ihrer scheinbar flüchtigen Ferienfreundschaft erzählt. Doch auch North und Magdalene hätten dann eine Bekanntschaft gemacht, die, wie oberflächlich sie auch gewesen sein mochte, eine Erklärung ihrer späteren Treffen darstellte.

In diesem Fall hätte sich North sehr wohl mit Magdalene in Verbindung setzen können, um ihr den Ehebruch seiner Frau zu enthüllen – oder Magdalene mit North, um ihn von Bernards Verhalten in Kenntnis zu setzen. Selbst Ulph, dachte David, konnte diese Annahme nicht für aus der Luft gegriffen halten.

Einen Augenblick zögerte er, dann griff er zum Telefon und wählte Carl Hellers Nummer. Die Zimmerwirtin nahm ab. Mr. Heller sei gerade eben von seiner Schwägerin gekommen, im Moment ziehe er sich den Mantel aus. Das Telefon verzerrte seine Stimme ein wenig.

»Ihnen ist doch hoffentlich nichts zugestoßen, Mr. Chadwick?«

»Nein, nein«, sagte David. »Ich spiele nur mit dem Gedanken, über Ostern ein paar Tage in die Schweiz zu fahren, und da dachte ich mir, Sie könnten mir vielleicht ein Hotel empfehlen.«

Carl ratterte eine lange Aufzählung von Namen und Sehenswürdigkeiten herunter. Er klang erfreut und war genauso übereifrig wie Bernard, wenn man ihn um einen Gefallen bat. David erinnerte sich, wie der verstorbene Bruder dieses Mannes auf seine schüchterne Bitte, einen Kamin ausleihen zu dürfen, damit reagiert hatte, ihm nicht einen, sondern gleich ein Dutzend der neuesten Modelle aufzudrängen. Entsprechend ließ es Carl nicht bei den Namen einiger Pensionen bewenden, sondern rezitierte aus seinem Gedächtnis Hotels und Touristenattraktionen in sämtlichen Kantonen der Schweiz und hielt nur inne, um David Zeit zu geben, der so tat, als mache er sich ausführliche Notizen.

»Das reicht dicke«, sagte David, als Carl Atem holte. Er erwähnte ein bescheidenes Hotel in Meiringen. »Ich nehme an, in dem sind Ihr Bruder und seine Frau oft abgestiegen?«

»Nach seiner Heirat ist mein Bruder nie wieder in der Schweiz gewesen. Mir hat er gesagt, er wolle ganz Engländer werden. Seine ausländischen Gewohnheiten hat er alle abgelegt. Er und Magdalene haben die Ferien immer in England verbracht, in Devon, wo Magdalene herstammt.«

»Wirklich?«

»Deshalb habe ich mich auch so für sie gefreut wegen der Stelle in Zürich. Warte nur, bis du mal richtige Berge zu sehen bekommst, habe ich Magdalene gesagt. Aber dann macht mein Bruder so etwas Gottloses, und...« Carls tiefer Seufzer drang vernehmlich durch die Hörmuschel. »Schon komisch, Mr. Chadwick, Sie werden bestimmt darüber lachen, aber in gewisser Beziehung ist es fast tragisch. In Devon sind sie immer in der gleichen Pension in Bathcombe Ferrers abgestiegen, und was glauben Sie, wie die heißt? *Schweizer Chalet!* Mein Bruder und ich haben oft Witze darüber gemacht. Aber Sie kommen viel in der Welt herum, da würde es Ihnen dort bestimmt nicht gefallen. Nein, Sie müssen nach Brunnen fahren, oder vielleicht nach Luzern. Was nun den Pilatus betrifft – Sie haben sich das doch aufgeschrieben? Das Hotel dort heißt…«

In der Hand hielt David nur das Kuvert, auf das Carl seine Adresse notiert hatte, und nicht ohne sich für seinen Betrug ein wenig zu schämen, schrieb er nun genau vier Worte daneben.

## 16

Ein rustikales Holzschild, auf dem der Name eingebrannt war, zeigte ihm an, daß er am Ziel war. Sonst gab es keine Hinweise, wieso die Pension *Schweizer Chalet* hieß. Es war ein dreistöckiges Haus aus dem Anfang des Jahrhunderts, von dessen Dach kaum etwas zu sehen war. Ein Gewirr von Regenrinnen rankte sich wie Kletterpflanzen über die gesamte Fassade.

Der Eingang führte durch einen Wintergarten, voll mit eingetopften Fleißigen Lieschen. David öffnete die Glastür und fand sich in einem Vestibül wieder, das nach Farbe und Ausstattung das Motiv eines Sepiadrucks aus dem neunzehnten Jahrhundert hätte sein können. Er trat vor eine Wandöffnung, die ihn an den Fahrkartenschalter eines kurz vor der Stillegung stehenden Bahnhofs erinnerte. Auf dem Sims stand eine Glocke, eine mit Edelweiß und der Aufschrift *Luzern* bemalte Messingglocke. Die Ehre war gerettet. Im *Schweizer Chalet* befand sich zumindest ein original schweizerischer Gegenstand.

Das schrille Bimmeln lockte eine kleine rundliche Frau hinter einer Tür mit der Aufschrift *Privat* hervor. David steckte den Kopf durch die Luke und fragte sich, ob man sich so fühlte, wenn man am Pranger stand. Die Frau marschierte angriffslustig auf ihn zu, als wolle sie jeden Moment ein faules Ei oder eine Tomate nach ihm werfen.

»Chadwick«, stieß er hastig hervor. »Aus London. Ich habe ein Zimmer bestellt.«

Die drohende Miene milderte sich zwar ab, doch zu einem Lächeln konnte sie sich nicht herablassen. Er schätzte sie auf knapp über sechzig. Das Haar trug sie im Farbton von Kokosflechten gefärbt, denen es auch der Struktur nach ähnelte, und bekleidet war sie mit einem malvenfarbenen Twinset, einem Wunderwerk der Häkelkunst, reich besetzt mit Bommeln und Quasten.

»Sehr erfreut«, sagte sie steif. »Ich bin Mrs. Spiller, wir haben miteinander telefoniert.« Sie stammte nicht von hier. Mußte sich hier zur Ruhe gesetzt haben, vielleicht in der Hoffnung, ein Vermögen zu verdienen. Er warf einen Blick auf das Kiefernholz, das dringend einen neuen Anstrich nötig hatte, die Lampe mit dem Bakelitschirm und auf das Gästebuch, das sie ihm hinschob, dessen leere Seiten auf flaue Geschäfte schließen ließen. »Zimmernummer acht.« Er streckte die Hand nach dem Schlüssel aus. Vor Entrüstung traten tiefe Falten auf ihre puterrote Stirn. »Schlüssel haben wir hier keine«, erklärte sie. »Falls Sie unbedingt Wert darauf legen, können Sie die Tür verriegeln. Frühstück gibt's um Punkt acht, Mittagessen um eins, und um sechs kann ich ein Abendessen anbieten.« David nahm seinen Koffer in die Hand. »Zwei Treppen hoch.« Sie bückte sich unter dem Klappbrett durch. »Erste Tür links. Die Toilette ist im Bad, deshalb trödeln sie nicht so lange beim Waschen. Es gibt schließlich noch so etwas wie Rücksicht.«

Rücksicht auf wen? fragte er sich. Die Saison hatte gerade erst begonnen, und die Pension wirkte wie ausgestorben. Es war zehn nach elf, doch Mrs. Spiller schien ihre letzte Ermahnung vergessen zu haben, denn als er die Treppe hinaufstieg, rief sie ihm nach:

»Sie haben mit keinem Ton erwähnt, wer mich Ihnen empfohlen hat.«

»Eine Freundin«, sagte er. »Mrs. Heller.«

»Doch nicht etwa die kleine Mag?«

»Stimmt. Mrs. Magdalene Heller.«

»Warum haben Sie das denn nicht gleich gesagt?«

Weil er gedacht hatte, daß er nach und nach und ganz beiläufig darauf zu sprechen kommen mußte.

»Sie sind mir vielleicht einer. Ich wette, sie hätten kein Wort gesagt, wenn ich nicht gefragt hätte. In der Zeitung habe ich alles über die Tragödie gelesen. Hat mich völlig vor den Kopfgeschlagen, das kann ich Ihnen sagen. Ich habe gerade den Kessel aufgesetzt. Möchten Sie noch ein Täßchen Tee, ehe Sie sich aufs Ohr legen? Prima. Lassen Sie das Gepäck ruhig stehen, ich lasse es den Jungen nach oben bringen.«

Die Sache ließ sich gut an, viel besser, als er erwartet hatte. Nur eine Frage mußte er stellen. Von ihrer Antwort hing ab, ob er das ganze Wochenende hierblieb oder morgen früh wieder abreiste. »Aber natürlich, war sie nicht erst letztes Jahr bei Ihnen?«

»Ganz recht, im Juli. Ende Juli. Gehen Sie nur schon in den Salon und machen Sie es sich bequem.«

Der ›Salon‹ war ein kleines kümmerliches Zimmer, in dem es nach Geranienblättern und Mückenspray roch. Mrs. Spiller schloß hinter ihm die Tür und ging Tee holen. Als er sich niederließ, überlegte er sich, wie oft in dem gleichen Sessel wohl schon Magdalene gesessen hatte. Angenommen, auch die Norths hatten hier gewohnt, so daß die erste Begegnung zwischen Bernard und Louise vielleicht in diesem Zimmer stattgefunden hatte? Er begutachtete die Einrichtung mit dem kritischen Blick eines Bühnenausstatters, die Topfpflanzen, das Hochzeitsbild auf dem Klavier, die Glaskugel, in der ein Schneesturm wütete. Ihm gegenüber hingen zwei Bilder, ein Aquarell, auf dem Plymouth Hoe zu sehen war, und eine potthäßliche kleine Lithographie einer mitteleuropäischen Städteansicht. In der Ecke hing noch ein Bild, halb verdeckt hinter einer Blumensäule aus Mahagoni. Er stand auf, um es genauer zu betrachten, und vor Überraschung stockte ihm fast das Herz. Was paßte besser in dieses viktorianische Zimmer als Millais' *Order of Release*? Sie, Susan Townsend, sah glatt durch ihn hindurch, den Mund leicht schief, ihr Blick kühl, abweisend und gleichgültig.

Ehe er aus London hierhergefahren war, hatte er etwas Seltsames getan, vielleicht eine Dummheit. Ein Dutzend weiße Rosen hatte er ihr geschickt. Würde sie den Strauß mit dieser Miene in Empfang nehmen, distanzierte Höflichkeit, die, kaum daß die Tür zu war, in Abscheu umschlug?

»Zucker?« brüllte ihm Mrs. Spiller ins rechte Ohr.

Er fuhr zusammen und hätte ihr fast die Teetasse aus der Hand geschlagen.

»Wohl ein wenig nervös? Ein paar Tage hier bei uns werden Sie wieder auf die Beine bringen.«

»Magdalene kommt immer unwahrscheinlich erholt von hier zurück«, antwortete David.

»Recht so. Gesundheit ist das wichtigste, wenn man so etwas durchmachen muß. Schreckliche Sache, daß sich der einfach so das Leben nimmt. Ich habe mich oft gefragt, was da wohl hintersteckt.« So oft wie ich bestimmt nicht, dachte David, während er an dem heißen süßen Tee nippte. »Als ihr Freund müssen Sie doch wissen, was der Auslöser dafür war. Sie können es mir ruhig erzählen. Es ist nicht übertrieben, wenn ich sage, daß ich früher mehr oder minder zur Familie gehört habe. Jedes Jahr hat Mr. Chant mit der kleinen Mag hier ihre Ferien verbracht, und Mag hat mich stets Tante Vi genannt.«

»Das tut sie noch immer«, warf David beherzt ein. »Sie spricht häufig von ihrer Tante Vi.« Aber wer war Mr. Chant? Natürlich, ihr Vater. In der Zeitung, mit der sein Diaprojektor eingewickelt gewesen war, hatte doch die Heiratsanzeige von Heller gestanden: Bernard Heller – Miss Magdalene Chant.

»Ja«, sagte Mrs. Spiller, in Erinnerungen schwelgend, »Seit sie so groß war, kam sie mit ihrem Vati hierher. Sie kennt hier jeden am Ort. Fragen Sie nur mal die Einheimischen, ob sie sich an die kleine Mag Chant erinnern, die immer ihren Vati im Rollstuhl herumfuhr. Sie haben sich immer einen vom alten Mr. Lilybeer ausgeliehen, und mit dem hat sie ihn dann zum Strand geschoben. Sie und Bernard haben hier ihre Flitterwochen verbracht, und später kamen sie dann fast jedes Jahr.«

»Mrs. North hat wohl nicht zufällig mal bei Ihnen gewohnt?«

»North?« Mrs. Spiller dachte nach und wurde rot im Gesicht. »Sprechen Sie etwa von der Frau, die Bernards Geliebte war?«

David nickte. »Ausgeschlossen. Wie sind Sie denn auf die Idee gekommen?«

»Bloß so«, setzte David an.

»Das will ich aber auch meinen. Er muß verrückt gewesen sein, so einer Frau nachzulaufen, wo er doch selbst ein hübsches Mädchen hatte. Ehe Mag Bernard kennenlernte, waren alle Jungen aus der Gegend hinter ihr her, oder sie wären es gewesen, wenn ihnen ihr Vater auch nur die kleinste Möglichkeit dazu gelassen hätte.«

»Das kann ich mir vorstellen«, meinte David versöhnlich, doch ihm war nicht entgangen, daß er es sich zumindest fürs erste mit Mrs. Spiller verdorben hatte. Als wäre sie tatsächlich ihre Tante, hielt sie eisern zu Magdalene und faßte es als Vorwurf gegen ihre Nennichte auf, daß er Louise Norths Namen erwähnt hatte. Sie schien den Eindruck zu haben, er wolle damit ihre Schönheit und Reize in Zweifel ziehen. »Ich halte Magdalene für außergewöhnlich gutaussehend.«

Doch so leicht ließ sich Mrs. Spiller nicht besänftigen. »Ich gehe jetzt in die Federn«, sagte sie und sah ihn mit betrübter Miene an. »Wenn Sie wollen, können Sie den Fernseher einschalten.«

»Bißchen kalt dafür.« Das Zimmer war nicht geheizt, und im Kamin stand eine Vase mit Wachsblumen.

»Bei mir wird nach dem ersten April kein Feuer mehr gemacht«, bemerkte Mrs. Spiller spitz.

Etwas hatte er immerhin herausgefunden. Die Norths hatten nicht zur gleichen Zeit wie Bernard und Magdalene im *Schweizer Chalet* gewohnt. Sie hatten überhaupt nie dort gewohnt. Doch da sie finanziell besser gestellt waren als die Hellers, hatten sie vielleicht in einem der Hotels im Dorf Quartier genommen.

Das aus Corn-flakes, Eiern mit Speck und sehr hellen dicken Toastscheiben bestehende Frühstück nahm David allein ein. Er war schon aufgestanden und ging gerade aus dem Eßzimmer, als die zwei einzigen anderen Gäste auftauchten, ein mürrisch aussehender Mann und eine Frau mittleren Alters in einer knallengen Hose. Die Frau musterte David wortlos, während sie sich vom Büfett vier verschiedene Soßen nahm.

Es war ein kühler Morgen, bewölkt, ohne Sonne und Wind. Er entdeckte einen Weg an Föhrengehölzen entlang, der ihn nach zehn Minuten auf eine Klippe führte. Das Meer breitete sich ruhig, grau und silbern glänzend vor ihm aus. Zwischen zwei Landzungen sah er eine spitz zulaufende Heideinsel aus dem Meer aufragen, die er nach Turners Gemälde als Mewstone identifizierte. Diese Verknüpfung von Natur und Kunst beschwor wieder Susan Townsends Gesicht in seinen Gedanken herauf, und als er den Weg zum Dorf einschlug, war er recht niedergeschlagen.

Im *Great Western Hotel* bestellte er Kaffee und wurde

in einen öden Aufenthaltsraum geführt. Auf Gäste war das Haus noch kaum vorbereitet. Durch ein großes gewölbtes Erkerfenster sah er ein von Hand gestaktes Fährboot, das zwischen der Bathcomber Küste und einem winzigen Strand am anderen Ufer verkehrte.

»Ein Freund von mir, ein Mr. North«, sagte er zu der Bedienung, »hat Ende Juli letzten Jahres hier gewohnt, und als er hörte, daß ich hier in die Gegend komme, hat er mich gebeten, nach einem Buch zu fragen, das er in seinem Zimmer vergessen hat.«

»Das wird er wahrscheinlich auch vergessen müssen«, erwiderte das Mädchen frech.

»Er hätte nicht mehr daran gedacht, aber als er erfuhr, daß ich in dieser Gegend bin, fiel es ihm wieder ein.«

»Und wie soll das Buch heißen?«

*»Sesam und Lilien«*, sagte David, weil ihm Susan Townsend nicht aus dem Sinn ging, die Ruskins Frau täuschend ähnlich war. Mit einem närrischen Grinsen, so erschien es ihm zumindest, ließ er das Wechselgeld auf seine zehn Shilling am Tischrand liegen.

»Ich werde nachfragen«, versprach das Mädchen nun freundlicher.

David sah dem Fährmann dabei zu, wie er am Strand von Bathcombe anlegte. Seine Ladung bestand aus einer Kiste mit leeren Saftflaschen. Möglicherweise handelte es sich bei dem für sich stehenden Haus am anderen Ufer um eine Pension. Genausogut konnten die Norths aber auch ein Cottage oder eine Wohnung gemietet oder bei Freunden übernachtet haben. Vielleicht waren sie nicht im Juli hier gewesen oder hatten diesen Teil Devons gar nicht besucht.

Das Mädchen kehrte mit verdrießlicher Miene zu ihm zurück. »Bei uns hat ihr Freund sein Gartenbuch nicht liegenlassen. Er hat auch nicht hier gewohnt. Ich habe im Gästebuch nachgesehen. Versuchen Sie es doch mal im *Palace* oder im *Rock*.«

Doch die Norths waren in keinem von beiden abgestiegen. David setzte mit der Fähre ans andere Ufer des Meeresarms über, mußte aber feststellen, daß es sich bei dem für sich stehenden Haus um eine Jugendherberge handelte.

Im *Schweizer Chalet* gab es Hackfleischauflauf und Pudding zu Mittag. »Na, haben Sie jemand getroffen, der Mag kennt?« fragte Mrs. Spiller, als sie in das Eßzimmer trat, um ihm eine Tasse Pulverkaffee und eine Ecke Schmelzkäse zu servieren.

»Ich bin fast keiner Menschenseele begegnet.«

Die Kokosflechtenlocken schnellten nach oben, und ein Beben lief durch sämtliche Troddeln des lila Pullovers. »Falls Sie auf Unterhaltung aus sind, verstehe ich nicht, weshalb Sie sich nicht mit Plymouth begnügt haben. Die Leute kommen nach Bathcombe, um ein bißchen Ruhe zu finden.«

Was war, wenn sich auch die Norths mit Plymouth ›begnügt‹ hatten? Dann hatten sie womöglich nur einen Tagesausflug nach Bathcombe unternommen. Doch hätte sich aus einer einzigen Begegnung am Strand eine leidenschaftliche Liebesaffäre entwickeln können? David konnte sich kaum vorstellen, daß der zurückhaltende bedächtige Bernard heimlich mit Louise Adressen tauschte, nur weil zufällig sein Liegestuhl neben dem ihren stand.

»Ich will mich auch nicht beklagen«, log er. »Das Städtchen ist ganz bezaubernd.«

Mrs. Spiller setzte sich auf und stützte die dicken malvenfarbigen Ellbogen auf dem Tisch auf.

»Das hat Mr. Chant auch immer gemeint. ›Ein ganz bezauberndes Städtchen, Mrs. Spiller. Hier hat man noch Ruhe und Frieden‹, pflegte er zu sagen, und dabei kam er aus Exeter, das man ja nicht direkt als lärmende Großstadt bezeichnen kann. Was ich Sie übrigens noch fragen wollte, wie geht's denn Tante Agnes?«

»Tante Agnes?«

»Also daß Mag von *ihr* sprechen würde, da wäre ich mir jetzt sicher gewesen. Nicht daß man Mag einen Vorwurf daraus machen könnte, sie ist ja praktisch noch ein Kind, aber ich war immer der Meinung, daß sie Tante Agnes viel zu verdanken hat. Ohne sie wäre Mag nie nach London gekommen, und dann hätte sie sich auch nicht dort verheiraten können.«

David, der in Gedanken schon abgeschweift war, erwiderte, dies wäre vielleicht gar nicht so schlecht gewesen.

»Da könnten Sie sogar recht haben.« Mrs. Spiller hielt ihm eine Packung gefüllte Kekse hin. »Aber schließlich wußte sie nicht, wie das alles einmal enden würde. Ich weiß noch, wie ich 1960 damals bei mir gedacht habe: Das arme Kind, an so einen alten Mann gefesselt zu sein, da wird es nie ein richtiges Leben führen können.«

»Sie meinen Mr. Chant?« fragte David abwesend.

»Alt hätte ich ihn vielleicht nicht nennen sollen. Älter als fünfundfünfzig war er bestimmt nicht. Aber Sie wissen ja, wie das mit Kranken so ist. Die hält man immer für alt, vor allem, wenn sie gelähmt sind wie Mr. Chant.«

»Hatte er nicht Arthritis oder so was?«

»Nein, das müssen Sie falsch verstanden haben. Multiple Sklerose sei es, hat mir Tante Agnes damals gesagt. Sie kam 1960 mit nach Bathcombe, weil es ihm damals wirklich sehr schlecht ging. Allein hätte Mag das nicht mehr geschafft.«

»Kann ich mir denken.« David wollte die Suche fortsetzen. Krankheiten interessierten ihn nicht, und er wartete nur darauf, Mrs. Spiller zu entwischen.

»Diese Krankheiten entwickeln sich sehr langsam«, sagte sie gerade. »Man kann zwanzig oder dreißig Jahre an Sklerose leiden. Er hatte natürlich auch Zeiten, wo es ihm besser ging. Manchmal war er fast so gesund wie Sie oder ich. Aber dann wieder... Es gab mir immer einen richtigen Stich ins Herz, das kann ich Ihnen sagen, wenn ich sah, wie dieses hübsche Mädchen ihn im Rollstuhl herumschob, wo sie doch noch nicht mal zwanzig war.«

»Ihre Mutter war damals wohl nicht mehr am Leben?« fragte David gelangweilt.

»Das haben sie zumindest gesagt.« Mrs. Spiller beugte sich vertraulich vor und senkte bedeutungsvoll die Stimme. Das Ehepaar Anfang Vierzig saß ungefähr fünf Meter von ihnen entfernt und sah aus dem Fenster, doch aus Mrs. Spillers überzogener Vorsicht hätte man schließen können, es handele sich um feindliche Agenten, die mit dem Aufenthalt in ihrer Pension das einzige Ziel verbanden, gewisse ungelöste Rätsel in der Familiengeschichte der Chants auszuspionieren. »Ich habe die ganze Geschichte Tante Agnes aus der Nase gezogen«, raunte sie mit Gralshüterstimme. »Mrs. Chant ist mit einem anderen Mann durchgebrannt, als Mag noch ein

Kind war. Sie haben nie erfahren, was aus ihr geworden ist. Ich schätze, sie hat gemerkt, was für ein Leben ihr bevorstand, und da hat sie sich eben bei der erstbesten Gelegenheit abgesetzt.«

»So wie Magdalene.«

»Bei einer Frau ist das was ganz anderes als bei einer Tochter«, fuhr ihn Mrs. Spiller giftig an. »Als Tante Agnes einen Brief schrieb und mir mitteilte, daß Mag nach London gehen und sich dort eine Stelle suchen wolle, habe ich gedacht, was Besseres kann dem Mädchen gar nicht passieren. Soll sie doch auch ein bißchen was vom Leben haben, solange sie noch jung ist und es genießen kann, habe ich mir gesagt. Allerdings war auch Tante Agnes nicht mehr die Jüngste, weil sie doch eigentlich die Tante von Mr. Chant war, und es ist bestimmt kein Zuckerschlecken, einen Kranken zu pflegen, wenn man selbst schon über siebzig ist.«

»Aber sie kam wohl zurecht.«

»Sehr vorausschauend war es nicht, daß sie sich darauf einließ. Wie hätte sie aber auch wissen sollen, daß Mag in London Bernard kennenlernen und nach Hause schreiben würde, sie wolle sich verloben. Davon habe ich natürlich erst erfahren, als Mag und Bernard hier ihre Flitterwochen verbrachten. Deshalb habe ich auch gefragt, ob Sie wissen, was aus Tante Agnes geworden ist. Wahrscheinlich hat sie auch schon das Zeitliche gesegnet. Wenn es an der Zeit ist, geht es uns allen so, nicht?«

»Kommt darauf an, was Sie unter ›wenn es an der Zeit ist‹ verstehen«, erwiderte David und mußte daran denken, daß Bernard jetzt mit einer Kugel im Kopf unter der Erde lag, weil er sich unvorsichtig verliebt hatte.

Susan hatte sich gerade das letzte Kapitel von *Frevles Fleisch* vorgenommen, als Bob leise durch die Hintertür ins Haus kam. Sie hörte sofort zu tippen auf und bemerkte bestürzt, was Paul für ein Gesicht machte. Er hatte mit den Autos zwischen den Stuhlbeinen gespielt, doch nun kauerte er stockstarr auf dem Boden, und jedem außer seiner Mutter, die sie deuten konnte, wäre seine Miene völlig ausdruckslos erschienen.

»Woher sind die Blumen, Susan?«

Paul antwortete ihm. »Von 'nem Mann, der David Chadwick heißt. Rosen sind das Teuerste, was man im April jemandem schicken kann.«

»Verstehe«, Bob wandte ihnen den Rücken zu und starrte aus dem Fenster auf die Ulmen, an denen nicht eine Knospe, nicht eine Spur von Grün zu sehen war. »Chadwick... Und Osterglocken sind wohl das Billigste, was?«

»Du hast die Osterglocken aus deinem Garten gepflückt.«

»Jetzt reicht es aber, Paul«, schaltete sich Susan ein. »Es ist noch gar nicht lange her, daß du gesagt hast, es sei dumm, anderen Leuten Blumen zu schenken.« Sie lächelte hinter Bobs Rücken. »Und damit hattest du völlig recht«, sagte sie entschieden. »Wie ich sehe, spielt draußen Richard. Er wird sich bestimmt schon wundern, wo du steckst.«

»Warum ruft er dann nicht nach mir?« Dennoch gehorchte Paul und ging zur Tür, wobei er der Hand auswich, die Bob unvermittelt ausgestreckt hatte, um sich pathetisch zu verabschieden. Susan ergriff sie statt dessen, und als sie neben ihm stand, nahm sie wieder die körperliche Anziehungskraft wahr, die er auf sie ausübte, ein Gefühl, das alle ihre Gedanken verscheuchte und sie loslöste von allem.

»Hast du dir überlegt, was ich dich fragte?«

Einen Augenblick bestand ihre einzige Reaktion darin, seine Hand noch etwas fester zu drücken. Dann wurde ihr plötzlich alles klar, und sie gelangte zu der unangenehmen Erkenntnis, daß genau dies ihre Antwort war. Körperkontakt und dann erneuter und intensiverer Körperkontakt war die einzige Möglichkeit, wie sie sich ihm verständlich machen konnte. Die engere Vertrautheit, die sie in einer Ehe erwartete, wäre nicht mehr als dieser Händedruck auf höherer und umfassenderer Stufe gewesen, die verzweifelte seelenlose Paarung zweier Geschöpfe inmitten einer Wüste.

Sie blickte zu ihm auf. »Es ist noch zu früh, Bob.« Sein Gesicht wirkte grau und abgespannt, war nicht einmal mehr attraktiv, und ihr Wunsch, ihn zu küssen, entsprang eher der Zärtlichkeit als sinnlicher Begierde. Sie trat einen Schritt zurück, denn durch ihre ausweichende Antwort erschien ihr ein Kuß mit einem Mal unangebracht. »Nimm doch Platz«, forderte sie ihn auf. »Die Rosen stören dich doch nicht? Ich weiß auch nicht, warum er sie mir geschickt hat.«

»Weil er dich gern näher kennenlernen will natürlich. Susan, die Welt ist voll von Männern, die dich gern näher kennenlernen wollen. Deshalb muß ich auch – du mußt jetzt... Susan, wenn ich dich so gesehen hätte, wie ich dich jetzt sehe, als Louise noch am Leben war, hättest du dann...?«

»Als Louise noch am Leben war?«

»Wenn ich mich damals in dich verliebt hätte, wärst du dann mit mir fortgegangen?«

Sie empfand Angst, ohne einen Grund zu kennen. »Natürlich nicht, Bob. Selbst wenn du mich hättest heiraten wollen, Louise hätte sich nicht von dir scheiden lassen können. Sie war katholisch.«

»Du lieber Gott, das weiß ich!« schrie er.

»Dann quäle dich nicht damit.« Sie zögerte und sagte: »Aber ich nehme an, du hättest dich von ihr scheiden lassen können.«

Hätte das etwas geändert, hätte sich eine wahre Partnerschaft zwischen ihnen entwickelt, wenn nicht Luises und Hellers Tod wie ein Gespenst zwischen ihnen gestanden wäre und ihr einziges Gesprächsthema gebildet hätte, bis zum Überdruß? »Ja, das hättest du tun können«, wiederholte sie matt.

»Aber nein«, widersprach er, und seine Augen hatten sich von Blau zu einem erschreckend undurchdringlichen Schwarz abgedunkelt. »Eben deshalb, weil ich dies nicht tun konnte, habe ich... Ach, Susan, was für einen Sinn hat es denn? Es gehört der Vergangenheit an, aus, aus und vorbei. Heller hat meine Frau geliebt und sie getötet, ich sollte frei sein... Susan, ich werde niemals frei sein!« Er beruhigte sich und fröstelte; nach und nach trat wieder der Ausdruck auf sein Gesicht, der immer dort erschien, wenn er sich seiner Zwangsvorstellung hingab. »Alle drangsalieren mich«, sagte er. »Die Polizei war wieder bei mir. Hast du nicht den Hund bellen hören? Die ganze Straße muß es gesehen haben.«

»Aber warum denn, Bob?«

»Dein Freund Chadwick hat sie mir wahrscheinlich

auf die Fersen gesetzt.« Seine schmalen Lippen verzogen sich zu einem höhnischen Grinsen, als er einen Blick auf die weißen Rosen warf. »Sie wollten von mir wissen, ob ich im letzten August schon Magdalene Heller kannte.« Er drehte sich um und starrte sie düster an; als sie diesen Blick auffing, bekam sie das erste Mal Angst vor ihm. »Auch sie drangsaliert mich«, fügte er stumpf und tonlos hinzu.

»Ich verstehe das nicht«, sagte Susan hilflos.

»Weiß Gott, ich hoffe, das wirst du auch nie. Und dann ist da noch deine liebe Mrs. Dring.« Er holte geräuschvoll Luft. »Ich habe sie heute morgen rausgeschmissen. Es war schon schlimm genug, ihr ewiges Geschwätz über Louise anhören zu müssen, aber das war mir dann doch zuviel.«

»Was ist passiert, Bob?«

»Ich habe sie dabei ertappt, wie sie in Louises Frisierkommode herumwühlte. Ich glaube, sie hat nach den Briefen gesucht. Sie muß in der Zeitung über sie gelesen haben und dachte wohl, da stünden scharfe Sachen drin. Es gab eine Szene, ich sagte Dinge, die ich besser für mich behalten hätte, und sie auch. Es tut mir leid, Susan. Bei mir läuft anscheinend alles schief.«

Er streckte ganz langsam die Hand nach ihr aus, als wolle er sie zu sich locken; verwirrt und beunruhigt stand sie auf, und war schon in der Bewegung, die ausgestreckte Hand zu ergreifen, als sich das Telefon in ihr Schweigen drängte. Verzweifelt seufzend ließ er den Kopf in die Hände sinken.

Susan hob ab und ließ sich in einen Sessel plumpsen, als sie Julians schneidende Tratschstimme hörte.

»Ich habe einen Käufer für dein Haus gefunden, Liebes. Unseren alten Freund Greg.«

Da sie ihn seit langem kannte, ahnte Susan, daß er absichtlich eine Pause machte, damit sie ihm Lob und Dank aussprechen konnte. Wie jemand, der sich in einer noch nicht ganz erlernten Fremdsprache ausdrücken will, empfand sie das Bedürfnis, irgend etwas zu sagen, nur um zu beweisen, daß sie es konnte. Was sie dabei von sich gab, war völlig gleichgültig. »Warum will er denn hier wohnen?«

»Gute Frage«, erwiderte Julian. »Schließlich hat er eine reizende Altbauwohnung direkt in der City. Die Sache ist die, daß Dian in letzter Zeit ein bißchen verrückt spielt, und für seinen Geschmack hält London zu viele sündige Versuchungen bereit. Ich schicke ihn dann also bei dir vorbei, ja?«

»Hoffentlich erkenne ich ihn noch.«

Sie wußte zwar, daß Julian darauf mit einer sarkastischen Spitze gekontert hatte, doch die Worte waren bloß Worte, belanglos und ohne Macht. Als ein Geräusch aus dem Wohnzimmer an ihr Ohr drang, blickte sie auf und sah Bob auf der Schwelle stehen. Sein Gesicht und Körper lagen im Schatten, eine dunkle Silhouette, und wie er da so verharrte, erinnerte seine Gestalt an einen Mann, der am Rande eines Abgrunds steht. Sie hielt die Hand über die Sprechmuschel.

»Bob...«

Er machte eine merkwürdige Geste mit einer seiner in Schatten getauchten Hände, als wolle er etwas abwehren. Dann verschwand er aus ihrem Blickfeld, und sie hörte, wie die Tür zum Garten ins Schloß fiel.

»Bist du noch dran, Susan?«

»Ja, ich...« Wie anders wäre dieses Gespräch mit Julian verlaufen, wenn sie die Gelegenheit dazu hätte nutzen können, ihn über ihre bevorstehende Heirat zu informieren! In diesem Augenblick wurde es ihr zur Gewißheit, daß sie Bob nie heiraten konnte. »Ich richte mich da ganz nach Greg, er soll kommen, wann es ihm paßt«, sagte sie gelassen und fügte hinzu: »Danke für den Anruf. Auf Wiederhören.«

Lange Zeit blieb sie am Telefon sitzen und dachte daran, daß sie und Bob nun nur zwei dünne Mauern und drei Meter Luft trennten. Aber diese Barrieren waren für sie ebenso unüberwindlich wie die Schranken seines Geistes. Sie fröstelte ein wenig, weil sie beinahe glücklich gewesen war, als sie sich geküßt oder schweigend nebeneinander gesessen hatten, denn kurze Einblicke in das Dunkel seines Geistes hatten dieses Glück stets sofort wieder zerrinnen lassen.

## 17

David verbrachte den Samstag nachmittag damit, die Küste Süddevons zwischen Plymouth und Salcombe abzugrasen und unter seinem Standard-Vorwand in jedem Hotel nach den Norths zu fragen, aber nirgendwo hatte er Glück. In Plymouth kapitulierte er. Allein im Touristenführer zählte er zwölf Hotels und Pensionen, und nachdem er es in vieren versucht hatte, gab er auf. Die Norths mußten sich entweder ein Haus gemietet haben oder im Landesinneren abgestiegen sein.

Mußten sie wirklich? Aller Wahrscheinlichkeit nach hatten sie in Norddevon Urlaub gemacht, und das im Mai oder Juni. Magdalene hatte vielleicht die Wahrheit gesagt. Nicht am Strand oder in einem Restaurant mit Ausblick aufs Meer hatte Bernard Louise kennengelernt, sondern vielmehr beim Teetrinken in der Küche eines Londoner Vorstadthauses.

»Hatten Sie einen schönen Tag?« fragte Mrs. Spiller, als sie einen Teller mit Schweinefleischpastete und Kopfsalat vor ihm auf den Tisch knallte. »Schade, daß es für den Schiffsausflug nach Plymouth noch zu früh ist, aber die werden erst ab Mai angeboten. Mag ist immer mit den Schiffen gefahren. Aber ich glaube fast, Ihnen würde das nicht soviel Spaß machen – Sie sind eben eher ein nervöser Typ.«

Für einen Neurotiker hatte er sich bisher nicht gehalten. Vielleicht war ihm die Dringlichkeit und bisherige Ergebnislosigkeit seiner Suche anzumerken. »Ist die Reise denn besonders gefahrvoll?« fragte er sarkastisch.

»I wo, die Schiffe sind absolut sicher, aber das hat man von der *Ocean Maid* natürlich auch behauptet.«

Der Name kam ihm irgendwie bekannt vor, dann entsann er sich undeutlich an reißerische Schlagzeilen, und ihm fiel ein, in der Zeitung von dem Unglück gelesen zu haben, ähnlich der Tragödie mit der *Darlwyne*, jedoch mit glücklicherem Ausgang. Ein kurzer Blick auf Mrs. Spiller verriet ihm, daß sie in Gesprächslaune war, und da er nichts Besseres vorhatte, ließ er sich darauf ein. »Das war ein Ausflugsdampfer«, sagte er. »Ist der nicht irgendwo hier vor der Küste auf Grund gelaufen?«

Mrs. Spiller nahm eine Tasse von einem Nebentisch

und schenkte sich aus Davids Teekanne ein. »Die *Ocean Maid* pendelte mit Ausflüglern zwischen Torquay und Plymouth, dazwischen legte sie noch hier und in Newton an. Hätte um sechs wieder hier sein müssen. Aber das einzige, was wir von ihr hörten, war die Vermißtmeldung im Radio.« Auf ihren ausladenden lila Busen fielen ein paar Tropfen Tee. Sie zog eine Papierserviette aus einem Ständer und rieb an dem Fleck herum. »Verdammter Tee! Wo war ich? Ah ja, also Mag war an diesem Tag ein wenig langweilig, und weil sie einsam war und nicht wußte, was sie mit sich anfangen sollte, habe ich zu ihr gesagt: Warum machst du nicht mal die Schiffstour mit? Und das hat sie dann auch getan. Ich habe ihr was Schönes zum Mittagessen eingepackt und sie auch noch selbst aufs Schiff gebracht. Wer hätte auch wissen können, daß dem Kahn mitten auf dem Meer der Treibstoff ausgeht und er während der Nacht auf Grund läuft?

Bloß eine Hose und so ein dünnes T-Shirt hatte sie an. Wenn man so eine tolle Figur hat, muß man sie auch vorzeigen, habe ich noch zu ihr gesagt. Auf dem Schiff muß sie dann aber mächtig gefroren haben. Jedenfalls wurde es sechs, dann ging's auf sieben zu, aber von dem Schiff war immer noch weit und breit nichts zu sehen. Dann erfuhren wir es aus den Nachrichten. Ich war ganz aus dem Häuschen und drauf und dran, Bernard ein Telegramm zu schicken. In so einem Fall weiß man ja nie, was man tun soll. Man will ja auch nicht, daß sich die Leute grundlos Sorgen machen. Vor allem, weil ich doch Mag auch noch dazu angestachelt und ihr die Karte gekauft hatte. Ich habe mir wirklich Vorwürfe gemacht.«

»Dann war er bei der Tour also nicht mit dabei?« David

legte Messer und Gabel weg und blickte mit einem Mal fröstelnd zu ihr auf.

»Die Tour mitmachen? Wie sollte er? Er war doch in London.«

»Aber ich dachte, Sie hätten gesagt...«

»Also wirklich, Mr. Chadwick, wo haben Sie bloß ihre Gedanken? Das war *letztes* Jahr, letzten Juli. Mag war da allein in Bathcombe. Sie verwechseln das mit den anderen Jahren, als Bernard immer mitgekommen ist. Wie auch immer, ich habe ihm kein Telegramm geschickt, und das war auch richtig. Die arme kleine Mag hat zwar einiges durchmachen müssen, sich das aber nicht weiter zu Herzen genommen. Ihren restlichen Urlaub hat sie sich dadurch jedenfalls nicht verderben lassen. Auf dem Schiff hatte sie einige Leute kennengelernt, und danach ging sie jeden Tag mit denen zusammen weg. Ich war bloß froh, daß ich nicht Bernard für nichts und wieder nichts hier heruntergelotst hatte. Sie sind so blaß Mr. Chadwick. Ihnen ist doch hoffentlich nicht schlecht?«

Magdalene hatte nicht gelogen. Bernard hatte Louise genauso kennengelernt, wie sie David erzählt hatte. Vielleicht entsprach es auch der Wahrheit, daß sie North vor der gerichtlichen Untersuchung noch nie im Leben gesehen, nie mit ihm einen Mordplan ausgeheckt, ihm nie eine Waffe übergeben und auch nie mit ihm im *Mann mit der eisernen Maske* verkehrt hatte. Lag es nicht auch im Bereich des Möglichen, daß Sid und Charles sie nie dort zusammen gesehen, sondern sich die ganze Geschichte einfach aus den Fingern gesogen hatten, um sich die Zeit zu vertreiben, während sie auf seine Rechnung tranken?

Am Sonntag vormittag packte er seinen Koffer und reiste aus dem *Schweizer Chalet* ab. Acht Kilometer weiter im Landesinneren hielt er in einem Dorfnamens Jillerton, um zu tanken.

»Windschutzscheibe saubermachen, Sir?«

»Ja, und würden Sie bitte auch den Druck in den Reifen prüfen, wenn Sie schon dabei sind?«

»Können Sie fünf Minuten warten, ich muß noch den anderen Herrn bedienen?«

David nickte und schlenderte die Dorfstraße entlang. Eines Tages, überlegte er sich, würde er vielleicht auf dieses Wochenende zurückschauen und über sich lachen. Er hatte über dreihundert Kilometer fahren und mindestens ebenso viele Fragen stellen müssen, von zwei vergeudeten Tagen ganz abgesehen, nur um herauszufinden, daß Bernard Heller letztes Jahr gar nicht in Bathcombe war.

In der Straße gab es nur einen einzigen Laden, und obwohl Sonntag war, stand die Tür offen. Ohne die Absicht, etwas zu kaufen, ging David hinein, musterte die bunten Autoaufkleber, die Gartenzwerge und die geschnitzten Holzhirsche, deren Ebenbilder er schon in Wien, Paris, Edinburgh und dem Bürgersteig zur U- Bahn-Station Oxford Circus gesehen hatte. Auf einem Regal hinter dieser Phalanx aus Nippsachen vom Fließband standen Becher und Krüge aus Devon-Steingut, handbemalt in Beige und Braun und gar nicht reizlos. Außer Susan Townsend fiel ihm niemand ein, dem er etwas schenken wollte, und wenn er ihr ein Mitbringsel kaufte, würde sie es wahrscheinlich zurückschicken. Womöglich verwelkte vor seiner Haustür gerade ein Strauß weiße Rosen.

Teilweise war das Steingut mit obskuren Sprichwörtern beschriftet, welchen er keine weitere Beachtung schenkte, doch auf den schlichten und hübsch gestalteten Bechern standen verschiedene Vornamen: Peter, Jeremy, Anne, Susan... Ausgerechnet einen mit Susan mußte es geben. Was war eigentlich mit ihm los, welcher rührselige Wahnsinn hatte ihn ergriffen, daß er, wohin er den Blick auch wandte, überall auf ihren Namen oder ihr Gesicht stieß?

Ganz am Ende des Regals stand ein unbeschrifteter Becher, den er seiner Mutter für ihren allabendlichen Kakao kaufen konnte. Er nahm ihn zur Hand, drehte ihn herum und bemerkte, daß er doch nicht unbeschriftet war. So wie die anderen zierte ihn ein Name in anmutiger brauner Schönschrift.

*Magdalene.*

Konnte Bernard ihn bei einer ihrer früheren Besuche für Magdalene bestellt haben, bestellt und dann vergessen abzuholen? Er stellte ihn gerade nachdenklich in das Regal zurück, als eine Stimme hinter ihm sagte: »Ein sehr ungewöhnlicher Name, finden Sie nicht, Sir?« David drehte sich um und sah, daß die tiefe Devonbrummstimme einem Verkäufer gehörte, der etwa so alt war wie er. »Ich habe oft zu meiner Frau gesagt, den verkaufen wir nie, nicht mit Magdalene als Namen.« Und lauter sprechend rief er zu jemandem in dem Hinterzimmer des Ladens: »Ich erkläre diesem Herrn gerade, den Becher, den Mr. North bestellt hat, verkaufen wir nie.«

»Mr. North?«

»Ich entsinne mich daran, weil die Umstände ein wenig – ein wenig komisch waren«, sagte der Verkäufer. »Letzten August war es, mitten in der Hochsaison. Aber das wird Sie wohl nicht interessieren, Sir. Der Herr wird den Becher jetzt nicht mehr abholen, falls Sie ihn also haben wollen... Aber nein, nicht mit einem Namen wie Magdalene.«

»Ich nehme ihn«, sagte David in nachdenklichem Ton.

»Das ist aber nett von Ihnen, Sir. Zehn Shilling und Sixpence wären das dann.«

»Sie erwähnten da etwas über komische Umstände.«

Der junge Mann hatte schon das Packpapier in der Hand, legte es aber wieder zurück. »Wenn Sie ihn nehmen wollen, dann haben Sie wohl auch ein Recht darauf, die Umstände zu erfahren. Der Herr war im *Kings's Arms* abgestiegen, das ist das Gasthaus gegenüber dem Dorfanger, der Wirt ist mein Onkel. Mr. North bestellte den Becher für seine Frau, behauptete er zumindest, aber als er ihn einfach nicht abholen kommen wollte, habe ich mal mit meinem Onkel geredet. Mrs. *Louise* North heiße seine Frau, hat er gesagt, nicht Magdalene. Komisch, haben wir uns gedacht. Anscheinend ist der für eine andere Dame bestimmt, der Herr wird schon seine Gründe haben.«

»Sie wollten ihm den Becher also nicht einfach ins Gasthaus schicken, um ihn nicht in eine peinliche Lage zu bringen.«

»Peinliche Lage ist gar kein Ausdruck, Sir, denn die Dame, das heißt also seine richtige Frau, war am Tag nach ihrer Ankunft krank geworden – sie hatte sich einen der hier grassierenden einheimischen Viren eingefangen. Es wäre gar nicht gut für ihre Genesung gewesen, wenn sie hätte erfahren müssen, daß ihr Mann es mit einer anderen hat.«

»Das *Kings's Arm* ist dieser bildschöne Pub am Dorfanger, sagten Sie?«

»Genau, Sir.«

North hatte eine Vorliebe für hübsche kleine Pubs...

»Das war aber Pech für die beiden, daß Mrs. North so krank wurde«, sagte David beiläufig, und noch im Sprechen fielen ihm Magdalene Hellers Worte ein. Als Bernard Louise kennengelernt habe, sei sie krank gewesen... Folglich waren sie sich also erst nach diesem Urlaub begegnet? »Der Aufenthalt hier muß ihnen gründlich verdorben worden sein.«

»Mr. North hat sich dadurch nicht die Laune vermiesen lassen, Sir.« Der Verkäufer zuckte mit den Schultern, ob über die Schandtaten der Menschheit im allgemeinen oder nur über die der Londoner, war nicht zu erkennen. »Er hat an dieser Schiffstour teilgenommen, auch ohne seine Frau. Auf der *Ocean Maid*, über die werden Sie bestimmt in den Londoner Zeitungen gelesen haben. Er hat mir die ganze Geschichte erzählt, als er den kleinen Becher bestellte. Stundenlang seien sie herumgetrieben, ohne zu wissen, wie dicht sie an den Klippen waren. Ihnen oder mir hätte das den Urlaub vergällt, nicht wahr, Sir? Aber dieser Mr. North hat nicht mit der Wimper gezuckt. Ich habe damals zu meiner Frau gesagt, das sieht man gleich, da muß schon was Größeres kommen, damit dem die Knie weich werden.«

Susan bedauerte es fast, daß sie auf das Ende von *Frevles Fleisch* zusteuerte. In gewisser Weise hatte es ihre Gedanken von dem Unglück nebenan und Bob abgelenkt. Ihre Probleme, die nur in ihrem Unterbewußtsein vorhanden waren, wenn sie auf der Schreibmaschine tippte, würden jetzt bald wieder die Stunden ausfüllen, die durch den Abschluß des Manuskriptes frei werden mußten.

Seite vierhundertundzwei. Insgesamt würde der Roman auf vierhundertundzehn Seiten kommen. Jane Willingales Handschrift war auf den letzten fünfzig Seiten immer schlechter geworden, und selbst Susan, die darin Übung hatte, konnte einige Wörter nur mit Mühe entziffern. Sie versuchte gerade, ein Gekritzel zu interpretieren, das wie ein unbekanntes Kurzschriftzeichen aussah, als Doris an die Hintertür pochte und mit Richard ins Haus trat.

»Es macht dir doch nichts aus, wenn ich ihn eine Weile bei dir lasse? Bloß solange wir ein Gläschen bei den O'Donnells trinken. Bob ist auch eingeladen, aber er will nicht aus dem Haus. Wenn du mich fragst, leidet der unter Verfolgungswahn. Aber du weißt sicher besser als wir anderen, was in ihm vorgeht. Stundenlang ist die Polizei bei ihm gewesen. Hast du es gesehen?«

»Bob hat es mir erzählt.«

»Und als ich gestern an *Braeside* vorbeiging, habe ich gehört, wie er Mrs. Dring angeschrien hat. Er ist wirklich völlig fertig mit den Nerven. In der geschlossenen Abteilung habe ich solche Fälle reihenweise gesehen. Du wirst es wohl selbst am besten wissen, aber ich an deiner Stelle wäre jedenfalls nicht darauf erpicht, allein mit ihm zu sein. Was sehe ich denn da, weiße Rosen. Die verwelken schnell in dieser Wärme. Im Gegensatz zu mir – ich blühe da auf. Ich könnte wirklich den ganzen Tag bei dir bleiben, aber wie ich sehe, möchtest du weiterarbeiten. Nur schade, daß es bei den O'Donnells immer so saukalt ist.«

Das Gekritzel hieß »Mord«. Susan tippte es mit einem Anflug unerklärlichen Unbehagens. Sie hörte Richard nach oben gehen, und kurz darauf hörte man das Geräusch von Spielzeugautos auf dem Treppenabsatz. Die letzten, unter Hochdruck niedergeschriebenen Seiten von Miss Willingales Roman zu entziffern, würde Susans ganze Konzentration erfordern.

Die Kinder hatten ihr Spiel nun auf die Treppe verlagert. Sie mußte Geduld zeigen, mußte die Ermahnung aufschieben, bis sie wirklich unerträglich wurden. Bum, bum, zoing, klateradonk. Das war der neueste Panter, der seinem Aufprall auf dem Dielenparkett entgegenstürzte, um dort noch eine Delle zu schlagen.

»Ihr macht einen schrecklichen Lärm«, rief sie. »Könnt ihr nicht eine Weile draußen spielen?«

»Draußen regnet es!« Aus Pauls Stimme klang ehrliche Empörung.

»Ihr wißt aber, daß ihr sowieso nicht auf der Treppe spielen sollt.«

Sie ackerte sich mühsam durch einen langen Satz und blätterte um. Die Schrift war plötzlich wieder besser.

*Mein Liebes,*
*Du bist Tag und Nacht in meinen Gedanken.*
*Tatsächlich weiß ich kaum, wo das Träumen aufhört und…*

Das ergab doch keinen Sinn. Und es war auch gar nicht Jane Willingales Handschrift. Diese hier fiel stärker nach rechts ab, die Großbuchstaben waren größer, sogar die Tinte war anders.

Susan runzelte die Stirn, zündete sich eine Zigarette an und machte einen tiefen Zug. Dann hielt sie die Blätter gegen das Licht und betrachtete nachdenklich Bernard Hellers Liebesbriefe.

## 18

»Dürfen wir die Rennbahn mit nach draußen nehmen?« fragte Paul und fügte tugendhaft hinzu: »Es hat aufgehört zu regnen, aber das Gras ist noch naß, und da habe ich mir gedacht, ich frage dich lieber.«

Susan hatte kaum zugehört. »Was, Liebling?«

»Dürfen wir die Rennbahn mit nach draußen nehmen?«

»Draußen gibt's keinen Strom, und es ist zu kalt, um die Tür offenzulassen.«

Paul schmollte. »Das ist nicht fair. Wir können nicht auf der Treppe spielen, und hier ins Zimmer können wir auch nicht, weil du arbeitest. Deine Papiere sind wieder völlig durcheinander, und überall liegt deine Asche drauf. Aber dann einen Riesenrabatz machen, wenn ich sie mal in Unordnung bringe.«

Sie hatte die Briefe also doch nicht verbrannt. Insgeheim hatte sie das vielleicht immer schon gewußt, aber sie wußte auch, daß sie sie keinesfalls zwischen den Hauptteil von Miss Willingales Manuskript und die vorletzte Seite gesteckt hatte. Welchen Grund konnte Doris haben, so etwas zu tun, Doris oder Mrs. Dring?

»Paul, du hast doch nicht wieder mit meinen Papieren gespielt, oder?«

»Nein!«

»Bist du dir ganz sicher?«

»Ich hab sie nicht angerührt«, brauste der kleine Junge auf. »Ich *schwöre* es. Großes Ehrenwort. Ich bin nicht mehr an deinem Schreibtisch gewesen seit dem Tag, bevor du krank geworden bist, dem Tag, wo du zu dem Prozeß wegen Mrs. North hast gehen müssen.« Vor selbstgerechter Entrüstung wurde er knallrot im Gesicht und schien den Tränen nahe. »Du hast gesagt, wenn ich sie noch mal anrühre, darf ich meine Uhr nicht tragen, und ich habe sie nicht angerührt.«

»Nun bleib mal auf dem Teppich. Ich glaube dir.«

»Bis auf einmal«, sagte er trotzig. »Das war der Tag, als du krank wurdest. Ich wollte dir *helfen*. Deine Papiere waren ganz durcheinander. Ein paar Blätter lagen auf dem Couchtisch herum, die habe ich zu den anderen gelegt, ganz ordentlich. Ich hab gedacht, das würde dich freuen!«

David war überglücklich. Er hatte recht gehabt, er hatte seine Zeit nicht verschwendet. Nun stand zweifelsfrei fest, daß Robert North und Magdalene Heller sich seit letztem Sommer gekannt hatten.

Er war überglücklich, aber es gab noch vieles, das er nicht verstand. Die ganze Zeit über hatte er angenommen, daß sich ihre Treffen, ihre Bekanntschaft und vielleicht ihre Liebe aus dem Verhältnis zwischen ihren Ehepartnern ergeben hatten. Nun aber hatte es den Anschein, als hätten sich die beiden, die Witwe und der Witwer, zuerst kennengelernt. North hatte an dem Schiffsausflug teilgenommen, und als es danach aussah, daß sie wohl die ganze Nacht über auf offener See treiben würden, hatte er sich zu Magdalene hingezogen gefühlt, die höchstwahrscheinlich die einzige Einzelreisende auf dieser Ferientour gewesen war. David konnte sich ein Bild von ihr machen, vielleicht war sie ein wenig ängstlich gewesen, bestimmt aber hatte sie deshalb nicht darauf verzichtet, sich in der Hose und dem dünnen T-Shirt in Pose zu werfen, und auch North sah er vor sich, wie er ihr Mut zusprach und ihr seinen Mantel lieh.

Aber Bernard war in London gewesen, und Louise hatte krank im Bett gelegen.

War es denkbar, daß North und Magdalene nach ihrer Rückkehr aus dem Urlaub die vier miteinander bekannt gemacht hatten? Wohl kaum, dachte David. North hatte einen Becher für sie bestellt und sich während seines restlichen Urlaubs bestimmt täglich mit ihr getroffen. Mrs. Spiller hatte ihm gegenüber erwähnt, Magdalene habe sich mit jemandem angefreundet, den sie auf dem Schiff kennengelernt hatte. Am Ende ihrer Ferien, davon war David überzeugt, waren sie bereits ineinander verliebt gewesen. North hätte Magdalene unter keinen Umständen seiner Frau vorgestellt, und sie North bestimmt nicht ihrem Mann.

Wie hatten sie es einrichten können, daß sich die beiden anderen kennenlernten?

Montag vormittag war David in Knightsbridge damit beschäftigt, die Antiquitätenläden nach Chippendale-Möbeln für die Ausstattung von *Mansfield Park* abzuklappern. Er machte reiche Beute, und um halb eins ging er über die Straße zum Eingang der U-Bahn- Station an der Ecke von Hans Crescent.

Eine junge Frau, deren Gesicht ihm bekannt erschien, kam in diesem Moment aus Harrods heraus und steuerte kompromißlos auf ihn zu. Er hielt es für Ironie des Schicksals, daß er ausgerechnet der zweiten Mrs. Townsend begegnete, wo er sich nichts sehnlicher auf der Welt wünschte, als die erste zu sehen. Der absurde Zufall sorgte für ein Lächeln, und sie faßte sein Lächeln als enthusiastische Begrüßung auf.

Heftig schnaubend stellte sie eine riesige bunte Papiertüte zwischen ihnen auf dem Bürgersteig ab. »Sie haben das Haus also nicht gekauft?« fragte sie mit der aufdringlichen Direktheit, die er so abstoßend fand. »Wußten Sie, daß Greg scharf darauf war? Allerdings will er nicht mehr als acht Riesen ausspucken, und wir sind weiß Gott völlig abgebrannt. Jeden Monat überweisen wir ein halbes Vermögen an diese Frau in Matchdown Park, und was übrigbleibt, geht alles fürs Essen drauf.« Sie schnappte geräuschvoll nach Luft. »Sie würden nicht glauben, was man mir gerade für einen Hummer abgeknöpft hat.«

David musterte sie argwöhnisch. Sie sah heute früh noch jünger und ungepflegter aus als sonst. Das einteilige Kleidungsstück, das sie am Leib hatte – ein Kleid, ein Mantel? – bestand aus dickem haferschleimfarbenem Stoff, hatte da und dort einige graue Streifen und war am Saum und an den Bündchen gefranst. Sie wirkte wie eine Squaw, das schwarze Schaf des Stammes.

»Mein Mann ist einfach verrückt, was Essen angeht«, sagte sie. »Da, das können Sie ruhig für mich tragen. Das Ding wiegt fast eine Tonne.«

Tatsächlich wog es knapp einen halben Zentner. Als David die Tüte hoch hob, verrutschte das Einwickelpapier, und eine große rote Schere schnellte hervor. Elizabeth Townsend stapfte zum Rand des Bürgersteigs.

»Soll ich Ihnen ein Taxi besorgen?«

»Sie machen wohl Witze. Ich fahre mit dem Bus.« Sie funkelte ihn wütend an. »Wissen Sie, was ich heute zu Mittag habe? Joghurt. So weit ist es mit mir schon gekommen. Und dabei liebe ich gutes Essen, ich liebe es einfach.« Sie seufzte und fügte mürrisch hinzu: »Jetzt aber flott, ehe die Ampel umschaltet.«

Er wuchtete die Tasche hoch und ging hinter ihr her.

»Ich dachte, ich könnte bei Dian zu Mittag essen«, sagte sie gereizt. Beinahe hätte er gefragt, wer denn Dian sei, doch dann erinnerte er sich an die Luxuswohnung und die Bambuswand mit den Kerzen.

»Warum tun Sie es nicht? Sie wohnt doch gleich um die Ecke.«

»Weil mir nicht ganz wohl dabei ist. Ich bin in solchen Dingen normalerweise nicht sehr zimperlich. Julian wird Ihnen das gern bestätigen. Aber Dian hat sich einen Kerl angelacht, der ihr ganz schön den Kopf verdreht haben muß. Sieht Dian doch gar nicht ähnlich, finden Sie nicht?«

David pflichtete ihr von Herzen bei.

»Ich hätte meine Hand ins Feuer gelegt, daß Dian total prüde ist. Wahrscheinlich frigide. Aber Minta hat heute morgen bei mir angerufen, und als ich sagte, ich würde auf einen Sprung bei Dian vorbeigehen, meinte sie, das solle ich lieber schön bleiben lassen, weil ihr Freund wieder da sei.« Während er die rote Schere wieder in die Tüte stopfte, erklärte David, er verstehe, was sie meine. »Ich will schließlich nicht einfach so hereinplatzen. Und sagen Sie um Himmels willen bloß kein Wort davon zu Dian. Ich weiß, daß Sie dicke mit der sind. Schließlich muß man leben und leben lassen. Dian hat Minta nichts davon gesagt – typisch Dian, nicht?«

»Doch, unbedingt.«

»Aber da Minta im Haus gegenüber wohnt, konnte sie ja kaum damit rechnen, damit ungestraft durchzukommen. Minta hat mir erzählt, der Wagen dieses Kerls habe fünf- oder sechsmal in den letzten vierzehn Tagen vor dem Haus gestanden. Sie schmuggelt ihn ins Haus, sobald Greg ins Atelier fährt. Minta hat Greg natürlich einen Tip gegeben, deshalb will er Dian jetzt fürs erste in Sicherheit bringen.«

Mit jedem Schritt entfernte er sich weiter von der U-Bahn-Station. Während ihn Elizabeth Townsend unbarmherzig an mehreren Bushaltestellen vorbei hinter sich herschleppte, zermarterte er sich das Gehirn nach einem Vorwand, ihr die Tüte mit den Einkäufen vor die Füße zu stellen und die Flucht zu ergreifen. Tatsächlich stellte er die Tüte jetzt ab, doch nicht, weil er fliehen wollte.

»Mehr Anhaltspunkte hat Minta nicht?« fragte er und bemühte sich, seine Atemlosigkeit nicht durch seine Stimme zu verraten. »Sie hat einfach das Auto eines Mannes vor der Wohnung von Dian gesehen?«

»Sie hat gesehen, wie er ins Haus ging«, sagte Elizabeth nachdrücklich.

»Aber, Mrs. Townsend...«

»Oh, sagen Sie Elizabeth zu mir. Sonst komme ich mir noch vor wie sechsundneunzig und am Krückstock...«

»Aber, Elizabeth... Er war erleichtert. Gesicht und

Stimme, die er mit dem anderen Namen verband, standen in kraßem Gegensatz zu dem, was er vor sich hatte. »Es könnte doch auch ein Vertreter sein, ein Versicherungsmensch oder ein Innenarchitekt, alles mögliche.«

»So? Dann lassen Sie sich mal was von mir sagen. Er ist ein sexy Typ so um die Dreißig, und Dian ist feinste Sahne. Sie wissen verdammt genau, daß zwischen Dian und Greg seit zwei Jahren nichts mehr läuft und Dian praktisch solo ist. Sie hat nur noch diesen Kerl im Kopf, das können Sie mir glauben. Sie sind naiv, David, das ist Ihr Problem. Aber Minta und ich sind nicht naiv, und wenn wir hören, daß sich ein Kerl heimlich zu einer Frau schleicht, wenn ihr Scheich gerade ausgeflogen ist, dann wissen wir, was wir davon zu halten haben.«

»Auch in Dians Fall? Der treuen, frigiden Dian?«

»Sie wollen sie wohl verteidigen? Schön, sie ist nicht treu, sie ist nicht frigide. Das ist der Beweis.«

In diesem Moment brach der Tütenboden. Er blickte auf die Auberginen, die Zitronen und die Dosen mit Gänseleberpastete, die in den Rinnstein kullerten, und sagte glücklich: »Elizabeth, ich bin schrecklich froh, daß wir uns getroffen haben. Sagen Sie mal, wenn Sie die Wahl hätten, wie heißt das schönste Restaurant, das Ihnen einfällt? Das Restaurant, in dem Sie jetzt am liebsten zu Mittag essen würden?«

»Das *Ecu de France*«, erwiderte sie prompt, stopfte zwei Zitronen in die Tasche ihrer Indianerkluft und sah ihn erwartungsvoll an.

»Der Gedanke, daß Sie Joghurt essen müssen, ist mir unerträglich«, sagte er. »Joghurt habe ich noch nie gemocht.« Er winkte ein Taxi heran, öffnete die Tür, verstaute Gemüse, Obst und Dosen auf dem Sitz. »Jermyn Street«, sagte er zu dem Fahrer. »Zum *Ecu de France.*«

Als er sich der Tür näherte, hörte er aus seinem Büro einen Stuhl über den Boden schaben, und als er eintrat, saß die Frau, die auf ihn wartete, ein, zwei Meter von seinem Schreibtisch entfernt und stellte eine verbissen tugendhafte Miene zur Schau. Ulph war überzeugt, daß sie sich die Papiere angesehen hatte, die auf seinem Dienstbuch lagen. Es handelte sich um ein Konzept für das Programm des Polizeisportfestes; Ulph lachte in sich hinein.

»Guten Morgen«, sagte er. »Sie wollten mich sprechen?«

»Ist mir egal, mit wem ich spreche«, antwortete die Frau, »Hauptsache, es ist jemand von ganz oben, der weiß, wo's langgeht.« Sie zupfte mit in einem Häkelhandschuh steckenden Fingern an ihrem roten Haar herum und blickte ihn trotzig enttäuscht an, als hätte sie jemanden erwartet, der großspurig, energisch und herrisch auftrat. »Sie reichen mir«, sagte sie. »Ich schätze, Sie interessieren sich für einen Kerl namens North.«

»Dürfte ich bitte Ihren Namen erfahren?«

»Vorausgesetzt, Sie fragen mich nichts weiter. Mrs. Dring. Mrs. Leonard Dring. Mit Vornamen heiße ich Iris.« Sie streifte die Handschuhe ab und legte sie auf den Schreibtisch neben ihre Handtasche. »Ich arbeite für diesen North, so zum Saubermachen, zumindest tat ich das, bis er mich am Samstag rausgeschmissen hat. Was ich Ihnen mitteilen wollte, ist, daß ich auch im Nachbarhaus arbeite und mich dort an dem Vormittag aufhielt, an dem Mrs. North umgebracht wurde.«

Ulph nickte, seine Miene blieb reserviert. Dem Groll entlassener Hausangestellter begegnete er nicht zum ersten Mal. »Fahren Sie bitte fort.«

»Am anderen Ende des Gartens haben drei Arbeiter die Straße aufgerissen. Mrs. North hat ihnen immer Tee spendiert, praktisch regelmäßig. Also es war ungefähr halb zehn, da stehe ich in Mrs. Townsends kleiner Küche und höre, wie drüben im Nachbarhaus an die Hintertür geklopft wird. Ich habe mir natürlich keine Gedanken gemacht und mich hinter die Fenster geklemmt, die Fenster im Wohnzimmer meine ich, als ich den Kerl da über den Gartenweg zur Straße gehen sehe, ein großer Kerl in einem Parka. Mrs. Townsend und ich, wir hielten ihn für einen von den Arbeitern. Er ging zum Gartentor hinaus und dann die Straße entlang.«

»Vielleicht wollte er sich den Tee statt dessen aus einem Café holen?«

»Das haben wir damals auch gedacht. Genau darauf wird er es angelegt haben. Der springende Punkt ist jetzt aber, daß an der Straßenbaustelle immer bloß drei Leute gearbeitet haben. Ich verrate Ihnen gleich, woher ich das weiß. Ich habe meinen Gatten gefragt: ›Wie viele Leute haben an der Friedhofsstraße gearbeitet?‹ ›Drei‹, hat er gesagt. ›Nie mehr als drei.‹ Und mein Gatte irrt sich nie, es gibt nichts, was dieser Mann nicht weiß. Dann habe ich gesagt: ›Du bist doch mit dem Alten da befreundet, der früher Polier war, frag den doch mal.‹ Und das hat er dann auch getan. Sie waren immer nur zu dritt, der Alte, der Mann und der Junge. Und was noch wichtiger ist, als ich das Klopfen an der Tür hörte, hat der Hund keinen Mucks getan. Er war im Garten und lag auf der Lauer, die Hintertür hatte er immer im Blickfeld. Wie schon mein Gatte immer sagt, die Tiere haben mehr Verstand als wir. Die lassen sich nicht so leicht an der Nase herumführen, ob sich da einer als Arbeiter verkleidet und sich einen Parka überzieht, ist denen Wurst.«

»Sie haben es lange hinausgeschoben, zu mir zu kommen, Mrs. Dring«, sagte Ulph gelassen. »Sie kommen nicht zufällig deshalb erst jetzt, weil Sie einen Groll gegen Mr. North hegen?«

»Wenn Sie mir nicht glauben, müssen Sie Mrs. Townsend fragen. Sie weiß es. Die hat mich erst darauf gebracht.«

Wahrscheinlich dachte sie, ihr Abschied gäbe ihm das Zeichen, die Gesetzesmaschinerie sofort in Gang zu setzen. Ulph saß ziemlich reglos da und dachte nach. Seine eigene Rekonstruktion des Tathergangs, die fast völlig intellektueller Natur war, hatte sich verwandelt und geändert. North war trotz allem sehr einfach vorgegangen. Ulph erkannte, daß so gut wie nichts geplant war; North hatte spontan gehandelt und nach der Tat lediglich seine Spuren verwischt.

Er war an jenem Vormittag zu Hause geblieben, aber nicht, um einen Mord wie Selbstmord aussehen zu lassen, sondern um Heller zur Rede zu stellen. Er hatte es Louise gesagt und sie ihren Geliebten warnen lassen, falls sie das wollte. Ulph faßte sich an die Stirn und tastete nach dem Muskel, der über seinem Auge vibrierte, wenn er nervös war. Hatte er nicht genau das gleiche getan, sich seiner Frau und dem Mann, den sie liebte, entgegengestellt? Hatte nicht auch er versucht, die Sache mit ihnen ruhig und vernünftig zu besprechen? Seine Frau hatte sich im Schlafzimmer eingeschlossen und sich in einem Weinkrampf aufs Bett geworfen.

Höchstwahrscheinlich hatte auch Louise North sich so verhalten, und die beiden Männer waren zusammen zu ihr nach oben gegangen. Doch erst hatte Heller seinen Regenmantel und die schwere Aktentasche auf den Küchentisch gelegt, die Waffe aber in der Innentasche des Jacketts behalten. Ulph wußte sehr genau, daß, wenn ein Mensch – selbst ein friedfertiger, sanftmütiger Mensch – eine Waffe besitzt, er in einer Streßsituation anfällig ist, sie auch zu benutzen. Louise hatte in Heller den vielleicht irrigen, vielleicht wahren Eindruck erweckt, ihr Mann sei gewalttätig und tyrannisch. Da er ungefähr eine Vorstellung davon besaß, was ihn erwartete, hatte Heller seine Pistole dabei. Natürlich nur als Drohmittel, nur als Überredungshilfe.

Und North? Vielleicht war Heller später als erwartet gekommen, so daß North das Warten satt bekommen und sich schon Mantel und Handschuhe angezogen hatte, um zur Arbeit zu gehen. In diesem Aufzug waren sie dann beide ins Schlafzimmer gegangen. Hatten sie miteinander gekämpft? Hatte sich dabei ein Schuß gelöst? Ulph vermutete es. Während des Kampfes hatte Heller aus Versehen Louise erschossen, und als er sich in dem Entsetzen über seine Tat zu ihr hinabgebeugt hatte, war er neben sie aufs Bett gefallen. North hatte die Pistole ergriffen und ihn erschossen. Die Hände, mit denen er die Pistole angefaßt hatte, steckten zwar in festen Autohandschuhen, doch dahinter mußte sich nicht unbedingt ein Vorsatz zur Tat ableiten lassen. Später waren dann die instinktiven Handlungen des Selbsterhaltungstriebs abgelaufen: Die Pistole noch einmal in Hellers Hand drücken – falls durch den Handschuh die früheren Fingerabdrücke verwischt worden waren –, und – scheußlich – noch einen dritten Schuß abgeben. Es hatte geregnet. Ein Parka mit Kapuze, das kurze Innehalten, um an der Hintertür so zu klopfen, wie die Arbeiter immer klopften, und dann das absichtlich langsame Schlendern, während das Herz klopfte, das Blut in den Schläfen pochte, an den Zaun, auf die Straße, zurück in die große nichtsahnende Umwelt.

Mit einem tüchtigen Anwalt, dachte Ulph, fiel das Strafmaß für North vielleicht nicht sehr hoch aus. Man hatte ihn in unerträglicher Weise provoziert. Die Frau hatte aus seinem Zuhause ein Haus der heimlichen Liebestreffs gemacht und üble Schmähungen über ihn in den Briefen an ihren Geliebten geschrieben. Plötzlich erinnerte sich Ulph daran, was North über die Liebenswürdigkeit seiner Nachbarin gesagt hatte, als hätte er mehr in ihr gesehen als jemanden, der nur Gutes tut. Sie war geschieden, fiel ihm ein. Bestand die Möglichkeit, daß sie auf North warten würde?

Ulph stand auf und schimpfte sich einen sentimentalen Narren. Auf ihn hatte auch keine Frau gewartet, als er endlich wieder ein ungebundener Mann gewesen war. Er blickte auf seine Uhr. North würde noch bei der Arbeit sein, erst in ungefähr drei Stunden nach Hause kommen. Während er alles vorbereitete, was er sagen und tun mußte, dachte er mit gelinder Belustigung an David Chadwick und die aus seiner Phantasie hervorgegangenen Theorien. Was wollte man von einem Bühnenbildner auch anderes erwarten? Dennoch hatte auch Ulph ein oder zwei Tage an die Möglichkeit einer Absprache, eines Komplotts geglaubt. Er schämte sich ein wenig dafür.

## 19

Er warf noch einmal einen Blick auf das Foto von den Norths, das während ihres Urlaubs aufgenommen worden war, und diesmal kam ihm der zwischen den lächelnden Gesichtern erkennbare Hintergrund bekannt vor. Das Gasthausschild war zu unscharf, als daß man den Namen von ihm hätte ablesen können, doch er erkannte das Fachwerk an den Giebeln des *King's Arms* und den weißen Zaun, der den Dorfanger von Jillerton umgab.

David hatte diese Zeitung auf den Stapel mit den anderen bedrückend und leicht makaber wirkenden Andenken an Bernard Heller gelegt. Hier lagen die Berichte über seine kurzen und bescheidenen Ausflüge ins Blickfeld der Öffentlichkeit, und dort die Ankündigung seiner Heirat mit dem Mädchen, das seinen kranken Vater an der Küste von Bathcombe im Rollstuhl spazierengeschoben hatte. Die Zeitungsschrift war verblaßt, nicht jedoch Bernards Handschrift, die das Datum seiner Hochzeit in sauberen blauen Zahlen festgehalten hatte, bei denen der kleine und sehr ausländisch wirkende Balken durch den Aufstrich der Sieben auffiel.

Versonnen ließ er den Blick über die Ansammlung schweifen, dann ging er zum Telefon, Inspektor Ulph war nicht im Büro, und niemand konnte ihm sagen, wann mit seiner Rückkehr zu rechnen sei. David zögerte, setzte sich über seine Hemmungen und die Angst vor einer Abfuhr hinweg und wählte noch einmal. Ein Kind nahm ab.

»Kann ich bitte mit deiner Mutter sprechen?«

Der Stimme nach war er ein netter vernünftiger Junge, älter als David ihn nach dem Anblick des Blondschopfs auf dem Kissen in Erinnerung hatte. »Wer spricht bitte?«

»David Chadwick.«

»Deine Blumen stehen bei uns in einer Vase.« Er würde sich nie vorstellen können, wieviel Freude er mit dieser schlichten Feststellung ausgelöst hatte. »Warte einen Moment, ich hole sie.«

David hätte die ganze Nacht gewartet.

»Danke für die Blumen«, sagte sie, »ich wollte Ihnen eigentlich schreiben, aber es – nun, es war nicht leicht für mich in letzter Zeit.«

Er hatte sich vorgenommen, das Gespräch sanft, taktvoll und geschickt anzugehen. Ihr Ton beunruhigte ihn jedoch so sehr, daß er sich dazu hinreißen ließ, doch mit der Tür ins Haus zu fallen. »Ich muß Sie heute abend unbedingt sprechen. Darf ich gleich vorbeikommen?«

»Aber warum denn?«

»Ich muß Sie sprechen. Oh, ich weiß, sie können mich nicht ausstehen, und ich sage es Ihnen lieber gleich jetzt, daß ich mich über North mit Ihnen unterhalten möchte. Legen Sie nicht auf. Ich würde trotzdem kommen.«

»Sie sind ein außergewöhnlicher Mann, wissen Sie das?« Ihrem Tonfall zufolge meinte sie das nicht ironisch. »Diesmal hätte ich keine Angst. Vielleicht reinigt ein Gespräch die Atmosphäre.«

Paul schlief an diesem Abend rasch ein, und Susan fragte sich, ob es wohl daran lag, daß der Hausverkauf jetzt praktisch unter Dach und Fach war. Draußen war es immer noch hell, der Abend lau und frühlingshaft, so daß sie keinen Mantel anziehen mußte, um rasch einmal nach nebenan zu gehen.

Die Fenster von *Braeside* waren alle fest geschlossen. Ein geheimes, unzugängliches Haus, ging es ihr durch den Kopf. Hatte nicht irgend jemand den Tod einmal mit einem geheimen Haus verglichen? Während sie auf die Hintertür zustrebte, zwang sie sich, den Blick nicht nach oben zu richten.

Bob hatte sich das Recht eingeräumt, ohne Anklopfen in ihr Haus zu kommen, und obwohl sie bisher noch nie davon Gebrauch gemacht hatte, war sie der Meinung, daß sie in seinem Haus ein ähnliches Vorzugsrecht genießen sollte. Es war das erste Mal, daß sie seit jenem Mittwoch morgen *Braeside* betrat. Ein sanfter Stoß ließ die Tür aufschwingen, und ihrem Blick bot sich die gähnend leere Küche dar. Wirkte sie deshalb so kahl, weil Hellers Mantel und Aktentasche nicht auf dem Tisch standen?

»Bob?«

So hatte sie auch den Namen seiner Frau gerufen, und als sie keine Antwort erhalten hatte, war sie nach oben gegangen. Was war, wenn sich die Geschichte wiederholte? Die Nische, in der die Madonna gestanden hatte, war nun verwaist, eine klaffende Wunde in der Wand.

»Bob?«

Im Wohnzimmer roch es muffig, doch es sah sauber und aufgeräumt aus, als wäre es seit langer Zeit unbewohnt. Im ersten Moment hatte sie ihn übersehen, so reglos saß er in dem Sessel, in dem sie auch schon gesessen und mit dem Police Inspector gesprochen hatte. Ein Lichtstrahl malte ein flackerndes goldenes Band auf seinen Körper, das auch auf seine Augen fiel, doch er starrte wie ein Blinder durch es hindurch, ohne geblendet zu werden.

Sie ging zu ihm, kniete an seinen Füßen nieder und faßte ihn an den Händen. Die Berührung seiner Haut erregte sie nun nicht mehr als Pauls, und sie fühlte für ihn auch nur das, was sie manchmal für Paul empfand: Mitleid, Zärtlichkeit und vor allem die Unfähigkeit zu verstehen. Doch Paul liebte sie. Hatte sie Bob je so nahegestanden, um ihn zu lieben?

»Susan, ich bin am Ende«, sagte er. »Die Polizei ist heute bei mir in der Firma gewesen, aber das spielt keine Rolle. Es spielt wirklich keine Rolle mehr. Ich hatte den Verstand verloren, bin dazu verleitet worden. Aber ich will die Schuld nicht auf andere abladen. Falls ich dazu verführt wurde – ich war schließlich erwachsen und möchte die Schuld nicht anderen geben.« Er hielt ihre Hand noch fester. »Ich bin froh«, sagte er, »daß sie niemand anderes für das alles zur Rechenschaft ziehen können. Sie können es nicht durchschauen. Du weißt nicht, was ich damit meine, oder?«

Sie schüttelte den Kopf.

»Ein Glück. Ich möchte nicht, daß du es erfährst. Sag mal, hast du je gedacht, ich könnte... könnte dir ein Leid zufügen?«

Es hatte ihr die Sprache verschlagen, sie sah ihn nur an.

»Das wurde vorgeschlagen«, sagte er heiser, »und icheine Zeitlang war ich... Es waren nur ein, zwei Tage, Susan. Ich wußte nicht, was dir bekannt war und was du gesehen hast. Ich liebe dich wirklich. Ich liebe dich, Susan.«

»Ich weiß«, erwiderte sie. »Ich weiß.«

»Und Louise liebte Heller, war es nicht so? Du weißt das. Alle wissen das.« Er schnappte nach Luft, beugte sich vor, so daß der Lichtstrahl auf seine Schulter fiel und dort flackerte. Grimmig fuhr er fort: »Was ich getan habe, geschah aus Eifersucht. Ich konnte es nicht ertragen... Sie hat mich provoziert. War es nicht so, Susan? Und vielleicht werde ich nicht für sehr lange weggehen müssen. Ich werde zu dir zurückkommen.« Er legte die Hände um ihr Gesicht. »Ist dir klar, was ich dir sagen will?«

»Ich glaube schon«, stammelte sie, rührte sich nicht von der Stelle und blieb weiter auf den Knien, denn sie hatte das Gefühl, wenn sie nun aufstand, fiele sie bestimmt gleich wieder hin. Sie war zu ihm gekommen, um ihm zu sagen, daß die Briefe seiner Frau nicht verbrannt waren, sondern immer noch bei ihr zu Hause lagen. Seine Hände tasteten ihre Haut ab. Sie hatte ihn schon mit einem Blinden verglichen, doch jetzt erschien er ihr wie ein Tauber, der Sprache nur durch die fast unmerklichen Bewegungen der Knochen des Sprechenden wahrnehmen kann.

Vielleicht war er tatsächlich taub, denn er gab durch nichts zu erkennen, daß er den Hund gehört hatte, der anfangs dumpf bellte, dann ein wütendes Gekläff aufführte, als die Wagentür zuschlug.

»Sie haben geweint«, sagte David.

»Ja, ich wußte nicht, daß man es merkt.«

Die Tränenspuren wirkten nicht entstellend, sondern waren nur das sichtbare Zeichen einer unerträglichen Verletzlichkeit. Die leichte Aufgedunsenheit ihrer Augen erfüllte den gleichen Zweck wie ein Besuch bei der Kosmetikerin und ließ sie sehr jung erscheinen. »Ich war ungeschickt am Telefon«, sagte er. »In Ihrer Nähe bin ich immer ungeschickt.«

»Das ist egal«, sagte sie gleichgültig. »Momentan ist mir eigentlich so ziemlich alles egal. Sie sind gekommen, um über – über einen unserer gemeinsamen Bekannten zu sprechen. Sie kommen zu spät. Ich – ich kann mir nicht denken, daß er noch einmal wiederkommt.«

»Soll das heißen, daß er festgenommen wurde?«

»Das haben Sie doch gewollt«, sagte sie grob. Er konnte nicht sagen, ob aus ihren Augen Haß gegen eine bestimmte Person sprach oder Verzweiflung an der ganzen Welt, in der sie lebte. Sie wandte den Kopf von ihm ab und setzte sich, als könne sie nicht anders, als seien ihre Beine nicht mehr in der Lage, sie zu tragen. »Oh, ich will ihn nicht entschuldigen«, sagte sie. »Es ist noch zu früh, ich bin mir noch nicht völlig darüber im klaren.« Sie strich sich die blonden Haare zurück, die ihr in die Stirn gefallen waren. »Aber wissen Sie, was für ein Gefühl das ist, Eifersucht? Haben Sie es je erlebt?«

Darauf gab David keine Antwort. »Das hat er Ihnen gesagt?« fragte er. »Daß er es aus Eifersucht tat?«

»Natürlich.« Ihr Ton klang dezidiert und energisch. »Es war eine Kurzschlußreaktion, er hat impulsiv gehandelt, er war nicht zurechnungsfähig.«

»Sie irren sich, Susan.« Sie widersprach nicht dieser plötzlichen Vertraulichkeit. Aus Gleichgültigkeit, dachte er bitter. »Ich möchte Ihnen etwas erzählen. Es ist vielleicht ein Trost. Ich will nicht behaupten, daß Ihre Einstellung zu North sich dadurch ändern würde, obwohl…« Er seufzte kurz. »Aber möglicherweise denken Sie dann über mich ein wenig anders. Darf ich?«

»Wenn Sie möchten. Ich habe sonst nichts zu tun. Dadurch vergeht die Zeit schneller.«

Er hatte schon eine ganze Weile darauf gebrannt, jemandem seine Geschichte zu erzählen, und wenn der Inspector nicht anderweitig beschäftigt gewesen wäre, hätte er sie längst schon Ulph berichtet. Es war eine schreckliche Geschichte, und da ihre Wahrheit ihm im Verlauf des Tages erst nach und nach zu Bewußtsein gekommen war, hatte er sich in eine Art Entsetzen hineingesteigert. In gewisser Beziehung hätte er es erfunden haben können, ähnlich wie ein Horrorautor erst erfindet und dann unter der grausigen Fruchtbarkeit des eigenen Geistes leidet. Doch David wußte, daß seine Geschichte wahr war und es daher kein Entkommen gab. Eben weil sie sich ereignet hatte und Norths Verhalten und Beweggründe in völlig neuem Licht erscheinen ließ, mußte sie erzählt werden. Doch diese junge Frau war die falsche Zuhörerin, wenn sie ihm in jeder anderen Hinsicht auch fehlerlos erschien. Er empfand für sie bereits jene Zärtlichkeit, die den Menschen, dem sie gilt, vor herben Enttäuschungen bewahren möchte. Ihm kam auch der Gedanke, daß sie möglicherweise daran dachte, auf North zu warten; während dieser langen Wartezeit würde sie sich vielleicht doch zu dem durchringen, was sie ihm bisher verweigerte: die Vergebung einer Tat, die ihrer Ansicht nach die Folge unbändiger Eifersucht war.

»North lernte Magdalene Heller im Urlaub vergangenen Juli in Devon kennen«, setzte er an. »Sie verliebten sich. Was North betrifft, so läßt sich wohl besser von Hörigkeit sprechen.« Sie hatte den Blick nicht auf ihn gerichtet, und ihre Miene blieb teilnahmslos. »Als sie wieder in London waren, setzten sie ihre Treffen in einem Londoner Pub und gewiß noch in anderen Etablissements fort. Magdalene begehrte ihn, weil er attraktiv und für ihre Begriffe wohlhabend war. Weshalb ihm an ihr lag, habe ich bereits gesagt. Vielleicht wollte er auch Kinder haben, aber das weiß ich nicht.« Er bemerkte, wie sie eine fast unmerkliche Geste mit der Hand machte. »Ich glaube, Magdalene muß als Urheberin des Gedankens betrachtet werden, sie war vielleicht, wenn man es dramatisch ausdrücken will, Norths böser Geist. Magdalene besaß eine Waffe, und im September hatte Magdalenes Mann versucht, sich mit Gas das Leben zu nehmen, weil ihm klar war, daß sie ihn nicht mehr liebte. Ein Mann, der einen Selbstmordversuch hinter sich hat, kann es noch einmal versuchen und zum Ziel kommen.

Ich weiß nicht, wann sie zusammen zum ersten Mal einen Plan erdachten. Vielleicht erst nach Weihnachten. Es muß jedenfalls Januar oder Februar gewesen sein, als Magdalene North eine von Hellers Werbeantwortkarten besorgte, der sie Louise geben und ihr vorschlagen sollte, eine Zentralheizung einbauen zu lassen. Nein, es war kein Zufall, daß Heller ausgerechnet im Gebiet Matchdown Park arbeitete. Eben weil er dort arbeitete, hat Magdalene ihren Plan speziell danach ausgerichtet.«

»Und wie sah dieser Plan konkret aus?« fragte sie mit leiser, kaum hörbarer Stimme.

»Sobald Louise die Karte ausgefüllt und unterschrieben hatte«, fuhr er fort, »begann sie ihren Nachbarn von der Zentralheizung zu erzählen. Heller fuhr mit seinem Wagen vor, um den Einbau mit ihr zu besprechen, und jedesmal, wenn er kam, bellte der Hund, so daß alle seine Besuche mitbekamen. Louise North hatte in letzter Zeit sehr unglücklich gewirkt, weil auch sie wußte, daß ihr Bob untreu war. Sie sprach mit niemandem darüber, doch sie konnte nicht verhindern, daß man ihr den seelischen Schmerz vom Gesicht ablas. Sie konnte sich nur mit einem davon ablenken, dem Plan zur Verbesserung der Heizungsanlage, so daß sie den Nachbarn natürlich davon erzählte. Doch als die North nach seiner Meinung zu dem Vorhaben fragten, stritt er einfach jedes Wissen davon ab. Denn das war die todsichere Methode, wie sie erreichen konnten, daß man Hellers Besuche als unmoralisch einstufen würde.«

Endlich richtete sie den Blick auf ihn. »Aber das ist doch völlig absurd.« Empörung war nun an die Stelle lähmender Schockwirkung getreten. »Selbstverständlich haben die Leute Bob nach seiner Zentralheizung gefragt, und er hat natürlich gesagt, sie ließen sich keine einbauen. Einer Freundin von mir hat er ziemlich nachdrücklich erklärt, eine Zentralheizung könne er sich nicht leisten. Ihre Vermutung – ich weiß nicht, auf was sie eigentlich abzielen –, diese Vermutung ist lächerlich. Falls Bob gelogen hätte, was hätte dann wohl geschehen sollen, falls man ihn und Louise danach gefragt hätte, wenn sie zusammen waren?«

»Und wenn schon?« fragte David leise. »Hätte es die Nachbarn nicht nur noch in ihrem Glauben an Louises Schuld bestärkt, wenn sie es lebhaft beteuert, während ihr Mann sich abwendet und verlegen wirkt? Hätte er ihnen nicht leid getan in der Rolle des betrogenen Ehemanns, der alles tut, was in seinen Kräften steht, um die Treulosigkeit seiner Frau zu vertuschen?«

»Louise North war in Heller verliebt«, behauptete sie dickköpfig. »Er kam drei- oder viermal her, und Bob kannte sehr wohl den Grund für seine Besuche. Hören Sie, ich weiß, wie besessen Sie von Ihren Vermutungen sind, aber Sie haben nicht hier gewohnt. Sie kennen die Beteiligten nicht. Am Tag vor ihrem Tod kam Louise in Tränen aufgelöst zu mir und wollte mir alles erzählen. Sie hat mich förmlich angebettelt, sie am nächsten Tag zu besuchen und mir die ganze Geschichte anzuhören.«

Das nahm ihm für einen Moment den Wind aus den Segeln. Angenommen, seine Theorie war völlig falsch, nichts weiter als heiße Luft? Susan Townsend würde nie mehr ein Wort mit ihm wechseln. »Sie hat Ihnen wirklich gesagt, daß sie in Heller verliebt sei?«

Kurz tauchten Zweifel in ihrer Miene auf. »Nein, aber ich... Deshalb ist sie doch gekommen. Warum hätte sie mich sonst besuchen sollen?«

»Vielleicht, um Ihnen zu erzählen, daß ihr Mann sie betrog, und Sie um Rat zu bitten.«

Sie sah ihn ausdruckslos an, dann wurde sie vor Verlegenheit knallrot. »Sie wollen damit sagen, daß ich eine gute Ratgeberin gewesen wäre, weil mich mein erster Mann betrogen hat?«

Es war schrecklich, daß ausgerechnet er sie so verletzen mußte. Sein Hals war trocken, und einen Augenblick lang brachte er kein Wort heraus. Dann sagte er: »Gerade wegen dem, was Sie eben gesagt haben, hätte sie von Ihnen wohl kaum erwartet, daß Sie dem schuldigen Ehepartner viel Wohlwollen entgegenbringen. Aber dennoch glaubten Sie, Louise sei die Schuldige.«

»Das glaube ich immer noch«, erklärte sie unvermittelt heftig. »Ich glaube an Bobs Unglück.«

»Ja, ich kann mir denken, daß er unglücklich war. Es kann einen nicht sehr glücklich machen, wenn man von einer Frau wie Magdalene Heller zu Untaten getrieben wird. Bei der gerichtlichen Untersuchung haben sie miteinander gestritten, nicht wahr? Haben sie da nur Theater gespielt, oder steckte vielleicht der Zorn Lady Macbeths dahinter?«

»Auf was wollen Sie eigentlich hinaus?«

»Daß Bernard Heller und Louise North sich gar nicht liebten. Daß sie sich lediglich als Vertreter und Hausfrau kannten.«

## 20

Sie nahm sich eine Zigarette und zündete sie an, ehe er Gelegenheit dazu hatte. Die Tränensäcke unter ihren Augen waren fast verschwunden, zurück blieben bläuliche Schatten. Ihm fiel auf, wie schlank ihre Hände waren, so schlank, daß der Ehering verrutschte, wenn sie die Finger bewegte.

Er geriet ins Stottern. »Sie haben sehr gefaßt reagiert. Das freut mich.«

»Nur weil ich weiß, daß es nicht wahr ist.«

Er seufzte, jedoch nicht aus Verzweiflung. Wie konnte er von ihr Verständnis für Unbeständigkeit und Untreue erwarten? »Mir ist klar, daß es ein harter Schlag für Sie sein muß«, sagte er leise.

»Oh, nein, daran liegt es nicht.« Ihre Miene wirkte nahezu gelassen. »Als Sie mit Ihrer Vermutung anfingen, fürchtete ich, alles würde sich als wahr erweisen, und nun, wo ich das Gegenteil weiß, fühle ich mich sozusagen erleichtert. Ich hege keinen Groll gegen Sie«, fuhr sie ernst fort. »Sie sind wirklich ein netter und rücksichtsvoller Mensch. Es stimmt, daß ich...« Sie senkte den Blick und fuhr fort: »Es stimmt, daß ich Zuneigung zu Bob North empfand. Wir suchten Trost und waren sehr darauf angewiesen, weil...« Ihr Ton war sehr nüchtern geworden. »Weil wir beide eine Phase durchliefen, in der wir am Leben verzweifelten. Ich bin gerade dabei, dieses Tief zu überwinden. An Tiefs bin ich gewöhnt«, fügte sie hinzu. »Er hat etwas Furchtbares getan, und wir werden uns nie wiedersehen. Letzten Endes hat uns nie sehr viel verbunden. Ich werde schon bald von hier wegziehen, außerdem muß ich auch an meinen kleinen Jungen denken. Ich werde Bob nie vergessen, auch wie er sich fürchtete und keine Ruhe mehr fand.« Sie hielt kurz inne und räusperte sich. »Aber Sie wollen sicher wissen, weshalb ich so überzeugt davon bin, daß Sie mit Ihrer Vermutung falsch liegen.«

»Ja«, sagte er erschöpft. »Ja.«

»Also. Heller und Louise haben sich geliebt, das weiß ich genau. Denn sehen Sie, Heller hat Louise Liebesbriefe geschrieben, die bis vergangenen November zurückreichen. Ich habe sie hier – Bob hat sie bei mir gelassen – und wenn Sie möchten, können Sie einen Blick darauf werfen.«

»Gefälscht«, sagte David und besah sie sich von vorn und hinten, obwohl er wußte, daß dies nicht möglich war. Er erinnerte sich jetzt wieder an die Briefe, deren Echtheit vor Gericht Magdalene, der Geschäftsführer der *Equatair* und Bernards eigener Bruder bestätigt hatten. »Nein, das kann nicht sein, ich weiß.« Er las sie, während sie sich an ihrer bis zum Filter heruntergerauchten Zigarette gleich noch eine ansteckte und ihn mit sanfter Traurigkeit beobachtete.

»Wie Sie sehen, tragen beide das Datum vom letzten Jahr, 1967.«

Gründlich und langsam las er sie noch einmal, dann sah er noch einmal auf die Datumszeilen: 6. November '67 und 2. Dezember '67. An ihrer Entstehungszeit konnte es keinen Zweifel geben, dennoch stimmte mit den Briefen irgend etwas nicht. »*Er ist kein alter Mann und kann noch viele Jahre vor sich haben. Er hat Dir keine Vorschriften zu machen und schon gar kein Recht auf Dich, das heutzutage noch irgend jemand anerkennen würde.* Wie alt ist North eigentlich?« fragte er.

»Keine Ahnung«, antwortete sie und runzelte gequält die Stirn. »So um die Dreißig, Anfang Dreißig.«

»Merkwürdig«, sagte David. »Komisch, daß Heller ihn so geschildert hat.«

»Aber das stimmt, er ist doch kein alter Mann.«

»Nein, er ist so jung, daß es unsinnig wäre, so über ihn zu schreiben, wenn man sein Alter kennt. In diesem Ton beschreibt man jemanden, der den Herbst des Lebens vor sich hat, einen Fünfundfünzigjährigen vielleicht. Man hat das Gefühl, Heller wende sich an eine sehr junge Person, der gegenüber er einen reiferen, realistischeren Standpunkt vertritt. Und wie steht es damit? *Wir müssen alles beim alten lassen und einfach abwarten, bis er stirbt.* Weshalb hätte North sterben sollen? Er ist doch nicht nur jung, sondern auch gesund, oder? Dann auch noch das mit seinem Recht an ihr, das heutzutage kein Mensch mehr anerkennen würde. Neunzig Prozent der Gesamtbevölkerung, möchte ich doch behaupten, würden keineswegs bestreiten, daß Eheleute gesetzliche und moralische Rechte an ihrem Partner haben, und aus diesem Verhältnis lassen sich eine Menge Vorschriften ableiten.«

»Jedenfalls bedarf es einer ganzen Horde Rechtsanwälte, wenn man es aufheben will«, erklärte sie sarkastisch. »Aber Sie vergessen, daß Heller labil war. Als er das schrieb, war er hysterisch.«

»Diese Briefe wirken aber überhaupt nicht hysterisch. An manchen Stellen schreibt er zart und einfühlend. Darf ich fragen, weshalb North sie ihnen gegeben hat?«

»Ich sollte sie verbrennen. Er brachte nicht die Willenskraft auf, es selbst zu tun.«

David hätte fast aufgelacht. Der Mann hatte allen Grund, sie zu verbrennen, denn wenn sie auf den ersten Blick und bei oberflächlicher Betrachtung auch echt schienen, konnte eine genauere Prüfung vielleicht eine Ungereimtheit ergeben, aus der sich folgern ließ, daß Louise nicht die Empfängerin sein konnte. Warum hatte er sie Susan Townsend gezeigt? Weil er sich ihrer Zuneigung, ihres Mitleids, ihrer Anerkennung seiner gekränkten Unschuld vergewissern wollte. Das war ihm gelungen, dachte David bitter.

»Wissen Sie, was ich glaube?« Nein, sie wußte es nicht, es schien sie auch nicht zu interessieren. Er fuhr dennoch fort. »Ich bin der Meinung, in den Briefen wird gar nicht auf Bob Bezug genommen. Die Frau, die diese Briefe erhielt, war natürlich an jemanden gebunden, aber nur, weil es der Anstand so verlangte.« Er blickte auf und bemerkte, daß sie sehr müde wirkte. »Verzeihung«, sagte er. »Darf ich diese Briefe mitnehmen?«

»Ich wüßte nicht, was dagegen spräche. Niemand sonst will sie.«

Sie gab ihm die Hand und führte ihn in die Diele hinaus. Ihr Abschied fiel sehr nüchtern aus, als hätte er sie rein geschäftlich besucht, als hätte nicht der Gesellschaftsfotograf Greg, sondern er das Haus gekauft.

»Sie sollten nicht allein sein«, sagte er spontan. »Ich würde Sie jetzt nicht verlassen, aber es ist Ihnen bestimmt nicht angenehm, mich vor Augen zu haben.«

»Aber nein. Ich bin Alleinsein durchaus gewöhnt. Mir ging es nach der gerichtlichen Untersuchung ziemlich schlecht, aber da war ich auch krank.« Sie öffnete die Tür, und kaum stand er im Lichtschein auf der Schwelle, fing der Hund an zu kläffen. Kein Wunder, hatte North ihn an jenem Abend, als David das erste Mal im Orchard Drive gewesen war, doch gestreichelt und hinter den Ohren gekrault, denn der Hund war unbeabsichtigt sein Komplize geworden. »Ich wünschte, wir hätten uns unter anderen Umständen kennengelernt«, sagte sie.

»Hauptsache, wir *haben* uns kennengelernt.« Er wartete nicht auf ihre Antwort, denn sie hätte ihm vielleicht die Hoffnung geraubt.

Bis zu ihrer Heirat hatte Magdalene Heller bei ihrem Vater gewohnt, einem Multiple-Sklerose-Kranken Mitte Fünfzig. Sie hatte ihn aufopferungsvoll gepflegt, bis sie nach London gefahren und Bernard kennengelernt hatte. Sie konnte jedoch nicht einfach heiraten und ihren Vater allein lassen, sie mußte warten, bis er starb. Mr. Chant mußte sehr pflege- und fürsorgebedürftig gewesen sein, Pflichten, die nur eine verständnisvolle Tochter erfüllen konnte. Der chronisch Kranke war grob und undankbar, neidete dem Mädchen, das sich um ihn kümmerte, seine Gesundheit und wurde zuweilen gewalttätig. Doch sie war es ihm schuldig, bei ihm zu bleiben und ihren Verlobten nur gelegentlich zu sehen, wenn er nach Exeter kommen und in ihrer Nähe bleiben konnte oder es ihr gelang, sich für einen Tag in London freizumachen.

David vergegenwärtigte sich diese Umstände noch einmal, und als er nach East Mulvihill gelangte, hatte er sich eine neue Theorie zurechtgelegt, ein Tochtergedanke seiner ersten, der sich wie die winzige Knospe am Körper einer Hydra aus ihr entwickelt hatte. Carl Heller öffnete ihm die Wohnungstür. Hielt Magdalene ihn sich als eine Art Portier, der tun mußte, was sie wollte? Auf seinem stumpfen teilnahmslosen Gesicht spiegelte sich an diesem Abend tiefe Niedergeschlagenheit, und seine Hängebacken schlotterten wie die eines Bluthunds.

»Haben Sie schon die Zeitung gelesen?« fragte er, wobei er zwischen jedem kehligen Wort eine Pause machte. »Man hat Mr. North wegen Mordes an meinem Bruder festgenommen.« David hatte noch nie jemand wirklich die Hände ringen sehen. »Ach, mein Bruder und sein Unrecht…« Mit einer raschen unbeholfenen Bewegung packte er David am Arm. »Ich kann es kaum fassen. Magdalene ist krank und hat sich hingelegt. Als er gestern nicht kam und nicht anrief, habe ich schon geglaubt, sie würde den Verstand verlieren.« Er schüttelte den Kopf und hob beschwörend die Hände. »Jetzt geht es ihr besser, sie hat sich wieder beruhigt. All dieses Leid ist nur durch das Unrecht meines Bruders über uns gekommen.«

»Ich glaube nicht, daß er etwas Unrechtes getan hat, Mr. Heller. Er hat Mrs. North doch mal einige Briefe geschrieben, nicht?«

»Böse Briefe. Ich werde nie vergessen, wie ich vor Gericht sagen mußte, daß mein Bruder die Briefe dieser Frau geschrieben hat.«

»Hat er sie ihr denn geschrieben?« David ging hinter ihm ins Wohnzimmer. Es wirkte zwar aufgeräumt, und auf dem Tisch stand nichts herum, aber auf sämtlichen Möbeln lag der Staub zweier Tage.

Carl setzte sich, sprang aber sofort wieder auf und begann, schwerfällig in dem Zimmer herumzustapfen wie ein Brauereigaul, den man in einen Ponystall gesteckt hat. »Ich meine nicht, daß er sie nicht geschrieben hat«, erklärte er. »Ich wollte nur sagen, daß ich mich geschämt habe, es bestätigen zu müssen. Ist mein Bruder und behauptet von dem armen Mr. North, er sei zu nichts mehr zu gebrauchen und besser tot!«

»Mr. Heller…« David war sich im klaren, daß es keinen Sinn hatte zu versuchen, diesem Mann, dessen Begriffsstutzigkeit durch seine Verwirrung noch verstärkt wurde, etwas zu erklären. »Würden Sie mir bitte eine Frage beantworten? Sie mag ihnen bedeutungslos und völlig nebensächlich erscheinen, aber sagen Sie, wie hat Bernard seine Sieben geschrieben?«

Erstaunen, ja sogar Zorn über die scheinbare Belanglosigkeit der Frage spiegelte sich in Carls Stirnrunzeln wider, während sein Gesicht – dachte er, David wolle sich über seinen berechtigten Verdruß lustig machen? – mattziegelrot anlief. Doch er unterbrach sein Auf-und-ab-Gehen, nahm den Kugelschreiber zur Hand, den David ihm reichte, leckte über die Mine und malte eine Sieben mit Querstrich durch die Mitte.

»Das habe ich mir gedacht. Er ist in Europa, in der Schweiz zur Schule gegangen. Schreiben Sie jetzt mal eine Eins so wie Bernard.«

Einen Augenblick schien es, als wollte Carl der Aufforderung nicht Folge leisten. Die Runzeln gruben sich noch tiefer in seine Stirn ein, während er David anstierte, doch dann zuckte er mit den Schultern und malte ein Zeichen auf das Blatt, das der englischen Sieben sehr ähnlich war. David zog das Papier unter Carls Pranke hervor und betrachtete es nachdenklich. Magdalene hatte Bernard 1962 geheiratet, 1961 hatte sie ihn kennengelernt. Es paßte alles zusammen, und doch... Warum war es der Polizei nicht aufgefallen, die doch Zugang zu Bernards Auftragsbücher gehabt hatte, warum nicht dem Geschäftsführer der *Equatair*, der Bernards Handschrift und seine Zahlenschreibweise kannte, warum nicht Carl?

»Sie haben mir gegenüber einmal erwähnt, Bernard habe möglichst als Engländer erscheinen wollen, um in seinem Beruf weiterzukommen. Hat er irgendwann einmal die Schreibweise seiner ausländischen Einsen und Sieben geändert?«

»Möglich wäre das schon.« Carl nickte, ohne irgend etwas zu begreifen, und er wollte es auch nicht begreifen. »Vor fünf Jahren hat er mir erklärt, er wolle sich in einen waschechten Engländer verwandeln, so daß niemand noch etwas Ausländisches an ihm auffallen würde.«

David sagte leise: »Dann hat er also vor fünf Jahren damit begonnen, seine Sieben ohne Querbalken und seine Einsen als senkrechten Strich zu schreiben…« Er sprach leise, weil er hinter sich eine Tür aufgehen und Schritte in dem schmalen Flur gehört hatte.

Sie trug einen Morgenmantel. Ein Negligé hätte jetzt nicht zu ihr gepaßt; das lange bauschige Ding, das sie anhatte, war aus wattiertem, schwarzem Wollstoff, den blutrote Fäden durchschossen. Es schimmerte im Licht wie eine Rüstung. Ihr Gesicht wirkte bleich, starr und ziemlich alt.

»Auch wieder da?« fragte sie. Sie bemühte sich, trotzig zu klingen, hatte aber zuviel Angst, um den entschiedenen Ton anzuschlagen, der für Trotz erforderlich ist. »Ich möchte ein Glas Wasser«, sagte sie zu Carl gewandt. Er nickte unterwürfig und holte es. Ihre Nägel klirrten an dem Glas, und sie verschüttete ein wenig. Jetzt hatte sie ihre Stimme wiedergefunden, doch es war die jämmerliche Karikatur einer Stimme, als sei sie tatsächlich gealtert. »Bob North hat sie also doch umgebracht. Bloß gut, daß wir nichts mehr mit ihm zu tun hatten. Wer sich so erwischen läßt, muß ein Trottel sein.«

»Mörder müssen erwischt werden«, widersprach Carl einfältig.

»Hart müssen sie sein«, sagte sie, »und vorausdenkend, damit man sie eben nicht erwischt.«

»Ich frage mich, ob Sie wohl hart genug wären.« David stand auf und fügte im Plauderton hinzu: »Wäre interessant, das mal festzustellen.« Es wird interessant sein, dachte er, entweder heute abend oder morgen. Der Blick der grünen Augen, schillernd und oberflächlich, ruhte einen Moment lang auf ihm, dann ging sie mit dem Glas in der Hand und über den Boden rauschenden Morgenmantel ins Schlafzimmer zurück. Er horchte, als er an der Tür vorbeiging, doch die Stille dahinter war so vollkommen, daß sie eindringlicher und erschreckender wirkte als jedes Geräusch.

»Ich wollte nur wissen«, sagte, David, als sie den Hörer abnahm, »ob bei Ihnen alles in Ordnung ist.«

»Aber das haben Sie mich doch erst gestern abend gefragt«, wandte sie ein. »Und heute morgen wieder.« Wenigstens sagt sie nicht ›Auch wieder da?‹ dachte David. »Es geht mir soweit ganz gut. Doch, kann nicht klagen. Nur schwirrt hier dauernd Polizei herum...«

»Ich muß jetzt auch aufs Revier, aber darf ich hinterher bei Ihnen vorbeikommen?«

»Wenn Sie möchten«, sagte sie. »Wenn Sie möchten, David.«

Sie hatte ihn mit dem Vornamen angesprochen, was leichtes Herzflattern bei ihm auslöste. »Aber keine Geschichten, keine Theorien. Mehr halte ich einfach nicht aus.«

»Großes Ehrenwort«, versprach er. Zu der Verhandlung würde man sie vorladen, aber bis dahin würde sie ihn gut genug kennen, um sich von ihm begleiten zu lassen. Dort würde sie alles erfahren, und wenn man die Beweise gegen die beiden auf der Anklagebank verlas, würde sie ihn an ihrer Seite brauchen.

Also legte David auf und machte sich auf den Weg zu Ulph, um ihm mitzuteilen, was Magdalene Heller und Robert North verbrochen hatten. Wie sie ein Verhältnis zwischen zwei freundlichen und liebenswerten Menschen konstruierten, die ihnen nie etwas getan hatten – außer zu existieren; wie sie ihnen einen so schlechten Ruf andichteten, daß Louises Freunde und Nachbarn und Bernards Zwillingsbruder sie verleumdet hatten; wie sie das alles nur deshalb taten, weil Louise North sich nicht von ihrem Mann scheiden lassen konnte und Heller seine Frau in die Schweiz mitnehmen wollte.

Doch ehe er die Treppe zur U-Bahn hinabging, blieb er einen Augenblick stehen und lehnte sich an das Gitter des baumlosen Parks. Sie waren hier schon einmal vorbeigefahren, er und Bernard Heller, doch es war nicht der Bernard Heller von damals, den David nun plötzlich vor sich sah, und auch nicht der, der tot in den Armen einer Toten lag, die er eigentlich nie gekannt hatte. Statt dessen erinnerte er sich an den humorvollen fröhlichen Dikken, die müden Witze, die nie versagende großzügige Hilfsbereitschaft.

Vielleicht würde er seine letzte Entdeckung Ulph als erstes berichten. Er war kein rachsüchtiger Mensch, doch er wollte Ulphs Gesicht sehen, wenn er hörte, daß Magdalene Heller die eigenen Liebesbriefe aufbewahrt hatte, die Briefe, die ihr Bernard 1961 geschrieben hatte, um sie als Beweismittel für einen Ehebruch heranzuziehen, den es in Wirklichkeit nie gegeben hatte. Ulphs Gesicht wollte er sehen, und schließlich das des Richters und der Geschworenen.

# DEBORAH CROMBIE

»Eine herausragende Romanserie
einer Meisterin der Kriminalliteratur.«
*Publishers Weekly*

44091

43209

44199

42666

GOLDMANN

# MINETTE WALTERS

Die ungekrönte Königin der britischen Kriminalliteratur – exklusiv bei Goldmann.

»Minette Walters erzeugt Spannung auf höchstem Niveau.«

*Brigitte*

42462

42135

43973

44703

GOLDMANN